더미러

The Mirror

더
미
러

말리스 밀하이저 장편소설

정해영 옮김

디설
책방

이야기가 시작되다

그 거울은 고색창연했다. 승객들이 떠난 메리돌핀 호의 짐칸에서 발견됐을 때도 이미 낡아 있었다. 뿌연 유리가 랜턴 불빛을 어른어른 반사했다.

주인이 나타날지도 모른다는 생각에 베넷 선장은 거울을 선장실로 옮겼다. 아무도 나타나지 않으면 물속으로 던져버릴 셈이었다. 배를 타고 왔던 동양인 무리의 악취가 아직도 코끝에 달라붙어 있었다. 그런 자들의 물건들 중 값진 게 있을 거라고는 생각할 수 없었다.

그날 밤 격렬한 폭풍우가 몰아쳤다. 선원 몇 명이 갑판의 술판을 접고 선장실로 들어왔을 때, 그 성실한 선장은 바닥에 쓰러져 있었다.

얼굴 피부 밑에 피가 고여 있고 눈알은 튀어나온 채였다. 의사는 사인을 뇌졸중이라고 선언했다.

비탄에 찬 미망인은 남편의 마지막 항해를 기리기 위해 거울을 집으로 가져갔다. 그녀는 남편과 달리 동양적인 것을 혐오하지 않았다. 그러나 그녀는 곧 자신을 전혀 다른 사람이라고 믿게 되었고, 결국 보호시설로 옮겨졌다.

그 전신거울은 그 집이 팔릴 때까지 수년 동안 어둑한 응접실에 그대로 서 있었다. 그리고 마침내 에드윈 C. 페니패커가 운영하는 음침한 상점의 국적불명 물건들 틈에서 다시 발견됐다.

페니패커 씨가 이유 없이 서까래에 목매달아 죽은 밤, 불량배들이 그 상점을 습격했다. 그날 그 거울은 다른 물건들과 함께 사라졌다.

그 거울이 다시 발견된 곳은 금광을 향해 달리는 화물마차 뒷칸이었다. 그 후 그것은 천막 술집의 바 옆을 지켰다.

소문에 따르면 그 거울은 그 다음 몇 년 동안 폐 금광의 오두막과 인디언 천막, 유타의 모르몬교 농가, 콜로라도 주 크리플 개천의 호화로운 매음굴을 전전했다고 한다. 1898년 마지막으로 확인된 곳은 콘월 출신 광부 찰스 펨버시가 세 들어 살던 집이었다. 그 가족이 거울을 두고 떠난 것을 보면, 그 집에서도 별로 귀하게 대접받지 못했던 듯하다.

집 주인인 존 C. 맥케이브는 세입자들이 갑자기 떠난 이유를 알아보러 왔다가 그 거울을 발견했다. 독특한 취향을 과시했던 그는, 그것을 산 너머 몇 마일이나 떨어져 있는 자신의 저택으로 가져갔다. 딸 브랜디의 결혼 선물로.

거울은 그렇게 여행을 계속했다.

제1부

샤이의 이야기

1

진저브레드 하우스는 폭우 속에 음침하게 웅크린 채 앉아 있었다. 쏟아지는 빗물이 처마 홈통을 넘칠 듯이 타고 흐르며, 뾰족한 지붕과 우뚝 솟은 사각탑 아래로 폭포수처럼 떨어져 내렸다. 테두리를 레이스 모양으로 장식한 현관 차양과 난간, 내물림에서도 빗물이 똑똑 떨어졌다.

가로등 불빛이, 화려한 울타리의 비에 젖은 창끝을 비추면서, 대문 위에 춤추는 나뭇잎 그림자를 수놓았다. 문이 빗장에 부딪칠 때마다 폭풍우의 소음 너머로 덜커덩거리는 소리가 공허하게 울렸다.

검은 울타리와 보도 사이 움푹 꺼진 풀밭 웅덩이에서 물이 흘러넘쳐 대문 밑으로 스멀스멀 새어 들어왔다.

진저브레드 하우스는 주변 도시에서도, 뒷벽처럼 웅크린 채 앉아 있는 서쪽 산에서도 동떨어진 채 홀로 서 있었다. 그것은 폭풍우, 오래된 나무들, 불 꺼진 간판이 가득한 이웃동네의 역사에 의해 고립돼 있었다.

우수관은 이런 이례적인 호우를 당해낼 수 없었다. 차 한 대가 맞은편 정지 표시선까지 조심조심 다가왔다. 전조등 불빛이 울타리의 틈새를 통과해 그 안쪽에 위치한 집 베란다와 창문을 비추었다.

차가 모퉁이를 돌자, 2층 복도 창가에 앉아 있던 샤이 가렛이 창문 쪽으로 몸을 기울였다.

전조등 불빛이 바람이 몰고 온 빗줄기 사이를 누비다가 오래된 창문을 넘어 그녀의 알반지를 비추었다.

그녀는 아래층의 웅성거리는 소리를 들으면서 다이아몬드가 손바닥 쪽으로 오도록 반지를 돌렸다. 동시에 등 뒤의 컴컴한 복도 속에 날카로운 긴장이 도사리고 있음을 느꼈다.

뻣뻣해진 목 주변을 문지르자 다이아몬드의 차가운 감촉이 피부에 닿았다. 집 안에도 비가 내려 수 세대 동안 켜켜이 쌓인 먼지와 부패와 따분함을 쓸어낼 수 있으면 좋으련만.

내일이면 이 알반지에 결혼반지가 더해질 것이다. 내일 샤이는 발꿈치에서 이 집의 먼지를 마지막으로 털어낼 것이다. 그런데 이 불편한 감정은 무엇일까? 숨겨지고자 임늘 만큼 음울하고 무거운 권태는 무엇 때문일까?

"샤이니?"

아래층에서 지친 듯한 엄마의 목소리가 들려왔다.

"브랜 할머니가 오셨다. 좀 도와줄래?"

"가요."

샤이는 천천히 숨을 내뱉었다.

"이런, 불도 안 켜고 있었잖아."

레이첼의 목소리와 함께 스위치 켜는 소리가 들렸다.

일부러 오래된 것처럼 보이게 만든 새 꽃무늬 양탄자와 벽지가 훤히 드러났다. 샤이가 방문을 나서자 공기 중에 감돌고 있던 긴장이 더욱더 팽팽하게 당겨졌다.

계단 벽에 걸려 있는 조부모의 결혼사진이 기울어진 듯해서 그녀는 잠시 걸음을 멈추고 사진을 바로잡았다. 브랜 할머니와 뻣뻣한 콧수염의 할아버지가 세월에 의해 변색돼 있었다. 어떻게 이 사진 속의 여인이 요양원에서 지금 막 집으로 돌아온 아래층의 노부인과 같은 사람일 수 있을까. 샤이는 세월이라는 것을 이해할 수 없었다.

그녀는 가문의 유물들과 선조들의 압박감에 반쯤 질식할 것 같은 기분으로 곡선 계단을 내려갔다. 레이첼 가렛이 계단 앞까지 휠체어를 밀고 왔다.

"불도 안 켜고 뭐하고 있었니?"

그녀가 한 손을 노부인의 겨드랑이에 밀어 넣으며 물었다. 동시에 제롤드 가렛이 들고 있던 술잔을 테이블 위에 내려놓았다.

"새침한 표정을 짓고신 따분해하고 있었겠지."

샤이의 눈앞에서 잠깐 동안 거실 풍경이 정지했다…… 무력함과 아쉬움을 담은 부모님의 얼굴…… 달콤한 공허를 담은 할머니의 눈길. 샤이는 그들을 안심시키기 위해 간신히 미소를 지어 보였다.

"아빠, 대문 빗장이 열린 모양이에요. 바람 속에서 어찌나 쿵쾅거리던지."

"내가 나가보마."

아버지가 옷걸이에서 우비를 꺼냈다. 그가 문을 쿵 닫고 나갈 때, 비에 젖은 나무 냄새가 밀려 들어왔다.

레이첼이 흔들거리는 노부인의 머리 너머로 샤이에게 미소를 보냈다. 하지만 눈에는 뿌연 물기가 어려 있었다.

"어떻게 생각하니?"

"뭘요?"

"네 방에 있는 결혼 선물 말이야. 못 봤을 리 없잖아."

"방에 가보지 않았어요. 뭔데요?"

"다락에서 꺼내온 거울이야. 기억나니? 우리 둘 다 그걸 웨딩거울이라고 불렀지. 굉장히 오래됐으니 값이 꽤 나갈 거야. 샤이야, 엄마는 말이지…… 네가 집안의 물건을 지니고 있어야 한다고 생각한단다."

샤이가 여러 세대 동안 방치된 물건들로 가득한 다락과 그곳에서 꺼냈다는 거울을 떠올리려 애쓸 때, 브랜 할머니가 비틀비틀 앞으로 걸어 나왔다.

엄마가 계단 난간에서 할머니를 붙잡았다. 그러나 그녀는 샤이를 붙들고서 창백한 입술을 달싹거렸다. 공허하던 눈빛이 순간적으로 번뜩였다.

"또 발작이 시작된 걸까?"

레이첼이 공포 어린 목소리로 속삭였다.

앙상한 손이 샤이의 손목을 잡았다. 샤이는 자기도 모르게 휠체어 앞에 무릎을 꿇었다.

"말하고 싶은 게 있으신가 봐요. 괜찮아요, 할머니."

하지만 그녀는 손목을 빼낼 수가 없었다. 그토록 조그만 체구에서 어떻게 그런 힘이, 그렇게 짙은 공포가 뿜어져 나올 수 있는 걸까.

"제길, 빗장이 또 부러졌군."

아버지가 비 냄새를 몰고 다시 돌아왔다.

"도대체 당신은 집 안의 잡동사니 하나하나에 왜 그렇게 집착하는 거지? 그런데 장모님은 왜 그러셔?"

"모르겠어요. 발작이 오는가 싶었는데, 자꾸 뭔가를 얘기하려는 것도 같고. 갑자기 얼굴이 새빨개졌어요."

샤이의 흐릿한 눈앞에서 벽지의 자잘한 분홍빛 꽃송이들이 붉게 떠올랐다. 천장의 어두운 그림자가 공중을 맴돌았다. 그녀는 할머니의 시선 속에서 길을 잃었다. 그 나이든 여인이 뭔가를 말하려고 메마른 입술을 달싹거릴 때마다, 목소리를 내기 위해 늘어진 목구멍을 움직일 때마다, 샤이는 자신의 몸속에서 끌려나와 할머니의 고통 속으로 빨려 들어가는 듯했다.

"뭐라고요, 할머니?"

"거울."

20년 만에 처음으로 내뱉은 말이었다.

2

샤이는 범포와 금속으로 만들어진 휠체어를 접어 손님 방 벽에 기대놓았다. 아버지가 브랜 할머니를 침대 가장자리에 앉혔다.

그가 몸을 일으키자 레이첼이 남편을 붙잡았다.

"중풍에 걸린 후로 저렇게 말을 한 건 처음이에요. 제리, 희망이 있지 않을까요?"

"당신, 깅밀 포기글 노트는 사람이군."

그가 침대 위의 늙은 여인을 가리켰다. 그녀의 공허한 미소는 정신이 돌아왔다고 생각했던 짧은 순간을 무색하게 만들었다.

"장모님은 지금도 행복하실 거야. 그러니 그냥 내버려둬."

잠깐이나마 할머니와 감정을 교류했던 샤이는 여전히 혼란스러웠다. 그러나 그녀는 '거울'이라는 말 한마디를 힘겹게 내뱉고서 몸서리를 치더니, 갑자기 의사소통에 흥미를 잃었다.

"하지만 '거울'이라고 말씀하실 때 왜 그렇게 겁에 질린 것처럼 보였을까요?"

"겁에 질리신 게 아니야. 표정을 잘 통제할 수 없으신 거지."

레이첼이 할머니의 양피지 같은 뺨을 만지자, 그녀가 레이첼의 손을 토닥였다.

"그 순간이 좀 더 오래 가길 바랐는데. 하고 싶은 말도 많고 물어볼 것도 많았는데."

"난 아직도 장모님을 모셔온 건 실수라고 생각해."

제리가 삐걱대며 잘 열리지 않는 창문을 억지로 열었다.

"어차피 영문도 모르실 테고, 잘못하면 결혼식을 망칠 수도 있으니까."

"괜찮을 거예요. 내가 지켜볼게요."

제리가 가버리자 레이첼이 샤이 쪽으로 몸을 돌렸다.

"넌 이해하지? 할머니가 알아보는 유일한 손녀잖아. 당신 아들도 알아보지 못하시는 마당에⋯⋯ 그러니 할머니는 이곳에 있어야 해."

"전 좋아요. 할머니가 제 결혼식에 참석하셔서 기뻐요. 마렉도 신경 쓰지 않고요."

레이첼은 기적을 바라는 눈빛으로 다시 노부인을 쳐다보았다. 그러나 그녀는 꼿꼿이 앉아서 더듬더듬 블라우스 단추를 매만지며 정장 재킷을 개는 데만 몰두하고 있었다. 그녀는 아직도 자기 몸을 건사하기 위한 여러 가지 일들을 해냈다. 식탁에서도 음식을 거의 흘리지 않았다. 절뚝거리는 걸음걸이도 눈에 잘 띄지 않았다. 피로해질 때를 대비해 항상 휠체어를 가까운 곳에 두라고 의사가 권한 것도 불과 몇 년 전의 일이었다.

샤이는 나이트가운 차림으로 침대 옆을 서성였다. 자신은 저렇게 늙을 때까지 살게 되지 않기를 바라면서.

레이첼이 할머니와 함께 욕실에서 돌아오자, 샤이는 이불

덮어주는 것을 도왔다.

"내일 말이다…… 너무 늦은 건 아니란다."

"엄마, 그만두세요."

"이 말은 해야겠다. 이것만 말하마. 만일 네가…….."

레이첼이 염색한 숱진 머리칼을 뒤로 넘겼다.

"너를 탓하지 않을 거야. 어떻게 말해야 할지 모르겠구나. 하지만…… 만약 네가…….."

"아아, 엄마…… 엄마는 절대 말할 수 없을 거예요. 이대로 밤을 샐 수 없으니 제가 대신 말할게요."

샤이는 엄마의 낮은 목소리를 흉내 내며 말을 이었다.

"샤이. 만약 네가 임신했다면 다른 곳에서 아기를 낳도록 네 아빠와 내가 돈을 대줄 거야. 낙태를 택해도 마찬가지야. 하지만 그런 이유 때문에 내일 그 남자와 결혼하라고 강요하지는 않을 거야. 이해했니?"

그녀의 말이 끝나자 레이첼이 침대 발치의 삼나무 농 위에 주저앉았다. 얼굴이 브랜 할머니 얼굴만큼이나 창백했다.

"그 말을 할 줄 어떻게 알았니?"

"결혼 전날 흔히들 하는 얘기잖아요."

"내가 처녀였을 땐 안 그랬다. 너희 할머니는…….."

레이첼이 침대에 누워 있는 여인을 쳐다보고 목소리를 낮추었다.

"……새와 벌들에 대해 얘기했지."

"할머니의 어머니가 할머니에게 무슨 말을 했는지는 모르시잖아요."

샤이는 나지막하게 웃으며 불을 끄고 엄마 곁에 앉았다.

"보세요, 엄마는 지쳤어요. 결혼식을 최대한 간소하게 준비하려고 했지만, 여전히 할 일이 많았죠. 엄마 일도 있고 할머니도 걱정해야 하고 오늘 밤의 거창한 저녁 식사도 그렇고."

"그리고 네 신랑감은 나타나지 않았지."

"총각 파티에 갔으니까요."

"저녁 먹고 갈 수도 있었잖아."

"왜 마럭을 싫어하세요?"

"싫어하지 않아. 그 청년에 대해 잘 알지도 못하잖니."

레이첼이 일어나 문을 향해 걸어갔다.

"그냥 네가 그 사람을 사랑하는 것 같지 않아서 그런단다."

제리 가렛은 남아 있는 잔들을 모아 주방으로 가져갔다. 식기 세척기가 그날의 두 번째 저녁식사 그릇들을 헹궈내고 있었다. 그는 돌아오는 길에 복도에 있는 찬장 귀퉁이에 엉덩이를 부딪쳤다.

"제길, 복도에 물건 두지 말라니까."

그가 투덜거렸다. 그러나 주방에는 이미 두 개의 찬장이 자리를 차지하고 있었다. 레이첼이 언제라도 가족의 역사에 대해 슬슬 읊을 수 있도록 손때가 묻은 것들이었다. 제리와 샤이는 그런 얘기에 관심을 끈 지 오래였다.

그는 안락의자에 앉아 유리문이 달린 오래된 장식장 위를 올려다보았다. 흰색과 은색이 섞인 결혼식용 머리핀이 그곳에 놓여 있었다. 선반에는 각종 골동품과 레이첼의 코발트색 유리 용기 세트가 늘어서 있었다. 예식을 치르는 장소로 그 방은 너무 좁았다. 방들마다 물건들이 빽빽이 들어차 있어서, 진저브레드 하우스는 다 자란 남자들보다 브랜처럼 휘청거리는 왜소한 할머니에게 더 어울렸다.

"어디 있나 했어요."

레이첼이 긴 실내복 자락을 팔락이며 흔들의자에 앉았다.

"하루 종일 기분이 이상했어요."

그녀가 높은 천장의 한구석을 쳐다보았다.

"당연하지."

그도 마찬가지였다. 손님들의 행동도 평소와 달랐다. 처남들은 오늘따라 서로 놀려대거나 장난치지 않았다. 다락에서 그 오래된 거울을 내오고 요양원에서 장모님을 모셔온 순간부터, 그는 왠지 마음이 불편했다.

"샤이에게 말해봤어?"

"그애가 내게 말했다고 하는 게 맞겠죠."

레이첼이 담뱃불을 붙이고 샹들리에를 향해 연기를 뿜었다.

"그애는 아무것도 인정하지 않았어요."

"우리한테 화가 났을까?"

"아뇨, 그냥 웃었어요. 마치……."

그녀가 깊게 숨을 들이마셨다.

"마치 아량을 베푸는 듯한 태도로요."

"우리 딸은 그냥 따분한 거야. 요즘은 따분한 게 대세라더군."

그는 당장 달려가서 딸을 말리고 싶었다. 하지만 그러지 않았다.

"그래, 그냥 따분한 거야. 언제나 그랬던 것처럼. 하지만 맙소사, 결혼이라니. 비를 피하려고 강물로 뛰어드는 격이야."

"게다가 스무 살이죠. 하지만 우리가 할 수 있는 건 아무것도 없어요."

레이첼이 반쯤 피운 담배를 비벼 껐다.

"요즘 같아선 샤이가 그 남자와 같이 들어와 살겠다고 하지 않는 걸 다행으로 여겨야 할 판이에요."

레이첼이 문으로 걸어가기 시작했다.

"엄마는 더 이상 아무 말도 안 해요. 아까 그건 그저……."

제리는 들고 있던 잔의 테두리 너머로 벽난로 선반 위의 작은 입상을 응시했다. 하지만 마음속으로는 딸의 모습을 그려 보고 있었다. 호리호리한 몸매, 햇볕에 그을린 피부와 그것과 대조적인 긴 은발, 평소에는 조용하고 무심한 표정이지만 냉소적인 유머를 던질 때는 장난스럽게 빛나는 눈빛.

그때 위층에서 비명소리가 울려 퍼졌다. 입상이 엎어지면서 밑에 있는 풀무를 거칠게 때렸다. 폭발하는 듯한 충격이 진저 브래드 하우스를 뒤흔들기 시작했다.

샤이는 레이첼이 방을 나간 후에도 할머니 곁을 지켰다. 비는 그쳤지만, 가로등 주변 나뭇잎들은 여전히 바람에 흩날렸고, 그 어두운 윤곽들이 침대 위에 어른거렸다.

"할머니, 엄마는 정말 못 말리게 구식이에요."

샤이가 잠들어 있는 그림자를 향해 속삭였다.

"사랑이라…… 머지않아 나도 변화를 줘봐야죠."

그때 한쪽 손이 침대보 위에서 움직거렸다. 눈꺼풀이 서서히 떨리더니 흐릿한 두 눈동자가 샤이를 응시했다.

"일기."

할머니가 말했다. 더 말하기 위해 몸부림을 치자 침대가 요동쳤다.

샤이는 또다시 영혼이 빠져나가는 듯했다. 그녀는 침대에서 벌떡 일어나 팔을 문질렀다. 수년간의 침묵을 깨고 흘러나온 두 마디가 기분을 오싹하게 만들었다.

백 살이 되어가는 시점에서 정신이 돌아온다면 그것은 과연 축복일까?

다행히 할머니는 다시 잠 속으로 빠져들었고 샤이는 발끝으로 살금살금 방을 빠져나와 자신의 방으로 갔다. 꽃무늬 양탄자와 벽지가 위층과 아래층 복도에서부터 그녀의 방까지 이어졌다. 이곳을 떠나면 앞으로 이런 울긋불긋한 꽃무늬들은 보지 못할 테지, 그렇게 생각하자 결혼하기엔 너무 이른 게 아닌가 하는 생각이 불쑥 들었다.

레이첼은 딸의 방을 '소녀 취향'으로 꾸며놓았다. 온갖 장식품들로 인해 정작 샤이를 위한 공간은 많지 않았다. 게다가 방 한가운데에 버티고 서 있는 결혼 선물 때문에 공기가 늘어올 틈도 부족할 지경이었다. 그녀는 몸을 수그려 창문을 열었다. 비바람이 산중턱에서 신선한 소나무 향기를 몰고 왔다.

샤이는 뒤돌아서서 결혼 선물을 살펴보았다.

'이제 생각났어. 처음 봤을 때부터 너무 섬뜩했지.'

그녀는 자신과 마렉이 그 물건을 가져가야 할지 의문이었다.

꼭대기에서부터 대각선으로 울퉁불퉁 금이 가 있는 전신거울. 물구나무를 서지 않는 한, 거울에 비친 그녀의 얼굴은 항상 두 쪽으로 갈라져 있었다. 그보다 더 섬뜩한 것은 거울의 틀이었다. 청동으로 만들어진 길고 가느다랗지만 어쩐지 남성적으로 보이는 두 팔이 뱀처럼 엉킨 채 거울의 유리를 감싸고 있었다. 손톱은 마치 사나운 짐승의 발톱 같았고, 두 손의 엄지손가락과 집게손가락, 새끼손가락이 거울의 아래쪽을 떠받치고 있었다.

보는 것만으로도 몸서리가 쳐졌다. 그녀는 얇은 소녀풍 파자마로 갈아입은 뒤, 스탠드 갓 끝에 걸린 면사포를 집어 들었다. 할머니가 결혼식 때 썼던 것이라고 했다. 증조할머니도 이것을 썼을까? 레이스 사이로 앞을 보면서 계단을 무사히 내려갈 수 있을까? 그녀는 계단에서 굴러 떨어져 비단과 레이스 더미 속에 파묻혀 있는 자신과 그 광경을 애써 모른 척하는 하객들의 표정을 상상하고 킬킬거렸다.

그러다가 웨딩거울에 비친 자신의 모습을 보고 더 큰 웃음을 터뜨렸다. 금이 간 거울에 비친 면사포, 레이스 밑으로 곧게 뻗은 긴 은발, 맨다리가 꼭 시간대를 우스꽝스럽게 뒤섞어 놓은 물체처럼 보였다.

"안 돼!"

갑자기 쉰 목소리가 울려 퍼졌다. 샤이는 깜짝 놀라 면사포를 걷어 올렸다. 할머니가 문가에 몸을 기댄 채 간신히 서 있었다. 헐렁한 나이트가운과 창백한 피부가 캄캄한 복도를 배경으로 유령의 그것처럼 빛났다.

할머니의 시선이 웨딩거울에 꽂혀 있었다.

"할머니?"

"코빈!"

노부인이 다시 외쳤다.

샤이는 소름이 돋았다.

"진정하세요, 이건……."

그들의 눈이 거울 속에서 마주쳤다. 갑자기 그것이 윙윙거리기 시작했다. 그 기묘한 파동이 희뿌연 방 안으로 스멀스멀 기어들어왔다. 샤이는 메스꺼움을 느꼈다. 우지직 하는 소리와 함께 무엇인가가 맹렬한 힘으로 대기를 잡아 찢었고, 동시에 그녀는 바닥으로 내동댕이쳐졌다. 양탄자가 푹 꺼지는가 싶더니, 늙은 여인의 비명으로 가득한 어둠 속으로 한없이 떨어지기 시작했다.

3

비명은 사라졌다. 샤이는 자연 재해나 다른 무엇, 어떤 재앙이 진저브레드 하우스를 덮쳤다고 생각했다.

그녀는 두터운 어둠을 뚫고 일어났다. 메스꺼움과 신물이 올라왔다.

소용돌이 속에 휘말려 딱딱한 바닥에 내동댕이쳐진 기억이 떠올랐다. 레이스 면사포가 얼굴 앞쪽으로 흘러내려 거추장스럽게 뉘엉겨 있었다. 샤이는 면사포를 치워버렸다.

니스 냄새와 먼지 냄새가 배어 있는 마룻바닥이었다. 화려한 꽃무늬 양탄자는 사라지고 없었다.

샤이는 손으로 바닥을 짚고 몸을 일으켰다. 레코드판 더미도 라디에이터도 없었다. 1피트 높이의 굽도리 널만이 흰색이 아닌 짙은 갈색으로 칠해져 있었다. 그녀는 휘청거리다가 다시 바닥으로 엎어졌다.

복도에서 들리는 발소리와 흥분한 목소리들.

"무슨 일이죠?"

"다이너마이트 소리 같았소. 하지만 무언가가 폭발하는 건 보지 못했는데."

'도와주세요.'

샤이는 소리를 지르려 했지만, 입에서 나온 것은 작은 끙끙거림뿐이었다.

또다시 눈앞이 깜깜해졌다. 그녀는 빙글빙글 도는 것을 멈추기 위해 미끄러운 바닥에서 몸을 뒤틀며 붙잡을 만한 것을 찾기 시작했다. 한 손이 거울 밑동의 차가운 발톱에 닿았다.

"브랜디?"

"브랜디가 어떻게 된 거지?"

이제 목소리는 방 안에서 들리기 시작했다.

"기절했던 모양이에요. 남자들은 나머지 부분을 살펴보세요. 내가 브랜디 허리끈을 풀 테니까요. 브랜디?"

"물 좀 주세요."

샤이는 갈비뼈 주위가 느슨해지면서 숨 쉬는 게 한결 수월해짐을 느꼈다.

"무슨 일이……?"

"나도 모르겠어. 갑자기 벽에 걸린 사진들이 떨어지고 접시가 깨졌는데, 어디서 폭발이 일어났는지 찾지 못했어. 내가 머리핀을 빼줄게."

머리핀이 빠지면서 머리채가 흘러내렸고, 두개골에 가해지던 압박이 느슨해졌다. 그런데 누가 머리에 핀을 꽂아둔 걸까? 누군가가 엎어져 있던 그녀의 몸을 뒤집었다. 샤이는 자신을 내려다보고 있는 낯선 사람의 얼굴을 바라봤다.

"그냥 누워 있어. 내가 물을 가져올게."

그 여인이 일어나서 드레스 자락을 털었다. 허리부분이 좁고 몸통과 소매가 잔뜩 부풀려진 드레스였다. 그녀가 문을 닫고 나가자, 혼자 남겨진 샤이는 천장에 달린 이상한 형태의 전구를 쳐다보았다. 투명한 유리와 필라멘트가 보였다.

두 손을 휘감고 있는 섬뜩한 거울이 그녀 곁에 세워져 있었다. 그 방에서 유일하게 익숙한 물건이었다.

갈색 문(원래는 흰색이어야 할)이 열리며 좀 전의 여인이 유리잔과 이마에 얹을 차가운 물수건을 들고 돌아왔다.

숱진 다갈색 머리. 옆모습이 레이첼과 비슷했다. 하지만 땋아서 말아 올린 머리 양쪽이 희끗희끗했다.

"엄마?"

울렁거림과 혼란스러움 속에서 샤이는 눈의 초점을 맞추려고 애썼다.

"그래, 곧 괜찮아질 거야."

그녀가 샤이의 뺨에 손가락을 댔다.

"열은 없구나. 그래도 다 마시렴."

샤이가 이상야릇한 맛의 물을 다 마시고 나자, 여인이 그녀를 부축해 일으켰다.

샤이는 휘청거리며 거울의 차가운 팔을 붙잡고 자신이 입고 있는 낯선 드레스를 쳐다보았다. 바닥까지 끌리는 치렁치렁한 드레스. 어깨에서 허리까지 늘어진 검은 웨이브 머리.

"이런, 맙소사……."

"브랜디!"

여인은 샤이를 좁은 침대로 데려간 뒤, 시선을 돌리고 그녀의 옷을 한 겹 한 겹 벗기기 시작했다.

"하지만 머리가……."

"아침에 다시 빗겨줄게."

"소피?"

복도에서 남자 목소리가 들렸다.

"기다려요."

여인이 샤이의 머리에 깔깔한 나이트가운을 뒤집어씌웠다. 몸에는 이불을 덮어주었다.

"이제 들어와도 돼요."

박물관 전시물처럼 배기바지와 반짝이는 조끼를 입은 두 명의 남자가 들어왔다. 영화를 보다가 갑자기 영화 속으로 들어와버린 듯했다. 어디에도 카메라는 없는데. 머리를 다친 걸까?

"집 안에도 밖에도 큰 피해는 없는 것 같소. 지진이 난 것 같은데, 그런 소리는 처음 들어봐서."

나이 든 남자가 느리게 그러나 또박또박 말했다.

"실제로 지진이 나는 걸 본 적도 없고."

"그러게요. 아무튼 다 끝난 것 같아요?"

그러길 바라야지.

그는 침대 발치로 가서 손으로 머리를 쓸어 넘겼다. 그러고는 가느다란 금테 안경 너머로 샤이를 쳐다보았다.

"이제 그만 충격에서 헤어났으면 좋겠구나. 오늘 무슨 일이 일어난다고 해도 내일은 달라지지 않는다. 넌 아침에 결혼하는 거다, 브랜디 맥케이브. 필요하면 내가 직접 널 목사님에게 끌고 가겠다."

소피는 샤이의 이마에 얹힌 물수건을 뒤집었다.

"존……."

"그 문제에 대해서는 더 이상 얘기하지 맙시다. 여자들끼리 좀 더 얘기를 나누고 잠자리에 드시오."

그는 찜찜한 미소를 지으며 문가에 서 있는 젊은 남자에게 나가자는 몸짓을 했다.

"이리 와, 엘튼. 결혼식을 위해 축배를 들자꾸나."

"브랜드 맥케이브?"

문이 닫히자마자 샤이가 혼잣말처럼 되뇌었다.

"도저히 믿을 수 없어."

"믿는 게 좋을 것 같구나. 아버지는 말도 못 꺼내게 하신다. 내가 노력했다는 걸 하나님은 아실거야. 일어나 앉으렴, 머리 땋아줄게."

그녀는 샤이의 것이 아닌 머리카락을 빗기고, 손가락으로 그것들을 말기 시작했다.

샤이는 아직 가시지 않은 현기증과 한 번도 본 적 없는 사람들이 자신을 그토록 친근하게 대하는 것이 당혹스러워 깊게 심호흡을 했다. 마렉과의 결혼을 막기 위해 부모님이 이 끔직한 상황을 계획한 게 아닐까 싶었지만, 이내 그런 생각을 떨쳐버렸다. 그거야말로 현재 상황만큼이나 말이 안 됐다.

소피는 느슨하게 땋은 머리를 샤이의 어깨 위로 늘어뜨리고 다시 그녀를 눕힌 다음 이불을 턱까지 끌어올려주었다. 발아래에서 빵 부스러기나 모래알의 까끌까끌한 감촉 같은 게 느껴졌다.

"그런데……."

소피가 무릎 위로 손을 모으고 침대 가장자리에 꼿꼿이 앉아 침을 삼켰다.

"내일이 오기 전에 해줄 말이 있단다. 친구들이 어디까지 얘기해줬는지 모르지만, 대부분은 엉터리일 게 뻔하지."

소피는 방을 이리저리 두리번거리더니 샤이 대신 자기 손을 내려다보았다.

"남자와 여자가 결혼하면, 남자는 침대에서…… 어떤…… 특권 같은 걸 갖게 되는데……."

소피는 일어서더니 샤이에게 등을 돌리고 천장을 응시했다.

"첫날밤에는 약간의 고통이 있을 수 있지만, 그 다음부터는 괜찮아진단다."

말하는 속도가 갑자기 빨라졌다.

"긴장을 풀어. 나머지는 스트로크 씨가 다 알아서 할 거야."

마침내 그녀가 침대 쪽을 돌아보았다. 소피가 눈물을 글썽 거리며 샤이의 손을 잡았다.

"기억해라, 브랜디. 넌 용감해져야 해. 주님이 지켜보실 거 야. 그리고 언젠가는 네게 아기로 보상해주실 거야."

"우와, 정말 확 깬다!"

"뭐라고?"

소피가 몸을 곧게 세웠다. 낄낄거리던 샤이가 재빨리 웃음 을 멈추었다.

"너…… 너무 피곤한가 보구나. 좀 자렴."

그녀는 샤이가 피할 겨를도 주지 않고 이마에 입을 맞췄다.

"모든 게 잘될 거야."

그러고는 천장에 매달린 전구에 손을 뻗으면서 어깨를 으쓱 했다.

"……깬다고?"

그녀가 혼잣말처럼 되뇌더니 곧 전등 스위치를 끄고 방을 빠져나갔다.

샤이는 이불을 걷어차고 편물로 짠 작은 매트 위에 발을 내려놓았다. 눈을 감은 채 얇은 매트리스를 부여잡고 머릿속의 진동을 무시하려 애썼다.

'첫째, 꿈이라면 이렇게 길거나 일관적일 수 없어. 둘째, 저녁 때 와인은 한 잔밖에 안 마셨는데. 셋째, 이렇게 갑자기 미쳐버릴 수는 없잖아. 안 그래?'

그녀는 눈을 가늘게 뜨고 정신을 집중했다. 그러나 곧이어 하늘거리는 흰 옷을 입고 수염을 늘어뜨린 하나님이 지켜보는 가운데, 정체모를 스트로크 씨와 사랑을 나누는 광경이 머릿속을 비집고 들어왔다. 하나님이 곁눈질을 하신다. 샤이는 히스테릭한 웃음이 터져 나오는 걸 간신히 억누른 채 다시 침대에 누웠다.

'좋아, 놀이는 끝났어. 이제 다시 시도해보자.'

이번에는 두 발로 일어서서 침대 발치로 걸어갔다. 현기증의 여파 때문에 절제 침대 틀을 부여잡아야 했다.

'재미있지만은 않네. 정신 바싹 차려, 샤이.'

샤이는 소피가 그랬던 것처럼 천장에 매달린 전구로 손을 뻗어 간신히 불을 켰다. 바로 오늘 저녁 샤이는 엄마와 함께 손님방에서 얘기를 나누고 있었고, 삼나무 농은 바로 그곳에 있었다. 그러나 지금은 이 방 침대 발치에 놓여 있는 게 아닌가. 면사포는 거울 손에 걸려 있었다. 거울은 예전보다 더 커 보였고, 방도 마찬가지였다.

그 순간 샤이는 거울 속에서 고뇌에 찬 여자의 얼굴을 목격했다. 떨리는 손이 입가로 올라가는 것을 보았고, 입술을 더듬는 차가운 손가락을 보았다. 그 손은 마렉이 준 다이아몬드 반지를 끼고 있지 않았다. 거울 속의 여자는 자신이 아니었다.

"이 일과 관계있다면, 어서 모든 걸 돌려놔!"

그녀는 거울에 대고 주먹을 휘둘렀다. 그 앞으로 성큼 다가섰지만 꼭대기에서부터 사선으로 비스듬히 나 있던 금은 보이질 않았다. 면사포의 레이스는 수선한 자국 없이 멀쩡했다. 아랫단에 달려 있는 공단 캡 역시 누렇게 변색된 흔적은 찾아볼 수 없었다.

그녀는 뒤로 물러서서 머리를 흔들었다. 울퉁불퉁한 거울 속에서 브랜디가 똑같이 머리를 흔들었다.

브랜디 맥케이브는 갈색 눈 대신 푸른 눈, 길고 숱진 속눈썹, 작고 통통한 몸을 지닌 여자였다. 가슴 사이즈는 샤이의 것보다 두 컵 정도는 더 클 것 같았다.

왼쪽 위 어금니가 빠져 있었다. 샤이의 눈에 그 모습은 매우 현실적으로 보였다. 그제야 그녀는 자신이 처한 비현실적인 상황을 현실적으로 바라보기 시작했다. 완전히 다른 몸을 갖게 됐다는 사실을 인정하고 나자, 공포감 때문에 무작정 뛰쳐나가고 싶은 충동이 엄습했다. 그녀는 '그들'이 모여 있는 곳을 피하기 위해 방문 대신 창문을 택했다.

그러나 바깥도 나을 게 없었다.

밝은 밤하늘 아래 어두운 산세를 가려주던 모텔도 없었고, 산기슭까지 뻗어 있던 도시의 불빛도 없었다. 자동차들이 오가는 소리도, 최근에 내린 비 냄새도 사라졌다. 콜로라도 보울더의 흔적 중 유일하게 남아 있는 것이라면 멀리서 들리는 개 짖는 소리뿐이었다.

샤이의 세계는 집 안에서도, 집 밖에서도 몸 안에서도 더 이상 존재하지 않았다. 그녀는 오싹한 냉기와 날카로운 귀뚜라미 울음소리를 막기 위해 창문을 닫고 다시 거울을 노려보았다. 저것 때문일 리 없다. 정신이 장난을 친 것이리라. 저택을 짓누르고 있는 과거의 무게에 항상 답답함을 느끼던 그녀가 아니던가. 몸이 안 좋아진 틈을 타 과거의 이미지가 잠시 동안 현재를 삼켜버렸을 뿐이다.

침대에서 그녀를 돌보던 사람은 소피가 아니라 레이첼이었다고 이성이 속삭였다. 자신이 들었다고 생각했던 말들은 모두 착각일 뿐이라고.

그러나 꿈이라고 하기에는 지나치게 생생하고 자세했다.

진저브레드 하우스는 너무도 고요해서 유령이 나올 것만 같았다. 얇은 나이트가운만 입고 버티기에는 너무 추웠다. 벽 쪽에 붙어 있는 길쭉한 금속 라디에이터는 차갑게 식어 있었다.

아마 내일쯤엔 병원에서 눈을 뜰 것이고, 침대 옆을 지키고 있는 부모님을 보고 미소를 지을 수 있을 만큼 회복될 것이다.

그와 동시에 낯선 여자의 몸이 본능적인 욕구를 주장하고 나서며, 그 설득력 없는 논리를 흔들어 놓았다.

'일단 급한 불부터 꺼야지. 브랜디에게 욕실을 찾게 하는 거야…… 침착해, 침착해, 샤이. 당황하지 마.'

불빛이 새어 나오도록 문을 열어놓은 채, 그녀는 살며시 복도로 나가서 욕실로 향했다. 하지만 그곳은 드레스 룸이었다.

샤이는 몸을 덜덜 떨면서 1분 동안이나 그곳을 노려보았다. 결국 그녀는 다시 계단을 걸어 올라가 꺼끌꺼끌한 좁은 양탄자 위에 섰다. 이번에는 아래층 불빛을 길잡이 삼아 더듬더듬 계단을 내려갔다. 그곳에는 오래된 찬장 대신 상큼한 꽃병이 놓인 테이블이 자리하고 있었다. 그녀는 거실에서 흘러나오는 목소리에 걸음을 멈칫했다.

"누나는 미쳤어요, 그런데 왜 굳이 결혼시키려 하죠? 데리고 있다가 나중에 부모님을 모시도록 하면 되잖아요."

"그애가 정말 미쳤다면 어차피 우리에게도 쓸모가 없을 거야. 물론 난 그렇게 생각하지 않는다만. 엘튼, 네 누나는 열여덟 살에 두 차례의 좋은 기회를 모두 차버렸어. 사랑하지 않는다는 이유로 모두 거절했단 말이다. 참 나, 사랑이라니! 요즘 여자들이 무슨 생각을 하는지 모르겠다만, 이제 정신 좀 차려야 해. 지금 저 애는 남자들을 쫓아내려고 미친 척하는 거야. 다 부질없는 짓이지. 벌써 스무 살이고 내 인내심은 모조리 바닥 났어."

샤이는 까치발을 하고 모퉁이를 돌았다. 욕실이 여전히 그곳에 있기를 바라면서.

다행히도 그랬다. 그녀는 천장에 매달린 전등을 켜기 위해 손을 뻗어야 했다.

변기 물탱크가 달랑거리는 긴 체인과 함께 높은 벽에 걸려 있었다. 목재와 금속으로 만들어진 욕조에는 수도꼭지가 하나밖에 없었다. 이게 환각이라면 어떻게 스스로도 알지 못하는 것들을 이렇게 자세하게 그려낼 수 있을까. 브랜디가 자신과 같은 나이라는 것도 이상했다.

최근에 변기 물을 내리지 않았는지, 창문 없는 화장실에서 악취가 풍겼다. 샤이는 볼 일을 마치고 체인을 잡아당겼다. 집 안이 엄청난 소음으로 진동했다. 그녀는 재빨리 복도로 나갔다.

"이 한밤중에 누가 물을 내린 거냐? 너냐? 게다가 잠옷 바람으로 돌아다니다니. 이 집안이 어떻게 되려고 이러는지. 이제

이상한 짓 그만두고 침대로 돌아가라. 안 그러면 꽁꽁 묶어버리
릴 테니까."

존 맥케이브가 그녀를 몰아붙였다.

샤이는 계단을 뛰어올라가 방문을 쾅 닫았다. 브랜디의 심
장이 천둥처럼 쿵쿵거렸다.

"지독한 늙은이!"

그녀는 투덜거리며 거울을 쳐다보았다.

거울에 비친 브랜디의 얼굴에 충격과 체념이 서려 있었다.
오래된 거울에 비친 방은 침침했고 어지러웠다.

'네가 이런 짓을 한 거라면 맨 손으로 부숴버리겠어.'

샤이는 금이 가 있어야 할 거울 꼭대기를 손가락으로 더듬
으며 아래로 내려갔다. 거울 틀의 모서리와 주물 손가락들 사
이마다 거뭇해진 에나멜 부스러기가 붙어 있었다. 한때 에나
멜이 칠해져 있었다는 뜻이리라. 예전에는 미처 알아채지 못
한 것이었다.

아래층에서 변기 장치의 철커덩거리는 소리가 들렸다.

'여기 정말 싫어.'

그녀는 이불을 걷어내고 시트에서 모래가루를 털어냈다. 그
리고 짜증스럽게 거울을 바라본 뒤 불을 끄고 침대로 기어들
어갔다.

맨 바닥을 돌아다닌 탓에 그녀의 발에는 방금 털어낸 것보
다 더 많은 모래가 묻어 있었다.

'내일 나는 내 세계에서 깨어날 거야.'

샤이는 몸을 돌려서 브랜디의 베개에 얼굴을 묻었다.

4

샤이는 이상한 소리에 눈을 떴다. 그러고는 한동안 저 수탉들이 어디서 왔을까 의아해하며 누워 있었다. 잠시 후 무심코 일어나 앉다가 지붕 꼭대기까지 사선으로 이어진 천장에 머리를 부딪칠 뻔했다.

"어! 안 돼!"

그녀는 방 안을 두리번거렸다. 동시에 혀로 입 안쪽을 훑어보았다. 어금니가 있어야 할 자리는 여전히 텅 비어 있었다. 게다가 그녀는 아직도 브랜디의 방에 있었다.

그녀는 창문으로 뛰어갔다. 모텔이 있어야 할 자리에서 말한 마리가 평화로이 풀을 뜯고 있었다.

'넌 아침에 결혼하게 될 거다, 브랜디 맥케이브. 내가 직접 목사님에게 끌고 가는 한이 있더라도.'

샤이는 웨딩거울로 고개를 돌렸다.

"나를 돌려보내줘!"

주먹으로 거울을 후려쳤지만, 거울은 미동도 없이 그녀 앞에 서 있었다.

샤이는 표면에 입김이 서릴 정도로 가깝게 붙어 서서 거울에 비친 브랜디의 경직된 얼굴을 마주보았다. 팔이 힘없이 아래로 툭 떨어졌다. 그녀는 거울에서 멀찍이 떨어졌다. 어째서 이 모든 게 거울 때문이라는 확신이 드는 걸까.

그녀를 침대 밖으로 몰아냈던 아드레날린이 빠져나가면서 다리가 풀리고 화가 치솟았다.

"브랜디?"

소피가 전날 밤과 똑같은 드레스 차림에 기다란 하얀색 앞치마를 두르고 들어왔다.

"노라가 목욕물을 가져왔다. 네 가운은 어디 있지?"

"제가 어떻게 알아요?"

샤이가 브랜디의 입을 움직여 대꾸했다.

"협조 좀 해봐. 이 상황을 최대한 받아들이고."

소피는 옷장에서 소름끼치는 플란넬 가운을 꺼내들었다.

노라라는 이름의 뚱뚱한 여자가 김이 모락모락 나는 물을 두 양동이째 금속 욕조에 부었다. 그런 후에 수도꼭지에서 나오는 물과 섞었다. 샤이는 브랜디의 몸에 걸친 가운과 잠옷을 거리낌 없이 벗었다. 그러자 노라가 큰 모욕이라도 당한 것처럼 씩씩거리더니 욕실 문을 쾅 닫고 나갔다.

'흥, 이 몸에서 당신에게 없는 건 하나도 없잖아. 조금 작을 뿐이지.'

물은 겨우 10센티미터 높이에 불과했다. 비누는 벽돌처럼 딱딱했고, 딱 그만큼만 거품이 일었다. 그러나 목욕을 하니 기분이 좋아졌다. 그녀에게는 그런 순간이 필요했다.

다른 사람의 몸을 씻으면서 피부에 닿는 옷감과 물의 감촉을 느끼는 것, 그녀의 것보다 짧은 손가락은 다른 주인의 욕망에 대체로 잘 복종했다.

짙은 색의 잔털이 브랜디의 다리를 덮고 있었고 겨드랑이에도 털이 복슬복슬 나 있었다. 샤이는 세면대에 매달린 가죽 끈을 보았다. 어쩌면 존 맥케이브가 그녀를 때리겠다고 위협할 때 사용하던 물건이리라.

그 끈과 함께 사용하는 면도칼도 있었다. 샤이는 브랜디를 면도해주고 싶은 충동에 휩싸였지만, 곧 의미 없는 짓이라는 생각에 어깨를 으쓱했다.

'이런 상황이 오래가지 않을 텐데, 뭐.'

게다가 그녀는 오늘 밤 브랜디의 신랑과 함께 잠자리에 들지도 않을 것이다. '스트로크'라는 이름은 듣기만 해도 귀에 거슬렸다.

어쩌면 과거에 집착하는 엄마를 은근히 경멸한 죄로 이런 상황에 처한 것인지 모른다. 따끔한 가르침을 준 뒤 원래대로 되돌려놓으시려는 하나님의 계획인지도 모른다. 사실 샤이는 열세 살 이후로는 하나님에 대해 생각해본 적이 거의 없었다.

그러나 본능은 자꾸만 거울을 주시하라고 속삭였다. 그 거울이 몇 년 동안 다락방에 있었고 그동안 어떤 짓도 벌이지 않았음에도 불구하고. 그것이 논리적인 설명이 아님에도 불구하고.

'이 사건은 거울 속에서 할머니의 눈과 마주친 순간부터 시작됐어.'

부모님에 대한 그리움이 사무쳐, 샤이는 수건에 얼굴을 묻고 조용히 흐느꼈다.

노라와 소피가 원탁 식탁에 아침식사를 차리는 동안, 샤이는 존 맥케이브 맞은편에 앉아 있었다.

"넌 아직 결혼 전이다. 일어나서 어머니를 도와."

그의 이는 울퉁불퉁했고, 아랫니는 갈색으로 변색돼 있었다.

"놔둬요. 이제 다 됐는데요, 뭘. 그런데 엘튼은 어디 있죠?"

"소식을 들으려고 시내로 나갔소."

존 맥케이브는 코 위에 안경을 얹고 도장이 찍힌 긴 문서를 집어 들었다.

"오늘 드디어 스트로크가 브랜디와 브랜디 와인의 주인이 되는군."

그는 샤이를 쳐다보았다. 그 얼굴에 제리 가렛의 얼굴에서 봤던 아쉬움이 서려 있었다. 그러나 곧 그런 표정은 사라졌다.

"스트로크가 브랜디 와인으로 뭘 하려는지 모르겠어."

"광산을 다시 연다는 얘기가 있어요. 아침 먹어라, 브랜디."

소피가 샤이의 접시에 달걀을 올려주었다.

"콩거(1800년대에 카리부 광산 등을 발견한 인물 — 옮긴이)와 흑철이라. 정말 어이가 없군."

존이 코웃음을 쳤다.

얇게 저민 햄과 달걀프라이, 옥수수 빵, 팬케이크, 오트밀 비슷한 것. 브랜디의 몸은 배가 고프다고 아우성을 쳤지만, 샤이는 무엇부터 먹어야 할지 몰랐다.

그녀는 전날 밤에 소피가 벗겨주었던 꽉 끼는 드레스를 입고 있었다. 옷이 너무 꽉 끼어서 과연 음식이 들어갈 자리가 있을지 의심스러울 정도였다. 그러나 그날 아침에 맛본 달걀은 그때까지 먹어본 것 중 최고였다.

그녀는 우유를 컵에 따랐다. 그러자 존과 소피가 먹는 것을 멈추고 그녀를 쳐다보았다. 노라는 팬케이크 자르던 손을 멈추었다.

우유는 부드럽고 따뜻하고 달콤했다. 방금 짜서 신선했다. 그녀는 다른 음식을 먹기도 전에 우유 한 잔을 모두 마셔버렸다.

소피가 아연실색했다.

"브랜디! 우유 싫어했잖니."

"어머."

진짜 브랜디는 우유를 그렇게 마셔본 적이 없는 모양이다. 샤이는 자신이 우유를 싫어한다는 걸 방금 깨달았다는 듯 다시 유리잔을 채웠다. 그러면서 살균하지 않은 우유에 콜레라나 디프테리아 같은 균이 있지 않을까 생각했다.

소피가 샤이에게 몸을 기울이며 속삭였다.

"코르셋은 어떻게 된 거니?"

그때 마침 엘튼 맥케이브가 뒷문으로 들어왔다. 소피의 속삭임은 닭들의 퍼덕거리는 소리에 묻혀 사라졌다. 샤이는 간신히 위기를 모면했다.

"스트로크는 어젯밤을 윌리스에서 보냈대요."

엘튼이 샤이에게 윙크한 후 접시에 음식을 담았다.

"스트로크는 제 시간에 못 올 걸요. 내기해도 좋아요."

"오는 게 좋을 걸."

아버지가 퉁명스럽게 대답하며 하얀 버터를 향해 기어가고 있던 파리를 힘껏 내리쳤다.

"나머지 시간은 워터 스트리트에서 보냈다고 장담해요."

엘튼이 음식을 입에 물고 말했다.

"엘튼!"

소피가 주의를 주며 일어섰다. 난로 때문에 방 안이 너무 더웠다. 그녀가 철제 난로 위에 놓인 커피 주전자를 들었다.

"커피 마실래, 브랜디?"

"음, 모르겠어요."

샤이가 텅 빈 어금니 구멍에서 음식 조각을 빨아내며 대답했다.

"내가 커피를 좋아했나요?"

브랜디의 아버지가 굳은 표정으로 아들을 바라보았다.

"지진 소식은 없더냐?"

"우리 빼고는 누구도 소리나 진동을 느끼지 못했다는데요."

샤이는 아침을 먹은 뒤 살며시 뒷문으로 빠져나왔다. 퉁퉁하고 까만 파리들. 건초 냄새와 달콤한 꽃향기. 흙길은 옥외 변소와 벽돌 차고로 이어졌다. 차고는, 한쪽 구석에 나무 닭장이 있는 것만 빼면 그녀가 기억하는 모습과 비슷했다. 안을 들여다보니, 콘크리트 바닥에 서 있던 아버지의 올즈모빌 대신 채가 딸린 작은 마차 한 대가 흙바닥에 서 있었다.

갑자기 공포가 밀려왔다. 곧이어 브랜디의 배가 찌릿찌릿 아프기 시작했다. 샤이는 얼마 전까지 도시였던 초원을 냅다 가로질렀다. 건물들은 띄엄띄엄 서 있었다. 그녀는 한참을 뛰다가 불현듯 걸음을 멈췄다. 그 무엇도 그녀를 도와줄 수 없었다. 그리고 그녀는 자신이 알지 못하는 세계에서는 살 수 없었다. 그녀는 안식처와 음식, 무엇보다도 거울이 필요했다. 만약 정말로 그 거울이 이 불가능한 일을 꾸몄다면, 상황을 되돌리는 것도 그것의 몫이리라.

웨딩거울은 그녀의 유일한 희망이었고, 그것은 지금 진저브레드 하우스에 있었다.

샤이는 천천히 발걸음을 돌렸다. 초원에서 말이 힝힝거렸다. 그녀는 말의 콧잔등을 쓰다듬어주었다. 말이 내뿜는 따뜻한 콧김이 팔을 간질였다. 말은 실재했고, 얼굴 위로 내리쬐는 태양빛도 실재했다.

샤이는 철조망에 한 손을 걸쳤다. 그리고 작은 상처에서 다른 여자의 피가 배어나오는 것을 발견했다. 어떤 악몽도 이렇게 생생할 수는 없는 법이다.

"브랜디, 서둘러! 꾸물거릴 시간이 없어."

소피가 그녀를 몰아붙였다.

"모자도 안 쓰고 뭐하는 거니?"

샤이는 축 늘어진 채 울타리에 기댔다. 흐르는 눈물을 주체할 수 없었다.

브랜디의 어머니가 그녀를 품에 안았다.

"생각보다는 쉬울 거야. 울지 마라. 이러다 화장 망치겠다. 너도 노처녀가 되고 싶진 않겠지? 아니면 여선생이 되고 싶니? 설사 아버지가 대학에 들어가는 걸 허락하신다 해도, 언젠가는 결혼을 해야 할 거야. 세월이 가면 너도 스트로크 씨를 사랑하게 될 거다."

그러나 소피 맥케이브의 말은 설득력이 없었다.

"제발."

결국 샤이는 꽉 조인 코르셋을 입고 웨딩거울 앞에 설 수밖에 없었다. 버튼이 달린 조그만 구두 때문에 발이 아팠다. 서걱

서걱 풀을 먹인 슬립 위로 하얀 드레스가 넓게 퍼졌다. 브랜디의 몸은 지나치게 따뜻했다.

소피는 탁탁 소리가 날 때까지 브랜디의 머리를 빗기고는 샤이가 결코 흉내 낼 수 없는 손놀림으로 머리채를 높게 틀어 올렸다. 그런 다음 소리 내서 성경을 읽었다.

'지금 마렉은 뭘 하고 있을까? 나타나지 않는 신부를 기다리고 있을까?'

그녀는 거울을 향해 물었다.

'도대체 내 몸에 무슨 일이 생긴 거지? 혹시 내가 죽은 거야? 지난밤에 죽어서 다시 환생한 거야? 아니면 과거로 끌려 온 거야?'

이곳은 항상 가문의 집이었고, 맥케이브는 가문의 이름이었다. 브랜디는 틀림없이 샤이의 조상일 것이다.

지금 아래층으로 내려가서 다른 여자의 신랑과 결혼하지 않겠다고 하면 어떻게 될까? 존 맥케이브가 나를 때리겠지. 어찌됐든 그는 나를 결혼식으로 끌고 갈 거야. 브랜디의 무서운 아버지와 자상한 제롤드 가렛 사이에는 어떤 공통점도 없었다.

엘튼이 문 주위를 흘긋거렸다.

"혼자 있어?"

흰 정장 차림의 훤칠하고 잘생긴 그가 방으로 몰래 들어왔다.

"곧 아버지가 오실 거야. 누나 오늘 참 예뻐 보여. 하지만 울면 안 돼. 얼굴에 화색이 돌아야지."

그는 손수건으로 그녀의 뺨에 흐르는 눈물을 닦아주었다.

"그렇게 나쁘지는 않을 거야. 만약 스트로크가 점잖게 행동하지 않으면 내게 몰래 전갈을 보내. 난 누나를 위해 할 수 있는 일은 다할 거야. 알지, 브랜 누나?"

그가 그녀의 손을 한 번 세게 쥐고는 들어왔을 때만큼이나 재빨리 방에서 나갔다.

'브랜?'

샤이는 거울 속을 응시했다. 그녀는 세상이 이렇게 엉망진 창이 되기 전 복도에서 봤던 빛바랜 결혼사진을 떠올렸다. 그러나 그 사진 속 얼굴들은 정지된 그림에 불과했다. 하지만 비슷한 점은 찾아낼 수 있었다.

가족들은 샤이의 할머니를 항상 브랜이라고 불렀다.

'세상에, 맙소사. 브랜이 브랜디의 애칭이었군.'

이제 보니 레이스 면사포는 할머니의 것이었다. 엄마도 그것을 썼다. 평소 엄마가 들려주는 가족사에 신경을 좀 쓸 걸 하는 후회가 밀려왔다. 하지만 그 이야기들은 너무 길고 너무 지루했다.

누군가가 계단을 올라오고 있었다.

"제발, 부탁이야! 너무 늦기 전에 나를 돌려보내줘."

샤이는 주먹으로 웨딩거울을 거세게 때렸다.

5

스무 살 때의 외할머니 모습을 하고, 외할머니의 면사포를 쓴 채 샤이는 존 맥케이브의 팔짱을 끼고 구부러진 계단을 내려갔다. 공포는 눈물을 마르게 했고, 그녀는 곧 될 대로 되라는 심정에 사로잡혔다. 샤이는 '예'라고 대답해야 할 순간에 '아니오'라고 말하리라 다짐했다.

아래층엔 눈에 익은 찬장도, 울긋불긋한 꽃무늬도, 아는 얼굴들도 없었다.

거실로 들어가는 통로에서 머뭇거리자, 존이 그녀를 앞으로 끌어당겼다. 소피는 어느새 옷을 갈아입고, 엘튼과 두 명의 낯선 남자와 이야기를 나누고 있었다.

그 남자들 중 한 명은 엘튼보다도 키가 컸다. 하지만 샤이는 브랜디가 자신보다 키가 상당히 작다는 사실을 기억해냈다. 방이 예전보다 더 커 보이고, 출입구가 높아 보였던 것도 다 그 때문이었다.

샤이는 면사포를 통해 밖으로 돌출된 창문과 목재 흔들의자와 벽난로를 보았다.

존 맥케이브는 그녀를 어떤 키 큰 사내에게 넘겨주었다. 그는 검은 양복에 우스꽝스러운 넥타이를 매고 있었다. 재킷과 흰 셔츠 칼라 사이로 반짝이는 검은 조끼가 살짝 보였다. 그는 신랑이 신부에게 던질 수 있는 가장 달갑지 않은 시선으로 그녀를 보았다.

샤이는 브랜디의 목구멍으로 침을 꿀꺽 삼켰다.

'내 할아버지랑 결혼하다니, 있을 수 없어.'

또 다른 남자가 혼인서약서를 읽을 때 그녀 옆에 서 있던 그 남자는 열심히 귀를 기울였다. 샤이는 '예'라고 해야 할 때 '아니요'라고 답해야 한다는 것을 기억하며, 실수로 다른 말을 내뱉지 않기 위해 정신을 바짝 차렸다. 하객들이 없다면 더 쉬웠을 텐데.

"그리고 신랑 코빈 스트로크는⋯⋯."

"코빈?"

샤이는 자기도 모르게 신랑을 뚫어질 듯이 쳐다봤다. 이런 상황이 오기 전에 할머니가 말했던 그 이름.

목사가 헛기침을 했다.

"그리고 신부⋯⋯."

샤이는 코빈 스트로크의 팔에 매달린 채 휘청거렸다. 작은 부케를 거의 쥐어짜다시피 했다. 멀리서 들리는 윙윙거리는 소리.

"그리고 신부 브랜디 해리엇 맥케이브는 이 남자를 남편으로 맞아⋯⋯."

올 것이 왔다. 이제 거절할 시간이다. 샤이는 브랜디의 목청을 가다듬고 깊게 심호흡했다.

"순종할 것을 약속하고⋯⋯."

심장박동 소리 때문에 목사의 목소리가 들리지 않았다. 그의 머리 너머 밖으로 돌출된 창문이 흐릿하게 보였다.

"죽음이 갈라놓을 때까지……."

지금일까? 목사가 그녀를 똑바로 쳐다보았다. 샤이는 브랜디의 바싹 마른 혀를 입천장에서 떼어냈다. 그리고…….

"맹세합니다."

그때 존 맥케이브의 단호한 목소리가 들렸다.

소피 맥케이브는 딸의 드레스를 개켜서 자수 시트, 베갯잇과 함께 트렁크에 넣었다.

딸은 평소답지 않게 어깨를 구부정하게 숙이고 삼나무 농 위에 앉아 청동 거울을 노려보고 있었다. 소피는 지금보다 덜 형식적이고 덜 엄격했던 시절에 성장해서 결혼했다. 새로운 세기는 편리하고 멋진 발명품들을 선사했지만…… 딸은 자신이 누렸던 것보다 훨씬 더 폐쇄적인 십대 시절을 감내해야만 했다.

브랜디는 불과 몇 년 전까지만 해도 나무랄 데 없는 아이였다. 똑똑하고 예쁘고 남편이 애지중지하는 딸이었다. 소피는 브랜디가 트레버스라는 젊은이와 결혼하기 싫다고 한 직후부터 변화의 낌새를 눈치 챘다. 그 후 딸은 간헐적으로 이상한 행동을 보였지만 존은 그 모든 것을 간과했다. 그러다 딸이 스트로크와의 결혼까지 거부하자 결국 브랜디가 미친 척 연기하는 거라고 결론지었다.

마을 사람들은 브랜디의 이상한 행동을 좀 더 빨리 눈치 챘다. 당연하게도 코빈 스트로크가 청혼하기 전까지 아무도 브랜디를 원하지 않았다.

소피의 눈에 스트로크는 조용하고 엄격한 사람처럼 보였다. 그는 새 신부에게 잘해주는 스타일일까? 신부를 위한 마차를 빌릴 수도 있었을 텐데, 그는 짐마차를 끌고 왔다. 그의 얼굴에서 브랜디를 향한 상냥함은 찾아볼 수 없었다. 그와 함께하는 브랜디의 미래는 과연 어떨까? 하지만…… 최소한 남편 없는 미래는 아닐 것이다.

그때 브랜디가 거울에 달려들어 주먹질을 하기 시작했다.

"브랜디, 왜 그러니?"

소피가 상념에서 깨어나 딸의 팔을 붙잡았다.

"그만해라!"

마침내 그녀는 딸과 거울 사이로 비집고 들어갔다.

"내가 널 이해할 수 있으면 좋으련만."

딸이 그녀를 멍하니 쳐다보았다.

"가자. 스트로크 씨가 기다리고 있어."

소피는 문가에서 멈칫하며 거울을 돌아보았다. 브랜디가 이상한 행동을 보인 것은 그 기괴한 물건이 집에 왔을 무렵부터였다.

혹시…… 아냐, 그럴 리가. 어제까지 그 거울은 다락방에 있었다. 결혼 선물로 가져온 것이었지만, 브랜디가 2년 전 들어온 첫 번째 혼사를 거절하자 분노한 존이 그대로 다락에 처박아버렸다. 그래, 거울은 거울일 뿐이다.

"아래층에 새 모자가 있어. 노라가 리본을 다리고 있단다."

소피가 재촉하듯 브랜디의 어깨를 감싸 안고 밖으로 이끌었다. 딸아이가 정말로 미쳐가고 있다면 꼭 결혼을 시켜야 하는 걸까? 아이들이 생기면 어떻게 될 것인가? 그러나 곧 그녀는 브랜디가 아이들을 잘 돌볼 수 있을 거라고 희망적으로 생각하기 시작했다. 존에게 대항하기 싫어서만은 아니었다.

몸싸움과 공포 때문에 기진맥진한 샤이는 말없이 소피를 따라 계단을 걸어 내려갔다.

"아버지랑 엘튼이 트렁크를 가져갈 거야. 여기, 모자 있다."

소피는 볼썽사나운 꽃장식과 베일이 달린 챙 넓은 모자를 노라에게 넘겨받아 브랜디에게 씌워주고 턱 밑에 리본매듭을 지어주었다.

"트렁크? 다른 데로 가야 하나요?"

"물론이지. 넌 이제 네 남편과 같이 가서 살 거야. 바보처럼 굴지 말고 아버지를 곤란하게 만들지 마. 아버지 인내심은 이제 바닥 났어."

샤이는 예전에 자신이 얼마나 진저브레드 하우스를 떠나고 싶어 했는지 떠올리며 멍하니 서 있었다. 지금은 이 집이야말로 그녀에게 유일하게 익숙한 곳이었고…… 무엇보다도 그 거울이 있었다. 그녀는 브랜디의 어머니에게 매달렸다.

"여길 떠날 수 없어요!"

챙 모자가 비뚤어졌다.

"내 정신 좀 봐, 가방 챙기는 걸 잊었구나. 지금 가져오마."

소피가 못 들은 척 브랜디의 팔을 풀고 계단을 올라갔다.

샤이는 식당으로 들어갔다. 피부가 욱신거렸다. 이 집에서 시간이 뒤집히는 사건이 일어났다. 만약 이 곳을 떠난다면 다시는 시간을 되돌려놓을 수 없을지도 모른다.

식당 테이블은 그녀가 기억하는 모습 그대로였지만, 장식물은 레이첼의 취향보다 더 단조로웠다.

저항해봐야 소용없을 것이다. 소피조차도 점점 인내심을 잃고 있었다.

그녀는 열린 창문 쪽으로 몸을 숙였다. 풀 먹인 레이스 커튼에 먼지가 덮여 있었다.

코빈 스트로크가 앞 베란다에서 존 맥케이브를 마주 보고 서 있었다.

브랜디의 아버지가 종이 한 장을 주머니에서 꺼내 스트로크에게 넘겨주었다. 코빈이 종이에 적힌 내용을 읽는 동안 그는 담배 때문에 거뭇해진 침을 베란다 난간 너머로 뱉었다.

"이제 법적으로 브랜디 와인은 자네 소유야."

존이 말했다. 샤이는 손가락으로 창턱에 쌓인 먼지 위에 이렇게 썼다. '존 맥케이브는 담배를 씹는다.' 그리고 이 시대 사람들이 아직 사용하지 않는 유머러스한 어휘를 생각해내기 위해 잠시 궁리했다.

"그리고 내 딸도 말일세."

그는 재킷에서 봉투를 찾아내 코빈의 가슴팍에 던지듯 갖다 댔다.

"난 아이를 원하네, 스트로크. 맥케이브 가문의 딸이 정상이라는 걸 마을 사람들에게 증명할 거야. 그리고 실제로 우리 딸은 정상이야. 강인한 남자와 고된 일로 치료할 수 없는 건 없지."

"존!"

소피가 현관에서 소리쳤다.

"엘튼 좀 도와줘요. 브랜디의 소지품을 날라야 해요."

"조금만 기다려."

그는 코빈에게 등을 돌렸다.

"내 잘못이네. 내가 그애 버릇을 버려놨어. 하지만 어쩔 수 없었네. 그애를 바로잡아주길 바라는 마음에서 자네에게 적잖은 돈과 브랜디 와인을 주는 걸세. 다른 건 내 능력 밖의 일이니까."

코빈이 두툼한 돈뭉치를 세는 동안 샤이는 창턱에 쓴 글씨를 지웠다. 브랜디의 아버지는 자기 딸을 사랑하고 있었다. 딸과 결혼하는 대가로 누군가에게 돈을 지불할 정도로. 존 맥케이브의 세계에서 그는 브랜디를 위해 나름대로 최선을 다하고 있었다. 샤이는 자신이 그 세계에 있을 수 없다는 것을 깨달았다.

"브랜디, 여기 있었구나."

소피가 끈 달린 구슬 지갑을 가져왔다.

"장갑은 가방 속에 있어. 손에 기미 생기는 건 싫겠지?"

소피의 어깨 너머로 엘튼과 존이 웨딩거울의 한쪽 끝을 각각 붙들고서 낑낑거리며 계단을 내려오는 게 보였다.

그리고 그때 샤이는 자신의 얼굴을 보았다. 그 얼굴은 소피와 방 중간에 환영처럼 떠 있었다. 나부끼는 긴 은발과 커다랗게 뜬 멍한 눈, 소리 없는 비명으로 둥글게 벌어진 입.

그 이미지는 뒤틀리고…… 흔들리더니…… 사라졌다. 샤이의 몸은 땀범벅이 됐다. 코르셋 때문에 숨이 막혔다.

"이런, 떨고 있잖아."

소피가 그녀를 밖으로 데리고 나갔다.

"저 거울에 널 괴롭히는 뭔가가 있는 거니?"

'당신이 제발 알아차렸으면 좋겠어요.'

현관 앞에서 코빈과 존은 트렁크를 들고 계단을 내려갔다.

거울은 혼자 우두커니 서 있었다. 샤이는 그 속에서 브랜디의 모습을 보았다. 좀 전에 본 환영이 곧 자신의 몸으로 돌아갈 거라는 암시이길 바라면서. 그러나 거울은 아무 반응이 없었다.

"어머니, 스트로크가 거울을 가져갈 수 없다고 하네요. 물건 실을 공간이 부족한가 봐요."

소피는 애매모호한 눈길로 샤이를 쳐다보았다.

"어쩌면 그게 최선인지도 모르지."

샤이는 사람들 틈에서 최면에 걸린 것처럼 움직였다. 콘크리트가 아닌 나무 계단을 내려가 보도블록이 아닌 분홍색 디딤돌을 따라 걷다가 지금은 빗장이 멀쩡한 익숙한 문을 통과해 물이 풍부하게 흐르는 좁은 수로 위 나무판자를 건너 흙길로 향했다.

"엘튼, 두 사람이 떠나면 수문을 열어야겠다. 물을 끌어들일 시간이야. 벌써 절반이 없어졌구나."

그곳에 있는 나무들은 묘목에 지나지 않았다.

"그리고 브랜디, 마차 편으로 편지를 보내렴. 트렁크에 편지지를 넣어놓았다."

트렁크는 말 두 마리가 끄는 짐마차 뒤쪽에 놓였다.

"흙길을 달릴 때는 베일을 내리거라. 그리고 스트로크 부인께 안부 전해다오."

브랜디의 어머니가 샤이를 끌어안고 애써 울음을 참으며 속삭였다.

"용감해져야 한다, 우리 딸."

브랜디의 아버지 역시 샤이를 힘껏 껴안았다.

"거울은 미안하다. 나중에 보내주마. 이제 좋은 아내가 되

49

려고 노력해야 한다. 맥케이브의 딸이 정상이라는 걸 보여줘
야 해."

그는 그녀의 뺨에 키스했다. 강한 잎담배 냄새가 풍겼다. 등
을 돌리면서 웃옷 뒷자락 밑에 있는 주머니에서 손수건을 꺼
냈다.

"이 애를 데려가게, 스트로크."

엘튼이 샤이를 들어서 마차 위에 올려주었다.

"잘 가, 누나. 틈나면 보러 갈게."

코빈이 긴 채찍으로 말의 궁둥이를 내리쳤다. 마차가 앞으
로 움직였다.

남편의 어깨에 기대어 울고 있는 소피와 물이 흐르는 수로
옆에 쓸쓸하게 서 있는 엘튼의 모습이 충격에 빠진 샤이의 눈에
그대로 비쳤다. 그리고 현관 베란다에 서 있는 매끈한 거울의
모습도.

엘튼이 머뭇거리며 손을 흔들어주었다.

6

진저브레드 하우스는 점점 멀어졌다. 그러나 슬픔에 빠진 브랜디의 가족들은 여전히 길 위에 서 있었다.

마침내 샤이는 콜로라도 보울더를 향해 고개를 돌렸다. 그녀가 알고 있는 보울더는 그곳에 없었다.

그녀는 브랜디의 몸에 갇힌 채 집과 거울에서 멀어지는 게 두려웠다.

코빈 스트로크의 얼굴은 모자의 넓은 챙에 가려져 잘 보이지 않았다. 하지만 각이 진 턱은 엄격해 보였다.

"이건 말도 안 돼."

그녀가 혼잣말처럼 중얼거렸다.

"엄마의 처녀 때 성은 스트로크가 아니었어."

외삼촌인 레미와 댄도 스토로크라는 성을 쓰지 않았다. 샤이는 모자 아래로 코빈의 얼굴을 들여다보았다.

"당신은 결혼사진 속의 남자가 아니야."

"그야 당연한 거 아니요? 맥케이브 부인의 결혼 전 성은 오일러였으니까. 그리고 우리는 결혼사진도 찍지 않았잖소."

갑자기 코빈이 느리지만 신중한 말투로 끼어들었다. 남부

특유의 느릿느릿한 말투도, 텔레비전 속 카우보이를 따라한 말투도 아니었다. 그는 서두르지 않고 모음을 길게 빼면서 동시에 자음을 똑똑히 발음했다.

'이 남자도 브랜디가 미쳤다고 생각하는군.'

그는 샤이가 무슨 말을 하건 미쳐서 그렇다고 생각할 것이다. 달아날 곳은 없었다. 진저브레드 하우스 사람들은 더 이상 받아주지 않을 것이다. 그게 그녀를 위한 길이라고 생각하고 있으니까.

지붕들과 키 작은 나무들 너머로 콜로라도 대학 건물이 덜렁 서 있었다. 불과 몇 주 전만 해도 샤이는 그곳의 학생이었다. 그러나 그 건물은 나무들이 빽빽했던 도심 속 캠퍼스와 닮은 구석이 전혀 없었다.

이 이상한 현상이 영원히 계속되지는 않을 것이다. 그녀는 다시 마렉에게로 그리고 학교로 돌아갈 것이다. 이것은 일시적인 현상일 뿐이다.

페인트칠이 되어 있지 않은 작은 목재 건물들과 넓은 땅들. 옥외 변소와 과수원들. 이따금씩 모습을 드러내는 소와 말과 닭들. 수시로 거리로 뛰어드는 개들. 말들은 꼬리로 파리를 쫓아내며 무방비 상태로 터벅터벅 걸었다. 펄 스트리트는 더 이상 세련된 쇼핑몰로 가는 길목이 아니었다.

마차가 지나칠 때마다, 흙길 여기저기 널려 있는 말똥 더미에서 파리들이 날아올랐다.

"사람들이 우리를 쳐다봐요."

치렁치렁한 긴 치마를 입은 허리가 잘록하고 엉덩이가 풍만한 여자들. 능글맞게 웃는 헐렁한 옷차림의 남자들. 사람들은 하나같이 모자를 쓰고 있었다. 한여름 뙤약볕인데도 민소매를 입은 사람들은 한 명도 없었다.

"뒤돌아보지 말아요."

코빈이 단호하게 말하고는 샤이가 지난여름에 아르바이트를 했던 벽돌 건물 앞에 짐마차를 세웠다. 그곳은 이제 '철물점'이었다.

코빈은 조그만 석재 오벨리스크에 고삐를 묶어두고 상점으로 들어가 버렸다.

샤이는 더위에 지친 나머지 몸을 좀 웅크리고 있고 싶었지만, 코르셋 때문에 불가능했다. 그녀는 짧은 정장 재킷을 벗었다. 속에 입은 긴 팔 블라우스까지 벗어버리고 싶었다. 그녀는 모자를 벗을까 생각하다가 그러지 않기로 했다.

'내가 어딘가 갈 곳이 있다면, 지금이 달아날 기회인데.'

도로에서는 배기가스 냄새 대신 말과 먼지 냄새, 보도에 깔린 판석들 틈에서 스멀스멀 피어오르는 타르 냄새가 났다. 거리 한복판에서는 개싸움이 벌어지고 있었고, 나무껍질을 벗기고 가지를 쳐서 만든 조잡한 전봇대와 전신주, 전화선들의 숲이 머리 위를 뒤덮고 있었다. 그리고 겁에 질린 동그란 눈으로 그녀를 쳐다보는 반바지 차림의 작은 소년.

샤이가 인상을 쓰자 소년은 달아났다. 그녀는 구슬 백에서 다림질해서 곱게 접어 넣은 라벤더 향 손수건을 찾아 브랜디의 이마에서 땀을 닦아냈다.

빗자루를 든 남자가 노면 선로를 쓸고 있었다.

길 건너편 건물에서 떠들썩한 웃음소리가 들리더니 세 남자가 현관에 모습을 드러냈다. 간판에 '윌리스 살롱'이라고 적혀 있었다. 남자들이 그녀를 보고 멈춰 섰다.

"이봐, 결국 스트로크가 결혼을 한 모양이야. 내가 이겼지? 어서 돈 내놓으라고."

그들 중 한 명이 말했다.

샤이는 당황해서 고개를 돌리다가 아까 그 소년이 철물점 모퉁이에서 자신을 지켜보고 있는 것을 발견했다.

빗자루를 든 남자가 그녀를 보고 싱긋 웃었다.

'뭐야, 미친 여자 처음 봐?'

만일 평생을 브랜디 맥케이브 스트로크로 살아야 한다면 어떻게 할까?

노면 전차가 선로로 접근할 때쯤, 코빈이 나무 상자를 들고 나타났다. 남자 두 명이 관처럼 생긴 더 큰 상자를 들고 그의 뒤를 따랐다. 짐을 실을 때 마차가 삐걱거렸다. 그녀의 '남편' 은 마차에 올라탄 뒤 말들을 재촉해 모퉁이를 돌았다.

제이콥 파우스 종합 대장간. 은행이 있던 자리였다.

공포, 호기심, 불안, 절망, 흥분…… 온갖 감정이 샤이를 괴롭혔다. 브랜디의 몸이 꼿꼿해졌다.

넓은 가로수길 대신 노면 선로들이 이어졌고 그 길은 산으로 향하고 있었다. '워터 스트리트.' 전신주에 길 이름이 적혀 있는 표지판이 걸려 있었다.

보울더 개천가 공공도서관이 있던 자리에, 말뚝 울타리가 둘러쳐진 사각 벽돌집이 서 있었다.

코빈이 짐마차를 세웠다. 샤이는 침을 꿀꺽 삼켰다.

창문에 '남자들이 들어와서 죽어나가네'라고 쓰인 표지판이 붙어 있었다.

"당신이 사는 곳인가요?"

코빈의 얼굴이 회색빛으로 변했다.

"당신 농담 하나도 재미없소."

그가 두 개의 상자 중 작은 것을 집어 들어 굵은 끈 포장을 벗겼다. 그러고는 마차에서 뛰어내렸다.

베란다 그늘 밑 버들가지 의자에서 한 여자가 일어서더니 우아하게 대문 쪽으로 걸어와 그를 맞았다. 그녀는 적어도 편안해 보이는 옷차림을 하고 있었다. 얇은 옷감으로 만든 꽃무늬 드레스에서 소매라고 부를 수 있는 건 어깨근처의 주름장식뿐이었다.

'저 여자가 코르셋을 입고 있다면, 내 손에 장을 지진다.'

"안녕, 코빈?"

곱슬머리의 그녀가 아는 척을 했다.

"마리."

그가 그녀에게 꾸러미를 건넸고, 두 사람은 샤이에게 들리지 않도록 조용히 말을 주고받았다. 그러나 마리의 눈은 코빈의 어깨 너머로 샤이를 보며 웃고 있었다.

베란다 그늘에서 소매를 드러낸 또 다른 팔이 살짝 엿보였다. 열려진 2층 창문에서도 다른 여자의 얼굴이 보였다.

그곳까지 개천을 따라 죽 이어진 기울어진 판잣집들. 길 건너편에는 '미인들을 위한 하숙집'이라고 쓰여진 좀 더 인상적인 건물이 있었다. 샤이는 냇가를 따라 늘어선 비슷비슷한 건물들에 새삼스럽게 흥미를 느끼며 등을 곧추세웠다.

'매음굴이군. 그렇다면 마리는…….'

샤이는 갑자기 웃음을 터뜨렸다. 마리와 코빈이 깜짝 놀란 눈으로 그녀를 쳐다보았다. 당황한 코빈이 황급히 마차로 돌아왔다. 그는 마리를 보며 잠깐 모자에 손을 갖다 댄 후 고삐를 세게 내리쳤다.

샤이는 대문에 서 있는 여자에게 손을 흔들었다. 마리가 머뭇거리더니 손을 흔들어 답례했다.

코빈이 거칠게 말을 몰며 신경질적으로 내뱉었다.

"난 당신이 정말로 바보 같은 건지 아니면 그런 척하는 건지 모르겠소, 스트로크 부인. 하지만 어느 쪽이든 당신 때문에 도라 K 여사가 아주 바빠지겠군."

"도라 K가 누구죠?"

어딘지 익숙한 이름이었다.

"당신의 시어머니요. 내가 지난 일요일에 말했잖소. 그리고 경고하는데, 우리 어머니에게 바보 같은 짓 할 생각은 말아요."

"당신은 새 신부를 태우고 한 시간이나 달려서 창녀촌으로 갔어요. 매춘부에게 선물을 준 것도 모자라 뻔뻔히게 나를 이상하다는 눈으로 쳐다보는군요."

"당신은 꼭 친한 사이처럼 그 여자에게 손을 흔들었지."

"그래요. 당신은 분명 어젯밤에 그 여자와 잤어요. 그런데 당신은 마치 내가 그 자리에 없는 것처럼 나를 소개조차 시켜 주지 않더군요. 지금 당신 얼굴 새빨개졌어요."

그녀는 지금껏 다 자란 남자가 그렇게 얼굴을 붉히는 것을 본 적이 없었다.

'이 사람은 살아 있는 인간이야, 샤이. 박물관 속에서 나온 모형이 아니라고.'

"여자들은 그런 얘기를 하는 게 아니오."

그가 맥케이브 못지않은 단호한 어조로 말했다.

그들은 북서쪽으로 마차를 돌려 펄 스트리트로 돌아와 보울더 협곡 입구로 향했다. 코빈은 길 한쪽에 마차를 대고 좌석 아래에서 밧줄 사리를 꺼내 상자들과 브랜디의 트렁크를 마차에 묶기 시작했다. 그의 동작은 민첩하고 정확했다. 힘이 넘치는 두 손이 매듭을 단단히 잡아당겼다. 밧줄에서 탁탁 소리가 났다. 샤이는 주춤했다. 이 몸에서 탈출할 수 있을 때까지 어떻게든 이 남자를 자기편으로 만들어야 한다. 가급적 오늘 밤이 오기 전에 뭔가를 하는 게 좋을 것이다.

호각 소리와 말발굽 소리, 마구 소리와 함께 네 마리 말이 이끄는 무개마차가 뒤에서 나타났다. '텔메이지와 릴리 역마차'라고 쓰여 있는 마차 안에 여섯 명의 남자가 범포 지붕을 받치고 있는 측면 가로대를 꼭 붙들고 3열로 앉아 있었다. 그들은 먼지를 일으키며 협곡으로 사라졌다.

코빈은 모자를 벗어 허벅지 위에 올려놓고는 코트를 벗어 샤이에게 건넸다. 그들은 그 마차의 뒤를 따라 출발했다.

"산에서 사나요?"

결혼까지 한 마당에 궁색하기 짝이 없는 질문이었다.

"네덜란드(콜로라도 보울더 인근의 산악지대에 있는 마을. 19세기 말 은광과 텅스텐광이 개발되고 네덜란드계 광산회사들이 진출하면서 붙은 이름 — 옮긴이)에서 살고 있소. 당신도 알잖소."

"네덜란드……."

지난 일요일에 마렉과 함께 그곳에 갔었다. 저수지 근처에서 결혼에 대해 이야기하고 아스펜으로 신혼여행을 가자고 얘기했었다. 이제 그는 수백 년이나 떨어져 있는 것 같았다.

개천을 가로지르는 철로는 지난 일요일엔 없었다. 보울더 개천. 지금 그것은 그녀가 기억하는 것보다 두 배는 크고 거세게 보였다. 그리고 두 마리 말과 한 대의 짐마차도 지나가기 힘들 듯한 좁은 흙길.

"치마 내려요, 브랜디!"

충격으로 인해 코빈의 목소리가 갈라졌다.

"이곳은 너무 더워요."

그녀는 중얼중얼 변명하면서도 다시 치맛자락이 구두에 닿을 때까지 내렸다. 치렁치렁한 긴 치마는 뜨거운 공기를 다리 밑에 가둬두는 텐트 같았다. 어떻게 옛날 여자들은 이런 작은 학대들을 참아냈을까?

'여기에 계속 있다가는 미쳐버릴 거야.'

다행히 개천에서 가끔씩 뿜어져 나오는 물보라는 시원했다. 말들은 아주 느리게 움직였다. 넓고 평탄한 포장도로와 그 위를 달리던 마렉의 미끈한 포르셰와는 얼마나 다른가? 그때 그들은 한 시간도 못 되어서 네덜란드에 도착했었다.

"이렇게 가다가는 하루 종일 걸리겠어요."

"곧 해가 질 것 같소."

돌 더미들이 끝없이 쌓여 있었다. 길 경계를 따라 쌓여 있는 커다란 표석들. 보울더 협곡은 그녀가 알고 있는 보울더 협곡이 아니었다. 울퉁불퉁한 통나무 다리들과 장애물을 피해 개천을 가로지르고 또 가로지르게 되어 있는 좁은 길.

샤이는 구불구불한 구간마다 눈을 꼭 감고 두 손으로 좌석을 꼭 붙들었다. 몸이 뻣뻣해졌고 더웠고 배가 고팠다. 마차 지붕이 없는데다 길이 좁아서 협곡 벽은 그녀가 알던 것보다 더 거대해 보였다.

선로가 다른 협곡을 향해 구부러졌다. 길은 더욱 험해졌다. 돌로 쌓아올린 축대가 길 한쪽을 지탱하고 있었고, 질퍽한 다른 한쪽에는 통나무들이 놓여 있었다. 수프링이 없는 탓에 덜컹거리는 충격이 짐마차를 타고 온몸으로 전해졌다. 말들은 마구 속에서 땀을 흘리고 용을 쓰며 샤이를 진저브레드 하우스로부터 점점 더 멀리 데려갔다. 그리고 그 거울로부터…….

남자는 여행의 지루함과 불편함을 거의 의식하지 못하는 듯했다.

'그의 기분이 조금은 풀린 것 같아.'

어쩌면 그는 그녀가 생각했던 것보다 소탈한 사람인지도 몰랐다. 샤이는 낯설다는 이유로 잘못된 판단을 내렸던 예전 경험을 떠올렸다. 브랜디의 가족들은 나름의 방식대로 브랜디를 사랑했다. 진저브레드 하우스 앞에 서 있던 그들의 쓸쓸한 모습이 눈에 선했다.

이 나이에, 저렇게 커다란 몸집을 하고서도 얼굴을 붉힐 수 있는 남자라면 감정이 있다는 뜻이다. 말이 통할 것이다. 문제는 어떻게 접근하느냐였다.

샤이는 딱딱한 코르셋이 허용하는 한 최대한 깊게 숨을 들이마셨다.

"코빈, 당신한테 할 말이 있어요. 이 상황을 바로잡으려면 누군가에게는 말해야 해요."

그는 경직된 자세로 고삐를 당기고 마차 옆에 있는 수동 브레이크를 급히 밟았다.

"설마 아이를 가진 건 아니겠지?"

"아이라면…… 임신을 뜻하는 건가요? 아니, 그런 말을 하려는 게 아니에요. 임신은 아닐 거예요."

그의 얼굴이 새하얗게 질렸다가 다시 새빨개졌다.

"섣불리 비약하지 말아요. 내가 아는 한 브랜디는 처녀라고요. 당신에게 말하고 싶은 건…… 이상하게 들리겠지만…… 코빈, 난 미친 게 아니에요. 그리고, 그러니까 난…… 브랜디가 아니에요."

그가 끼어드는 바람에 순간적으로 당황했지만, 용기가 사라지기 전에 얘기를 계속해야 했다.

"난 브랜디의 손녀인 거 같아요. 그러니까 브랜디는 나의…… 아아…… 다시 정리할게요. 내가 하는 말을 잘 들어야 해요. 이건 사실이고 난 도움이 필요하니까요."

"잘 듣고 있소."

마차는 계속 나아갔다.

"지난밤까지 난 샤이 가렛이었어요."

그녀는 설득력 있게 말하려고 노력했지만, 이야기를 하면 할수록 비참한 기분에 사로잡혔다. 누군가가 그런 이야기를 한다면 자신도 슬금슬금 피할 것이라는 걸 깨달았기 때문이었다. 그런데도 코빈 스트로크는 고개를 끄덕이거나 가끔 그녀의 얼굴을 쳐다볼 뿐 표정에 변화가 없었다.

"어떻게 그런 일이 일어났는지 모르겠지만, 아마 거울 때문인 거 같아요."

"거울?"

"그래요. 베란다에 있던 거요. 원래는 내 방에 있던 물건이었어요. 그건…… 어머, 저것 좀 보세요! 사슴이에요. 방금 사슴을 봤어요. 저기 또 한 마리 있어요!"

"사슴을 봤다고?"

그는 사슴을 찾아보려고 애쓰지 않았다. 여전히 무표정했다.

갑자기 그녀는 절망적인 울음을 터뜨렸다.

"소용없는 짓이에요, 그렇죠? 당신은 내 말을 믿지 않고 난 증명할 수도 없으니."

그녀는 구슬 백에서 손수건을 꺼냈다.

"잠깐만요. 아…… 그래요. 내가 미래에 일어날 사건들을 당신에게 얘기해줄 수 있어요."

"당신이 미래를 예언한단 말이요?"

"아니, 아니, 잘 들어봐요. 지난 일요일에 내가 마렉과…… 아, 그이는 내 약혼자예요…… 어쨌든 중요한 건 그게 아니고…… 이 길 말이에요, 이 길은…….'

그녀는 협곡이 앞으로 어떻게 변할 것인지 설명한 후, 역사 시간에 배웠던 몇 가지 작은 사건들을 애써 기억해냈다. 학교 다니는 내내 그녀는 역사라는 과목이 지루해서 미칠 지경이었지만, 어쨌든 시험은 치뤘었다. 그녀는 좀 더 흥미로운 세부사항들을 떠올리기 위해 마음을 가다듬었다. 그녀는 경제공황(레이첼이 이 얘기를 얼마나 입에 달고 살았는가!)과 1,2차 세계대전에 대해 대강 읊었다.

"전 세계가 말이요?"

"아니요. 유럽과 아시아에서요. 그리고 한국과 베트남에서도 전쟁이 일어날 거예요."

코빈은 모두 금시초문이었다.

"그 전쟁들의 정확한 이름은 기억나지 않네요."

샤이는 이어서 자동차와 텔레비전에 대해 말했다. 그렇지만 눈앞에 펼쳐진 야생에 가까운 협곡의 자연은 그 나름대로 아름다웠다. 그녀가 기억하는 모습을 만들기 위해 저 많은 돌들과 나무들을 어떻게 한 걸까?

코빈은 비행기 얘기를 들을 때까지도 계속 무표정을 유지했다. 하지만 여자들이 바지와 무릎 위로 올라오는 미니스커트를 입는다는 대목에서 갑자기 크게 웃음을 터뜨렸다.

샤이는 기운이 빠졌다.

'대체 뭘 기대한 거지? 이 멍청이.'

적어도 그는 그녀의 말을 계속 들어주었다. 그러나 불가능해 보이는 것을 어떻게 설명할 수 있을까? 그 시대를 경험하지 않은 누군가에게 미래를 어떻게 설명할 것인가?

코빈은 웃음을 터뜨렸을 때처럼 갑자기 웃음을 지우고는 깊은 생각에 빠졌다. 그러고는 곧 의심을 드러냈다.

"당신 혹시 남몰래 활동하는 작가 아니요?"

목소리에 못마땅함이 가득했다.

"아니에요."

그녀가 브랜디의 어깨를 으쓱해 보였다.

"그냥 난 미치광이 브랜디예요. 그리고 이건 다 소용없는 짓이고요."

그녀는 다시 손수건으로 손을 뻗었다.

길이 개천에서 멀어지면서 급경사를 이루는가 싶더니 암벽과 나무줄기 버팀대로 만들어진 좁은 둑을 향해 솟아올랐다. 만곡부를 돌 때 앞에서 종소리가 들렸다.

"제길!"

코빈이 그녀를 쳐다보며 중얼거렸다.

"미안하오."

"뭐죠?"

"화물 마차요."

그는 손을 입가에 갖다 댔다.

"워, 앞으로!"

"앞으로 간다고요? 누구도 지나갈 수 없을 것 같은데요."

"분기점으로 돌아가야 할 것 같소. 당신은 지금 언덕으로 올라가서 길 밖으로 비켜나 있어요."

마차에서 내릴 때 브랜디의 치맛단이 찢어졌다. 그녀는 엉거주춤 언덕을 오르며 거추장스러운 옷과 씨름했다. 그녀가 커다란 표석의 그림자 속에 서 있을 때, 두 마리를 선두로 여섯 마리의 말이 커다란 기계를 가득 실은 짐마차를 끌고 커브를 돌아오는 게 보였다. 말들이 멈췄고, 마부는 코빈이 마차를 몰고 비탈길을 다시 내려가는 동안 브레이크를 밟고서 기다렸다.

짐마차가 협곡 벽에 닿고 앞바퀴가 거의 반대편 돌부리를 넘어가려 할 때, 샤이는 자신을 먼저 내려 준 코빈에게 감사했다. 그녀가 거칠게 숨을 들이마시자, 작은 주머니에서 담뱃가루를 꺼내 얇은 종이에 올려놓던 화물마차 마부가 나른한 미소를 지으며 눈을 들었다.

그는 모자를 살짝 들고 고개를 끄덕했다.

"안녕하세요."

샤이 역시 고개를 끄덕했다. 곧이어 모자가 다시 은발을 덮었다. 샤이는 그 모습을 보면서 천천히 숨을 내쉬었다.

그는 종이에 침을 발라 담배를 말더니 부츠 바닥에 성냥을 그어 불을 붙였다. 그는 담배를 한 모금 길게 빨고는 다시 그녀를 올려다보았다.

햇볕에 그을린 얼굴과 깔깔한 수염은 은발과 어울리지 않았고, 무례해 보이는 황갈색 눈도 마찬가지였다. 샤이는 자신을 지켜보는 강렬한 시선을 의식하며 허리를 꼿꼿이 폈다. 그 순간, 즉각적인 혐오감과 함께 충격적인 깨달음이 엄습했다.

그는 복도에 걸려 있던 결혼사진 속의 남자였다.

7

협곡 아래 어딘가에서 코빈이 소리치자, 화물마차 마부가 말들이 움직일 수 있도록 브레이크를 살짝 놓았다.

샤이는 브랜디의 심장 고동소리 너머로 들리는 격렬한 개천 소리에 정신을 집중했다. 결혼사진에서 봤던 얼굴과 방금 전 마주친 얼굴을 닮았다고 생각하는 건 순전히 자신의 상상일 뿐이라고 혼잣말을 했다. 사진 속의 은발은 그렇게 밝지 않았다. 하지만 오래된 사진은 변색되기 마련이다. 마침내 코빈이 그녀의 아래쪽에 마차를 댔다.

"방금 마차를 몰고 갔던 사람은 누구죠?"

그녀가 그의 옆에 앉아서 물었다.

"론 매든이요. 그 남자 눈에 띄지 않는 게 좋소. 질이 안 좋은 인간이니까."

"……매든."

엄마의 처녀 시절 성은 매든이었다. 쌍둥이 삼촌들의 성이기도 했다. 레미와 댄 삼촌은 론과 닮은 눈을 가졌고, 그녀도 그랬다. 적어도 지난밤까지는.

머리카락 색도 비슷했다(지금은 전혀 달라졌지만). 그들을 제외한 대부분의 일가 사람들은 검은색 머리카락을 지니고 있었다. 그래서 종종 그들을 '매든의 머리카락'이라고 부르곤 했다.

'코빈을 버리고 저 남자와 결혼하다니, 취향도 특이하시지.'

그녀는 자신의 것이 아닌 인생 속에 갇혀 살 수 없었다. 그녀는 그 인생에 대해 너무 많이 알고 있었고 동시에 너무 많이 모르고 있었다.

'코빈 스트로크가 죽으면 어쩌지? 브랜디가 다시 결혼하려면 그럴 수밖에 없는데. 하지만 정말 그렇게 된다면 난 한시도 여기 있기 싫어.'

존 맥케이브는 거울을 보내겠다고 약속했다. 샤이는 거울에 대고 길고 진지하게 애원해볼 생각이었다. 바보 같은 계획이었지만, 지난밤 이후 자신의 인생이 완전히 달라졌다는 것보다 더 믿을 수 없는 일은 없었다.

코빈은 다시 마차에 탄 이후로 브랜디가 어딘지 모르게 달라진 것을 눈치 챘다. 그녀는 조용하고 무겁게 가라앉아 있었다.

"매든이 무례한 행동이라도 했소?"

"아니에요."

그녀가 슬픈 눈으로 그를 마주봤다. 그 눈빛 때문에 그는 마음이 불편해졌다.

그녀는 이상한 사람이었다. 그것에 의문의 여지는 없었다. 존 맥케이브와 달리, 코빈은 그녀가 미친 척한다는 사실을 믿을 수 없었다. 제 아무리 뛰어난 배우라도 그렇게 갑작스럽게 표정을 변화시키거나 다른 성격을 내보일 수는 없었다. 그것이 그렇게 진짜처럼 보일 수는 없었다. 진심어린 눈물을 흘리다가 갑자기 웃음을 터뜨렸다가 오싹할 만큼 영리한 말을 내뱉는 여자. 그러나 그것은 자신이 예상했던 미친 사람의 모습도 아니었다. 하지만 그는 똑똑한 여자를 환영하지 않았다. 여자가 똑똑해봐야 문제만 일으킬 뿐이었다. 브랜디는 한참 환상 속에 빠져 있다가, 갑자기 개천에서 물을 마시는 사슴과 물보라에 반사된 무지개 같은 아주 평범한 광경을 보고서 감탄에 찬 환호성을 질렀다.

그는 맥케이브가 이 협곡의 끝자락에 브랜디 와인 광산을 처음 열었을 때, 이 이상한 여자와 처음 마주쳤다. 그때 그녀는 흰 드레스를 입고 조그만 우산을 든 예쁜 응석받이, 전형적인 부잣집 딸이었다. 기념식에 참가한 이들과 함께 어울려 노는 평범한 여자아이였다. 그녀의 아버지는 그녀를 어깨에 앉히고는 '이 소중한 말괄량이'의 이름을 따서 은광의 이름을 짓겠노라고 선언했다.

그러나 은광의 값이 떨어지기 전부터 브랜디 와인의 은은 바닥을 드러냈고, 그 은광과 같은 이름을 지닌 아이의 영혼도 마찬가지였다. 맥케이브는 은광을 버렸고, 이제 그 아이도 버리려 하고 있었다. 그는 이 일에 가담한 게 부끄러웠지만 버리지 않고 잘 돌봐줄 자신은 있었다. 단지 브랜디가 그렇게 아름답지 않았다면 오히려 모든 게 더 쉬웠을 거라고 생각했다.

몇 시간 전에 그토록 생기발랄하던 여자는 이제 완전히 다른 사람처럼 행동하고 있었다. 워터 스트리트에 들렀을 때 보여주었던 뻔뻔한 웃음기와 장난기도 간 곳 없었다. 그때 그녀는 난생 처음 보는 양 고개를 두리번거렸다. 보울더는 그렇게 큰 고장이 아니었다. 양가집 규수라도 그 금지된 집들을 엿

볼 수 있었다. 마담들이 사업을 유지하기 위해 맥케이브와 다른 사람들에게 뇌물을 준다는 것은 공공연한 사실이었다.

어쩌면 브랜디는 기억상실증에 걸린 것인지도 모른다. 그렇지 않다면 왜 2주 동안 일요일마다 똑같은 응접실에서 대화를 나눠놓고도, 오늘 아침 결혼식에서 그렇게 낯선 사람 보듯 자신을 쳐다봤겠는가. 그리고 오늘 왜 그녀가 그때까지 만나왔던 여자와 그렇게 다르게 느껴졌겠는가. 원래 그는 브랜디가 미친 척한다는 맥케이브의 말을 믿었었다. 그녀는 차갑고 화를 잘 내고 얼굴을 자주 붉히는 여자였다…… 하지만 오늘은…….

브랜디 와인을 손에 넣기 위해, 그는 사실상 미친 아내를 짐으로 떠안은 것이나 다름없었다. 은광 주위의 부유물을 조사하다가 한때 그곳에서 일했다는 사람을 만났고, 맥케이브에게 은광을 임대해줄 수 있는지 묻기 위해 그를 찾아갔던 게 계기가 됐다.

맥케이브는 여러 가지 질문을 하고 한동안 생각에 잠기는가 싶더니, 한 가지 조건만 들어주면 브랜디 와인을 선물로 주고 덤으로 현금까지 주겠다고 제안해 그를 깜짝 놀라게 했다. 그리고 그 조건은 지금 그의 옆에 축 처진 채 앉아 있었다.

그는 열네 살 때 카리부의 은광에서 폐석 가려내는 일을 시작한 후로 줄곧 자기 광산을 꿈꿨다. 지난 몇 년 동안 광산들은 하나둘씩 문을 닫았고 일거리는 동이 났다. 그는 상점들을 전전하고 임대마구간에서 말먹이를 주는 등 온갖 허드렛일을 하면서 생활을 꾸려나갔다. 그런데 사무엘 콩거라는 자가 이 지역에서 다시 흑철을 발견하면서 광업이 부흥할 조짐을 보였다. 그리고 서른 살인 코빈 스토로크는 마침내 꿈을 이루었다. 그는 브랜디 와인의 소유주가 되었다.

그들은 맥케이브 부인이 싸준 마른 빵과 쿠키를 우적우적 씹어 먹었다. 마침내 코빈이 침묵을 깨고 입을 열었다.

"브랜디, 뭐가 문제요?"

그의 얼굴을 살피는 눈동자에서 짧은 희망의 빛이 사라졌다. 코빈은 마음이 불편했다.

"당신은 내가 미쳤다고 생각할 거예요."

그녀는 그가 지금까지 들어본 가장 비통한 한숨을 지으며 눈길을 돌렸다.

"좀 전에도 당신 말을 들어줬잖소. 또다시 듣겠소."

그러면서도 그는 그녀의 대답을 들을 수 있을 거라고 기대하지 않았다. 하지만 그녀는 입을 열었다.

"내가 돌아갈 수 없으면 어떻게 하죠? 내가 브랜디의 인생을 끝까지 살아야 한다면요? 브랜디는 끔찍이도 오래 살아요."

"당신을 해치지 않겠소, 브랜디."

"거울이 거꾸로 돌려놓지 않으면 어쩌죠? 난 이 몸뚱이에 갇혀 있어요. 그리고……."

"그 거울을 가져다주면 기분이 좀 나아지겠소?"

"네네, 그래요."

"그럼 최대한 빨리 그 거울을 가져다주겠소."

그러자 그녀의 기분이 한결 가벼워진 듯했다. 그녀는 다시 몸을 꼿꼿이 펴고 앉았고, 길가에 있는 오래된 광산과 광부의 오두막에 흥미를 보였다. 그러나 조금 뒤 그녀는 또다시 축 가라앉았다.

"인생에서 가장 긴 여행인 것 같아요. 난 빠른 속도에 익숙한데…… 두려워요."

"말들이 지쳐서 그렇소. 더 이상 빨리 달리는 건 무리야."

"말들을 말하는 게 아니에요, 저 불쌍한 것들. 땀 흘리는 것 좀 보세요."

"차라리 이야기를 좀 더 해봐요. 그럼 당신이나 나나 시간 보내기가 수월할 테니."

"이야기요?"

"미래에 관해서. 사람들이 난다거나 하는 거 말이요."

그의 어린 신부는 이야기를 풀어내는 재주가 있었다.

"어…… 그게…… 생각 좀 해보고요. 아직 워터게이트 사건을 들을 준비는 되지 않은 것 같은데….."

"하지만 지금도 수문(그는 워터게이트를 단어 그대로 해석하고 있다 - 편집자)은 있잖소."

"하긴 그러네요. 그럼 달에 간 사람들은 어때요?"

"재미있게 들리는군."

그녀는 코빈이 지금껏 들어본 것 중 가장 몽상적인 이야기를 시작했다. 너무도 빨리 말하는 바람에 내용을 쫓아가기 힘들었고, 상당 부분 이해하기 어려운 단어들이거나 흥분한 머리에서 마구잡이로 쏟아져나온 것 같은 이야기였지만, 그녀의 목소리는 유쾌했다. 지나치게 흥분한 상태임에도 불구하고 이야기를 듣고 있자니 왠지 마음이 편안해졌다. 게다가 그 이야기들은 그가 읽어본 어떤 소설보다도 재미있었다. 심지어 웰스의 소설보다도.

"최초의 우주비행사들이 인류의 커다란 발자취에 대해 무슨 말을 남겼는데…… 텅스텐이 어디더라? 아직 거기까지는 안 온 거죠?"

"광석 말이요?"

"아니요, 마을이에요."

"이 협곡에 텅스텐이라는 마을은 없소. 사람들은 흑철로 돈을 벌려고 하는 나 같은 사람들을 비웃고 있소."

"돈벌이가 될지는 모르겠지만, 여기 어딘가에 텅스텐이라는 마을이 생길 거예요. 그리고 곧 사라질 거예요. 지난 일요일에 갔을 때는 남아 있는 건물 터가 몇 개밖에 없었어요."

브랜디는 불안한 눈으로 그를 보았다.

"한 사람의 일생 동안 마을 전체가 생겼다 사라질 수 있다고 생각하면 무섭지 않나요? 물론 브랜디는 장수하지만요."

코빈은 등골이 오싹해졌다.

"텅스텐 채굴에 대해 어떻게 알고 있지? 당신 아버지도 그 일을 비웃는 자들 중 하나라고 생각했는데 말이야."

"아뇨, 난 당신이 텅스텐을 채굴한다는 건 몰랐어요. 내게 그건 그냥 유령도시의 이름일 뿐이에요. 브랜디 와인은 광산이죠."

그녀가 심드렁하게 덧붙였다.

"그래요. 당신 이름을 딴 거요. 그리고 당신은 지난 일요일에 여기 없었소. 당신은 나와 거실에서 이야기를 나누었소. 기억 안 나오?"

그는 점점 불안해지기 시작했다.

"아뇨, 그건 브랜디였어요. 난 마렉과 있었고요. 우린 저수지 옆에서 피크닉을 즐기고 있었어요. 그런데 그 저수지는 어디 있죠? 그리고 그 댐은?"

그녀의 시선이 그를 지나쳐 초원으로 향했다. 그녀의 뺨에서 발그레한 흔적이 사라졌다.

"여기에 그런 건 없소, 브랜디."

"생길 거예요."

가끔 그녀는 지나치게 영리해 보였고 동시에 자신이 지어낸 어리석은 이야기들을 정말로 믿는 것처럼 보였다. 그것이 그를 두렵게 했다. 코빈은 그녀가 위험한 존재가 될지도 모른다고 생각했다. 그녀를 어딘가에 가두어놓아야 할까?

8

해가 산 너머로 사라지자 네덜란드는 어스름한 빛과 그림자 속에 잠겼다. 샤이가 목격했던 곳과 달리 그곳은 초라했다. 허름한 오두막에 불과한 집들, 땔감과 건축자재로 나무들을 모조리 베어내어 황폐해진 비탈들. 산허리에는 그루터기들이 흉터처럼 남아 있었다. 볼썽사나운 파이프 굴뚝에서 나오는 구불구불하고 황량한 연기가 소나무 냄새, 부패한 쓰레기 냄새와 뒤섞였다. 한쪽으로 기울어진 건물들이 비바람에 버틸 수 있도록 받쳐주는 장대들만 있을 뿐, 그 흔한 전신주도 없었다.

바커 댐의 푸른 물 위를 수놓았던, 숲으로 우거진 산 속의 작은 휴양지는 어디에 있단 말인가?

'그 댐도 나처럼 아직 생기지 않은 모양이군.'

곧 무너질 듯한 계단과 베란다에 서 있는 사람들, 간이 상점들 앞의 나무 보도를 거닐고 있는 사람들 대부분은 그녀의 세계에는 죽고 없었던 사람들이었다.

말들이 흙으로 뒤덮인 중심가를 느릿느릿 통과할 때 샤이는 진저리를 쳤다.

칠이 벗겨진 상점에 '식료품 및 잡화'라고 쓰여진 간판이 달려 있었다. 그들은 모퉁이를 돌아 미들보울더 개천 위의 허름한 다리를 건넌 뒤 골짜기를 가로질러 비탈길을 올라갔다.

브랜디의 몸은 먼지로 지저분해졌고 허기와 피곤함을 느꼈다. 그리고 그 몸속에서 샤이는 우울함을 견디기 힘들었다.

이제 길을 따라 오두막들만 드문드문 보였고, 마침내 나무들이 나타나기 시작했다.

"왜 모두들 밖에 나와 있는 거죠?"

"오늘 저녁은 날씨가 좋으니까. 달리 뭘 하겠소?"

'텔레비전을 보면 되지.'

마차는 길을 벗어났다. 돌멩이와 움푹 팬 땅 때문에 마차 전체가 덜컹거렸다. 진입차도는 없었다. 조그만 오두막의 정면은 차양 달린 베란다가 몽땅 차지하고 있었다. 코빈은 그 오두막 옆으로 마차를 몰고 가서 뒷문을 향해 후진했다. 뒤쪽 나무들 틈에 옥외 변소가 있었다.

"이게…… 전부예요?"

"뭐가 말이요?"

"……말들은 어디다 두죠?"

"이제 당신 아버지의 저택은 잊고 소박한 살림에 익숙해져야 할 거요, 브랜디. 마차와 말은 말 대여소에서 빌린 거요."

"어떻게 말도 없이 지내죠?"

"주님이 주신 튼튼한 다리가 있잖소. 그 이상이 필요할 땐 돈만 있으면 탈 것을 빌릴 수 있고."

그는 마차에서 뛰어내려 그녀를 내려주기 위해 마차 옆으로 돌아갔다.

그때 한 왜소한 여인이 변소 옆 그늘진 길을 돌아 나왔다. 양

손에 든 철제 양동이의 무게 때문에 허리가 굽어져 있었다. 그
녀가 그들을 보자 허리를 펴고 샤이에게 시선을 고정시켰다.

"우리 어머니 도라 K요."

코빈이 작은 목소리로 말했다. 그는 어머니에게 인사를 하
지도 손에 든 양동이를 받아들지도 않고, 짐을 묶어놓은 마차
밧줄을 풀기 시작했다.

도라 K는 샤이 앞에 서서 양동이를 내려놓았다. 곧 새까만
파리들이 양동이 가장자리에 우글우글 내려앉았다. 그 늙은
여인은 사팔뜨기가 되지 않을까 싶을 정도로 뚫어져라 샤이를
쳐다보았다.

"우리는 감리교인디, 처자는 뭔 교다냐?"

"네?"

샤이가 뒤로 물러섰다.

"맥케이브 집안은 장로교도예요, 어머니. 이쪽은 브랜디예요."

코빈은 관처럼 생긴 상자를 판자 받침대 쪽으로 거칠게 끌어
내렸다. 그것이 곧 오두막의 뒤 계단으로 변신했다.

"브랜디? 대체 어떤 남자가 지 새끼한테 술 이름을 지어준
다냐?"

도라 K는 어느 나라 말인지 알아들을 수 없는 어투로 말하
면서 코빈을 위해 방충망 문을 열어주었다.

"이게 다 뭐다냐?"

"곧 알게 돼요."

코빈은 상자를 등에 짊어지고는 오두막을 향해 휘청거리며
걸어갔다.

"뭐 헌다냐, 물 갖고 들어오지 않고."

여전히 문을 붙잡고 도라 K가 명령했다. 그녀의 치맛자락에 흙과 소나무 검불이 붙어 있었다.

'거울을 손에 넣을 때까지만 참고 기다리자!'

샤이는 몸을 숙여 들통을 들고 비틀거리며 브랜디의 남편 뒤를 따랐다.

"저 처자가 갖고 온 물건이다냐?"

코빈의 어머니가 문 옆에 똑바로 세워진 상자를 보며 물었다.

"아뇨, 어머니 거예요."

코빈은 망치로 못을 뽑아 상자의 널빤지를 떼어내고는 기대에 찬 눈으로 도라 K를 쳐다보았다.

그녀는 상자에 눈을 고정시킨 채 아무 말 없이 가만히 서 있었다.

코빈은 천장에 걸린 고리에서 그을음 때문에 까매진 유리 램프를 꺼내 심지에 불을 붙였다.

"어서 열어보세요."

하지만 늙은 여인은 투박한 테이블 옆에 있는 더 투박한 의자에 앉아 가슴에 손을 얹었다.

"아이스박스구나!"

"맞아요."

코빈이 안쪽의 선반을 보여주기 위해 박스를 열었다.

"어디서 돈이 생겼다냐?"

그녀가 헐떡거리듯 말했다.

"맥케이브 씨와 거래를 했잖아요. 말씀드렸죠."

"그래서 아이스박스를 샀구나."

도라 K는 넋을 잃은 듯 앉아 있었다. 아이스박스가 생긴 것을 믿을 수 없다는 표정이었다.

램프 불빛에 반쯤 환해진 방을 둘러보니, 도라 K가 왜 그 선물에 그토록 감격했는지 짐작할 수 있었다. 조금 전까지는 그냥 우울할 뿐이었는데, 이제 샤이는 참담하기까지 했다.

'이 악몽은 영원한 게 아니야!'

코빈이 포장용 상자의 널빤지들을 화덕 옆 상자 안에 넣고 멀쩡한 못들은 녹슨 깡통에 모았다. 마차에서 나머지 짐을 내리는 동안, 그녀는 그들에게 잊혀진 채 구석에 서 있어야 했다. 두 개의 침실을 구비하고 있는 오두막은 말할 수 없이 작았다. 침대 때문에 침실 문이 완전히 열리지 않아서 트렁크를 쑤셔넣다시피 해야 했다. 두 개의 방 사이에 있는 벽에 사다리처럼 생긴 계단이 있었는데, 오두막의 규모로 볼 때 그 계단을 올라가봤자 기껏해야 작은 다락방 정도가 있을 듯했다. 그게 전부였다.

저녁을 먹은 뒤 모두들 밖에 나가 있는 것도 이상할 게 없었다.

소피가, 단지 코빈 스트로크와의 잠자리 때문에 그녀에게 용감해져야 한다고 말했던 것은 아니었음이 밝혀졌다.

이제 코빈은 샤이의 앞에 서 있었다. 그가 뒷벽에 걸려 있는 모자를 향해 손을 뻗자 샤이는 한 발짝 구석으로 물러났다.

"마차랑 말을 돌려주고 오겠소. 어머니가 먹을 걸 가지고 올 거요."

그 말을 끝으로 그는 가버렸다.

도라 K는 마침내 황홀경에서 깨어났다.

"저 물건을 조심조심 다루도록 혀. 콘월에서 갖고 온 물건 중에 남은 건 저것뿐이여."

샤이가 눈을 돌리자 진저브레드 하우스 복도에 있던 것과 똑같은 찬장이 보였다. 그녀는 모서리를 비스듬히 깎은 두 개의 거울 중 하나를 통해 브랜디의 놀란 얼굴을 쳐다봤다. 그녀는 서랍의 익숙한 손잡이를 만졌다. 레이첼이 그토록 자랑스러워하던 고풍스러운 손잡이였다.

그리움과 향수가 열병처럼 샤이를 덮쳤다.

도라 K는 얼굴을 샤이에게 가까이 들이밀고는 또 한 번 그녀를 뚫어지게 쳐다보았다.

"영 매가리가 없어 보이는구먼."

"몸이 안 좋아서 그래요."

"그 말이 아니여. 모자 벗고 여기 앉아. 주전자탕을 좀 갖고 올 테니께."

도라 K가 엄지손가락으로 테이블 쪽을 가리켰다. 사실 그것은 불필요한 동작이었다. 그 방에서 앉을 곳이라고는 테이블과 그 양쪽에 놓여 있는 의자밖에는 없었기 때문이다.

"좀 더 있어야 끓겄는디."

도라 K가 화덕 뚜껑 밑의 석탄을 쑤석거린 다음 아이스박스를 포장했던 상자의 나무 조각을 그 안에 던져 넣었다.

"니들이 오기 방금 전에 올려놨으니께."

늙은 여인은 두툼하고 딱딱한 빵 한 조각을 테이블 위에 올려놓고는 여러 조각으로 부숴 사발에 담았다. 그동안 샤이는 그녀의 말을 해석하려고 애썼다. 숄 자락이 삐져나오지 않도록 허리띠 밑에 찔러 넣은 채, 도라 K는 빵에 소금과 후추를 뿌렸다. 그런 다음 그 위에 하얀 버터를 바르고 몇 개의 유리병을 가져와 허브를 뿌렸다.

주전자에서 소리가 나자, 그녀는 조금 전 만든 음식 위에 끓는 물을 붓고 숟가락과 함께 샤이에게 내밀었다.

"저어서 먹어. 생긴 건 이래도, 매가리 없을 때 먹으면 특효여."

그 이상한 음식은 믿을 수 없을 정도로 맛있었다. 그녀는 인스턴트 수프가 그렇게 획기적인 문명의 이기는 아닐지도 모른다고 생각했다. 그리고 비록 우울함이 가시지는 않았지만, 그것을 먹으니 정말 '매가리 없는 상태'가 좀 나아졌다.

도라 K는 맞은편에 앉아 그녀의 일거수일투족을 지켜보았다. 머리 위로 동그랗게 말아 올린 희끗희끗한 머리카락 사이로 군데군데 주홍색 흔적들이 보였다.

"재미있구먼. 처자는 미친 여자처럼은 안 보이는디."

그녀는 일어서서 램프를 들어 올려 새 며느리를 뜯어보기 시작했다.

"더 먹을라우? 이제 뺨에 생기가 도네."

샤이가 초라한 오두막을 둘러보았다.

"수프가 충분히 있다면……."

"충분허냐고?"

도라 K가 어깨를 뒤로 젖히자 숄이 아슬아슬하게 허리띠에서 빠져나왔다.

"배는 안 곯게 할 테니까 걱정 말어. 처자 아버지가 광산과 돈을 주기 전에도, 우린 그렇게 가난뱅이는 아니었어."

"그런 뜻이 아니라……."

"나도 알어. 그리고 수프는 얼마든지 있으니까 다 먹어."

그녀는 수프가 깨끗이 비워진 사발에 반원형으로 생긴 것을 던져 넣었다.

두꺼운 크러스트 속에 감자와 양파가 들어 있는 차가운 미트 파이였다. 양념맛이 독특했다.

합죽한 입을 앙다물고 있는 바람에 도라 K의 코가 턱에 닿을락말락했다. 그녀의 관심은 새 며느리에 대한 의심과 새 아이스박스 사이를 오락가락하고 있었다.

'존 맥케이브는 아무리 자기 딸이 미쳤더라도 어떻게 이런 곳으로 보낼 생각을 했을까?'

샤이는 비참한 의구심이 들었다.

진저브레드 하우스와 베란다에 세워 놓은 웨딩거울 위로 슬그머니 황혼이 드리워지더니 곧 어둠이 내려앉았다. 창문에서 흘러나오는 불빛이 변색된 청동 손에 희미한 광채를 부여하고, 비밀스러운 유리에 그림자를 드리웠다.

엘튼 맥케이브는 대문을 지나쳤다. 집에 빨리 돌아가고 싶은 마음은 없었다. 그는 머리를 숙인 채 천천히 움직였다. 저녁 식사 때의 침묵, 식탁의 빈자리, 어머니의 한숨, 와인 잔을 연신 기울이는 아버지…… 그리고 죄책감으로 얼룩진 자신의 마음. 이런 것들이 그로 하여금 식사가 끝나자마자 밖으로 나가도록 만들었다. 그는 발꿈치를 물고 늘어지는 개들을 걷어찼고 산책 나온 이웃들을 보고서도 고개만 까딱했다.

엘튼은 계단에 앉아 축축한 잔디 냄새와 어머니의 화단 위로 떨어진 꽃잎의 향기를 맡았다. 불현듯 이상한 기분에 등골이 오싹해졌다. 코빈 스트로크의 투박한 손길을 참아내야 할 누나가 떠올랐다.

뒤에서 문이 열렸다.

"거울을 들여놨어야 했는데 깜빡했구나."

아버지가 엘튼 옆에 앉았다.

"브랜디는 괜찮을 거다. 너무 어렵게 생각하지 마."

"그걸 어떻게 아세요?"

감정을 주체하지 못해 목소리가 떨렸다.

"그 촌뜨기 스트로크는……."

"내가 뭘 할 수 있었겠니? 한번 얘기해보렴."

존 맥케이브는 풀밭에 침을 뱉었다.

"세 가지 선택이 있었다. 그애를 덴버에 있는 정신병원에 가두는 것과 그냥 이 집에 두는 것. 그리고……."

"나라면 두 번째를 택했을 거예요."

"그랬을까?"

존이 조용히 물었다. 엘튼의 얼굴이 붉어졌다.

"네."

그는 거짓말을 했다.

"그럼 네가 이 마을에서 아내감을 찾을 수 있었을까? 미친 누이가 집에 있는데 말이야. 물론 난 그애가 미쳤다고 믿지 않지만 그애는 계속 그런 척했잖니. 사람들은 그 몹쓸 병이 피로 유전된다고 믿는다. 너는 피해갔지만 네 자식들에게도 그런 행운이 있으리라고는 생각하지 않는단 말이다. 사람들은 네가 자기 딸에게 구애하는 걸 원치 않을 거다. 너도 눈치 챘는지 모르지만…… 벌써부터 보호막을 치는 사람들이 생겼다. 안 그러냐?"

"알아요."

메리 앤의 어머니는 동정어린 시선을 보내면서도 그가 걸어
오면 자기 딸을 집으로 불러들이곤 했다. 엘리엇 부인은 엘튼
이 마가렛을 찾아올 때마다 응접실 앞에서 어슬렁거렸다. 보
울더 사람들은 맥케이브 가문에게 존경심을 보였지만, 자기
딸들의 미래를 위험에 빠뜨릴 수는 없었다. 엘튼의 친구들은
스스럼없이 잔인한 말들을 내뱉곤 했다. 그는 누나와 함께 살
자고 아버지를 설득했고 스트로크가 그녀를 데려가자 공허함
을 느꼈지만, 한편으로는 안도감이 들었다. 그래서 오늘 밤 더
욱더 마음이 무거웠다.

"코빈 스트로크는……."

"지난 2년 간 그애에게 청혼한 남자가 있었더냐? 내가 어디
가서 남자를 구하겠냐? 스트로크가 하늘에서 갑자기 뚝 떨어
진 건 다 운명이야. 그 친구는 못 배우지도 않았어. 카리부에서
학교도 다녔다. 학교를 다닌 광부의 아이들이 너보다 말 잘하
는 걸 여러 번 봤어. 스트로크는 너보다 글도 잘 읽어."

"그 작자는 촌뜨기예요."

엘튼은 고집을 굽히지 않았다.

"설사 그렇다 쳐도 그 친구는 건장한 남자야. 틀림없이 애들
을 한 트럭은 낳을 거다. 정상적인 애들을 많이 낳는 것보다 여
자를 정상으로 보이게 하는 건 없지. 스트로크는 강하고 뚝심
있는 남자야. 그 어머니는 억센 콘월 여자지. 그 두 사람이 브
랜디를 정상으로 돌려놓지 못한다면 그 누구도 못할 거다. 우
리는 너무 오냐오냐 대했어. 너는 좀 제대로 키웠기를 바란다
만……. 브랜디는 정신이 번쩍 나게 하는 산 공기를 마시며 고
된 일을 하면서 살게 될 거다."

존 맥케이브는 안경을 벗어 손수건으로 닦았다. 그리고 엘튼의 눈을 피하며 중얼거렸다.

"그리고 난 그리울 게다. 그래, 그리울 거야. 그애의 끔찍이…… 끔찍이…… 그냥 끔찍한 점들이 말이다."

"아버지……."

"거울을 들여놓자꾸나."

그는 어깨에 얹힌 엘튼의 손을 슬며시 뿌리치며 말했다.

엘튼이 바닥 쪽의 차가운 청동 손을 부여잡고 존이 위쪽을 움켜잡았을 때, 소피가 나와서 문을 붙잡았다.

"일단 브랜디 방에 다시 가져다 놓자."

무거운 거울을 들고 힘겹게 계단을 올라갈 때, 엘튼은 찌릿 찌릿한 이상한 전류가 손을 통과하는 걸 느꼈다.

샤이는 고기파이를 움켜쥔 채 벤치에서 굴러 떨어졌다. 브랜디의 머리와 등이 바닥에 부딪쳤다. 그녀는 브랜디의 폐에 공기를 불어넣으려고 안간힘을 썼지만 이내 정신이 혼미해졌다.

자신과 부모님이 궤짝 옆에 서 있는 환영이 어른어른 떠올랐다. 그들은 말을 하고 있었지만, 샤이는 한마디도 들을 수 없었다. 레이첼이 눈가를 훔치면서 다른 한 손을 샤이의 몸에 둘렀다. 아버지는 그들 옆에 서 있었다.

샤이는 뒤로 잡아당겨 동그랗게 말아 올린 머리 스타일을 하고 있었다. 눈빛은 멍했지만 제롤드가 말을 건네자 입을 달싹였다.

그들은 궤짝을 쳐다보고 있었다. 안쪽에 공단을 덧댄 관이었다. 그 안에 브랜 할머니가 차분하고 평화롭게 누워 있었다.

"발작을 일으킨 것이다냐?"

"모르겠어요……. 브랜디?"

코빈의 목소리였다.

"파이를 먹다가 갑자기 쓰러지더라."

샤이는 브랜디의 몸이 들리는 것을 느꼈다. 눈을 떠 보니 코빈의 턱이 보였다.

"내가 어떻게 된 거죠?"

"아무 말 말아요. 내가 침대로 데려가겠소."

"침대로 가 있어. 내 얼른 의사를 불러올 테니께."

"선생님 마차를 윌리엄스네 집 앞에서 봤어요. 카라가 예정일이 됐나 봐요."

"찬장에 파이가 있다."

도라K가 그 말을 끝으로 문을 닫고 사라졌다.

"코빈, 무서워요."

"뙤약볕 아래서 먼 길을 달린 게 무리였나 보군."

그는 브랜디의 트렁크에서 잠옷을 찾은 다음, 옷 벗는 것을 도와주었다. 그녀보다도 그가 더 민망해 하는 것 같았다.

"의사가 오기 전에 좀 쉬어요. 난 나가서 뭘 좀 먹겠소."

그가 브랜디의 머리를 쓰다듬었다. 그의 손가락이 부드러운 머리카락 위에 잠시 머무르는 듯싶더니 곧 램프를 들고 방을 나갔다. 그녀는 어둠 속에 남겨졌다.

샤이는 힘이 없고 어질어질한 와중에도, 코르셋이 옥죄고 있는 허리께를 시원하게 긁었다. 할머니의 관을 보고 있던 자신과 부모님의 환영이 자꾸 되살아났다. 꿈일 것이다. 하지만…… 지금 자신이 머물고 있는 이 세계도 꿈처럼 보인다. 그리고…… 그 머리 모양…… 샤이는 그런 머리모양을 한 적이 없었다. 환영 속의 샤이는 다른 사람 같았다.

화물마차를 몰던 남자의 앞니 사이는 벌어져 있었다. 그것은 가족 내력이었다. 브랜디는 왜 코빈을 팽개치고 그런 남자를 택했을까? 샤이라면 절대 그러지 않았을 것이다. 그것이 의미하는 게 무엇일까? 언젠가는 브랜디가 자신의 몸으로 돌아온다는 증거일 것이다.

코빈이 오늘 밤 침대로 들어온다면 무슨 일이 일어날까. 그는 그녀의 남자가 아니었다. 낯선 남자와 하룻밤을 보내는 상상은 감질나고 짜릿했지만 현실에서는…….

샤이가 브랜디의 몸속에서 거의 잠이 들 뻔했을 때, 시에튼 박사가 도착했다.

"선생님이 램프를 가지고 가셔요. 난 양초가 있으니께요."

문이 닫히기 전에 도라 K의 목소리가 들렸다.

"테이블에서 기절했다고 들었습니다. 난 시에튼 박사예요. 의사선생이라고도 하고, 더 나쁘게도 부르죠."

그 덩치 작은 남자가 침대 위에 앉아 그녀의 이마에 손을 짚었다.

"안녕하세요. 저는…… 브랜디예요."

샤이는 너무 피곤해서 실제 자신이 누구인지 설명할 힘이 없었다.

"부인의 아버님과 오랫동안 알고 지냈습니다. 그분의 부러진 다리를 붙여주고 이도 빼주었죠."

그의 미소는 친절했지만 지쳐 있었다. 그는 젊지도 늙지도 않았다. 그저 지쳐 보였다.

진찰은 놀랄 만큼 철저했다. 그가 그녀의 두 다리 사이에서 진찰을 마치고는, 다시 가슴 쪽으로 귀를 갖다 댔다.

"주님이 하시는 일은 참 이상하죠, 스트로크 부인. 난 주제 넘게 그분의 생각을 추측할 생각은 없습니다."

그는 일어나서 손수건으로 손가락을 닦고 도구들을 가방에 도로 넣었다.

"하지만 맥케이브 가문 사람들은 마음이 따뜻하죠. 당신도 그렇게 보이는군요. 박동소리만 보면 심장은 건강합니다. 꽉 끼는 코르셋을 너무 오랫동안 입고 있었던 게 문제일 수도 있습니다."

"코르셋이 싫어요."

"그럼 벗어 던지세요. 코르셋을 입지 않아도 될 몸매잖아요. 도라 K나 코빈도 개의치 않을 거예요. 여긴 보울더가 아니니까요."

그는 문 쪽으로 가다가 침대 기둥에 걸려 휘청거렸다. 그러더니 갑자기 침대에 주저앉아 두 손 사이에 얼굴을 묻었다.

샤이가 몸을 일으켰다.

"선생님?"

"미안합니다, 스트로크 부인. 제가 좀 피곤해서요. 잠시만 시간을 주세요."

목소리가 미세하게 떨렸다. 그 진동이 그의 몸을 통해 이불 자락과 샤이에게 전해졌다.

시에튼 박사는 심호흡을 하고 허공을 응시했다.

"방금 카라 윌리엄스와 아기가 죽었습니다."

혼잣말을 하듯 그가 속삭였다.

"어쩌다 그런 일이 일어났는지 모르겠어요. 아무래도 사무엘에게 다시 가봐야 할 것 같습니다."

그는 눈을 껌뻑인 뒤 다시 그녀를 보았다.

"용서하세요, 지금 부인에게도 안정이 필요한데. 이제 누우세요."

그는 간신히 일어나서 그녀에게 담요를 덮어주었다.

9

샤이는 어둠 속에서 깨어났다. 코빈의 목소리가 방 너머에서 들렸다.

"맥케이브 씨를 만난 날, 그 소문에 대해서는 이미 말했잖아요."

"하지만 사람들이 저 처자는 분명히 돌았다든디. 이미 결혼혀놓고 무슨 말을 허겄냐만, 그래도 그게 뜬소문이라는겨?"

코빈의 긴 한숨 소리가 들렸다.

"협곡을 올라오는 길에 했던 얘기하며, 순간순간 성격이 바뀌는 걸 보면…… 제 정신은 아닌 것 같아요."

"뭔 얘기를 혔다냐?"

"바커 초원에 저수지와 댐이 지어진다고 했어요. 협곡에 텅스텐이라는 도시가 생긴다고도 했고, 금속 괴물을 타고 달나라로 간다는 사람들 얘기하며 거울을 쳐다봐서 자기가 손녀랑 몸이 바뀌었다는 얘기하며……."

"재밌는 얘기구먼. 아마도 책에서 읽었겄지."

"하지만 브랜디는 정말로 그 얘기들을 믿어요, 어머니. 전부다 믿는단 말이에요. 우리는 브랜디를 지켜봐야 돼요."

"그럼 어떻게 혀야 헌다니? 넌 일허러 땅속으로 들어가고 난 호텔로 가야 허는디. 그 생각은 못혔구먼."

"뭔가 방법을 찾아야죠."

"미쳤건 안 미쳤건 일을 허는 게 최곤다."

"그것도 답이 될 수 있겠네요. 우리가 없는 동안 계속 바쁘게 만들어야겠어요."

"할 일을 계속 줘서 정신없게 만들자는 말이다니? 그런데 만약……."

도라 K가 소름 돋는 어조로 천천히 말했다.

"……혼자 돌아다니다 다치거나 사고 치면 어쩐다니?"

"그럼…… 떠나보낼 수밖에요."

그가 슬픈 목소리로 말했다.

샤이는 이제 완전히 잠에서 깨어났다. 그는 그녀를 동정하고 있었다. 자신을 믿지 않는다는 건 알고 있었지만, 어쩐지 그녀는 그를 신뢰하게 되었다.

"저 처자랑 잘 생각은 말어. 미친 애들을 낳으면 어쩐다니."

"전 다락에서 잘 거예요."

"아이고, 내 신세야!"

갑자기 도라 K가 울부짖었다.

"난 손주를 무릎에 앉혀보지도 못한다니?"

그리고 긴 침묵 뒤에 말을 이었다.

"혹시 벌써 애를 밴 거 아니다니? 벤치에서 기절했잖어."

"의사가 아직 누구도 손대지 않은 여자라고 했어요."

코빈이 다락에 자리 잡는 소리가 멈춘 후에도, 판자벽 틈새로 도라 K의 촛불 빛이 새어 들어오지 않게 된 뒤에도, 샤이는 걱정 때문에 정신이 더 또렷해졌다.

매트리스는 딱딱하고 울퉁불퉁했다. 수프링도 없었다. 돌아 누울 때, 아마포 시트와 잠옷 밑으로 까끌까끌한 알갱이 같은 것들이 느껴졌다. 희미한 달빛이 방으로 들어왔다. 베란다 차양 때문에 방 안에 그림자가 졌다. 소나무와 목탄 냄새……

그녀는 거울이 도착할 때까지 브랜디로 행세하면서 스트로크와 잘 지내보기로 결심했다. 거울이 손에 들어오기 전에 다른 시설로 보내진다면, 자신의 몸으로 돌아가는 데 몇 년이 걸릴지 모를 일이었다.

마침내 그녀는 잠에 빠져들었다. 그러나 꿈자리는 뒤숭숭했다. 거울 속에 비친 레이첼의 모습이 곧이어 차가운 청동 손을 가진 론 매든으로 바뀌었다. 그는 잔인한 미소를 띠고 있었다. 샤이는 코요테의 섬뜩한 울음소리와 밖을 배회하는 짐승들의 발소리에 땀을 흘리며 눈을 떴다.

새벽녘의 오두막은 무척 싸늘했다. 그녀는 소피가 평상복이라고 부르는 것에 걸쳐 입을 스웨터를 찾으려고 트렁크를 뒤졌다. 하지만 찾을 수 있는 건 숄뿐이었다. 코르셋은 무시하기로 했다. 브랜디의 육중한 가슴을 받쳐줄 브래지어가 그리울 뿐이었다. 주름장식이 달린 코르셋 커버만이 유일하게 유용했다. 그녀는 계단 발치에 놓인 끔찍한 모양의 항아리를 피해 옥외변소로 걸음을 옮겼다. 거실에는 아무도 없었다.

거미줄투성이의 음습한 화장실에서 황급히 돌아온 뒤에야, 그녀는 브랜디의 검은 구두 버클을 잠그고 빗과 브러시로 엉킨 머리를 풀었다. 방에는 옷장도 거울도, 화장대도 없었다. 옷을 걸기 위해 벽에 박아놓은 못이 전부였다. 그녀는 정상처럼 보이기 위해, 각이 진 찬장 거울 앞에 서서 브랜디의 머리를 땋았다. 워터 스트리트의 마리조차도 머리를 풀어헤치고 있지 않았다. 숄이 어깨에서 미끄러졌다. 땋은 머리가 자꾸 풀렸다. 결국 머리를 고정시키기 위해 브랜디가 가진 핀을 모두 다 써야 했다.

브랜디의 몸이 그녀의 욕구에 따라 움직이는 것처럼, 낯선 얼굴은 그녀의 모든 감정에 반응했다. 목소리는 익숙하기까지 했다.

"좋은 아침이요. 기분은 좀 나아졌소?"

굵은 삼베 자루를 든 코빈이 방충문을 어깨로 밀고 들어오며 물었다.

그녀는 브랜디의 속눈썹을 깜빡이며 살짝 웃었다.

"어머니도 일어나셨나요?"

"그래요. 벌써 나가셨소. 여름에는 일주일에 4일이나 5일 정도 앤틀러 호텔에서 일한다고 했잖소. 기억나오?"

탐색하는 듯한 눈빛.

"네, 앤틀러 호텔이요."

그녀는 최대한 자연스럽게 미소를 지어 보였다.

"지난 일요일에 당신이 말했잖아요. 우리집 응접실에서."

"어젯밤 몸이 안 좋았기 때문에 오늘은 늦잠을 자게 놔뒀소."

그는 자루에서 지푸라기가 달라붙어 있는 지저분한 얼음 덩어리를 꺼내 아이스박스 맨 위 선반에 놓았다.

"이제부터 얼음이 배달될 거요. 아이스박스를 사면서 평생 쓸 얼음도 주문해놓았지."

자랑스러워하는 목소리였다.

"이제 집을 둘러봅시다."

'둘러볼 데나 있으면서 말을 하든지.'

그러나 속마음과 달리 그녀는 고분고분하게 그의 뒤를 따랐다. 그들은 옥외변소를 지나 언덕사면에 붙박이로 만들어진 나무 문에 도착했다.

"우리는 여전히 이곳에다 물건들을 보관해둘 거요."

3면이 막힌 동굴이었다. 오직 입구에서만 빛이 새어 들어왔다. 그는 달걀이 가득 담긴 커다란 그릇과 철제 우유병을 그녀에게 건넸다.

"아이스박스도 유용하지만, 이곳도 사용해야 할 거요. 여기엔 감자도 있고, 양파도 있고, 당근, 순무, 사과도 있소."

어슴푸레한 형체의 무더기들이 평평한 받침대 위에 놓여 있었다.

그는 대들보에 매달려 있는 것들과 테이블 위에 놓여 있는 것들을 팔에 가득 안고서, 동굴에서 조금 떨어진 나무 상자 쪽으로 그녀를 이끌었다.

"물을 긷는 샘이오. 근처의 몇몇 집과 함께 쓰고 있소."

"하지만 이건 그냥 상자잖아요."

"뚜껑을 열고 양동이를 넣어 봐요. 하나의 양동이가 채워지면 다른 양동이를 채울 수 있소. 사시사철 좋은 물이 나오지……. 당신은 수도관 같은 데 더 익숙하겠지만."

검은 머리카락이 그의 이마를 따라 흘러내렸다.

"네덜란드에서 수돗물 공급은 한참 먼 얘기요. 이제 길을 살펴봅시다. 절벽을 따라가다가 산등성이를 넘으면 브랜디 와인이 있소. 길이 익숙하지 않을 거요. 혹시 내가 필요하면……."

"당연하죠."

그녀가 불쑥 대답했다.

'침착해, 이 아가씨야.'

"난 집에서 멀리가지 않소. 그러니 당신이 헤매고 다닐 일은 없을 거요, 브랜디."

아이스박스를 채우고 난 뒤, 그는 현관 옆에 있는 채소밭과 오두막 측면에 붙어 있는 대충 만든 붙박이장과 그 안에 들어 있는 도구들을 보여주며, 그녀가 해야 할 일 중 하나가 채소밭에 물을 주고 잡초를 뽑는 것이라고 설명했다.

"그럼 저 샘에서 물을 길어오란 말인가요?"

"그렇소. 지금 해야 할 일은 어머니가 선반에 놓고 간 반죽으로 빵을 굽는 거요."

그는 다시 그녀를 안으로 이끌었다.

"그리고 램프를 닦고 연료를 채워요. 여기 등유가 들어 있소. 바닥을 쓸고, 요강을 비우고, 화덕의 재를 비워요. 점심을 준비하고……."

"점심으로 뭘 준비하죠?"

샤이가 공포에 질려 까만 화덕을 쳐다보았다.

"당신 마음대로 하시요. 당신이 어떻게 하고 있는지 보러 정오쯤 돌아오겠소. 우선 아침을 먹읍시다."

오두막에서 열 발자국쯤 멀어졌을 때 그는 휘파람을 불기 시작했다.

'난 화덕을 사용할 줄도 램프를 청소할 줄도 모르는데. 아마이 집을 홀랑 태워 먹을 거야. 그러면 스트로크는 내가 정말 미쳤다고 생각하겠지. 틀림없이 날 다른 곳으로 보내버릴 거야.'

샤이는 치즈와 마른 빵 한 조각과 우유로 브랜디의 배를 채웠다. 그리고 나니 기분이 좀 나아져서 한 번에 한 가지씩 할 수 있는 일을 하고 나머지는 걱정하지 않기로 했다. 걱정은 나중에 해도 늦지 않을 것이다. 적어도 물은 길어올 수 있고, 비질도 할 수 있고, 괭이질도 할 수 있으니까.

그녀는 찻주전자에 남은 미지근한 물을 개수대에 붓고 설거지를 시작했다. 그런 다음 더러운 물을 뒤 계단 옆의 땅에 버렸다. 잠깐 동안 그 물을 밭에다 줄까 생각했지만 곧 도리질을 쳤다.

그녀는 곧바로 밭일을 시작했다. 하지만 딱딱하게 굳은 땅을 뚫고 잡초뿌리를 솎아내기란 쉽지 않았다. 물을 먼저 준 다음 괭이질을 해야 할까?

그 시대의 정신병원이 어떨지 상상하며, 그녀는 길을 따라 샘으로 달려갔다. 양동이 한 개를 채우는 데 영겁의 시간이 걸리는 듯했다. 그녀는 두 개의 양동이를 천천히 들어올렸다. 양동이에서 넘친 물이 옷의 양쪽을 적셨다.

'물이 이렇게 무겁다니.'

흙이 충분히 축축해질 때까지 그 일을 다섯 번이나 반복해야 했다. 몸에서 힘이 모조리 빠져나갔다. 그녀는 괭이질을 하기 위해 쭈그려 앉으며 신음소리를 냈다.

새들의 노랫소리, 윙윙거리는 곤충 울음소리, 규칙적인 괭이질 소리. 아래쪽 어디선가 도끼로 장작을 패는 소리, 개 짖는 소리가 들렸다. 길 아래쪽 오두막에서 들려오는 아이들의 목소리와 웃음소리. 어떻게 이 세계가 이토록 정상처럼 보일 수 있을까? 이 사람들은 자신이 아주 오래 전에 죽은 존재라는 걸 모르는 걸까? 샤이는 불쌍한 카라 윌리엄스와 그녀의 아기를 떠올렸다. 카라는 몇 살이었을까?

태양빛은 점점 더 뜨거워졌다. 샤이는 목이 말랐지만 길어 온 물은 모조리 밭에다 줘버렸다. 브랜디의 하얀 피부가 따끔 거렸다. 그녀는 챙 모자를 가지러 오두막으로 돌아갔다. 문을 여는 순간 그녀는 요강을 비우는 걸 깜빡했음을 깨닫고 허겁 지겁 옥외변소로 가 요강을 비우고 햇볕 아래에 세워놓았다. 차가운 우유 한 잔을 벌컥벌컥 마신 뒤 그녀는 다시 괭이질을 하러 돌아갔다.

통증 때문에 자주 일손을 멈추고 등을 두드려야 했다. 미들 보울더 개천이 거품을 일으키며 튀었다. 야생화들이 비탈길을 장식하며 오두막과 나무 그루터기 주변으로 뻗어 있었다. 햇 살 아래서 보니 정말 아름다운 풍경이라는 것을 인정할 수밖 에 없었다. 골짜기 건너 오두막들 사이에 조금 더 견고한 집들 이 보였다.

중심가 건물들은 제법 훌륭했는데도, 그녀가 알아볼 수 있 는 건물은 단 한 채도 없었다. 분명 몇 채는 살아남았을 만한 데. 진저브레드 하우스도 남아 있는데, 다른 오래된 건물들도 남아 있지 않을까?

샤이의 시선이 서쪽 골짜기를 둘러싸고 있는 산봉우리들의 완만한 곡선을 따라 미끄러졌다. 그 넓은 스키장은 없었다. 엘 도라 스키장으로 가던 길에 얼마나 자주 네덜란드를 지나쳤던 가? 그녀는 다시 집을 향한 강렬한 그리움에 사로잡혔다.

브랜디의 손에 물집이 생기기 시작할 무렵, 샤이는 문득 어 떤 생각에 사로잡혔다. 일손을 멈추고 서쪽 산등성이를 훑어보던 시선을 돌려 아랫쪽 시내를 쳐다봤다. 그리고 다시 말들과 소들이 풀을 뜯고 있는 초원을 바라봤다. 마지막으로 다시 한 번 오두막을 쳐다보았다. 그러고 보니 이곳은 부모님 소유의 오두막이 있는 바로 그 장소였다. 제리 가렛은 진저브레드 하우스를 떠나 종종 그곳에 가곤 했다.

레이첼은 그녀의 할머니―그러니까 소피―로부터 진저브레드 하우스를 물려받았다. 이 땅은 브랜 할머니에게서 다시 가렛 가족에게 상속됐다. 브랜디는 코빈 스트로크의 미망인으로서 이 땅을 상속받은 걸까? 어쩌면 이혼을 하고 위자료 대신 받았을지도 모르지. 엄마와 쌍둥이 삼촌들은 네덜란드 외곽에 있는 목장에서 자랐다고 했다.

앞으로 무슨 일이 일어날지 알고 있지만, 왜 일어나게 되는지 모른다는 게 걱정스러웠다. 거울이 말을 듣지 않으면 어쩌지?

밭에서 멀지 않은 곳에 쓰레기 더미가 있었다. 그곳에 파리 떼와 깡통과 깨진 병들이 가득했다. 햇볕을 받아 이상한 냄새가 스멀스멀 피어올랐다. 그녀는 괭이를 치워버리고 브랜니의 아픈 등을 두드리며 오두막으로 들어갔다.

코빈은 정오가 한참 지나서야 브랜디를 떠올렸다. 그는 부랴부랴 산등성이를 넘어 샘이 있는 길로 갔다. 누군가가 샘 뚜껑을 닫는 걸 잊어버렸다. 그는 몸을 숙여 샘에 빠져죽은 벌레들을 건져내고 손으로 물을 떠 마신 뒤 뚜껑을 닫았다.

광산 횡갱도의 버팀목을 수리하기 위한 목재들과 새로운 환기갱을 만들기 위한 목재들. 지금쯤 펌프가 협곡을 오르고 있을 터였다. 오래된 창고는 거의 무너져 내릴 지경이어서 새로운 창고를 지어야 했다. 벌목한 목재의 대부분과 광차 궤도용 케이블, 레일들은 튼튼했다. 하지만 횡갱도에 있는 광석차 세 대는 수리가 필요했다. 할 일이 많았다. 도움을 얻기 위해 팀 펨버시를 불러와야 했다. 그와 함께라면 더블핸드 경기를 연습할 수도 있을 테니, 그야말로 일석이조였다.

공터 한가운데에 낡은 요강이 냄새를 풍기며 떡하니 자리 잡고 있었다.

방충문 사이로 연기가 스멀스멀 피어올랐다.

"브랜디!"

코빈은 브랜디 와인에 대한 이런저런 생각들을 치워버리고 광산과 똑같은 이름을 가진 여자를 구하러 허겁지겁 달려갔다.

"브랜디?"

더 많은 연기가 그를 맞았다. 그 사이로 행주를 들고 시커먼 연기를 몰아내려 애쓰고 있는 그녀가 보였다.

깃털 같은 머리카락 다발이 얼굴을 뒤덮고 있었다. 검댕 때문에 한쪽 뺨이 새까맸고, 이마에는 불그스름한 줄들이 그어져 있었다. 옷은 말할 수 없이 지저분했고, 눈은 휑뎅그렁했다.

"화덕을…… 콜록콜록."

그녀가 기침을 하며 힘겹게 말했다.

"……어떻게 다루는지 몰라요."

브랜디는 아침에 그랬던 것처럼 코빈에게 억지웃음을 지어 보였다.

"화덕은 항상 엄마하고 노라가 사용했거든요."

눈물 한줄기가 까만 얼룩 사이로 흘러내렸다. 코빈은 고개를 돌렸다.

연기는 곧 빠져나갔다. 사태는 생각했던 것만큼 심각하지 않았다. 화덕의 불은 잡혔지만 애초에 어떻게 불을 붙였는지 의심스러울 지경이었다. 화덕의 환기구는 꼭 닫혀 있었다.

"불에 그을린 거요, 브랜디?"

"햇볕 때문에 그래요."

지금 미소는 진짜였다.

"처음에 모자 쓰는 걸 깜빡했거든요."

코빈은 그녀에게 재를 털어내는 손잡이, 떨어진 재를 양동이에 쓸어 담는 법, 환기구를 조절하는 법 등을 가르쳐주었다. 그런 다음 그녀를 위해 불을 피웠다. 그는 맥케이브 가족을 이해할 수 없었다. 딸에게 남편감을 찾아주려 그렇게 애썼으면서 화덕 사용하는 법도 가르치지 않다니.

그는 아이스박스에서 늦은 점심을 찾았다. 음식을 가지러 직접 동굴로 가거나 여자들을 보내지 않아도 된다는 사실에 뿌듯해하면서. 코빈은 새 신부가 기름 깡통에 코를 대고 킁킁거리다가 국자로 퍼서 솥에 담는 것을 지켜보았다. 그녀는 조그만 고기 덩어리를 지글지글 지지기 시작했다. 껍질 벗긴 감자와 순무, 당근, 양파가 테이블에 일렬로 놓였다.

저녁식사로 썩 괜찮은 걸 먹게 될 것 같았다.

"브랜디, 앞치마 없소? 옷이 더러워지잖소."

"앞치마요? 아……."

그녀는 서둘러 트렁크로 가서 앞치마를 허리에 두르고 돌아왔다.

코빈은 앞치마를 두르는 것도 잊어버리는 여자가 놀라웠다. 그녀는 많은 것을 잊어버렸다. 그는 또다시 불안해졌지만 동시에 다른 감정도 느꼈다. 지저분하고 엉망진창인데도, 그녀는 여전히 작고 예뻤다.

그는 바닥을 쓸고 있는 그녀를 남겨두고 집을 나와 중심가로 향했다. 그녀를 위한 물건들을 주문하기 위해서였다. 그때 브랜디가 베란다에서 그를 불러 세웠다.

"코빈, 거울 잊어버리지 않았죠?"

"다른 일을 보기 전에 제일 먼저 당신 집에 전보를 치겠소."

사실 그는 거울 따위는 생각도 못하고 있었다. 그녀의 얼굴에 안도의 빛이 스치자 그는 순간적으로 죄책감을 느꼈다. 동시에 그녀의 사소한 표정 하나하나가 자신을 이토록 동요시킨다는 사실에 당혹감을 느꼈다.

코빈은 비탈을 내려가며 생각을 떨쳐버리려 애썼다. 그곳엔 항상 메이 벨이 있으니까……

10

작고 까만 밀짚모자를 쓴 도라 K가 요란하게 집 안으로 들이닥쳤다.

"네 신부가 내 양파들에 괭이질을 혀놨어. 이리 와서 좀 봐."

그녀는 샤이가 차려놓은 식탁에는 눈길도 주지 않은 채 코빈을 끌고 나갔다.

샤이는 의자에 주저앉아 쓰레기 더미에서 주워온 깨진 유리병과 거기에 꽂아놓은 화사한 야생화 다발을 바라봤다. 이 작은 꽃다발이 집 안을 이토록 환하게 만들다니. 그러나 도라 K는 오직 양파에만 열을 올리고 있었다.

화덕 때문에 오두막에 열기가 가득 찼다. 숨이 막힐 정도였지만, 어느새 솥뚜껑 밑에서 맛있는 냄새가 흘러나왔다. 그녀는 도라 K의 단지에서 허브를 꺼내 솥에 넣었다.

"배고프다."

다시 집으로 돌아온 도라 K가 식탁에 앉으며 선언했다. 그런 다음 날카롭게 덧붙였다.

"음식이 충분해야 헐 텐디."

도라 K는 음식을 작게 조각내 앞니로 꼼꼼히 씹었다.

"맛은 괜찮구먼."

주름진 피부에 둘러싸인 날카로운 파란 눈에 놀라움이 번졌다.

코빈 역시 고개를 끄덕였다. 샤이는 기분이 좋아졌다. 그녀는 자기 세계로 돌아가기 전에 허브 단지에 든 것들을 모조리 맛보리라 결심했다. 레이첼이 마감에 쫓겨 정신없을 때나 글 쓰는 일에 너무 몰두해 있을 때, 가족을 위해 저녁을 준비하는 사람은 샤이였다. 그녀는 그 솜씨를 마렉을 위해 사용하려고 했다.

"꽃다발도 예쁘고. 맛난 저녁이 차려져 있으니 참말로 좋구먼. 아가, 오늘 아주 열심히 일했구나. 하지만 하루에 모든 일을 다 헐 필요는 없다."

도라 K는 엄지손가락을 구부려 밭 쪽을 가리켰다.

"매일 조금씩 잡초를 뽑으면 되는 거여. 이제 빵 좀 먹자."

"어머, 빵!"

샤이는 놀란 나머지 포크를 떨어뜨렸다. 포크가 접시와 부딪쳐 땡그랑 소리를 냈다. 그제야 샤이는 선반 구석에 천으로 덮어놓은 반죽 덩어리를 떠올렸다.

"그냥 앉아 있어. 내가 갖고 올게."

코빈이 그녀를 쳐다보았다.

"빵 굽는 걸 잊었소?"

"아이고! 빵이…… 구워지지도 않았잖어!"

도라 K가 팬을 식탁에 쿵 하고 내려놓았다.

"반죽을 쑤셔 놓지도 않았다니?"

끈끈한 반죽의 일부가 팬 가장자리에 덩굴손처럼 대롱대롱

매달려 있었고, 나머지 부분은 구멍이 뿅뿅 뚫린 채 팬 바닥에 붙은 채 말라가고 있었다. 마치 미친 상어가 물어뜯어놓은 스펀지 같았다. 그동안 샤이가 빵과 관련돼서 해본 일이라고는 냉동실에서 꺼낸 반죽을 해동시켜 부풀도록 놔둔 뒤 오븐에 집어넣은 게 전부였다.

'빨리 거울을 보내줘요. 존 맥케이브!'

식사를 마친 후 현관 베란다에 앉아 있을 때도, 목욕물을 데울 때도 도라 K는 여전히 '빵, 빵!'거리면서 투덜거렸다. 둥그런 금속제 목욕통에서 브랜디의 지친 몸을 씻고 있을 때도 그 소리가 들렸다. 그녀는 목욕을 마치고, 도라 K가 있는 현관 베란다로 나갔다. 코빈이 씻을 차례였다. 그는 그녀가 목욕한 물에서 씻었다. 도라 K는 코를 쿵쿵거리며 몸 전체를 물에 담그는 게 못마땅하니, 자신은 나중에 개수대에서 스펀지로 씻겠다고 말했다.

몸을 씻고 깨끗한 옷으로 갈아입은 코빈이 시내에 나가겠다고 말했을 때도 그 표정을 지었다.

"또 그 무허가 술집에 술 마시러 간다니?"

코빈은 밥벌이를 하는 광부들은 모두 토요일 밤에 살롱에 간다고 설명했다. 지겨운 듯한 그의 말투로 보아 이런 언쟁이 매주 반복되는 것 같았다.

샤이는 여자들은 토요일 밤에 뭘 하고 노는지 궁금했다. 하지만 침대에 들자마자 그녀의 고단한 몸은 잠 속으로 빠져들었다.

"아이고 내 팔자야! 안식일에도 일을 해야 허다니…… 그래봐야 소용없어. 내일 씻어야 혀. 일주일 내내 빵을 망치다니. 이제 그만 주무르고 팬에 올려."

도라 K가 투덜거리자 코빈이 성경에서 눈을 들었다. 어머니가 샤이에게 빵 만드는 법을 가르치는 중이었다. 나른하게 깜빡이던 그의 눈에 흡족한 빛이 서렸다. 동시에 그의 머릿속에 이런 생각이 번뜩였다.

'네덜란드에도 보울더의 마리 같은 여자들이 있을까? 집에는 그런 여자가 없으니.'

그때 샤이는 주먹으로 신선한 빵 반죽을 힘껏 내리치며 다른 생각에 잠겨 있었다.

'일요일에도 화물이 배달될까? 거울은 월요일에 올지도 몰라. 아, 월요일에 빨래를 해야지. 어떻게 하지? 옷들을 개울가로 가져가서 돌에 대고 두드리면 될까? 그런데 왜 매춘부들은 임신을 하지 않지?'

"니 어머니가 널 어떻게 키웠는지 통 모르겠다. 이 나이가 되도록 빵 하나도 못 만들다니. 램프도 안 닦아놓고."

'그이가 성경을 무릎에 놓고 앉아 있네, 소년처럼.'

"간밤에는 바닥에 물이 흥건하게 고여 있더구먼. 아이스박스 밑에 있는 그릇을 비웠어야재."

'딱딱하고 투박한 손, 헝클어진 머리, 나를 흘끔흘끔 보는 호기심어린 눈.'

그는 그녀를 몹시 의식하고 있었다.

'그가 보는 건 브랜디야, 샤이.'

그녀의 머리카락이 또다시 흘러내렸다.

"고기파이 만드는 걸 가르쳐줘야겠다. 집에 훈기가 좀 돌아야 허니까."

샤이가 그릇에 밀가루와 라드와 소금을 더 넣고 동굴에 몇 번 더 갔다 온 사이, 코빈은 나무를 하러 나갔다. 도라 K는 밀가루 반죽을 곱게 민 다음 그 위에 접시를 뒤집어 올려놓아서 반죽을 둥글게 잘라냈다. 샤이는 고기와 야채를 다졌다.

"겨울에 집을 훈훈허게 허려면 오랫동안 불을 쓰는 음식을 해야 혀. 그땐 석탄을 사용혀. 하지만 요즘처럼 더운 날에는 불을 짧게 쓰는 음식이 더 편허니께 그땐 나무를 때지."

코빈은 나무를 가져온 다음 검은 눈으로 다시 그녀를 훑었다.

'내가 또 정신 나간 짓을 하는지 지켜보는 것뿐이야. 그럼 날 멀리 보내버릴 수 있을 테니.'

하지만 그의 시선이 계속 신경 쓰여 결국 그녀는 흘러내리는 머리카락을 틀어 올려 핀으로 고정시켰다.

고기와 야채, 허브를 둥그런 파이 반죽에 올려놓고 반으로 접어 반원형을 만든 뒤 가장자리를 꾹꾹 눌렀디. 도라 K는 김이 빠져나가도록 반죽 위에 칼집까지 낸 뒤, 다시 반죽을 밀었다.

첫 번째 파이가 구워졌을 때, 그들은 골짜기가 내려다보이는 언덕으로 나왔다. 뜨거운 파이는 깨끗한 천으로 싸서 손으로 들고 먹었다.

"니는 아는 게 별로 없지만, 빨리 배우고 열심히 허니까 괜찮어."

도라 K가 앞니로 파이를 조금씩 씹으며 코빈을 쳐다보았다.

"브랜디는 미친 게 아니여. 그냥 좀 가르치면 돼."

코빈은 어쩐지 불편해 보였다. 그가 시선을 슬며시 돌렸다.

"다음 일요일에 목사님이 오실 텐디, 우리가 식사대접을 해야겠다. 물론 예배를 보는 건 아니여. 카라랑 아기를 땅에 묻을 거여. 불쌍한 것들. 지금 얼음 창고에 있을 텐디."

고기파이가 브랜디의 목구멍에 걸렸다.

"아이스박스 얼음은 어디서 구하죠?"

"이곳에 얼음창고는 하나뿐이요."

샤이는 브랜디의 외출복 밑단을 적시지 않기 위애 애쓰며 물 양동이를 날랐다. 평상복은 빨래 바구니에 들어가 있었다. 말아 올린 머리카락 뭉치에서 짧은 몇 가닥이 빠져나와 얼굴을 간질였다.

다람쥐 한 마리가 햇빛과 그림자로 얼룩덜룩한 길을 잽싸게 지나갔다. 선선한 아침 바람이 소나무를 스치고 지나가자 기분 좋은 소리가 났다.

샤이는 오늘을 이 말도 안 되는 세계에서의 마지막 날이라고 생각하고 한껏 즐기기로 했다. 틀림없이 거울은 오늘 도착할 것이다. 그녀는 이 기묘한 현상이 끝난 후 스스로에게 던져 볼 만한 많은 질문을 생각해내려고 애썼다. 정말 거울이 그러한 마법을 부려서 모든 걸 되돌려 놓을 수 있을지에 대한 의구심이 머리 한구석을 떠나지 않았지만, 그녀는 그 의심을 털어버렸다. 그런 경우까지 염두에 둘 만큼 그녀는 강하지 못했다.

"오늘 아침에는 새소리가 참 행복하게 들려요."

그녀가 도라 K와 목욕통 사이에 양동이를 내려놓으며 말했다. 이제는 두 개의 목재받침대가 욕조를 지탱하고 있었다.

"그려. 옛날 콘월이 생각나는구먼."

"잉글랜드에 있는 거죠?"

"잉글랜드에는 한 번도 가본 적 없어. 우리는 레드러스에서 팔머스로 곧장 가서 리자드와 랜즈 헨드를 돌아 바다로 왔으니께."

그녀는 칼로 노란색 비누덩어리를 종잇장처럼 얇게 잘랐다.

"하지만 잉글랜드가 그렇게 나쁜 곳은 아니라고 듣긴 했재."

어깨를 으쓱하는 의미심장한 몸짓에서 은근한 자부심이 묻어났다.

"도라 K에서 K는 무슨 낱말의 약자죠?"

"킬리그루. 우리 친정 성씨여. 남편 하베이는 콘월 사람이 아니었어. 하베이는 내가 자기 성을 딴 뒤에도 내 성을 항상 킬리그루라고 생각했지. 그래서 날 도라라고 안 부르고 도라 킬리그루라고 불렀지 뭐여. 그게 결국 도라 K가 됐고, 그때부터 그렇게 부르게 된 거여. 코빈까지 그렇게 부르잖어."

그녀는 브랜디의 나이트가운을 물에 적셔 빨래판에 대고 문질렀다.

"사무엘 윌리엄스헌테 뛰어가서 빨랫감을 받아와. 타일러 부인이 사무엘의 음식을 챙겨주고 있으니께 난 빨래라도 해줘야겠다."

"이번에 죽은 여자 남편인가요(지금 얼음 창고에 누워 있는)?"

"그려. 길 아래 세 번째 집이여. 안 멀어."

샤이는 오두막을 세면서 길을 따라 내려갔다. 도라 K는 꽤 괜찮은 여자였다. 단지 샤이의 눈에 실존인물처럼 보이지 않았을 뿐. 샤이는 마을 사람들을 볼 때마다 '이미 죽었는데 자신들만 그 사실을 모르는 자들'이라는 생각을 떨쳐 버릴 수가 없었다. 그들은 시간 속에서 사라진 존재들이며, 그저 연극을 하고 있는 골동품들 같았다.

세 번째 오두막의 창문에 레이스 커튼이 달려 있었다. 그리고 한 남자가 막 현관에서 걸어 나오고 있었다. 사무엘 윌리엄스는 아니었다.

그는 화물마차를 몰던 론 매든이었다.

11

샤이는 흙길에 서서 자신의 할아버지가 될 남자를 마주보았다. 그녀에게 이 세계와 이곳 사람들은 하나같이 비현실적이었다. 하지만 론 매튼은 그들과 달리 현실적으로 다가왔고, 그래서 혼란스러웠다.

손에 들고 있는 챙 넓은 모자의 가장자리가 좀 더 위로 말려 올라가 있고, 검은 부츠의 굽이 좀 더 높고, 바지가 좀 더 꽉 끼었다면 그는 전설 속의 카우보이처럼 보였을 것이다.

그도 그녀를 응시했다. 그가 머리를 한쪽으로 숙였다. 햇살이 매튼 가문의 은발과 호박색 눈동자의 반점들을 두드러지게 드러냈다.

"난 유령이 아닙니다. 스트로크 부인."

'아니, 당신은 유령이에요.'

전율 때문에 몸이 덜덜 떨렸다. 그가 앞으로 다가오자 긴 그림자가 그녀를 덮쳤다. 그녀는 한 걸음 뒤로 물러났다.

론 매튼은 싱긋 웃더니 손가락으로 자기 머리를 쓸어 넘기고 모자를 썼다.

"브랜디…… 좋은 이름입니다. 당신은 예쁜 여자고."

모자챙의 그늘 때문에 오만한 두 눈이 위협적으로 보였다.

'지금 당장 돌아가, 샤이. 넌 집으로 갈 거야. 이 남자는 브랜디의 문제야.'

샤이가 떠나면 브랜디는 자신의 몸으로 돌아올까? 그러고 나서 자신이 이미 결혼했음을 알게 될까? 그녀에게 쪽지라도 남겨야 할까?

"사무엘의 빨래를 가지러 왔어요."

그녀는 미소를 지어 보이려고 애썼다.

"혹시 오늘 보울더에서 큰 거울이 들어왔는지 아세요?"

"아니요. 하지만 확인해서 혹시 있으면, 곧 가져다드리죠."

"고마워요, 매든 씨."

그녀는 새침하게 대답한 후 오두막으로 향했다.

'샤이, 정말 이쪽 세계에 발을 들여놓을 참이야?'

안에서 기침 소리가 들렸다. 그녀는 기침이 멎기를 기다렸다가 문을 두드렸다. 론은 아직도 길에서 그녀를 지켜보고 있었다.

"들어오세요."

그곳은 스트로크의 오두막보다 넓었고, 예쁘게 엮은 양탄자가 바닥에 깔려 있었다. 벽에는 염색한 황마 벽지가 발라져 있었다. 흔들의자에 앉아 있던 남자가 그릇에 침을 뱉었다.

"도라 K가 빨래를 가져오라고 보냈어요."

그가 무표정한 눈으로 그녀를 쳐다보았다. 눈 주위의 피부가 새까맣게 죽어 있었다.

"친절하시군요."

그의 세련된 말투에서 희미하게 영국억양이 풍겼다. 그는 다리를 끌면서 침실로 들어가 옷이 든 자루를 들고 나왔다.

"고맙다고 전해줘요."

그는 손을 떨고 있었다.

"그럴게요. 부인 일은 정말…….."

"네."

그는 얼굴을 돌리며 손수건을 입에 대고 기침을 했다.

그녀가 오두막에서 나왔을 때 론 매든은 이미 가고 없었다. 돌아오는 발걸음이 무거웠다. 사무엘의 고통에 찬 기침 소리가 계속 쫓아오는 것 같았다.

그녀는 옷이 든 자루를 도라 K에게 전달하면서 그 남자의 건강에 대해 물었다.

"폐결핵을 앓고 있재, 불쌍한 사람. 공기 좋은 산에 살면 회복될까 혀서 동부에서 신부랑 이곳까지 왔는디, 신부랑 아기랑 죽어버리고 남은 거라곤 폐결핵뿐이니 말이여."

그녀는 폐결핵에 대해 들어본 석이 없었다.

"이곳 공기가 도움이 되고 있나요?"

"내 보기에 사무엘은 이곳에 있는 동안 점점 더 나빠지는 거 같어."

도라 K는 오두막에 매달려 있는 고리와 소나무 사이에 밧줄을 매달았다. 여유롭지만 무척 효율적인 움직임이었다. 이곳에서는 누구도 별로 서두르는 것 같지 않았다.

샤이는 손으로 만든 빨래집게를 이용해 옷들을 널었다.

"사무엘의 집에서 론 매든을 봤어요."

"우리는 걔들하고 아무 관계없다."

도라 K가 입술을 앙다물고 브랜디의 구겨진 옷을 꼭 짰다.

"걔들 엄마는 매춘부였지."

청자색 눈이 커다래졌다.

"아버지는 사람을 죽여서 교수형을 당했고 말여."

만약 레이첼이 이런 가족사를 이야기해줬더라면 샤이는 기억하고 있었을 것이다. 그러나 레이첼도, 고장의 역사를 가르치는 수업시간에도 워터 스트리트에 대한 언급은 없었다.

"방금 그들이라고 했죠? 그럼 론 매튼 말고 다른 형제가 또 있다는 말인가요?"

도라 K의 특이한 발음 때문에, 샤이는 그녀의 말을 제대로 들었는지 의심스러웠다.

"이제 아들은 둘뿐이지. 둘 다 숭악한 놈들이여. 술주정에 계집질에. 게다가 두 녀석은 구분헐 수도 없어."

샤이는 임시로 만든 빨랫줄 앞에서 하던 일을 멈추고 브랜디의 시어머니를 쳐다보았다.

"그럼 쌍둥인가요?"

"맞아. 쌍둥이는 백해무익혀. 지들한테도 불행이고, 남들한테도 불행이여. 쌍둥이 주변에는 늘 이상한 일들이 생기니께."

그녀가 현자처럼 고개를 끄덕였다.

어쩌면 브랜디는 론 매튼의 형제와 결혼하게 된 것인지도 모른다. 어쩌면 그는 론보다는 괜찮은 남자일지도 모른다.

'브랜 할머니가 빨리 돌아와야 해. 그래야만 가족사가 계속 이어질 거야. 혹시 정말로 내가…… 아냐, 아니야!'

찬 물에 담가뒀다가 빨았지만 사무엘의 손수건엔 여전히 빛바랜 피 얼룩이 남아 있었다.

'폐결핵이 전염되던가?'

이 손수건들은 조금 전까지도 식수를 운반하는 양동이에 들어 있었다.

"그 사람 형제도 이 근처에 사나요?"

"왜 그렇게 매든 형제헌테 관심이 많다니?"

"그냥 궁금해서요."

'둘 중 한 명이 우리 할아버지니까요.'

"하나는 목장에서 일허면서 왔다 갔다 허는가본디."

빨래가 제법 마르자 도라 K는 그것을 테이블 위에 놓고 다렸다.

"니는 다림질허는 법도 모를 테재?"

"잘 몰라요."

"그럼 잘 보도록 혀. 다음 주엔 좀 나아지겠지. 난 당최 소피 맥케이브를 이해 못허겠구먼."

도라 K는 모든 옷을 다렸다. 심지어 속옷까지도. 다림질을 하면서 샤이에게 콘월 이야기를 들려주었다. 밤에 작은 불빛으로 사람들을 홀려 길을 잃게 만드는 꼬마요정에 관한 이야기였다.

"울 할머니가 어렸을 때 봤다고 혔어. 집으로 돌아가는 길이었다지."

"사람들이 할머니를 찾았나요?"

"당연허지. 안 그러면 어떻게 울 할머니가 됐겄어?"

'우리 할머니도 이 몸으로 돌아와서 브랜 할머니가 될 거야.'

콘월의 큰 광산들에 대한 이야기도 들려줬다. 도라 K의 아버지와 오빠들은 페드난드리아가 폐광될 때까지 그곳에서 일했으며, 그 뒤 가족 전체가 이민을 왔다고 했다.

이 늙은 여인이 엄지손가락과 어깨, 다리미까지 동원해 설명하자 샤이는 웃지 않을 수 없었다. 발음이 좀 이상했지만 온몸으로 이야기를 하고 있었기 때문에 알아듣는 데는 별 어려움이 없었다.

"지금 가족은 어디 계세요?"

"남은 건 나뿐이여. 모두 이 땅에 묻혔지. 하지만 난 언젠가는 콘월에 돌아갈 거여. 그곳이 내가 묻힐 곳이니께. 벌써 비석 값을 모아놨재. 비석에 이렇게 쓸 참이여. 도라 K, 자기가 태어난 이곳 콘월에 묻히다."

그녀는 마치 자기 무덤을 바라보듯 허공을 응시하며 고개를 끄덕였다.

"고향 만한 게 어디 있다니."

그녀가 한숨을 쉬며 식은 다리미를 화덕 위에 있던 뜨거운 것으로 바꿨다.

"니가 재밌는 얘길 혔담서."

"코빈은 내가 미쳤다고 생각해요."

"안 그래 보이는디. 코빈 말로는 니가 앞으로 일어날 일들을 말혔다던디. 맥케이브는 스코틀랜드 이름 같으다. 거기에는 볼거리가 많다고들 허드라."

샤이는 좋은 시간을 보냈다. 그녀는 못 이기는 척 도라 K에게 저수지와 댐에 대해 이야기했다.

'어쨌든 난 돌아갈 거예요.'

코빈이 피곤한 몸과 굶주린 배를 이끌고 브랜디 와인에서 돌아왔지만, 그날 거울은 오지 않았다. 그는 아마도 다른 물건들이 화물마차를 채울 때까지 기다리느라 늦어지는 것 같다며 화요일에는 반드시 도착할 것이라고 설명했다.

화요일에 도라 K는 앤틀러 호텔의 세탁실로 돌아갔고, 코빈은 광산으로 갔다. 샤이에게 몇 가지 허드렛일이 떨어졌다. 그녀는 밭에 물을 준 뒤, 앞 계단에 앉아 여유로운 네덜란드 풍경을 지켜보았다. 사무엘의 오두막에서 힘없는 기침소리가 바람을 타고 들려왔다. 어쩌면 달려가서 도울 일이 없는지 봐야 할지도 몰랐다.

'이제 더 이상 관여하지 마, 샤이. 넌 떠날 거야. 잊었어?'

그러나 결국 그녀는 브랜디의 모자를 쓰고, 도로를 벗어난 좁은 길을 따라 걷기 시작했다. 코빈이 이 모습을 보면 쓸데없이 헤매고 다닌다고 생각하겠지. 하지만 오늘 거울이 도착하면 그는 샤이를 시설로 보낼 시간도 갖지 못할 것이다.

'그리고 만약 오늘 거울이 오지 않으면, 난 돌아버릴 거야!'

길은 다른 오두막 앞에서 끝이 났다. 곧 무너질 듯 버려진 오두막이었다. 그녀는 안을 들여다봤다. 들보 사이의 벽들이 신문지로 도배되어 있었다. 그녀는 벽에 붙은 신문을 읽으려고 안으로 들어갔다.

구석에서 귀뚜라미 한 마리가 처량하게 울고 있었다.

사마귀와 등창, 그리고 거의 모든 질병을 치유한다는 캡틴 브라이어 토닉 광고. 그리고 그 밑에 '아비샤 와이어가 카리브 해의 신비한 섬으로 가는 새로운 크루즈 선 와이어라인을 출항한다고 자랑스럽게 발표했다……'는 기사가 적혀 있었다. 비바람 때문에 나머지 내용은 떨어져 나갔지만, 와이어라는 이름이 그녀의 시선을 잡아끌었다.

마렉 와이어 부인이 될 뻔했던 사람이 마렉에 대해 이렇게 무심할 수 있다니, 이상한 일이었다. 그녀가 느끼는 그리움은 엄마와 아빠를 향한 것이지, 약혼자를 향한 것은 아니었다.

"넌 마렉을 사랑하지 않아."

레이첼은 그렇게 말했었다.

집으로 돌아가면 그 결혼을 다시 생각해봐야 할지도 몰랐다.

마렉 와이어는 번듯했고, 그녀의 호기심을 자극했다. 그는 외모도 멋지고 돈도 있고 그녀보다 나이도 많았다. 어쩌면 그런 것들 때문에 샤이는 그를 세련되고 낭만적이며 도회적인 사람이라고 생각했을지도 모른다.

그는 국립대기연구센터에서 2년 이상 일을 계속할 예정이었다. 샤이가 대학을 마치기에는 충분한 시간이었다. 그런 다음 그는 새로운 곳, 어쩌면 외국으로 자리를 옮길지도 몰랐다. 진 저브레드 하우스와 자신의 고향에 질식할 것 같던 샤이에게, 그것은 이상적인 조건으로 다가왔다. 하지만 지금은…….

"조심해요. 거긴 쥐들이 있어요. 바닥도 썩었고."

깜짝 놀란 샤이가 옆 창문을 올려다봤다. 커다란 모자를 쓴 얼굴이 그녀를 바라보고 있었다. 샤이는 재빨리 오두막에서 나왔다.

"고마워요. 난 쥐는 질색이거든요."

여자는 작은 꽃들과 나뭇잎 무늬로 뒤덮인 옷을 입고 있었다.

"저는 샤이 가레…… 아니, 브랜디…… 스트로크예요."

"내 이름은 메이 벨이에요."

그녀가 어떤 반응을 기대하는 눈빛으로 샤이를 똑바로 쳐다보았다.

"코빈의 새 신부로군요."

'아뇨.'

"네, 맞아요."

"코빈이 당신에 대해 전부 말해줬어요."

모자에 달려 있는 레이스 망사 틈으로 가느다란 햇살이 비쳐들었다. 그녀를 보니 집 벽난로 선반에 놓여 있던 양치기 여인 입상이 떠올랐다.

"코빈의 친구세요?"

메이 벨의 입가에 미소가 번졌다. 하지만 어떤 대답도 하지 않았다. 대신 그녀는 길을 향해 몸을 돌렸고, 샤이는 그 뒤를 따라갔다.

"코빈이 나를 감시하라고 당신을 보냈나요?"

샤이가 뒤를 따르며 끈질기게 물었다.

"다른 사람은 몰라도 나한테는 절대 그런 일을 시키지 않을 걸요."

그녀는 하얀 장갑을 똑바로 폈다. 몸집이 큰 여자였다. 보조개가 있는 하얗고 통통한 얼굴.

"그냥 산책하러 나왔어요. 난 산책을 좋아해요."

메이 벨은 스트로크의 오두막 앞에서 멈췄다.

"맥케이브의 집에서 이런 곳으로 오다니, 신세 한 번 처량하군요. 코빈은 지금 광산 말고는 아무 생각도 없어요."

샤이의 표정이 굳어졌다.

"하지만 어린 신부를 위해 조금쯤은 집 단장을 할 수도 있었을 텐데. 아무리 미친 신부라도."

일요일, 샤이는 코빈과 그의 어머니 사이에 서서 카라와 아기의 무덤을 바라보고 있었다.

순회 전도사가 파헤쳐진 땅 위에서 마지막 기도를 하는 동안, 사무엘은 론 매든의 팔에 기대어 있었다.

카라는 열여덟 살이었다. 키가 크고 비쩍 마른 그녀의 남편은 축 처진 어깨와 푹 꺼진 눈을 한 채 그곳에 서 있었다. 샤이는 그 역시 멀지 않아 그의 작은 가족들을 따라 이 바위산에 묻히게 될 것이라고 생각했다.

멀리서 들려오는 구식 기차의 기적소리가 산 속의 공기를 파르르 울렸다. 잊히지 않는 슬픈 소리.

샤이는 입술을 깨물었다. 다행히도 소나무 관은 뚜껑이 덮힌 채 못질이 되어 있었다.

'어차피 이미 죽은 사람들이야, 샤이. 상관하지 마.'

그녀가 고개를 들었을 때 무덤 건너에서 그녀를 보고 있는 론 매든과 눈이 마주쳤다. 브랜디가 그와 결혼했을 리 없다. 샤이는 그가 두려웠다.

그렇게 노골적으로는 아니었지만, 다른 사람들도 그녀를 흘끗흘끗 쳐다보고 있었다. 코빈 스트로크의 미친 신부는 이 작은 마을에서 큰 사건인 게 분명했다. 도라 K는 그 전부터 시청 앞에서 만난 몇몇 여자들에게 샤이를 소개했고, 그날 아침에 열린 예배 시간에도 새 며느리를 소개하느라 바빴다. 그녀는 그들이 지나간 뒤에 들려오는 수군거림을 무시한 채 당당하게 샤이를 인사시켰다. 메이 벨은 장례식에도 예배당에도 오지 않았다.

아주 특별한 경우에 입으려고 보관해둔 듯한 모직 옷에서 곰팡이 냄새가 났다. 구둣발에 짓이겨진 마른 솔방울에서 매캐한 냄새가 올라왔고, 헤쳐진 새카만 생흙에서도 축축한 냄새가 올라왔다.

바람과 소나무가 전도사와 함께 최후의 아멘을 토해냈다.

코빈이 한 손으로 샤이의 허리를 감은 채 무덤들 사이를 헤치고 돌들을 넘었다. 길로 들어설 때까지 샤이는 브랜디의 신발 앞부리만 내려다보고 있었다. 그녀는 사람들의 호기심 어린 시선을 보고 싶지 않았고, 뒤에서 수군거리는 소리를 듣고 싶지 않았다.

'집에 돌아가고 싶어.'

전도사와 이야기하기 위해 잠시 멈추었던 도라 K가 허름한 회색 양복을 입은 어떤 남자의 팔짱을 끼고 그들을 따라잡았다.

"내가 팀한테 우리 집에서 저녁을 먹자고 했다. 팀, 야가 브랜디여."

팀 펨버시는 광산에서 코빈을 돕고 있었다. 그의 말투는 도라 K처럼 낯설었다. 그들은 함께 걸었고, 팀과 코빈의 어머니는 서로 악의 없는 농담을 주고받았다.

도라 K는 개천 위 다리에서 잠시 걸음을 멈추고서 언덕을 올려다보았다.

"참말로 아름다운 장례식이구먼."

샤이는 믿을 수 없다는 눈으로 그녀를 쳐다보았다. 이 늙은 여인이야말로 그녀가 알고 있는 가장 이상한 사람이었다.

엘튼 맥케이브는 중심가에서 잠시 멈추어 섰다. 스트로크의 집으로 가는 길을 묻기 위해서였다.

지친 말들을 언덕 위로 몰면서, 엘튼은 오늘 밤 메이 벨에게 시간이 있을지 생각했다. 몇 년 전 아버지가 그를 사업차 네덜란드로 데려갔을 때, 그는 사업의 일환으로 메이 벨을 소개받았다. 그러나 그는 그날 밤 이후로 자신이 저지른 그 특별한 실수를 속죄하고 싶은 마음이 간절했다.

스트로크의 집에 도착했을 때, 그는 자신의 눈을 의심했다. 그곳은 판잣집과 다름없었다. 그는 자신이 집을 잘못 찾은 것이기를 바라며 한동안 마차에 앉아 있었다.

그러나 곧이어 문이 열리며, 그의 누나가 베란다로 뛰쳐나왔다. 머리는 우스꽝스럽게 땋아 올렸고, 눈에는 야생의 빛이 서려 있었다.

"안녕, 누나. 그동안 어떻게……."

"엘튼, 거울을 가져왔구나!"

그녀는 치맛자락을 흩날리며 베란다에서 뛰어내려, 마차 뒤칸을 들여다보았다.

"어머니는 그 거울이 누나를 이상하게 만든다고 생각해. 그래서 그냥 집에 두기로 했어. 하지만 어머니가 킬러 부인에게 누나가 입을 새 옷을 지으라고 하셨어. 이것 좀 봐."

그가 조그만 트렁크를 열었다.

"그리고 누나 책들이야."

"그럼 거울은 가져오지 않은 거야?"

그녀가 눈을 커다랗게 떴다. 그 눈에 금세 눈물이 고였다.

"누나 책 읽는 거 좋아하잖아. 여기 바느질할 천도 있어."

그는 충격을 받은 누나의 얼굴에서 시선을 돌려 오두막을 쳐다본 뒤, 빨갛고 거칠어진 그녀의 작은 손을 내려다보았다.

'맙소사! 우리가 누나한테 무슨 짓을 한 거지?'

"어쩌면 내가 가져다줄 수 있을지도 몰라."

엘튼은 그녀를 끌어안고 도닥거려주고 싶은 강한 충동을 느꼈다. 하지만 스트로크가 올라오는 게 보였다. 그에겐 작은 지갑을 몰래 건네줄 시간밖에 없었다.

"이걸 숨겨, 누나. 다음에는 좀 더 가져올게."

그가 속삭이더니, 스트로크가 다가오자 짐짓 큰 소리로 말했다.

"혹시 누나가 편지를 써놓은 게 있는지 어머니가 궁금해하셨어."

"……거울을 가져오지 않았어."

그의 누나가 힘없이 중얼거렸다.

12

샤이는 도라 K와 함께 중심가의 소란스러운 군중들 틈에 서
있었다. 바보 같은 모자가 눈앞을 가렸고, 머리카락이 목덜미
를 간질였다.

판자로 만든 작업대 한쪽 끝에서 미국 국기가 펄럭였다. 그
러다가 곧 깃대 위에서 흐느적거리기 시작했다.

깃발 밑에 코빈 스트로크가 한쪽 무릎을 꿇고 앉아 있었다.
그의 눈이 브랜디의 눈을 뚫어지게 쳐다봤다. 마치 그 속에 숨
어 있는 샤이를 찾아내기라도 하려는 듯. 그녀는 이상하게 돌
출되어 있는 지붕과 베란다에 자리 잡은 옛날 사람들을 거의
의식하지 못한 채, 군중과 대기를 가득 채우고 있는 짜릿한 흥
분에 숨을 죽였다.

'이 남자는 휴일에 이부자리에 누워 있는 게 얼마나 편한지
모르나봐.'

계시원이 한쪽 팔을 들고, 다른 쪽 손의 시계를 보았다. 햇
빛에 금 시곗줄이 번쩍였다.

돌을 갈아내는 작업이 멈추고…… 소음도 멈추었다.

코빈이 그녀에게서 시선을 돌려 앞에 있는 평평한 돌 위에

놓인 강철 드릴들을 응시했다. 그는 곧 가장 짧은 것을 집어 들었다.

코빈과 팀 펨버시 모두 웃통을 벗은 상태여서 팽팽하게 당겨진 억센 근육이 그대로 드러났다.

팀은 코빈이 더블잭이라고 부르는, 쇠망치처럼 생긴 물건을 어깨로 받치고 일어섰다. 그것의 무게는 8파운드라고 했다.

계시원이 팔을 내리기 시작했다.

그와 동시에 드릴이 바위 위에 똑바로 세워졌고, 군중들이 긴 한숨을 내쉬기 시작했다.

계시원이 '시작'을 외치자, 쇠끼리 부딪치는 소리가 쩌렁쩌렁 울려 퍼졌다. 그 소리가 주위에 둘러쳐진 산들에 부딪쳐 다시 메아리쳤다. 더블잭이 공중으로 올라갔다가 다시 내려갈 때마다 펨버시의 벗은 등이 물결처럼 흔들렸다.

팀의 다리 사이로, 드릴을 꽉 움켜쥔 코빈의 새하얀 손마디가 보였다. 샤이는 더블잭이 내리칠 때마다 그 충격이 고스란히 그의 팔로 전해지는 것을 보았다. 그는 그 커다란 쇠망치가 내려올 때마다 드릴을 조금씩 비틀었다.

"40인치 이상, 이 팀이 우승한다는 데 5달러 걸지. 스트로크에게 힘을 과시해 보이고 싶은 신부가 생겼다며."

"쉬잇, 그 신부가 바로 자네 앞에 서 있다고."

팀 펨버시는 코빈보다 늙고 몸무게도 가벼웠지만, 몸의 대부분을 상체가 차지하고 있을 정도로 건장하고 근육 또한 단단했다. 8파운드나 나가는 쇳덩이도 거뜬히 들었다.

깃대에 구리 밴드로 고정시킨 나무통이 묶여 있었다. 나무통에서 바위까지 호스가 연결되어 있었고, 한 남자가 계속 호스에서 구멍으로 물을 똑똑 떨어뜨리고 있었다.

더블잭이 더 빨라졌다. 드릴이 더 깊은 구멍을 냈다. 펨버시의 등이 땀으로 번들거렸다.

구멍 속의 진흙이 코빈의 가슴과 팔에 튀었다.

그는 비어 있는 손으로 다음 드릴을 잡았다. 첫 번째 드릴보다 길었다. 그러고는 펨버시가 내리치는 속도를 늦출 필요가 없게 재빨리 원래 드릴을 빼고 새 드릴을 밀어 넣었다. 만일 둘 중 한 명이 잘못된 판단을 내리기라도 하면…….

"이건 너무 위험해요."

샤이가 도라 K에게 말했다.

"그려. 많은 사내들이 이걸 허다가 손이나 그보다 더한 걸 잃어버렸으니께."

"교대!"

계시원이 소리쳤다. 두 남자는 동시에 자리를 바꿨다. 더블잭이 내리치는 속도는 일정했고, 그들은 한 번도 그 리듬을 흐트리지 않았다.

샤이는 정상으로 보이려고 노력하면서 자리를 지켰다. 혹시 소피가 마음을 고쳐먹고 거울을 보낼지도 모른다는, 또는 거울이 마음을 고쳐먹고 그녀를 집에 보내줄지도 모른다는 실낱 같은 희망을 가지고. 나름대로 브랜디의 머리와 몸을 치장하고 코빈과 그의 어머니를 먹이고 그들의 기분을 맞추면서.

세 명의 심판이 깃대 근처에 서서 경기를 유심히 지켜보았다.

다른 한 사람은 작업대 위로 뛰어 올라가 팀 펨버시의 가슴과 어깨에 흘러내리는 땀을 스펀지로 빨아낸 다음 주석 잔을 입에다 대주었다. 팀은 고개를 끄덕여 고마움을 표했지만, 코빈의 망치가 내리칠 때마다 인상을 찌푸렸다.

"과연 스트로크의 자손이여!"

군중들 틈에서 이런 찬사가 흘러나왔다.

"왜 아니다니. 하베이가 무덤에서 아들을 자랑스러워헐 거여!"

샤이는 이제 코빈의 등이 물결처럼 떨리는 것을 보았다. 쩽그랑 소리는 점점 더 커지고 더 빨라졌다. 또 하나의 드릴이 올라왔다.

엘튼이 방문한 후로 샤이는 희망을 접었다. 수동적으로 행동했다. 그러나 이 조그만 산간 마을의 이상하기 짝이 없는 독립기념일 행사, 운명에 맞서는 광부들과 그들이 흘리는 땀의 시큼한 냄새, 더블잭의 무시무시한 소음, 브랜디의 남편이 올림픽 챔피언보다 더 침착하게 경기에 임하는 모습, 그것을 보기 위해 몸을 들썩거리는 오래전에 죽은, 그렇지만 믿을 수 없을 만큼 생생한 사람들…… 성인 남자가 바위를 뚫어대는 바보 같은 짓을 그녀가 숨죽인 채 보게 될 거라고 누가 상상이나 했겠는가.

남자들은 다시 한 번 자리를 바꾸었다. 이제 코빈이 땀을 닦을 차례였다. 그의 가슴이 불룩하게 부풀었고, 앙다문 입술이 위아래로 벌어졌다. 그는 한 손으로 머리에서 모자를 쳐냈다. 헝클어진 까만 곱슬머리가 흠뻑 젖어 있었다.

스펀지를 든 남자가 물 한 양동이를 그에게 끼얹자 군중들이 함성을 질렀다. 코빈은 싱긋 웃었다. 가슴 여기저기에 묻어 있던 진흙 방울들이 선을 그리며 흘러내렸다.

또 하나의 드릴이 나무 작업대 위로 올라왔고, 군중들은 점점 더 앞으로 밀치고 나왔다. 고함소리와 비아냥거리는 소리, 응원하는 목소리가 쩌렁쩌렁 울리는 쇳소리와 뒤섞였다.

샤이는 작업대를 받치고 있는 두 개의 통나무 사이에 놓인 거대한 바위 밑동을 응시했다. 바위 상부만이 공기 중에 노출돼 있었다. 드릴이 무척 깊이 들어가고 있는 게 분명했다.

또다시 자리가 바뀌었다. 남자들은 무척 지쳐 보였다. 샤이는 이것이 기술뿐 아니라 끈기를 과시하는 경기임을 깨달았다.

"왜 이런 짓을 하죠?"

그녀가 도라 K에게 물었다.

"그러게 말이여. 먹고 살려고 광산에서 돌을 뚫는 것도 모자라 노는 날까지 저 짓거리여."

그러나 아들을 바라보는 눈에는 자부심이 역력했다.

"요새 큰 광산에서는 전동 드릴을 쓴다더라. 더블잭은 곧 없어져버릴 거여. 울 아버지는 폐가 썩어서 죽었고, 오빠는 블랙호크의 무너진 광산에 묻혀 있지. 그래서 난 콘월 남자와 혼인허지 않고, 힘 좋고 덩치 큰 노르웨이 남자랑 혼인혔지."

그녀 왼쪽에 위치한 상점 건물 옆으로 나무 계단이 있었고, 그 건물의 맨 위층에는 발코니가 있었다. 메이 벨이 그곳에 서서 경기를 지켜보고 있었다. 주름장식이 있는 가운 때문에 그녀의 풍만한 몸집이 더욱 커 보였다.

그녀 뒤에서 문이 열리며 론 매든이 나왔다. 그는 머리에 모자를 쓴 채 커다란 빵 조각을 씹고 있었다.

그는 팔을 뻗어 어깨를 쭉 펴면서, 메이 벨 옆의 난간에 몸을 기댔다. 메이 벨의 시선이 샤이 쪽을 향했지만 그녀를 알아본 것 같지는 않았다. 그러나 다음 순간 그녀는 손가락으로 샤이를 가리키며 론에게 뭐라고 속삭였다. 그의 눈은 군중들 사이를 헤매다 마침내 샤이를 찾아냈다. 빵을 씹으면서 그는 신기할 정도로 무표정한 눈으로 그녀를 뜯어보았다.

샤이는 뒷사람들에게 떠밀려 도라 K와 부딪쳤고, 다시 경기 쪽으로 시선을 돌렸다.

땀으로 얼룩진 남자들이 자리를 바꿀 때마다, 군중들은 박수를 치거나 휘파람을 불며 찬사를 보냈다.

긴장감이 고조되었다. 망치질이 빨라졌다. 긴장한 광부들이 침을 꿀꺽 삼켰다.

"그만!"

계시원이 외쳤다. 코빈은 더블잭을 치켜든 상태로 동작을 멈추었다. 팀은 작업대로 쓰러졌다. 웃고 있는지 찡그리고 있는지 알 수 없는 표정으로 그대로 뻗었다. 한쪽 어깨가 부르르 경련을 일으켰다.

바위 주위로 모여든 심판들이 긴 자로 구멍을 측정했다. 주변이 순식간에 고요해졌다. 너무도 고요해서 샤이는 론 매든이 딱딱한 빵 조각을 베어 물 때 나는 부스럭 소리까지 들을 수 있었다. 그때 그녀의 눈에 메이 벨과 함께 서 있는 두 명의 론 매든이 보였다. 쌍둥이 형제가 돌아온 것이다.

"스트로크와 펨버시."

계시원이 연설가 못지않은 목소리로 선언했다.

"41과 4분의 3인치!"

팀과 코빈은 서로를 마주보며 미소 지었다. 군중들의 함성이 쏟아져 나왔다. 그때 마침 그 소리에 화답이라도 하듯 흙길을 흔드는 폭발음이 주변을 울렸다.

"다이너마이트 소리 같은데요."

"그려."

도라 K가 마을 가까이에 있는 산등성이를 가리켰다. 그곳에서 연기구름과 먼지구름이 피어오르고 있었다.

"이 놈의 광부들은 미치광이들이여. 폭파는 오늘 한 번으로 안 끝날 거여."

코빈과 그의 파트너가 작업대에서 내려와 한 무리의 광부들에게 둘러싸여 축하를 받는 동안, 새로운 팀이 바위 앞에 자리를 잡았다. 심판이 새로운 팀이 뚫을 자리를 바위 위에 분필로 표시했다.

곧 더블잭 소리가 다시 울리기 시작했다.

샤이는 매든 쌍둥이 중 빵을 든 쪽이 계단을 내려오는 것을 지켜보았다. 그는 앞이 트인 조끼를 입고 있었다. 재킷은 없었다. 그녀는 그가 론이 아니라는 것을 알아차렸다. 군중들을 훑어보던 시선이 그녀와 마주쳤을 때, 그의 눈은 웃지 않았다.

네 팀이 토너먼트 형식으로 경기를 치렀고, 코빈과 팀은 1센티미터 차이로 1등을 놓쳤다. 곧바로 단식 경기가 이어졌다. 이번에는 광부 한 명이 한 손으로 드릴을 붙잡고 나머지 한 손으로 4파운드짜리 망치를 휘두르는 방식이었다. 그 틈에도 다이너마이트 터지는 소리가 쉴 새 없이 산등성이를 울렸다.

경기가 끝나자 사람들은 경주와 소풍을 즐기러 바커 초원으로 몰려갔다.

샤이는 담요 위에 앉아 차갑게 식은 고기파이를 잘게 잘랐다. 광부들의 망치질 소리와 경주장에서 일어나는 먼지 때문에 머리가 계속 지끈거렸다.

　사람들은 달리기에서 마차 경주에 이르기까지 무엇이든 경주하기를 좋아했다. 매든 쌍둥이는 경마에서 공동으로 1등을 차지했다.

　눈 돌리는 곳마다 쌍둥이들이 있는 듯했다. 하지만 그들은 좀처럼 함께 붙어 있지 않았다. 소풍객 무리 틈을 어슬렁거리며 돌아다니는 중에도, 한 명은 생나무 가축우리 옆에 서서 말의 다리를 살펴보고 있었고, 다른 한 명은 루트비어(뿌리 추출물로 맛을 낸 무알콜 탄산음료 — 옮긴이)를 파는 천막 근처에서 새침한 아가씨의 모자 밑을 힐끔거리고 있었다. 천막은 '적십자독립협회'라고 쓰인 간판을 달고 있었다. 그 안에 몇 명의 여자들이 접이식 나무 의자에 앉아 있었다.

　샤이는 매든 쌍둥이를 향한 병적인 호기심을 애써 감추었다. '매든 쌍둥이'라는 말 자체도 **삼촌** 레미와 댄을 생각나게 했다. 그들 중 한 명은 그녀의 삼촌들과 레이첼의 아버지였다. 엄마를 떠올리니 곧바로 눈에 눈물이 고였다.

　"무슨 일이요, 브랜디?"

　코빈이 그녀의 곁으로 다가왔다.

　'스무 살짜리 여자가 엄마가 보고 싶어서 운다면 믿겠어요?'

　"아무것도 아니에요. 급히 먹어서 사레가 들렸나 봐요."

　그들과 조금 떨어진 곳에 메이 벨이 담요를 깔았다. 다른 세 명의 여자가 바구니를 들고 와 그녀와 함께 앉았다. 그들이 바삭바삭해 보이는 닭튀김을 뜯자 샤이의 입에 침이 고였다. 슬슬 고기파이에 질려가고 있던 참이었다.

　근처에 있던 가족들이 바구니를 챙겨서 다른 장소로 이동했지만, 그들은 눈치 채지 못한 것 같았다. 그 여자들은 보란 듯이 웃고 떠들었다. 그 소리가 바람을 타고 코빈과 샤이가 있는 곳까지 실려 왔다. 그러나 한 대머리 남자가 마차를 후진해서 천막 옆에 대자마자 사람들의 환호소리가 여자들의 웃음소리를 덮어버렸다. 남자는 상자들을 타고 넘어가서 뒷자리에 술통 하나를 똑바로 세웠다.

그는 곧 상자에서 잔을 꺼내들고 거품이 가득한 맥주를 따르기 시작했다. 군중들이 갑자기 그의 주변으로 몰려드는 바람에 천막 안에 있던 여자들은 사람들에게 치여 거의 쓰러질 뻔했다.

한 여자가 주먹을 올리고 대머리 남자를 향해 고함을 쳤다. 그녀는 너무도 화가 난 나머지 펄쩍펄쩍 뛰었다.

코빈이 킬킬거렸다.

"타일러 부인이 단단히 화가 났군."

"왜요? 루트비어 장사를 방해했기 때문인가요?"

"그 이상이요. 적십자독립협회는 금주 단체요. 보울더에는 그런 게 없소?"

"어…… 있긴 있는데 다른 이름으로 불리는 것 같아요."

"내가 가서 맥주를 좀 가져오겠소. 당신 잔도 줘요. 루트비어를 좀 더 가져올 테니."

"루트비어라고요? 정말 깬다!"

"지금…… 뭐라고 했소?"

"아…… 아니에요. 고마워요, 코빈."

루트비어는 미지근했고 김이 빠져 있었다.

"좀 더 마시고 싶어요."

그는 그녀의 손에서 잔을 가져가는 대신 그녀의 손을 꼭 잡았다.

"브랜디, 동생이 다녀간 뒤 평소 같지가 않소. 거울이 그렇게 중요한 거라면 장모님께 말해보겠소. 그러니 초조해하지 말고 즐겨요. 축제는 그렇게 자주 있는 게 아니니까."

그녀는 그가 걸어가는 뒷모습을 지그시 바라봤다. 그러나 곧이어 메이 벨 역시 그를 바라보고 있다는 것을 발견했다. 그때 메이 벨이 고개를 돌려 샤이를 쳐다봤다. 하지만 이번에도 아는 척은 하지 않았다. 그러나 샤이는 코빈의 말을 곱씹어 보느라 그런 것에 마음 쓸 여력이 없었다.

'너무 실망하지 마. 희망은 어디에든 있는 거야. 만약 코빈이 도와줄 의사가 있다면……'

그때 한 무리의 여자들이 초원을 가로질러 오더니 메이 벨과 그 친구들 주변에 둘러앉았다. 지나치게 크게 둘러앉았기 때문이기도 했지만, 남들보다 배는 화려한 옷차림과 얼굴 화장 때문에도 그녀들은 두드러져 보였다.

그 시각 소풍객의 규모는 점점 불어나고 있었다. 목축업자와 농부들, 광부들, 휴가 혹은 요양 차 방문한 각양각색의 사람들. 샤이는 풀밭 위의 다른 여자들도 유심히 살펴보았다.

검은색 일자형 치마와 흰 블라우스, 샤이가 입고 있는 것과 비슷해 보이는 칼라가 높은 얇은 여름용 드레스들, 잔잔한 꽃무늬와 격자무늬들 그리고 절제된 색의 향연. 방문객들은 우르르 몰려다니길 좋아했고, 젊은 여자들은 모두 흰색 옷에 양산을 들었으며, 보기 좋게 머리를 말아 올리고 있었다. 샤이는 갑자기 자신이 촌뜨기처럼 느껴졌다. 그녀는 등을 곧추세우고 앉아 자기도 모르게 머리를 매만졌다.

자신은 시간의 바깥에 존재하고 있고 그렇기 때문에 그 세계의 어디에 있든 누구를 보든 촌극을 구경하는 것 이상의 느낌을 받지 못했음에도 불구하고 샤이는 어느새 그 시간에 점점 동화되기 시작했다. 이러다가 정말로 자신을 잃어버리게 되는 건 아닐까? 비현실적으로만 보였던 도라 K와 코빈 역시 점점 현실적인 사람들로 보이기 시작했다.

샤이는 브랜디의 목구멍으로 고기파이 한 조각을 넘겼다.

소피가 거울 대신 보낸 옷은 코르셋 없이는 입기 힘들었다.

서쪽 산등성이 위로 진짜 하늘이 보였고 진짜 구름들이 떠다녔다. 그리고 멀리서 들려오는 진짜 천둥소리. 공명하는 매미의 높고 날카로운 울음소리. 그것은 전형적인 여름의 소리였다. 매든 쌍둥이가 맥주잔을 들고 메이 벨 일행 쪽으로 걸음을 옮겼다. 똑같이 까칠까칠해 보이는 수염, 할아버지의 이십대 모습…… 그것도 두 개나. 복제된 이미지를 관찰하는 것은 얼마나 이상한가.

말들이 풍기는 찝찌름한 냄새, 접시와 수저가 달그락거리는 소리. 종이 식기도 맥주 깡통도 플라스틱 컵도 없는 깨끗한 초원. 코빈은 루트비어 잔을 들고 맥주 배급 줄에 서 있었다. 그의 등은 한없이 넓었다. 도라 K는 가축우리 근처에 서서 친구와 담소를 나누고 있었다. 그녀가 머리를 흔들며 요란하게 웃었다. 그때 샤이의 머리 위로 갑자기 그늘이 졌다.

올려다보니 조끼를 입은 매든 쌍둥이가 한 손에는 닭다리, 다른 한 손에는 모자를 들고 서 있었다.

샤이는 자기도 모르게 벌떡 일어섰다. 순간 그녀는 자신이 도망칠 준비를 하고 있음을 깨달았다.

"메이 벨이 혹시 드시겠냐고."

그가 닭다리를 내밀었다. 이 남자는 이 틈새가 벌어지지 않았다.

닭다리를 받아들기 위해 손을 뻗었을 때 그녀의 눈에 그의 옅은색 은발이 들어왔다. 자신의 예전 머리색과 너무도 똑같은 색이었다.

"고맙다고 전해주세요."

샤이는 침을 꿀꺽 삼켰다. 매미 소리가 희미해졌다.

그는 고개를 뒤로 젖힌 채 가만히 그녀를 관찰했다. 그녀를 본다기보다 그녀를 경험하고 있는 것 같았다.

브랜디의 얼굴이 새빨개졌다. 가까스로 샤이가 말했다.

"제가…… 가서…… 고맙다고 말하기는 힘들 것 같아요."

"물론 힘들 겁니다."

호박색 눈에 웃음기가 어렸다.

"제가 전해드리죠."

코빈이 그녀의 코 밑에 잔을 디밀었을 때, 그녀는 점점 멀어지는 그녀의 할아버지, 혹은 그 쌍둥이 형제를 보고 있었다.

"무슨 일이요?"

"저 사람이 닭 한 조각을 주고 갔어요."

샤이는 하마터면 루트비어를 엎지를 뻔했다. 사람들이 코빈과 샤이를 흘끔거렸다.

"허치 매든이 당신한테 원하는 게 뭐요?"

"아무것도요."

그것은 사실이었다. 그가 보인 관심은 특별히 우호적이거나 유혹적인 뉘앙스를 담고 있지 않았다. 오히려 호기심 어린 관찰에 가까웠다.

"허치, 재미있는 이름이네요."

"외가 성인 허치슨을 줄인 이름이요."

"저 사람 어머니가 매춘부였다던데."

"그 직업을 부르는 좀 더 점잖은 표현이 있소, 브랜디. 그리고 매든 부인은 어려운 시간들을 겪었소."

닭다리는 무척 맛있었다. 루트비어를 잊어버릴 정도로. 그녀는 바삭한 튀김조각을 입에 물고 멍하니 사람들로 바글거리는 드넓은 초원을 응시했다. 하지만 그녀가 실제로 보고 있는 것은 추억 속의 풍경이었다.

……보울더 콜롬비아 공동묘지…… 엄마는 분홍색 비석 앞에 꽃병을 놓고 있었다. 그날 샤이는 처음으로 엄마를 따라 그곳에 갔었다……. 어쩌면 그게 처음이자 마지막이 될 수도…… 비석에 새겨진 내용이나 날짜는 기억할 수 없었지만 분홍색 화강암에 새겨진 이름은 분명히 허치슨 매든이었다. 기억 속에서 그녀는 그것을 똑똑히 보았다. 레이첼은 그 이름을 아빠라고 불렀다. 그 비석 옆에는 레이첼이 항상 할머니라고 부르던 소피 오일러 맥케이브의 무덤이 있었다. 그때 샤이는 십대였다.

"브랜디?"

샤이의 영혼이 다시 짭짤한 닭고기와 곁에 있는 남자에게로 돌아왔다. 코빈은 어디에 묻혔을까? 그가 죽는다는 생각은 하기 힘들었다. 지금 눈앞에 있는 그는 무척 건장하고, 남자답고, 성실해 보였다.

"브랜디, 내 말을 듣고 있지 않았군."

"미안해요. 잠깐 딴 생각을 했어요."

그가 걱정스러운 표정을 지었다. 그녀가 미쳤다는 생각이 들 때마다 그랬던 것처럼.

"코빈, 시간을 좀 주세요. 당신도 곤란한 문제 때문에 힘들었던 때가 있었죠? 다른 생각은 할 수도 없을 정도로."

"그렇게 말로 표현해본 적은 없지만…… 그래요, 나도 있었소. 하지만 여자들에게도 그렇게 심각한 문제가 있을 수 있는지는 모르겠소. 여자들은 그저 먹이고 가꾸고 살림만 잘하면 되는데. 심각한 문제는 남자들 몫이요."

"코빈 당신은 정말 마초로군요. 그거 알아요? 물론 악의가 없다는 건 알지만……."

"마초? 그게 뭐요?"

"남성우월주의자요…… 음, 신경 쓰지 마세요. 저…… 내가 하찮은 문제와 씨름하는 동안 당신은 내게 무슨 얘기를 했나요?"

"조심해야 한다고 말하고 있었소. 네덜란드는 손바닥 만한 곳이라서 당신이 돌아다니면서…… 타락한 여자들과 얘기를 하면……."

"메이 벨이 매춘…… 아니, 타락한 여자인가요? 저쪽에 있는 친구들도요?"

그는 당혹스러운 표정으로 대답을 대신했다.

"코빈, 내가 여기서 살려면, 이 좁은 마을에 대해 뭔가 알아야 해요. 당신과 그런 얘기를 할 수 없다면, 누구랑 하죠? 다른 여자의 남편이랑 할까요?"

"메이 벨을 어떻게 아는 거요?"

"이 닭다리를 보내줬어요."

"그런…… 여자한테 음식을 받았단 말이요?"

"난 닭고기를 좋아해요. 그리고 당신은 내 질문에 답하지 않았어요."

"이런 얘기는 여자들끼리 해야 할 것 같소. 어머니가……."

"당신 어머님이 나랑 타락한 여자들에 대해 얘기한다고요?"

그 말에 결국 코빈이 웃음을 터뜨렸다. 사람들이 호기심 어린 시선으로 그들을 돌아봤다.

"이럴 때 당신은 꼭 어린아이 같소. 또 어떨 때는 놀랄 만큼 영리하지. 여자들을 토론장에서 배제시키는 게 올바른 선택인지 고민하게 만들 만큼. 자, 앞으로 당신이 먹을 닭은 내가 사다주겠소. 그래요, 메이 벨은……."

"워터 스트리트의 마리처럼요?"

"그래요. 그리고 당신은 메이 벨이나 그 친구들과는 상관없소."

'틀림없이 당신은 상관있겠죠? 안 그래요?'

"더 이상 그런 얘기로 날 당황스럽게 만들지 말아요. 당신에게 소개시켜줄 사람들이 있소. 말할 땐 좀 조심했으면 좋겠고."

메이 벨이 발라낸 닭 뼈를 바구니에 넣으려고 몸을 돌렸을 때, 샤이와 그녀의 눈이 우연히 마주쳤다. 샤이는 그녀에게 감사의 미소를 지어 보였다. 아주 은밀하게. 메이 벨은 표정을 바꾸지 않은 채 천천히 한쪽 눈만 감았다 떴다.

매튼 쌍둥이는 다른 무리 곁에 앉아 있었다. 그 대신 다른 남자들이 담요 주위를 차지하고 앉았다. 대다수의 사람들은 그녀들을 배척했지만, 모두 다 그런 것은 아니었다.

축제 분위기 때문이었는지 모르지만, 샤이는 코빈의 친구들과 이야기할 때 자기도 모르게 소속감을 느꼈다. 여자들은 조심스러웠지만 상냥했고, 남자들은 호기심을 보이면서도 정중했다. 함께 얘기하고 있을 때면 그들은 과거의 잔재들이 아닌 진짜 현실 속의 사람들처럼 보였다. 그녀는 코빈을 기쁘게 해주기 위해 최대한 정상인처럼 행동했다.

그녀는 실러 부인이 다른 쪽으로 가면서 남편에게 속삭이는 것을 들었다.

"맥케이브 집안 여자치곤 별로 거만해 보이지 않네요. 미친 것 같지도 않고요."

"그래, 그런데 스트로크는 총각시절 생활방식을 전혀 바꾸지 않았어. 무슨 말인지 알지?"

그녀의 남편이 대답했다.

"저 부부는 뭔가 부자연스러워."

샤이는 갑자기 기분이 식는 것을 느꼈다.

'네가 무슨 상관이야, 샤이? 코빈은 브랜디의 문제라구.'

혹시 남은 인생을 브랜디의 문제와 씨름하면서 보내야 하는 건 아닐까?

그녀는 문득 허치 매든과 그의 분홍색 비석을 다시 떠올렸다.

13

샤이는 코빈과 함께 가축우리 옆 관람석에 앉았다. 평범한 가축우리였지만 그날만큼은 로데오 경기장으로 손색이 없었다.

시에튼 박사는 상처 입은 말과 남자들을 돌보기에 바빴다. 심판 노릇도 겸하고 있던 터라 경기장에서 최고로 바쁘게 뛰어다녀야 했다.

가축우리 건너편에서 메이 벨이 마차에 앉아 경기장을 지켜보고 있었다.

'코빈이 당신에 대해 전부 말했어요.'

메이 벨의 말이 떠올랐다.

'코빈은 총각시절의 생활방식을 전혀 바꾸지 않았더군.'

실러 씨가 속삭이듯 했던 말도.

'브랜디는 타락한 여자나 매든 형제와는 상관없는 사람이라고? 그건 이중 잣대야.'

허치 매든과 날카롭게 히잉거리는 검은 말이 경기장 속으로 튀어 들어갔다. 샤이는 조끼를 보고서야 그가 허치라는 것을 알았다.

말이 사납게 껑충거렸다. 너무도 거칠게 날뛰는 바람에 허치의 엉덩이가 안장에 붙어 있을 틈이 없었다. 그는 무릎으로 안장을 꼭 붙들고, 머리 위로 모자를 들어 올리며 함성을 질렀다.

그때 그의 몸이 경기장 울타리 밖으로 붕 떠오르더니 '퍽' 하는 끔찍한 소리와 함께 그녀의 발 앞에 떨어졌다.

허치 매든은 바닥에 널브러졌다. 가슴이 빠르게 오르락내리락했다. 그는 눈을 꼭 감은 채 이를 악물고 있었다. 극심한 고통 때문이었다.

코빈이 떨어진 카우보이 옆에 무릎을 꿇고 앉았다.

시에튼 박사가 그들을 향해 전력질주로 달려오고 있었다. 울타리 뒤에서는 검은 말이 여전히 날카로운 소리로 울부짖으며 뒷다리로 일어섰다. 박사는 코빈을 옆으로 밀치며 허치의 몸에 손을 갖다 댔다.

"내 말 들리나? 어디가 아픈지 말하게."

"어……."

허치 매든이 눈을 뜨고 샤이를 쳐다보았다

시에튼 박사는 칼로 허치의 바지를 찢었다. 피는 나지 않았지만, 다리의 각도가 이상했다.

"스트로크, 내 마차를 좀 몰고 오게. 누가 평평한 판과 밧줄을 찾아줘요."

샤이는 더 이상 서 있을 수 없었다. 그가 자신의 할아버지든 아니든 그가 어떻게 떨어졌는지를 생각하니……

그녀는 의사 옆에 똑같이 무릎을 꿇고 앉았다. 허치는 눈을 뜬 후부터 줄곧 그녀를 쳐다보고 있었다.

"손가락이랑 발가락을 움직여볼 수 있겠어요?"

그녀가 물었다.

"몸에 감각이 있나요?"

'우리 가족을 위해 당신은 살아남아야 해요.'

허치가 눈을 깜빡거리며 손과 다른 한쪽 다리를 굽혔다. 그때 그는 그녀를 향해 희미하게 웃어 보였다.

"네, 부인."

그가 온순하게 대답했다. 그때 의사가 당황스럽다는 듯이 말했다.

"여기서 의사는 나요, 스트로크 부인."

"알고 있어요. 하지만 이 분은 등으로 떨어졌어요. 아니, 그렇게 보였어요. 혹시 척추가 부러졌을지도 모른다는 생각에……."

"이봐, 허치. 7월 4일에도 이런 짓을 할 건 아니지? 응?"

시에튼 박사가 그녀에게 갈색 병을 건넸다.

"스트로크 박사님. 그렇게 솜씨가 좋으시면 이걸 환자의 목구멍에 부으세요."

샤이는 잠시 망설였지만, 곧 한 손으로 할아버지 머리를 받치고 들어올렸다. 그를 만지는 것만으로도 기분이 묘했다. 게다가 그는 전혀 할아버지처럼 보이지 않았다. 그는 코빈보다도 젊었다.

그녀가 병을 기울여 그의 입술에 갖다 댔다. 병에서 위스키 원액의 쌉쌀하고도 달착지근한 냄새가 풍겼다.

"허치, 그러니까 그렇게 술을 퍼마시지 말랬지."

론이 샤이의 건너편에서 동생 곁에 웅크리고 앉았다.

"내가 늘 얘기하잖아."

갑자기 사레가 들린 허치가 위스키를 뱉어냈다. 그는 병을 밀쳤다.

"날 익사시킬 셈인가봐!"

군중들 사이에서 웃음이 터져 나왔다. 샤이는 눈을 들어 자신을 응시하고 있는 도라 K를 마주보았다. 그녀는 웃고 있지 않았다.

당황한 샤이가 그의 머리 밑에서 손을 빼냈다. 빨갛고 끈적거리는 피가 묻어 있었다.

"이 사람이 머리를 다쳤나 봐요. 피가 나요."

"놀랄 일도 아니죠. 넘어지면서 뭔가에 부딪쳤을 겁니다."

"하지만 지금 이 사람은 흙 위에 누워 있잖아요."

시에튼 박사가 손수건에 위스키를 뿌려 샤이에게 건넸다.

"그럼 이걸 환자의 머리 밑에 대요. 참으로 세심하시구먼."

샤이는 손수건을 머리 밑의 상처 부위에 댔다.

"허치, 이제 내가 뭘 할 건지 알지?"

의사가 조용히 말했다.

"네."

샤이가 목구멍으로 쏟아 부은 위스키 때문인지, 아니면 상처에 위스키가 닿아 쓰리기 때문인지 몰라도, 허치의 눈에 눈물이 고였다.

"론, 허치의 팔을 꽉 잡게."

의사는 허치의 바지를 찢을 때 썼던 칼을 샤이에게 건넸다.

"스트로크 부인, 허치의 입에 칼자루를 물리세요."

"뭘 하시려고요?"

그녀는 자신의 짐작이 맞을까봐 두려웠다.

"지금 이 다리뼈를 맞출 겁니다."

"여기서요?"

"그래요, 여기서. 다리가 이미 붓고 있어요. 이제 내가 시키는 대로 하세요."

샤이는 가죽이 씌워진 칼자루를 자기 할아버지에게 물렸다. 그의 얼굴에서 땀방울이 떨어졌다. 목젖이 위로 올라갔다가 다시 천천히 내려갔다.

론은 쌍둥이 동생의 가슴을 손으로 누른 채 그 위에 엎드렸다.

허치는 숨을 들이쉬면서 눈을 감았다. 샤이도 마찬가지였다.

날카로운 딸깍 소리와 고통스러운 신음소리가 들렸다. 허치가 몸부림을 치는 바람에 론의 머리가 그녀의 옆구리에 부딪쳤다. 그때 그녀는 허치의 몸이 격렬하게 떨리는 것을 느꼈다. 동시에 샤이는 머리에 총알이 박힌 것처럼, 감각이 끊어지는 듯한 아픔을 느꼈다. 점심으로 먹은 음식이 올라오려고 했다.

짧은 시간이 흐르고, 마침내 허치의 목 근육이 이완되기 시작했다. 그는 흙바닥에 놓인 손수건 위로 서서히 머리를 떨어뜨렸다. 그러고는 그녀의 무릎에 얼굴을 대고 흐느적거렸다. 칼자루를 쥔 그녀의 손이 느슨해졌다.

"이제 눈을 뜨세요, 스트로크 박사님."

시에튼 박사가 부목을 댄 다리를 보고 있었다. 부목은 가축우리에서 뜯어 온 듯했다.

"우리 환자는 당분간 아무 문제도 일으키지 않을 겁니다."

허치 매든은 죽은 것처럼 보였다. 살짝 벌어진 입술 사이로 틈 없는 가운데 이가 보였다. 얼굴에는 생기도 핏기도 없었다.

그러나 가슴만큼은 천천히 규칙적으로 움직이고 있었다.

군중들은 코빈이 마차를 몰고 올 수 있도록 길을 내주었다.

만약 샤이가 평소처럼 눈치가 빨랐다면 그녀를 바라보는 코빈의 시선이 편치 않다는 것을 금세 알아차렸을 것이다.

"혹시 제가 너무 퉁명스럽게 대했다면 미안합니다. 스트로크 부인. 하지만 너무 급박한 상황이었어요."

시에튼 박사가 코빈의 표정을 읽어내고는 과장된 목소리로 말했다.

"도시에서 자란 아가씨치고는 꽤 괜찮은 간호사였습니다."

샤이는 박사와 코빈이 절뚝거리는 할아버지를 부축해 마차에 싣는 것을 지켜보았다. 핏자국은 옅은 머리색과 대비되어 거의 검은색처럼 보였다. 코빈이 마차를 모는 동안, 론과 의사는 허치를 붙잡고 있었다.

도라 K가 떠돌이 같은 몰골로 서 있는 샤이를 끌고 냇가로 갔다. 손수 물을 묻혀 셔츠에 묻은 흙과 핏자국을 닦아내며 이렇게 중얼거렸다.

"물로 씻어도 소용없겠다. 하필이면 니 앞에 떨어지는 바람에. 집에 갈 때까지는 도리가 없겠어."

"영화에서만 봤던 일이 정말로 일어나다니…… 생각지도 못했어요."

샤이가 피크닉 용품들을 주섬주섬 챙기며 말했다.

'술로 마취를 하고, 이 사이에 칼을 물리다니…….'

"영화? 그게 뭐다니?"

"움직이는 사진이에요."

"니는 내가 모르는 걸 많이 아는 거 같으다."

도라 K가 그녀 쪽으로 얼굴을 바짝 들이밀었다.

"하지만 사진이 움직이지 않는 건 나도 알재. 그건 말도 안 되는 소리여."

그들은 길을 따라 오두막으로 걸어갔다. 샤이의 손바닥에는 아직도 띠 모양의 검은 핏자국이 남아 있었다.

'언젠가 이 피가 우리 가족들의 몸속을 흐르게 되겠지. 그 사람은 아직 스물다섯 살도 안 돼 보였어. 게다가 내가 태어나기도 전에 돌아가실 운명이지. 난 할아버지의 얼굴도 보지 못했으니까.'

"브랜디."

도라 K가 오두막 앞에서 발걸음을 멈췄다.

"니는 참 요상헌 애여. 하지만 난 니를 좋아허게 됐다."

그 말 끝에 도라 K가 정말로 활짝 웃어 보였다. 그 덕분에 샤이는 이 노파가 왜 그렇게 이상하게 음식을 씹는지 알게 됐다. 그녀에게 남은 이라곤 앞니 두 개뿐이었다.

"어쩌면 니헌테는 예언허는 것 말고도, 치료하는 재주가 있는지도 모르재."

"난 그 사람을 치료한 게 아니에요. 시에튼 박사님을 거들었을 뿐인걸요."

"옛날 콘월에서는……."

그녀가 목소리를 낮추고 주변을 두리번거렸다.

"그런 여자들을 불에 태우거나 나무에 매달아 죽였어. 하지만 지금 사람들은 세상물정을 다 알아. 니는 나쁜 마녀가 아니여."

돌아오는 도라 K의 휴일에 샤이와 그녀는 골짜기를 벗어나 북쪽을 향해 걸었다. 목적지는 카리부였다. 샤이는 그곳을 유령도시 혹은 공동묘지로만 알고 있었다.

예전에 소설 소재를 찾고 있는 엄마, 아빠와 함께 지프를 타고 그 길을 지나갔던 적이 있었다.

부모님을 떠올리자 샤이의 머릿속이 또다시 복잡해졌다. 그녀는 진저브레드 하우스로 돌아갈 계획들을 짜기 시작했다. 집에서 먼저 거울을 보내줄 거라는 기대는 아예 버렸다. 보울더로 도망칠까도 생각해봤지만, 브랜디의 신발로는 불가능했다. 게다가 협곡에서 곰을 만날 위험도 있었다. 그리고 그런 행동이야말로 미쳤다는 소문을 확인시켜주는 증거가 아닌가. 천신만고 끝에 집에 도착한다 해도, 거울이 협조해주지 않으면, 그녀는 저항도 못해보고 '시설'로 보내질지도 몰랐다.

"카리부가 이렇게 큰 줄 몰랐어요."

그들은 이제 중심가에 서 있었다. 한쪽에는 빈 상점들이 늘어서 있고, 다른 쪽에는 시커먼 널빤지들이 쌓여 있었다.

"작년 겨울 불이 나기 전에는 더 컸재. 정말 끔찍했어. 바람이 불어서 불길은 솟는디, 남자들이 허는 거라곤 양동이 들고 침이나 뱉는 게 고작이었으니께. 광부들은 땅에서 돌 파내는 건 선수면서, 시간 내서 배관할 생각은 왜 안 하는가 몰러. 그래서 불이 났을 때……."

마을의 절반 정도만이 살아남았다. 볼썽사나운 페인트 칠 흔적 말고는 남아 있는 게 없었다. 그곳은 여전히 방화범의 낙원처럼 보였다.

"카리부는 전부터 죽어가고 있었는디, 이제는 완전히 죽어버렸구먼."

그녀의 메마른 목소리가 바람 속에서 공허하게 흔들렸다. 바람이 불자 텅 빈 거리에서 일어난 흙먼지가 바람을 따라 건물의 깨진 창문 안으로 빨려 들어갔다. 동시에 건물의 골조가 삐걱거리는 신음을 토해냈고, 외롭게 서 있던 주석 깡통이 회색 판자로 만든 보도 위로 날카로운 소리를 내며 떨어졌다.

샤이는 도라 K를 따라 샛길을 걸어 내려갔다. 어떤 폐가의 뒤쪽으로 녹슬어가는 깡통 더미와 구멍이 뚫린 화덕이 보였다.

"살아남은 사람들은 뭘 하죠?"

"대개는 광산 관리인 노릇을 허지."

도라 K가 슬픈 목소리로 말했다.

"어떤 사람들은 너무 늙어서 아무것도 헐 게 없고 말이여."

도라 K는 지붕이 함몰된 조그만 오두막 앞에 멈춰 서서 그 집을 통과하는 바람처럼 쓸쓸하게 한숨을 쉬었다.

"우리 하베이가 지은 집이여. 벌레가 우글거리는 집이었지만, 그래도 행복한 시절이었구먼."

그 늙은 여인은 어깨를 펴고 다시 걷기 시작했다. 그 판잣집을 보고 있으니 네덜란드의 오두막이 궁전처럼 느껴졌다. 버려진 집들 사이를 걷다가 유리가 온전히 남아 있는 창문과 그 안쪽으로 드리워진 커튼, 빨랫줄에 널려 있는 누렇게 변색된 속옷을 발견했을 때는 가슴이 철렁 내려앉았다.

카리부는 슬프고 지저분했다. 시간이 지나면 자연의 녹색손길이 이 흔적들을 지워낼 것이다. 그래서 건물 터와 건물을 짓기 위해 평평하게 만든 땅의 흔적들, 구조물이 붕괴했음을 보여주는 목재더미, 깨진 병들과 침대스프링이 쌓여 있는 토총들만 남게 될 것이다. 산등성이에는 녹슨 광산의 흔적만이 남게 될 것이다.

변두리에 들어섰을 때 그나마 상태가 괜찮은 한 건물이 샤이의 눈에 들어왔다. 샤이는 그 건물의 위치를 통해 낯익은 한 장면을 기억해냈다. 레이첼과 함께 부패한 건물의 잔재물을 둘러보며 원래 그게 무엇이었을지 궁금해했던 순간을.

샤이는 그 건물을 쳐다보며 미래를 기억해냈다. 바로 이곳에서 레이첼은 도라 K에 대해서 이야기했었다. 어린 시절에 알았던 그 인물에 대해서. 그 여인은 레이첼의 다음 책에 등장했다. 곱슬곱슬한 백발을 위로 틀어 올린 늙은 여인……. 늘 강장제를 달고 살고…… 또……. 샤이는 엄마를 도와 그 책의 원고를 감수했지만, 더 이상은 기억해낼 수 없었다. 하지만 도라 K가 아주 오래 산다는 것은 확실했다.

그들은 다시 언덕길을 올라갔다. 샤이는 또 한 번 익숙한 기억을 떠올렸다. 아기들의 무덤 앞에서 부모님과 함께 애도를 표했던 그 장면을.

"어머님은 연세가 어떻게 되세요?"

"마흔 다섯이여. 쭈그렁 할망구가 다 됐재."

"마흔 다섯이요?"

레이첼은 오십대였지만, 도라 K보다 십 년 이상은 젊어 보였다. 도라 K는 중년이라기보다는 노년에 가까워 보였다.

공동묘지는 샤이가 부모와 함께 방문했을 때보다 훨씬 더 넓어 보였다. 시간이 흐르면 이곳도 대부분 자연에 의해 지워질 것이다. 지금은 비바람에 풍화되긴 했지만 관리가 잘 이루어지고 있는지 나무나 돌로 된 묘비들이 곳곳에 자리 잡고 있었다.

도라 K는 어떤 묘비 앞에서 무릎을 꿇고 잡초를 뽑은 뒤 주변에 있는 돌들을 정리했다.

하베이 D. 스트로크, 1852-1880
창조주의 품으로 돌아가다.

"푸어맨 광산이 무너져서 팔이 으깨졌재. 결국 그 팔이 썩어서 죽었어. 하지만 그이의 폐는 광산이 무너지기 전부터 무너져 내리고 있었재."

그녀가 고갯짓으로 나무 울타리를 가리켰다. 귀퉁이마다 화려한 기둥이 박혀 있었다.

우리보다 더 좋은 곳으로 먼저 간 우리의 아이들.
우리는 너의 가족들이 일어서기를 헛되이 기다린다.
올가 메리 스트로크. 1873년 출생. 1879년 7월 5일 사망.

샤이는 각각의 비석에 새겨진 비문을 읽기 위해 울타리를 돌았다. 엘시 스트로크는 세 살 때, 언니가 죽은 뒤 며칠 뒤에 눈을 감았다.

다음 비석은 비어 있었다. 그러나 마지막 비석에서 샤이는 제인 앤 스트로크가 겨우 한 살 때, 두 언니들이 죽고 난 지 이틀 뒤에 죽었다는 사실을 발견했다.

"아아, 어머님……."

"내 자식들이여. 전부 여름에 죽었재. 그리고 다음 해 봄, 하베이도 딸들을 따라 언덕에 묻혔재."

도라 K는 일어서서 치마를 털었다. 눈물의 흔적은 없었다. 그저 공허해 보였다.

"참말로 끔찍헌 시간이었어."

"어떻게 그런 일이 일어날 수가 있죠?"

"마을 전체에 열병이 돌았재. 디프테리아였어. 그 여름에 죽은 아이들은 대부분 이곳에 묻혔재. 그려도 우린 다행히 코빈이 살아남았재. 자식이 모두 죽은 집도 있었어."

"끔찍해요. 어떻게 그런 일을 견디셨어요?"

샤이는 눈물을 삼켰다.

"아이고, 딱허기도 허지. 갸들은 다 하늘나라에서 행복헐 텐디, 멀 그런다니."

도라 K는 샤이를 끌어안고 볼에 입을 맞추었다.

"게다가 이제 다시 딸이 생겼잖어?"

다음날 아침 그녀는 여전히 그 왜소한 콘월 여성의 용기와 디프테리아가 카리부에 남긴 참상에 대해 생각하고 있었다. 그녀는 네덜란드로 돌아오는 내내 우울함을 떨칠 수가 없었다. 그리고 뒤척이며 하룻밤을 보낸 후, 그 우울함은 더욱 깊어졌다.

"브랜디, 내가 뭘 가져왔는지 봐요."

코빈이 기대에 찬 미소를 띤 채 오두막 모퉁이를 돌아 나타났다.

"타일러 부인한테 또 한 마리 부탁해놨소."

그가 닭의 발목을 붙들고 서 있었다. 머리 없는 목에서 피가 뚝뚝 떨어지고 있는데도 몸통은 여전히 꿈틀거렸다.

"당신이 먹을 닭은 이제 내가 사다준다고 했잖소."

샤이는 속이 뒤집어졌다. 정신이 혼미해지는 바람에 닭과 코빈의 모습이 덩달아 흐릿해졌다.

"하지만…… 털이 그대로 있잖아요."

"물론 털이 있소."

그는 닭을 더 높이 치켜들었다. 붉은 피가 한층 눈에 잘 들어왔다.

"이걸로 저녁을 준비해요."

"이건 요리할 수 있는 닭이 아니에요."

'요리할 수 있는 닭은 먹기 좋게 잘려서 랩으로 포장돼 나온다고요. 당연히 털은 없고요. 이런, 제길, 그만 좀 꿈틀거려!'

"이건 달걀을 낳거나…… 뭐 그런 닭 같아요."

"브랜디, 이놈은 수탉이요."

"하지만 난 털 있는 닭을 어떻게 요리하는지 몰라요."

코빈이 다가오자 샤이가 물러서며 말했다.

"우선 끓는 물에 넣은 뒤 닭털을 뽑아요. 설마 닭털을 뽑아 본 적이 없다는 말은 하진 않겠지?"

"가까이 오지 마세요, 코빈 스트로크. 피가…… 피가 흐르잖아요."

그는 죽은 닭을 땅에 놓고 두 팔로 그녀의 허리를 끌어안으며 껄껄 웃었다.

"브랜디, 나의 작은 브랜디. 남자의 다리뼈 맞추는 것도 거들었으면서, 이깟 머리 잘린 닭 때문에 기절하기 일보 직전이라니."

"웃을 일이 아니에요. 이건 너무 불쾌하다고요."

그의 셔츠자락이 그녀의 목소리를 덮었다. 곧이어 그녀는 갑자기 울음을 터뜨렸다. 샤이는 그의 품속에서 서서히 긴장이 풀리는 것을 느꼈다. 불쌍한 닭은 달갑지 않지만, 실컷 울 수 있게 된 것은 감사한 일이었다. 그의 품에 안겨서 감정을 분출하고 편안한 기분을 느끼게 되다니 경이롭기까지 했다.

코빈은 브랜디의 턱을 들어 올려 그녀와 눈을 맞췄다.

"이제, 그만 울어요. 내가 털 뽑는 법을 알려줄게요."

"정말이지…… 정말 확 깬다!"

샤이는 뺨에 눈물이 마르기도 전에 다시 웃음을 터뜨렸다. 그리고 자신도 모르게 코빈에게 키스했다. 샤이는 브랜디와 무엇보다도 자기 자신에게 놀랐다.

브랜디는 과년한 처녀였고, 샤이는 부끄럼쟁이가 아니었다.

'이러다가 골치 아픈 일이 생길지도 모르잖아.'

그녀는 몸을 빼려 했지만, 코빈은 놓아주지 않았다. 그는 그녀를 더 꽉 끌어안고 더 깊게 키스했다. 샤이의 목이 뒤로 완전히 꺾어질 때까지.

'맙소사, 본능이 이끄는 대로 따르라고 누가 말했더라?'

그때 그녀는 브랜디의 자궁이 보내는 경고의 신호를 감지했다. 통증과 그에 동반되는 불쾌함, 우울함. 그런데도 오늘 아침 코빈은 너무도 섹시해 보였다.

'오, 브랜디, 지금 시작하면 안 돼! 탐폰은 아직 발명되지 않은 걸까? 코텍스도? 지금 여자들은 뭘 사용하지?'

그런데 그 순간 반갑지 않게도 허치슨 매튼의 모습이 떠올라 코빈 스트로크에게 집중하는 순간을 방해했다. 통증에 신음하던 모습과 다리를 붙잡고 몸을 비틀었던 모습…….

"저, 실례합니다."

갑자기 코빈의 뒤에서 다른 사람의 목소리가 들렸다.

"스트로크 부인한테 전보를 가져왔습니다만."

깜짝 놀란 코빈이 말도 없이 그녀를 놔버리는 바람에 그녀의 등이 나무 기둥에 부딪쳤다.

론 매든이 공터 한가운데서 그들을 흘긋흘긋 보고 있었다.

"그런데 왜 자네가 전보를 가져왔지?"

당혹감 때문에 코빈의 목소리가 심각해졌다.

"우체국에 갔는데 전보가 왔어요. 딕이 급한 전보라고 전해주더군요. 어차피 사무엘의 집으로 가는 길이었으니까……."

그는 샤이에게 봉투를 건넸다.

"어머니예요."

전보는 소피가 보낸 것이었다. 존 맥케이브가 위독하다는 내용이었다.

14

집으로 간다, 진저브레드 하우스로. 거울에게 가는 거다. 그리고 그 거울을 통해 부모님 곁으로 간다.

'당분간은 마렉과 결혼하지 않을 거야. 어쩌면 아예 하지 않을지도 모르지. 그 전에 엄마에게 할 말이 너무 많아.'

샤이는 브랜디의 모자를 고쳐 썼다.

'일단 거울이 말을 들어먹어야 할 텐데.'

"이게 뭔 날벼락이라니. 하시만 니가 도착힐 때쯤엔 상테가 괜찮아질지도 모르니께 너무 걱정 말어. 그나저나 길 떠날 준비는 다 됐다니?"

도라 K가 브랜디의 치마를 의미심장한 눈으로 쳐다보며 말했다.

"네, 방법을 알려주셔서 고마워요."

"난 니가 지금까지 뭘 허고 살았는지 당최 모르겄다."

도라 K는 그 기간 동안 브랜디의 트렁크 안에 들어 있던 개짐과 핀을 사용하라고 일러줬다. 그 사건으로 도라 K는 샤이가 마녀라는 생각을 고쳐먹은 것 같았다. 그러나 샤이는 이 세계를 곧 떠날 것이라고 확신했기 때문에, 동맹군 한 명쯤 잃는 것은 두렵지 않았다.

"보고 싶을 거예요."

샤이가 도라 K를 끌어안으며 속삭였다.

"야가 왜 이런다니. 다시는 안 올 사람처럼."

도라 K는 당황스러워하면서도 싫지 않은 표정이었다.

'난 돌아오지 않을 거예요. 하지만 그 대신 브랜디가 돌아올 거예요. 그리고 그녀는 나만큼 당신을 좋아할 거예요. 브랜디는 지금 어디에 있을까?'

샤이는 서운한 눈빛으로 작은 오두막을 둘러보았다. 이곳을, 아니 이 기이한 경험을 결코 잊지 못할 것이다.

코빈이 짐을 실어놓은 역마차로 그녀를 데려갔다. 샤이가 그의 목에 팔을 둘렀다.

"몸조심해요, 코빈."

그가 당황스러운 눈빛으로 그녀를 바라봤다.

존 맥케이브는 1층 침실에 누워 있었다. 나중에 샤이의 부모님이 침실로 사용한 곳이었다. 가구 몇 가지는 그때와 똑같았다.

방 안은 캄캄했고 맥케이브의 고통스러운 숨소리가 그곳을 가득 메우고 있었다. 그는 송장처럼 가만히 누워서 퉁퉁 부은 회색빛 얼굴로 어딘가를 응시하고 있었다.

샤이가 방으로 들어오자 침대 옆 의자에 앉아 있던 소피가 일어나 팔을 벌렸다.

"브랜디 네가 와서 다행이다. 너무 늦지 않게 말이야."

"뇌졸중이라면서요."

소피의 포옹을 받아들이며 샤이가 말했다.

"너무 갑작스러워서. 밤에 네 이름을 두 번이나 부르셨어. 쓰러진 후에 아버지는 그 말밖에 안 했다. 널 결혼시킨 걸 후회하고 계시는 것 같아. 그게 부담이 되었는지…… . 네 기분이 어떨지 알지만…… 의사 선생님 말로는 시간이 많지 않을 것 같다는구나. 아무래도 오늘 밤을 넘기기 힘들 것 같아. 마음의 짐을 진 채 돌아가시게 하지 말고, 어서 용서한다고 말씀 드리렴."

"목소리를 들으실 수 있을까요?"

"모르겠다. 가끔은 반응을 보이는 것도 같고, 우리를 알아보는 것도 같은데."

샤이는 존 맥케이브에게 몸을 기울여 그의 차가운 손을 잡았다.

"당신을 용서해요. 아니…… 아버지."

그는 눈을 깜빡이지도 않고 그 말을 알아들었다는 어떤 표현도 하지 않았다. 그때 소피가 말했다.

"당신? 아버지를 그렇게 부르는 건 처음 듣는다."

"아버지가 아무것도 못 듣는다고 생각했어요."

그러자 소피는 그 작은 말실수를 넘겨버렸다.

"아버지 곁에 있으면서 좀 더 말을 건네 보렴. 내가 먹을 걸 좀 찾아올게."

소피는 문 앞에서 걸음을 멈추고 혼란스러운 눈으로 딸을 다시 쳐다보았다.

"그런데 브랜디, 너 괜찮은 거니?"

"괜찮아요."

샤이는 소피가 앉았던 의자에 앉았다. 어떻게 해야 할지 알수 없었다. 그녀는 죽음을 앞둔 사람을 한 번도 본 적이 없었다. 이제껏 환자나 나이 든 사람은 병원에 가서 조용히 세상을 떠나는 것인 줄만 알았다.

그녀는 소피가 빨리 와주기를 바랐다. 음침한 방과 귀에 거슬리는 숨소리가 소름끼쳤다. 그녀는 안절부절못하고 앉아 있었다. 게다가 속옷 안에 차고 있는 역겨운 개짐이 움직일 때마다 살갗을 쓸었다.

그때 존 맥케이브가 몸을 살짝 움직였다. 샤이는 벌떡 일어섰다. 혹시 그가 자신을 볼 수 있을까 하는 마음으로 선 채로 그를 내려다보았다.

"용서해요. 아버지, 걱정 마세요. 다 잘될 거예요……."

먼 길을 헤매다가 잠깐 동안 돌아온 그의 시선에 초점이 잡혔다.

"브랜디?"

힘없는 목소리였다.

"네, 아버지. 아버지를 용서해요…… 브랜디는 아버지를 사랑할 거예요. 확실해요. 제 말은…… 사랑한다고요."

갑자기 눈물이 났다. 브랜디라면 그를 용서했을까? 진실과는 상관없이 이럴 때 그를 위로하지 않는 건 잘못일 것이다.

"브랜디…… 거울을…… 조심해라……."

그가 오래된 축음기에서 흘러나오는 소리처럼 천천히 말했다. 브랜 할머니가 그랬던 것처럼, 한마디 한마디를 할 때마다 온몸의 힘을 짜냈다. 그의 눈에 브랜 할머니에게서 엿보였던 공포가 서려 있었다.

"거울이요? 웨딩거울 말씀이세요?"

그가 헐떡거렸다. 일어나 앉으려는 것 같았다. 그녀는 그의 겨드랑이에 팔을 넣어 머리를 받쳐주었다.

"거울이 어떻다고요? 말씀해주세요."

존 맥케이브가 그녀의 어깨 너머를 응시했다. 얼굴에서 고통과 공포가 사라졌다. 그는 웃고 있었다.

"조수아, 오, 조수아……."

그의 머리가 그녀의 품 안에서 힘없이 떨어졌다.

"엘튼! 어머니! 거기 누구 없어요!"

샤이는 꼼짝 못한 채 방 안을 두리번거렸다.

엘튼이 먼저 도착했다. 그는 샤이를 물리고 아버지의 머리를 베개에 눕혔다.

"뭐라고 말씀하셨어?"

"내가 아버지에게 용서한다고, 사랑한다고 말했더니 내 이름을 부르셨어."

충격으로 이가 덜덜 떨렸다.

"하나님, 감사합니다."

소피가 문을 막 들어서고 있었다.

"어머니, 아버지는 누나의 품 안에서 돌아가셨어요. 이제 편히 쉬실 수 있을 거예요."

샤이와 엘튼은 식탁에 앉아 음식을 끼적거렸다. 엘튼은 아버지를 잃은 상실감에 젖어 있었다. 반면 샤이는 브랜디의 방으로 올라가고 싶어 죽을 지경이었다.

이제는 엘튼 역시 과거의 사람이라기보다는 현실에 존재하는 사람처럼 보였다. 샤이에게는 오빠나 남동생이 없었다. 그를 보고 있자니, 오빠나 남동생이 있다는 게 어떤 건지 궁금해졌다. 엄마가 삼촌들에 대해 뭐라고 했더라…… 기억나지 않았다.

"너무 갑작스러웠어. 누나 방에서 그런 일이 일어난 거 알았어?"

"뇌졸중 말이야?"

갑자기 목덜미에 소름이 끼쳤다.

"거울이 아직 거기 있어?"

"아버지가 그 앞에 쓰러져 계셨어. 누나 생각이 나서 그 방에 들어가봤던 것 같은데. 천둥소리가 너무 커서 아무 소리도 못 들었어. 신음소리도 못 들었고."

거울은 우스꽝스러운 천장 전구가 뿜어내는 불빛을 반사하며 그 방 모퉁이에 서 있었다.

'네 짓이지?'

뇌졸중이 건강해 보이는 사람들에게 그렇게 갑자기 찾아오는 건가?

소피가 거울 대신 보내준 책에는 초록색 가죽으로 제본한 일기장도 껴 있었다. 아무것도 쓰여 있지 않음을 알고 실망했지만, 그녀는 그것을 진저브레드 하우스로 가져왔다. 그것으로 브랜디와 은밀하게 소통할 수 있을 것 같았다.

천장 경사면 아래에 좁다란 테이블과 의자가 있었고, 테이블 위에는 펜과 옛날식 잉크병이 놓여 있었다.

내가 떠난 후 곧바로 당신이 돌아오면 좋겠어요. 그리고 그때를 위

해 당신이 없는 동안 무슨 일이 일어났는지 알려줘야 할 것 같아요.

샤이는 자신이 악필인 것을 알고 있었다. 그녀는 펜을 잉크에 적셨다. 필기도구가 익숙하지 않았지만 천천히 조심스럽게 편지를 썼다.

그녀는 도라 K와 코빈에 대해 설명했고, 네덜란드에서의 생활과 존 맥케이브의 죽음에 대해서는 최대한 완화해서 썼다. 그러나 매든 형제에 대해서는 언급하지 않았다. 어차피 브랜디는 실수를 할 것이다…… 그렇지 않으면 샤이가 은발로 태어나는 일도 없었을 테니까.

그녀는 미래에 대해서는 쓰지 않았다. 하지만 자신이 브랜디의 손녀라는 것은 밝혔다. 그녀는 미래를 안다는 게 얼마나 끔찍한 일인지 알게 되었다.

가엾은 브랜디는 돌아오자마자 초상집으로 변한 진저브레드 하우스를 보게 될 것이며 자신이 불완전한 결혼 생활에 갇혀 있다는 사실을 알게 될 것이다.

그녀는 코빈에 대해서 조금 더 썼다. 브랜디가 허치 매든과 이어질 것을 알고 있으면서도…… 샤이는 코빈 때문에 마음이 아팠다.

밤이 늦어서야 그녀는 일기장을 덮고 거울 앞에 섰다.

하지만 거울은 미동도 없었다. 샤이가 기대했던 마법을 부리지도 않았다. 그날도…… 다음 날도…… 그 다음 날도.

콜롬비아 공동묘지에는 열기가 가득했다. 강렬한 태양빛을 가려주기에 나무들은 너무 어렸다.

엘튼은 소피의 어깨에 팔을 두르고 있었다. 그 팔이 가늘게 떨렸다. 슬픔에 찬 미망인이 아들에게 기대고 있는 것처럼 보였지만, 사실 기대고 있는 쪽은 엘튼이었다.

"네, 너무 갑작스러운 일이었어요. 정말 충격이었죠."

그녀는 이 말을 수도 없이 되풀이했다.

브랜디는 존이 억지로 엮어준 남편 옆에 서서 조수아의 조그만 무덤을 빤히 쳐다보고 있었다. 처음 보는 무덤인 것처럼.

공동묘지 길을 가득 메운 검은 마차들의 고요한 행렬…… 길 위로 계속 쏟아져 들어오는 마차들…… 쩔렁거리는 마구소리와 함께 발을 구르며 달려가는 말들…… 메뚜기와 들종다리의 처연하고 달콤한 울음소리…… 그리고 숨죽인 목소리들.

소피는 진심으로 하나님께 기도했다. 마땅히 깊은 슬픔에 잠겨 있어야 할 전날 밤, 악마의 선물 같은 해방감과 우쭐함에 젖어 있었음을 용서해달라고. 그녀는 자신에게 쏟아진 사람들의 관심이 존 맥케이브의 미망인을 위한 예우라는 것을 알았지만, 그만 악마의 속삭임에 흔들리고 말았다. 게다가 더 이상 존의 기분에 따라 일상이 좌지우지되는 일은 없을 거라고 생각하자…….

죄책감에 사로잡힌 그녀는 안식을 구하며 집 안 구석구석을 돌아다녔다. 그러다가 아들이 주방 식탁에서 머리를 감싸 쥐고 울고 있는 것을 보았다. 엘튼은 슬픔에 젖어 있었다. 동시에 지금부터 자신이 짊어져야 할 가족의 사업을 생각하고 두려움에 사로잡혀 있었다. 소피는 자신의 아들이자 감성적인 그 청년을 누구보다 사랑했다. 그녀는 아들을 위로해줘야 했다.

그러다가 2층에서 낯선 사람처럼 자신을 쳐다보는 딸을 발견했다. 브랜디 역시 두려운 것 같았다. 그러나 소피는 자신의 딸을 보면서 엘튼에게서는 느낄 수 없는 강력한 힘을 감지했다. 그녀는 딸이 낯설었다.

사람들이 줄줄이 마차로 돌아갈 때, 소피는 브랜디의 곁으로 다가갔다.

"집으로 가야 할 시간이야."

브랜디의 얼굴은 창백했고, 눈가의 피부는 꺼멓게 죽어 있었다.

"브랜디에게 남동생이 또 하나 있었군요."

"물론이지. 너 어렸을 때 조수아랑 무척 잘 어울려 놀았잖니."

소피는 다른 사람이 들을까봐 마음을 졸이며 속삭였다. 그녀는 딸의 불안정한 행동이 정신이상 때문이 아니라 수면부족 때문이기를 간절히 빌었다. 딸은 집으로 돌아온 날부터 계속 자기 방 안을 서성였다. 소피는 밤마다 딸의 발자국소리를 들었다.

그녀는 잠시 사돈과 얘기를 나눴다.

"브랜디 때문에 걱정이에요. 이상한 행동을 해서 말이죠."

"충격을 받아서 그렇겠지요. 불쌍한 것. 한참 그럴 때여요. 젊은 애들은 죽음을 받아들이기 힘들지요."

"코빈이 허락한다면, 집에 며칠 더 두고 싶은데요."

"당연히 그러셔야지요. 사부인한테는 새아기가 필요헐 것이여요."

그날 밤 소피와 노라는 마땅히 숙소를 구하지 못한 손님들을 위해 응접실 바닥에 자리를 깔았다. 도라 K가 일손을 거들었다.

소피는 브랜디의 혼처로 스트로크 가문을 생각해본 적이 한 번도 없었다. 하지만 이 초라하고 왜소한 여인은 그녀가 상상했던 것처럼 야만인은 아니었다.

"사부인은 제 언니 해리엇과 브랜디의 방에서 주무세요. 엘튼이 접이식 침대를 가져다 놨어요. 브랜디랑 코빈은 그 옆에 있는 손님방에서 자면 될 것 같고요."

베개에 무릎을 박고 앉아 있던 도라 K가 갑자기 몸을 꼿꼿이 세웠다.

"코빈과 브랜디를 같이 재운다고요? 하지만……."

그러다가 곧 미소를 지으며 이렇게 말했다.

"그거 좋은 생각 같구먼요."

여자들이 움직이는 동안 브랜디는 부엌에서 행주로 식기를 닦고 있었다.

"소피."

해리엇이 하얀 곱슬머리를 흔들자, 얼굴에 덕지덕지 붙어 있는 군살이 덩달아 흔들렸다.

"브랜디가 너무 지쳐 보이는구나. 어서 침대로 보내는 게 좋겠다."

"어디 아프니, 브랜디?"

소피가 딸에게 물었다.

"아니에요. 그냥 좀 피곤할 뿐이에요. 하지만 지금은 제가 도와야 하잖아요."

"고맙지만 오늘은 푹 쉬고 내일 도와주려무나. 다른 분들도 한 번쯤은 네가 먼저 잠자리에 드는 걸 이해하실 거야."

그때 누군가가 이렇게 속삭였다.

"남편이 죽었는데도, 소피는 좋은 엄마의 역할을 한시도 잊지 않는군."

사람들이 하나같이 동정 어린 찬사를 보내자, 소피는 자신도 모르게 또다시 우쭐해졌다.

반응 없는 거울을 설득하며 며칠 밤을 새운 터라, 샤이는 침대에 들어가자마자 곯아떨어졌다. 거울이 브랜디의 침대에서 자는 사람을 해칠지도 모른다는 불길한 생각이 들기도 전에.

하지만 한밤중에 눈을 떴을 때 제일 먼저 그 생각이 떠올랐다. 그러다가 자신이 누군가의 따뜻한 몸에 착 달라붙어 있는 것을 발견하고 깜짝 놀라 그만 다시 잊어버렸다.

샤이가 일어나 앉았다.

"코빈?"

"다시 자요, 브랜디."

어둠 속에서 그의 긴장한 목소리가 들렸다.

"장모님이 나를 이 방으로 보냈소. 당황하실까봐 뭐라고 말할 수도 없고 해서…… 귀찮게 하지 않겠소, 브랜디."

'귀찮게 하지 않겠다고?'

샤이는 새침하게 침대 모서리 부분으로 자리를 옮기다가 하마터면 침대에서 굴러 떨어질 뻔했다.

'이 시절엔 침대를 크게 만들 생각을 못한 모양이야.'

잠시 후에 그녀는 발정 난 고양이처럼 '새침하게' 자기 몸을 더듬기 시작했다.

'다른 사람의 몸으로 사는 게 좋은 점도 있군. 별 이상한 짓을 해도 남 탓을 할 수 있으니까. 자, 이제 아래로 가!'

샤이는 자신이 과연 누구에게 장난을 치고 있는지 모르겠다고 생각하며 다시 잠이 들었다.

그녀는 자신과 마렉과 매든 쌍둥이에 대한 여러 가지 야릇하고 충격적인 꿈을 꾸다가 잠에서 깨어났다. 창문을 통해 어슴푸레 여명이 비쳐들었다. 그때 코빈이 뒤에서 그녀를 끌어안았다.

따뜻한 손이 풍성한 잠옷을 걷어 올리고 조심스럽게 다리를 더듬으며 위로 올라왔다. 그리고 마침내 브랜디의 가슴을 살며시 쥐었다.

샤이는 잠시 이성적으로 생각해보려고 했지만, 곧바로 몸을 돌려 코빈의 얼굴을 마주봤다. 침구가 두 사람의 다리 사이에서 엉켰다. 그녀가 그의 입술을 열정적으로 빨아들였다.

그러자 코빈이 뻣뻣해진 몸을 뒤로 뺐다.

"브랜디, 미안해요……."

"미안하다고요?"

그녀가 그를 다시 끌어당겼다. 그는 너무 구식이었다. 그리고 너무 크고 건장했다. 그리고 그 어깨…….

"코빈, 당신은 메이 벨 같은 여자하고는 아무렇지 않게 자면서, 아내의 몸에 손을 댄 게 그렇게 미안한가요? 그 여자들한테는 돈을 줘야 하지만 난 공짜예요. 아, 깜빡했군요. 난 미친 여자지."

그녀는 그 말이 끝나자마자 그에게 다시 키스하기 시작했다.

코빈이 몸을 떨었다.

"당신은 대체 어떤 여자요?"

그가 거칠게 숨을 몰아쉬었다.

"이 속에 몇 명이나 사냐고요?"

그녀가 브랜디의 손으로 그의 몸을 더듬어 내려갔다. 뭘 입은 걸까? 내복? 이 여름에? 그럴 시간이 있었다면……

하지만 두 사람은 이미 달아올라 있었고, 그가 무엇을 입고 있건 벗는데는 그리 오랜 시간이 걸리지 않았다.

"브랜디……"

"당신은 아름다워요, 코빈 스트로크."

샤이는 길고 사랑스러운 한숨을 몰아쉬며 스스로 브랜디의 다리를 벌렸다. 그리고 너무도 놀라고 말았다.

브랜디는 진짜 처녀였다.

샤이는 코빈이 바지를 입는 모습을 바라보았다. 그가 그녀를 만족시키지 않고 자리를 뜨려 한다는 게 믿기지 않았다. 그녀는 사랑에 능숙한 타입은 아니었다. 친구들에게 인정하기는 죽기보다 싫지만, 마렉은 그녀의 첫 남자였다. 하지만 마렉 와이어와의 관계는 조금씩 좋아지고 있었다.

"난 어머니와 돌아갈 거요. 당신은 장모님이 원하실 때까지 머물러도 좋소."

그는 그 어느 때보다도 빠른 동작으로 소지품을 챙겼다.

"상처를 줄 생각은 없었소, 브랜디."

그리고 그는 떠났다.

15

허치슨 매든은 뻣뻣한 다리를 나무 테이블 밑에 두고, 성한 발로 바닥을 밀어 의자 등받이를 뒤로 기울여 벽에 기댔다. 그는 뿌옇고 얼룩얼룩한 창문을 통해 네덜란드 중심가를 돌아다니는 사람들을 바라봤다.

수면부족으로 인해 정신이 몽롱한 상태였지만, 그렇기 때문에 몸의 통증에 둔감할 수 있었다.

그는 음식을 주문하고 주위에서 들리는 접시 부딪치는 소리, 시끄러운 대화소리에 귀를 기울였다. ……그 소리들이 배경음처럼 희미해질 때쯤 테이블보의 붉은색과 흰색의 체크무늬가 뒤섞이면서 분홍색으로 떠올랐다.

들쑥날쑥한 소나무들이 빽빽이 들어차 있는 먼 산등성이가 천천히 머릿속으로 들어왔다…… 북쪽 목장의 흔들리는 초원과 수송아지의 느긋한 움직임…….

주문한 음식이 나오자 그는 컵에서 모락모락 피어오르는 커피 향을 맡으며, 스테이크 육즙이 혀에 오래 머물도록 천천히 식사를 했다.

그때 문이 열렸다. 신선한 공기가 식당 안의 음식 냄새, 사람 냄새와 뒤섞였다. 론 매든이었다.

그의 쌍둥이 형은 행크에게 아침을 주문하고 반대편 의자에 앉았다.

"오늘 말 타고 북쪽 목장에 갈 거냐?"

"몰라."

빵 덩어리 위에 얹어진 달걀 노른자의 따뜻하고 고소한 맛.

"의사는 뭐래?"

"가지 말래."

감자튀김의 짭조름한 풍미 뒤로 부드러운 커피 향이 뒤따랐다.

"의사들이야 늘 그렇지."

"무슨 말을 하려는 건지 모르지만, 잠깐 기다려."

코빈 스트로크와 그에게 몸을 기울이고 있는 어린 아내가 창밖으로 보였다. 허치는 그녀를 보자 따뜻한 햇살이 섞인 하늘을 바라보는 것처럼 기분이 좋아졌다.

허치는 그녀의 눈이 비밀을 감추고 있다고 느꼈다. 맥케이브의 딸에게 무슨 비밀이 있는 걸까?

"지금 그 모습을 보니 밥맛이 떨어진다. 너무 즐기는 거 아냐?"

음식이 도착하자 론이 말했다.

허치는 뒤로 물러앉아 테이블 맞은편에 앉아 있는 자신과 똑같을 얼굴을 응시했다.

"그래, 내 상상을 망치고 싶어 못 참겠다는 거군. 전해줄 소식이 있다고 네 얼굴에 다 적혀 있어."

"북쪽 공원에 갈 건지 알고 싶었을 뿐이야, 같이 갈까 해서."

"목장 일보다는 화물일이 더 좋다고 했잖아."

"맞아. 너랑 북쪽 목장까지 말을 타고 갔다가, 난 내 길을 갈 생각이야. 같이 가면서 너랑 얘기나 좀 할까 해서 말이지. 하지만 의사가 말에 앉지 말라고 했다면……."

허치는 론의 미소 뒤에 일말의 흥분이 섞여 있는 것을 알아챘다. 그것은 문제가 생겼다는 뜻이었다.

"네가 모아둔 돈을 좀 빌릴 수 있을까 해서."

"싫어."

"리틀홀에 가기만 하면 내가 그 돈을 두 배로 불릴 수 있을 것 같은데. 다리만 괜찮다면 네가 따라가서 직접 보……."

"싫어."

"카리부까지 갈 수 있을 거야. 하지만 그 작자가 그 소리를 듣는다면 그건 일종의 덫이야. 우리……."

"그 작자라니?"

"지난밤에 덴버에서 막 도착한 어떤 남자랑 술을 마셨어. 이름이 머피래. 그 남자는 내가 너라고 생각하면서 말을 하더라. 톰 혼이 덴버에 있는데 곧 이리로 올 거라더군."

"그게 나랑 무슨 상관이야? 내 머리에 현상금이 걸려 있는 것도 아닌데."

"혼이 제임스 B. 콜라드 3세랑 얘기를 한 모양이야."

론이 일부러 천천히 그 이름을 발음했다. 그러고는 허치가 제대로 알아들었는지 보기 위해 잠시 뜸을 들였다.

"콜라드가 널 위협하기 위해 머피를 보냈대. 그런데 그 친구는 너 대신 나한테 경고한 거지. 내가 그 여자라면 널 죽게 내버려뒀을 거야. 여자들이란 참 알 수 없어."

허치는 여전히 침착한 표정을 짓고 있었지만, 시간이 지날수록 두려움을 느끼기 시작했다. 그것이 흉곽을 타고 온몸을 훑기 시작했다.

"그런데 콜라드가 왜 나를 잡으러 혼을 보냈지?"

"콜라드가 예상에도 없던 손자를 보게 되었나봐. 그 사람 딸이 윈드리버 목장에 사는 사촌한테 놀러갔다가 그곳의 미천한 목장 인부와 말을 타고 나갔다지, 아마. 그래서 안타깝게도 그 인부를 해고해야 했고."

론의 입가에 미소가 번졌다.

"난 네가 자진해서 일을 그만둔 줄 알았어. 그런데 머피 말로는 네가 해고된 거라며?"

허치는 접시 옆에 있는 냅킨으로 콧수염을 천천히 문지른 뒤, 테이블을 엎어버렸다. 접시며 컵 속에 남아 있던 커피가 론의 무릎 위로 쏟아졌다.

능 뒤의 여자가 비명을 질렀다.

"이런, 맙소사. 매든 쌍둥이가 또 시작이군. 자, 이제 그만들 하지."

행크가 달려왔다.

"허치, 그 다리로……."

론이 테이블과 접시 더미 밑에서 비틀거리며 일어섰다. 누군가가 그를 붙잡으려했지만, 한발 늦었다. 론의 주먹이 허치의 배 깊숙한 곳에 박혔다.

그는 아픈 다리로 비틀거리며 뒤로 물러나다가 등을 문에 부딪쳤다. 그가 벌렁 넘어졌다. 몸이 보도 위로 내동댕이쳐졌다.

많은 얼굴들이 그를 내려다봤다. 그 얼굴들 위로 사각형의 상점 간판이 보였다.

그는 숨이 막혔다. 공기를 들이마시려고 했지만 그의 몸이 거부했다.

론이 군중을 뚫고 나와 동생을 부축해 일으켰다. 허치는 어쩔 수 없이 한쪽 팔을 쌍둥이 형의 어깨에 걸친 채, 멀쩡한 다리로 껑충거리며 걸었다.

"어디로 가는 거야?"

그가 헐떡이며 물었다.

론이 웃었다.

"네 돈 가지러, 그리고 이곳을 뜨는 거지."

허치는 시에튼 박사의 정수리를 내려다보았다. 박사의 정수리 부분이 갈수록 휑해지고 있다는 것을 처음으로 깨달았다.

"아직도 너희들은 철딱서니 없는 짓을 하는구나."

그는 시가를 문 채 허치의 다리에 새 붕대를 감았다.

"아직 큰 문제는 발견되지 않았지만, 유타로 말을 타고 가는 건…… 솔직히 이게 내 다리라면, 난 걸어 다니지도 않을 거야."

"아뇨, 걸어다니실 걸요."

론이 조그만 오두막 안에서 안절부절못하고 서성였다.

"출산일이 임박한 임산부가 있거나 후두염 걸린 애가 있다면, 절뚝거리면서도 찾아가실 거예요."

허치는 소용돌이무늬 사진틀과 그 속에 있는 시에튼 부인의 사진을 유심히 들여다보았다. 사진틀 밑에 깔린 레이스 받침대가 커튼만큼이나 누렇게 바래 있었다. 예쁜 벽지도 군데군

169

데 더러워져 있었다. 전면이 유리문으로 된 책장에도 먼지가
소복이 쌓여 있었다.

'선생님에겐 아내가 필요해.'

허치는 시에튼 부인이 죽기 전에 이곳이 얼마나 반짝반짝했
었는지 떠올렸다.

"말 등에 앉아 있을 때도 다리를 계속 들고 있어야 해. 그리
고 나무를 조심해."

의사가 머리를 흔들었다.

"빽빽한 숲길을 가다가 나무에 부딪치기라도 하면 말에서
떨어질 테니까. 이 다리로 말을 타는 건 고통스러울 텐데."

허치가 일어서자 두 사람은 그가 바지 입는 것을 도왔다.

"바지도 못 입으면서 말에 오르고 내리는 건 어떻게 할 건가?"

"론이 도와줄 거예요."

새 붕대를 단단히 감으니 통증이 조금 완화된 듯했다. 허치
는 그 다리에 약간 체중을 실어보았다.

"리틀홀로 가는 거지?"

"물론이죠. 그곳이라면 제 아무리 톰 혼이라도 어쩔 수 없을
걸요."

산등성이로 올라섰을 때 허치가 말머리를 돌렸다. 론이 옆
에서 고삐를 쥐었다. 네덜란드는 평화로워 보였다. 햇빛을 받
아 눈부시게 빛나는 작은 개천, 산골짜기와 기분 좋게 대조를
이루는 건물들.

"나는 이유가 있어서 돈을 모으는 거야."

"알아. 하지만 나중에 해도 되잖아. 게다가 내가 그 돈을 두

배로 불려줄 거라니까."

론이 조용히 속삭였다.

"이건 미친 짓이야. 거기서 살아나올 확률은 많지 않아. 알잖아, 설사 살아나온다 해도 잃어버린 돈 때문에 술독에 빠져 사는 사람도 있고……."

"그리고 톰 혼은 생각하기도 전에 총부터 쏘는 작자지."

론은 늘 그렇듯 허치의 생각에 종지부를 찍었다. 그들은 다시 걷기 쉬운 길로 말을 몰고 갔다.

"차라리 혼과 맞서면 어떨까? 아니야. 어차피 넌 그와 맞서지 못할 거야. 매복 공격을 당할 테니까. 허치, 우리가 리틀홀에 마지막으로 갔던 거 기억하니?"

"우린 그저 애들이었지."

"하지만 우리는 여전히 매든이야. 아버지 덕택에 그곳에 자유롭게 드나들 수 있는 거라고."

햇살 아래 등이 따뜻했다. 말과 가죽에서 만족스러운 냄새가 풍겨져 나왔다. 하지만 다리에 관해서는 의사가 옳았다. 그 상태로 유타까지 가는 건 아무래도 무리였다.

아침이라서 말들은 힘에 넘쳤다. 달리고 싶어 안달을 부렸다. 허치는 이를 악물고 자신이 어느 정도까지 감당할 수 있는지 보기 위해 고삐를 느슨히 풀었다. 그러나 곧바로 신음하면서 고삐를 세게 잡아당겨야 했다. 말이 앞다리를 들고 버둥거렸다.

론이 옆으로 다가왔다.

"잘 안 되지?"

"유타까지 갈 수 있을지 모르겠어. 이렇게 천천히 달리다가는 겨울이 올 때까지도 가고 있을걸."

"그럼 어떻게 할 건데?"

"네덜란드로 돌아가서, 덴버에서 오는 기차를 타야지."

"기차는 리틀홀 근처에 안 가."

"러버스 루스트 근처까지는 가잖아. 거기 갈 때쯤이면 내가
말을 탈 수 있을지도 몰라."

"루스트까지 못 가. 중간에 톰 혼을 만나면 어떻게 할래?"

론이 신중한 목소리로 말했다.

"론, 넌 우리 가문의 도박사잖아. 모험 한번 걸어보자."

그 말에 론이 웃었다. 그는 혀를 차며 말머리를 돌렸다.

그들은 다리에 무리가 가지 않게, 동시에 남의 눈에 띄지 않
게 마을을 돌아 브랜디 와인까지 갔다. 코빈 스트로크가 광산
입구 근처 헛간에서 망치질을 하고 있었다.

"우릴 봤을까?"

"말발굽 소리를 들었을 텐데 올려다보지 않은 걸 보면 괜찮
은 것 같아."

"놀랍지 않아? 맥케이브의 딸과 결혼하다니. 그 여자 살짝
나사가 빠졌다던데."

허치슨 매든은 아무 말도 하지 않았다. 하지만 몇 마일을 가
는 동안 내내 브랜디 맥케이브만 생각했다. 덕분에 다리의 통
증을 어느 정도 잊을 수 있었다. 그는 치마를 벗은 그녀의 모습
을 상상했다.

하늘이 땅 주변으로 낮아지는가 싶더니 천둥이 우르릉거렸
다. 샤이는 브랜디의 어두운 방 창문 밖으로 하늘을 가르는 번

172

개를 지켜보았다. 그리고 뒤돌아서서 서로 얽혀 있는 거울의 손을 바라보았다. 청동 손에 번갯불이 희미하게 반사됐다.

만일 거울 때문에 존이 뇌졸중을 일으킨 거라면, 거울 앞에서 어슬렁거리는 건 바보짓인 셈이다.

'샤이, 브랜디는 네가 떠날 때 살아 있었어. 아흔여덟 살이었다고.'

물론 그녀의 할머니도 샤이가 너무 어려서 기억나지 않을 때 뇌졸중에 걸리긴 했다.

샤이가 불을 켜려고 몸을 돌렸을 때 빗줄기가 창문을 거세게 내리쳤다. 가까운 곳에서 번개가 번쩍이자 천장에 매달린 전구가 나가 있음에도 불구하고 방이 순식간에 환해졌다.

청동 손이 또 한 번 빛을 반사했다. 그러나 거울 유리는 밤처럼 까맸다. 마치 틀 속에 똬리를 틀고 있는 텅 빈 블랙홀처럼.

'유리가 청동보다 빛을 더 쉽게 반사하는 거 아닌가?'

그때 샤이는 방 안에 흐르는 전류를 감지했다. 마치 번갯불이 이글거리는 것 같았다. 또다시 우르릉거리는 뇌성이 시작됐다.

어두운 안개가 소용돌이치며 그녀를 바닥으로 잡아끌었다. 그녀는 넘어지지 않기 위해 거울 쪽으로 손을 뻗었다.

급강하하는 듯한 느낌. 샤이는 자신이 지금 엘리베이터를 타고 있는 게 아닌지 의심스러웠다. 잠시 후 다시 몸이 수직상승하기 시작했다. 그러나 몸 안에 있는 내장기관은 땅으로 자꾸만 떨어지는 것 같았다.

그녀는 자신이 왜 엘리베이터를 타고 있는 걸까 잠깐 동안 생각했다. 그리고 다음 순간 이번에는 큰 대자로 바닥에 엎어져 있음을 깨달았다.

쿵쿵거리는 굉음에 따라 바닥이 진동했다. 눈앞에서 빛이 획 지나갔다.

무릎으로 휘청거리며 일어나서, 곧바로 구토를 하기 시작했다.

그런 다음 자신이 게워놓은 것으로부터 떨어져 앉아, 소맷자락으로 입가를 훔쳤다.

그곳은 엘리베이터가 아니었다.

식은땀으로 범벅된 얼굴과 등이 따끔따끔했다. 손으로 바닥을 쓸자 축축한 풀이 만져졌다.

다시 굉음이 시작됐다. 엄청난 소음이 그녀의 감각들을 뒤흔들었다. 마침내 그녀는 울음을 터뜨렸다. 이번에는 눈부신 빛이 눈앞에서 번쩍였다. 굉음과 함께 또다시 찾아온 추락…… 발 밑에서 느껴지는 진동…… 그리고 아득하게 들리는 자동차의 경적소리.

'자동차! 난 돌아왔다!'

그러나 차가 다가왔다가 쏜살같이 지나쳐가자, 그녀는 너무 무서운 나머지 두 팔로 얼굴과 귀를 감쌌다.

하늘에는 별들이 떠 있었다. 그 사이에서 작고 빨간 불빛이 번뜩였다. 비행기였다.

샤이 가렛은 길 옆 도랑에 주저앉았다. 그녀는 당연히 진저브레드 하우스로 돌아갈 거라고 생각했다.

그녀는 리바이스 청바지와 셔츠를 입고, 테니스 슈즈를 신고 있었다. 머리는 동그랗게 말아 올린 채였다. 핀을 뽑자, 머리카락이 손가락을 타고 흘러내려 얼굴을 뒤덮었다. 혀로 더 들어보니 어금니 빠진 자리가 채워져 있었다. 제대로 된 몸으로 돌아왔다.

'하지만 여기서 뭘 하고 있는 거지?'

밤하늘을 배경으로 펼쳐진 플랫아이언과 익숙한 산세. 아래쪽으로 보이는 보울더의 번쩍이는 야경. 샤이는 스스로를 끌어안고 흐느꼈다.

그녀는 시내 북동부 쪽 도로 위에 앉아 있었다. 다시 차 한 대가 지나치면서 그녀의 감각을 뒤흔들었고, 폭력에 저항하듯 그녀의 몸에서 아드레날린이 솟구쳤다.

그녀는 일단 아무 집이라도 들어가서 집으로 전화를 해야겠다고 마음먹었다. 지나가는 차를 세워볼 수도 있었지만 용기가 나지 않았다.

'한동안 다른 곳에 다녀왔다고 문화적 충격을 겪는 걸까.'

브랜디의 세계는 이곳에 비하면 너무나도 조용하고 평화로웠다.

샛길로 들어가면 집들을 발견할 수 있을 것이라고 생각했다.

그녀는 한참을 떠돌아다닌 듯한 모양새를 하고 있었다. 온몸이 쑤시고 극심한 피로가 몰려왔다. 발도 아팠다. 누가 자동차에서 떠밀기라도 한 걸까? 아니면 샤이의 몸으로 되돌아올 때 받은 충격의 여파일지도 모른다.

이 순간 그녀는 자신이 한 번도 해본 적 없는 행동을 하고 싶어 미칠 지경이었다. 엄마에게 키스 세례를 퍼부으며 그 품에 푹 안기고 싶었다. 심지어 아빠에게도.

'한 시간 동안 뜨거운 물로 샤워를 하고, 속이 가라앉으면 당장 맥도날드로 달려가서 쿼터파운더와 감자튀김을 먹어야지.'

샤이는 조금 전 차가 지나가면서 남기고 간 충격이 사라지기를 기다렸다. 그녀는 자동차가 얼마나 고약한 냄새를 뿜어내는지 잊었었다. 그녀는 도랑을 따라 더듬더듬 걸었다.

'어서 지나가는 차를 잡아서 도움을 청해야지, 이 바보야! ……하지만 변태들이 타고 있으면 어쩌지?'

샛길로 들어서면서 그녀는 어두운 도랑을 벗어났다.

그녀의 머리는 온통 집 생각으로 가득했다. 샤이는 엄청나게 먼 거리를 걷고 또 걸어서 마침내 우편함이 있는 어떤 집의 진입차도에 도달했다. 그 끝에 서 있는 집은 캄캄했다.

'모두 잠들었나봐.'

그녀는 벨을 누르고 문을 두들겼다. 하지만 아무 대답도 없었다. 문은 굳게 잠겨 있었다.

그녀는 리바이스 청바지와 테니스화가 얼마나 편하고 유연한지 온몸으로 느끼면서 진입차도를 걸어 내려가 도로로 들어섰다. 그녀는 어깨를 타고 흐르는 머리카락 한 올을 집어 들었다. 달빛 속에서 은색 머리카락이 반짝였다. 그녀는 허치슨 매든을 생각했다.

다음에 도착한 집 역시 불이 꺼져 있었고, 입구에는 쇠사슬에 묶인 조랑말만 한 개가 으르렁거리고 있었다. 샤이는 계속 걸었다.

집이 꽤 띄엄띄엄 서 있었기 때문에 샤이는 자신이 꽤 오랫동안 걸었다는 걸 깨달았다.

자갈밭 길이었다. 샤이는 조그만 돌멩이 하나를 걸어찼다.

'자갈길 주변엔 집이 별로 없다는 걸 잊어버린 거야?'

만일 브랜디의 몸속에 있었다면 그 지칠 줄 모르는 다리를 맘껏 이용했을 것이다.

야옹거리는 소리에 그녀는 화들짝 놀랐다. 왼쪽 도랑에서 자루처럼 생긴 게 꿈틀거렸다. 그녀는 진저리를 치면서 계속 걸었다.

'샤이, 안 돼. 그 안에 뭐가 들었는지 이미 알잖아. 넌 네 문제만으로도 충분히 고달프다고.'

또 야옹 소리가 났다. 게다가 그 소리는 여러 개의 목구멍에서 나는 게 틀림없었다. 샤이는 당황스러웠다.

'이대로 놔두면 모두 죽고 말 거야.'

그녀는 발걸음을 돌려 무릎을 꿇고 자루의 매듭을 풀었다.

'왜 하필 나지?'

작은 형체들이 꿈틀거리고 있었다. 달빛 속에서 반짝이는 조그마한 눈망울들, 가슴을 쥐어짜는 애처로운 울음소리.

'나도 너희들처럼 엉엉 울고 싶어, 고양이들아.'

새끼 고양이들은 젖을 먹을 수도 없을 만큼 어렸다.

'이 애들은 어차피 죽을지 몰라. 게다가 난 바보고.'

하지만 샤이는 길을 잃는다는 게 무엇인지, 혼자라는 게 어떤 기분인지 잘 알았다.

'왜 나는 여태껏 차를 세우지 않은 거지?'

어디선가 들리는 또 다른 소리에 샤이는 또다시 한 번 깜짝 놀랐다. 염소 한 마리가 울타리 뒤 그늘 속에서 움직이고 있었다. 적어도 버려진 녀석은 아니었다.

염소는 도랑을 따라 그녀를 따라왔다. 마침내 눈앞에 집 한 채가 모습을 드러냈다. 그곳에도 사슬에 묶인 개가 있었다. 바로 옆에는 키가 크고 앙상한 하얀 나무들이 서 있었다.

샤이는 더 이상 우물쭈물하지 않기로 했다. 그녀는 너무 지쳐 있었다. 자루 속의 새끼 고양이들이 연신 울어댔다. 고양이들에게는 우유가 필요했다.

'이런 상황에서 어떻게 고양이들에게 신경 쓸 수 있지?'

그 집은 길에서도 한참 들어가 있었다. 그녀는 개를 주시하며 마당으로 걸어 들어갔다.

"도와주세요! 제발이요, 도움이 필요해요!"

마당의 불빛이 눈부셨다. 그녀는 눈을 가렸다. 다시 눈을 떴을 때, 개가 그녀와 너무 가까운 곳에서 어슬렁거리고 있다는 걸 깨달았다. 머리와 수염이 하얀 남자가 유리로 된 미닫이문을 살짝 열고 그녀를 내다보았다.

"도와주세요!"

그녀가 소리쳤다. 왜 그 오래된 농가에 현대식 유리 미닫이문이 있는 건지 궁금해 하면서…… 그때 다시 한 번 땅에서 어두운 안개가 올라와 그녀를 휘감았다.

16

목소리들이 안개를 뚫고 올라왔다.

"⋯⋯하지만 열은 없군요. 정말이지 이상한 병입니다. 브랜디가 이상하게 행동한다고 하셨죠?"

"네, 아주 먼 곳에서 온 사람처럼 행동했어요. 하지만 이 아이는 여길 떠난 적이 없거든요. 그리고 이걸 보세요. 이게 테이블에 펼쳐져 있었어요. 저도 아직 읽어보지는 않았어요. 일기장이니까요. 하지만 언뜻 글씨체를 보게 되었어요."

"글씨체가 좋지는 않군요."

"그건 브랜디의 글씨체가 아니에요, 선생님."

"결혼한 후 낯선 환경에 적응하기 힘든 데다 상을 당한 충격이 겹쳐서 그렇게 된 것일 수도 있습니다. 아니면 임신 초기 증상일지도 모르고요. 솔직히 저도 어떻게 말해야 할지 모르겠⋯⋯, 아, 브랜디가 정신이 드나봅니다."

샤이는 눈을 뜨려고 애썼다. 평생 그렇게 아픈 적은 처음이었다. 그러나 정신만은 또렷했다. 그녀는 또다시 자신이 원치 않는 방향으로 사건이 진행됐음을 깨달았다. 실망스러웠다.

그녀는 브랜디의 몸속에 누워 있었다. 뿌옇게 고인 눈물 사이로 소피와 낯선 의사의 모습이 비쳤다.

"토할 거 같아요."

"여기 양동이 있다."

소피가 양동이를 브랜디 얼굴 가까이에 대고 머리카락을 넘겨주었다.

"이렇게 정신없이 구토를 하다 보면 일시적으로 정신착란이 올 수도 있습니다, 맥케이브 부인."

의사가 속삭였다.

브랜디의 세계에서는 여전히 비가 내리고 있었다.

메이 벨은 드레스의 마지막 주름장식을 다린 후 그것을 옷장 속의 다른 아름다운 옷들 옆에 걸어두었다. 미스 해티의 집에서 일할 때는 직접 다림질할 필요가 없었다. 하지만 자기 방을 갖고, 주인 노릇을 하는 편이 훨씬 더 좋았다.

그녀는 만족스럽게 주위를 둘러보았다. 어여쁜 차받침과 전등갓, 안락한 의자와 침대. 메이 벨은 빨래를 해줄 브래너라는 젊은 여자를 구했지만, 다림질만큼은 믿을 수 없었다. 그리고 이제는 식사를 하러 나갈 때도 옷을 차려입어야만 했다. 미스 해티의 집에는 식당이 있었다. 하지만 그녀는 이곳을 더 좋아했다.

메이 벨은 독립적인 사람이었고, 사업은 1년 내내 석탄을 땔수 있을 정도로 번창하고 있었다.

다리미가 식자, 그녀는 그것을 판과 함께 구석으로 치웠다. 그리고 춥지 않았음에도 불구하고 가장 안락한 의자를 배불뚝이 난로 가까이로 끌어당겼다. 얼마 전 허치와 론이 자신의 비밀 장소에 맡겨둔 돈을 찾으러 오면서, 작은 상자 하나를 건넸다. 그녀는 그 상자에서 초콜릿 한 개를 꺼냈다. 그녀는 자기가 좋아하는 몇몇 선별된 고객들에게 은행 노릇 하는 걸 자랑스럽게 생각했다. 이자를 불려주지는 않았지만, 그렇다고 사기를 치거나 돈을 빌리지도 않았다.

한마디로 자기 사업을 시작한 후부터 살림살이는 상당히 좋아졌다. 쌍둥이의 여행길이 걱정되기는 했지만, 아이오와에서 궁상맞게 살았던 것에 비하면 그 정도 걱정쯤은 아무것도 아니었다.

그녀는 저녁식사를 위해 옷을 입어야 한다는 걸 알았지만, 미적거리면서 초콜릿 하나를 더 꺼내 먹었다. 허치에게 신의 가호와 행운이 있기를! 그녀는 장부를 펼쳤다. 장부에 계정들을 보태는 재미가 쏠쏠했다. 편지지 뭉치와 담배쌈지에도 손을 뻗었다. 오늘 밤은 다른 날보다 한층 느리게 지나갈 것 같았다. 춥지도, 배고프지도 않았다. 그녀는 담배를 피우고 장부를 정리한 뒤 내려갈 참이었다. 아이오와 농장을 생각하니 더욱더 이곳 생활이 만족스럽고 안락하게 느껴졌다.

메이 벨이 담배쌈지를 열자마자 계단이 부츠 무게에 눌려 삐걱대는 소리가 들렸다.

좋던 기분이 한순간에 사라졌다. 그녀는 꽤 상냥한 편이었지만 저녁을 먹기 전에 일을 하는 것은 용납할 수 없었고, 그것은 누구나 알고 있었다. 호텔에서 기어 나온 망할 여행객인 게지. 그녀는 종이와 담배, 장부를 협탁 서랍에 넣고 의자에서 반쯤 몸을 일으켰다. 그때 누군가가 문을 발로 차 열어젖혔다.

메이 벨은 단박에 그를 알아보았다. 한 번도 본 적은 없었지만, 쌍둥이가 떠날 때부터 그를 생각해왔기 때문이다.

그녀는 다시 의자에 주저앉아, 초콜릿 하나를 더 먹었다. 그리고 그것이 독한 위스키였으면 좋겠다고 생각했다.

그가 그토록 눈에 띈 것은 눈에 어린 광기 때문이었다. 그것은 예레미야를 생각나게 했다.

"내 이름은 톰 혼이오."

그는 한쪽 팔에 라이플 소총을 걸치고 서 있었다.

"매튼이라는 남자를 찾고 있소. 당신이 날 도와줄 수 있을 거라고 하던데."

깡마른 얼굴과 몸. 길쭉한 코. 독기로 가득 찬 부리부리한 눈. 그녀에게 "망할 년"이라고 말할 때의 예레미야도 저런 눈빛을 하고 있었다. 똑같은 말을 내뱉는 아버지 역시 저런 눈빛을 번뜩였다. 열두 살 때 어머니가 죽자 그녀는 졸지에 일곱 남매를 책임지는 소녀 가장이 됐다. 그때부터 메이 벨은 늘 망할 년이었다. 그녀가 열네 살이 됐을 때, 아버지는 그녀를 예레미야에게 시집보냈다. 그것은 신의 뜻이었고, 아버지는 돈이 필요했으며, 곧 혼기가 다가오는 여동생이 기다리고 있었기 때문이다. 그러나 그로부터 오랜 시간이 흐른 뒤에도, 그런 눈빛을 한 남자의 눈은 똑바로 마주보기 힘들었다.

이제 곧 이 남자는 '두 명의 나쁜 남자'를 죽일 것이고, 그럼으로써 '좋은 남자'가 될 것이다. 나무 뒤에서 기다렸다가 그들의 등에 대고 총을 쏠 것이다.

"허치 매튼은 범죄자가 아니잖아요."

그녀가 용감하게 말했다. 허치는 톰 혼 같은 남자에 비하면 정말이지 아무것도 아니었다. 그가 과연 용돈이나 벌자고 여기까지 말을 타고 왔겠는가.

톰 혼은 그녀의 얼굴을 잡아먹을 듯이 쳐다보며 꼼짝도 하지 않았다. 눈조차 깜빡이지 않았다. 짙은 머리카락 한 다발이 굽실거리며 넓은 이마에 달라붙어 있었다.

"당신은 허치를 잡으러 다닐 권리가 없어요."

얇은 네글리제가 축 처진 가슴 위로 들러붙었다. 두려움 때문에 가슴골 부분에서 땀이 솟았다. 이내 그 부분이 끈적끈적해졌다.

그는 방 안의 향수냄새가 마음에 들지 않는다는 듯 코를 찡긋거렸다. 덩달아 콧수염이 실룩거렸다. 누군가가 저 자에게 '망할 여자'들을 없애버리라고 돈을 쥐어줬으면 어쩌지?

아무리 숨을 깊이 들이마셔도, 산소가 부족한 것처럼 어지러웠다.

"허치는 리틀홀에 갔어요. 당신은 그를 잡지 못할 거예요."

하지만 소문에 의하면 그는 몇 주를 기다려서라도 사냥감을 꼭 잡고야 만다고 했다. 그는 허치가 리틀홀에서 빠져나올 때까지 기다릴까? 메이 벨은 죄책감으로 마음이 아팠다. 하지만 여자 혼자 뭘 어쩐단 말인가?

그는 마침내 눈을 한 번 깜빡였다. 그러고는 문설주에 몸을 살짝 기댔다.

"그 작자가 범죄자가 아니라면 왜 범죄자들의 은신처로 갔지?"

"당신을 피하려고요."

"그 말대로라면 누군가 그자에게 경고를 했다는 거군."

그는 총을 천천히 들어 올려 그녀의 머리를 조준했다.

"덴버에서 온 사람이라고 했는데 누군지는 몰라요."

"누구라고?"

그가 되물었다. 그의 목소리는 체구만큼이나 가늘었다.

메이 벨은 자신을 겨누고 있는 까만 총구멍을 노려보았다.

"그의 이름은 머피예요. 내가 아는 건 그게 전부예요."

갑자기 톰 혼이 몸을 돌렸다. 순식간에 문가가 텅 비었다. 계단을 밟고 내려가는 그의 부츠 소리가 들렸다.

그녀는 씨근거리며 비틀비틀 문가로 걸어가서, 문을 잠그고 손잡이 밑에 의자를 받쳤다.

그러고는 술잔에 위스키를 따랐다. 너무 급히 입에 갖다 대는 바람에 잔 끝이 이에 부딪쳤다.

그녀는 떨리는 손으로 담배를 말다가 그만 힘없이 떨어뜨리고 말았다. 담배가 선명한 빨간색 양탄자 위로 떨어졌다.

"허치, 미안해……."

샤이와 브랜디는 심하게 앓았다. 소피와 노라와 엘튼이 번갈아 가며 그 곁을 지켰고, 날마다 의사가 찾아왔다. 브랜디가 인후통과 열병에 걸리자 사람들은 오히려 안도하는 기색이었다.

브랜디의 몸은 두 번째 바꿔치기를 견뎌내지 못했다. 거울 앞에서 여러 날을 지새운 것도 요인이 됐을 것이다. 샤이는 보울더 동쪽의 도랑에 있을 때 자신의 몸이 얼마나 아팠는지 기억해냈다. 시간과 육신을 뒤바꾸는 것은 누가 봐도 위험한 시도였다. 다시 시도하기 전에 힘을 모아야 했다.

처음에 샤이는 너무 기력이 없는 나머지 자신이 누구로 남게 됐건 상관할 기분이 아니었다. 하지만 몸이 회복됨에 따라,

지금까지 일어난 일과 앞으로 해야 할 일들에 대해 다시 생각하기 시작했다.

그녀의 몸이 그 도랑에 가 있었던 건 브랜디가 그곳으로 갔기 때문일 것이다. 무슨 일이 벌어진 걸까. 샤이가 자신의 시대로 잠깐 돌아가 있는 동안, 브랜디는 이곳으로 돌아와서 소피가 말한 대로 '이상하게' 행동했을 것이고 '먼 곳에서 되돌아온 것처럼' 말했을 것이다. 거울은 두 영혼을 바꿔놓았다. 샤이가 이 시대에 갇혀 있는 동안, 브랜디는 샤이의 세계에 갇혀 있던 것이다.

'내게 이곳의 생활이 생소한 만큼, 할머니에게도 그곳이 생소하겠지? 그런데 할머니는 마렉 와이어와 결혼했을까?'

회복기 동안 샤이는 계획을 세웠다.

"어머니가 제 일기에 대해 말하는 걸 들었어요."

어느 날, 그녀가 소피에게 말을 건넸다.

"읽지는 않았다. 앞으로도 읽지 않을 거고. 우연히 글씨체를 보게 된 것뿐이야."

"너무 급해서 휘갈겨 쓴 것뿐이에요."

"알아, 브랜디. 신경 쓰지 마."

소피는 딸의 말을 믿고 싶었지만 믿을 수 없을 것 같기도 했다.

"어쩌면 이 병은 우리가 생각하는 것보다 더 오래 전에 시작된 건지도 몰라."

그녀는 아침식사 쟁반을 들고 일어섰다.

"아프기 시작한 날 밤을 빼고, 네가 나를 어머니라고 부르는 걸 듣지 못했다."

그녀의 입술이 떨렸다.

"이제 더 이상 나를 소피라고 부르지 말아다오."

"안 그럴게요, 어머니."

'모범적인 딸 노릇을 할게요.'

"스트로크와 결혼시킨 것 때문에 아직도 날 용서하지 못한 것 같구나. 하지만 너도 알잖니. 결혼을 밀어붙인 건 네 아버지였어."

소피를 보니 또다시 레이첼이 떠올랐다.

'엄마가 태어나기도 전에, 엄마와 엄마의 할머니를 비교해 보는 건 정말 이상한 일이야. 두 사람의 비슷한 특징이나 표정을 보게 되다니.'

레이첼은 허치 매든을 닮은 구석이 별로 없었다. 지금 보니 오히려 소피와 더 비슷했다.

어느 날 엘튼이 이런 말을 건넸다.

"브랜 누나, 아버지가 돌아가셨으니 스트로크와의 문제를 해결할 수 있을지도 몰라. 이혼이 쉽지 않다는 건 알아. 하지만 우리가 브랜디 와인을 포기하겠다고 하면……."

"아니, 엘튼. 난 몸을 추스르는 대로 코빈에게 돌아갈 거야."

'네 어머니는 눈치가 너무 빨라. 여기서 이 가면놀이를 하고 있을 수는 없어.'

"스트로크하고 살고 싶다고?"

엘튼 역시 다른 남자들처럼 짧은 머리 스타일을 고수하고 있는 탓에 두 귀가 다 자라지 못한 날개처럼 튀어나와 있었다.

"스트로크를 사랑하게 된 거야?"

"그래."

샤이는 엘튼의 눈을 똑바로 쳐다보며 거짓말을 했다. 하지만 완전히 거짓말은 아니었다. 성적인 무감각함을 제외하면 그녀는 정말로 코빈을 좋아하고 있었다.

"그 산골마을 오두막에서 겨울을 보낼 생각을 해봐."

'물론이지. 휴우. 하지만 그 거울만 가져갈 수 있다면 겨울이 오기 전에 돌아갈 수 있을지도 몰라. 게다가 그곳 사람들이 아는 브랜디는 나뿐이라고. 이곳에서처럼 진짜 브랜디와 비교당할 일은 없지.'

"누나 결혼하고 많이 변했어. 이제 누나를 잘 모르겠어. 난 누나랑 스트로크가 최악의 결합이라고 말하고 다녔는데, 뭐 누나가 행복하다면…… 안심이 되기도 하네."

그가 눈을 굴리며 한숨을 내쉬었다.

"난 행복해. 그러니까 걱정 마."

"난 누나가 비참할 거라고 상상했었어. 심지어 맞고 살지도 모른다고 생각했지. 그런데 행복하다니. 기다려 봐. 내가 어머니한테 그 말 전해줄게."

엘튼이 그녀의 뺨을 두드렸다.

그가 나가자 샤이는 증오에 찬 눈으로 손 위에 웅크리고 앉아 있는 웨딩거울을 노려보았다.

도라 K가 자신에게 할당된 침대를 정리한 후 더러워진 커버를 들고 뒤 계단으로 내려오는데, 호텔 주인이 그녀를 불러 세웠다. 주방 일을 거들라는 명령이었다. 앤틀러 호텔은 일요일마다 콜로라도에서 가장 맛있는 닭요리를 제공했기 때문에, 일요일에 그런 주문은 흔했다.

색다른 일을 즐기는 도라 K는 닭요리 접시와 김이 모락모락 나는 매시드 포테이토 그릇을 나르며 친구를 맞이하듯 손님들을 맞았다.

앤틀러의 특별한 손님 중 한 명인 홀링스워스 맥레오드 씨가 물 잔을 들어 그녀에게 신호를 보냈다. 그녀는 고개를 끄덕이며 물 주전자를 들고 종종걸음을 쳤다. 맥레오드 씨는 항상 구석 자리에 앉아서 누군가와 사업 얘기를 나누곤 했다.

"이제, 권력이 중요하다네, 해리."

도라 K가 물 주전자를 들고 갔을 때 그는 맞은편에 앉은 남자에게 이렇게 이야기하고 있었다.

"협곡이 자연 붕괴되면, 네덜란드에 저수지를 건설하게 될 걸세…… 어, 아주머니. 지금 테이블에 물을 붓고 있잖아요."

"아이고, 죄송합니다, 선생님."

도라 K는 주전자를 바로잡고, 물이 흥건한 테이블 커버 위를 손으로 닦아냈다.

"저수지라고 허셨지요, 맥레오드 씨? 여기 네덜란드에 말이여요?"

"예, 아직 계획 단계이지만요. 자금을 모으려고 하는데……."

"저수지. 그럼…… 새아기가 돈 게 아니구먼."

"뭐라고요?"

"갸는 앞날을 보는겨. 오, 감사합니다. 맥레오드 씨. 감사헙니다."

샤이는 뒤를 돌아보았다. 덮개에 싸인 웨딩거울이 사륜 짐마차 뒤에 엎어져 있었다. 샤이는 브랜디의 방에서 거울을 옮기기 전 그것에 덮개를 씌워야 한다고 강력하게 주장했었다. 거울이 사람들을 해칠까봐 불안했기 때문이었다. 거울 옆에는 브랜디의 옷이 담긴 트렁크가 놓여 있었다. 상중이기 때문에 옷들은 하나같이 검은색 일색이었다.

소피는 그녀가 거울을 가져가는 게 썩 내키지 않았지만, 결국 그것이 브랜디의 물건임을 인정할 수밖에 없었다. 엘튼과 마찬가지로 소피도 자기 딸이 남편에게 돌아가기를 원하자 적잖이 안도했다.

샤이는 집을 떠나기 전 소피에게 돈이 필요하다고 말했고, 그래서 지금 그녀의 지갑은 꽤 두둑했다. 육신을 뒤바꾸는 일을 시도하기 전에, 그 돈으로 도라 K와 진짜 브랜디를 위해 오두막을 단장할 참이었다.

전보다 강하고 자신 있는 모습으로, 샤이는 네덜란드로 향하는 협곡을 달렸다. 하지만 속으로는 아주 짧은 시간 동안 자신의 세계에 머물렀다가 브랜디의 세계로 되돌아온 것에 대해 절망하고 있었다. 그것을 견디느라 여행의 더딘 속도에 신경 쓸 겨를이 없었다.

동시에 그녀는 코빈에게 말을 붙여보려고 애썼다. 광산과 도라 K, 사무엘, 팀 펨버시에 대해 이것저것 물었지만 오히려 그는 거북해했다. 단답형 대답만이 돌아올 뿐이었다.

정오 무렵이 되자 그녀는 더 이상 참을 수가 없었다.

"코빈, 대체 왜 그래요?"

"아무것도 아니요."

"당장 마차 세우고 얘기해요."

그녀가 그의 모자를 뒤로 밀치고 그의 얼굴을 똑바로 쳐다보았다.

"어서요."

"내가 잘못한 건 인정하오. 하지만…… 착한 여자들은 그렇게 행동하지 않아요."

그의 귀가 새빨개졌다. 그가 혼란과 고뇌가 뒤섞인 눈빛으로 그녀를 바라봤다.

샤이는 그가 그날 밤 일을 말하고 있다는 것을 알아차렸다. 코빈은 브랜디에게 욕망을 느꼈지만, 그날 밤 그녀의 행동에 대해 적잖이 충격을 받았던 모양이다.

"당신이 착한 여자들에 대해 그렇게 잘 안다고 확신해요?"

'당신은 완전히 구닥다리예요.'

"내 말은 착한 여자랑…… 은밀한 것들에 대해 얘기해본 적이 있냐고요."

"물론 없소!"

"그럼 당신이 어떻게 알죠? 난 처녀였어요. 안 그래요?"

"하지만 착한 여자라면 강렬한 열정을 억제해야 하오."

그가 귀가 실룩거릴 만큼 이를 꽉 깨물었다.

"여자들만요? 남자들은 아니고요? 착한 여자들은 그냥 가만히 누워서 처분만 기다려야 되나요?"

"브랜디……."

"몸을 움찔거리거나 즐기기라도 하면 나쁜 여자가 되는 건가요? 하지만 남자들은 열정을 억제하지 않고 실컷 즐기잖아요."

"남자들은 그래야 해요. 안 그러면 아이를 잉태할 수 없잖소."

"세상에! 살다 살다 이렇게 말도 안 되는 소리는 처음 들어

보네요. 지금 누가 애들에 대한 얘기를 하고 있나요?"

"브랜디, 그 둘을 따로 떼어놓고 생각할 수는 없는 법이오. 하나가 자연스럽게 다른 하나를 따르는 거요."

"그렇다면 왜 매춘부들은 임신하지 않죠?"

"더 이상 이런 얘기는 하지 않겠소."

그가 격분한 나머지 고삐로 말 엉덩이를 거칠게 내리쳤다.

"내 말 알겠소?"

"알아 모시죠."

샤이는 불만이 섞인 한숨을 내쉬었다. 그녀는 네덜란드에 도착할 때까지 단 한마디도 하지 않았다.

중심가에 도착했을 때, 그들은 군중들에 막혀서 더 이상 앞으로 나아갈 수 없었다. 이상하리만치 고요한 기운이 감돌았다. 그녀는 마차에서 일어섰다. 군중 한가운데에 노새 한 마리가 있고, 그 등 위에 거적으로 덮인 뭔가가 얹혀져 있었다. 사람의 시체였다. 거적 밑으로 부츠가 보였다. 발꿈치가 하늘을 향하고 있었다. 샤이는 충격을 받았다.

"무슨 일이요?"

코빈이 군중들 언저리에 서 있는 남자에게 물었다.

"윌리스 영감이 저 아래 냇가에서 죽은 사람을 발견했어요. 등에 총을 맞았소."

"누군지 아시오?"

"말만 해봤소. 살롱에서 만났던 남자요. 덴버에서 왔다고 했는데, 이름이 머피였소."

그 남자는 불편한 듯 말을 얼버무리더니 주위를 둘러보았다.

"누군가가 그러던데, 혼이 이 남자를 쫓아왔다고 하더군."

"그럼 범죄자겠군. 죽어도 싸."

코빈이 옆길로 마차를 몰아 다리로 향했다.

"혼이 누구죠?"

"톰 혼. 그 사람 얘기는 들어봤을 텐데. 범죄자들을 법정에 보내는 것으로 만족하지 못하는 일인 자경단원이요."

"그건 불법이잖아요. 그 남자는 살인죄로 재판을 받아야 하는 거 아닌가요?"

"하지만 톰 혼은 결코 증인을 남기지 않지. 지금쯤 아주 멀리 갔을 거요."

오두막 입구에서 닭 튀기는 냄새가 솔솔 풍겼다. 도라 K는 눈물을 글썽이며 그녀를 맞았다.

"어서 와라, 아가. 니가 없어서 적적혔다."

코빈이 그녀의 트렁크를 다락으로 가져갔다. 그녀의 방에는 다른 물건을 둘 공간이 없었다.

팀 펨버시가 거울 내리는 것을 도와주었다. 샤이는 남자들이 거울을 내리는 동안 문을 붙들고 서 있었다. 그때 그들의 손에서 덮개가 미끄러지며 거울이 드러났다.

짧은 환영이 스쳐 지나갔다. 하지만 결혼식 첫날밤 테이블에서 고기파이를 먹다가 기절했던 것과 같은 일은 일어나지 않았다.

그녀는 긴 치마를 입고 머리에 스카프를 두른 자신의 모습을 보았다. 자신이 염소를 향해 팔을 뻗고 있었다. 그 뒤로 나무껍질과 잎이 하얗게 바랜 나무 한 그루가 서 있었다.

"브랜디, 어디가 불편하오?"

코빈이 덮개를 씌우고 그녀에게 달려왔다.

"아니에요. 괜찮아요. 그저 조금 피곤할 뿐이에요."

'브랜디가 왜 그 농가에 있는 거지?'

"새아기가 안 피곤허게 우리가 신경 써야 혀."

도라 K가 그녀를 벤치로 데려갔다.

"야는 지독허게 아팠으니께."

거울을 놓을 수 있는 유일한 공간은 거실 한 귀퉁이뿐이었다.

코빈은 말과 마차를 돌려주기 위해 밖으로 나갔다. 도라 K는 돌아서서 마저 닭을 튀겼다. 팀이 거울에서 덮개를 걷어냈다.

"팀, 안 돼요!"

"숭물스럽구먼."

도라 K가 놀라서 쳐다보았다.

"그래서 덮개를 씌워두려는 거예요."

"보지도 않을 거울을 뭐허러 둔다니?"

그때 팀 펨버시의 얼굴이 하얗게 질렸다.

"이 거울…… 센트럴 시티에 사는 우리 형님 집에서 본 것 같은데."

샤이가 덮개를 재빨리 덮었다.

"저 거울이 그 집안에 평지풍파를 일으켰지. 그래서 형님은 거울을 놔두고 그 집을 떠났어. 그 가족은 그걸 만지기도 두려워했지."

"어째서 거울이 평지풍파를 일으켰다는 거죠?"

샤이가 초조하게 손가락으로 덮개를 두드리며 태연한 척 물었다.

"막내가 거울에서 이상한 것을 봤어요. 그때부터 그 아이가 이상해졌소."

"뭘 봤는데요?"

"말해주지 않았으니 나는 모르지. 하지만 이 거울을 집에 두는 건 반대요."

"그건 사돈어른의 선물이여. 어떻게 허는 게 좋은지는 브랜디가 잘 알 것이여."

도라 K가 일단락을 지었다.

"그런데 홀링스워스 맥레오드 씨가 네덜란드에 지을 거라는 저수지 얘기는 들어봤다니?"

그녀가 닭고기를 접시에 옮겨놓으며 샤이에게 눈짓을 했다.

17

샤이는 앤틀러 호텔이 여름에만 문을 연다는 사실을 잊고 있었다. 그녀가 오두막으로 돌아온 시점은 도라 K가 그해의 마지막 일을 끝낸 지 일주일이 채 안 됐을 때였다. 샤이는 하루 종일 그 콘월 여인과 함께 있어야 했다. 거울을 가지고 뭔가를 하기는 힘든 상황이었다.

샤이는 외출 허락도 받지 않은 채 잡화점에 가서 흰색과 빨간색이 섞인 옥양목을 샀다. 그런 다음 도라 K에게 커튼 만드는 것을 도와달라고 부탁했다. 샤이는 바느질에 서툴렀다. 그녀가 꿰매놓은 건 꼭 어린아이가 한 것처럼 보였다.

두 사람은 천 조각들을 돌돌 말아 한데 엮어서 거실에 깔 커다란 양탄자를 만들었다. 샤이는 소피가 테이블보용으로 보내준 천들에 감침질을 했다. 오두막은 날이 갈수록 달라졌다.

그녀는 텃밭 작물들을 창고로 운반했고, 소시지를 동굴에 매다는 것을 도왔다. 도라 K는 참을성 있게 샤이에게 모든 것을 하나하나 가르쳤다.

거울은 거실 구석에 조용하게 서 있었다. 덮개를 덮어놓았어도 그 존재감은 방의 분위기를 미묘하게 바꿔놓았다. 집에

혼자 있을 기회가 생길 때마다, 그녀는 덮개를 벗기고 그 앞에
서 있곤 했다.

코빈은 오로지 잠을 자고 밥을 먹기 위해서만 집에 왔다. 그
는 샤이를 애써 무시하려 했다.

차가운 바람이 서쪽에서 불어왔다. 언덕 위에 높이 솟은 미
루나무가 사랑스러운 금빛으로 변할 때쯤 코빈은 마을에서 석
탄을 가져왔다. 샤이와 도라 K는 베란다에 앉아 누비이불을
만들기 위해 바느질을 했다. 그 콘월 여인은 죽는 순간 사랑하
는 사람에게 나타난다는 유령에 대해 이야기했다.

"울 할머니한테도 일어난 일이여."

그녀의 할머니는 세상에서 일어나는 모든 일을 겪은 것만
같았다.

"할머니는 밤늦게까지 돌아오지 않는 삼촌을 걱정하면서 누
워 있었재. 달빛 때문에 날이 훤한 날 침대에서 일어나 창밖을
내다보는디, 삼촌이 집으로 걸어오고 있었어. 할머니는 문가
로 가서 문을 열었는디, 거긴 아무도 없었어. 조금 있다가, 사
람들이 삼촌을 데려왔는디…… 삼촌은 죽어 있었어. 달리는
마차에 치여서 말이여."

"정말로 삼촌이 할머니에게 나타났다고 믿으세요? 죽는 순
간에 말이에요."

"당연허지."

그녀는 바느질감을 내려놓고 샤이를 쳐다보았다.

"스무 살이나 된 처자가 요리며 바느질이며 음식저장이며
헐 줄 아는 게 아무것도 없는 것보다야 그게 훨씬 더 이해허기
쉽재."

그녀가 조용하게 말했다.

인디언 서머가 지나갈 즈음, 거울에 대한 샤이의 확신도 사라졌다. 그녀는 다리를 타고 올라오는 한기와 싸우기 위해 북실북실한 양모 속옷을 입었다.

시에튼 박사는 사무엘 윌리엄스를 설득해서 협곡 밑에 있는 요양소로 보냈다. 그의 집은 세를 놓았다.

어느 토요일 밤 그녀는 잠에서 깨어 코빈과 도라 K가 이야기하는 소리를 들었다. 그는 '무허가 술집'에서 방금 돌아온 모양이었다. 도라 K는 살롱을 그렇게 불렀다.

"여길 좀 둘러봐라. 브랜디가 집을 어떻게 꾸며놨는지 안 보인다니?"

"어머니와 브랜디가 꽤 예쁘게 해놓았군요."

그의 말투에 약간의 빈정거림이 섞여 있었다.

"브랜디는 둥지를 지은 거여. 이제 브랜디에게는 아기가 필요혀."

"브랜디는 새가 아니에요. 그리고 그래선 안 되는 거 아시잖아요."

"내가 저수지에 대해 얘기 안 혔냐. 갸는 미친 게 아니여. 앞날을 내다보는 것뿐이재. 그리고 그건 갸도 어쩔 수 없는 일이잖어."

"브랜디가 언제 어디서 저수지 얘길 했죠?"

"초원에서. 너한테도 똑같이 말혔다믄서."

"맥레오드 씨는 바커 초원이 아니라 설파이드 평원에 땅을 사기로 계약했대요. 오늘 밤 들은 얘기예요."

코빈이 계단을 비틀거리며 올라왔다.

"하지만 아직 지어진 건 아니잖아."

샤이는 설파이드 평원이라는 곳을 몰랐다. 들어본 적도 없었다. 그녀는 차가운 침대 위에서 몸을 뒤척였다. 그리고 마침내 잠이 들었을 때 꿈속에서 레이첼을 만났다. 그녀는 엄마를 그리워하며 잠에서 깨어났다. 눈물을 흘리지는 않았지만 가슴속이 타는 듯 뜨거워졌다. 왜 이렇게 약해지는 걸까. 왜 이렇게 아이같이 응석을 부리고 싶은 걸까. 엄마와 함께 있는 동안 두 사람은 결코 잘 지냈다고 할 수 없었다. 아버지와 마렉, 친구들에 대한 추억은 여전히 즐거웠다. 하지만 샤이는 유독 엄마에게만 병적으로 집착하고 있었다.

첫눈이 밀가루처럼 흩날리는가 싶더니 다음날 햇살 아래서 형체도 없이 사라졌다. 미루나무에서 황금빛 낙엽이 떨어졌다. 적어도 일주일에 한 번은 펨비시가 저녁을 먹으러 집으로 왔고, 식사를 하면서 절반 정도는 어깨 너머로 웨딩거울을 힐끔거렸다. 그는 형님 가족이 센트럴 시티로 이사했을 때 이미 거울이 그곳에 있었다고 했다. 그리고 전에 살던 사람이 그것을 크리플 개천에 있는 '멋진 집' 밖의 쓰레기 더미에서 발견했다는 얘기를 들었다고 했다.

도라 K가 바느질할 천 조각이 바닥났다. 동시에 샤이가 정신을 집중시킬 수 있을 만한 일감과 인내심도 바닥을 드러냈다. 그녀는 소피가 보내준 책을 모두 읽었다. 나중에 베스트셀러 목록에 오르는 책은 한 권도 없었다.

샤이가 누비이불과 양탄자를 만든다며 새 옷감을 사서 조각을 내놓는 바람에 도라 K가 펄펄 뛰었다. 어느 날 아침 그녀는 창문에서 쓰레기 더미를 뒤지고 있는 진짜 야생 곰을 보았다. 그녀는 그 광경을 보고도 꼼짝도 할 수 없었다.

그녀는 몇 시간 동안 가만히 기다렸다가 곰이 사라진 후에야 물을 뜨러 샘으로 갔다. 그녀는 곰이 육중한 몸집으로 나무들 사이를 쿵쿵거리며 돌아다니고 막대기를 부러뜨리는 소리를 조용히 들었다.

길을 되짚어 오두막에 돌아올 때까지 샤이는 아무것도 보거나 듣지 못했다. 그녀가 옥외 화장실 근처에 다다랐을 때, 갑자기 나무들이 약간 기울어져 보이기 시작했다. 익숙한 느낌이 그녀를 힘껏 잡아당겼다. 옅은 안개가 땅에서 올라오더니 그녀의 전신을 감쌌다.

전처럼 그것에 저항하는 대신, 샤이는 안개 속으로 몸을 던지려고 했다. 하지만 안개가 너무 옅어서 샤이는 안개 속으로 추락하는 대신 땅에 세게 부딪쳤다. 양동이가 나동그라졌다. 물이 쏟아지는 바람에 주변 땅이 짙은 색으로 얼룩졌다.

머리가 어질어질했다.

머리카락을 땋은 젊은 여자가 몸을 앞으로 구부리면서 뭐라고 중얼거리는 영상이 희미하게 떠올랐지만 샤이는 한마디도 들을 수 없었다. 그녀의 머리 위로 현대식 가로등이 보였다. 하지만 그 여자의 몸 너머로는 나무와 양동이가 보였다. 여자는 투명한 필름지로 만들어진 것 같았다.

구역질…… 진땀…… 샤이는 안개 속으로 더 깊이 내려가려 애썼지만, 끌어당기는 힘은 점점 더 약해지기만 했다. 여자는 차갑고 축축한 공기에 녹아버린 것처럼 희미해졌다.

길 위에 쓰러져 고통에 떨고 있는 그녀를 발견한 것은 코빈이었다. 그는 그녀를 침대로 데려갔다. 그녀는 곧 몸을 회복했고, 웨딩거울은 여전히 덮개에 싸인 채 거실 구석을 차지하고 서 있었다.

시간의 이쪽 자락에서는 일이 제대로 안 풀렸는지 모르지만 저쪽에서는…… 그녀의 할머니는 유리 미닫이문이 있는 농가를 떠나 거울이 있는 진저브레드 하우스로 돌아간 게 분명했다. 하지만 환영 속에서 본 여자는 샤이 가렛이 아니었다. 히피 같은 옷차림을 한 낯선 여자였다.

분명한 것은 이번 현상이 시간의 저쪽 자락에서 먼저 시작됐다는 점이었다. 브랜디가 무엇 때문에 일을 완수하는 것에 실패했는지 몰라도 그것은 샤이에게 새로운 희망을 안겨주었다. 몸이 다시 바뀔 날이 가까워졌다는 희망을.

바람소리가 짐승처럼 울부짖었다. 진정한 겨울이었다. 오두막 밖에 눈이 쌓였다. 코빈은 집에 머물면서 물긴들을 저장해 둔 동굴까지 길을 냈다. 그리고 읽을 줄도 쓸 줄도 모르는 어머니에게 브랜디의 책을 읽어주었다. 덩치 큰 남자가 집에 있으니, 오두막은 숨 쉴 공간조차 없어 보였다. 다행스럽게도 토요일 밤마다 그는 살롱을 찾아 집을 나섰다.

눈보라가 유난히 강한 어느 토요일 밤, 도라 K는 그에게 오늘만큼은 집에 있으라고 애원했다. 그 즈음 샤이는 그에게 거의 말을 하지 않았다.

그러나 그는 떠났고, 두 여자는 화덕 문을 열어놓은 채 그 앞에 앉았다. 날씨가 너무 추워서 침대로 갈 수조차 없었다. 벽의 틈새로 눈발이 스며들었다. 어느새 눈이 바닥에 설탕처럼 소복하게 쌓였다.

그들은 한 시간 가량 조용히 앉아서 살을 에는 듯한 바람 소리에 귀를 기울였다. 그때 갑자기 샤이가 벌떡 일어섰다. 그녀는 거울 앞으로 뚜벅뚜벅 걸어가 덮개를 홱 열어젖혔다.

"어여 화덕 앞으로 와, 아가."

"어머님, 지금부터 제가 하는 말이 저에 대한 어머니의 믿음을 흔들어놓을 걸 알아요. 하지만 어머님은 제가 마음을 털어놓을 수 있는 유일한 사람이에요. 진짜 브랜디가 돌아오게 된다면 어머님을 필요로 할 거예요."

"브랜디는 닌디, 뭔 소리다니?"

"아니요. 전 샤이 가렛이에요."

거울 앞에 서서 그녀가 말했다. 랜턴 불빛이 방 구석구석에 그림자를 만드는 동시에 청동 손에 흐릿한 광채를 부여했다. 바람소리가 음산하게 깔렸다. 샤이는 천천히 입을 열었다. 브랜디의 목구멍과 얼굴 근육이 긴장으로 수축됐다. 하지만 얘기를 끝마쳤을 때 그녀는 후련함을 느꼈다.

그녀는 다시 화덕 앞으로 돌아갔다. 도라 K는 석탄을 쑤석인 다음 그 위에 찻주전자를 올려놓았다.

"제 말을 믿지 않으시는군요."

콘월 여인은 고개도 들지 않은 채 두 개의 그릇에 빵을 쪼개 넣고 허브를 뿌렸다.

"믿기 힘들구먼."

"어머님은 온갖 이상한 얘기들을 믿으시잖아요. 도깨비며 유령이며. 전 어머님이 제 말을 이해해줄 수 있는 유일한 사람이라고 생각했어요."

"머리가 어지럽다."

그녀가 생각에 잠긴 듯 거울을 올려다보았다.

"네가 몰라야 헐 걸 알고, 알아야 헐 건 모르는 게 저 물건과 상관이 있는지도 모르겠구먼."

그들은 뜨거운 수프를 먹으며 다시 바람 소리에 귀 기울였다.

"넌 크고 좋은 집에 익숙헐 테니께, 여기서 보내는 첫 겨울이 끔찍허겄지. 오두막도 추운데, 내내 여기서 갇혀 지내야 허니까 말이여. 안 그려?"

도라 K가 물었다.

그러나 샤이는 방금 전 자신이 꺼낸 이야기를 인내심을 가지고 다시 이어갔다. 부족한 설명을 보충하려고 노력하면서.

도라 K는 스며들어온 눈이 녹으면서 생긴 물을 걸레로 닦았다.

"허지만 어떻게 거울이 그런 짓을 헌다니?"

"저도 잘 몰라요. 내부분의 시간에 거울은 꿈쩍도 안 해요."

"그러니까 사돈어른이 죽기 전에 거울 애길 혔단 말이다니?"

"거울이 있는 방에서 뇌졸중을 일으키셨대요. 거울이 그 사건과 어느 정도 관계가 있는지는 모르지만, 조심해야 할 것 같아요."

"흐음……."

도라 K는 거울에 덮개를 덮었다.

"그러니까 니는 이렇게 허는 게 도움이 된다고 생각헌다는 말이다니?"

"그것도 잘 모르겠어요. 하지만 그러기를 바라는 거죠."

"그럼 니가 말허는 레이첼이 코빈 딸이다니? 그렇담 뭐가 문제다니?"

"그런데 가족사에 코빈이라는 이름은 없었어요. 제 기억이 맞다면요. 하지만 엄마가 도라 K에 대해서 말한 건 기억이 나거든요. 좋은 기억을 간직하고 계셨어요."

"그럼 네가 코빈을 버린다니?"

"만일 그렇다면…… 제 말은 브랜디가 그렇다면…… 왜 엄마가 도라 K를 알고 계셨을까요?"

샤이가 안타깝게 대답했다.

"……결국 코빈이 나보다 먼저 죽는다는 말이구먼…… 니는 그게 언제인지 알……."

"몰라요. 이런 말씀드린 거 정말 죄송해요. 어머님께 할 말이 아닌데…… 하지만 저는 진실을 말하고 싶었어요. 이제 제 말을 믿어주시는 건가요?"

"나는…… 다른 자식들처럼 코빈을 먼저 보내고 싶지는 않어."

그녀가 주전자에 손을 뻗었다.

"차 마시자."

샤이는 창문에 낀 성에를 긁어내고 밖을 내다봤다. 그곳엔 아무것도 없었고, 묘하게 어슴푸레한 밤이 있을 뿐이었다.

"코빈이 올 시간이 되지 않았을까요?"

테이블 위의 컵들이 달가닥거렸다. 샤이가 뒤를 돌아보니, 도라 K가 백지장처럼 하얗게 질린 손으로 괴로운 듯 목을 부여잡고 있었다.

'내가 무슨 짓을 한 거지? 이 불쌍한 여인을 저렇게 두렵게 만들다니.'

"걱정시켜드리고 싶진 않았어요. 사실 엄마 얘기를 주의 깊게 듣지도 않았어요. 어쩌면 엄마가 코빈이라는 이름을 언급했는데 제가 놓쳤는지도 몰라요. 저란 아이는 얼마든지 그럴 수 있거든요."

하지만 레이첼의 성이 스트로크가 아닌 매든이라는 것은 무엇으로 설명할 수 있을까.

그들은 차를 마셨다. 코빈은 여전히 돌아오지 않았다.

'오! 하나님. 지금은 아니기를.'

"레이첼에 대해 더 말해봐."

마침내 도라 K가 어색한 침묵을 깼다.

"엄마의 어린 시절은 저도 잘 몰라요. 결혼하기 전에 교사셨대요. 증조할머니와 많이 닮았지만 키가 조금 더 커요. 그리고 어머님을 머리가 하얗게 샌 노인으로 기억하고 계세요. 어머님이 아주 나이 들었을 때 본 게 분명해요. 엄마는 이 근처 어딘가에 있는 목장에서 자라셨대요. 저는 가본 적 없어요. 제가 태어나기 전에 목장은 남의 손에 넘어갔고 건물들은 타버렸죠. 제가 볼 수 있는 건 아무것도 없었어요. 참! 엄마는 글 쓰는 사람이에요."

"뭔 글을 쓴다니?"

"청소년들을 위한 책이요."

"이야기 책?"

"네. 이런저런 소설이에요. 저는 거의 다 읽었어요. 지금 보여드릴 수 있다면 좋을 텐데. 주로 서부를 배경으로 한 성장기 소녀들에 관한 내용이에요. 주인공 소녀들은 자기 엄마를 잘 이해하지 못하거나 엄마와 잘 지내지 못하는 걸로 그려지죠. 지금 생각해보니 제가 읽은 책들은 전부 그랬네요."

샤이는 방금 발견한 것에 대해 곰곰이 생각했다. 불현듯 그 이유가 궁금해졌다. 레이첼의 소설에는 어떤 결핍, 또는 결함 같은 게 있었다. 다른 주제들은 만족스럽게 해결되는 반면, 소설 전반에 흐르는 엄마와 딸의 문제는 그렇지 않았다. 어쩌면 그저 문학적인 여운일지도.

그들은 온기가 있는 곳에서 옷을 갈아입기 위해 잠옷과 나이트가운을 화덕 앞으로 가져왔다. 바람소리가 멈추었다. 갑자기 찾아온 적막감 때문에 기분이 오히려 더 스산해졌다.

"니는 어서 자."

"조금 더 기다릴래요."

코빈이 술을 너무 많이 마셔서 눈보라 속에서 길을 잃으면 어쩌지? 그러다 눈 속에 파묻혀 꽁꽁 얼어버리면?

그들은 차 한 잔을 더 마셨고, 샤이는 다시 한 번 도라 K에게 자신의 이야기를 믿는지 물었다.

"음, 믿는 마음도 있지만 안 믿는 마음이 더 크다. 아무튼 니는 요상헌 애여."

도라 K가 몸을 똑바로 폈다.

"무슨 소리 안 들린다니?"

밖에서 눈 밟는 소리가 났다. 그리고 문이 열렸다.

코빈은 두 사람이 아직까지 깨어 있는 걸 보고 놀란 듯했다. 샤이가 달려가서 그를 포옹했을 때는 더욱 놀란 것 같았다.

"눈보라 속에서 길을 잃은 줄 알았어요."

그가 웃으며 그녀의 이마에 입맞춤했다.

"나를 그리워했다니 기쁘군. 하지만 난 그렇게 쉽게 길을 잃지 않소."

그가 필요 이상으로 오랫동안 그녀를 안고 있었다.

그녀는 그의 숨결을 들이마시며 그가 눈밭에서도 편안히 잠들 수 있을 만큼 거나하게 취했음을 알았다.

도라 K는 크게 한숨을 내쉬더니 어깨를 축 늘어뜨리고 침대로 터벅터벅 걸어갔다. 샤이는 그녀에게 너무 많은 얘기를 한 것 같아 죄책감이 들었다.

샤이는 발치에 두는 데 쓰는 뜨거운 벽돌을 헝겊에 싸서 들고 방으로 돌아갔다. 외벽 안쪽 못대가리에 서리가 덮여 있었다. 샤이는 다락에서 코빈이 내는 소리에 귀 기울이며 침대에 누웠다. 그러나 곧 그가 계단을 내려오는 소리가 들렸다.

그가 문 앞에 나타났다.

"브랜디, 저 위에서 혼자 자기엔 너무 추운 밤이오."

그가 속삭였다.

그녀가 몸을 옆으로 움직이며 그가 들어올 수 있도록 이불을 들쳤다.

'오늘은 메이 벨이 시간이 없었나보군.'

그러나 그녀는 기꺼이 그에게 몸을 붙였다. 그가 브랜디의 몸을 탐닉하기 시작하자 가급적 얌전하게 있으려고 애썼다.

'역시 결심을 무너뜨리는 데는 술만 한 게 없군요. 안 그래요?'

그가 잠들었을 때 샤이는 이 시대엔 가족계획을 위한 병원도, 피임약도 없다는 사실을 깨달았다. 그럼 이곳의 여자들은 어떤 방법을 썼을까? 가족사에 남아 있는 스트로크의 자식은 없었지만, 그것이 아기가 태어나지 않았음을 의미하는 것은 아니었다. 달갑지 않게도 카리부 공동묘지에서 봤던 세 아이의 무덤과 그것을 표시해놓은 대리석 기둥이 계속 머릿속을 맴돌았다. 카라 윌리엄스와 그녀의 갓난아기, 브랜디의 동생이었던 어린 조수아 맥케이브는 겨우 네 살이었다.

그녀는 브랜디에게 자식을 잃는 고통을 안겨주고 싶지 않았다. 그 순간 그녀는 브랜디의 몸을 책임지고 있었다. 그녀는 시에튼 박사나 메이 벨하고라도 상의해야겠다고 결심했다. 매춘부들은 무슨 방법이 있을 것이다.

브랜디가 돌아오면 임신이 아닐지라도 많은 문제와 맞닥뜨려야 할 것이다. 이곳에 있는 시간이 어처구니없이 길어지고 있지만, 샤이는 브랜디가 돌아올 거라는 믿음에 매달렸다. 그것이 그녀가 정신을 온전히 유지하는 데 필요한 구명줄이었다.

바람이 쌓인 눈의 대부분을 쓸어 갔다. 날씨가 따뜻해지면서 남아 있는 눈은 거의 녹았고 길은 진흙투성이가 됐다. 2주에 한 번씩 토요일 밤이 되면 코빈은 다락에서 혼자 자기엔 너무 춥다며 내려왔다. 그러나 잠에서 깬 후에는 몹시 당황하면서 스스로를 자책하거나, 그녀에게 화를 내곤 했다. 샤이는 메이 벨이 산책을 나오는지 지켜봤지만 좀처럼 발견할 수 없었다. 물론 의사와 상담할 기회도 없었다.

크리스마스가 돌아오자 모두들 시청 앞에 있는 커다란 크리스마스트리를 둘러싸고 찬송가를 불렀다. 오두막을 벗어날 수 있는 기쁨이 그토록 크지 않았다면, 그런 의식은 무척 지루하게 느껴졌을 것이다.

코빈이 브랜디 와인 광산을 둘러보러 나가고, 도라 K가 적십자독립협회 모임에 나간 어느 날, 샤이는 거울 앞에서 또 한 차례 기적을 바랐다. 그러나 평소와 다름없이 거울은 꿈쩍도

하지 않았다. 그녀는 등받이 의자나 사러 가야겠다고 생각했다. 도라 K를 위한 것이었다. 어쩌면 자기 것도 필요할지 모른다고 생각했다. 침대에 누울 때 말고는 등을 편히 쉬게 할 수 있는 게 없었다. 특히 오랜 시간 동안 화덕 근처에 앉아 있어야 하는 겨울에는 그 고통이 더욱 심했다.

공기는 상쾌했고 응달진 건물 옆으로 회색 눈 더미가 쌓여 있었다. 샤이는 나무 보도블록에 다다를 때까지 꽁꽁 언 진흙 바퀴자국 위를 따라 걸었다. 아라파호 정상의 칼바람이 골짜기를 파고들지 않을 때에도, 이따금 먼 곳에서 바람 소리가 들렸다.

잿빛 하늘, 잿빛 건물들, 갈색 진흙. 네덜란드는 전쟁 영화 속에서 튀어나온 마을 같았다.

중심가에는 사람이 별로 없었다. 여자 두 명이 길 한쪽에서 이야기하고 있었고, 귀퉁이에 위치한 작은 푸줏간 창문에 '휴업'이라고 쓴 종이가 붙어 있었다. 일요일도 아닌데 이상한 일이었다.

그녀는 살롱 위에 있는 메이 벨의 방을 올려다보았다. 그날 따라 더 음산해 보였다. 아무에게도 들키지 않고 저 계단을 올라갈 수 있을까? 샤이는 피임에 관한 이야기를 꼭 듣고 싶었다. 그러나 때마침 어떤 여자들이 그녀를 향해 걸어오고 있었고, 그들은 도라 K의 친구들이었다. 그녀로서는 그런 위험을 감수할 수 없었다.

등 뒤에서 한 차례 작은 돌풍이 몰아쳤다. 그녀는 잡화점으로 들어섰다. 상점 안은 더욱더 음산했고, 카운터 뒤에 있는 바인더 씨를 제외하면 아무도 없었다.

"다들 어디로 갔죠? 거리가 너무 한산해요."

"남자들은 모두 보울더에 있는 법정으로 갔습니다. 선거를 둘러싼 분쟁을 해결하기 위해서죠."

몇몇 사람들이 공정성에 대해 의문을 제기한 후로 다시 한 번 선거가 치러졌으나 두 시위원회 모두 자신들이 적법하다고 주장하고 있었다.

"남편께서는 그곳에 가지 않았나요?"

항상 정중한 바인더 씨조차 그녀를 거리낌 없는 눈빛으로 쳐다보았다.

"아뇨, 광산에 갔어요."

"그럼 그분은 저와 비슷하군요. 정치보다는 사업에 관심이 많으니 말입니다. 오늘은 무슨 일로 오셨죠? 천이 더 필요하신 가요?"

"안락의자를 사고 싶은데, 여긴 없는 것 같네요."

"재고는 없습니다만, 주문해 드릴 수 있습니다. 며칠이면 도착할 겁니다."

그때 문이 열리는 소리와 부츠 끌리는 소리가 들렸다. 바인더 씨가 그녀의 어깨너머를 흘깃 보았다.

"여기 법정에 가지 않은 사람이 또 있군. 허치? 론? 둘 중 어느 쪽이지? 언제 돌아왔나?"

"어제요."

울부짖는 듯한 소리와 함께 서쪽 바람이 상점으로 따라 들어왔고, 톱밥이 회오리를 일으키며 바닥을 휩쓸었다.

샤이는 뒤돌아서서 자신의 할아버지를 올려다보았다. 그녀는 단박에 그가 누구인지 알아챘다. 그들을 오랫동안 곁에서 지켜봤던 사람도 매든 쌍둥이를 구분하기 힘든데, 그녀는 신기하게도 누가 누군지 곧바로 알 수 있었다. 굳이 그의 입을 벌려 이 사이의 틈새를 확인할 필요도 없었다. 허치는 론보다 몸이 뻣뻣했고, 모자를 이마 앞쪽으로 내려썼으며, 머리를 다소 뒤로 젖힌 채 코 밑으로 세상을 내려다보는 경향이 있었다. 웃음기 없는 무표정한 얼굴도 그만의 특징이었다. 그는 호박색 홍채가 모두 드러나도록 눈을 크게 떴지만, 론은 실눈을 뜨고 바라보곤 했다.

"안녕하세요, 부인."

그가 자기 모자를 살짝 잡았다 놓았다.

샤이는 고개를 까닥하고 다시 바인더 씨가 그녀를 위해 펴준 카탈로그로 눈을 돌렸다. 그러고는 뒤에 허치가 있다는 것을 의식하면서, 안락의자 두 개를 덜컥 주문해버렸다. 그녀는 지금 운명에 맞서고 있었다.

상섬을 나갈 때도 그녀는 그의 시선을 피했다. 목구멍이 타는 듯했다. 그녀는 상점을 벗어나자마자 문득 발을 멈추고 길 건너편을 응시했다.

메이 벨이 코트도 입지 않은 채 방문 앞 나무 층계참에 서 있었다. 드레스를 한 아름 안고 있다가 잽싸게 그 옷들을 길바닥에 던져버리고는 황급히 자기 방으로 돌아갔다.

샤이는 유난히 거센 돌풍을 브랜디의 몸으로 막으며 방금 자신이 본 장면이 무엇을 뜻하는지 곰곰이 생각했다. 그때 메이 벨의 창문 안쪽에서 무언가가 소용돌이치고 있는 게 보였다. 화염이었다. 판자의 틈새를 통해 연기가 스멀스멀 새어 나왔다.

18

"바인더 씨!"

샤이는 뒷걸음치다시피 상점 안으로 돌아갔다.

"살롱 안에 불이 났어요. 소방서에 전화하세요!"

"소방서가 뭐죠?"

바인더 씨가 황급히 창문 쪽으로 뛰어갔다.

"허치, 메이 벨이 저 안에 있어요!"

그녀의 말에 허치가 침착하게 상점 문을 열어젖혔다. 그때 메이 벨이 두 번째 옷 무더기를 들고 난간에 다시 나타났다. 허치가 론처럼 눈을 가늘게 떴다.

"메이 벨!"

허치 매든이 바람을 향해 고함쳤다.

"당장 거기서 튀어나와!"

샤이는 그 소리를 듣고 자기도 모르게 킬킬거렸다. 바인더 씨가 놀란 눈으로 그녀를 돌아봤다.

메이 벨이 고함소리를 들은 듯 그들 쪽을 쳐다봤지만, 이내 다시 방으로 들어갔다.

"망할 놈의 여자."

허치가 투덜거리며 엄청난 속도로 길을 건넜다.

"바인더 씨, 경보기나 뭐, 그런 거 없나요?"

"경보기는 없습니다. 경보기를 들을 사람도 없죠. 모두 보울더에 가 있으니까."

"살롱에 있는 사람들에게 경고를 해줘야 하잖아요."

"살롱은 문을 닫았어요. 거긴 아무도 없습니다. 모두 법정에 있어요."

그는 지붕 밖으로 너울거리기 시작한 불길을 멍하니 쳐다봤다.

허치가 한쪽 겨드랑이에 금고를 낀 채 몸을 틀면서 주먹질을 하는 메이 벨을 끌고 계단으로 내려왔다.

"정말이지……."

샤이는 최면에라도 걸린 기분이었다.

"만일 진짜 불이 아니라면, 우리는 지금 제 정신이 아닌 거겠죠?"

"우리는 몰라도 메이 벨은 정말 제 정신이 아닌 것 같습니다."

바인더 씨가 대답했다.

"우리가 뭘 해야 하죠?"

"양동이를 가져와야죠."

"양동이로 불과 싸울 수는 없어요."

샤이는 론 매든이 수백 번째 물동이를 건네자 신음을 흘렸고, 메이 벨에게 다시 그 물동이를 건넬 때 자신도 모르게 비명을 질렀다.

치마와 코트가 흠뻑 젖었고 바람이 거세게 불었지만, 샤이는 춥지 않았다. 마을이 불길에 휩싸여 있었기 때문에 공기가 후덥지근했다.

"무슨 짓을 한 거야, 메이 벨?"

론이 물었다.

"또 담배 핀 거야?"

"입 닥쳐."

메이 벨이 날카롭게 소리쳤다. 그녀의 얼굴은 눈물과 검댕으로 범벅이 되어 있었다.

"사랑스러운 우리 집……."

메이 벨의 사랑스러운 집과 아래층 살롱은 뜨거운 재로 변해버렸다. 옆 건물도 마찬가지였다. 양동이 소방대는 그 다음 건물을 향해 두 번째 작업을 개시했다. 건물들 모두 개천에 인접해 있다는 게 그나마 다행스러운 일이었다. 처음 사람이 양동이로 물을 떠서 뒤로 전달하면 다음 사람이 계속 양동이를 옮겼다. 줄의 마지막에 서 있던 사람이 양동이의 물을 불붙은 집에 뿌렸다. 또 다른 줄은 빈 양동이들을 개천으로 전달했다.

두 무리의 사람들이 다시 소방대에 합류했다. 그들은 불길 인근에 위치한 건물들에 미리 물을 뿌려놓기 위해 길 아래쪽으로 내려갔다. 남자라고는 매든 쌍둥이와 바인더 씨, 그 밖의 너덧 명이 전부였다. 반면 마을에 있는 모든 여자와 아이들이 밖으로 달려 나와 일손을 도왔다. 도라 K와 그녀가 속한 금주 단체도 아래쪽에서 열심히 일을 거들었다. 동시에 그들은 노래하기 시작했다. 불길이 타오르는 소리, 바람이 포효하는 소리, 대들보와 서까래가 우당탕 내려앉는 소리가 일시적으로 잠잠해지면, 그들의 노랫소리가 허공을 떠돌았다. 그들은 살롱이 사라진 것을 드러내놓고 기뻐하고 있었다.

샤이는 자꾸만 카리부의 중심가가 떠올랐다.

"가망이 없어요. 아무 소용없는 짓이라고요. 도움을 청할 방법이 없나요?"

"물론 있죠."

론이 씽긋 웃었다.

"보울더로 연결되는 전화선이 한 대 있긴 하죠."

"어디에 있는데요?"

"살롱예요."

그 말을 마치자마자 그가 요란하게 웃음을 터뜨렸다. 그 바람에 그가 들고 있던 양동이의 물이 그녀 앞으로 쏟아졌다.

연기 때문에 땅거미가 지는 것처럼 보였다. 건조한 대기 탓에 바싹 마른 목재건물들이 불길 앞에서 힘없이 무너져 내렸다. 벌건 화염이 하늘로 치솟았다. 사람들이 소리를 지르고 기침을 해댔다. 줄의 끝에 서 있던 허치 매든은 활활 타오르는 불길을 향해 얼마 안 되는 물을 뿌리면서 욕을 해댔다.

갑자기 허치가 고함을 질렀다. 그는 사람들을 뒤로 물러나게 하고는 뒤돌아 달리기 시작했다. 그가 막 달리기 시작한 순간 그들 앞에 있던 건물이 무너져 내렸다. 그는 한 팔로 샤이를, 다른 한 팔로 메이 벨을 안고, 개천을 향해 뛰었다.

바람이 먼지와 연기를 잠깐 동안 걷어냈다. 사람들은 그 사이로 중심가가 불길에 쓰러지는 것을 보았다. 바인더 씨의 상점 역시 불길에 휩싸였다. 바인더 씨가 불타고 있는 파편들을 넘어 상점으로 뛰어들려고 하는 것을 론이 꼭 붙들었다.

"불쌍한 바인더 씨."

샤이가 몸을 돌렸을 때 허치 매든과 눈이 마주쳤다. 그는 여전히 팔로 그녀의 허리를 감고, 간절한 눈빛으로 그녀를 내려다보고 있었다.

"안 돼요."

그녀는 자신도 모르게 그를 밀치고 그 품을 빠져나왔다.

바람을 타고 거침없이 번지던 불길이 중심가를 삼켜버리기까지 채 한 시간도 걸리지 않았다. 그리고 그 참변이 주택가에 닿기 직전에 돌풍이 잦아들었다. 하지만 상가 건물들은 대부분 사라져버렸다.

샤이와 도라 K는 터벅터벅 언덕을 올라갔다. 너무 지쳐서 말할 기력도 없었다. 마침내 오두막이 보였다. 그들은 식탁 테이블에 앉아 한숨을 내쉬었다. 샤이는 브랜디의 뺨을 타고 흐르는 눈물을 닦아냈다. 그러면서 과연 자신이 이 눈물을 멈출 수 있을지 의심했다.

코빈이 집으로 돌아왔을 때도 그들은 여전히 그곳에 앉아 있었다.

"오늘 저녁은 뭐예요?"

시야가 침침한 불빛에 적응됐을 때쯤, 그가 그들을 다시 한 번 돌아보았다.

"무슨 일이오, 브랜디. 또 화덕에 문제가 있소?"

"아뇨, 이 바보. 시내에 불이 났어요. 오늘 저녁은 '당신'이 차려 드실 수 있겠죠?"

"바보?"

그가 확인을 요구하는 눈빛으로 자기 어머니를 쳐다보았다.

하지만 그녀는 기침을 한 번 하고는 엄지손가락으로 정문 방향을 가리켰다.

그가 베란다에서 돌아왔다.

"왜 팀하고 나를 부르지 않은 거예요?"

그의 목소리가 가늘게 떨렸다.

"불하고 씨름허느라 눈코 뜰 새 없는데 누굴 불러 이 멍청아. 마을이 불타고 있는 동안 사내들은 하나같이 법정에 가서 네로처럼 빈둥대고, 넌 땅 구덩이에 들어가 있었잖어."

도라 K가 주먹으로 테이블을 두드렸다.

"멍청이들. 여자들이랑 애들은 눈썹을 그슬려가며 불을 껐는디 말이여!"

"하지만 우린 몰랐잖아요?"

"어여 화덕이나 지펴."

코빈은 커피를 끓이고 빵을 썰면서 다시 한 번 그들을 쳐다보았다. 두 여자가 그곳에 앉아서 자신에게 저녁을 차리게 한다는 걸 믿을 수 없다는 듯이.

식탁이 차려지자 샤이는 허겁지겁 음식을 먹었다. 하지만 먹는 것마다 연기 맛이 났다. 그들은 식사를 하고 난 뒤 코빈에게 씻을 물을 가져오라고 '명령'했다.

한 남자가 코빈을 찾아와서 밤 동안 또 다른 화재가 일어나지 않도록 잔해에 물 뿌리는 일을 거들어달라고 부탁했다. 샤이와 도라 K는 열린 화덕 옆에 앉아 머리를 말렸다.

"그런데……."

도라 K가 목청을 가다듬고 천장을 올려다보았다.

"거울이 오늘 화재에 대해서는 말 안 혔다니?"

"안 했어요."

샤이는 한숨을 내쉬다가 갑자기 웃기 시작했다. 배불리 먹고 깨끗이 씻고 이제는 안전하다는 안도감과 기쁨 때문에. 그리고 이 이상한 콘월 여인과의 묘한 유대감 때문에.

도라 K도 킬킬거리며 팔꿈치로 브랜디의 옆구리를 찔렀다.

"리디 타일러 머리에 불이 붙었을 때 그 여자 얼굴 봤다니? 바인더 씨가 그 여자 머리를 냇가에 처박아 버렸잖어."

시에튼 박사가 찾아와서 혹시 화상이나 부상을 입었는지 물었을 때도, 그들은 여전히 웃으면서 서로의 경험을 나누고 있었다.

"그냥 확인하는 차원에서 집들을 둘러보고 있습니다."

그가 난처해하며 말했다.

"로마가 불타고 있을 때, 우리 의사 선생님께서는 어디에 계셨나요?"

샤이가 도라 K에게 윙크했다.

"어…… 저는 보울더에 있었죠."

그가 체중을 다른 발로 옮기면서, 희끗희끗한 턱수염을 긁적였다.

"중요한 재판이 있어서 가봐야 했어요. 아시다시피 제가 선거위원이고……."

"아이고! 그래서 매든 형제 같은 사내들헌테 우리 여자들을 보호허라고 맡겨두셨구먼요. 부끄러운 줄 아셔요."

하지만 그런 말을 하면서도 그녀는 의사 선생님을 위해 찻잔을 채웠다.

"매든 형제는 당분간 이곳에서 머리를 들고 다닐 수 있는 몇 안 되는 남자가 되겠군요."

그는 그 쌍둥이가 바로 전날 돌아왔다고 알려줬다.

"그리고 그 친구들은 제일 먼저 탠디 목장을 샀어요. 난 두 사람이 거칠고, 아무짝에도 쓸모없다고 말해왔죠. 하지만 그애들은 건초와 말을 키우겠다고 하더군요. 정착할 모양입니다."

"목장 살 돈이 어디서 났다요?"

"그애들 어머니가 남겨준 유산이 조금 있죠. 론은 자기 좋을 대로 흥청망청 살면서 돈을 모두 날렸지만, 허치는 자기 몫을 보존하면서 오히려 재산을 불렸다고 들었어요. 그 친구는 좀 특이하죠. 세상을 음미한다고나 할까요."

시에튼 박사가 신중하게 말했다.

"허치는 다른 사람들보다 일상에서 더 많은 걸 느끼고 얻어 간다는 생각이 듭니다."

"톰 혼이 돌아오면 목장은 어떻게 된다요?"

"그러지 않기를 바라야죠."

그가 몸서리를 쳤다.

"우리 모두를 위해서요. 듣자하니 론이 동생 돈으로 도박을 해서 돈을 제법 불렸다는 얘기가 있더군요."

"아이고! 죄 많은 여자가 번 돈을 사탄의 카드로 불렸네! 이 중으로 사악한 소득이구먼요."

"이런, 그애들에게 감정이 안 좋으시군요."

의사가 코트를 입었다.

"그애들은 제 아버지처럼 야비하지 않아요. 물론 그 작자는 악마의 화신이었죠."

샤이는 은밀한 얘기를 물어보기 위해 시에튼 박사를 따라 베란다로 나갔다. 그녀가 임신을 원치 않는다고 말했을 때, 의사의 얼굴이 충격으로 일그러졌다.

"내가 말할 수 있는 유일한 방법은 금욕뿐입니다…… 하지만 왜…… 어째서 건강한 젊은 여자가 임신을 피하려는 겁니까? 어머니가 된다는 건 이 세상에서 얻을 수 있는 가장 소중한 선물입니다."

"지금 당장 임신하고 싶지 않은 것뿐이에요. 아셨죠?"

"언제인지를 결정하는 건 부인이 아닙니다. 그건 주님의 뜻이지요."

그가 그녀의 손을 다독거렸다.

"감기 걸리기 전에 어서 들어가 봐요. 그리고 주님을 믿으세요."

골짜기에서 망치질 소리가 들려왔다. 네덜란드 남자들은 중심가를 재건하느라 밤낮으로 일했다. 아마도 여자들을 위한 배려일 것이리라. 코빈조차도 브랜디 와인으로 가는 것을 거르고 일손을 도왔다.

샤이와 도라 K는 베란다에 서서 그가 언덕을 올라오는 모습을 지켜보았다. 건물 하나가 완성되었다. 도라 K가 그 건물을 가리키며 물었다.

"저 건물이 뭐다니?"

"새로운 살롱이에요."

"싸롱이라고! 바인더 씨는 집 앞에서 식료품을 팔고 헛간에 가게를 차리려고 하는데, 맨 먼저 지은 게 싸롱이란 말이여? 언제 또 폭풍이 덮칠 줄 알고."

그러나 날씨는 2월까지 맑았고, 건물은 마술처럼 계속 지어졌다.

"타일러 부인이 저수지 때문에 설파이드 플랫에 있는 목장 두 개를 맥레오드 씨에게 팔았다드라."

도라 K가 금주 단체 모임에서 돌아오자마자 말했다.

"니 골동품 거울이 뭐라고 헌다니?"

"몰라요."

샤이가 자신도 모르게 날카롭게 대꾸했다. 그 즈음 그녀는 거울 때문에 초조한 나머지 감정을 잘 통제할 수 없었다. 거울은 벌써 두 번이나 마술 같은 일을 벌였고, 원하기만 한다면 또 그렇게 할 수 있었다. 그런데 왜 꿈쩍도 하지 않는 것일까?

"레이첼이 니 엄마라면? 그리고 레이첼의 성이 스트로크가 아니라면, 그애 성이 뭐다니?"

"가렛이에요."

그녀는 그 콘월 여인에게 너무 많은 얘기를 털어놓았다고 후회했다. 특히 도라 K가 이렇게 심기가 뒤틀려 있을 때는.

"그건 남편 성이라믄서. 결혼 전 성이 뭐다니?"

"그냥 모른 척하시면 안 돼요?"

"그럴 순 없다."

그녀가 팔짱을 끼고 입술을 오므렸다.

"어여 말혀. 안 그러면, 종일 쫓아다니면서 괴롭힐 테니께."

샤이는 아무 이름이나 지어내려 했다. 하지만 그럴 수 있는 기분이 아니었고, 자신의 하나뿐인 친구가 그렇게 몰아붙이는 바람에 그만 내뱉듯 말하고 말았다.

"매든, 매든이에요. 이제 만족하세요?"

샤이는 스스로에게 화가 나고 부끄러워서, 차마 도라 K의 얼굴을 쳐다보지도 못한 채 코트를 쥐고 밖으로 나왔다.

'샤이, 네 잘못이야. 그녀에게 너무 많은 말을 한 네 잘못이라고. 그녀는 허수아비가 아니잖아. 당연히 그런 질문을 하게 돼 있었어. 하지만 난 누군가에게 말을 해야 했어. 이제 어쩌지? 걱정돼서 미칠 것 같아.'

발밑에서 땅이 진동했고, 우르르 거리는 익숙한 소리가 들렸다. 날이 저물 무렵이면 광부들은 폭약을 설치해 광산을 폭파시켰다. 그래야 다음날 광부들이 안전하게 광산으로 들어갈 수 있었다. 이제 곧 코빈이 집으로 돌아올 것이다.

하지만 그녀는 사무엘의 오두막까지 계속 걸었다. 그러다가 그 집 창문의 덧문이 열려 있고, 굴뚝에서 연기가 나는 것을 보고 깜짝 놀랐다.

메이 벨이 냄비를 들고 나와서 물을 버리는 것을 보고 더더욱 깜짝 놀랐다.

"안녕하세요. 보울더로 이사 간 줄 알았는데요."

"더 좋은 장소를 찾을 때까지 여기 살아도 좋다고 했어요."

도전적인 목소리였다.

"난 정식으로 사무엘과 계약해서 집을 얻었다고요."

메이 벨은 이전보다 체중이 더 불어 있었고 앞니 한 귀퉁이가 깨져 있었다. 그녀가 입고 있는 예쁜 가운은 다림질이 필요해 보였다.

"이봐요, 난 신경 쓰지 않아요. 오히려 당신이 돌아와서 기뻐요. 사실 당신하고 얘기하고 싶은 게 있거든요."

"당신, 정말 미쳤군요. 누가 보면 어쩌려고 이러죠?"

"그럼 안으로 들어갈까요?"

"뭐…… 정 그렇다면."

그녀는 샤이가 들어오도록 문을 잡아주었다.

"코빈이 좋아하지 않을 텐데. 그런데 왜 불이 난 이유를 사람들에게 말하지 않은 거죠?"

살롱의 외벽과 연결된 난로 연통, 그 속에 채워 넣은 천 조각에 불이 붙어서 화재가 난 것이었다.

"글쎄요. 그보다는 허치나 바인더 씨가 입을 다문 이유가 더 궁금한데요."

"허치는 내 친구예요."

정숙한 숙녀처럼 메이 벨의 목이 새빨갛게 달아올랐다.

"바인더 씨는 상황을 파악하지 못한 것 같고요."

"어쩌면 이번 사건이 마을에 교훈을 줄지도 모르죠. 수도 시설을 만들 수도 있고."

"못할 걸요. 지난 번 재판 때 보울더에 있는 판사에게 돈을 대느라 재정이 바닥났으니까요."

메이 벨이 씽긋 웃고는 화덕으로 몸을 돌렸다.

"커피 마실래요?"

"네."

샤이는 의자에 앉아 바늘로 정교하게 뜬 레이스 덮개를 바라보며, 카라 윌리엄스가 죽어서도 눈을 편히 감지 못하는 게 아닐까 생각했다.

메이 벨이 커피 잔을 건네주고 자리에 앉자, 샤이가 비로소 입을 열었다. 그리고 마침내 이렇게 끝을 맺었다.

"임신하고 싶지 않아요. 그런데 의사 선생님은 그저 하나님

222

께 맡기라고만 하네요."

메이 벨은 커피 잔을 입으로 가져가다 말고 어이없다는 듯 그녀를 쳐다봤다.

"왜 이래요, 메이 벨. 당신들은 뭔가 하고 있을 거 아니에요. 내 말은 당신들은 늘…… 위험에 노출돼 있는데…… 임신하지 않잖아요."

"아니에요. 나도 애가 둘이나 있었어요. 연년생이었죠."

"어머, 미안해요. 죽었…… 나요?"

"내가 아는 바로는…… 아직 아이오와에 있어요. 그때 난 소녀에 불과했지만, 아버지의 명령으로 나이 든 남자에게 억지로 시집을 가야 했어요. 난 그런 생활도, 남편도 싫었어요. 그래서 도망쳤죠."

화장기 없는 그녀의 얼굴은 평범해 보였다.

"내가 왜 당신한테 이런 얘기를 하는지 모르겠네요. 아마 당신의 크고 멍한 눈 때문인 것 같아요. 당신은 너무 순진해 보이고, 게다가 당신 입에서 그런 얘기가 나올 줄이야."

"날 도와줄 수 있죠?"

'조심해, 샤이. 넌 매춘부조차 충격에 빠뜨릴 수 있어.'

"내가 화재 얘기를 아무에게도 하지 않았다는 거 알고 있죠?"

메이 벨은 커피 한 모금을 꿀꺽 삼켰다.

"처음에는 동전을 이용했어요. 뭐, 지금은 그런 게 필요 없는 몸이 됐지만요. 어떤 아가씨들은 질 세척기를 이용하지만, 내 생각엔 구리 동전이 최고예요. 옛날 동전을 구해야 돼요. 그게 더 크거든요."

"구리로 된 동전이라면…… 질 좌약을 말하는 건가요?"

"뭐라고요?"

샤이는 질에 삽입하는 피임도구의 원리를 자세하게 설명했다. 그러자 메이 벨이 고개를 끄덕였다. 옛날 페니 동전은 지금의 동전들보다 훨씬 컸다. 실제로 샤이도 1850년대에 만들어진 페니 동전을 갖고 있었는데, 25센트짜리 동전보다도 약간 더 컸다.

"하나만 더 물어봐도 될까요?"

"난 당신이 그냥 가주면 좋겠어요."

"메이 벨, 매춘부들은 뭔가 느끼나요? 내 말은…… 성행위를 즐겨도 괜찮은 건가요? 오르가슴을 느끼나요?"

"오르가슴이 뭐죠?"

"코빈은 당신 같은 여자들만 절정에 오를 수 있다고 생각해요."

"당신, 정말 별 얘기를 다 하는군요."

"이봐요, 그게 무슨 대난한 비밀인가요? 우린 둘 다 여자고, 우리 말을 듣는 사람은 아무도 없어요. 난…… 당신 같은 사람하고 얘기할 기회가 없었어요. 그리고…….

샤이는 브랜디의 무릎에서 커피 잔이 미끄러져 바닥에 떨어지는 것을 보았다. 갑자기 온몸이 축 늘어지면서 의자에서 미끄러졌다. 지독하게 기운이 없었다.

……정신이 아득해지면서 흔들거리는 영상이 나타났다. 놀이공원 거울에 비친 것처럼 일그러진 영상…… 고양이가 등을 둥글게 곧추 세우고 있었다. 꼬리가 바짝 서 있는 게 무엇엔가 크게 놀란 듯했다… 샤이 가렛의 머리가 베개 위에 눕혀져 있었고, 매튼식 은발이 배게 위로 가닥가닥 펼쳐져 있었다. 볼록

거울에 비친 것처럼, 벌어진 입과 코가 둥글게 확대돼 보였다. 카메라 렌즈를 너무 가깝게 들이댄 것처럼, 혹은 각도가 잘못 맞춰진 것처럼. 누군가 그녀의 머리를 베개에서 들어올렸다. 목과 턱 근육이 팽팽하게 당겨지면서 그녀가 소리 없는 비명을 질렀다. 피 묻은 손이 그 앞에서 어른거렸다…….

누군가가 브랜디의 뺨을 찰싹찰싹 때렸다.

"브랜디 스트로크! 여기서 아프면 안 돼요. 이 상황을 어떻게 설명해야 하죠?"

"그만 때려요."

그녀가 눈물 맺힌 눈으로 그 여자를 보았다.

"혹시 너무 늦은 거 아니에요? 동전을 사용하기에 말이에요."

"아닐 거예요."

그녀는 거울이나 다른 뭔가를 봐야 했다.

'내 몸이 어떻게 된 거지? 누군가 샤이의 몸을 죽이려고 하는 것처럼 보였어.'

메이 벨이 그녀를 부축했다. 샤이는 몸을 떨고 있었다.

"나는 더 이상 나가지 않는 게 좋겠어요. 누가 우릴 볼 수 있으니까."

"여러 가지로 고마웠어요."

"저기…… 당신이 물어본 거 말인데요. 특별한 상대가 없는 한…… 우린 그냥 즐기는 척해요."

메이 벨이 뾰족한 발끝으로 눈을 찍으며 바닥을 응시했다.

"안 그러면, 너무 오래 걸리니까."

"하지만 다른 여자들은 왜 즐기면 안 되는 거죠?"

"아마도 종교랑 관계가 있는 것 같아요. 그리고 많은 사람들이 실제로는 즐기지만 비밀로 하고 있는 것 같고요. 그리고 나머지는……."

메이 벨이 수줍은 미소를 띠고 그녀를 올려다보았다.

"당신이 물으니까 하는 얘긴데, 그래서 우리 주변에 그렇게 편두통 환자랑 히스테리 환자가 많은 거예요."

샤이가 오두막에 도착했을 때도 코빈은 아직 집에 돌아오지 않았다. 테이블에 네 명을 위한 식기가 차려져 있었다. 저녁 식사에 팀을 초대한 모양이었다.

도라 K가 화덕 앞에 서 있었다. 경직된 뒷모습이 그녀의 마음을 고스란히 대변해주고 있었다. 오두막은 따뜻했고, 튀긴 돼지 소시지와 옥수수 빵, 커피 냄새가 이곳저곳에서 솔솔 풍겨 나왔다.

웨딩거울이 있던 자리에 나무 안락의자 두 개가 놓여 있었다.

"거울은 어디 있죠?"

"이제 거울 둘 자리는 없다. 니가 나가 있는 동안, 바인더 씨가 의자를 갖고 왔다."

"다락에 두었나요?"

"코빈하고 팀이 갖고 갔어."

도라 K가 긴 손잡이가 달린 포크를 들고 뒤를 돌아보았다. 틀어 올린 머리다발에서 머리카락 몇 올이 빠져나와 있었다.

"거울은 이제 없으니 괜시리 찾을 생각일랑 말어."

"없다니요? 무슨 뜻이에요?"

도라 K는 옥수수 빵을 테이블로 가져와서 칼로 자르며 소피가 코빈에게 편지를 썼다고 설명했다. 소피는 브랜디가 답장을 하지 않아서 걱정이 되었고, 코빈에게 혹시 브랜디가 이상한 행동을 하거든 거울을 치워버리라고 경고했다는 것이다. 이유는 모르지만 그 거울이 브랜디를 이상하게 만드는 것 같다고, 혹시 거울을 치우면 그녀의 상태가 호전될지도 모른다고 했다는 것이다.

"내가 니 행동이 요상허다고 혔지. 매든 일도 그렇고."

"그건 내 물건이에요. 어머님이 그럴 권리는……."

배신감이 엄습했다. 샤이는 공황상태에 빠졌다.

가끔 샤이는 이곳의 삶에서 평온함을 느꼈다. 바깥세상에 대한 소식은 거의 전해 듣지 못했고, 혹시 듣더라도 아주 먼 얘기처럼 느껴졌다. 하지만 얼마나 오랫동안 그 협소하고 제한된 삶을 견딜 수 있을까. 언제고 극복할 수 없는 지루함이 밀려와 견딜 수 없게 될지 몰랐다. 비명을 지르고 있던 자신과 그 몸을 위협하던 피 묻은 손이 떠올랐다. 샤이의 몸은 이미 죽었을까.

샤이는 브랜디의 몸을 벤치에 앉히고 새로운 눈으로 오두막을 둘러보았다.

'영원히 이곳에 머물러야 한다면 어쩌지?'

봄눈이 엄청나게 쏟아졌다. 하늘은 지칠 줄 모르고 눈을 퍼부었다.

샤이는 안락의자에 깔 쿠션을 만들고, 도라 K에게 책을 읽어주고, 신선한 과일과 야채를 갈망하다가, 아무 생각 없는 멍한 상태로 빠져들곤 했다. 거울이 어디에 있는지 아무도 말해주지 않았고, 그녀는 그것을 어디에서 찾아야 할지 알 수 없었다.

메이 벨은 새로운 살롱으로 거처를 옮겼다.

빨래는 늘 화덕 뒤 널조각으로 만든 건조대 위에 걸려 있었다.

구리 동전은 항상 바빴다.

어느 날 코빈이 매든 형제가 낡은 탠디 목장에 집을 짓고 있다는 소식을 들려줬다.

샤이는 허치 매든을 생각했지만, 곧 그 생각을 떨쳐버렸다.

눈 대신 비가 쏟아지던 5월의 어느 날, 반쯤 녹은 눈과 토사가 비탈길을 따라 흘러내렸다. 냇물이 계곡 바닥에서 포효했다. 샤이는 밤마다 잠을 설쳤다. 중심가는 진흙탕으로 변했고, 마차와 말이 지나갈 때마다 튀어 오른 흙탕물이 상점 정면과 창문에 보기 흉한 얼룩을 만들었다.

하지만 눈부신 태양과 파란 하늘, 새로 돋은 풀잎, 소나무와 야생화의 향기는 샤이를 무력한 상태에서 빠져나오도록 유혹했다.

팀 펨버시는 희망에 부풀었다. 그는 브랜디 와인에서 광산 정령의 노크 소리를 들었다고 생각했다. 광산을 돌아다니며 마음에 드는 광부에게 최고의 광석을 점찍어준다는 작은 요정. 그는 자신들이 곧 대박을 터뜨릴 거라고 확신했다. 도라 K는 코빈에게 음식을 싸주며 정령들을 위해 음식을 두고 오라고 말했다. 그 요정은 행운뿐 아니라 위험을 경고하기도 한다며.

어느 날 오후 빨래가 마를 틈도 없이 뇌우가 덮쳤다. 브랜디와 도라 K가 부랴부랴 빨래를 걷어 가려는데, 번개가 언덕 위를 날카롭게 내리쳤다. 한바탕 소동이 이어졌다. 마침내 날씨가 잠잠해졌을 때 샤이는 코빈의 작업복을 좀 더 말리기 위해 들고 나왔다.

도라 K는 톱질받침목에서 빈 빨래 통을 들어올렸다.

"그런데 니 개짐이 널려 있는 걸 본 지 한참 된 거 같으다."

"개짐이요? 어, 생리대 말씀하신 거죠?"

샤이는 브랜디가 마지막으로 생리를 한 게 언제인지 기억을 더듬었다.

"그게 언젠지 잘 기억이……."

"쉿! 코빈이 온다."

도라 K가 그녀에게 속삭이고는 큰 소리로 말했다.

"오늘은 일찌감치 왔네? 저녁때가 될라믄 멀었는디!"

샤이는 뒤를 돌아봤다. 그가 이상한 표정으로 걸어오고 있었다. 그의 머리 위로 빗방울을 매단 솔잎이 보였고, 그 위로 춤추듯 어른거리는 햇살이 보였다.

그녀는 작업복 멜빵을 줄에 널다가 그만 빨래집게를 떨어뜨렸다. 그와 동시에 빨래 통이 발치로 떨어졌다. 그녀가 재빨리 몸을 피한 덕분에 빨래 통은 간신히 그녀의 발을 비껴갔다.

그때 몸을 앞으로 구부린 채 배를 움켜잡고 있는 도라 K가 시야에 들어왔다.

"어머님, 왜 그러세요? 코빈, 당신 어머니가……."

하지만 코빈은 거기 없었다.

"내가 아니여. 코빈이여. 코빈이 없어졌어."

그녀가 간신히 몸을 펴서 샤이를 꼭 잡았다.

"저건 유령이여."

"저도 봤는걸요. 유령일 리 없어요. 아마 동굴이나 창고에 갔을 거예요."

229

"아니. 내가 똑바로 쳐다보고 있었는디 갑자기 사라졌어."

그녀의 작은 눈이 눈물로 얼룩져 있었다.

샤이는 변소와 광을 뒤지고 샘물터까지 걸어갔다. 코빈은 없었다. 그녀는 돌아오는 길에 도라 K를 만났다.

"유령이라니, 무슨 뜻이죠?"

브랜디는 목줄기에 오싹한 냉기가 흐르는 걸 느꼈다.

"어디 가시는 거예요? 말해보세요!"

샤이가 그녀를 홱 잡아당겼다.

"울 할머니헌테 일어난 일이 나헌테도 일어난 거여. 아이고! 금쪽같은 우리 아들."

"그만두세요, 그건 미신이에요. 코빈은 뭔가를 찾으러 간 건지도 몰라요. 곧 돌아올 거예요."

"아니다, 코빈은 죽었다. 불쌍한 내 새끼……."

그녀는 차마 말을 맺지 못하고 섬뜩하게 울부짖었다. 그러고는 게슴츠레하게 눈을 뜬 채 오솔길을 따라 브랜디 와인을 향해 뛰어갔다.

'말도 안 돼'

샤이는 브랜디의 치마를 걷어 올리고 도라 K의 뒤를 따라 뛰었다. 오싹한 한기가 그녀의 등골을 타고 내려갔다.

그들은 첫 번째 오르막에서 팀 펨버시를 만났다. 그는 비틀거리며 언덕을 올라오고 있었다. 옷이 온통 핏자국으로 얼룩져 있었다.

19

괭음이 들렸다. 샤이는 몸을 움찔거리며 창문을 내다보았다. 골짜기 전체에서 먼지와 연기구름이 피어오르고 있었다. 사람들이 네덜란드의 공동묘지에 코빈 스트로크의 무덤을 만들기 위해 바위를 폭파하고 있었다.

샤이는 그를 나머지 가족들과 함께 카리부에 묻고 싶었지만, 네덜란드 공무원들이 반대했다. 카리부는 너무 멀고 더 이상 사용하지 않는다는 게 그들의 이유였다. 도라 K는 어느 쪽이나 개의치 않는 눈치였다.

그녀는 멍하니 흔들의자에 앉아 있었다. 코빈이 죽은 후로는 늘 그랬다.

"니는 알았재. 이런 일이 생길지 이미 알고 있었어."

갑자기 그녀의 입에서 질책 섞인 목소리가 튀어나왔다. 그러나 그 말을 끝으로 도라 K는 오랫동안 아무 말도 하지 않았다.

"언제 일어날지는 몰랐어요."

그녀는 아이스박스에 몸을 기댔다.

"어떻게 일어날지도 몰랐고요…… 그리고 그렇게 끔찍할지도……."

사람들은 브랜디 와인의 벽에서 그의 살점들을 긁어내야만 했다. 그는 폭약을 설치하는 중이었다. 그런데 그만 손에서 다이너마이트가 터져버린 것이다.

팀의 부상은 심하지 않았다. 그의 옷에 묻은 피는 코빈의 것이었다.

샤이는 머지않아 그날 목격했던 코빈의 모습이 그들의 상상이었다고 스스로에게 설명하리란 걸 알았다. 그러나 지금은 그를 온전히 기억하기로 했다. 그의 머리 위에서 반짝이던 빗방울 맺힌 솔방울과 그 너머에서 빛나던 햇살.

"니는 마녀여, 브랜디 맥케이브."

도라 K가 공허한 목소리로 말했다.

"니하고 그 거울하고."

"거울을 어디에 숨겼죠?"

"광산으로 기저갔다."

"광산이라고요? 위험한 물건이라고 말씀 드렸잖아요. 그게 그런 일을 일으켰다고 생각하지 않으세요?"

"거울 없이도 다이너마이트는 얼마든지 한 남자를 갈기갈기 찢어버릴 수 있재."

"거울도 깨졌나요?"

"그것은 폭발이 일어난 곳에서 멀찍이 떨어진 탄광 입구에 있었어. 내일 니 남편을 땅에 묻고 나면, 니는 그 낡은 거울을 맘껏 생각혈 수 있었지."

샤이는 가까운 사람을 먼저 보낸 경험이 한 번도 없었다. 존

232

맥케이브의 죽음은 그녀에겐 큰 사건이 아니었다.

몰론 그녀가 코빈을 열렬히 사랑한 것은 아니었다. 그러나 그런 이상한 관계에도 불구하고 그녀는 그를 좋아했고, 시간이 지나면 그를 사랑하게 되리란 걸 알았다. 그녀는 늘 코빈을 브랜디의 남편이라고 생각했다. 하지만 지금 그녀는 브랜디가 아닌 바로 자신이 그를 끔찍이도 그리워하고 있음을 깨달았다. 이제야.

그녀의 입에서 숨죽인 흐느낌이 흘러나왔다. 엘튼이 팔로 그녀를 감쌌다. 도라 K를 제외한 모든 사람들이 샤이를 동정했다. 도라 K는 돌처럼 굳은 얼굴로 무덤 발치에 혼자 서 있었다. 장례식이 끝났을 때도 그녀는 자신을 향해 다가오는 사람들을 무시했고, 샤이에게는 한마디 말도 건네지 않았다. 그녀는 홀로 언덕을 내려갔다. 옷자락이 앙상한 어깨뼈에 걸려 날카롭게 나부꼈다.

"이제 집으로 가자, 브랜디."

소피가 속삭였다.

"이제 그곳에 머물 이유가 없잖니."

샤이는 도라 K의 뒷모습을 쫓았다.

"시어머니를 떠날 수는 없어요."

그녀는 소피 맥케이브의 놀란 얼굴을 마주했다. 레이첼과 너무도 비슷한 얼굴.

'맙소사, 난 너무 이기적이야.'

"아직은요. 그분은 모든 걸 잃었어요. 소피…… 아니 어머니. 어머니만 괜찮다면, 글씨는 엉망이지만 꼭 편지할게요……. 그리고 자주 집에 들를게요. 어머님은 혼자잖아요."

샤이는 조금 전까지는 꿈도 꿀 수 없었던 행동을 했다. 그녀는 브랜디의 엄마를 끌어안고 볼에 키스했다.

도라 K를 따라가기 위해 돌아서다가 그녀는 허치 매든의 가슴에 얼굴을 부딪쳤다.

"전 그냥 얼마나 애석한지 말씀드리고 싶어서……."

그는 모자를 손에 든 채, 은발을 나부끼며 머리를 약간 뒤로 젖힌 채 서 있었다.

그녀는 그를 올려다보았다. 순간 날카로운 공포가 무기력한 슬픔을 뚫고 들어왔다.

"아, 안 돼요……."

샤이는 그를 밀치고 늙은 콘월 여인을 따라잡기 위해 언덕을 비틀비틀 내려갔다.

브랜디는 임신한 상태였다.

샤이는 애써 그 사실을 모른 척하려 했지만, 도라 K는 온통 그 생각뿐이었다. 그녀를 슬픔에서 벗어나게 할 수 있는 건 그 것뿐인 것 같았다. 도라 K는 코빈의 자리를 대신할 수 있는 건 아기뿐이고, 그것이야말로 가장 '마땅한 일'이라고 생각했다.

도라 K가 생기를 되찾아감에 따라, 샤이는 점점 더 의기소침해졌다. 그녀는 가족들이 한 번이라도 스트로크의 아기에 대해 말한 적이 있었는지 떠올리기 위해 무척 애를 썼다. 그리고 가끔 메이 벨과 만나서 은밀하게 산책을 했다. 메이 벨은 동전이 제 구실을 못한 것에 대해 '정말 안타깝게' 생각했다.

"당신 아이들이 어떻게 살고 있는지 궁금하지 않나요?"

샤이가 그녀에게 물었다.

"궁금하죠. 한 명은 여자애였어요. 캐서린. 그애가 기회가 생길 때 주저 말고 그곳에서 도망쳤으면 좋겠어요."

팀 펨버시는 여전히 브랜디 와인에서 일했다. 광산을 산 사람들이 이윤의 일부를 주기로 하고 다시 그를 채용했기 때문이다. 이 협곡에는 텅스텐이라는 도시가 생길 것이다. 그 도시의 이름이 그 광석의 명칭을 딴 것이라면, 대박을 바라는 사람들의 기대가 헛된 것은 아닐 것이다. 이제 사람들은 텅스텐을 캤다. 그리고 시내 서쪽 자락에 위치한 분쇄 공장을 텅스텐 가공 공장으로 사용하기 위해 재정비하기 시작했다. 한때 그곳은 카리부에서 생산한 은을 분쇄하던 곳이었다. 펜실베이니아의 한 회사가 팀이 생산하는 텅스텐을 매입하겠다고 제안했다.

8월 어느 날 그녀는 팀이 보울더에 간다는 것을 알고 오솔길을 따라 브랜디 와인으로 걸어갔다. 그녀는 코빈을 생각하지 않으려고 애쓰면서 전에는 왜 이렇게 걸어갈 생각을 못했는지 의아해했다. 그녀는 거울을 찾으러 가는 중이었다.

어쩌면 샤이의 몸이 그녀가 마지막으로 목격한 끔찍한 상황 속에서 살아남았을지도 모른다.

오솔길은 도로로 이어졌고, 도로는 곧 다른 오솔길로 이어졌다. 비탈진 산허리에 굴이 있었다. 그 옆에는 헛간이 있었다.

햇빛 아래 어두컴컴한 굴이 위협하듯 입을 벌리고 있었고, 좁다란 철로가 마치 혀처럼 안에서 밖으로 나와 있었다. 안쪽 철로에 철제 수레 한 대가 놓여 있었다. 그녀는 눈이 어둠에 적응되길 기다렸다가 담력이 허락하는 한 최대한 깊이 걸어 들어갔다. 그러나 밀실에 대한 공포가 그녀를 다시 밖으로 내몰았다. 그와 동시에 그녀의 머릿속에 코빈에게 일어났던 음울한 기억이 떠올랐다. 아직도 핏자국이 있을 것이다. 이제 거울은 광산 입구에 없었다. 누군가가 옮겨놓은 모양이었다.

팀은 그 거울을 두려워했다. 이제 광산에서 혼자 일하게 됐으니 거울을 그대로 두었을 리 없다. 그렇다면 어디로 치웠을까?

코빈의 아기가 그녀의 배 속에서 묵직한 한숨처럼 움직였다.

'우리가 너를 위해, 그리고 나를 위해 무엇을 해야 할까, 아가야?'

샤이는 이제 자신이 젊다고 느껴지지 않았다. 중간단계를 거치지 않고 바로 노인이 되어버린 듯했다.

설사 거울을 찾는다 해도 아기가 태어날 때까지는 위험을 감수할 수 없었다. 아기가 결국 죽을 운명이라 해도⋯⋯ 살아 있는 샤이 가렛의 몸으로 돌아갈 수 있다 해도 마찬가지였다. 지금으로서는 아무것도 할 수 없었다. 샤이는 자신 앞에 놓인 그 긴 세월을 생각하며 몸서리를 쳤다.

그때 어디선가 말울음소리가 들렸다. 샤이는 상념에서 깨어났다.

오두막으로 통하는 오솔길과 도로가 만나는 지점에서, 허치 매튼이 말고삐를 손에 쥔 채 소나무 그늘 속에 서 있었다.

"이번에는 달아나지 않았으면 좋겠습니다."

샤이가 그를 보고 멈칫하자 그가 말했다.

샤이는 달아나고 싶었다. 하지만 그가 말을 몰고 그늘에서 걸어 나오는 동안 한 발자국도 움직일 수 없었다.

"내 어디가 그렇게 두려운 겁니까, 스트로크 부인?"

그녀는 자신의 할아버지에게 애써 미소 지었다.

"아⋯⋯ 난 그냥 미친 브랜디예요. 들어보지 않으셨나요?"

"그래요, 들었죠."

그의 눈 꼬리에 살짝 주름이 졌다.

"그리고 난 미치광이 매든 형제 중 하나고요. 혹시 들어보셨나요?"

"시에튼 선생님께요. 당신이 무척 거칠다고 하시더군요."

"제대로 말씀하셨네요."

샤이가 그를 지나쳐 오솔길을 향해 걷자, 그가 말없이 그녀 곁을 따라 걸었다. 말이 그 뒤를 따랐다. 그녀는 온몸으로 그를 의식한 나머지 숨조차 쉬기 힘들었다.

"집에 가봐야 할 것 같아요."

"집까지 저도 걷겠습니다. 또 달아날 겁니까?"

"달아나지 않아요. 전 그냥……."

"이건 정당하지 않아요."

그가 하릴없이 고삐 끝자락으로 자신의 다리를 찰싹 때렸다.

"당신처럼 젊고 예쁜 사람이 늘 그렇게 슬퍼 보이다니요."

그는 브랜디의 불룩 솟은 배를 내려다보며 미소 지었다. 얼굴 가득 번진 미소가 그 억센 카우보이를 상처받기 쉬운 남자처럼 보이게 만들었다.

그녀는 몸이 뜨거워지는 것을 느꼈다. 햇빛 속을 걷고 있기 때문만은 아니었다. 그녀는 물을 마시기 위해 샘에서 잠깐 걸음을 멈췄다. 그녀가 나무 뚜껑을 덮고 어색하게 다시 일어설 때까지 그는 머리 위의 나뭇가지에 앉아 있는 커다란 산 어치를 응시하고 있었다. 마치 대화라도 하는 것처럼.

"새가 뭐라고 하던가요?"

허치가 눈을 깜빡이며 그녀를 내려다보았다.

"저 새도 당신하고 똑같아요. 나한테 도무지 말을 하려들지 않네요."

"나는 말을 하잖아요."

그러나 오두막 뒷문에 도착할 때까지 두 사람은 더 이상 아무 말도 하지 않았다. 그녀는 그가 안으로 들어오지 않기를 바랐다. 그가 끼익 거리는 가죽소리와 함께 말에 올라탔을 때 그녀는 비로소 안도의 한숨을 내쉬었다. 그는 마음껏 달리고 싶어 하는 말을 달래며, 한 팔을 안장머리에 올리고 몸을 앞으로 기울였다. 그는 다시 억센 카우보이로 돌아갔다.

"난 당신을 내 사람으로 만들 작정이에요. 당신도 알고 있죠?"

그가 속삭였다.

"그래요…… 알아요."

9월에 맥킨리 대통령이 암살 딩했다. 네덜란드는 혼란에 휩싸였다. 물론 겉으로 봤을 때 마을에서 그를 지지한 사람은 아무도 없었다. 그가 은화 자유 주조에 반대했기 때문이었다. 은화주조가 허용된다면 네달란드의 은광도 다시 활기를 되찾을 수 있었다. 그러나 그는 미국의 대통령이었다. 한 달 동안은 그 누구도 다른 화제를 입에 올릴 수 없었다. 메이 벨조차도 충격을 받은 듯했다.

맥킨리 대통령은 샤이가 어렴풋이 기억하고 있는 역사 속의 유일한 인물이었다. 하지만 그녀는 태연했다.

도라 K의 반응은 그 누구와도 같지 않았다.

샤이는 산책을 나갔다가 집으로 돌아오는 길에, 안락의자

238

뒤쪽 벽에 세워져 있는 웨딩거울을 발견했다. 거울은 덮개가 덮인 채 일개 부대를 묶어도 될 만큼 긴 밧줄로 친친 감겨져 있었다. 도라 K는 루스벨트 씨에게 나쁜 일이 생길 것 같으냐고 물었다. 그러면서 만약 그렇다면 거울의 덮개를 벗기고 그 장면을 확인한 후에 새로운 대통령에게 경고해줘야 한다고 연신 주장했다.

샤이는 그날 안락의자에 주저앉아 눈물이 날 때까지 웃었다.

12월의 어느 날 밤, 산통이 시작됐다. 도라 K는 타일러 씨 집으로 달려가서 그 집 아이들에게 시에튼 박사를 불러오라고 말하고, 급히 돌아와 물을 끓였다.

샤이는 마취 없이 출산하는 것에 대해 생각해본 적도 없었다. 브랜디가 임신한 것을 알기 전까지는 관심도 없었다. 그녀는 최대한 그 생각을 하지 않고 멍하게 있으려고 노력했다.

하지만 그런 것은 통하지 않았다.

그네에서 떨어져 팔이 부러졌을 때도, 몸이 뒤바뀔 때 온몸을 휘감았던 끔찍한 몸살도 그 고통에는 비할 수가 없었다. 그녀는 고통에 찬 비명을 지르다가 잠깐 동안 무의식 상태에 빠져 안도하다가 조금 뒤 다시 그 과정을 반복했다.

"긴 밤이 될 것 같습니다."

시에튼 박사가 옆에 서 있는 도라 K와 리디아 타일러에게 속삭였다.

"아기가 거꾸로 나오려나 봅니다."

샤이에게 들리지 않게 하려는 듯, 그가 목소리를 죽였다.

샤이는 아침이 오기 전에, 브랜디의 아기가 태어나기 전에,

죽게 해달라고 신께 기도했다.

그 옆에서 사람들은 분주하게 움직였고 정오가 되어서야 포대기에 싼 아기를 그녀에게 건넸다.

"브랜디, 당신 딸과 인사해요."

그가 자기가 아기를 낳은 양 수척한 얼굴로 말했다.

샤이가 브랜디의 얼굴을 벽 쪽으로 돌렸다.

"아기의 완벽한 머리를 봐요. 약간 구릿빛이 도는 머리카락도요."

그가 그녀를 달랬다.

"갓난아기의 머리가 이렇게 둥글고 예쁜 경우는 드물어요. 혹시 충격이 다른 곳으로 갔나."

그쯤에 이르자 그녀는 더 이상 아기를 외면할 수 없었다.

브랜디의 갓난아기는 이가 하나도 없는 도라 K를 생각나게 했다.

"이름은 생각해봤나요?"

"네."

샤이는 너무 지친 나머지 간신히 대답했다.

"그애 이름은 페니예요."

다음날 아침 시에튼 박사가 또 찾아왔다.

"아기 이름을 페넬로페가 아니라 그냥 페니라고 지으려는 게 분명해요? 어떻게 짓든 물론 페니라고 부를 수 있는데요."

"아뇨, 그냥 페니요."

샤이가 멍하니 대답했다.

"자, 여길 봐요. 당신이 이런 기분으로 있는 건 누구에게도

도움이 안 돼요. 특히 당신 자신과 아기에게 말입니다. 당신은
이 아이를 가졌으니 운이 좋은 겁니다. 어쩌면 당신의 유일한
아기가 될지도 몰라요."

"무슨 뜻이죠?"

"힘든 출산이었어요. 그래서 손상이 있었습니다. 다시 출산
할 수 있을지 장담할 수 없어요. 아직 나이가 젊지만, 재혼은
하지 않는 게 현명할 것 같군요. 지금으로서는 코빈의 아기에
게 헌신하는 게 최선입니다. 그리고 당신에게 어린 페니를 안
겨준 주님께 감사하세요. 또 임신을 하면 당신은 죽을지도 모
릅니다."

"언젠가 나는 레미와 댄이라는 이름의 쌍둥이를 낳고 레이
첼이라는 이름의 딸도 낳을 거예요. 그애들은 머리가 희끗희
끗해질 때까지 살 거고, 난 지긋지긋하게 오래 살 거예요. 그러
니까 엉터리 주님을 들먹여가며 나를 겁줄 생각은 마세요. 난
당신네 남자들이 여자들을 단속하기 위해 그런 종교적인 얘기
를 꾸며낸 게 아닌가 싶어요."

"브랜디 스트로크. 난 당신이 방금 내뱉은 그 헛소리를 용서
하겠소. 힘든 시간을 보냈으니 말이요. 난 존 맥케이브의 딸이
미쳤다는 소리를 결코 믿지 않았소. 물론 지금도 당신을 위해
아무 말도 않겠소. 당신이 제 정신으로 돌아오면 그때 얘기합
시다."

그가 떠난 후 도라 K는 요람에서 아기를 들어올려 화덕 앞
으로 데려왔다.

샤이는 아기를 포대기로 단단히 감쌌다. 아기가 브랜디의
가슴을 빨 때마다 마음이 찢어질 듯 아팠다.

'이 아이를 사랑해선 안 돼. 마음이 너무 아플 거야. 게다가 이 아이는 브랜디의 애지, 내 애가 아니잖아. 하지만 브랜디는 내가 코빈과 결혼했을 때나 이 아기를 임신했을 때 이곳에 있지도 않았는 걸……. 샤이, 인정해, 이건 네가 벌인 짓이야.'

그녀는 페니의 머리 주변에 난 구릿빛 솜털에 입을 맞췄다.

페니 스트로크는 결국 태어난 지 2주 만에 폐렴에 걸려 죽었다. 봄에 땅이 녹으면, 아빠 곁에 묻힐 것이다.

도라 K는 긴 한숨을 짓고 가끔 먼 곳을 바라보면서 조용히 그 고통을 견뎌냈다.

샤이는 다시 거울 앞에 섰다.

협곡을 건널 수 있게 되자마자, 소피와 엘튼이 오두막으로 들이닥쳤다. 그들은 샤이와 도라 K가 남은 겨울을 진저브레드 하우스에서 지내야 한다고 주장했다.

그들은 너무도 지친 나머지 저항할 힘도 없었다.

도라 K는 난생 처음으로 전신 욕조에서 따뜻한 물로 목욕을 했고, 겨울 동안 한 번도 감기에 걸리지 않은 것을 놀라워했다.

진저브레드 하우스를 방문한 브랜디의 친구들은 그녀가 줄곧 어색하게 행동하거나 옛일을 기억하지 못하는 걸 보고 연달아 상을 당해 그런 것이라 여겼다.

엘튼은 날씨가 좋은 날엔 두 사람을 마차에 태우고 시내를 돌아다녔다. 그는 샤이와 함께 노면 전차를 타거나 극장에 가서 진부한 연극이나 오페라를 관람했다. 그즈음 그녀는 남자와 함께 다니는 걸 그리워했기 때문에 엘튼과 함께 있는 그 시간을 즐겼다.

그러나 그녀도, 도라 K도 긴 겨울이 끝날 시점이 되자 네덜란드로 돌아갈 채비를 했다.

소피를 보고 있으면 레이첼이 생각나 고통스러웠다. 게다가 브랜디의 삶 속에 샤이를 정착시킨 뿌리는 진저브레드 하우스가 아니라 그 작은 광산촌에 있었다.

그녀가 브랜디의 남편과 딸을 묻은 그곳은 공기가 깨끗했고, 진저브레드 하우스처럼 답답하지도 않았다. 무엇보다도 그녀를 따라다니는 소피의 미심쩍어 하는 눈빛이 없었다.

그렇게 브랜디의 삶에 동화된 지 3년째에 접어들자 그녀는 이제 거울에서 덮개를 벗겨내지 않았고, 설사 그렇게 할 때조차 별로 희망을 갖지 않았다.

도라 K가 앤틀러 호텔에 출근한 첫날, 샤이는 안락의자를 베란다로 가지고 나와 네덜란드의 경치를 바라보며 앉아 있었다. 너무 지루해서 바느질을 하거나 책을 읽을 기분도 아니었다. 게다가 그녀는 애초에 둘 다 즐기지 않았다.

한참 후 마차바퀴가 삐걱거리는 소리, 마구의 쨍그랑 소리, 말들이 콧김을 내뿜는 소리가 들리기 시작했다. 언덕으로 시선을 돌리니 길을 따라 그녀를 향해 올라오는 사륜 짐마차 한 대가 보였다. 모자가 은발을 가리고 있음에도 불구하고, 그녀는 마차를 모는 사람이 매든 형제 중 한 명이라는 것을 눈치 챘다.

그리고 그가 둘 중에 누구인지도 알아차렸다.

20

"좋은 아침입니다."

허치 매든이 웃음기 없는 얼굴로 말했다. 그는 물건이 가득 실린 사륜마차 위에 앉아 있었다. 눈높이가 샤이와 같았다.

샤이는 아무 대답 없이 몸을 앞으로 숙여, 말발굽이 도라 K의 작은 텃밭을 헤쳐 놓고 있는지 살펴봤다. 이 고지대에서는 아주 기름진 밭에서조차 식물이 잘 크지 못했다. 하지만 그 순간 그런 건 별로 중요하지 않았다. 그녀는 다시 의자에 등을 기댔다.

"스트로크 부인."

그가 모자를 손으로 끌어내렸다. 여전히 웃음기 없는 얼굴.

"부인을 이 마차로 모시고 싶습니다."

"왜죠?"

"이 화창한 날 부인에게 보여드리고 싶은 게 있습니다."

"지옥에나 가요."

그녀가 브랜디의 입으로 거친 말을 내뱉었다. 그의 눈썹이 살짝 올라갔다. 그가 말 궁둥이를 쳐다보며 머리를 흔들었다.

"난 내가 참을성이 많은 남자라고 생각하고 있었소."

고삐를 자리에 얹어두고 브레이크를 걸어둔 채 그가 마차에서 내렸다.

허치가 마차 주위를 서성이기 시작하자 샤이가 안락의자에서 일어났다.

"지금 뭐하는 거죠?"

그가 천천히 계단 쪽으로 오더니 은밀한 시선으로 그녀를 바라봤다.

"좀 전에 말한 것처럼 당신을 마차로 모시게 해달라고 청하고 있소."

"그래서 저는 당신이 뭘 해야 하는지 말씀드렸죠."

그가 계단으로 올라오자 그녀가 문 쪽으로 몸을 돌렸다.

"제기랄, 꼭 카나리아에게 구애하는 곰이 된 기분이군."

그가 불쾌한 목소리로 말했다.

"허치, 잘 들어요."

그녀가 입술을 떼면서 문을 열고 안으로 들어가려는 찰나 그가 그녀의 허리를 덥석 잡았다. 그러고는 미처 저항할 겨를도 없이 그녀를 번쩍 들어 올려 마차 좌석에 앉혔다. 그때까지 그녀는 허치를 동작이 굼뜬 사람이라고 생각하고 있었다.

"난 그냥 당신에게 뭔가를 보여주려는 것뿐이오."

"하지만 난 모자 없이는 아무 데도 못가요. 햇빛 때문에 코가 빨갛게 익을 거예요."

허치가 자기 모자를 그녀의 머리 위에 얹어주고는 말들을 후진시켜 마차를 돌렸다.

마찻길이 도로와 만나는 지점에서 그는 남쪽으로 방향을 바꾸었고, 브랜디 와인에서 멀지 않은 도로를 벗어나 다시 소나무들을 헤치고 비탈진 마찻길로 들어섰다.

샤이는 마차가 탠디 목장으로 향하고 있음을 알았다. 심지어 그 이유까지도 알았다. 하지만 말들이 나무가 울창한 오르막을 오르려 발버둥치고 그가 나무들 사이에서 잠시 말들을 멈추었을 때까지 마음을 정하지 못했다.

마찻길은 비탈지게 펼쳐진 넓은 계곡을 지나 작은 둔덕 위에 자리 잡은 집까지 이어졌다. 나무들이 계곡 주위를 빙 둘러싸고 있었지만 둔덕 윗부분에는 산들바람에 하늘하늘 물결치는 풀밭과 군데군데 핀 야생화, 말들이 흩어져서 쉴 수 있는 공간이 자리하고 있었다. 하얀 물보라가 이는 개천이 계곡을 따라 흘러내렸다. 솜사탕 같은 구름이 바람을 따라 흘렀고, 그 그림자가 풀밭 위를 달리며 그들을 향해 다가왔다.

허치는 꿈에서 깨어난 듯 몸을 부르르 떨더니 앞으로 계속 나아가도록 말들을 재촉했다. 날씬한 다리를 가진 까불까불한 적갈색 망아지 한 마리가 그들을 따라오는가 싶었는데, 어느 틈에 광활한 초원을 쏜살같이 가로질렀다. 그 모습을 보고 샤이는 페니를 떠올렸다. 까불댈 만큼도, 뛰어놀 만큼도 성장하지 못한 페니. 삶은 결코 공평하지 않았다. 앞으로 무슨 일이 일어날지 알고 있는 사람에게도.

집은 반듯한 2층 통나무 건물이었다. 통나무 끄트머리가 옆으로 삐져나와 있었다. 껍질을 벗겨낸 통나무는 투명하고 광택 있는 물질을 칠해놓은 듯 깊은 금빛을 머금고 있었다. 근처에 가축우리가 두 개 있었다. 그 중 하나는 새로 지은 것이었다. 옥외 변소와 닭장도 있었다.

그들은 레이첼이 묘사했던, 집의 두 면을 잇는 차양 달린 베란다 옆에서 걸음을 멈추었다.

'이곳이 엄마가 살던 집이야.'

그녀의 목소리가 머릿속에서 메아리쳤다. 그러나 허치 매든이 기대감 어린 눈으로 그녀를 처다봤을 때, 그녀는 아무 말도할 수 없었다. 그녀는 그가 상처받았다는 것을 알 수 있었다.

그는 그녀를 안아 마차에서 내려준 다음 베란다 계단으로데려갔다.

샤이는 옛것에 열광하는 스타일이 아니었다. 물론 그녀가십대였을 때 그런 게 유행이긴 했다. 그런 분위기에 휩쓸려 등산도 하고 캠핑도 하고 여행자를 위한 마구간에서 말도 빌려타보았지만, 기본적으로 샤이는 그런 것과 맞지 않았다. 그녀는 전형적인 도시 아가씨였다.

하지만 그 동화 같은 계곡에 도착하자 그녀는 그곳이 지금은 사라져버린 세계의 불가사의 중 하나처럼 느껴졌다.

"그러니까 당신은 이제 농장도 가졌고 집도 가졌고 가축도가졌으니까……."

마침내 브랜디의 혀를 움직일 수 있게 되자 그녀가 쏘아붙이기 시작했다.

"지루한 집안일을 해줄 길들여진 여자를 찾는 거군요. 요리하고 빨래하고 청소하고 바느질하고?"

"그리고 나한테 지옥에나 가라고 말하는 여자를."

실망한 탓인지 그의 말투가 거칠어졌다. 그러면서도 그는문을 열어 그녀를 안으로 안내했다.

온통 금빛이었다. 서로 딱 맞게 조립된 널빤지들이 벽과 천장과 바닥을 이루고 있었다. 조금 열린 창문 사이로 스며든 햇살이 거실에 따뜻한 느낌을 더해주었다. 창문 밖으로 광활한 초원과 산과 하늘이 보였다.

밝은 색 타원형 양탄자. 금빛 널빤지로 만든 묵직하고 소박한 가구들. 그것들은 현대식 정원용 가구와 비슷했지만, 그녀가 오두막을 꾸미기 위해 바인더 씨 가게에서 샀던 것과 똑같은 빨간 꽃무늬 옥양목으로 만든 쿠션 덕분에 한결 밝아 보였다. 똑같은 천으로 만든 헝겊들이 커튼처럼 창문 양쪽에 걸려 있었다.

그녀는 쿠션을 만져보았다.

"바느질 해줄 사람은 벌써 구한 것 같군요."

"메이 벨이 소개해줬어요. 론과 나는 지난겨울 동안 벽과 바닥과 가구를 만들었죠."

그의 목소리는 이제 풀이 죽어 있었다.

"가구를 만들었다고요?"

이전에 그녀는 그런 일을 하는 사람을 만나본 적이 없었다.

"맥케이브 가문 딸에게는 너무 평범하겠죠."

방 한쪽 끝에 배불뚝이 난로가 있었고, 그 주변으로 소파와 의자, 양탄자, 테이블이 옹기종기 모여 있었다. 다른 쪽에는 화덕이 있었고 그 근처에 직사각형 테이블과 벤치, 등받이 의자가 놓여 있었다. 투박한 가구들이었지만 칠을 잘해놓아서 거실과 집과 계곡과 잘 어울렸다.

"자유롭고 탁 트인 느낌이에요."

그녀가 팔을 든 채 한 바퀴 빙그르르 돌았다.

"이 방에 우리 오두막 전체를 옮겨올 수도 있겠네요. 아니, 그러고도 공간이 남아요."

그곳은 어둡고 냄새나고 비좁은 오두막과는 너무도 달랐다.

동시에 화려하게 치장된 생기 없고 답답한 진저브레드 하우스와도 달랐다.

1층에는 세 개의 작은 침실이 있었고, 2층에는 벽을 따라 침대를 놓아둔 두 개의 공동 침실이 있었다. 집 뒷문 쪽에 붙어 있는 헛간에는 장작이며 빨래통이며 기타 생필품들이 보관되어 있었다.

넓고 통풍이 잘되면서도 아늑하고 소박하고 단순하고 청소하기 쉽고.

"허치, 당신과 당신 형이 이 집을 정말 아름답게 꾸며놓았군요. 마음에 들어요."

그녀가 집을 구석구석 살펴보고 돌아왔을 때, 허치는 창밖을 응시하고 있었다.

"그리고 당신의 계곡은 말로 표현할 수 없을 정도예요."

"맥케이브의 딸에게는 그리 대단치 않겠죠."

그 집은 흠잡을 데가 없었다. 이렇게 준비하기 위해 그는 열심히 일한 게 분명했다. 그리고 이 모든 것을 그녀를 위해 준비했다는 것도 분명했다. 그저 무례한 아낙네에 불과한 그녀를 위해서.

"당신과 론은 스스로를 자랑스러워해야 해요. 내게도 이 아름다운 집을 보여줘서 고마워요."

"어떤 사람들에게 이곳은 너무 적적하겠죠. 꽤 외진 곳이니까."

"하지만 자유롭고 아름다워요."

"난 당신이 그저 밥이나 하고 빨래나 하는 걸 원치 않아요."

그가 조그맣게 목이 메는 듯한 목소리로 말했다.

"일단 론이 날 그렇게 흘끔거리지 말았으면 해요."

그녀가 말했다.

"또 흘끔거리면, 내가 그 얼굴에다 주먹을 날려버리겠소."

"어차피 1년에 두어 번은 그런다면서요."

"우리가 싸움질을 좀 하죠."

그는 여전히 창밖을 보면서 대답했다.

"앞으로는 밖에서 싸우세요."

"네, 부인."

"그리고 난 살림을 잘하지 못해요."

"우리가 돕겠소. 그리고 사람을 곧 고용하겠소."

"시어머니를 여기서 살게 하고 싶어요."

"남는 방은 있소."

"그리고 내 말도 한 마리 있었으면 해요."

"당신이 직접 골라요."

"그리고 보는 사람이 없을 때는⋯⋯."

이제 그녀는 한 손을 그의 팔에 얹은 채 그와 함께 계곡을 내다보고 있었다.

"난 남자처럼 바지를 입고 말을 탈 거예요."

그가 마침내 그녀를 쳐다보았다.

"틀림없이 그럴 거라고 생각했소."

'너 지금 브랜디를 어떤 상황으로 몰아넣고 있는지 알아? 하지만 브랜디는 3년 전에 이곳을 떠났고, 어쩌면 이 남자를 평생 동안 못 볼지도 몰라. 이제 그만 받아들일 때가 됐어.'

"당신은 내 정수리를 좋아하는군."

샤이는 자신도 모르게 계속 그의 머리를 바라보고 있었다.

"그게 아니라…… 당신의 머리카락이 좋아요."

그녀는 까치발로 서서 그의 머리카락을 만졌다. 그가 그녀의 허리를 팔로 감았다. 그녀의 얼굴에 닿는 수염이 부드러웠다.

"당신이 날 거절할 거라고 생각했소."

그는 몸을 떨었다.

"어째서 남자에게 안기면 이렇게 기분이 좋은 거죠?"

"그걸 알면 얼마나 좋겠소."

그의 팔에 힘이 들어갔다.

브랜디는 그동안 너무도 외로웠다. 그녀의 감은 두 눈에서 눈물이 스며 나왔다.

"한동안 길을 잃은 기분이었어요."

"브랜디, 이제 다시 살아나기 시작한 것 같군요. 안 그렇소?"

그녀는 손으로 그의 뒷목을 잡아 머리를 자신의 얼굴 쪽으로 끌어당겼다. 그의 입술이 그녀의 입술에 닿았다. 브랜디의 몸속에서 강한 욕망이 끈질기게 꿈틀거렸다.

"당신은 언제나 그렇게 예의 바르고 신사다운가요, 허치? 또 '네, 부인' 하고 말해보시죠."

"아니."

"여기 우리 말고 다른 사람이 있나요?"

"아니."

"여자도 잠자리를 즐겨야 한다고 생각하지 않나요?"

그녀가 그의 목에 키스했다.

"당신은 참 질문이 많군."

'이 남자는 로렌스 웰크(미국의 유명한 아코디언 연주자 — 옮긴이)보다도 나이가 많아. 하지만 지금은 나도 그렇지.'

그는 그녀의 등 뒤로 손을 뻗어 거추장스러운 후크와 단추를 모두 풀었다.

"이제 더 이상 근무 시간에 메이 벨을 찾아갈 필요가 없겠네요."

그녀가 그의 발아래 놓인 푹신한 소파의 쿠션 위로 누우면서 말했다.

"안 그래요?"

"아마도."

그가 길고 부드러운 애무를 시작했다.

"지금이에요."

그녀가 재빨리 속삭였다.

"이제 당신은 나랑 결혼해야 해."

그 말과 동시에 그가 브랜디의 몸속으로 깊이 들어갔다.

"나를 만족시킬 수 있나요?"

"노력해보지."

어금니 하나가 없는 게 아쉬울지 모르겠지만, 다른 모든 것은 만족스러웠다.

"허치?"

"말 좀 그만하면 좋겠는데."

"언젠가 우리는 쌍둥이 형제와 딸을 낳게 될 거예요."

"네, 부인."

그후

브랜디가 허치 매든과 결혼하자 도라 K는 같이 살자는 제안을 거절했다. 그리고 브랜디가 놓고 간 웨딩거울을 다시 동굴 저장실에 갖다두었다.

이듬해에 톰 혼은 와이오밍의 샤이엔에서 어린 소년을 살해한 죄로 교수형에 처해졌다. 매든 쌍둥이는 그 사건을 자축하며 3일 동안 술판을 벌였다. 그동안 톰의 동생인 찰리가 형의 시신을 보울더로 옮겨 콜롬비아 공동묘지에 조용히 묻었다.

1907년 소피 맥케이브가 이끄는 진보주의자 집단이 개혁 후보들을 선출시키는 데 성공했고, 워터 스트리트를 해체하는 그들의 첫 목표를 실현시켰다. 그곳에서 쫓겨난 매춘부들은 조용히 지역사회로 파고들었다.

설파이드 평원에 댐과 저수지를 세우려는 맥레오드의 계획은 무산됐다. 하지만 센트럴 콜로라도 전력회사가 바커 초원을 사들여 댐을 건설하기 시작했다. 그때 도라 K는 짐을 챙겨서 브랜디가 있는 바 더블 M 목장으로 들어왔다. 거울은 썩어가는 덮개에 싸인 채 동굴에 버려졌다.

도라 K는 결국 허치 매든이 참아줄 만한 사람이라는 것을 인정했다. 어쩌면 그가 결혼한 지 8년이나 지났는데도 여전히 브랜디에게 잘해주었기 때문인지도 몰랐다. 물론 그의 형인 론은 별개의 문제였다.

바커 댐이 준공된 다음 해에 브랜디는 자신이 임신했으며 쌍둥이를 낳을 것이라고 선언했다. 시에튼 박사는 그녀 때문에 노심초사했고, 도라 K는 쌍둥이가 격세유전이라고 말했다. 그러나 브랜디는 예정된 날짜에 자신의 말이 사실임을 증명하며 매든 쌍둥이들을 세상에 내보냈다. 도라 K는 브랜디가 마녀이며 다른 여자들과 다르다는 것을 또 한 번 확인했다.

브랜디는 아들의 이름을 레미와 댄이라고 짓고, 도라 K에게 알쏭달쏭한 질문을 던졌다.

"닭이 먼저일까요, 달걀이 먼저일까요? 내가 그애들 이름을 이미 알고 있었기 때문에 그렇게 지은 걸까요, 아니면 그렇지 않아도 어차피 그렇게 지으려고 했을까요?"

동부의 철강회사들은 제품의 내구성을 높이는 데 필요한 텅스텐을 점점 더 요구하기 시작했다. 동시에 유럽이 전쟁 준비를 시작함에 따라 팀 펨버시는 사업을 확장했고 교대 근무조를 짜서 작업을 진행시켰다. 그 검은 금속은 강력하고 빠른 총과 도구를 만드는 데 중요한 역할을 했다.

텅스텐을 가공하기 위한 새로운 공장이 두 개나 세워졌다. 그 중 하나는 댐 밑에 세워졌다. 브랜디가 예언한 것처럼, 텅스텐이라는 도시는 주변으로 점점 세력을 넓혀갔다.

브랜디는 전쟁에 대해 아무런 관심을 보이지 않았을 뿐만 아니라 싸움이 또 일어날 것처럼 지금 벌어지고 있는 전쟁을 '1차 세계대전'이라고 불러서 사람들을 짜증나게 만들었다.

네덜란드는 텅스텐 붐의 한가운데에 있었다. 마차며 짐마차며, 심지어 스탠리 증기 자동차까지 줄을 지어 협곡으로 올라왔다. 텅스텐을 구하러 온 사람들은 천막 안이나 내기 당구장 바닥에서 잠을 잤다.

살롱들은 칵테일용 음료와 당구대, 카드 게임을 제공하는 내기 당구장 역할을 하기 시작했다. 그리고 개혁 단체가 연방 정부보다 4년 앞서 콜로라도 주 의회에서 금주법을 통과시켰다. 목장 일에 적응할 수 없었던 론 매튼에게는 반가운 소식이 아닐 수 없었다. 그는 샤이엔에서 주류를 밀수해 네덜란드에 공급하는 짭짤한 사업을 시작했다. 격분한 도라 K가 지역 당국에 신고할 때마다 론은 위스키나 맥주 따위의 뇌물을 먹여 유치장에서 유유히 빠져나왔다.

네덜란드가 갑작스러운 경기 호조를 누리는 동안 메이 벨은 젊은 경쟁자들이 유입되었음에도 불구하고 제법 많은 돈을 벌었다. 그리고 도라 K는 주변에 숙소가 부족했기 때문에 광부들에게 두둑한 돈을 받고 오두막을 임대해주었다.

사무엘 윌리엄스가 허깨비나 다름없는 모습으로 돌아왔지만, 결국 독감으로 죽고 말았다. 당시 전국을 휩쓸던 그 유행성 질환은 네덜란드에서 유독 심하게 퍼졌다. 앤틀러 호텔은 응급 병원으로 변했다. 넓은 베란다에까지 병상이 들어찼다. 엘

튼 맥케이브가 이 병으로 보울더에서 눈을 감았다. 이제 진저
브레드 하우스에는 소피 혼자 남게 되었다. 샤이와 도라 K는
일곱 살배기 쌍둥이와 허치, 독감에 걸린 세 명의 일꾼들을 돌
보다가, 자신들도 병에 걸리고 말았다. 목장 일꾼 중 한 명이
죽었다.

그 독감은 네덜란드에서만 쉰일곱 명의 목숨을 앗아갔는데,
희생자의 대부분이 청소년과 아이들이었다. 전쟁이 끝나고 해
외에서 더 값싼 광석이 발견됨에 따라 텅스텐 시장은 붕괴되
기 시작했고, 독감이 휩쓸고 간 네덜란드는 그 때문에 좀처럼
회복세로 돌아서지 못했다. 네덜란드는 다시 조용한 마을이
되었다.

브랜디 와인은 문을 닫았다.

웨딩거울은 여전히 언덕 사면에 자리 잡은 동굴 속에 홀로
서 있었다.

어느 날 댄과 레미가 소피 할머니에게 가기 위한 준비를 하
고 있을 때, 도라 K가 아이들을 사랑스럽게 쓰다듬으며 여행
하는 동안 먹으라고 쿠키를 쥐어주었다. 금색 반점이 있는 눈
동자는 매튼의 것을 닮았지만, 머리카락은 브랜디의 것처럼
짙고 숱졌다.

아이들은 론 삼촌과 함께 마차를 타고 출발했다. 도라 K와
브랜디는 베란다에 서서 아이들에게 손을 흔들었다.

"뉘 아들들인지 참말로 튼튼하게 잘 컸구먼. 이제 니도 쟤들
을 두고 그 이상한 거울 속으로 들어가고 싶진 않겠지?"

"그래요, 어머님. 이제는 너무 늦었어요. 허치, 계곡, 어머

님, 아이들…… 제가 어렸을 때 레미와 댄 삼촌들은 곁에 없었어요. 당연히 그들에 대해 아는 게 별로 없죠. 그래서 난 지금 두 사람을 아들로서 사랑할 수 있게 됐어요……."

브랜디는 약간 창백해진 얼굴로 베란다 난간에 몸을 기댔다. 그러고는 불안이 섞인 두 눈동자를 들어 먼 곳을 응시했다.

"……하지만 레이첼이 태어나면 그땐 어떻게 해야 할까요?"

제2부
레이첼의 이야기

1

레이첼 매든은 신발을 질질 끌며 흙길을 걸었다. 햇볕이 내려앉은 어깨가 따뜻했다. 학교에 있는 동안 끈끈해졌던 뒷무릎이 걷는 동안 어느새 보송보송 말랐다.

소녀는 창문으로 자기를 내다보고 있는 시에튼 박사에게 손을 흔들었다.

등 뒤에서 언덕을 내려가는 아이들의 웃음소리와 고함소리가 들려왔다.

레이첼은 아이들보다 앞서가기 위해 뛰기 시작했다. 굳이 돌아보지 않아도 여자애들과 남자애들 떼거리가 몰려오고 있다는 건 누구나 알 수 있었다. 하지만 레이첼은 혼자였다.

"안녕, 우리 작은 레이첼이구나."

바인더 부인이 집 뒤에 있는 빨래줄 앞에 서 있었다.

"안녕하세요."

2학년의 다른 누구보다 크다는 건 쑥스러운 일이었다.

"새로운 선생님은 마음에 드니?"

바인더 부인이 절뚝거리며 대문 앞으로 걸어왔다. 바인더 가족의 집에는 울타리가 없었다. 대신 석등 모양의 수반과 대문만이 남아 있었다.

"뭐, 그냥 좋아요."

레이첼이 웅얼거렸다. 거짓말이기 때문이었다. 햅스콧 선생님은 작고 가냘픈 누가 봐도 천상 여자였다. 레이첼은 자신이 그렇게 되기는 애당초 글렀다는 것을 알고 있었다.

"요즘 바 더블 M은 어떠니?"

바인더 부인이 양배추 밭의 토끼처럼 주름진 코를 찡긋거렸다.

그러나 그 코는 은근한 소문을 기대하고 있었다. 그녀가 정말로 묻고 싶은 것들은 이런 것이었다. 너희 엄마가 여전히 미친 짓을 하니? 혹시 너도 미쳐가고 있는 건 아니니?

"괜찮아요."

레이첼은 서둘러 자리를 피했다. 무례한 행동인 건 알았지만, 뒤에서 아이들의 목소리가 들리기 시작했고, 학교 친구들한테 만큼이나 바인더 부인한테도 엄마에 대한 얘기는 하고 싶지 않았다.

다른 아이들은 레이첼의 엄마를 미친 여자나 마녀라고 생각했다. 게다가 이름도 브랜디였다. 브랜디는 술이고 술은 불법이었다.

레이첼이 언덕 밑에 도착했을 때 뒤에서 또 다른 발자국 소리가 들렸다. 역시나 질질 끄는 발소리. 햅스콧 선생님이 아침에 소개한 전학생이었다. 소매 밑으로 앙상한 팔꿈치가 툭 튀어나와 있었고, 바지는 너무 짧아서 반바지나 다름없었다.

그러나 레이첼은 곧 잡화점으로 들어갔고, 동시에 그 아이를 까맣게 잊어버렸다. 레이첼은 판유리 너머에 진열된 사탕과자들을 살펴보았다.

"또 사탕과자에 용돈을 쓰러 왔구나, 레이첼 매든."

바인더 씨는 자기 아내보다도 늙어 보였지만, 눈 속에 담긴 미소만은 젊었다.

"그럼 네 엄마가 뭐라고 하실까, 응?"

입안에 가득 고여 든 침과 아직 영구치가 나지 않아 군데군데 비어 있는 이를 의식하며 레이첼이 씽긋 웃었다.

"엄마한테 말할 필요는 없잖아요, 할아버지?"

"너야 사탕이 생길 테니 말하지 않겠지만, 그럼 나한텐 뭐가 생기지?"

"나중에 키스 한 번 더 해드릴게요."

"어디 보자."

그가 웅얼거리며 계산대 뒤의 선반에서 공책 한 권을 꺼냈다.

"장부를 봐야겠다…… 이런 너 벌써 나한테 키스를 스물일곱 번이나 빚졌구나. 이제 스물여덟 번이 되었어. 어린 애가 빚이 너무 많다고 생각하지 않니?"

하지만 그는 진열장 속으로 손을 넣어 레이첼이 조바심을 내며 손가락으로 가리키고 있는, 두루마리처럼 말려 있는 과자를 꺼냈다. 두루마리 종이 위에 작은 초콜릿들이 고르게 열을 이루어 점점이 박혀 있었다.

그녀가 과자 값을 지불하고, 늘 하던 대로 문가로 걸어가면서 말했다.

"할아버지의 이가 전부 새로 나면 그 키스 다 해드릴게요."

그가 노인 특유의 너털웃음을 터뜨렸다. 바인더 씨는 이가 하나도 없었다.

전학 온 소년이 상점 앞 공터에서 메뚜기에게 돌을 던지고 있었다.

레이첼은 이로 초콜릿 점 한 줄을 갉아 먹으면서, 보도 위에 도시락과 나머지 사탕과자를 내려놓았다. 말을 매어놓는 말뚝의 가로대에 한쪽 무릎을 걸치자 피부가 얼얼해졌다. 레이첼은 배에서 나는 꼬르륵 소리를 의식하며 녹여먹던 초콜릿을 꿀꺽 삼켰다.

레이첼은 그 이상한 소년이 아직 다른 곳을 보고 있는지 확인한 다음 양손으로 가로대를 꼭 잡고, 빙그르르 돌았다. 위에서 아래로, 또다시 위에서 아래로. 펄럭이는 치마가 흙길과 사각형 상점들과 눈부신 태양을 가리지 않도록 최대한 빨리 돌았다. 초록색과 흰색 체크무늬 치맛자락이 얼굴을 스쳤다. 레이첼이 똑바로 섰을 때 그녀는 그 전학생이 자신 앞에 서 있는 것을 발견했다. 온몸이 뜨거워졌다. 틀림없이 속옷을 봤을 것이다.

하지만 소년은 도시락 통 위에 놓인 두루마리 사탕과자를 보고 있었다. 그애는 오늘 도시락을 싸오지 않았다. 그래서 햅스콧 선생님이 자기 도시락을 나눠주었다.

"조금 줄까?"

눈앞에서는 여전히 소년과 하늘과 바인더 씨의 상점이 빙글빙글 돌고 있었다.

"어떤 걸 먹고 싶은지 말해봐. 내가 좀 줄게."

그녀는 자신의 다리가 얼마나 길고 볼품없는지 의식하며 말뚝에서 다리를 풀었다.

"아무 거나."

소년이 웅얼거렸다.

소년은 레이첼이 생각했던 것처럼 과자를 덥석 잡지 않고, 자신이 조금 떼어줄 때까지 기다렸다.

레이첼은 초콜릿 점들을 핥아먹고 있는 소년을 보고 있기가 민망해졌다. 그녀는 두 줄을 더 먹은 다음 나머지 사탕과자를 소년에게 건넸다.

"나한테 주는 거야?"

"아니. 넌 나한테…… 키스를 빚진 거야. 내가 장부책에다 적어둘 거야."

소년은 탐욕스러운 눈으로 사탕을 바라보다가 이내 곧 다시 돌려주었다.

"장난이야. 바인더 할아버지랑 하는 놀이거든. 나한테 키스 해줄 필요는 없어."

그 종이에는 일주일 동안 먹을 수 있는 사탕이 붙어 있었지만, 소년은 그것들을 순식간에 먹어치웠다.

"왜 도시락을 안 싸왔니?"

"아침에 엄마가 아팠어."

소년의 까만 눈동자는 돋보기를 썼을 때 도라 K의 눈동자만 큼이나 컸다. 소년의 광대뼈도 팔꿈치 못지않게 툭 튀어나와 있었다. 레이첼은 이 소년이 인디언이 아닐까 생각했다.

소년은 종이를 핥다가 이제 사탕이 하나도 없다는 것을 깨닫고 잠깐 동안 멍하니 서 있었다.

"미안…… 내가 네 사탕을 전부 먹어버렸어."

"괜찮아. 우리 엄마는 내가 설탕이 들어간 걸 먹기만 하면 미치려고 해. 이가 몽땅 썩어버릴 거라면서 말이야."

소년은 심호흡을 한 후 어깨를 쫙 폈다.

"내가 키스해줄게."

레이첼이 주춤주춤 뒷걸음질을 쳤다. 등에 딱딱한 말뚝이 닿았다.

"아니야. 그건 그냥 놀이야. 난……."

하지만 소년은 레이첼의 이마에 축축한 입술을 쿡 찍었다.

"그럼 빚은 갚은 거다."

그러고는 꼭 토할 것 같아 자리를 피하는 것처럼 비틀비틀 달려갔다.

레미가 뿔라를 타고 나타났을 때, 레이첼의 눈은 여전히 소년의 뒤를 쫓고 있었다. 레미가 길모퉁이를 돌아 달리다가 상점 앞에서 고삐를 세게 당겼다. 그 바람에 뿔라가 콧김을 내뿜으며 앞발을 치켜들었다.

"야옹아, 가자. 우린 댄의 기록을 깰 거야."

레이첼이 그에게 도시락 통을 던져주고 한 발을 그의 부츠 앞부리에 올리고는 손을 뻗었다.

"치마 잘 잡아. 또 찢어먹으면 엄마가 날 가만 안 둘 거야."

그는 레이첼을 잡아당겨 앞에 있는 안장에 앉히고 집으로 출발했다.

흥분한 뿔라가 기쁨에 겨운 콧김을 내뿜으며 질주했다.

레이첼은 안장 머리를 꼭 붙잡고 레미의 가슴에 몸을 기댔다. 그러다가 개천 위의 좁다란 다리가 가까워질 때쯤 갑자기 소리를 질렀다. 뿔라가 전학 온 소년을 지나쳤다. 레이첼의 눈이 소년의 놀란 눈과 마주쳤다. 적어도 그애는 토하고 있지 않았다.

말에서 내렸는데도 가랑이가 계속 쑤셨다. 레이첼은 가축우리에서 벌어진 싸움을 피하기 위해 서둘러 비탈을 올라 집으로 뛰어갔다. 그녀는 싸움이 벌어진 게 자기 책임인 것만 같았다. 자신의 행동이나 말이 쌍둥이 오빠들을 자극한다고 생각했다. 지난여름 아버지와 론 삼촌이 베란다에서 치고받고 했을 때도 마찬가지였다.

레이첼이 계단에 앉아 오래된 신문으로 인형을 만들고 있는데, 아버지가 난간을 훌쩍 뛰어넘어 집 안으로 달려 들어왔다. 론 삼촌이 그 뒤를 부리나케 쫓고 있었다. 그들은 꼭 오빠들처럼 땅바닥을 뒹굴며 서로에게 주먹질과 발길질을 해댔다.

엄마는 집으로 들어가 문을 잠그고는 그 싸움이 레이첼과 아무 상관 없다고 안심시켰다.

"내 생각엔 돈 때문인 것 같구나. 하지만 저런 짓을 하기엔 자신들이 너무 늙었다는 걸 깨달아야 해. 네 아빠의 관절염도 점점 심해지고 있는데 말이다."

소피 할머니가 옳았다. 이런 곳에서 살고 있는데 어떻게 여자다운 행실을 익힐 수 있겠어?

그녀는 문을 열고 벌꿀 색 칠이 따뜻해 보이는 거실로 들어섰다. 크고 소박한 곳이었다. 유일하게 값나가는 가구라곤 도라 K가 콘월이라는 곳에서 가져왔다는 찬장이 전부였다. 그리고 그 옆에는 부모님의 결혼사진이 무거운 사진틀 속에 걸려 있었다. 콧수염을 기른 사진 속의 아버지는 지금의 아버지처럼 보이지 않았고, 엄마는 소피 할머니처럼 정수리에 머리를 돌돌 말아 올리고 있었다.

지글지글 고기 튀기는 냄새가 그녀를 맞이했다. 화려한 식탁보 위에 두꺼운 접시와 머그잔이 놓여져 있었다. 도라 K가 빵틀을 뒤집어 노릇노릇한 빵을 꺼내고 있었고, 엄마는 희끗희끗한 머리를 숙인 채 창문 옆 재봉틀에서 무언가를 하고 있었다.

"오빠들이 또 싸워요."

레이첼이 도시락 통을 금속 개수통에 집어넣고 손 씻을 물을 받기 위해 펌프질을 하면서 일러바쳤다.

"어제 댄과 왔을 때보다 더 빨리 집에 도착한 모양이구나, 그렇지?"

"네. 댄 오빠는 우리가 길로 오지 않고 숲 속으로 왔다면서 속임수를 쓴 거래요. 하지만 레미 오빠는 속임수를 쓰지 않았어요. 빨라는 정말 바람처럼 달렸으니까요."

레이첼은 수건으로 손을 닦으면서 엄마 옆에 섰다.

"오빠들이 싸우면 무서워요. 엄마는 두 사람이 서로 죽일까 봐 걱정 안 돼요?"

레이첼의 엄마가 의자를 뒤로 빼고 레이첼을 무릎 위에 앉혔다.

"오빠들은 스무 살이야. 그리고 엄마가 우연히 알게 된 바로는, 두 사람은 파파 할아버지가 될 때까지 살 거란다."

"그렇게 철썩같이 믿는다니?"

도라 K가 허리를 펴고 등을 문질렀다.

"쟤들은 늘 저렇게 소란을 피워대는디 말이여. 글고 쌍둥이는 재수가……."

"내가 말했잖아요. 댄은 중고차 딜러가 될 거고, 레미는……."

"쉿! 애들 앞에서는 조심혀. 쌍둥이 학교에서 일어났던 말썽을 잊어버린겨?"

브랜디가 딸의 어깨에 머리를 기댔다.

"학교에서…… 엄마 때문에 아무 문제없는 거니, 야옹아?"

"없어요."

레이첼은 자신이 지독히도 사랑하는 여인을 안심시키기 위해 거짓말을 했다. 그러면서 엄마는 왜 자신을 안아주기보다 자신에게 기대려 할까 생각했다. 레이첼은 그것이 불편했다.

"엄마는 왜 내 이름을 안 불러요? 엄마가 지어준 이름이라면서요. 작년엔 꼬맹이라더니, 이젠 야옹이야?"

"음…… 엄마들은 다 그래."

그녀가 레이첼의 뺨에 키스했다. 하지만 또 눈빛이 이상해졌다.

정말 엄마들은 다 그럴까? 어느 누구도 브랜디가 미쳤다고 혹은 마녀라고 레이첼에게 말할 수 없었다. 하지만 그녀는 다른 엄마들과 확실히 '달랐고', 레이첼도 그 사실을 알았다.

브랜디와 허치의 방과 도라 K의 방 사이에 있는 작은 침실에서 레이첼은 옷을 갈아입었다. 이곳은 다른 방에 비해 물건이 많았다. 그녀의 할머니가 진저브레드 하우스의 다락에서 가져온 가구도 몇 점 있었다. 레이첼이 의자를 밟고 올라서야만 거울을 볼 수 있는 높은 화장대와 사랑스러운 인형들이 진열된 유리 캐비닛, 그리고 앉아서 숙제를 할 수 있는 접이식 뚜껑이 달린 책상.

레이첼은 어두운 색조의 가구들 사이에서 아늑함과 안락함을 느꼈다. 밤이 되면 그 가구들의 그림자를 보면서, 그것들이 자신을 지키기 위해 불침번을 서고 있다고 상상했다.

"그런데 왜 학교 친구들은 데려오지 않니?"

모두가 저녁 식탁에 둘러앉았을 때 브랜디가 물었다.

"너무 멀어서요."

레이첼은 고기를 자르는 데 열중하는 척하며 혀를 잘근잘근 씹었다.

"집에서 하룻밤 재워도 되잖아. 아니면 그냥 저녁만 먹어도 되고. 오빠들이 나중에 집에 데려다주면 되니까."

"생각나는 애가 없어요."

레이첼은 똑같이 생긴 오빠들이 자신에게 경고의 눈빛을 보내고 있다는 걸 알았다.

"그래도 누군가는 있을 거 아냐, 안 그래?"

댄이 말하고는 부츠 신은 발로 레이첼의 정강이를 살짝 찔렀다.

레이첼은 이 화제가 지나가기를 기다리며 잠자코 있었다.

론 삼촌은 한 손에 나이프를 다른 한 손에 포크를 거꾸로 쥔 채 팔뚝을 식탁 가장자리에 올려놓고는 레이첼을 바라봤다. 레이첼은 아버지와 삼촌이 한때 두 오빠들처럼 서로 구분하기 힘들었다는 얘기를 들었다. 하지만 이제 두 사람은 전혀 같지 않았다. 론 삼촌의 몸집이 훨씬 더 컸다. 게다가 그는 여전히 콧수염을 기르고 있었다. 그것을 콧수염이라고 부를 수 있다면 말이다. 그것은 입술 위에 나 있는 가느다란 선에 불과했다. 그는 그것을 구레나룻 염색약으로 짙게 물들였다.

"넌 고기를 눈에다 붙여야겠다."

그가 눈에 멍이 든 댄에게 시선을 돌리며 식탁 중앙에서 빵 한 조각을 집어 들었다.

식탁에 앉기 전에 씻었는데도 두 사람은 여전히 더러웠다.

"너희들 문제는 해결됐냐?"

허치가 뻣뻣한 손을 쥐었다 폈다 하며 물었다.

"저녁밥 때문에 관둬야 했어요."

레미가 퉁퉁 부어오른 입술로 씽긋 웃었다.

"내일 아침에 일어나자마자 다시 시작할 거예요."

"그러시든지요. 마침 소 떼를 서쪽 초원에 옮겨놔야 하니까 그럼 너희들이 그 문제를 훨씬 더 쉽게 해결할 수 있겠지."

허치가 모른 척 대꾸했다.

레이첼은 이렇게 대화가 오가는 동안 엄마가 점점 가라앉고 있음을 발견했다. 쌍둥이의 싸움을 못마땅해 하는 도라 K의 침묵과는 다른 것이었다. 레미는 여전히 식탁 너머로 레이첼에게 엄마 좀 어떻게 해보라는 듯한 눈빛을 보냈다.

"초대할 사람이 하나 있긴 있어요."

레이첼이 무심코 말을 꺼냈다. 그리고는 말하기 전에 조금 더 생각할 걸, 하고 후회했다.

"하지만 그냥 저녁 식사만."

그 말에 브랜디가 몸을 꼿꼿이 폈다.

"누구? 도로시 킨셀로우? 아니면?"

"아니, 그게…… 남자애야."

댄과 론이 똑같이 야유하는 소리를 냈다. 도라 K가 상점에서 구입한 틀니 사이로 숨을 훅 들이켰다. 그런데 바인더 씨는 왜 틀니를 사지 않는 거지?

레미는 예상치 못한 여동생의 말에 깜짝 놀라서 어쩔 줄 몰라 했다.

'레미 오빠, 내가 노력하는 거 안 보여?'

"무슨 남자애? 누군데?"

입에 음식을 가득 문 채로 브랜디가 말했다. 여간해서는 하지 않는 행동이었다.

"음…… 그게…… 새로 전학 온 애예요. 이름은 잊어버렸어요. 오늘 처음으로 우리 학교에 왔거든요."

"새로 이사 온 가족이 있다는 얘기는 못 들었는데. 그애는 어디에 사는데?"

"나도 몰라요. 내 생각엔 그애가 인디언인 것 같아요."

"우와~ 레이첼이 인디언한테 관심이 있었구나."

"아니거든요, 삼촌."

레이첼은 모두가 자신의 난처한 모습을 재미있어 하고 있다는 걸 깨달았다. 레이첼은 괜한 짓을 했다고 후회했다.

"그럼 왜 그애를 초대하려는 거니? 그애가 인디언이라서?"

그 말에 브랜디가 그만하라는 눈으로 남편을 쳐다봤지만, 허치는 그저 어깨를 으쓱하고는 레이첼에게 미소를 지어 보일 뿐이었다.

"아니에요……."

레이첼의 머릿속이 바빠지기 시작했다.

"왜냐하면…… 그애는 배가 고프거든요."

"남자애들은 늘 배가 고프지."

레미가 재빨리 대꾸했다.

모두들 먹는 것을 멈추고 레이첼을 똑바로 쳐다보았다. 레이첼은 입맛이 떨어졌다. 그녀는 사람들의 시선을 피하기 위해 일부러 우유를 들이켰다. 사소한 거짓말이 어떤 결과를 초래하는지 보라. 보네트 부인이 주일 학교에서 그렇게 경고했었다. 보네트 부인이 옳았다.

침묵은 끝없이 이어졌다. '지금은 모두에게 힘든 때'라는 화제가 나왔을 때 심각해졌던 분위기와 비슷했다. 하지만 레이첼은 왜 지금이 그렇게 힘든 때인지 이해할 수 없었다. 쌍둥이가 직장을 잡을 수 없고 자립할 수 없다 해도 말이다. 애초에 그들은 왜 집을 떠나고 싶어 하는 것일까? 인부들을 고용할 만큼 목장 상황이 좋은 건 아니었지만 레이첼이 보기엔 지금도 일할 남자들은 충분했다.

도라 K는 목청을 가다듬었다.

"아마 도시에서 온 사람인가부다. 도시에서는 사람들이 식량을 배급받으라고 줄을 선다던디."

"그애가 배고픈 줄 어떻게 알았는데?"

브랜디가 물었다.

사실 레이첼도 잘 몰랐다 그애를 저녁 식사에 꼭 초대하고 싶었던 것도 아니었다. 사실은 그애가 어떻게 생겼는지도 잘 기억나지 않았다.

"그애가 학교에 도시락을 가져오지 않아서 선생님이 자기 도시락을 나눠줬어. 그리고 그애는 말라깽이야. 그리고……방과 후에 내 사탕을 전부 먹어버렸어."

"사탕? 내가 경고했었지?"

"내버려 둬, 브랜. 불황기라도 아이들에게는 재미있는 게 좀 있어야지."

허치 매든이 말했다.

"그나마 그런 걸 사먹을 돈이 있다는 걸 다행으로 여겨야 해."

레이첼은 궁지에 몰리면 늘 아버지가 도와줄 거라고 믿었
다. 아버지는 자신을 비난하는 눈빛으로 쳐다본 적이 없었다.
삼촌이나 오빠들처럼 놀리는 눈빛으로 본 적도 없었다. 허치
매든의 눈은 그저 딸을 바라보는 게 즐겁다고 말하고 있었다.
레이첼 같은 딸이 있어서 자랑스럽다고…….

하지만 물론 예외인 시간들도 있었다. 가끔 그는 이상한 행
동을 하는 아내에게 온 신경을 쓰느라 레이첼을 챙겨줄 정신
이 없었다.

2

제리 가렛은 잡화점 앞 말을 매는 말뚝 위에 걸터앉아서 보도와 찻길 사이를 깡총거리며 왔다 갔다 하는 레이첼을 지켜보았다.

"계속 그러다간 얼굴이 깨질 거야."

"올 거지?"

"그럼 또 너한테 키스해야 해?"

그 말에 레이첼이 홱 뒤돌아서서 소년을 밀어뜨렸다.

"그랬단 봐. 우리 오빠한테 주먹으로 머리통을 날려주라고 할 테니까."

그녀는 두 손을 허리에 척 걸친 채 반짝반짝 윤을 낸 갈색 구두코로 보도를 톡톡 두드렸다. 제리는 레이첼의 속치마가 지금까지 본 어떤 것보다 더 새하얗다고 생각했다.

그는 잠깐 동안 레이첼을 때려줄까 생각했지만, 모처럼의 저녁 식사 기회를 놓치고 싶진 않았다.

가축운반 트럭이 윙 소리와 함께 모퉁이를 돌아 나왔다.

"댄 오빠일 거야. 올래, 말래?"

"갈게."

"너희 엄마한테 말 안 해도 돼?"

"상관 안 하실 거야."

게다가 엄마가 그토록 찾고 있는 크리스틴이라는 사람에 대해 물어볼 수도 있으니까. 그동안 용기를 내서 선생님과 바인더 씨에게 물어보았지만 특별한 말은 듣지 못했다.

레이첼이 오빠 옆으로 기어 올라가자 제리가 그 뒤를 따라 기어 올라갔다.

"왜 지난번처럼 말을 가져오지 않은 거야?"

"그건 다른 오빠야. 이 오빠는 댄이야. 오빠들은 쌍둥이거든."

"그리고 넌 인디언이겠구나."

댄이 제리를 보고 씽긋 웃었다. 멍이 든 한쪽 눈이 부풀어 올라 있었다. 그는 누군가의 오빠라기보다는 그냥 다 자란 남자처럼 보였다.

제리는 실망했다. 지금껏 말을 타본 적이 한 번도 없었기 때문이었다. 하지만 트럭을 타는 것도 그에 못지않게 짜릿했다. 레이첼의 다른 오빠가 말 위에서 흥분을 주체하지 못하는 것처럼, 지금 옆에 앉아 있는 사람도 운전대를 잡으면 반은 미치는 것 같았다.

트럭은 바퀴자국이 나 있는 길을 덜컹거리며 오르더니, 거대한 계곡을 향해 쏜살같이 내려갔다. 말들과 소 떼가 누런 풀밭 위에서 함께 풀을 뜯고 있었다. 트럭은 그 길을 벗어나 울퉁불퉁한 땅을 가로질러 가축우리 앞에서 비스듬히 미끄러지며 멈춰 섰다. 댄은 문을 활짝 열고 가축우리를 돌아 달려가더니 금세 사라졌다.

레이첼이 한숨을 쉬고 앞 유리를 쳐다보았다.

제리가 입을 열었다.

"너희 오빠…… 늘 그렇게 운전하니?"

"그래. 바인더 할아버지는 우리 오빠가 거칠대. 그리고 엄마
는 오빠가 언젠가 중고차 딜러가 될 거랬어."

"나라도 새 차 근처엔 얼씬도 못하게 하겠다."

잘린 건초들이 나란히 줄 지어 놓여 있었고, 달콤하고 건조
한 시골 냄새가 대기를 가득 메웠다. 황갈색 집 베란다를 향해
비탈을 걸어올라 갈 때 맛있는 냄새가 건초 향기와 뒤섞여 바
람을 타고 내려왔다.

레이첼이 문 앞에서 멈춰 섰다.

"부탁 하나만 들어줄래? 우리 엄마한테 친절하게 대해줘.
어떤 사람들은 그렇지 않거든. 네가 엄마 기분을 상하게 만들
지 않았으면 좋겠어. 엄마는 네가 내 친구라고 생각하거든."

그들은 황금색 벽과 빨간 커튼과 맛있는 냄새에 휩싸여 있
는 밝고도 기다란 거실로 들어갔다. 끝에 두 명의 여인이 서 있
었다. 한 명은 하얀 머리를 정수리에 말아 올린, 허리가 쪼부라
진 노파였다. 다른 한 명은 갈색 머리를 은색 끈으로 묶고, 남
자처럼 바지를 입은 채 감자 으깨는 기구를 휘젓고 있었다. 제
리가 다가가자, 그녀의 손놀림이 느려지면서 그렇지 않아도
큰 눈이 더욱 커졌다.

"엄마, 내 친구예요. 이 애는 제리 가렛이에요."

"오, 맙소사."

갑자기 그 여자가 깜짝 놀란 것처럼 한 발짝 물러섰다.

동시에 으깬 감자가 담겨 있는 그릇이 그녀 앞으로 미끄러
지며 바닥에 떨어졌다. 감자의 파편들이 제리의 옷에 튀었다.

제리는 접시에 수북이 쌓여 있는 닭 뼈 위에 또 하나를 올려놓았다. 그리고 레이첼의 엄마가 망쳐버린 감자 대신 비스킷 위에 걸쭉한 고기 수프를 끼얹었다. 제리가 고개를 들 때마다, 매든 부인이 그를 지켜보고 있었다.

"파이 먹을 배도 남겨두렴, 제리."

그녀가 말했다. 그러나 레미는 제리에게 치킨 접시와 남은 콩을 마저 건넸다. 댄의 검게 멍든 눈 때문에, 제리조차도 쌍둥이 형제들을 쉽게 구분할 수 있었다.

그곳의 남자들은 모두 작업복을 입고 있었다. 오직 레이첼의 삼촌 론만이 흰 정장에 조끼를 받쳐 입고 있었다. 제리는 론이 이곳에 사는지 그냥 방문한 것인지 궁금했다.

"넌 어디서 왔니?"

론 매든이 물었다.

"캘리포니아요."

갑자기 식곤증이 몰려오기 시작해서 제리는 자신이 그동안 거쳤던 장소들을 일일이 말할 수 없었다.

"거긴 살기 좋은 곳 아니냐? 그곳에 간 사람들은 절대 돌아오지 않는다던데."

댄이 물었다.

"아마 괜찮을 거예요."

제리가 살던 곳은 더럽고 먼지투성이인데다가 무더웠다.

제리는 아무도 보지 않을 때 셔츠 밑에 닭다리와 비스킷을 숨겼다. 이거면 충분할 것이다. 그의 엄마는 많이 먹지 않았다. 파이를 먹을 때쯤 그의 배가 빵빵하게 차올랐다. 제리는 그제야 물어볼 게 있다는 게 생각났다.

"우리 엄마가 이곳에 살던 여자를 찾고 있어요. 이름은 크리스틴 핀토예요. 저더러 사람들에게 물어보래요. 몸이 너무 아파서 직접 나가서 물어보지 못하거든요."

하지만 누구도 그런 이름은 들어보지 못했다.

"아버지가 어머니를 돌보시니?"

매든 부인이 물었다.

"아버지는 오래전에 우리 곁을 떠났어요."

제리는 그에 대해 아주 희미한 기억만을 갖고 있었다.

"엄마하고 저뿐이에요."

그때 매든 부인이 너무나 갑자기 일어서는 바람에 사람들의 시선이 그녀에게 쏠렸다.

"레미하고 레이첼, 너희 둘이 설거지를 하거라. 도라 K할머니는 피곤하시니까. 댄, 너는 차를 문 앞으로 가져와라. 내가 운전해서 제리를 집에 데려다줄 거야."

"하지만 임마……."

"하지만은 없어. 제리는 음식을 많이 먹었어. 그 상태로 너랑 말을 탈 순 없잖아."

그녀는 화덕 옆에 있는 문으로 나갔다가 바구니를 가지고 돌아왔다. 그리고 그 속을 빵 덩어리와 다른 음식들로 채웠다.

"제리, 셔츠 밑에 감춰둔 치킨 꺼내서 여기 넣어라."

제리는 바구니를 든 레이첼의 엄마와 함께 차에 올랐다. 그 차는 아까 그 트럭보다 모양새가 크게 나을 게 없었다.

집 앞 골목길 꼭대기에 가까워졌을 때, 그녀는 곁눈질로 소년을 흘끔거렸다. 그는 벌써 잠들어 있었다. 그녀는 제리를 자신의 아버지인 '제롤드 가렛'으로 생각하는 것보다 그냥 '소년'으로 생각하는 게 훨씬 마음 편했다.

31년 동안 그녀는 브랜디의 삶을 사느라 너무도 바빴다. 그녀는 브랜디가 되었고, 샤이라는 이름의 꿈같은 아가씨는 거의 잊고 살았다. 가끔 레이첼이 특유의 눈빛으로 쳐다볼 때를 제외하곤. 그럴 때면 그녀는 딸로서가 아닌 엄마로서 알고 있던 '레이첼'을 떠올렸다.

그런데 지금 또 다른 소년이 그녀의 삶 속으로 뚜벅뚜벅 걸어 들어온 것이다.

큰 도로에 도착했을 때 그녀가 제리를 깨웠다.

"제리, 네가 사는 곳이 어느 쪽이니?"

소년은 첫 번째 샛길을 가리켰다. 스트로크 오두막을.

"누가 여기서 살라고 했니?"

"몇 집 아래에 사는 아저씨가요. 그 아저씨가 우리를 이집에 들이면서 집 주인한테 말하겠다고 했어요."

팀 펨버시였다. 그는 사무엘의 옛 오두막에 살면서, 가끔 도라 K 대신 스트로크 오두막을 여름 여행객들에게 빌려주는 일을 해주었다. 아마 이 새로운 세입자들에 대해 알려줄 기회를 놓쳤던 모양이다.

그녀는 벌써 몇 년 동안이나 이곳을 찾지 않았다. 갑자기 코빈과 어린 페니에 대한 기억이 가슴속에 사무쳐왔다. 그리고 오래전 미래에서 온 한 아가씨에 대한 기억도…….

"제롤드, 너니?"

한 여자가 문가에 서 있었다. 집 안에서 새어 나오는 불빛 때문에 베란다에 그녀의 그림자가 드리워졌다.

"어디 갔었니?"

"제리, 바구니를 들고 가서 어머니께 내가 잠시 얘기를 하고 싶다고 전하렴."

그녀는 샤이의 친할머니를 만나기 위해 마음을 단단히 먹었다. 이 할머니는 나보다도 젊겠지.

오두막을 나서는 그녀의 두 다리가 후들거렸다. 그녀는 차를 몰고 언덕을 내려가 다리를 건넌 뒤, 중심가로 접어들었다. 아직 문을 닫지 않은 몇 개의 상점과 텅스텐 붐 이후 사라진 상점들을 지나쳤다. 투명한 달빛이 저수지의 잔물결 위에서 깜빡거렸다.

그녀는 스테인드글라스 문이 달린 목조가옥 앞에 차를 댔다.

'이러고 싶진 않은데.'

그녀는 창문 가리개 뒤에서 새어 나오는 불빛을 보고 절망감 섞인 한숨을 내쉬었다.

웨딩거울은 그녀에게 엄청난 변화와 수많은 고통과 힘든 시간을 안겨주었지만, 허치와 결혼한 후의 삶은 비교적 안정된 편이었다. 그러나 오랜 시간을 들여 만들어낸 그 보호막을 굶주린 소년과 그의 엄마가 단 몇 시간 만에 갈기갈기 찢어놓았다. 그녀는 다시는 샤이가 될 수 없었다. 그런데 이제는 자신이 브랜디라고도 생각할 수 없었다.

그녀는 차에서 내려 집으로 걸어 올라갔다. 그녀는 문을 두드리면서도 그 소리에 소스라치게 놀랐다. 내심 문이 열리지 않기를 기대했다.

"브랜디? 당신이에요? 무슨 일로……."

"할 얘기가 있어요, 메이 벨."

"어…… 그래요. 들어와요."

그러나 메이 벨은 달갑지 않은 표정이었다.

"혼자 있었어요? 사적인 일인데."

그녀는 낡은 가구들과 더러운 술 장식이 달린 전등갓과 빨
간 꽃무늬 벽지가 있는 어두운 빅토리아풍 방으로 걸어 들어
갔다.

"혼자 있었어요. 무슨 일이에요? 론 때문이에요? 아니면 허
치?"

"아니에요. 난 괜찮아요. 메이 벨……."

그녀는 우둘투둘한 의자에 앉아 요란한 방을 둘러본 후 눈
을 감았다.

"우리…… 술을 한 잔 해야 할 것 같아요."

"술을 마시는 줄은 몰랐네요."

"지금은 마셔요."

메이 벨은 밖으로 나갔다가 술병과 두 개의 유리잔을 들고
돌아왔다. 주렁주렁한 팔찌가 연신 쩔렁거렸다.

"목장에 뭔가 끔찍한 일이 생겼군요, 그렇죠?"

"아니에요."

그녀는 위스키 한 잔을 들이키고, 어느 정도 열기가 잦아들
때까지 기다린 후 다시 입을 열었다.

"하지만 무슨 일이 생기긴 생겼어요. 앉는 게 좋겠어요, 메
이 벨. 아니면 크리스틴이라고 부를까요?"

그 말에 메이 벨의 얼굴이 새하얗게 질렸다. 그녀는 거의 주
저앉다시피 의자 위로 무너져 내렸다. 오렌지색으로 염색한

얼룩덜룩한 짧은 곱슬머리가 이마 위로 흘러내렸다.

"누가 당신한테 크리스틴에 대해 얘기했죠? 누가 뭐라고 말했건 전부 다 거짓말이에요!"

그러나 그녀는 그 말을 하면서 빠르게 잔을 비우고 또 한 잔을 따랐다.

"누가 말했어요?"

"당신 딸이요."

"캐서린?"

메이 벨은 살이 늘어진 탓에 예전보다 훨씬 작아진 눈을 부릅떴다.

"그 말 못 믿겠어요."

그녀는 의자에서 일어섰다. 그러기 위해서 잠깐 동안 의자 팔걸이 사이에 낀 군살들을 빼내야 했다.

"여기서 나가줘요, 브랜디 맥케이브."

"매든이에요."

"이봐요. 당신한테 신세진 건 알고 있어요. 은행이 파산하기 전에 돈을 인출하라고 경고해줬으니까요. 하지만……."

"당신은 나한테 빚진 게 없어요. 하지만 캐서린에겐 있죠."

"아무리 당신이라 해도 오랫동안 묻어두었던 것들을 들쑤실 권리는 없어요."

텐트 같은 메이 벨의 드레스가 떨렸다. 그녀는 어떤 공격을 막아내기라도 하려는 듯 양손을 앞으로 내밀었다.

"당신은 마녀예요. 안 그러면 그런 것들을 알 리가 없어요. 크리스틴은 죽었어요."

"메이 벨, 당신 딸이 이 마을에 와 있어요. 바로 여기, 바로 지금, 당신을 찾고 있죠. 당신을 보고 싶어 해요."

"당신은 지금 거짓말을 하고 있는 거예요. 아무튼 이번에는…… 아니에요. 누군가…… 캐서린 행세를 하고 있는 거예요."

이제 메이 벨의 얼굴은 하얀 설화석고 같았다.

"당신은 그렇게 똑똑하지 않아요. 항상 옳은 것도 아니고요. 사실 대폭락 예언도 1년이나 빗나가서, 난 당신의 충고를 따랐다가 1년 치 이자를 손해 봤죠."

"완벽한 사람은 없어요. 우리 아까 주제로 다시 돌아갈까요?"

메이 벨은 주머니를 뒤져 담배를 찾아 불을 붙이고 깊이 빨면서 방 안을 서성였다.

"그애를 가졌을 때 난 겨우 열네 살이었어요. 엄마가 되기에는 너무 어렸죠. 그 앤 이제 다 컸겠군요. 오, 맙소사."

"자신보다 스무 살이나 어린 친할머니를 만난 것보다는 낫죠. 난 한 잔 더 마셔야겠어요."

브랜디 혹은 샤이가 갈색 병으로 손을 뻗었다.

'난 대체 누구지?'

메이 벨이 그녀의 손에서 잔을 빼앗았다.

"물을 좀 타줄게요. 이런 데 익숙하지 않잖아요."

"우리가 이런 데 익숙하지 않다는 뜻이겠죠."

그러나 집 주인은 대꾸 없이 방을 나갔다.

"최근 몇 년 동안 왜 서로 만날 생각을 못했던 거죠?"

메이 벨이 돌아왔을 때 그녀가 물었다.

"당신은 내가 마음 놓고 얘기할 수 있는 몇 안 되는 사람인데."

"그건…… 딸이 태어나는 순간 당신이 갑자기 경건해졌기 때문이죠."

메이 벨이 물을 탄 위스키를 내밀었다.

"그리고 당신은 이제 이곳에서 마음 놓고 시간을 보낼 수 없어요. 집에 가봐야죠."

"엄마와 딸이라는 건 뭐죠?"

그녀는 강하게 밀려오는 술기운을 음미했다.

"메이 벨, 내가 누구죠?"

"당신은 브랜디 맥케이브이고, 브랜디 스트로크고, 브랜디 매든이죠. 그리고 당신은 미쳤어요."

"맞아요. 난 브랜디죠. 달리 될 수 있는 사람이 없으니까."

'샤이는 아직 태어나지 않았죠. 그리고 이 뚱뚱한 아줌마야! 당신은 샤이의 증조할머니가 될 거예요.'

그녀는 발밑에서 발판을 치우고 더 깊숙이 의자에 몸을 묻었다.

"난 브랜디고 당신은 메이 벨이에요. 그리고 우린 문제가 있어요. 자, 앉아요."

"그리고 당신은 미친 마녀죠. 난 이 마을에서 유일한 창녀고. 할로윈 때마다 우리 집 화장실은 생난리를 겪어요."

메이 벨은 피우던 담배를 버리고 다른 담배에 불을 붙였다.

"바 더블 M은 시내에서 그리 멀지 않죠. 그런데 어떻게 아무도 당신을 괴롭히지 않죠?"

"그랬다간 두 명의 매든 쌍둥이가 흠씬 두들겨 패줄 테니까요. 자, 다시 우리 문제로 돌아가죠."

"그애가 어디 있죠?"

마침내 메이 벨이 초조한 발걸음을 멈추고 브랜디의 맞은편에 앉았다.

"그애가 정말 여기 있는 거 맞아요? 아니면 그냥 당신의 미친 머리 속에 있는 건가요?"

"여기 있어요. 스트로크 오두막에 세 들어 살고 있죠. 온 지 며칠밖에 안 됐어요."

브랜디는 발목을 꼬면서 심호흡을 했다. 물을 탔지만, 술은 술이었다. 속에서 불이 났다.

"난 어렸을 때 억지로 떠밀려서 결혼했어요. 내가 떠났을 때 캐서린은 겨우 두 살이었어요, 난……."

"이제 당신은 할머니가 될 만큼 충분히 나이 들었어요."

"아니에요!"

메이 벨이 오렌지색 곱슬머리를 거세게 흔들었다. 브랜디의 눈을 다시 쳐다볼 수 있게 됐을 때, 그녀는 쉰 목소리로 이렇게 물었다.

"그애가 아기를 낳았나요? 우리 아기한테 아기가 있어요?"

"그래요. 아홉 살짜리 소년이죠. 정신 차려요, 메이 벨. 나는 서른한 살이 되어서야 쌍둥이를 낳았어요. 그리고 그애들은 이제 스무 살 됐고요."

"하지만 당신은 머리가 희끗희끗하잖아요."

"나야 염색을 안 했으니까. 난 당신보다 젊어요."

메이 벨은 의자에서 군살을 빼내고 다시 서성이기 시작했다.

"윌리는 어떻게 됐나요? 내가 마지막으로 봤을 때 그애는 겨우 한 살이었어요."

"동생하고는 연락이 끊겼대요. 캐서린은 일자리를 찾아 떠도는 남자와 결혼했어요. 아들이 태어났지만, 그 남자는 캘리포니아에 있는 이주 노동자 합숙소에 그들을 남겨두고 떠났대요. 몇 년 전에."

"농장은 어떻게 됐죠?"

"아이들이 아니라 남편의 동생에게 상속된 것 같아요. 윌리는 당신 남편 예레미아가 죽기 몇 년 전에 도망쳤대요. 당신 딸은 농장에서 나와 가렛이라는 성을 가진 남자와 결혼했죠."

"당신이 꾸며낸 얘기죠?"

"이봐요, 메이 벨. 당신 딸은 궁핍하게 살고 있고 몸이 아파요. 그애에게는 도움이 필요해요. 그애는 자식도 있어요. 당신은 그애의 유일한 희망이에요."

"난 아이일 뿐이었어요……."

"그리고 당신은 아이를 세상에 나오게 했고 캐서린도 그래요. 당신은 그 두 사람에게 책임이 있어요. 알죠? 난 한 잔 더해야겠어요."

"그애가 어떻게 나를 찾았죠?"

메이 벨이 멍하니 술을 따랐다.

"내 말은 어떻게 이곳에서 찾을 생각을 했냐는 뜻이에요."

"당신 남편이 당신을 추적했어요. 덴버에서부터 여기 이곳까지. 캐서린은 그 사실을 몰랐다가, 자기 아버지가 죽고 나서 서류들을 훑어보다가 알게 되었죠."

"예레미아는 모든 걸 알고 있었군요."

메이 벨이 속삭였다.

"몇 년 동안 그 사람이 나를 찾아내 다시 데려갈까봐 불안에 떨며 살았어요. 그런데 그 사람은 이미 알고 있었군요."

"당신이 어떤 일을 하는지 알고 난 후에는 데려갈 생각이 없어진 것 같아요. 그런데 왜 굳이 당신을 계속 추적했는지 궁금해요."

"예레미아는 이상한 사람이에요, 브랜디. 난 온갖 부류의 남자들을 다 만났지만……."

그녀는 추위를 피하려는 것처럼 육중한 두 팔로 몸을 감쌌다.

"예레미아 같은 남자는 없었어요."

"당신이 네덜란드에 있다는 게 캐서린이 알아낸 가장 최근 정보였어요. 당신이 다른 이름을 쓰고 있다는 것도 알았지만 그 이름까지는 알아내지 못했죠. 이렇게 절망적인 상황에 빠질 때까지 그애는 엄마를 찾으려고 하지 않았어요."

그러나 브랜디는 자신이 메이 벨에 대해 알고 있는 것과 캐서린이 자기 엄마에 대해 알고 있는 것을 종합해서 크리스틴 핀토가 누구인지 쉽게 짐작할 수 있었다.

"그럼, 내가 뭘 할 수 있죠? 여긴 아이가 있을 곳이 못 돼요."

"메이 벨, 아직도 그 일을 하나요? 그 나이에?"

"가끔. 또 어떤 사람들은 찾아와서…… 얘기를 하다 가죠. 난 그애들을 이곳에 들일 수 없어요, 브랜디."

메이 벨이 숨을 쉴 때마다 조그맣게 씨근거리는 소리가 났다.

"그 어린 애는 나에 대해 몰라야 해요. 난 내 삶에 만족하고 이렇게 사는 게 부끄럽지 않아요. 하지만 그애는 부끄러울 거예요. 그건 그애를 위한 일이 아니에요. 혹시 내가 당신에게 돈을 좀 주고 당신이 전달해주면, 떠나지 않을까요?"

"그리고 당신은 내가 돈을 타내려고 이 일을 꾸민 게 아니었는지 늘 의심하겠죠. 캐서린은 당신을 보고 싶어 해요, 메이 벨. 그애에게는 그럴 권리가 있어요. 내가 어머님에게 무료로 그애들을 거기 살게 해달라고 말할게요. 당신은 식량과 연료를 대줘요. 그리고 내일 제리가 학교에 가 있는 동안, 몰래 나와 함께 캐서린을 보울더에 있는 의사에게 데려가는 거예요."

딸꾹질 때문에 브랜디가 잠깐 말을 멈췄다.

"아무튼 캐서린은 너무 아프고 시에튼 박사는 너무 늙었으니, 서로 기다릴 여유가 없죠."

"내가 그냥 참고 살았다면, 결국 나도 우리 엄마처럼 됐을 거예요."

메이 벨이 변명하듯 말했다.

"아이를 낳고 또 낳고. 그러다 결국 마지막 아이를 낳다가 죽었겠죠."

"당신은 그애들을 도와야 해요. 나도 도울 거예요. 하지만 농장도 운영해야 하고, 진저브레드 하우스도 유지해야 하고, 엄마에다 시어머니에다 아이들까지. 난 허치에게 더 이상의 부담을 떠안길 수 없어요."

그녀가 의자를 빙글빙글 돌리기 시작했다.

"소피 맥케이브? 당신 엄마에게는 대폭락에 대해 말하지 않았나요?"

"말했지만 들으려 하지 않았어요. 결국 재산을 다 날리고 달랑 집 한 채만 남았죠."

브랜디는 잔을 내려놓고 의자 팔걸이를 붙들었다.

"내가 집까지…… 운전하고 갈 수 있을 것 같지 않아요, 메이 벨."

"곧 론이 와서 당신을 데려갈 거예요."

"론이 온다고요? 왜요?"

그녀의 혀가 꼬이기 시작했다.

"술 취한 제수씨를 집에 데려가려는 거겠죠. 허치가 당신을 가만두지 않을 거예요."

"알아요."

그녀가 눈을 깜빡거렸다. 메이 벨의 요사스러운 화장과 머리 모양이 눈앞에서 흐릿해졌다

"하지만 난 방금 우리 아빠를 만났는데⋯⋯ 아빠는 아직 어린 소년이고⋯⋯ 기분이 얼마나 이상한지 몰라요."

"브랜디, 지금 미쳐버리면 안 돼요. 내가 캐서린에게 뭐라고 말해야 하죠? 좀 도와달라고요."

"레이첼이 이런 꼴을 보면 안 되는데. 론에게 그 앨 재우라고 말해야 하는데⋯⋯."

3

다음날 아침, 레이첼은 날카로워져 있는 엄마를 보고 또 그 끔찍한 시간이 온 거라고 생각했다. 브랜디는 냉담하고 딱딱하게 행동하다가도 갑자기 돌변하여 지나친 관심으로 사람을 질식시키곤 했다.

그런 시간은 주로 계곡에 눈이 쌓여, 엄마가 남자들과 말을 타러 나갈 수 없는 겨울에 찾아왔다. 그때마다 레이첼의 세계에 있는 모든 것들이 불안하고 위태롭게 흔들렸다. 그녀는 브랜디의 얼굴 표정을 살피며 그날의 분위기를 읽으려고 했다.

론 삼촌은 애써 웃음을 참고 있었다. 다른 사람들의 걱정거리가 종종 그에게는 재밋거리가 되었다. 그는 커피를 마시다가 사레들린 시늉을 하더니, 쉴 새 없이 눈을 굴리며 레이첼의 부모를 번갈아 쳐다보았다.

허치가 헛기침을 했다. 화난 표정이었다. 아마도 아내와 말다툼을 벌인 것 같았다. 그의 얼굴이 무척 준엄해 보였다.

브랜디는 창백한 얼굴로 입을 굳게 다물고 있었다.

"브랜디, 내가 주전자탕을 만들어 줄까? 오늘 아침은 아파 보이는구먼."

도라 K의 말에 허치 매든이 오트밀 죽 그릇에 숟가락을 떨어뜨리더니, 의자 뒤로 넘어가며 웃음을 터뜨렸다. 론 삼촌이 따라 웃었다. 그는 너무 웃다가 결국 손으로 눈물까지 훔쳤다.

브랜디가 인상을 찌푸렸다.

"그만둬요······."

"아프다고?"

허치가 더 크게 웃었다. 론 삼촌이 웃음을 참으며 밖으로 뛰어나갔다. 큰 소리로 웃어 재끼는 소리가 베란다 쪽에서 들려왔다.

"그럼 화나지 않은 거예요?"

허치가 커피를 마저 마시고 일어서는 것을 브랜디가 실눈을 뜨고 지켜보았다.

"화 안 났느냐고? 아니, 화났어. 그러니까 다신 그러지 마."

그는 외투걸이에서 모자를 잡아챘다.

"또 그러면 내가 직접 나설 테니까. 알아들어? 아프다고? 맙소사······."

그는 다시 웃으면서 문을 닫고 나갔다.

"내 강장제가 도움이 될지도 몰러."

도라 K가 속삭였다.

"강장제는 필요 없어요. 어서 서둘러 먹어라, 야옹아. 오늘 아침에는 내가 널 데려다 줄 테니까."

차에 올라탄 뒤 그녀는 레이첼에게 도시락 두 개를 건넸다.

"하나는 네 새 친구 제리 거야. 오늘 엄마가 그애 엄마를 보울더에 있는 의사에게 데려갈 거야. 제리의 엄마는 아파서 도시락을 못 쌌을 거야. 괜찮지?"

"괜찮아요."

레이첼은 어리둥절했다. 끔찍한 시간이 찾아올 때마다 집 안은 숨 막히게 가라앉았다. 그 시간 동안 아버지가 웃는 일은 좀처럼 없었는데 오늘 아침은 정말 이상했다.

"도시락은 학교에 도착하기 전에 길에서 건네줘. 다른 애들이 보지 못하게 말이야."

"엄마, 이렇게까지 할 필요 없어요."

엄마는 너무도 피곤해 보여서 누구를 보울더에 데려가는 것조차 힘들 것 같았다. 레이첼은 애초에 제리 가렛을 만나지 않았으면 좋았을 거라고 생각하기 시작했다.

"난 그애를 별로 좋아하지 않아요. 난 그냥……."

"음, 넌 언젠가 제리와 결혼하게 될 거야. 그리고 그 도시락통 좀 그만 부딪칠래?"

"싫어요. 난 절대 결혼하지 않을 거고, 만약 한다면 아빠 같은 남자하고 할 거예요. 그런 말 하지 마세요."

"어머, 미안해, 야옹아. 엄마가 머리가 아파서……."

그녀가 손을 뻗어 레이첼의 무릎을 꼭 쥐었다.

"물론 넌 아빠 같은 남자랑 결혼할 거야. 엄마가 그런 말 했다는 건 잊어버려라."

그러나 레이첼은 잊을 수 없었다. 마을 사람들이 엄마에 대해 수군거리는 것도 바로 이런 식의 말들 때문이었다.

"이건 도라 K 할머니의 집이잖아요."

차가 멈췄을 때 레이첼이 말했다.

"팀이 집을 빌려줬대. 아직 우리한테 얘기를 못 꺼냈나봐."

레이첼은 다음날도 도시락 하나를 더 가져갔다. 레이첼은 왜 엄마가 제리한테 그렇게 법석을 떠는지 이해할 수 없었다.

방과 후 레이첼이 잡화점 앞에서 오빠를 기다리고 있는데, 바인더 씨가 문을 살짝 열고 머리를 내밀었다.

"레이첼, 아까 네 엄마가 여기 와서 도라 K하고 스트로크 오두막으로 갈 거니까, 너도 그리로 오라고 했다."

다리를 건널 때, 도시락 두 개가 나무 난간에 부딪쳐 쿵쿵 소리를 냈다. 그녀는 멈춰 서서 미들보울더 개천을 성난 눈으로 쳐다보았다. 대체 가렛네는 왜 네덜란드로 이사 온 거야?

그러나 오두막에 도착해서 가렛 부인의 수척한 얼굴을 마주하자 죄책감이 밀려들었다. 브랜디와 도라 K는 청소와 요리를 하느라 분주했다. 그들은 거치적거리지 말고 제리와 놀라며 그녀를 밖으로 내보냈다.

시원한 산바람이 레이첼의 머리를 헝클어트렸다. 오두막 뒤의 공터는 풀잎과 잡초가 무성했고, 낮은 콘크리트 받침대에 펌프 하나가 서 있었다.

레이첼이 기울어진 옥외 변소를 지나 옛날 오솔길로 걸어가는 동안, 제리는 흔적도 보이지 않았다. 레이첼은 나뭇가지를 헤치며 다람쥐를 찾았다.

문 하나가 언덕 사면에 납작하게 기대 달려 있었다. 도라 K는 그곳을 지날 때마다 그 문에 관심두지 말라고 경고했었다.

"거긴 드럽고, 축축허고, 거미줄이 가득혀. 아이스박스가 없을 때 음식을 저장허던 데여."

레이첼은 고개를 돌려 오솔길을 살폈다. 주위엔 아무도 없었다. 동굴에 들어가 본 적은 있었지만, 문이 달린 동굴은 처음

이었다. 그 문은 묘하게도 알라딘을 연상시켰다. 페인트칠이
마모되고 벗겨진데다, 잎이 무성한 노간주나무 관목들 때문에
문틀의 경계가 모호했다.

레이첼은 나무의 세로결을 따라 녹슨 빗장 밑에 있는 손잡
이까지 더듬어 내려갔다. 그리고 심호흡을 하며 잠시 기다렸
다. 저 안에 놀라운 게 숨어 있다고 상상하면서 기분 좋은 짜릿
함을 즐겼다. 뒤틀린 널빤지들 사이로 긴 틈새가 벌어져 있고,
옹이가 떨어져나간 곳에는 동그란 구멍이 하품하듯 뚫려 있었
다. 레이첼은 여전히 차가운 손잡이를 잡고 있었다. 레이첼은
몸을 숙여 구멍 안을 들여다보았다.

보이는 것은 어둠뿐이었다. 그 어둠은 너무도 짙었다. 냄새
까지 나는 듯했다.

저 속에 용이 있을까? 마녀? 아니면 사악한 마법사? 레이첼
은 어찌해야 좋을지 결정하지 못했지만, 몸을 똑바로 폈을 때
는 어느새 삐걱거리는 손잡이를 돌리고 있었다. 문이 레이첼
을 향해 살짝 움직였다.

레이첼은 뒤로 물러섰다. 기분이 조금씩 나빠졌다. 햇빛을
받지 못한 채 동굴 속에 묻혀 있던 흙에서 서늘한 곰팡이 냄새
가 스멀스멀 피어올랐다.

빗장이 움직이지 못하도록 달아놓은 맹꽁이자물쇠가 땅에
떨어져 있었다.

레이첼은 입술을 잘근잘근 씹었다. 만약 문이 좀 더 열렸다
면, 아마 부랴부랴 엄마에게 달려갔을 것이다.

하지만 문은 열 테면 열어보라는 듯 가만히 있었다. 다람쥐

한 마리가 머리 위에서 달그락 소리를 냈지만, 레이첼은 눈길도 주지 않았다. 이 동굴은 방치된 지 꽤 됐는데 왜 맹꽁이자물쇠가 바닥에 떨어져 있는 것일까?

'과연 내게 안으로 들어갈 배짱이 있을까?'

아니다. 없었다. 레이첼은 오솔길을 향해 몸을 돌렸다. 그 앞에 몇 분이 아니라 몇 시간 동안 서 있었던 것처럼 몸이 뻣뻣하게 굳어 있었다.

'아니, 나도 할 수 있어.'

레이첼은 다시 돌아와 손잡이를 당겼다.

걸어 들어갈 만큼 문이 열렸다.

그곳은 조용했다. 마치 세상에 레이첼과 그곳 말고는 아무것도 없는 것 같았다.

산 전체가 레이첼이 그곳으로 들어가기를 기다렸다. 온몸이 뜨거워졌다.

레이첼은 머리를 먼저 집어넣었다. 그곳은 그저 어두운 공간이었다. 곰팡이 냄새가 너무 진해서 언젠가 버섯을 쪘을 때가 생각났다.

안에서 뭔가가 유혹하듯 광채를 발하고 있었다. 착각일까?

'난 저기 들어가지 않을 거야. 무서워서가 아니야. 그냥 저기가 싫을 뿐이야. 그건 전혀 달라.'

레이첼은 다시 오솔길로 돌아가 태양이 내리쬐는 지점에 서서 몸을 덥혔다. 살갗은 여전히 뜨거웠지만, 몸속은 얼음장처럼 차가웠다.

그때 영화 속 인디언들이 내는 함성과 비슷한 소리가 나무들 사이에서 날아들었다. 레이첼은 휘청거리며 주위를 둘러보았다. 소리는 앞쪽에서 들렸다. 동굴에서 무언가가 따라 나오지 않았는지 확인하기 위해 딱 한 번 뒤돌아본 뒤, 레이첼은 소리가 나는 앞쪽으로 걸어갔다.

제리 가렛의 뼈만 앙상한 몸이 보였다. 그는 땅바닥에 놓인 나무 상자 근처에 웅크리고 앉아 있었다. 부서진 상자 뚜껑은 바위 위에 비스듬히 놓여 있었다. 뚜껑 위에 도라 K의 샤프란 쿠키처럼 생긴 뭔가가 있었다.

레이첼은 나무 뒤에 숨어 제리를 훔쳐봤다. 그가 예상하지 못한 시점에 튀어나가 놀래켜줄 심산이었다.

제리가 동그랗게 오므린 손으로 쿠키를 덮었다. 하지만 그는 쿠키를 짚는 대신 다른 뭔가를 움켜잡았다. 그리고 마치 론 삼촌이 주사위를 흔들 때 그러는 것처럼, 주먹을 귀에 대고 흔들었다. 그런 다음 손가락으로 다시 뭔가를 잡아서 상자 안에 넣었다. 그러고는 상자 언저리에 코를 갖다 댔다. 엉덩이를 하늘로 치켜들고, 귀뚜라미처럼 팔꿈치를 위쪽으로 구부린 채 상자 안을 들여다봤다. 잠시 후 제리 가렛은 펄쩍 뛰면서 또 그 이상한 함성소리를 냈다.

레이첼은 어리둥절하여 나무 뒤에서 걸어 나왔다.

퉁명스러운 눈이 레이첼이 다가오는 것을 쳐다봤다. 소년의 눈은 투명한 갈색이었다.

"언제부터 훔쳐보고 있었던 거냐, 꼬마야?"

레이첼은 그의 모욕적인 말을 무시했다.

"저건 쿠키잖아."

"그래서 뭐?"

"여기서 뭐하고 있는 거니?"

레이첼은 사각형 상자 안을 들여다보았다. 이끼 낀 물 위로 젖은 돌들이 튀어나와 있었다. 그리고 그 위쪽 가장자리를 따라 북슬북슬한 거미줄들이 얽혀 있었다.

"너 정말 인디언이니? 꼭 그렇게 소리 지르더라."

"그래, 그리고 난 네 머리 가죽을 벗겨버릴 거야, 꼬마야."

레이첼은 뒤돌아 뛰었다. 하지만 곧 제리에게 드레스 자락을 붙잡혔다. 드레스의 허리 부분이 뜯어졌다.

"잠깐, 기다려. 네게도 보여줄게. 대신 소란 피우지 않고 아무한테도 말하지 않는다고 약속해야 해. 이건 비밀이니까. 오직 인디언만 아는 비밀 말이야."

레이첼은 오두막으로 돌아가고 싶었다. 그러나 한편으론 제리가 무슨 일을 꾸미고 있는지 알고 싶기도 했다.

제리 가렛은 조금 전처럼 무릎을 꿇고 레이첼에게 경고의 눈빛을 던졌다. 그러고는 손을 나무 뚜껑 모서리에 얹었다.

쿠키 위에 파리 한 마리가 달라붙었다. 또 한 마리가 달라붙었다. 레이첼이 일곱 마리까지 셌을 때 제리가 손을 오므려 쏜살같이 쿠키를 덮었다.

그리고 제리가 손을 뗐을 때 쿠키 위에는 여섯 마리의 파리만이 남아 있었다. 소년은 손을 주사위처럼 흔들었다. 그리고 손을 뒤집어 아직도 윙윙거리며 몸부림치고 있는 왜소한 일곱 번째 파리를 보여주었다. 제리가 파리의 날개를 떼어냈다.

"앗!"

"조용히 해."

제리는 상자 안 거미줄 위에 파리를 얹고, 손가락으로 거미줄을 흔들었다.

"난 너랑 절대 결혼 안 할 거야."

"누가 결혼하재?"

레이첼이 목을 앞으로 뺀 채 상자 안을 들여다보고 있는데, 지금까지 본 것 중 가장 커다란 거미가 어디선가 튀어나와 사지가 절단된 파리를 덮치고 도로 들어갔다. 제리가 거미줄을 다시 한 번 흔들자, 거미가 돌아와서 또 한 번 덮치고 들어갔다. 그리고 기다렸다가 다시 나와서 가느다랗게 지은 거미줄로 파리를 감쌌다. 마침내 힘없는 몸부림이 멈추었다. 태양이 산등성이 뒤로 넘어갔다. 레이첼은 부들부들 떨리는 몸을 감싸안고 목구멍에서 올라오는 신물을 삼켰다. 제리는 잔인하게 웃으며 함성을 질렀다.

"잔인해. 너 진짜 잔인해!"

"쳇, 여자애들은 다 겁쟁이들이야."

레이첼은 불쌍한 파리 때문에 울고 싶어졌지만, 제리는 그런 기분을 진허 이해하지 못했다. 레이첼이 치마를 털면서 몸을 쭉 폈다. 이번만큼은 키가 큰 게 자랑스러웠다. 그렇게 하면 제리와 눈높이가 같아졌기 때문이다.

"이 애송이."

레이첼은 그 말을 내뱉고 다시 한 번 침을 꿀꺽 삼켰다.

"난 그보다 훨씬 더 무서운 걸 보여줄 수도 있어."

제리가 웃었다. 레이첼은 콧방귀를 뀌며 어깨를 펴고 앞서 걸었다.

제리가 레이첼의 팔을 잡아 돌려세웠다.

"그게 뭔데? 뭔지 몰라도 날 무섭게 할 수는 없……."

"내 몸에 손대지 마. 더러워."

레이첼은 계속 걸었다. 그 뒤를 제리가 따라왔다. 그녀는 오솔길 모퉁이에서 언덕 사면에 있는 문을 가리켰다.

"저기에 사악한 요정이 살아. 틀림없이 넌 무서워서 들어가지도 못할 걸."

제리는 보란 듯이 문 앞으로 걸어갔다. 그가 문을 활짝 열어젖혔다. 경첩이 삐걱거리고 나무가 쪼개졌다. 제리가 안으로 사라졌다. 레이첼은 소년이 나오기를 기다렸다. 하지만 그는 나오지 않았다. 만일 레이첼이 따라 들어간다면, 제리가 갑자기 튀어나와 놀라게 하거나 무슨 짓을 할지도 모른다. 어쩌면 그렇게 하려고 동굴에서 그렇게 조용히 기다리고 있는 것이리라. 그곳에 제리보다 더 위험한 것은 없었다.

문이 활짝 열려 있어서, 레이첼은 그 안에서 희미하지만 흥미로운 형체들을 볼 수 있었다. 하지만 너무 멀리 있어서, 그것들이 무엇인지는 알 수 없었다.

레이첼은 모기에 물린 다리를 다른 쪽 신발 끈으로 비볐다. 아직도 제리는 나타나지 않았다. 어쩌면 그 안에서 또 거미밥을 주고 있는지도 모른다.

레이첼은 머뭇머뭇 컴컴한 굴로 다가갔다. 처음에는 제리가 속임수를 쓰지 못하도록, 밖에서 들여다보기만 할 작정이었다.

굴속은 생각만큼 컴컴하지 않았다. 동굴 중앙에 제리가 서 있었다. 얼굴이 그림자에 가려 잘 보이지 않았다.

그때 동굴 한쪽에 우뚝 서 있는 커다란 형체가 그녀의 시선을 사로잡았다. 문을 통해 들어온 빛이 길고 뾰족한 손톱 위에서 번쩍하며 반사됐다.

"그거 금일까?"

레이첼이 속삭였다.

"들어오지 마."

베개로 입을 막고서 말하는 것처럼 안으로 잦아드는 목소리였다. 그러나 레이첼은 성큼성큼 동굴 속으로 들어갔다.

"와, 거울이잖아."

서로 맞잡은 여러 개의 손이 거울 틀을 이루고 있었고, 그 안에 물결무늬 유리가 끼워져 있었다. 진저브레드 하우스에 있는 외할머니의 거울들처럼.

"무척 오래된 게 틀림없어."

경외심에 찬 목소리가 고요하고 정체된 공기 속을 울렸다. 왜 도라 K 할머니는 이런 값나가는 물건을 여기에 둔 것일까?

"넌 엄마한테 가보는 게 좋겠어, 레이첼."

"왜? 그리고 너 왜 그런 우스운 목소리로 말하는데?"

제리는 레이첼이 들어온 후로 꼼짝도 하지 않았다. 소년은 바닥을 응시하고 있었다.

"왜 그러는데?"

그곳에는 천이 쌓여 있었다. 그리고 독립기념일 경기에서 광부들이 사용하는 것과 비슷하게 생긴 긴 손잡이 망치가 놓여 있었다.

"이건 그냥 낡은 천……."

레이첼은 말을 끝맺지 못했다. 망치 옆으로 삐져나온 손. 튀어나온 눈알을 달고 있는 시커멓고 퉁퉁 부은 그 얼굴은…….

"패…… 펨버시 씨!"

레이첼이 날카로운 비명을 지르기 시작했다. 그 비명은 좀처럼 그칠 줄을 몰랐다.

4

도라 K는 시에튼 박사의 낡은 포드 모델 T가 털털거리며 내려가는 것을 지켜본 다음 매든의 차로 돌아왔다. 브랜디는 뒷좌석에서 잠들어 있는 레이첼의 옆을 지켰다. 그녀는 딸의 머리를 쓰다듬었다. 시에튼 박사는 두 아이들을 진정시키기 위해 약을 주었다.

'불쌍한 팀. 그래서 가렛이 오두막을 빌렸다는 얘기를 못한 거야.'

사람들은 계속해서 그녀 곁을 떠나갔다. 가족들도 마찬가지였고 대부분의 친구들도 세상을 떠났다. 그리고 이번에는 팀이었다. 갈수록 흐르는 세월을 따라잡기가 힘들어졌다.

도라 K는 머릿속에 떠오른 무서운 생각을 몰아냈다.

"배고픈 남자들이 집에서 기다리고 있잖아. 우리가 없으면 저녁을 못 먹을 텐디."

그러나 브랜디는 자동차 바닥에서 라디에이터 덮개를 집어들어 툭툭 털 뿐이었다.

"레이첼은 우리가 돌아올 때까지 깨어나지 않을 거예요."

그녀는 도라 K에게 손전등을 건넸다.

"우린 할 일이 있어요."

"기다리면 안 된다니?"

도라 K가 브랜디를 따라 동굴로 통하는 오솔길을 걸으며 말했다.

"내일이면 사내들이 묻어버릴 수 있을 텐디. 아니면⋯⋯."

"제리가 밤에 깨어나서 다시 오면 어떻게 해요?"

도라 K는 비명을 멈출 줄 모르던 레이첼과 그녀를 데려온 소년의 멍한 눈빛을 떠올렸다.

"팀을 봤으니께 이제 얼씬도 안 헐 거여."

"가볼지도 몰라요. 애들은 엉뚱하잖아요."

동굴은 어두웠다. 도라 K가 손전등을 켜자 거울이 반짝이는 빛으로 화답했다. 거울 속에 또 다른 세상이 있는 것처럼, 세월만큼 낡고 이지러진 유리 표면이 빛의 고리 속에 또 다른 고리를 만들어냈다.

팀은 몇 년 전 이곳으로 거울을 옮기면서 도라 K에게 이 물건을 없애버리라고 간곡히 말했다. 하지만 그녀는 그 청을 거절했다. 언젠가 브랜디가 마술을 부리거나 미래를 예견할 때 거울을 필요로 할지도 모르기 때문이었다. 그러나 브랜디는 지금껏 거울에 의존한 적이 없었다. 그러니까 그녀는 거울 없이도 미래를 내다볼 수 있는 게 틀림없었다.

도라 K는 거울이 요망한 짓을 한다는 걸 납득할 수 없었다. 하지만 브랜디의 예언을 의심할 수도 없었다. 제리와 레이첼이 언젠가 결혼한다는 예언까지도.

"정말 거울이 제리를 해칠 거라고 생각헌다니?"

"일말의 가능성도 남기고 싶지 않아요. 이 물건은 위험해요."

도라 K는 팀의 시체를 치울 때 옆으로 밀쳐둔 더블잭을 집어 들었다. 코빈에 대한 기억 때문에 목이 메어왔다.

"그럼 이걸 어쩔 참이다니?"

브랜디는 무릎을 꿇고 한때 거울을 덮고 있던 삭아가는 덮개에서 밧줄을 풀어냈다.

"일단은 브랜디 와인으로 옮겨놔야죠."

"우리가 들기는 무거울 텐디. 나헌테 더 좋은 생각이 있다."

그녀는 커다란 망치를 들다가 거의 뒤로 넘어갈 뻔했다.

"물러서. 내가 요절내주마. 더 이상 위험허지 않게 말이여."

그러고는 망치를 휘둘렀다.

"안 돼요!"

브랜디가 도라 K의 팔을 붙잡았다. 더블잭이 땅으로 떨어졌다. 망치 가장자리가 흉측한 발톱하나에 살짝 부딪쳤다. 하지만 거울은 멀쩡했다.

"팀이 여기서 뭘 하다가 죽었을 거라고 생각하세요?"

"그게 먼 소리다니?"

"난 이 거울이 1978년까지 멀쩡하게 살아남는다는 걸 알아요. 금 하나만 생겼을 뿐이에요."

거울이 그 말을 들을까봐 두렵다는 듯 브랜디가 속삭였다.

"거울은 끝까지 살아남아요. 하지만 어머님은 그렇지 못해요. 문이 낡아서 다 부스러졌어요. 팀은 병든 여자와 아들만 사는 집 근처에 거울을 두는 게 안전하지 않다고 생각했을 거예요. 몇 년 동안 아이가 있는 가족에게 오두막을 내준 적이 없었잖아요. 애들은 특히 어린 남자애들은 한자리에 가만히 있지 못하고 호기심도 많죠. 그래서 팀은 거울이 제리를 해치지 못하게 하려고 이 더블잭을 들고 왔던 거예요. 자기 조카딸이 실성한 게 이 거울 때문이라고 생각한 거 아시잖아요."

"이 거울이 불쌍한 팀을 죽였다는 얘기다니? 어떻게 그럴 수가 있다니?"

"저도 몰라요. 하지만 장담하건대, 팀은 뇌졸중으로 죽었을 거예요. 존 맥케이브처럼요. 그도 거울 앞에 쓰러져 있었죠."

그녀는 거울에 라디에이터 덮개를 덮고, 밧줄로 단단히 동여맸다.

"누구도 이걸 없애지 못해요. 하지만 거울은 그것을 시도하는 자는 전부 없애버려요. 그러니까 누구도 이 물건을 보지 못하도록 아무도 없는 곳에 숨겨야 해요."

그들은 거울을 앞뒤로 들고 브랜디 와인으로 출발했다. 도라 K가 상대적으로 하중이 가벼운 앞쪽을 들었다. 덮개에 덮인 손가락이 그녀의 겨드랑이를 쿡쿡 찔러댔다. 모처럼 힘을 쓰니 전신이 후들거렸다. 동시에 자신이 옮기고 있는 물건의 치명적인 힘을 생각하니 묘한 흥분이 온몸을 휘감았다.

밤 짐승들이 부스럭거리며 어두운 곳을 돌아다녔다.

눈이 어둠에 익숙해지자 나무 그늘 밑을 지날 때를 제외하곤 주위가 훨씬 더 잘 보였다.

도라 K는 용기를 내서 팀을 발견한 순간부터 뇌리를 떠나지 않는 질문을 했다.

"혹시 말이여, 내가 언제 가는지도 안다니? 올해다니, 내년이다니?"

"아뇨, 몰라요."

숲의 그림자가 브랜디의 깊어가는 얼굴 주름을 희미하게 만들었다. 검은 머리 사이에서 뚜렷하게 도드라지던 흰머리도 흐릿해졌다.

"설사 안다 해도 말하지 않을 거예요. 1978년에는 안 계셨어요. 하지만 당분간은 돌아가시지 않을 거예요."

"그때까지는 살고 싶지도 않구먼. 난 벌써 칠십대여. 니도 그때까지 사는 건 적당허지 않을 거구먼."

"그때쯤 난 너무 늙어서 그런 생각조차 못할 거예요. 그리고 허치는…… 서두르는 게 좋겠어요. 우리가 도착했을 때 레이첼이 깨어 있는 건 싫어요."

브랜디가 브랜디 와인의 입구에서 판자를 떼어내는 동안 도라 K는 손전등을 들고 서 있었다.

"이건 너무 쉽게 떨어져요. 내일 아침 쌍둥이들을 시켜서 판자를 더 가져와야겠어요. 물론 저도 같이 올 거예요. 그애들이 안에 못 들어가게 단속해야죠."

"난 울새처럼 지쳤어. 차까지 못 갈 거 같으다."

"차를 돌려서 올 게요."

브랜디가 거울을 밀어 넣는 데 필요한 마지막 판자를 떼어냈다.

"어머님은 길옆에서 기다리세요."

그 끔찍한 물건을 한 번 더 들었을 때, 도라 K는 차에 혼자 있을 레이첼이 걱정되기 시작했다. 류머티즘이 도지고 있었다. 집에 돌아가서 저녁 차리는 일을 도울 수 있을까? 그녀가 지금 원하는 것은 강력한 강장제와 따뜻한 침대뿐이었다. 점점 쇠약해지는 몸이 염치없게 느껴졌다. 당장 죽고 싶지는 않았지만 브랜디 말대로 1978년까지 살지 않는 건 다행스러웠다. 세상은 너무 빨리 변하고 있었다. 자신은 그 속도를 도저히 따라잡을 수 없었다. 여자들은 부끄러운 줄 모르고 다리를 내놓고 다니고, 머리를 짧게 자르고, 술을 마시고, 자동차에서 남자들과 키스하거나 그보다 더한 짓거리를 했다. 다음 세대에 엄마가 될 그들의 행동을 보면서, 도라 K는 1978년이 어떤 모습일지 짐작조차 할 수 없었다.

그들은 마지막 힘을 쥐어짜서 거울을 광산 입구 안쪽에 들여놓고 그곳을 빠져나왔다.

"이건 물건일 뿐이여. 살아 있는 게 아니란 말이여. 근디 어떻게 사람을 해친단 말이다니?"

"모르겠어요. 애초에 없었으면 좋았을 것을. 제가 모르는 것들이 너무 많아요."

"이걸 갱에다 던져버리고 빨리 도망가면 어뗘?"

"이해를 못하시는군요. 어차피 벌어진 일이에요. 그 거울을 없애버리면, 그럴 수 있나면, 이 모든 일이 원섬으로 돌아가게 되나요? 아무 일도 벌어지지 않게 되나요?"

"어차피 넌 거울을 보지도 않잖어."

"더 이상 거울을 건드리고 싶지 않아요. 그게 어떤 영향을 끼칠지도 모르고요. 전 너무 혼란스럽고…… 지금까지 잘 지내왔어요."

"거울을 없애버리면 니가 다시 니 젊은 손녀가 될지도 모르잖어?"

"아뇨. 아마 내가 알던 세상과는 한참 달라진 세상에 살고 있는 쉰한 살의 샤이 가렛이 되겠죠. 샤이가 그렇게 오래 산다면 말이에요. 어쩌면 벌써 죽었는지도 몰라요."

레이첼은 그날 오후에 있었던 일의 대부분을 기억하지 못했다. 집으로 돌아온 일도 기억하지 못했고, 다음날 아침 아무렇지도 않게 잠에서 깨어났다. 그러나 레이첼은 그 후부터 동굴이나 어두운 구멍 근처에는 갈 수조차 없게 되었다. 어린 레이첼을 찾아오는 악몽은, 음습한 동굴에서 나오는 괴기스러운 검은 거미들로 채워졌다.

모두들 그날 일을 걱정하는 것 같았다. 시에튼 박사는 방과 후에 레이첼을 집으로 불러서 그날 일을 얘기해보라고 했다. 레이첼은 제리 가렛이 거미에게 먹이를 줬던 얘기만 지치도록 되풀이했다.

허치와 브랜디는 레이첼을 몇 번씩이나 덴버의 다른 의사에게 데려갔다. 그들은 막대기로 레이첼의 혀를 누르고, '아아아아' 하고 소리 내보라고 말하는 대신 시에튼 박사와 똑같은 질문을 했다. 레이첼은 아프지 않았기 때문에, 사람들이 이렇게 법석을 떠는 게 혼란스러웠다. 어느 날 레이첼은 잠에서 깨어, 자기 부모와 도라 K가 '정신적 외상'이니, '내버려두자'느니 따위의 말을 하는 것을 들었다. 정신적 외상이 뭐든지 간에, 도라 K는 그것을 은총이라고 표현했다.

팀 펨버시에 대한 얘기가 나올 때마다 사람들은 걱정스러운 표정으로 레이첼을 쳐다봤다. 팀 펨버시는 죽었다고 했다. 나이 든 할아버지였으니까 사실 그렇게 놀라울 것도 없었다. 하지만 레이첼은 그 생각은 하고 싶지 않았다. 그래서 생각하지 않았다.

집에는 그보다 더 심각한 문제들이 있었다.

캘리포니아에 사는 조 타일러가 댄에게 편지를 보냈다. 그의 할머니는 생전에 도라 K의 절친한 친구였다. 조는 '양배추를 수송하는' 일을 하고 있었는데, 댄도 그 일을 거둘 수 있을 것 같다고 조언했다. 댄은 가고 싶어 했지만, 브랜디를 제외한 모든 사람이 반대했다. 어느 날 그는 아무 말 없이 집을 나갔다.

허치는 댄이 테이블에 남겨놓은 쪽지를 읽은 뒤 한동안 조용하게 앉아 있었다. 그러더니 갑자기 의자를 내리쳐서 부숴버렸다.

"맙소사, 양배추라니!"

레이첼의 눈에 아버지는 언제나 두 사람이었다. 자신을 사랑해주는 아버지와 론 삼촌과 툭하면 치고받거나 쌍둥이들을 엄하게 혼내주는 아버지.

"허치, 밖에 나가서 기분 좀 가라앉혀요."

레이첼의 엄마는 슬펐지만 눈물은 흘리지 않았다.

"내가 말했잖아요……."

"당신은 중고자 널러라고 했지. 게나가 난 그 말을 믿고 싶지도 않았다고."

"필요하면 돌아올 거예요. 다 자란 새를 둥지에 가둬둘 수는 없잖아요."

"하지만 목장은?"

"계속 쇠퇴하고 있죠. 당신도 알잖아요."

두 사람은 서로를 부둥켜안았다. 레이첼은 그 장면에서 소외됐다. 그들은 어린 딸이 울고 있다는 것을 눈치 채지 못했다.

론 삼촌이 레이첼을 문가로 데려갔다.

"우리 말 타러 가자꾸나."

그러고는 레이첼의 부모를 향해 말했다.

"댄을 돌아오게 할 수는 없어. 그런데 말이야, 혹시 네가 게임 비용을 대주면, 내가 덴버에서 돈을 좀 만들어올 수 있는데."

"당장 꺼져!"

허치가 버럭 소리치고는 다시 아내의 품에 얼굴을 묻었다.

론 삼촌이 덴버에서 돌아올 때쯤 상황은 어느 정도 정리되기 시작했다. 그러나 곧 레미가 햅스콧 선생님을 만나기 시작했다. 그는 그녀를 저녁 식사에 초대했다. 레이첼은 더 많은 변화가 찾아오고 있음을 느꼈다.

레이첼은 변화를 좋아하지 않았다.

레이첼은 댄이 그리웠고, 햅스콧 선생이 댄의 자리에 앉아 식사를 하는 게 달갑지 않았다.

레이첼은 이러한 변화들이 가렛네가 네덜란드에 정착하면서부터 시작된 것 같았다.

제리는 그날 오후 이후 레이첼을 피했다. 그러나 흩날리는 눈발이 도로 위의 얼어붙은 바퀴자국을 뒤덮던 어느 날, 레이첼이 도시락을 흔들며 시에튼 박사의 집을 지나쳐 혼자 걸어가고 있는데 그 아이가 옆으로 다가왔다.

제리는 걷는 속도를 줄여서 레이첼과 보조를 맞추었다.

"넌 왜 다른 애들처럼 버스를 타지 않아?"

레이첼은 둘 사이에 적어도 한 가지 공통점은 있다고 결론 내렸다. 바로 서로를 좋아하지 않는다는 점이었다.

"버스는 큰 길까지밖에 안 오잖아. 거기까지 걸어갈 거면 차라리 집까지 걸어가고 말겠다. 아침에도 가끔 걸어와."

레이첼은 도랑에서 눈을 한 움큼 집어 뭉쳤다. 하지만 눈은 벙어리장갑 위에서 설탕처럼 흩날릴 뿐이었다.

"너 펨버시 씨 꿈꾼 적 없어?"

그애가 아무렇지도 않게 물었다.

"아니, 내가 왜? 그 아저씨는 그냥 뇌졸중에 걸려서 죽었는데."

레이첼은 뇌졸중이 홍역이나 볼거리와 비슷한 것이라고 생각했다.

갑자기 제리가 레이첼 앞을 막아섰다. 레이첼은 걸음을 멈췄다.

"우리 엄마가 그러는데, 너한테 그 아저씨 애기를 하면 안된대."

"그럼 하지 마."

"거울이 없어졌어."

마치 비밀을 털어놓듯 제리가 속삭였다.

"다음날 없어졌어. 내가 봤어."

"무슨 거울?"

"동굴에 있던 거 말이야."

제리는 놀란 것처럼 눈을 동그랗게 뜨며 대꾸했다. 레이첼이 그 이유를 생각하고 있는데, 도로시 킨셀로우가 메리 파워스와 함께 두 사람 옆을 지나쳐 갔다.

"레이첼한테 남자 친구가 생겼네."

그들은 동시에 깔깔대면서 언덕을 뛰어 내려갔다.

"도로시가 그러는데 너희 엄마가 마녀래."

제리가 앞으로 걸어가면서 툭 내뱉었다.

"그리고 넌 그애 말을 믿을 정도로 멍청이겠지."

레이첼이 차갑게 받아쳤다. 그녀는 그 전엔 한 번도 남자친

구가 생겼다는 놀림을 받아본 적이 없었다. 그녀는 왠지 도로
시의 얼굴에 부러운 듯한 표정이 스친 것 같다고 생각했다.

중심가에 가까워질 때까지 레이첼은 그 생각에 빠져 있었고,
제리는 마치 혼자 길을 가고 있는 것처럼 앞서서 걷고 있었다.

도로시와 메리가 옛날 푸줏간 모퉁이에서 두 사람을 흘긋흘
긋 훔쳐보았다.

레이첼은 제리를 따라잡기 위해 종종걸음을 쳤다.

"내가 진짜 마녀가 사는 곳을 보여줄 수 있어. 뭐, 바로 여기
시내에 살고 있지만."

"어, 그래? 이름이 뭔데?"

"스미스 양이야. 하지만 어른들은 메이 벨이라고 불러."

"그 여자가 마녀인지 네가 어떻게 알아?"

판자로 막아놓은 폐업 푸줏간을 지나칠 무렵, 그들은 다시
보조를 맞춰 걷고 있었다. 레이첼은 자신의 어깨 너머 상점 뒤
에서 두 개의 머리가 튀어나오는 것을 확인했다.

"내가 어른들한테 그 여자 얘기를 물어보면 다들 입을 꾹 다
물고 아무 말도 안 해. 무서워서 그러는 것처럼 말이야."

그들은 레이첼이 발걸음을 멈췄어야 할 지점—잡화상—을
그대로 지나쳤다.

"그 여자 집은 이 길 아래쪽에, 저수지 가기 전에 있어."

도로시와 메리가 허리를 숙이고 공터를 건넜다. 레이첼이
자기들을 못 봤다고 생각하는 모양이었다.

임대 마구간에 도착했을 때, 제리가 연료펌프 뒤로 슬쩍 숨
어들어갔다.

"어느 집인데?"

"저쪽에 예쁜 유리문이 있는 집. 그런데 왜 숨어 있는 거니?"

"넌 기억하지 못하겠지만, 난 지난번에 네가 겁주려고 했던 걸 똑똑히 기억하고 있어."

스미스 양의 집 계단 양쪽에서 앙상한 롯지폴소나무가 회색 빛 하늘을 향해 뻗어 있었다. 차가운 서풍에 날려 건초를 두는 시렁의 뚜껑문이 쿵 하고 닫혔다. 레이첼과 제리가 깜짝 놀라 그 자리에서 펄쩍 뛰었다. 진한 기름 냄새가 바람에 섞여서 희미해졌다.

제리는 마구간 옆 죽은 잡초 속에 하나뿐인 바퀴를 박고 서 있는 마차로 뛰어갔다. 오랫동안 비바람 속에 방치된 나머지 좌석의 가죽은 떨어져 나가고 없었다. 레이첼은 혹시 여자애들이 아직도 지켜보고 있을지 모른다는 생각에 제리를 따라갔다.

"아무도 그 여자 얘기를 하지 않는다고 그 여자가 마녀인 건 아니잖아."

제리가 속삭였다. 그애의 코가 노라 K가 짜준 털실보사 만큼이나 새빨갰다.

"레미 오빠가 말해줬는데, 할로윈이 되면 학교에서 제일 덩치 크고 용감한 남자애들이 그 여자의 변소를 뒤집어야 한대. 그 여자가 마녀가 아니라면 그런 날 왜 그런 짓을 하겠어? 혹시 그 여자가 보이는지 창문으로 살짝 들여다볼래?"

"어…… 그래…… 하지만 네가 먼저 해."

'웬만하면 남자애들이 먼저 하는데.'

레이첼은 아니꼬운 기분이 들었다.

그녀는 제리가 뒤따라오는 것을 의식하며 길가에 주차된 트럭을 향해 쏜살같이 뛰어가 그 뒤에 숨는 척했다. 사실 레이첼

312

은 메이 벨 스미스가 그렇게 무섭지 않았고, 그녀가 마녀라는 확신도 없었다. 하지만 이 작은 모험을 흥미진진하게 만들지 않으면, 옆에 있는 소년은 집으로 돌아가버리고 말 것이다.

타원형 색유리가 달린 집 위로 먹구름이 몰려들었다. 창문가에 레이스 커튼이 드리워져 있어서, 집 안이 어두워 보였다. 저수지의 나른한 물결 위로 하얀 포말이 흔들거렸고, 바람이 롯지폴소나무들 사이에서 낮게 으르렁거렸다.

"점점 추워진다. 이제 가지 않을래?"

"내 뒤에 바싹 붙어."

레이첼은 울타리의 철조망이 끊어져 있는 부분을 넘었다. 그리고 잽싸게 집으로 뛰어가 창문 옆 외벽에 납작하게 붙어 섰다. 반대쪽 창문 아래서 제리가 똑같이 그녀를 따라했다.

레이첼은 자신이 애써 용기를 내고 있다고 제리가 믿도록 조금 뜸을 들인 다음, 안을 들여다보았다.

"뭐가 보여?"

제리의 눈이 엄청나게 커졌다.

"혹시 죽었나?"

"죽었냐고? 물론 아니야. 너무 어두워서 아무것도 안보여. 뒤쪽으로 돌아가보자."

이번에는 제리가 먼저 들여다보았다.

"보이는 건 식탁뿐이야. 마녀가 사는 집 같진 않은데."

"론 삼촌이 말하길, 한 번은 메이 벨이 미쳐서 마을 전체를 홀랑 태워먹었대. 어떻게 그럴 수 있겠어, 만일 그 여자가……."

"만일 그 여자가 뭐라고?"

313

뒤에서 거친 목소리가 들렸다.

레이첼이 깜짝 놀라 비명을 지르며 뒤돌아보다가 땅에 도시락을 떨어뜨렸다.

"대체 뭐하고 있는 거지, 레이첼 매든?"

털이 북슬북슬한 코트를 입은 스미스 양은 그날따라 괴기스러워 보였고, 어찌 보면 곰처럼 보이기도 했다. 턱 밑에 두른 양털 목도리 위로 곱슬곱슬한 오렌지색 단발머리가 흐트러져 있었다. 그녀는 덜렁거리는 철제변기의 손잡이를 쥔 채 하얀 입김을 뿜어냈다.

"그래, 너랑 있는 이 애는 누구지?"

아이들은 바싹 얼어붙어서 꼼짝도 못했다. 뒷마당 변소 뒤에 있는 미들보울더 개천이 가장자리에 생긴 얼음을 부수기 위해 몸부림치며 침묵 속에서 포효하고 있었다.

"누구냐니까?"

"제리 가렛이에요."

레이첼이 조그만 목소리로 대답했다.

"제리······ 가렛."

메이 벨이 낮은 목소리로 레이첼의 말을 되풀이하며, 작은 눈을 제리에게로 돌렸다.

"하지만 넌 이렇게······ 이렇게 큰데······."

그녀가 제리의 뺨을 만질 것처럼 한 손을 들었다.

제리는 레이첼을 밀치고 쏜살같이 마당을 건너 울타리의 개구멍을 향해 뛰어갔다.

레이첼이 쫓아가려 했지만, 메이 벨이 그녀의 어깨를 붙잡았다.

"도시락 통을 잊어버렸잖아."

그녀의 눈은 여전히 제리를 쫓고 있었다.

"다시는 저 애를 이곳에 데리고 오지 마. 알겠니?"

"네, 아줌마."

레이첼은 그 살찐 여인의 볼을 타고 눈물 한 방울이 흘러내리는 것을 보았다.

5

론 삼촌이 여행을 갔다가 돌아온 어느 토요일. 그때 레이첼
은 마구간에서 놀고 있었다. 그녀는 추위를 피하기 위해 고양
이 두 마리와 함께 건초더미 속을 파고들었다. 한 마리는 도로
시 킨셀로우고 다른 한 마리는 메리 파워스라고 생각하면서.
론은 유리병이 든 나무상자를 들고 들어와 창문 앞에 쭈그려
앉을 때까지 레이첼을 발견하지 못했다. 그가 코트 주머니에
서 풀 봉을 꺼내서 송이 한 장을 빈 병에 붙였다. 입김이 먼지
때문에 뿌예진 햇살 속에서 흩어졌다.

고양이 한 마리가 갑자기 다른 고양이에게 으르렁거렸다.
론이 고개를 돌려 소리 나는 쪽을 쳐다보았다.

순간 레이첼은 삼촌을 보며, 스위니 부인이 우체국 벽에 재
미삼아 걸어놓은 옛날 지명수배 사진을 떠올렸다.

"뭐하는 거예요, 삼촌?"

그가 씩 웃었다. 지명수배범의 모습은 사라졌다.

"비밀 지킬 수 있니?"

"하늘에 맹세해요."

레이첼은 수고양이를 움켜잡은 채 건초더미에서 빠져나와

론의 옆에 앉았다. 론은 코트 주머니에서 병 하나를 꺼냈다.

"어, 당밀이네. 이걸로 뭘 할 거예요?"

론 매든은 자기 어깨 너머를 돌아보았다. 그들 뒤에서 앞발로 칸막이를 긁고 있는 암말이 자기 말을 엿들을까 걱정하는 사람처럼. 그런 다음 실눈을 뜨고 레이첼에게 몸을 기울였다.

"도라 K 아주머니를 위해 강장제를 만들고 있어."

"삼촌이 강장제를 만들고 있다는 건 몰랐어요."

"아주머니도 모르지."

그가 속삭였다.

"이건 비밀이야. '제로니모 추장 강장제, 전설적 아파치 남자들의 기적의 만병통치약. 독감, 신경염, 신경통, 류머티즘, 사지통에 탁월한 효과.'"

그가 빈 병에 붙어 있는 화려한 라벨의 문구를 읽었다.

"두피에 꾸준히 바르면 발모 보장."

"부엌에 있는 강장제랑 똑같네요. 그거 어디서 났어요?"

"옛날 라벨을 인쇄업자한테 갖다 주고 똑같은 걸 만들어달라고 했지."

론 삼촌은 조심스럽게 도라 K의 병에 위스키를 절반 이상 부었다.

"도라 K 아주머니는 7월 4일 축제일만 되면 약장수한테 강장제를 사잖니. 근데 그게 전처럼 효과가 오래 가지 않거든. 내가 아주머니한테 샤이엔에 강장제를 쟁여놓은 상점이 있다고 미리 귀띔해뒀지."

그는 위스키 한 모금을 마시다가 기침을 터트렸다.

"이 약을 먹으면 대머리도 털이 날 거야."

그가 헐떡거리며 손등으로 눈 주위를 훔쳤다.

"하지만 도라 K 할머니는 위스키를 싫어하잖아요."

"그래서 당밀이 필요한 거야."

레이첼은 끈적끈적한 액체 줄기가 강장제 병을 타고 내려가다가 점차 가늘어지면서 위스키와 섞이는 것을 지켜보았다. 그는 병을 코르크 마개로 닫고 호박색과 검은색이 섞여 거무스름한 색이 될 때까지 병을 흔들었다.

"이해 못하겠어요. 설탕이 들어 있지 않은 당밀은 맛이 정말 이상한데."

"당밀이 들어 있지 않은 위스키는 맛이 좋지. 그래서 몸에 나쁜 거야."

그는 혀끝을 코르크 마개에 갖다 댔다.

"하지만 당밀을 섞은 위스키는 맛이 안 좋아. 그래서 강장제가 되는 거야."

그가 갑자기 껄껄 웃었다. 놀란 고양이가 레이첼의 품에서 빠져나가 달아나버렸다.

"그래서 몸에 좋은 거지."

레이첼도 웃었다. 하지만 여전히 이해할 수 없었다.

론은 강장제 병을 코 밑에서 살랑살랑 흔들었다. 자동차 오일을 뒤집어쓴 채 썩어가는 물건을 생각나게 하는 냄새였다.

"뭔가 더 필요하겠군. 넌 가만히 앉아 있어."

그가 주머니에서 다른 병을 꺼냈다. 그 병은 작았고 라벨이 붙어 있지 않았다. 액체는 호박색이었다.

"여기 지원군이 있다."

"그게 뭔데요?"

"클로로포름."

그해 겨울 브랜디 매든은 감기에 걸렸다. 그리고 다른 증상들이 사라진 뒤에도 기침은 좀처럼 그치지 않았다. 도라 K의 강장제는 맛이 지독해 마실 때는 기침이 터져 나왔지만 효과는 제법 있는 것으로 입증됐다.

몇 차례의 눈보라 때문에 발이 꽁꽁 묶이자, 레이첼은 마음을 단단히 먹었다. 끔찍한 시간은 여느 때와 다름없이 엄마가 사사건건 트집을 잡는 것으로 시작됐다.

도라 K의 노력에도 불구하고, 식사는 점점 단조로워졌다.

"오늘 밤에는 요리를 할 기분이 아니에요. 그냥 구운 고기를 데워서 샌드위치 빵과 함께 잘라서 내죠."

브랜디는 피곤하다는 듯 읊조렸다.

또는,

"레이첼, 그만 좀 시끄럽게 해! 연필은 글씨를 쓰라고 있는 거지, 종이에 대고 소리를 내라고 있는 게 아니야."

그럴 땐 입술 주변의 살이 새하얘지곤 했다.

"이 집 때문에 정말 돌아버리겠어!"

브랜디가 천장에 대고 소리쳤다. 레이첼은 몸을 잔뜩 웅크린 채 눈에 띄지 않게끔 숨을 죽였다.

스위니 부인이 전화를 걸어서 그들 앞으로 온 우편물을 읽어주었다.

"세상에, 전화선은 있으면서, 왜 전기는 없는 거야? 이 망할 놈의 원시적인 세상. 허치, 최소한 샘에서 물을 끌어올 수 있는 수도관은 있어야 되는 거 아니에요? 난 수도관이 없으면 돌아버린다고요."

"개수대에 물이 있잖아. 여보, 대체 원하는 게 뭐야? 원한다면 파산을 감수하고서라도 최신 장비들을 사오지."

"우선 실내 욕실이요. 우린 여기서 짐승들처럼 살고 있어요."

"진정해, 브랜. 당신 때문에 레이첼이 겁먹었잖아."

"그럼 난 어떤대요? 날마다 쳇바퀴 돌 듯 똑같은 날들을 보내고 있어요. 진저리가 나요."

학교나 교회에서 듣거나 배운 얘기만으로는 엄마의 행동을 이해할 수 없었다. 다른 엄마들은 어떨까? 킨셸로우 부인처럼 지역사회에서 존경받는 숙녀들도 자기 집에 있을 때는 저렇게 행동하는 걸까? 우리 가족이 그러는 것처럼 다른 가족들도 그 사실을 비밀로 하는 걸까? 레이첼이 배운 것들에 따르면, 요조숙녀나 현모양처는 아버지처럼 좋은 남자를 괴롭히지 않고 그녀의 엄마라면 상상조차 할 수 없는 끔찍한 모욕도 조용히 감내해야 했다.

어느 날 스위니 부인이 전화를 걸어 댄에게서 온 편지를 읽어주었다. 보수는 많지 않지만, 레미를 위한 캘리포니아 행 기차표를 끊어줄 만큼의 돈은 모아졌다는 게 주요 내용이었다.

레미는 초원에 샘을 파서 목초에 뿌릴 물을 확보할 수 있을 때까지 집에 머물기로 약속했다.

길에서 눈이 어느 정도 치워지자마자 브랜디는 차를 몰고 '도망치듯' 진저브레드 하우스로 달려갔다. 그곳엔 수도관과 라디오가 있었다.

그렇게 한 번 가면 보통 일주일 정도 후에 집으로 돌아왔지만, 이번에는 3일 만에 돌아와서 눈물이 그렁그렁한 눈으로 용서를 구했다.

"나도 내가 왜 이 모양인지 모르겠어요. 사랑해요."

레미는 6월 말에 떠났다. 쌍둥이가 없으니 집 안이 텅 빈 것 같았다. 브랜디의 기침은 잦아들기 시작했지만 때를 같이해 캐서린 가렛이 보울더에 있는 병원에 입원했다. 그동안 제리 는 매든네에서 머물렀다. 레이첼은 제리에게 승마를 가르치는 게 즐거웠지만 엄마가 그애를 위해 법석을 떠는 것은 마음에 들지 않았다.

7월 4일이 되자 브랜디는 아이들과 도라 K를 네덜란드에 내 려주고 가렛 부인의 상태를 보기 위해 협곡을 따라 차를 몰고 갔다.

그들은 더블핸드 경기를 구경한 다음, 옛날 푸줏간 옆 공터 로 갔다. 그곳에서 '제로니모 추장'이 다시 한 번 기적의 만병 통치약을 홍보하고 있었다.

그는 자기 트럭 옆을 왔다 갔다 했다. 밝은색 머리 장식 꼬 리가 그의 등 뒤에서 이리저리 흔들렸다. 양쪽으로 땋아 내린 긴 철회색 머리카락이 가지런했다.

레이첼은 그의 말이 너무 길어서 따라잡을 수 없었다. 그러 나 사람을 설득하는 그의 능력만큼은 의심할 수 없었다. 그는 사람들을 겁주거나, 웃게 만들 수 있었다. 물론 그가 하는 말의 내용보다는 말하는 방식 때문이기도 했다.

"저기, 꼬마 아가씨!"

제로니모 추장이 손가락으로 레이첼을 가리켰다. 레이첼과 제리는 아이들이 앉아 있는 곳으로 가기 위해 어른들 틈을 파 고드는 참이었다.

"여기 있는 사람들에게 진실을 말해보렴. 한 번이라도 대머리 인디언을 본 적 있니? 자, 사실대로 말해라."

"아뇨, 본 적 없어요. 하지만……."

"아뇨, 본 적 없어요, 랍니다. 다들 들으셨죠? 도대체 왜 그럴까요? 인디언 중에는 대머리가 없기 때문이죠. 그런데 왜 대머리가 없을까요?"

그가 소리쳤다. 추장은 계속 고함치며 사람 눈을 똑바로 쳐다보았다.

"왜냐하면 영약의 비밀 제조법을 알고 있기 때문입니다. 내가 어렸을 때 우리 아버지는……."

그는 재미있는 일화들을 섞어가며 자신의 어린 시절에 대해 얘기했다. 그것이 소규모 군중들에게 즐거움을 주었고, 사람들의 웃음소리는 더 많은 사람들을 끌어들였다. 사실 왜 인디언 중 대머리가 없는지와 아무 상관 없는 얘기였지만, 레이첼은 그의 마술 같은 말들에 도취되어 그 사실을 곧 잊어버렸다.

그의 검은 트럭은 인디언들의 사진과 빨갛고 노란 문자들로 장식되어 있었다. 그가 왔다 갔다 하는 곳마다 잡초들이 납작하게 찌부러졌다. 그는 종종 소맷자락을 흔들며 화려한 몸동작을 구사했다. 땀 때문에 그가 입은 녹비 셔츠 겨드랑이에 까만 원이 생겼고, 어깨 뼈 사이에 삼각형 무늬가 생겼다.

산간 마을 날씨치고는 공기가 뜨거웠고 바람 한 점 없었다. 그러나 아라파호 봉우리 너머에서 천둥이 우르릉거리기 시작했다.

바인더 씨가 두 남자 사이에 서 있었다. 한 명은 카운티 보안관 제복을 입고 있었고, 다른 한 명은 은행원 같은 차림이었는데 머리를 단정하게 빗어 넘겼고, 번쩍번쩍 광이 나는 갈색 구두를 신고 있었다. 그는 지금까지 레이첼이 본 중 가장 잘생긴 남자였다.

그때 그녀는 남자들 세 명이 모두 자신을 보고 있음을 깨달았다. 바인더 씨가 레이첼에게 손짓했다.

"레이첼, 이 신사 분들이 말이다. 혹시 너희 삼촌이 오늘 아침에 축제를 즐기러 너랑 같이 시내에 오지 않았는지 궁금해하시는구나."

그가 왠지 불편한 듯한 목소리로 물었다.

"아뇨. 하지만 로데오 경기 때문에 아버지와 함께 곧 오실 거예요."

그 순간 바인더 씨의 눈이 경고의 빛으로 반짝였지만 레이첼은 그것을 너무 늦게 눈치 챘다.

"괜찮다, 꼬마야. 우린 그냥 네 삼촌과 얘기하고 싶은 거야."

잘생긴 남자가 그렇게 말하며 뒤로 물러서다가 하마터면 그의 뒤를 휙 지나쳐가는 메이 벨과 부딪칠 뻔했다. 메이 벨 스미스는 매우 빠른 속도로 중심가를 지나치고 있었다. 레이첼은 그렇게 뚱뚱한 여자가 그렇게 빨리 걸어갈 수 있다는 게 믿기지 않았다.

"여러분은 이 모든 얘기가 대머리와 이 유명한 영약과 무슨 관계가 있는지 궁금하실 겁니다."

제로니모 추장이 호통치듯 큰 소리로 말했다.

"제가 말씀 드리죠."

레이첼은 바인더 씨가 보낸 경고의 눈빛 때문에 마음이 불편해졌다. 보안관과 그 일행은 무슨 일로 삼촌을 만나려는 것일까. 하지만 레이첼은 추장의 또 다른 이야기에 관심이 기우는 것을 어쩌지 못했다.

"친애하는 여러분. 신경염, 신경통, 류머티즘. 이런 것들은 따사로운 오후에 풀밭으로 숨어드는 뱀처럼 여러분에게 몰래 다가갑니다."

그는 뱀처럼 쉭쉭 하는 소리를 내며 팔을 꿈틀거렸지만, 두 눈은 보도블록에 있는 보안관 대리를 따라 초조하게 움직였다.

"……꼭 어두운 밤에 들어오는 강도처럼 말입니다. 그런 병들은 가난한 사람이건, 부자건 봐주지 않습니다. 물론 여러분은 아직 젊어서 걱정할 필요가 없다고 말씀하시겠죠? 하지만……."

제로니모 추장은 이번에는 소화불량을 들어서 설명했다. 레이첼은 열심히 귀 기울였지만, 옛날 아파치 주술사들이 어떻게 그 많은 병들을 치료하는 약을 발견했다는 건지 알 수 없었다. 게다가 이 인디언은 그 약이 그런 병으로 고생하는 사람들에게 어떤 도움을 줄 수 있을지 딱 부러지게 설명하지도 않았다. 보안관 대리가 사라졌을 때, 제로니모 추장은 손목에 묶어 놓은 종을 흔들어가며 급하게 춤을 추고는 마침내 강장제를 팔기 시작했다.

론 매든은 트럭에 기댄 채 여름 정장 재킷에서 얼룩을 닦아내고 있었다.

"이러다 로데오 경기에 늦겠어, 젠장, 어서 가자고."

그가 문에 대고 소리 질렀다.

허치가 말끔한 셔츠의 단추도 잠그지 못한 채 허둥지둥 집에서 빠져나왔다. 바지춤 밖으로 셔츠자락이 삐져나와 있었다. 론은 문에 달린 수프링이 또다시 부서지는 소리를 들었다.

"뭐, 그렇게까지 서두를 건 없는……."

"론, 집에 술 숨겨둔 거 있어?"

"마구간에 조금. 왜?"

"이런, 맙소사! 트럭에 타!"

론이 발판에서 발을 떼고 좌석에 앉기도 전에, 허치가 시동을 걸고 마구간으로 향했다.

"방금 메이 벨에게서 전화가 왔는데, 군 보안관 대리가 레이첼에게 너에 대해 물었고 레이첼이 우리가 로데오에 갈 거라고 대답했대."

"허치, 내가 스키너를 구워삶은 거 알잖아."

"스키너가 아니었어. 한 번도 본 적 없는 보안관 대리였대. 딱 정부 관리처럼 생긴 사람과 함께 있었대."

"정부 관리?"

론은 마지막으로 남은 열 상자 가량의 술 상자를 트럭에 싣고 그 위에 건초를 덮었다.

"어쩌면 보울더에서 온 잘 차려입은 멋쟁이 방문객일지도 몰라."

"그런데 그 멋쟁이가 너하고 얘기하고 싶다고 그랬다는데. 만일 그 남자가 어떤 족속인지 단번에 알아볼 수 있는 사람이 있다면, 그건 메이 벨일 거야."

뇌운이 머리 위에서 빠르게 움직였다. 계곡 길을 빠져나가면서 트럭이 튀어 올랐다. 그때쯤엔 론 역시 쌍둥이 동생의 두려움을 이해하기 시작했다. 이곳에서 빠져나가는 길이 또 있었으면 좋겠다고 생각한 것은 처음이 아니었다.

"우리는 지금 그 치들을 향해 정면으로 가고 있다고. 게다가 네가 운전하는 꼴을 보니 곧 병들이 깨질 게 분명해. 그럼 그치들이 바로 술 냄새를 맡겠지."

"그렇다고 술을 목장에 남겨놓을 수도 없어. 메이 벨이 그러는데 그치들이 아직 마을을 어슬렁거리고 있대."

"나를 잡으려고 기다리는 거야?"

트럭 앞 유리에 50센트 동전만 한 크기의 빗방울이 튀었다.

"왜 집으로 오지 않는 거지?"

"우리가 로데오에 자리 잡기를 기다렸다가, 아무도 없을 때 몰래 찾아와서 수색하려는 거겠지. 어쩌면 영장이 없을 수도 있고."

허치는 트럭을 세웠다.

"빨리 큰 길로 뛰어가서 그치들이 우리를 기다리고 있는지 봐."

천둥이 주변의 나무 우듬지들을 위협했고, 드문드문 떨어지는 빗방울 때문에 발바닥 주변에서 흙이 튀었다. 돌아서면서 론은 우연히 길 건너 비탈진 산허리를 올려다보았다. 광산에서 내다버린 돌무더기 위로 브랜디 와인의 입구를 막고 있는 판자들이 보였다.

트럭으로 뛰어오는 길에 번개가 치기 시작했고, 빗방울이 조금 더 굵어졌다.

"아무도 안 보여. 어서 가자."

"여기랑 시내 중간에 물건을 버리면 어때?"

"절대 안 돼! 고객한테 전달해야 할 술이야. 일단은 내가 물건을 가지고 브랜디 와인에 숨어 있을게. 넌 로데오에 가."

"그치들이 결국 우리랑 광산의 관계를 알아차릴 거야. 론, 그러지 말고 그냥 가서……."

"그땐 물건이 거기 없을 거야. 내가 오늘 밤 고객한테 전달할 거니까. 상황이 여의치 않으면 인편으로라도. 이 지역 사람이거든. 그런 다음 난 여행을 다녀올 거야. 그치들이 물어보면 모른다고 해. 실제로도 모르는 거니까. 한두 달쯤 있다가 돌아올게."

그들은 광산 맞은편 길에 트럭을 주차하고, 몇 번을 왕복해서 나무 상자들을 산허리에 옮겨놓았다. 차가운 구슬 같은 빗방울이 얼굴을 때렸다. 브랜디 와인으로 들어가는 것은 문제없었다. 입구를 막아놓은 판자들은 새것이었고 단단했지만, 판자들을 고정시켜놓은 나무틀이 썩어 있었다. 판자 몇 개를 느슨하게 잡아당기자 채 빠지지 못한 못이 판자에 박힌 채 덜렁거렸다. 그들은 상자들을 광산 안에 쌓았다.

"이제 쌍둥이도 없고 너도 없는데 건초작업은 어떻게 하지?"

허치가 목을 문질렀다. 고된 목장 일을 했기 때문에 군살도 없고 아직은 근육도 탄탄했다. 쉰일곱 살 치고는 건강해 보였다. 그러나 론은 자신의 쌍둥이 동생이 관절염 때문에 침대에서 기어 나오기 힘들 날이 조만간 올 거라는 걸 알았다. 그는 허치의 손에 돈뭉치를 쥐어주었다.

"올해는 인부를 써. 어쩌면 모든 게 다 메이 벨의 상상이고 내가 아무 데도 갈 필요가 없을지도 몰라. 어두워지면 나가서 상황을 알아볼게."

말을 마친 론이 허치 뒤로 보이는 커다란 형체에 시선을 던졌다.

"근데 저게 뭐지?"

뭔지 몰라도 더러운 덮개에 싸여 밧줄로 꽁꽁 묶인 그것은, 그들만큼 키가 컸다.

"아마 도라 K 아주머니 물건일 테지. 돈은 그냥 넣어둬. 도망 다니려면 필요할 테니까."

"아니. 나는 오늘 밤 술값을 받으면 돼. 네가 가져가. 그리고 어서 시내로 가. 혹시 당분간 소식이 없더라도 걱정하지 말고. 누군가가 우편물을 감시하고 있을지도 모르니까."

그들은 악수를 나눴다. 허치는 거세게 내리는 빗속으로 뛰어들었다. 비 때문에 로데오가 연기될 수도 있었다. 하지만 이 비는 그들이 흙 위에 남긴 흔적을 모두 씻어내줄 것이다. 론은 위스키 옆에 자리를 잡고 앉았다. 그는 오늘 동무가 되어줄 위스키 한 병을 골랐다.

그리고 한 모금을 마셨다. 그때 입구 틈새에서 번개가 번쩍했다. 그는 눈을 깜빡거렸다. 맞은편 덮개에 싸인 물건의 밑동에서 금속 발톱 같은 게 어슴푸레 빛났다. 바람이 그 속에 갇혀 있는 양 덮개가 펄럭였다.

론은 술병을 내려놓고 일어나서 밧줄을 풀어 덮개를 벗겨냈다.

"오, 이런. 살다 살다 너처럼 흉측한 건 처음 본다."

그것은 손과 발톱으로 둘러싸인 청동으로 만들어진 전신거울이었다. 하지만 청동일 리가 없었다. 누군가가 정기적으로 광을 내주지 않는 한 녹슬거나 변색된 흔적이 전혀 없는 청동이란 있을 수 없었다.

론은 다시 술병이 있는 곳으로 돌아왔다. 그런데 그는 그 거울이 생김새만 이상한 것이 아님을 깨달았다. 론이 마주보고 앉아 있는 데도, 거울은 그의 모습을 비추지 않았다. 게다가 윙윙거리는 소리를 내고 있었다.

"괴상하군."

그가 혼자 중얼거리고는 술병을 높이 들었다. 거울은 그의 동작을 철저하게 무시했다.

"제기랄, 뭐 이런 괴상한 게 다 있어."

어쩌면 이번에 들여온 술이 불량이라서 헛것이 보이는 건지도 몰랐다. 하지만 그는 술을 조금밖에 마시지 않았다.

다시 한 번 번개가 번쩍이자, 한때 광차가 다니던 녹슨 궤도에 잠깐 동안 거울의 그림자가 비쳤다. 하지만 청동 비슷한 틀안의 뿌연 어둠은 아무런 변화도 일으키지 않았다.

바람이 거울 발치에 떨어진 덮개를 휘저었다. 축축한 솔방울 냄새가 나는가 싶었는데 곧이어 유리에 빗방울이 튀었다. 그런데 빗방울은 유리에 맺혀서 미끄러운 표면을 타고 흘러내리는 대신 그대로 사라져버렸다. 천둥 때문에 옆에 있는 상자속 술병들이 덜거덕거렸다.

론은 어리둥절한 정신으로 다시 술병을 입술로 가져갔다. 술을 한 모금 마시고 다시 거울을 보니, 유리 표면에 끼어 있던 뿌연 게 사라져 있었다. 머리끝이 쭈뼛 섰다.

이제 유리는 뭔가를 비추고 있었다. 하지만 그것은 론 매든도, 브랜디 와인 입구에 있는 그 어떤 것도 아니었다.

6

론이 일어서다가 불법 위스키 상자에 등을 부딪쳤다. 발밑에 있던 뚜껑 열린 술병이 넘어지면서, 호박색 내용물이 울퉁불퉁한 광산 바닥으로 퍼져나갔다.

그는 거울 속에서 어지러운 속도로 지나가는 자신만을 위한 무성 영화를 보았다.

거뭇한 젖꼭지가 비칠 정도로 얇고, 허벅지가 드러날 정도로 짧은 옷을 입은 은발 생머리의 깡마른 아가씨. 움직이는 보도에 가만히 서 있는 헐벗은 옷차림의 사람들. 하늘을 날다가 공중을 맴도는가 싶었는데 어느새 콘크리트 땅 위에서 천천히 움직이고 있는 거대한 기계.

"설마."

그는 큰 소리로 말하면서 고개를 저었다. 하지만 그 영상에서 좀처럼 눈을 뗄 수가 없었다.

옛날식 옷차림을 한 또 다른 아가씨. 그녀는 젊은 시절 브랜디처럼 보였다. 유리로 둘러싸인 높은 건물들로 이루어진 수중 도시. 어떤 남자가 사각형의 불이 들어오는 버튼을 누르면, 사람들이 나타났다가 사라졌다. 머리를 산발한 채 구부정한 자세로 불 주위를 어슬렁거리는 크고 늘어진 턱을 가진 사람들.

론은 이 장면들의 비밀을 발견하기 위해 거울 뒤쪽으로 가보고 싶었지만, 감질나는 영상들과 두려움이 그를 꼼짝 못하게 했다. 그는 거울 속 영상을 보고 있는 동안 어느덧 비가 그쳤음을 깨달았다. 천둥소리가 멀어졌다. 나무에 맺힌 빗방울이 떨어지는 소리, 광산 입구를 통과해 들어오는 햇빛, 저 아래 길에서 덜덜거리고 있는 자동차 엔진소리.

조금이라도 이성이 있었던 때라면, 그는 술병 상자를 집어던져 거울을 깨버렸을 것이다. 그러나 그는 예기치 않게 불가능한 것에 직면함으로써 자제력을 잃었다.

공포에 사로잡힌 그는 안간힘을 써서 간신히 거울에서 눈을 뗐고, 동시에 거울 속에서 그를 향해 몸부림치며 다가오는 안개를 발견했다.

그는 그나마 남아 있던 자제력을 잃고 어른이 된 이래 처음으로 비명을 질렀다.

그리고 그는 달렸다…… 잘못된 방향으로…… 칠흑같이 어두운 브랜디 와인의 내부로.

본명이 에드워드 슬랙인 제로니모 추장은 광산 아래쪽 도로를 덜덜거리며 달리고 있다가 트럭의 멀미나는 엔진 소리 너머로 그 비병소리를 들었다. 그는 깜짝 놀라 액셀러레이터 페달에서 발을 떼고 엔진을 껐다. 그는 창문 밖으로 머리를 빼내고 떨리는 뒷목을 문지르며 돌무더기로 이루어진 비탈을 올려다보았다.

저기서 살인이라도 일어난 것일까? 남자의 비명소리 같았다. 이곳을 빨리 뜨는 게 현명했다. 제로니모 슬랙 추장은 옆 좌석에 있는 핸드크랭크를 손에 쥐고, 저 위 산허리에서 살기를 품고 있을지도 모를 누군가를 자극하지 않기 위해 조용히 트럭에서 내렸다.

트럭 후드 밑에서 김이 새어 나왔다. 원래는 네덜란드에서 출발하기 전에 라디에이터에 냉각수를 부으려 했다. 하지만 보안관 대리인과 불길한 느낌을 주는 남자 때문에 불안해져서 쇼를 딱 한 번만 하고 부랴부랴 시내를 떴다. 그의 약병에 붙은 라벨은 내용물만큼이나 알아보기 힘들었다.

추장은 손을 보호하기 위해 섀미가죽을 이용하여 캡을 열었다. 이런 때를 대비해 그는 늘 트럭에 물을 비치해두었다. 하지만 라디에이터가 식을 때까지 기다리지 않고 냉각수를 부었다가는 엔진이 고장 날 것이고, 그러면 트럭도 끝장날 것이다. 그는 욕설을 내뱉으며 초조하게 돌무더기를 올려다보았다. 이곳의 산에는 폐쇄된 광산들이 수두룩했다.

시내 쪽에서 들려오는 또 다른 차량 소리가 그를 더욱 괴롭혔다. 지금 그의 트럭은 보란 듯이 길을 막고 있었다. 그리고 다가오는 차는 보안관의 차일지도 몰랐다.

"하나님, 한 번만 구해주시면 당장 강장제를 끊고 다시 신장약 만드는 일로 돌아가겠습니다."

그는 조용히 맹세한 후에, 도로도 볼 수 있고, 광산 입구도 볼 수 있는 곳까지 돌무더기를 기어올랐다. 저기에 총을 가진 얼간이가 있으면 어쩌지? 추장은 땅에 납작 엎드렸다. 그리고 다가오는 자동차를 살폈다. 운전하는 사람이 보안관 대리라는 것을 알자마자 얼굴에 진땀이 흘렀다. 그와 함께 있는 남자는 마을에서 보았던 고상한 양반일 것이다.

보안관 대리가 트럭을 보는 둥 마는 둥 오래된 목장 쪽으로 방향을 틀어 숲 속으로 사라졌을 때, 제로니모 추장은 철회색 머리장식 속으로 손가락을 집어넣어 머리카락이 없는 정수리를 긁적였다.

엔진 소리가 점차 희미해졌다. 남자들이 돌아와 트럭을 조사하지 않고 그대로 차를 몰고 가버린 것 같았다. 광산에서도 아무 소리가 나지 않았다. 몇 개의 판자가 덜렁덜렁 매달려 있는 광산 입구 앞 웅덩이에서 울새 한 마리가 멱을 감다가, 머리를 곤추세우고 폴짝거리며 안으로 들어갔다. 그러고는 잠시 후 아무렇지도 않게 돌아와서 금속으로 된 궤도 사이의 땅을 쪼기 시작했다.

제로니모 추장은 가볍게 한숨을 쉬었다. 그 소리에 놀란 새가 날아가 버렸다.

"너도 이 일을 하기엔 너무 늙었다, 에드."

그는 그곳에서 잠시 목장 길을 지켜보았다.

처음에는 자신이 위스키 냄새를 상상했다고 생각했다. 하지만 그는 광산 입구 바로 안쪽에 쓰러져 있는 술병의 형체를 알아보았다. 자신이 들었던 비명소리는 취객이 악몽을 꾸면서 낸 소리일지도 몰랐다. 광산 안에는 울새 한 마리도 겁줄 만한 게 없으니까.

그는 망설였다. 그러다가 그렇게 겁이 많아서 쓰겠냐고 스스로를 질책했다. 스스로에게 용기를 입증해보이기 위해, 그는 입구 속을 들여다보았다. 갑자기 튀어나오는 형체는 없었다. 그는 안으로 들어갔다. 그의 눈이 침침한 어둠에 점차 익숙

해질수록 땅에 있던 것과 똑같은 병들이 들어 있는 상자 더미
가 어렴풋이 보였다.

"이거면 강장제를 엄청 많이 만들 수 있겠군."

그가 혼잣말을 했다.

"이봐요. 거기 아무도 없어요?"

그는 바깥을 훑어보았다. 아무 소리도 나지 않았고, 보안관
도 없었다. 위험을 감수해야 할까?

"딱 한 상자 정도야."

상자를 들어 안전하게 트럭으로 돌아온 후 자신을 위협하는
게 아무것도 없음을 확인하고 나서야 제로니모 슬랙 추장은
물을 붓기에는 라디에이터가 여전히 뜨겁다고 생각했다. 그래
서 한 상자 더 가져오기 위해 단숨에 산허리로 돌아갔다. 이번
에는 뒷걸음질쳐서 입구를 빠져나오려다, 언뜻 어떤 움직임을
감지하고 하마터면 그 소중한 짐을 떨어뜨릴 뻔했다. 잠시 후
그는 자신이 보고 있는 남자가 거울 속에 비친 자기 자신이라
는 것을 깨달았다.

"에드, 이것 좀 들이켜서 신경을 가라앉혀야겠다."

그는 차로 돌아와 혼잣말을 했다.

그러다가 이번에는 두 상자 정도는 한번에 가져올 수 있겠
다는 생각이 들었다. 그럼 이 멋진 횡재도 두 배가 될 것이다.
그러나 괴상스럽게 생긴 거울이 어쩐지 꺼림칙하게 느껴졌다.
그래서 다시 한 번 광산으로 들어갔을 때, 이번에는 바로 앞에
떨어져 있는 덮개로 거울을 덮었다. 대체 누가 이곳에 이 기분
나쁜 거울과 술 상자를 갖다 놨는지 의아해하며. 그는 라디에
이터에 물을 채운 다음 시동 걸린 차에 앉았다.

"젠장, 저 상자들을 놔두고 그냥 갈 수는 없어!"

그는 또다시 광산으로 돌아갔다. 그런데 덮어 놓았던 천이 떨어져 있었다. 도둑질하고 있는 자신의 모습을 보고 있으려니, 왠지 찜찜한 기분이 들었다. 그는 덮개로 거울을 다시 한 번 덮은 다음 이번에는 바닥에 있는 밧줄로 동여맸다. 그렇게 하고 나서 트럭의 시동을 켜자 비로소 안심이 됐다. 이제 돌아갈 준비를 마쳤다. 제로니모 추장은 그렇게 마지막 상자를 빼낸 다음 달랑거리는 판자를 원래 자리에 대고 못들을 원래 구멍으로 밀어 넣었다. 물론 자신이 발견했을 때도 그런 상태는 아니었지만 그렇게 해놓고 나면 나중에 보안관이 이곳을 찾는다 해도 누가 광산에 들어갔다 나왔다고는 생각하지 않을 것이다. 그러면 아무것도 조사하지 않을 테지. 결국 누구도 그가 남긴 흔적을 찾지 못할 것이다.

어느 날, 브랜디와 허치가 가축우리에서 퇴비를 삽으로 퍼내고 있는데, 도라 K가 브랜디에게 전화가 왔다며 받으라고 소리쳤다. 아이들은 울타리에 앉아 허치가 일하는 것을 지켜보았다.

"론 삼촌은 삼촌을 찾던 사람들 때문에 떠난 거예요?"

"그 사람들에 대해서는 잊어버려라, 레이첼."

"하지만 아빠는 그 사람들한테 삼촌이 어디 있는지 모른다고 말했잖아요."

"그건 사실이야. 아빤 정말 몰라. 너도 삼촌을 잘 알잖아. 늘 떠돌아다니는 거. 때가 되면 돌아오겠지."

브랜디가 돌아와서 제리에게 함께 산책을 가자고 말했고,

두 사람은 레이첼에게 눈길 한번 주지 않고 초원을 가로질러 걸어갔다.

그들은 시냇물 옆에 있는 몽우리돌 위에 앉았다. 제리는 무릎을 턱까지 끌어올리고는 두 팔로 끌어안았다. 브랜디가 한 팔을 제리의 어깨에 걸치려 했지만, 그가 뿌리쳤다.

제리는 오후 내내 혼자 몽우리돌 위에 앉아 있었다. 레이첼은 음식을 좀 가져다주고 싶었지만, 브랜디가 허락하지 않았다.

"제리의 엄마가 죽었단다. 야옹아. 그래서 한동안 혼자 있게 내버려 달라는구나. 지금 우리는 아주 조심스럽게 행동해야 해. 특히 제리를 대할 때 말이야."

8월이 얼마 남지 않은 어느 날, 제리는 공부를 하기 위해 펜실베이니아로 떠났다. 고아가 된 제리를 위해서 '스미스 재단'이 그의 생활비와 학비를 대기로 했다. 레이첼은 이제 다시 브랜디를 독자시하게 되었다.

2월의 어느 날 밤, 도라 K는 잠을 자다가 평화롭게 죽었다. 사람들이 하나둘 떠나면서, 목장은 점점 텅 비게 됐다. 허치 매든은 형을 찾아 사방을 돌아다녔지만, 그의 소식은 어디에서도 들을 수 없었다.

"당신은 앞으로 일어날 일은 알면서 론이 어디 있는지 어떻게 모를 수 있지? 말이 안 되잖아."

어느 날 허치가 저녁을 먹으며 말했다.

"이제 나는 레이첼이 론에 대해 언급했던 것조차 기억나지 않는 걸요."

그녀가 중얼거렸다.

그녀는 12월부터 계속 감기를 달고 살았다. 몸이 약해졌기 때문에 레이첼이 점점 더 많은 양의 집안일을 감당해야 했다. 그들은 궂은일을 마다 않고 도와주던 도라 K가 그리웠다.

여름 무렵 브랜디는 앉아서 기침을 하는 것 외에는 아무것도 할 수 없었다.

"기침 소리가 심상치 않아. 죽어가는 사람도 그보다는 낫겠어. 당신은 의사한테 가봐야 해."

집에 와 있던 소피도 허치의 말에 동의했다.

"이건 아무것도 아니에요. 장담해요. 브랜디는 뇌졸중에 걸릴 때까지 병에 걸리지 않아요."

브랜디가 말했다.

"레이첼, 물건에 대한 얘기는 그렇게 많이 했으면서, 사람들에 대한 얘기는 왜 별로 하지 않은 거니?"

"보셨죠, 장모님? 이제 이 사람은 말도 안 되는 소리만 한다니까요. 장모님이 레이첼을 데리고 있어주세요. 제가 이 사람을 의사에게 데려가야겠어요."

"허치, 난 최소한 아흔여덟 살까지 살 거예요……."

2년 전부터 시작된 삶의 변화들은 여전히 계속되고 있었다. 가족들은 하나둘 목장을 떠났다. 허치만이 그곳에 남아 목장을 지켰다. 레이첼은 할머니와 함께 진저브레드 하우스로 들어가 살았고, 그녀의 엄마는 보울더에 있는 요양소로 들어갔다.

7

레이첼이 벽난로 선반에 놓인 아름다운 양치기 여인을 손가락으로 만지작거리고 있는데, 할머니가 방으로 들어왔다.

"그거 조심해라, 레이첼. 오일러 증조할머니가 독일에서 가져온 거란다."

소피는 자질구레한 장신구와 가구에 담겨 있는 역사를 설명했고, 레이첼은 그런 물건들이 조부모와 증조부모, 그보다 더 예전에 살았던 선조들이 자신을 위로하기 위해 남겨놓은 오랜 친구들처럼 느껴지기 시작했다.

"넌 보물들을 알아보는구나. 네 엄마는 그렇지 않았는데."

어느 날 그들은 다락에서 옛날 옷들이 가득한 트렁크를 찾아냈다. 레이첼은 긴 드레스를 입어보았다.

"이건 뭐예요, 할머니? 잠겨 있네요."

"잠긴 게 아니라, 그냥 꽉 닫혀 있는 거 같은데. 네 엄마의 웨딩드레스와 면사포가 여기 들어 있다."

소피는 작은 모자에 달려 있는 섬세한 폭포 모양의 레이스 장식을 꺼냈다.

"언제가 네가 결혼할 때 이걸 쓰게 될지도 모르지……."

그러다가 갑자기 면사포로 얼굴을 가리고 흐느끼기 시작했다.

"할머니?"

"난 네 엄마를 잃었다. 브랜디가 이 면사포를 쓰던 날 난 딸을 영원히 잃어버렸어."

소피는 면사포를 다시 집어넣고 뚜껑을 닫았다.

"놀라게 해서 미안하다, 레이첼. 그럴 생각은 아니었는데…… 내가 방금 무슨 짓을 한 건지 모르겠구나."

그녀가 속삭였다.

토요일 오후에 허치가 목장에서 내려왔다. 그는 레이첼과 함께 아내를 보러 갔다. 그리고 나서 레이첼과 함께 버스를 타고 돌아다니거나 잡화점에 가서 아이스크림을 사먹었다. 그는 슬프고 외로운 남자처럼 보였다.

"론 삼촌은 언제 돌아올까요? 돌아오면 목장에서 아버지랑 함께 지낼 수 있을 텐데."

"아무래도 돌아올 것 같지 않구나, 레이첼. 오래 전부터 론에게 무슨 일이 생긴 것 같은 느낌이 들었다."

어느 일요일, 아버지는 햅스콧 선생님이 학기를 마치면 네덜란드를 떠나 캘리포니아로 갈 거라고 설명했다. 레미와 결혼하기 위해서라고 했다.

"그럼 레미 오빠가 돌아오지 않는 건가요? 댄 오빠도요?"

"네 엄마 말에 따르면, 네 오빠들은 한동안 돌아오지 않을 거라는구나."

진저브레드 하우스로 걸어가면서, 그녀는 집을 올려다보았다. 그 집은 마치 그녀에게 이렇게 말하는 것 같았다.

"사람들은 믿을 수 없는 존재들이야. 하지만 난 달라. 네 증조할아버지가 지은 이래로 난 늘 여기 있었으니까."

나무에서 낙엽이 떨어졌다. 분주히 거리를 오가는 사람들의 발밑에서 낙엽들이 바스락 소리를 내며 부스러졌다. 레이첼은 하얀 새 장갑을 낀 손으로 소피의 손을 잡고, 이제 더 이상 사용하지 않는 노면 전차의 선로를 건넜다. 버스가 도착하기를 기다리면서 그녀는 숨을 골랐다. 어쩐지 제대로 숨을 쉴 수가 없었다. 그녀는 자신도 엄마처럼 결핵에 걸린 게 아닌가 걱정스러웠다.

"엄마에게 달려가서 키스하면 안 된다. 그냥 얌전히 앉아 있어야 돼. 그리고 엄마의 심기를 건드리면 안 된다. 즐거운 얘기만 해야 해."

요양소에 도착했을 때, 레이첼은 잠깐 머뭇거렸다.

"엄마가 나를 싫어하면 어쩌죠?"

"바보 같은 소리."

소피가 레이첼을 이끌고 보도를 걸었다.

"하지만 병을 오래 앓다보면 사람이 변하기는 하지."

그녀는 걸음을 멈추고 레이첼의 모자를 바로잡아주었다.

"엄마가 달라 보일 거야. 하지만 그런 내색을 하면 안 된다. 그리고 아가, 만일 엄마가…… 어, 아니다 신경 쓸 것 없다."

검은색 벽돌로 지은 건물이었다. 아직 잎이 떨어지지 않은 아이비가 계단 위의 입구 양쪽을 장막처럼 뒤덮고 있었다. 우중충한 오렌지색으로 변하기 시작한 그 잎들이 닫힌 문과 뒤섞여서 마치 그늘진 커다란 구멍처럼 보였다. 그때 레이첼은 마음속에서 또 다른 구멍을 보았다. 그녀가 자주 꾸는 악몽 속에서처럼 입을 벌리고 있는 구멍을. 반사적으로 허파가 조여들었다.

소피가 캄캄한 구멍으로 다가가서, 문을 열고 레이첼을 안으로 밀어 넣었다.

"다 잘될 거야, 아가."

레이첼이 다시 숨쉴 수 있게 됐을 때, 그들은 삶은 양배추 냄새와 암모니아 냄새가 진동하는 회색 복도를 걷고 있었다. 레이첼은 코를 막고 장갑을 통해 숨을 쉬었다. 문 뒤에서 숨죽인 기침소리가 들렸다. 간호사가 그들 곁을 지나칠 때마다 신발 밑창에서 끼끽 소리가 났다. 그들은 병실로 들어갔다.

침대 위에 누워 있는 여자는 엄마의 눈을 하고 있었지만, 머리카락은 산발이었고, 뚱뚱했으며, 얼굴이 부어 있었다.

"안녕, 레이첼."

그녀의 목소리를 들으며 레이첼은 이제 자신이 다시는 '야옹이'가 될 수 없음을 직감했다.

다른 침대에 누워 있던 여자가 격려하듯 웃어주고는, 다시 뜨개질을 시작했다.

"엄마, 나 학교에서 새 친구가 생겼어요."

레이첼은 가만히 앉아 있기 위해 애를 썼다. 그녀는 이 방을 나가고 싶었다.

"그애 이름은 알렌느예요."

침묵 속에서 뜨개질바늘 딸각거리는 소리만이 울려 퍼졌다.

그녀의 엄마는 분홍색 환자복 소매를 긁적였다.

"그런데 넌 나한테 왜 이런 얘긴 안 해줬지?"

그녀는 레이첼을 질책했다.

"내가 이런 데서 몇 달씩이나 썩는다고는 말 안 했잖아? 아니 몇 년이 될지도 모르지. 아니면 내가 못 들은 거야?"

"말도 안 되는 소리 그만두렴. 남들도 다 몰랐는데 네가 이렇게 될 줄 이 아이가 어떻게 알았겠니?"

"아니, 알았어요. 레이첼은 알았는데, 말해주지 않았다고요."

브랜디 매든은 고개를 벽 쪽으로 돌렸다.

"그래서 난 이 모든 시간들을 허비했죠."

"만일 네가 정말로 네가 말한 나이까지 산다면, 그 시간이 아쉽지 않을 거 아니니."

소피가 어색하게 웃으며, 다른 환자를 돌아보았다. 그녀가 뜨개질을 멈추고 브랜디를 쳐다보고 있었다.

"하지만 허치는 그때까지 살지 않아요. 난 그와 함께할 수 없는 시간이 아쉬워요."

레이첼은 다음 5년 동안 요양소를 종종 방문했지만, 그곳에 있는 엄마를 엄마라고 생각할 수는 없었다. 그녀는 아이비가 덮여 있는 컴컴한 구멍을 마음속에서 지워버렸다. 그 대신 바람에 머리를 나부끼며 안장 위에 앉아 있는 바 더블M의 날씬한 브랜디 매든을 생각했다.

그녀의 아버지는 목장을 저당 잡혀 낡은 스트로크 오두막을 부순 다음 그곳에 아담하고 아늑한 별장을 지었다. 이제 그곳에는 전기도 들어오고 실내 수도관도 있었다. 두 명이 살기에 적당한 주택이었다. 관절염 때문에 혼자서는 도저히 목장 일을 할 수 없게 되자 그는 목장을 이웃에게 임대했다. 허치는 별장으로 거처를 옮긴 채 브랜디를 기다렸다.

브랜디가 요양소에서 나왔을 때, 레이첼은 열세 살이었고 브랜디보다 머리 하나는 더 컸다. 브랜디는 2~3주 정도 진저브레드 하우스에서 지냈는데 그동안 엄마와 딸 사이는 더욱 서먹서먹해졌다. 그들은 이제 남남 같았다.

레이첼은 그 간극을 간절하게 메우고 싶었지만, 브랜디의 관심은 온통 남편에게만 쏠려 있었다.

"요양소에 있으면서 그이와 함께할 수 있는 시간을 낭비했어."

그래서 브랜디는 네덜란드로 돌아갔다. 하지만 레이첼은 보울더에 머물렀다. 별장은 좁았고, 보울더에는 친구들이 있었다.

레이첼은 친구들이 부모를 대신할 수 있다고 생각하진 않았지만, 여름엔 언제든지 별장에서 지낼 수 있으니 상관없다고 생각했다. 게다가 주말이면 허치가 그녀를 태우러 오곤 했다.

레미는 영화 스튜디오를 위해 말을 훈련시키는 일을 밑있다. 댄은 로스앤젤레스에서 중고차 가게를 운영하는 사장의 딸과 결혼했다.

레이첼이 열다섯 살이 된 1939년 여름, 레미와 엘리노어는 아들 둘을 두었고, 댄은 딸 하나를 두었다. 바 더블 M은 좋은 가격으로 팔렸고, 몇몇 회사들이 브랜디 와인을 임대하고 싶으니 광산을 조사하게 해달라고 요청했다. 외국에서 들여오는 저렴한 텅스텐이 독일과 일본으로 팔리고 있었기 때문이었다.

"지난 몇 년에 비해 우리 입장이 많이 좋아졌군, 브랜."

어느 날 저녁, 세 사람이 별장 거실에 함께 앉아 있을 때 허치가 말했다.

"당신이 기차를 타고 나가서 우리 손자들을 보고 오면 좋겠어. 그애들이 더 크기 전에 말이야. 올 때 사진도 좀 가져오고."

"하지만 당신 곁을 떠날 수······."

"저런, 브랜! 한 달 동안은 죽지 않겠다고 약속하지. 당신은 나를 꼭 무덤에 한 발 들여놓은 사람처럼 보는군. 관절염으로 죽은 사람은 없어. 당신이 하도 신경을 쓰니까, 밤에 침대에 들기가 무서울 지경이야."

"하긴, 쌍둥이들을 보면 좋을 거예요."

그동안 요양소에서 붙은 살이 다 빠져서, 브랜디는 허치보다 몇 년은 젊어 보였다.

무수한 설득 끝에 결국 브랜디는 덴버에서 기차를 탔다. 레이첼과 그녀의 아버지는 조용히 차를 몰고 돌아왔다.

그들은 더블 M으로 갔다. 브랜디가 없는 동안 그들은 목장집에 남아 있는 매든의 물건들을 정리하기로 했다. 건물은 텅 비어 있었다. 새 주인들은 이 목장과 이웃 목장을 합쳐서 거대한 대목장을 만들 계획을 세워놓았다.

허치는 좁은 길 꼭대기에 차를 세웠다. 부녀는 차 안에 앉아 옛날 집과 계곡을 내려다보았다. 멀리서 바라보는 그 빈집은 버려진 여인처럼 슬퍼 보였다.

"우린 여기서 참 행복했는데."

그녀의 아버지가 목이 메이는지 창문 밖으로 침을 뱉었다. 하지만 다시 말하기 시작했을 때에도 여전히 목소리가 잠겨 있었다.

"처음 네 엄마를 이곳에 데려왔던 날이 기억나는구나."

그는 운전대 앞으로 몸을 숙이고 엄지손가락을 씹었다.

레이첼은 눈을 깜빡거려 눈물을 삼켰다.

"왜 모든 것은 변하는 거죠?"

"네 엄마는 너처럼 내 옆에 앉아 있었지. 그땐 짐마차 안이 었지만."

은회색 머리 아래로 주름 깊은 얼굴이 보였다.

"그날 네 엄마가 나한테 우리가 쌍둥이 형제와 딸을 낳을 거라고 말했단다."

"엄마는 그런 걸 어떻게 알았을까요?"

"자기가 그런 걸 어떻게 아는지 말하면 내가 자기를 미쳤다고 생각할 거랬다. 그래서 난 더 이상 묻지 않았지."

"엄만 사람들이 말하는 것처럼 미친 게 아니에요."

"꼭 마녀하고 사는 것 같았지."

그는 길을 따라 차를 몰고 내려가기 시작했다.

"하지만 난 천만금을 준대도 네 엄마를 포기하지 않았을 거다."

집에 있던 개인 물품들은 대부분 치워져 있었고, 가구만 몇 점 남아 있었다.

"아빠, 이거 가져도 돼요?"

레이첼이 도라 K의 오래된 찬장 서랍을 열었다. 먼지가 뿌옇게 쌓인 모서리가 깎인 거울들이 들어 있었다.

"원하는 건 모두 가져라. 나머지는 사람들에게 팔자꾸나."

그의 목소리가 빈집에서 공허하게 울렸다.

"오래된 것들 중에 네 엄마가 관심을 갖는 건 나뿐이니까."

"엄마가 결혼사진에도 관심이 없는 건 좀 웃겨요."

사진은 아직도 정문 옆 벽에 걸려 있었다.

"원한다면 그것도 가져가렴."

레이첼은 그러기로 했다. 마치 진저브레드 하우스에 자기 부모를 데려가는 기분으로.

다음날 일찍 그들은 별장 뒤의 오솔길을 따라 브랜디 와인까지 걸어가 입구의 판자들을 떼어냈다. 광업회사에서 나온 조사원들이 다시 광산을 열 만한 가치가 있는지 판단하기 위해 오기로 되어 있었다.

마지막 판자를 손에 쥔 채 허치는 입구에서 물러섰다. 마치 레이첼보다 더 그 어둑한 구멍 속으로 들어가고 싶지 않은 것처럼.

"네 삼촌을 마지막으로 본 게 여기에서였다. 여기다 삼촌과 위스키 열 상자를 두고 떠났었지."

그는 사실 스스로에게 말하고 있었다.

"그게 벌써 8년 전이구나."

레이첼은 발목에 묻은 먼지를 닦아내기 위해 허리를 숙였다. 왜 아버지는 슬픈 과거에 그렇게 집착하는 것일까?

"내가 다시 왔을 때 입구는 폐쇄돼 있었고, 론과 위스키는 없었지. 그리고 론을 다시는 볼 수 없었다."

"우린 들어갈 필요 없잖아요?"

그러나 허치는 혼자 웃었다.

"제기랄, 우린 깡패처럼 싸우곤 했는데."

"아빠, 저게 뭐죠?"

"음?"

그는 머리를 뒤로 젖혀 카우보이모자 테두리 밑으로 안을 들여다보았다.

"맙소사, 이게 몇 년 동안이나 여기 있었구나. 도라 K 아주머니가 이곳에 갖다놓고 깜빡한 것 같다. 가지고 나가는 게 좋겠어. 거치적거릴 테니까."

아버지에게 무거운 물건을 들게 하는 게 마음에 걸렸지만, 레이첼은 안으로 들어갈 수 없었다. 아버지는 무리를 한 날이면 고통 때문에 밤잠을 설쳤다. 평상시에도 남들과 움직임이 달랐다. 아버지의 친구들 중 한 명은 그를 두고 방망이로 엉덩이를 받치고 다니는 것처럼 걷는다고 말했다. 기분 좋은 말은 아니었지만, 부자연스럽게 뻣뻣한 걸음걸이를 적절하게 표현한 말이었다.

허치는 큰 물체를 레이첼의 앞에 세우고 덮개와 밧줄을 제거했다.

"이걸 본 기억이 나요, 어디선가."

그녀는 전신거울 속에 비친 껑충하고 볼품없는 자신의 모습을 바라보았다. 여느 때와 다름없이, 그녀는 자신의 모습이 만족스럽지 않았다. 그녀의 몸은 꼭 서양배 같았다. 가슴은 없고 엉덩이만 큰. 남자애들이 그녀에게 눈길을 주지 않는 것도 당연했다.

"한 번 보면 결코 잊을 수 없을 물건이지. 그건 확실해."

그가 금속으로 주조된 손을 만졌다.

"신기하군. 따뜻해. 줄곧 동굴 안에 있었으니 차가울 것 같은데."

레이첼은 반들반들한 청동 손을 어루만졌다. 그녀가 만지고 있는데도 오히려 손의 온기는 식어가기만 했다.

"찬장처럼 콘월에서 온 물건일까요? 어렸을 때 도라 K 할머니의 오두막에서 본 것 같기도 한데."

"문제는 이걸 어떻게 하냐는 거야. 그냥 끌고 가서 버릴까?"

"하지만, 아빠. 이건 골동품이 분명해요. 그냥 버릴 수는 없어요. 제가 가질게요."

"레이첼, 너 도대체 정체가 뭐냐? 어린 아가씨냐 고물 수집광이냐?"

"제발이요."

그녀가 검은색 나무판으로 만든 거울 뒷면을 살펴보았다.

"찬장과 함께 트럭에 실어서 보울더로 가져가면 되잖아요."

"할머니 잡동사니가 집에 가득한데 공간이나 있겠니?"

그러나 그 금색 반점의 눈은 레이첼에게 뜻대로 하라고 말하고 있었다.

그는 거울에 흠집이 나지 않도록 다시 덮개를 덮어 묶었다.

"흠집 몇 개 난다고 모양이 더 이상해지진 않겠지만."

동굴 옆 굽어진 길을 돌아갈 때, 레이첼은 갑자기 전에 거울을 본 곳이 바로 여기라는 생각이 들었다. 하지만 동굴 생각은 다시는 하고 싶지 않았다. 그래서 하지 않았다.

다음날 그들은 도라 K의 찬장을 트럭에 실었다. 그들이 별장으로 돌아왔을 때 카운티 보안관 대리의 차가 앞에 주차되어 있었다. 보안관 대리인 스키너 씨와 몇몇 지역 사람들, 광산회사 조사원 한 명이 담배를 피며 집 주위에 모여 있었다.

그녀의 아버지가 트럭에서 몸을 빼내고 물었다.

"무슨 일이야, 스키너?"

"허치, 자네 형을 찾은 것 같네."

그가 엄숙한 목소리로 말했다.

8

그들은 브랜디가 캘리포니아로 돌아오기 전에 론 매든을 매장하고 부검을 의뢰했다. 사인은 사고로 결론지어졌다.

"지금 엄마가 있어봐야 뭘 할 수 있겠니?"

허치가 말했다.

"나중에 집에 돌아와서 알아도 충분해. 괜히 휴가를 망칠 필요는 없지. 어쩔 수 없지만, 누군가 론을 밀어서 수갱에 떨어뜨리고, 위스키를 훔쳐간 게 아닌가 싶다."

레이첼과 허치가 덴버에 있는 기차역으로 마중 나갔을 때, 브랜디는 신이 나서 쌍둥이와 그 가족들에 대한 얘기를 떠들어댔다. 그들은 집에 도착할 때까지 기다린 다음에야 론의 소식을 전했다.

"오, 맙소사! 그걸 치워버렸어야 했는데."

브랜디의 입술에서 핏기가 가셨다.

"하지만 계속 미뤘어."

"무슨 말을 하는 거예요, 엄마?"

레이첼이 잔에 커피를 부었다.

"레이첼, 떠올리기 싫은 것들을 묻어두는 사람은 너 혼자가 아니란다."

그녀는 깊이 심호흡을 하고 눈을 감았다.

"예전에 어머님과 내가 그 거울을 광산에 갖다놨어요."

"우리가 찾아냈어. 도라 K아주머니가 말한 대로 정말 숭물 스럽더군."

허치가 스푼으로 설탕을 떠서 잔에 넣었다.

"하지만 당신 딸이 갖고 싶다고 해서, 레이첼이 원하는 다른 물건들과 함께 장모님 댁으로 옮겨다놨어. 저 아가씨는 고물 수집광이 되려나봐."

브랜디가 모락모락 피어오르는 커피의 김 사이로 레이첼을 노려보았다.

"그래서 그 거울이 집에 돌아오게 된 거군, 너 때문에."

그녀의 시선이 너무도 집요하고 노골적이어서, 레이첼은 몸 둘 바를 몰랐다.

"엄마가 원하면 다시 돌려 놓을게요. 난……."

"아니다. 일어날 일은 일어나게 되어 있는 거지. 그저 그걸 없애버리는 방법을 몰랐던 게 안타까울 뿐이지. 만일 없애려 고 했다면 내게 어떤 일이 일어났을까? 그런데 거울이 정확히 진저브레드 하우스의 어디에 있지?"

"내 방에 두고 싶었지만, 할머니가 다락에 두게 했어요. 할 머니도 그 거울을 싫어하세요. 오래전에 할아버지가 엄마에게 줄 선물로 가져온 거라고 했어요. 그런데 왜 그걸 광산에 두신 거예요?"

"어…… 거치적거려서. 덩치가 너무 크잖아. 그런데 네가 발견했을 때 덮개에 덮여 있었니?"

"덮개로 꽁꽁 싸여 있었어요."

"확실해? 이상하군. 그러면 아무 짓도 못했을 텐데. 어쩌면……."

"대체 그게 무슨 짓을 한다는 거지?"

허치가 물었다.

하지만 브랜디는 더 이상 말하지 않았다. 캘리포니아 여행에서 느꼈던 즐거움은 이미 증발한 것처럼 보였다.

1941년 12월 7일, 일본이 진주만에 폭격을 가했고, 메이 벨은 67세의 나이로 심장마비로 죽었다. 그녀에게 남아 있는 인척은 없었다.

"당신은 12월 11일이라고 말했잖아."

허치가 진주만 공습에 대해 말했다.

"내가 정확히 기억하는 날짜는 1942년과 레이첼의 생일뿐이에요."

그의 아내가 대답했다.

브랜디 와인과 그 지역에서 좀 더 규모가 큰 광산 몇 곳이 전면 생산 활동에 들어갔다. 그로 인해 네덜란드와 댐 바로 밑에 위치한 텅스텐이라는 마을이 되살아나는 것처럼 보였다. 갑작스러운 경기 호조는 없었지만 광부들은 꾸준히 고용됐다. 마을 바로 위쪽에 있는 울프통 분쇄공장이 전쟁을 위해 증기를 내뿜었고, 그로 인한 폐기물들이 미들보울더 개천으로 흘러들었다.

레이첼은 브랜디 와인 임대 수익으로 보울더에 있는 대학에 입학했다. 그녀는 교사 자격증을 염두에 두고 교양학부에 등록했다. 작가가 될 거라는 엄마의 예언이 틀렸다는 걸 입증하기 위해서였다. 그즈음 그녀의 외모는 예전보다 아름다워졌고, 덩달아 남자들의 관심을 받기 시작했다.

그해 1월, 한때 바 더블 M이었던 오두막은 불태워졌다. 그곳은 이제 눈 덮인 땅일 뿐이었다. 나치 스파이와 일본인 밀정들이 불을 질러 신호를 보냈다는 소문이 나돌았다. 그러나 스키너 대리는 겨울바람이 세차게 불었던 밤, 그곳에서 야영을 하던 카우보이들이 모닥불을 제대로 정리하지 못해 잔불이 번진 것이라고 말했다.

현충일에 레이첼은 연로한 할머니를 도와 보울더에 있는 콜롬비아 공동묘지의 가족묘역을 장식한 뒤, 열여덟 살 생일 선물로 받은 중고 시보리를 타고 네덜란드로 향했다.

집에 도착했을 때, 그녀의 아버지는 외출 중이었고 엄마는 평소처럼 네덜란드 공동묘지에 동행하기를 거부했다.

"묘지를 보면 분홍색 화강암 묘석이 떠올라."

그녀는 늘 그렇게 말했다.

레이첼은 걸어서 계곡을 건넜다. 현충일에는 공동묘지로 가는 길이 평소보다 더 길게 느껴졌다. 공동묘지가 응달진 언덕에 있었기 때문에 그때까지도 눈이 많이 쌓여 있다. 그러나 올해는 해빙이 일찍 시작됐다. 신발에 진흙이 묻긴 했지만, 눈 속을 걸어갈 필요는 없었다.

이곳에 피어난 꽃들은 밤 서리에 몸살을 앓겠지만, 그녀는 모종삽과 가위 챙기는 것을 잊지 않았다. 녹은 눈이 길 옆 도랑을 따라 흘러내렸다. 소나무가 빽빽하게 서 있는 그늘에는 여전히 눈이 쌓여 있었다.

그러나 도라 K의 무덤에는 눈이 덮여 있지 않았다. 레이첼은 마른 풀들을 치웠다. 그녀는 무덤을 둘러싸고 있는 흰색 돌들을 다시 배치했다.

여기 도라 킬리그루 스트로크의 육신이 잠들다.
그러나 그 영혼은 그녀가 늘 속해 있는 콘월에 가 있도다.

도라 K는 콘월로 돌아가는 얘기를 자주 했었다. 그러나 죽음은 그때까지 기다려주지 않았다.

레이첼은 어린 페니 스트로크가 자기 아버지 코빈 옆에 잠들어 있는 곳의 나무 묘비도 함께 손질했다. 레이첼은 그가 어떤 모습이었을지, 그리고 페니의 이름이 왜 페넬로프가 아닌지 궁금했다.

슬픈 일이었지만, 한편으로는 위안이 되었다. 이 흙무더기들이 사랑하는 사람들의 영혼을 영원히 간직하고 있을 것처럼 느껴졌다. 레이첼은 론 매든의 무덤을 맨 마지막에 찾기로 했다. 그녀는 브랜디 와인의 컴컴한 구덩이에서 몇 년 동안이나 누워 있던 삼촌을 생각하고 싶지 않았다.

레이첼은 손에서 먼지를 털어냈다. 누군가 시에튼 박사의 무덤에 화환을 갖다놓았다. 근처에는 바인더 씨 내외가 낮은 콘크리트 벽에 둘러싸여 나란히 잠들어 있었다.

돌투성이 땅 위로 신록을 밀어내는 봄기운…… 사라져가는 눈이 대기 중에 남긴 음습한 냉기…… 아직도 그녀에게 달라붙어 있는 곰팡내 나는 흙냄새……

구름이 태양을 가리면서 봄빛과 겨울빛을 뒤섞어 놓았다.

레이첼은 떨면서 스웨터 소매를 끌어내린 다음, 모종삽과 가위를 집어 들었다. 그녀가 과거에 대한 생각을 털어내려고 애쓰고 있을 때 자신과 길 사이에 홀로 서 있는 어떤 형체가 보였다.

짙푸른 미 해군 장교 제복을 입고 있는 그는 그녀에게 등을 보인 채 서 있었다.

그녀는 그가 끔직한 전쟁의 그림자를 이 조용한 공간으로 가져왔다는 데 비이성적인 분노를 느꼈다.

그녀가 그의 옆으로 걸어가자 그가 고개를 돌렸다. 투명한 갈색 눈이 그녀를 무심히 쳐다보았다. 레이첼은 갑자기 걸음을 멈추었다.

제리 가렛이었다. 레이첼은 더 이상 그와 눈높이를 맞출 수 없었다.

그는 세 개의 소나무에 둘러싸인 어둡고 움푹한 땅 위에 서 있었다. 두 개의 무덤이 다른 무덤들과 떨어진 채 그곳에 있었다. 그곳은 아주 가까이 붙어 있는 두 개의 작은 묘석만 빼고 온통 눈밭이었다.

캐서린 가렛의 묘석이 그보다 한참 나중에 세워진 메이벨 스미스의 묘석을 향해 기울어져 있었다.

부서진 나뭇가지가 오래된 거미줄에 걸린 채 캐서린의 마지막 안식처 위에서 이리저리 흔들렸다.

그는 레이첼이 가지 않고 여전히 곁에 서 있다는 것을 깨닫고는 의아한 눈빛으로 그녀를 돌아보았다. 그의 눈빛은 자기 어머니의 무덤에 쌓인 눈만큼이나 차가웠다.

"제리?"

레이첼은 한때 소년이었던 남자의 떡 벌어진 어깨와 모습에 적응하려고 노력하면서, 조금은 긴장된 목소리로 물었다.

"나 레이첼 매든이야. 기억 안 나?"

레이첼은 언젠가 자신이 제리와 결혼한다는 브랜디의 예언을 떠올리며 얼굴을 붉혔다.

"레이첼 매든."

그가 먼 곳에서 돌아온 듯한 목소리로 되뇌었다.

그는 미국 해군다운 눈길로 그녀의 전신을 훑어보았다.

"너 변했다, 레이첼 매든."

짧은 미소.

레이첼은 다시 볼품없는 소녀로 되돌아간 기분이었다.

"여기 온 지 오래 됐어?"

제리가 무덤 쪽으로 돌아섰다.

"임무 때문에 샌디에이고로 가는 도중에 들렀어."

그는 마치 자신의 어머니에게 보고하듯 말했다.

"여기 있는 동안 우리 집에 들를래? 널 보면 엄마 아빠가 좋아하실 거야. 두 분은 이제 시내에 사셔. 아빠가 작은 집을 지었거든. 너랑…… 너희 어머니가 살았던 곳에."

"여긴 아무것도 없어."

그가 무덤을 마지막으로 한 번 더 쳐다보며 말했다.

"지금 너랑 같이 가보는 게 좋겠다. 거기에 뭔가 있을 거라고는 기대도 안 했는데."

그가 변명하듯 덧붙이고 그녀의 뒤를 따랐다.

그들은 천천히 걸었다. 레이첼은 가끔씩 걸음을 멈추고 제리가 네덜란드에 사는 동안 알았던 사람들에 대한 소식과 목장이 팔린 사실, 두 집과 두 도시를 오가는 그녀의 생활 따위를 이야기했다. 그가 주머니 속에 손을 집어넣고 동전 몇 개를 짤랑거렸다.

"어머, 내가 너무 바보처럼 수다를 떨었지? 넌 사람들이나 사건들에 대해 절반도 기억하지 못할 텐데."

"몇 가지는 기억 나. 그 동굴에서 죽은 남자를 발견했던 건 확실히 기억 나. 몇 년 동안 그 꿈을 꿨지."

"네덜란드 근처에 있는 동굴에서 죽은 남자를 찾았었어? 그럼 내가 그 소식을 못 들었을 리 없는데. 다른 데서 일어난 일이랑 혼동하는 거 아니야?"

그가 멈춰 섰다. 주머니에서 짤랑거리던 동전 소리도 멈추었다. 제리 가렛은 머리를 갸우뚱하며 이상한 눈으로 그녀를 쳐다보았다.

"왜 그러는데?"

레이첼은 자신이 길 한복판에서 이렇게 훤칠하고 잘생긴 군인과 함께 있는 것을 누군가가 보지 않을지 궁금했다.

"너 완전히 기억을 지워버렸구나, 그렇지?"

그는 젊은 장교들이 그러는 것처럼, 앞으로 튀어나온 챙을 잡아 모자를 벗어 매만지고는 다시 모자를 썼다.

"너랑 똑같은 제복을 학교에서 많이 봤어. 우리 대학에 해군 언어훈련 강좌가 있는데, 수강할 거니?"

"방금 끝마쳤어. 난 내일 샌디에이고로 떠나."

"그럼 네가 이곳에 온 지…… 음 얼마더라…… 육주나 됐다는 거네? 왜 우리한테 연락하지 않니?"

"모르겠어. 연락할까 생각했지만… 모르겠어."

그가 어깨를 으쓱하더니 다시 동전을 짤랑거리기 시작했다.

"그런데 메이 벨 스미스가 누구지?"

제리가 공동묘지로 이어진 길을 돌아보았다.

"그게 말이야…… 나도 작년까지는 몰랐어. 비밀이었나봐. 엄마가 메이 벨이 죽은 다음에야 얘기해줬어. 우리 집에 가서 엄마에게 물어봐. 엄마는……."

"난 너한테 묻고 있어."

레이첼이 언덕을 내려가지 못하도록 그가 그녀의 팔을 가볍게 잡았다.

"왜 그 여자가 우리 엄마 옆에 묻힌 거지?"

"왜냐하면 그 사람이 네 할머니이기 때문이야."

"기숙학교와 대학 1년 동안 나를 후원해준 그 스미스 유령 재단 말이야?"

"그래. 학교에 가볼래? 전하고 많이 달라졌지만……."

"우리 할머니는 메이 벨이 아니라 크리스틴 핀토야. 메이 벨……. 그 오렌지색 머리의 뚱뚱한 여자 말이야? 네가 나한테 마녀라고 했었던…… 우리가 창문을 엿보다가 들켰던?"

"그래, 그리고 나 혼자 궁지에 몰리게 놔두고 넌 도망쳤었지. 그건 절대 용서 못해."

그들은 시에튼 박사의 옛날 집과 바인더 부부가 살던 집 사이에 서 있었다. 이제 수반과 대문은 사라졌다. 레이첼도 사라지고 싶었다. 그러나 그는 그녀를 잡은 팔에 힘을 주었다.

"크리스틴과 메이 벨이 동일인물이라고? 그럼 왜 그때 얘길 안 했지? 왜 이 스미스 재단 같은 걸 만든 거야?"

그녀의 기억 속에 남아 있던 외로운 소년은 이제 성인이 됐고, 외로움은 세월만큼 더 깊어졌다. 그 외로움이 그의 목소리를 공허하게 만들었고, 그의 눈을 텅 비게 만들었다.

"왜지?"

"메이 벨이 매춘부였기 때문이야. 그리고 네가 아는 걸 원치 않았어."

그가 그녀의 팔을 놓아주었다. 잡힌 부분이 화끈거렸다.

"넌 항상 그렇게 사람을 깜짝 놀라게 하는 걸 좋아했지."

그들은 말없이 언덕을 걸어 내려왔다. 걷는 내내 제리는 구두 앞부리만 쳐다봤다. 시내를 지나쳐 다리에 이르렀을 때 그는 잠시 멈춰 서서 미들보울더 개천을 바라보았다.

레이첼이 용기를 내어 팔짱을 꼈다.

"제리, 우리 친할아버지는 살인죄로 교수형을 당했는데, 그런 말을 입에 담는 사람조차 없어. 생각처럼 그렇게 끔찍한 일이 아니야."

"하지만 익숙해지는 데 시간이 조금 걸리겠지."

그러나 레이첼은 그의 몸에서 긴장이 풀리는 것을 느꼈다.

"저녁을 먹으면서 사람들과 얘기를 나누도록 해. 사람들은 가끔 네 얘기를 해. 어떻게 지내는지 궁금해하고."

그는 어깨 너머로 그녀를 진지한 눈빛으로 바라보았다.

"그럼 내가 너한테 키스해야 돼?"

레이첼이 웃었다.

"너도 기억하는구나, 그렇지?"

그녀가 팔짱을 끼었던 팔을 뺄 겨를도 없이, 제리 가렛의 팔꿈치가 흔들리더니 단단한 팔이 그녀의 등을 감싸 안고 그의 몸쪽으로 끌어당겼다. 마침내 그의 손가락들이 그녀의 머리카락을 헤치고 뒷목을 감싸 쥐었다.

그의 얼굴에 다시 짧은 미소가 떠올랐다. 하지만 거기에는 짓궂은 장난의 흔적과 함께 깜짝 놀랄 만한 성숙함이 배어 있었다.

레이첼은 다시 균형을 잡으려 애쓰며, 적당히 도전적인 말을 생각해내려 했다. 그러나 이번에도 그가 더 빨랐다. 그는 그녀를 거칠게 끌어안고 키스했다. 그는 입으로만이 아니라, 온몸으로 키스하고 있었다. 그녀의 몸에 밀착된 그의 다리 부분에서 위험한 감각이 꿈틀거렸다.

9

그날 밤 제리 가렛은 저녁 식사 후에 흔적도 없이 사라졌다. 레이첼에게 편지하라는 얘기도 없이. 그녀는 엄마의 예언 중에 적어도 하나는 틀렸음이 입증되었다고 생각했다. 그는 콜로라도에 뿌리가 없었다. 그녀는 그를 다시 볼 수 없을 것이다. 혹시 그가 태평양에서 죽더라도 그것을 알 도리가 없었다.

그녀는 그를 잊어야 했다. 하지만 해군 제복을 보거나 미들 보울더 개천을 건널 때마다 그가 떠올랐다.

그해 여름이 끝날 때쯤 레이첼은 더 이상 그 다리를 건널 필요가 없어졌다.

8월 말에 허치 매든이 심장 발작을 일으켜 보울더에 있는 병원에 입원한 것이다. 허치와 가까이 있기 위해, 브랜디는 집을 어떤 광부에게 세주고 진저브레드 하우스로 들어왔다.

집을 사겠다는 제안이 여러 건 있었으나, 브랜디는 모두 거절했다.

"제리는 가끔 이 음침한 건물에서 도망칠 곳이 필요할 거야."

"제리? 제리 가렛 말이에요? 그애가 그 집과 무슨 상관이죠?" 레이첼이 물었다.

"어……제리는 몇 년 안에 다시 나타날 거다."

허치가 어느 정도 회복되어 진저브레드 하우스로 들어왔지만, 관절염에 심장 이상까지 겹쳐서 병자나 다름없었다. 그는 자신의 인생에 제약이 늘어난 것을 괴로워했다.

브랜디는 늘 그를 걱정했다.

허치는 쌍둥이를 걱정했다. 그들은 이제 정말로 서로 떨어져서, 댄은 아프리카에서 레미는 태평양에서 전쟁을 치르고 있었다.

레이첼은 전쟁이 미국으로 확산되어 적들이 진저브레드 하우스를 폭격할까봐 걱정했다.

소피는 레이첼에게 전화하는 남자들 때문에 걱정이었다. 그들은 대개 병가나 휴가를 받아 고향으로 돌아온 나이 든 군인들이었다. 소피는 그들이 손녀딸에게 원하는 것은 단 한 가지뿐이라고 생각했다.

레이첼이 입에서 담배 냄새와 술 냄새를 풍기며 돌아오는 날이면, 소피는 그들이 원하던 것을 갖게 된 게 아닐지 걱정했다.

레이첼이 대학 3학년이 된 어느 날 밤이었다. 그녀가 학교 도서관에서 돌아와 보니 진저브레드 하우스에 불이 훤히 켜져 있고 아버지가 거실 바닥에 쓰러져 있었다. 엄마가 그의 손을 잡은 채 무릎을 꿇고 앉아 있었다.

"의사를 불렀다."

소피가 말했다. 그녀는 이제 아주 늙은 사람들이 그러는 것처럼 늘 체머리를 흔들었고, 몸의 균형을 유지하기 위해 지팡이를 짚고 다녀야 했다.

"심장에 또 문제가 있는 게 아닌지 걱정이다."

레이첼은 엄마의 건너편에 주저앉았다.

"브랜?"

"나 여기 있어요. 말하지 말아요."

"······쌍둥이는······ 브랜? 이 전쟁은······."

"그애들은 괜찮아요, 허치. 모두 살아서 돌아와요. 장담해요. 내가 알아요······ 허치?"

그러나 그는 혼란스러운 눈으로 브랜디의 뒤쪽을 쳐다보며 중얼거렸다.

"론?"

그 눈은 아무것도 보고 있지 않았다. 그저 크게 떠 있을 뿐이었다.

레이첼과 그녀의 할머니는 놀란 눈으로 그를 지켜보고 있었고, 브랜디는 그의 가슴에 한쪽 손바닥을 대고 다른 손으로 그 손 위를 강하고 빠르게 눌렀디.

"오, 하나님. 이걸 시도해본 지 너무 오래 됐어."

그녀는 허치의 가슴을 다시 한 번 세게 눌렀다.

"엄마?"

레이첼은 망연자실했다.

"엄마. 아빠는······ 아빠는 돌아가셨어요."

"알아."

"레이첼, 네 엄마가 뭐하는 거냐? 제발 엄마를 말려보렴."

소피가 그들 위에서 지팡이를 흔들었다.

그러나 브랜디가 허치의 머리를 뒤로 젖힌 뒤 한 손으로 코를 붙잡고, 열린 입으로 천천히, 일정한 속도로 숨을 불어넣기 시작했을 때, 레이첼은 무릎을 꿇은 채 눈을 껌뻑이며 눈물만 흘리고 있었다.

"레이첼, 네 엄마가 미쳤나보다. 어떻게 좀 해봐."

"엄마, 제발."

그녀는 허치 매든의 시신 너머로 손을 뻗쳤지만, 브랜디는 팔을 뻗어 그녀를 밀쳤다. 레이첼이 어린 시절에 꾸었던 그 어떤 악몽보다 더 끔직한 현실이었다. 그녀는 귀에서 들리는 윙 윙거리는 소리 너머로 초인종 소리를 들었고, 그제야 할머니가 방에서 나간 것을 깨달았다.

"그대로 놔두세요, 매든 부인. 그대로 놔두세요."

의사가 브랜디를 일으켜 세웠고, 레이첼의 아버지는 초점 없는 눈으로 천장을 바라본 채 숨을 거두었다.

"레이첼."

의사가 부드럽게 말했다.

"지금 어머니에게는 네가 필요하다."

그녀는 간신히 바닥을 밀면서 일어났다.

'엄마에게는 내가 필요해.'

그녀는 다리가 후들거렸지만, 아버지의 시신 쪽으로 다가가 브랜디를 부축했다.

'엄마에게는 내가 필요해…… 마침내.'

레이첼은 마음을 굳게 먹고 장례식 준비를 도맡아 했다. 브랜디는 가끔 멍한 상태에서 빠져나올 때면 어린아이처럼 딸에게 달라붙었다.

"괜찮아요, 엄마. 제가 보살펴줄게요."

그녀는 그토록 오랫동안 갈망해온 모녀 사이의 친밀한 관계를 회복했다고 생각했다. 하지만 달라붙어 있을 때가 아니면, 브랜디는 여전히 손에 잡히지 않는 존재였다.

네덜란드의 가족묘역은 이미 다 차버려서, 그들은 허치를 콜롬비아 공동묘지에 묻었다. 존 맥케이브 옆 자리는 소피를 위해 남겨두었다. 레이첼은 비석을 주문해서 무덤에 갖다놓았다. 브랜디가 다시 살아 있는 사람처럼 보이기 시작할 무렵, 레이첼은 그녀에게 비석을 보러가겠냐고 물었다.

"아니. 분홍색 화강암이지. 보고 싶지 않다."

"그걸 어떻게 알았어요?"

레이첼은 엄마가 예전에 했던 말을 떠올렸다. 공동묘지는 분홍색 화강암 비석을 생각나게 한다며 무덤 장식을 거부했던 그날.

'엄마는 정말로 미래를 내다본 것일까?'

브랜디는 한숨을 쉬며 머리를 흔들었다.

"이제 생활이 많이 달라지겠구나. 허치는 사고뭉치였지. 하지만 결코 지루하지 않았지."

루스벨트 대통령이 죽기 이틀 전 소피 오일러 맥케이브가 세상을 떠났다. 그녀는 진저브레드 하우스를 레이첼에게 남겼다.

독일이 항복한 지 한 달 후, 레이첼은 콜로라도 대학을 졸업했다. 이제 졸업식에 참석할 사람은 브랜디밖에 없었다. 브랜디의 졸업 선물은 지붕과 베란다를 수리하기에 충분한 현찰이었다.

일본이 항복할 즈음 레이첼은 보울더 학교에서 5학년을 가르치기로 계약했다.

그녀가 교사 생활을 시작한 지 겨우 5주 만에, 그녀의 엄마
는 떠나겠다고 선언했다.

"난 하루 종일 이 집에서 못 견디겠다. 전부터 늘 멕시코에
가보고 싶었어. 더 늦기 전에 해야 할 것……."

"하지만 왜요? 엄마는 여기 집이 있고 난 직장이 있잖아요."

"그리고 넌 네가 잘 꾸려가야 할 네 생활이 있어, 레이첼. 네
아버지는 나에게 제법 많은 재산을 남겨줬다. 신중하게 계획
하면 세계 몇몇 곳을 돌아볼 수 있을 거야."

"하지만 난 그 돈으로 이 집을 수리할 거라고 생각했는데.
돈이 많이 들 거예요."

"이 집은 너의 문제고, 너는 그걸 기꺼이 감수해야 해."

레이첼은 난생 처음으로 홀로 남겨졌다. 그리고 길을 잃었다.

10

그해 겨울 레이첼은 집을 다시 칠할 돈을 모았다. 그리고 주말이면 목공품과 오래된 가구에 칠을 했다.

홀로 독립한 첫해에 그녀는 자신에 대해서 두 가지 사실을 알게 됐다. 페인트를 칠하고 사포로 가구를 갈고 니스로 윤을 내는 지루한 작업이 그녀를 미치게 만든다는 사실.

그리고 5학년 아이들도 마찬가지라는 사실을.

레이첼이 편지로 이런 사실을 인정했을 때, 그녀의 엄마는 이렇게 답장했다.

"글을 써보지 그러니?"

브랜디는 지금 캐나다에 있었다.

'내가 그대로 하면 손가락에 장을 지진다!'

레이첼은 그렇게 생각하면서 화단에서 잡초를 뽑았다.

"노인네가 잘난 척하기는."

그러나 그녀는 잡초와 꽃들과 햇살 사이에서 백일몽을 꾸다가, 어린 소녀와 소년이 동굴을 탐험하는 장면을 떠올렸다. 그들이 그곳에서 시체를 발견하는 모습과 그들이 동굴로 들어가게 된 일련의 상황들도 생각해냈다.

그녀는 자신도 모르게 그들의 배경과 성격을 궁리하고 이름까지 지으려 하고 있었다.

레이첼은 모종삽을 내려놓고 자홍색 페튜니아를 응시했다. 언제부터 이런 이야기들을 구성하기 시작한 것일까?

어둠침침한 식탁에서 혼자 저녁을 먹으면서, 그녀는 자신에게 돈이 있다면 이 방에다 어떤 것들을 할 수 있는지 생각했다.

그 와중에도 상상 속 아이들이 머릿속을 뛰쳐나와서 동굴 모퉁이를 돌아 사라졌다.

엄마에게는 말하지 않겠다고 결심한 후, 레이첼은 대학논문을 쓸 때 사용하던 타자기를 식탁으로 가져와 작업을 시작했다. 그녀는 완성된 단편을 〈새터데이 이브닝 포스트〉에 보냈다. 철자법에 대한 신랄한 지적과 함께 거절의사를 표시한 편지가 되돌아왔다.

학기가 시작되었지만, 그녀는 강의계획을 제쳐두고 철자를 수정하여 원고를 다시 다른 잡지사에 보냈다. 이번에는 그 단편이 아동 시장에 더 적절할 것 같다는 제안과 함께 되돌아왔다. 그 말을 따랐지만, 이번에도 역시 되돌아왔다. 내용을 좀 더 보충해서 그것을 청소년을 위한 장편 원고로 재구성하면 어떨까?

얼마 후면 크리스마스였다. 브랜디는 플로리다로 가기 전에 딸을 방문해 함께 휴일을 보내기로 했다. 레이첼은 자신이 작업한 모든 흔적을 감추었다. 그녀는 자신이 이 집을 살 만한 곳으로 만들기 위해 그토록 열심히 일하는 동안 엄마는 여행을 다니며 돈을 낭비했다는 생각 때문에 속이 부글부글 끓었다.

"'사라진 동굴의 비밀'은 어떻게 되어가니?"

브랜디가 도착한 날 저녁에 물었다.

"아니면 '사라진 동굴의 미스터리'였던가? 이맘때쯤 작업에 들어가게 되어 있는데."

"무슨 말을 하는 건지 모르겠어요."

레이첼은 가슴이 철렁 내려앉은 것 같았다. 그녀는 거절당한 단편을 바탕으로 장편을 재집필중이었다. 그녀는 '숨겨진 동굴'의 제목을 수정하기로 했다.

크리스마스 이틀 전에 레이첼은 같은 5학년 여교사의 오빠를 소개받아 데이트를 시작했다. 영화를 본 후 그 남자는 그녀를 어떤 상점의 지하실로 데려갔다.

"이런 곳에 셋방들이 있는 줄은 몰랐네요."

"원래는 아니었지만 이제 미군 병사들이 속속 학교로 돌아오고 있으니까요. 여기서 방을 얻는 게 하늘에서 별 따기라, 트루먼 대통령 정도는 돼야 가능할 정도예요."

처음에는 지옥한 담배 연기 때문에 아무것도 보이지 않았다. 그곳은 5학년 교실보다도 공기가 퀴퀴하고 사람 냄새로 가득했다.

그녀가 알아들은 최초의 소리는 프랭크 시나트라의 목소리였다. 그는 웅성거리는 사람들의 말소리 너머 어딘가에서 신음하고 있었다.

"래리? 여기에 있었네. 이 고얀 놈. 내가 얼마나 찾았는데……."

래리가 연기 속으로 사라졌다.

누군가가 유리잔을 레이첼의 손에 쥐어주었다. 그녀는 곧 사람들에 떠밀려 딱딱한 벤치에 주저앉았다.

천장에 얼기설기 설치돼 있는 증기배관들. 콘크리트 바닥과 벽에 배치된 두 개의 야전침대와 테이블, 난로, 냉장고.

여자들보다 남자들이 훨씬 더 많았다. 남자들은 거침없는 몸짓으로 추락하는 비행기와 터지는 폭탄을 표현했다. 아내들과 여자친구들은 그들의 언저리에서 레이첼만큼이나 지루한 얼굴로 앉아 있었다.

사람들의 무리가 갈라졌을 때 갑자기 그녀의 관심이 샘솟기 시작했다. 그녀는 건너편 바닥의 매트리스 위에 앉아 있는 한 남자를 발견했다.

더 나이가 들고 더 몸이 마르고 더 머리가 길었지만, 그는 미들보울더 개천 위 다리에서 그녀에게 키스하던 그 남자가 맞았다.

'전부 엄마의 예측대로야.'

레이첼은 술잔을 들여다보며 생각했다.

'난 내 인생에서 아무런 통제권도 가지지 못했어.'

얼음이 녹으면서 버번과 청량음료 한가운데에 조그만 회오리를 만들었다. 그것은 거센 소용돌이를 생각나게 했다. 그녀는 그 속으로 끌려들어가는 자신을 상상했다. 몇 초 후에 물에 빠져죽을 걸 알면서 산다는 게 어떤 기분일지 상상했다. 그녀는 그것이 점쟁이 엄마를 두는 것과 비슷할 거라고 생각했다.

그녀가 그렇게 예의 바르지 않았다면, 그녀는 당장 문밖으로 나가서 집으로 돌아갔을 것이다. 하지만 그러면 래리는 그녀에게 차였다고 생각할 게 틀림없었다.

'레이첼, 그가 여기 있다고 그가 너랑 결혼한다는 건 아니야.'

래리가 유리 잔 두 개를 가져와서 하나를 그녀에게 건넸다.

"미안해요, 친구들을 만나는 바람에. 당신을 짝 잃은 외기러기처럼 남겨둘 생각은 없었어요."

레이첼은 술을 거절했다.

"머리가 아프네요. 실례가 안 된다면, 집까지 걸어갔으면 하는데요. 여기서 멀지 않거든요."

"제가 집까지 바래다 드리죠."

"아니에요. 그냥 계시면서 친구들과 대화를 좀 더 나누세요."

그녀가 코트를 입었다. 방 저쪽에서 제리가 일어섰다.

"그럼, 실례가 안 된다면……."

"아니에요. 정말 괜찮아요. 그리고 영화 잘 봤어요."

그녀는 신선하고 차가운 공기를 한껏 들이마시며 콘크리트 계단을 올랐다.

"레이첼? 레이첼 매든?"

제리가 등 뒤에서 소리쳤다.

그녀는 가로등 밑에 멈춰서 어깨를 으쓱했다.

"안녕, 제리. 잘 지냈어?"

제리는 제대군인원호법의 혜택으로 대학에 등록했고, 이제 두 번째 학기의 시작을 준비하고 있었다. 그는 군복무를 마치고 1년이 넘도록 방황하고 있다고 했다.

"난 이 전쟁에서 살아남지 못할 거라고 너무도 확신했기 때문에 아무런 계획도 세워두지 않았어."

진저브레드 하우스를 향해 걸어가면서 그가 말했다.

"감상적으로 들리겠지만……."

"그런데 왜 콜로라도를 선택했어? 넌 여러 곳에서 살았잖아."

특별한 장소와 특별한 사람이 없다는 건 무척 이상한 기분일 것이다.

"사실 잘 모르겠어. 내가 산을 좋아했던 건 기억나. 엄마가 그곳에서 죽었지만, 집에 대한 좋은 기억도 좀 있었어."

레이첼은 자기 게 아무것도 없다는 게 얼마나 끔찍한 기분일지 생각했다. 마음 붙일 곳이 없는 나머지 그들이 방금 빠져나온 파티 같은 것에 의존하며 산다는 것이.

그녀는 그의 외로움에 동정심을 느끼고 있는 자신의 마음을 의심했고, 그를 지나칠 정도로 의식하고 있다는 사실을 의심했고, 엄마의 생각 없는 예측을 의심했다.

"내가 그러면 손에 장을 지지겠어!"

"뭐?"

그가 동전을 짤랑거리던 손을 멈추었다. 그때 눈발이 날리기 시작했다. 눈송이가 그의 머리 위에 내려앉았다.

"아무것도 아니야. 그러고 보니 올해는 화이트크리스마스가 되겠네."

크리스마스…… 혼자 보내기엔 너무 끔찍한 시간.

"여기가 내가 사는 집이야."

그녀가 진저브레드 하우스 문 앞에 섰다.

"너 많이 변했다, 레이첼, 다른 사람 같아."

'그래, 난 이제 한물 간 피곤한 스물세 살 여자지.'

"너도 그래."

모퉁이에 서 있는 가로등 불빛이 그의 눈 주위에 움푹 패인

부분을 두드러지게 비추었다.

"그럼…… 만나서 반가웠어……."

"제리, 난 배고프거든. 그래서 집에 들어가서 달걀 스크램블을 해먹을 생각이야. 같이 들어갈래? 내 커피는 최고라고는 할 수 없지만, 스크램블만큼은 천상의 맛이거든."

"오늘 밤 네가 왠지 나를 피하는 것 같아서."

"혹시 네가 데이트 상대가 있나 해서 그랬지."

그녀는 거짓말을 했다.

"그리고 옛날에 알던 사람이 새삼스럽게 아는 척하는 게 달갑지 않을 수도 있고."

그녀가 문을 열고 멈춰 서서 잠시 진저브레드 하우스를 쳐다보았다. 수리와 칠을 해놓으니 한결 행복해 보였다. 이렇게 눈 내리는 밤에도.

"세 얻은 집이야?"

"우리 할머니가 나한테 남겨주셨어. 엄마가 휴가를 지내려 와계셔. 불을 저렇게 사방에 켜놓은 걸 보니, 아직 안 주무시나봐."

'그리고 엄마는 너를 보고 조금도 놀라지 않을 거야.'

그후

　브랜디가 플로리다로 떠난 뒤, 레이첼은 '숨겨진 동굴'을 완성했다. 하지만 그 책은 편집자가 제안한 '사라진 동굴의 비밀'이라는 제목을 달고서야 출간됐다. 그녀는 얼마 안 되는 계약금을 진저브레드 하우스를 개조하는 데 썼다.

　그녀는 도저히 자신의 감정을 통제할 수 없어서 제리 가렛을 계속 만났다. 그리고 그들은 다음 해 크리스마스에 결혼했다. 결혼식에서 레이첼은 엄마의 면사포를 썼다.

　브랜디는 결혼식과 '전날 밤 밀담'을 위해 잠깐 동안 진저브래드 하우스로 돌아왔다.

　"우선 성공적인 결혼생활을 유지하는 데 잠자리가 전부는 아니란다."

　"휴, 그러길 바라야죠. 엄마, 이런 얘기는 정말 필요 없어요. 난 남자와 여자의 신체구조에 대해 벌써 다 알아요. 난 스물네 살이라구요, 제발!"

　그러나 브랜디가 들려주는 얘기는 난자와 정자, 남자의 성기와 여자의 성기 같은 것들을 뛰어넘는 것들이었다.

　"물론 네가 나름대로의 방법을 발견했다고 생각해. 하지만

나는 그걸 사용하는 게 전혀 사악하지 않다는 걸 알려주고 싶
구나."

"엄마!"

"넌 아직도 얌전 빼는 여자지?"

코발트색 눈이 반짝하고 빛났다.

"레이첼, 네가 지금 얻게 될 남자는 신체 건장한 젊은이야.
네가 평생 어떤 남자의 양말을 빨아야 한다면, 그 대가로 그 남
자를 즐길 줄 아는 게 낫지."

진저브레드 하우스의 대대적인 보수는 연기됐다. 작가로서,
교사로서 레이첼이 벌어들이는 수입은 전부 생활비와 남편의
법학 공부 뒷바라지에 쓰였기 때문이다.

웨딩거울이 먼지 낀 덮개를 뒤집어 쓴 채 다락에서 잠자고
있었다.

브랜디는 댄의 중고차 사업에 투자했고 그 수익으로 더 많
은 곳을 여행했다. 그리고 1~2년 마다, 진저브레드 하우스에
들러서 2~3주쯤 머물다 가곤 했다. 레이첼과 제리는 브랜디
가 가죽 다이어리에 뭔가를 쓰고 있는 것을 가끔 볼 수 있었다.

"엄마가 회고록이라도 쓰려는 걸까?"

"장모님 판 『걸리버 여행기』를 쓰시는 걸지도 모르지."

제리는 장모를 사랑스럽지만 조금은 이상한 노부인으로 생
각했다.

제리가 보울더에 있는 법률 회사에 자리를 잡았을 때(포킵시
에 더 좋은 자리가 있었지만, 레이첼이 보울더를 떠나려 하지 않았
다), 그녀는 교사직을 그만두고 글쓰기에만 전념했다. 그리고

진저브레드 하우스에 최신식 난방 장치와 전기 배선과 수도시설을 설치하고, 방마다 전부 다시 도배를 했다.

그러나 다른 집주인들은 자신들의 저택을 모두 작은 방으로 쪼개서 학생들에게 세를 주거나 아예 헐고 이사했다. 보울더 상업지구가 집 근처와 점점 더 가까워지자, 레이첼은 시의회에 참가하여 구역제 변경에 반대해 싸웠다.

가렛 부부는 아이를 원했지만, 시간이 지남에 따라 포기하기 시작했다. 의사조차도 그들에게 아이가 생기지 않는 이유를 정확히 설명할 수 없었다. 레이첼은 결혼식 전날 밤 엄마가 해준 충고를 탓했다.

"말도 안 돼."

브랜디는 이렇게 반박했다.

"넌 아이를 하나 갖게 돼. 딸이지. 그리고 넌 글도 써야 하고 이 집에 대한 집착도 그렇게 심하니, 네가 감당할 수 있는 아이는 하나면 족해."

"그게 언젠데요? 엄마는 모든 걸 다 알잖아요."

"1958년."

그녀의 엄마가 대답했다.

"아 참. 그러고 보니 아직 아시아 쪽을 가보지 않았네."

"엄마, 이제는 정착하셔야 하지 않아요?"

브랜디는 다음 생일이면 일흔다섯 살이 됐다.

"세월 참 많이 흘렀구나. 희미하게 요양원이 보이네."

브랜디가 홍콩에 있을 때, 기쁨에 가득 찬 편지가 도착했다.

"예정일이 5월 초예요."

레이첼의 글씨였다.

'흐음, 그럴 리가, 5월 23일이야. 그 날짜는 정확히 기억하고 있지.'

브랜디는 호텔 로비의 등받이가 높은 의자에 앉아, 편지를 응시했다.

'이 아이는 내가 보러 가야겠군. 재미있을 거야. 우리 둘이 함께 있으면.'

그녀는 5월 22일에 도착할 계획이었다. 그러나 하와이에서 갈아탈 비행기를 놓치는 바람에, 택시를 타고 진저브레드 하우스에 도착했을 때는 23일 밤 10시 30분이었다. 집 안은 캄캄했고 문은 잠겨 있었지만, 숨겨놓은 베란다 열쇠를 찾아냈다. 그녀는 운전사에게 가방을 집 안으로 들어 달라고 했다.

"지금 나를 낳느라고 병원에 있겠군."

그녀가 조용한 집에 대고 말했다. 다른 짐들은 제리가 돌아왔을 때 들고 오도록 복도에 놔둔 채 그녀는 화장품 가방만 챙겨서 2층으로 올라갔다. 그녀는 이제 너무 늙고 지쳐서 더 이상 짐을 드는 것도, 여행을 하는 것도 힘들겠다고 생각했다. 이번 여행은 그녀를 녹초로 만들었다.

'하지만 일흔여덟 살치고는 여전히 원기 왕성해.'

그녀는 흡족했다. 지난 봄 ≪타임≫지가 '세계를 여행하는 기막힌 할머니'라는 기사와 함께 그녀의 사진을 싣기도 했다.

브랜디는 손님방으로 들어와 전등 스위치를 켰다. 그리고 안도의 한숨과 함께 침대에 앉아 구두를 벗었다.

레이첼이 또 방 내부를 개조한 모양이었다. 깨져서 몇 년 동안 다락에 넣어두었던 안락의자가 말끔한 모습으로 침대 옆에 놓여 있었다. 도배도 다시 했고, 양탄자도 교체했다.

"정말이지 못 말리는 애야."

그녀가 고개를 돌렸을 때 방 한쪽에 반짝반짝하게 닦아놓은 뭔가가 빛을 뿜고 있었다.

"오, 안 돼……."

그녀는 천천히 일어나 그것 앞에 섰다. 세월의 때를 벗겨낸 거울이 보란 듯이 옷장 옆에 진열되어 있었다.

"레이첼…… 언제나 레이첼이 문제야……."

브랜디는 몸이 떨렸지만 애써 어깨를 폈다.

"우리는 늙었고 여행으로 지쳤어. 넌 오래되고 흉측한 폐물이지만, 우린 아직도 건재하게 살아 있고, 뇌졸중도 그 어떤 타격도 잘 피해갔고……."

거울은 그녀의 모습 대신 시트를 덮은 채 다리를 벌리고 분만대 위에서 몸부림치는 레이첼을 보여주었다.

그때 거울 유리 꼭대기에서부터 대각선으로 금이 쫙 가기 시작했다. 동시에 그녀의 머릿속에서 우지직 소리가 진동했다.

그 시각, 열 블록쯤 떨어진 병원에서 레이첼은 샤이 가렛을 낳았다.

그날 밤 늦은 시각, 제리가 집에 돌아왔을 때, 진저브레드 하우스에 훤히 불이 켜져 있었고 문도 열려 있었다. 복도에는 여행 가방이 있었다. 그리고 손님방 바닥에 그의 장모가 의식을 잃고 쓰러져 있었다. 그는 몇 차례 응급처치를 시도했지만 아무 소용이 없자, 다시 그녀를 차로 옮겨 병원으로 질주했다.

아기를 낳아서 기뻐하고 있던 레이첼은 엄마의 뇌졸중 소식을 듣고 의기소침해졌다.

브랜디는 처음에 전신마비라는 판정을 받았지만, 요양원으로 보내진 후 시간이 지나면서 서서히 근육을 움직일 수 있게 됐다. 하지만 말하는 능력은 돌아오지 않았고, 그녀의 눈은 언제나 무심하게 세상을 바라보기만 했다. 그녀는 부축을 하면 걷고 음식을 차려주면 먹고 옷을 쥐어주면 입었다. 가끔 행복했던 기억이 스치는 듯 미소를 짓기도 했다. 일요일이면 레이첼이 그녀를 집으로 데려와 저녁을 함께했다. 신체적으로나마 접촉을 이어가기 위해서였다.

레이첼은 브랜디의 가방에서 갈색 종이로 포장한 꾸러미 하나를 발견했다. 포장지에는 '결혼식 날 샤이 가렛을 위해'라고 쓰여 있었다.

"엄마는 아기 이름까지도 알고 있었어."

레이첼은 몸서리를 치며 그것을 도라 K 가족이 곤월에서 가져온 찬장 서랍 제일 아래 칸에 넣어두었다.

레이첼은 손님방을 다시 꾸몄다. 그곳에서 일어났던 일을 지우려는 듯. 그리고 웨딩거울을 다시 다락으로 옮겼다.

샤이 가렛은 존 F. 케네디가 암살되던 해에 유치원에 들어갔다. 베트남전이 종결되고 닉슨이 워터게이트 스캔들로 인해 사면되던 해에는, 보울더 고등학교에 다니고 있었다. 그리고 건국 200년이 되던 해에 콜로라도 대학에 입학했다.

샤이는 엄마와 함께 다락으로 올라갈 때마다 손가락으로 거울을 가리켰다.

"증조할아버지가 브랜디 할머니한테 준 결혼 선물이란다.

참 오래된 물건이지."

레이첼은 경건한 목소리로 그렇게 말한 후, 때가 타면 안 된다며 다시 덮개로 덮어놓곤 했다.

2차 세계대전이 종결되면서 네덜란드의 광산들은 문을 닫았다. 이제 그 도시는 여름 휴가객들에 의존해 수입을 벌어들였다. 그러다가 점차 전원생활을 즐기려는 보울더와 덴버 사람들을 위한 교외주택지로 발전했다. 서쪽 지역에 스키장이 생겼고, 네덜란드는 겨울에도 추가적인 수입을 벌어들였다.

허치 매든의 별장은 오랫동안 부주의한 세입자들 손에 맡겨졌던 탓에 예전 모습을 떠올릴 수 없을 정도로 손상됐다. 1973년 제리 가렛은 그 집을 부수고 그 자리에 자신이 상상할 수 가장 현대적인(진저브레드 하우스와는 전혀 다른 모습의) 오두막을 지었다.

그 무렵 관광객들과 화재로 인해 댐 아래쪽에 있던 텅스텐이라는 마을의 흔적은 거의 사라지고 없었다.

캘리포니아가 너무 번잡해지자, 샤이의 쌍둥이 삼촌과 숙모들은 자식들을 출가시킨 뒤 콜로라도로 돌아왔다. 그들은 골프장 근처의 아파트로 들어갔다. 그리고 샤이가 마렉 와이어라는 남자와 결혼하겠다고 선언했을 때 마침 그곳에 함께 있었다.

제3부
브랜디의 이야기

1

진저브레드 하우스는 시내 변두리에 초연한 모습으로 서 있었다. 박공지붕 사이의 작은 조망대를 따라 물웅덩이가 고이자 달빛이 내려앉았다. 달빛을 받은 철제 울타리의 그림자가 관개수로를 가로질렀다.

겁 많은 말이 마차 한 대를 끌고 수로 옆길을 지나갔다. 집 옆 방목장에서 잠에 취한 말울음 소리가 났다.

그리고 다시 모든 게 고요해졌다…… 나뭇잎들이 서로 몸을 부비는 소리와 너무도 익숙해져서 의식할 수조차 없는 소리가 만들어낸 고요함. 닭장에서 들리는 짧은 부스럭 소리. 먼 곳에서 보초 서고 있는 프레리도그의 찍찍 소리. 배경에 깔리는 귀뚜라미 소리. 배회하는 집고양이의 새근대는 숨소리.

모든 색들은 부드러운 달빛과 그림자 속에 숨어 있었고, 모든 냄새들은 마른 풀들과 셀비어의 강한 향속에 잠겨 있었다.

브랜디 맥케이브는 개수통에 김이 모락모락 나는 물을 부었다.

노라가 금속 개수대에서 덜거덕거리며 접시를 씻었다.

"요즘 애들은 대체 뭘 기대하는지 모르겠다, 쯧쯧."

그녀가 불만을 드러내며 혀를 찼다.

"남자들이 대를 잇기 위해 결혼상대자를 선택하던 시대는 지났어요."

브랜디는 마음속의 동요를 드러내지 않기 위해 목소리를 죽이며 대꾸했다.

'대개의 사람들은 맥케이브 같은 사람을 아버지로 두고 있지 않으니까요.'

"하지만 적어도 스트로크 씨는 젊잖아."

"노라……."

"넌 그 전에 톰 네덜란드나 아르넷과 결혼할 수도 있었어. 네가 그렇게 오랫동안 뜸을 들이는데, 도대체 네 아버지가 뭘 하실 수 있었겠니?"

노라가 접시를 헹굼 물이 담긴 개수대에 집어넣었다.

"그 얘기는 더 이상 하고 싶지 않아요."

브랜디는 접시를 꺼내 물기를 닦으며, 유리창 밖으로 펼쳐진 산의 윤곽을 바라보았다. 그녀의 경직된 뒷모습과 뒤에서 어른거리는 둥글고 희미한 불빛이 마치 그 경치의 일부분처럼 보였다.

아직까지도 식당에서는 낮은 언쟁이 벌어지고 있었다. 브랜디는 애써 그 소리를 무시하려고 했다. 하지만 가끔씩 큰 소리가 들리기도 했다.

"존, 혼수를 장만 할 시간은 필요해요."

'네덜란드 광산촌의 판잣집에 사는 데 혼수가 다 무슨 필요람.'

브랜디는 어머니가 애쓰고 있다는 것을 알았고, 그것이 고마웠다. 그러나 소피 맥케이브가 남편의 의지를 꺾을 수 있다고는 생각하지 않았다.

브랜디는 어머니와 달리 논리적으로 따지고, 애교를 부리고, 조르고, 구워삶아서 최소한 자신이 바라는 것을 아버지가 고려해보게끔 만들 수는 있었다. 스트로크는 지난 2주 동안 끈질기게 찾아와 응접실에 앉아 있다 갔지만, 그녀는 계속해서 완강하게 버텼다. 그러면서 내일 아침으로 잡혀져 있던 결혼식을 연기할 수 있을 거라고, 궁극적으로는 취소할 수 있을 거라고 확신했다. 그러나 그날 저녁식탁에서 브랜디는 이번만큼은 자신의 뜻대로 되지 않을 것임을 직감했다.

그녀는 이제 자신의 어설픈 계획을 실행하는 것 외에 선택의 여지가 없었다. 브랜디는 마지막으로 주전자를 닦고 행주를 널고 앞치마를 벗었다.

'계획을 끝까지 실행할 수 있도록 용기를 주소서.'

그녀가 복도로 들어섰을 때, 식당에서 존 맥케이브의 호통 소리가 들렸다.

"이게 내 마지막 말이요."

그가 방에서 나오면서 말했다.

"더 이상 아무 말도 듣지 않겠소."

그는 딸이 서 있는 것을 보고서 이렇게 덧붙였다.

"너도 마찬가지다. 내일 이 시간이면 넌 코빈 스트로크의 부인이 돼 있을 거야."

브랜디는 아무 대답도 하지 않았다. 그저 최대한 도도하게 머리를 치켜든 채 치마를 살짝 들고 계단을 올라갔다. 사실 그녀는 아버지에게 맞설 힘이 없었다. 어쩌면 남편에게도 마찬가지일 것이다. 그녀는 자신이 평생 응석받이 노예에 불과했다는 사실을 방금 깨달았다.

"브랜 누나?"

그녀의 남동생이 2층 복도의 그림자들 속에서 걸어 나왔다.

"오, 엘튼."

그녀가 그의 팔을 붙잡았다. 갑자기 마음이 약해진 나머지 그녀는 동생에게 매달리고 싶었다.

"들어봐, 나한테 계획이 있어. 내가 아버지께 말해서 누나가 제 정신이 아니라고 설득하는 거야. 그럼 누나를 결혼시킬 수 없을 거야. 누나가 최근에 했던 온갖 이상한 말들을 상기시키고, 거기다 몇 가지를 꾸며서 덧붙이는 거지. 최소한 시도해볼 가치는 있잖아."

"고마워, 엘튼."

'고맙지만 소용없을 거야, 사랑하는 엘튼.'

"내가 벌써 몇 가지 말을 해놨어. 하지만 난 누나가 아버지를 설득할 수 있을 거라고 생각했는데. 아버지는 누나 말이라면 늘 잘 들어줬잖아."

"아아, 안녕, 엘튼."

그녀가 까치발을 한 채 그의 볼에 키스하고 방으로 들어갔다.

브랜디는 또 한 번 까치발을 하고서 전구의 스위치를 켰다. 책상 옆 거울에 비친 자신의 모습이 눈에 들어왔다. 거울 틀에 고운 레이스 면사포가 걸려 있었다.

"이게 다 너 때문이야."

그녀가 거울 속의 흥미진진한 영상들을 보지 않았다면, 공부를 하고 싶다고 생각하지도 않았을 테고, 대학에 가고 싶다는 높은 이상도 품지 않았을 것이다.

"전 아직 모자란 게 많아요."

네덜란드 씨와 파혼했을 때 그녀가 말했다.

"전 배우고 싶어요…… 뭐든지, 전부 다요. 세상에는 우리가 모르는 것, 우리가 상상조차 할 수 없는 것들이 많이 있어요."

"넌 모자란 게 없다. 넌 모래시계 같은 몸매를 지녔어. 공부는 못생겨서 남편감을 구할 수 없는 여자들이나 하는 거야."

존 맥케이브가 대답했다.

"아니면 너무 우둔해서 남편을 원하지 않는 여자들이거나. 너에게 필요한 건 남편이고 아기다. 남편과 아기가 생기면 너도 마음을 잡고 그런 말도 안 되는 것들을 다 잊어버릴 게다."

브랜디는 거울 틀의 차가운 손을 만졌다.

"네게 정말 마술적인 힘이 있다면, 이 혐오스러운 결혼에서 탈출할 수 있도록 도와줘."

그녀가 거울에서 본 영상들에 대해 말하지 않았다면, 그녀에 대한 이상한 소문도 생기지 않았을 것이다. 그러면 수많은 구혼자들이 진저브레드 하우스의 문을 두드렸을 것이고, 아버지가 네덜란드에서 온 투박한 광부에게 덥석 덤벼드는 일도 없었을 것이다.

"전국 어디에서나 유선형의 강력한 기계들이 넓은 띠처럼 생긴 포장도로 위를 쌩쌩 달리게 될 거예요."

제과점 하이머 씨가 말 없는 마차에 대해 농담을 던졌을 때 그녀는 이렇게 대꾸했다.

"말은 물론이고 노면 전차랑 기관차도 없어지고, 대신 어디
든 데려다주는 하늘을 나는 기계가 나타날 거예요. 제가 봐서
알아요."

어느 날 저녁 식탁에서 그녀는 행복감에 도취된 목소리로
불쑥 말했다.

"달 표면과 바다 속을 걸어 다니는 남자들이 보여요."

"나도 그렇다, 월리스 살롱에 있을 때는. 여보, 아무래도 저
애가 입에 술을 대는 것 같소."

그녀의 아버지가 대꾸했다.

그러나 브랜디는 그 환상적인 것들을 어디서 봤는지는 말하
지 않았다. 그녀는 몰래 다락으로 올라가서 웨딩거울이 마술
을 부릴 기분인지 확인하고 그 앞에서 몇 시간 동안 기다리곤
했다. 한밤중에 촛불을 들고 간 적도 있었다. 그러나 곧, 뇌우
가 칠 때나 거울 틀이 따뜻해졌을 때만 마술을 부린다는 사실
을 깨달았다.

폭우가 내리지 않았는데도 거울 틀의 손이 따뜻해질 땐, 전
혀 다른 종류의 영상을 볼 수 있었다. 언제나 똑같은 사람이 나
타났다. 은발에 피부가 가무잡잡한 젊은 여자. 그녀는 벌거벗
은 거나 다름없는 이상한 형태의 옷을 입고 있었다.

그녀는 자신이 본 것들에 대해 얘기하지 않으려고 조심했다.

그러나 가끔 이성을 잃었고, 그것만으로도 마을에서 그녀의
운명을 결정짓기에 충분했다.

그녀는 침대 발치에 놓인 삼나무 농의 단단한 뚜껑에 팔꿈
치를 올려놓고 무릎을 꿇었다.

'하나님, 오늘 밤 제가 그 일을 시도할 수 있게 용기를 주세

요. 그리고 저를 용서하세요.'

갑자기 브랜디는 눈을 크게 떴다. 정말로 하늘의 도움을 기대할 수 있을까? 하나님도 결국 남자고, 성경은 어른에게 복종하고 남편과 '결합하여' 복종하라고 똑똑히 말하고 있지 않은가?

하늘에 계신 우리 아버지…… 브랜디는 이번만큼은 하나님이 여자이길 바랐다. 그렇다면 자신의 곤경을 좀 더 잘 이해할 테니까. 그러나 그녀는 주기도문을 끝까지 외웠고, 그런 다음엔 창문가로 가서 앉았다.

집 안이 조용해지고 모든 사람들이 잠들 때까지 기다려야 했다. 거칠게 뛰는 심장을 다스리기 위해, 그녀는 창문 밖으로 몸을 구부려서 차고 건조한 공기를 들이마셨다.

궂은 날씨에 말이 피신할 수 있도록 지어 놓은 개방식 헛간이 보였다. 그 근처에 마차용 말이 매어 있었다. 말의 그림자는 미동도 없었다. 아버지가 외출하면 브랜디는 엘튼과 함께 승마용 말을 타고 초원을 날렸다. 하지만 헛간 옆에 매어놓은 말은 그럴 때 이용하는 게 아니었다.

오늘 밤 브랜디는 이 말을 타고 덴버로 도망칠 것이다. 쉽게 눈에 띄지 않게, 도시를 잇는 연락기차의 선로를 따라 달릴 것이다. 달빛만이 그 길을 밝혀줄 것이다. 저 마차용 말 위에 다리를 벌리고 앉아, 치마를 걷어 올리고 뻔뻔스럽게 종아리를 내놓은 채 달릴 것이다.

승마복은 필요 없었다.

어쩌면 마차에서 떨어져 목이 부러질 수도 있었다. 아니면 말을 엉뚱한 곳으로 몰아서 프레리도그 굴로 들어갈 수도 있었다.

확실히 미친 계획이었다. 그러나 다른 방법은 없었다.

덴버까지 가는 데 성공한다면, 그녀는 이모인 해리엇 오일러를 찾아가 다른 계획이 떠오를 때까지 자신을 숨겨달라고 간청할 것이다. 브랜디는 해리엇이 가장 좋아하는 조카였고, 그녀는 존 맥케이브를 증오한다고 할 수 있을 만큼 싫어했다. 그녀는 간섭할 남자가 없는 독신녀였다.

브랜디는 결혼에 따른 육체적 결합에 큰 공포심을 지니고 있었다. 사람들이 그것을 입에 올리지 않는 걸 보면 불결한 짓임에 틀림없다고 생각했다. 동물들을 관찰해보기도 했지만 불안을 없애는 데 별 도움이 되지 않았다.

욕실에서 자신의 몸을 관찰하고 보이지 않는 부분을 손가락으로 만져본 적도 있었다. 하지만 오히려 더 큰 혼란과 죄의식에 빠질 뿐이었다.

그녀는 결혼에 관한 생각에 빠져서 등 뒤에서 조용하게 그러나 뚜렷하게 들리는 윙윙거림을 미처 알아채지 못했다.

이따금 자신의 몸을 덮치는 야릇한 감각이 그 결합과 관계있는 것일까? 남들도 그런 감정을 느낄까 아니면 자신만 그럴까? 그녀가 그토록 두려워하는 경험을 수많은 왜소한 여자들은 어떻게 조용히 그리고 기꺼이 감내하는 것일까?

브랜디의 눈에도 매력적으로 보이는 남자들이 있었다.

하지만 스트로크는 아니었다. 게다가 강제 결혼이라니. 지금은 20세기였다…… 물론 초창기이긴 했지만.

그때에도 등 뒤에서 들리는 윙윙거림은 계속됐다. 이제 그 소리는 걷잡을 수 없이 커졌다. 결국 브랜디는 자신의 생각 속에서 빠져나와야만 했다.

브랜디가 고개를 돌렸을 때, 면사포는 하늘하늘한 레이스를 나부끼며 바다 위에 떠 있었다. 그녀는 몸을 숙여 면사포를 집어 들었다. 거울이 마술을 부릴 준비를 마쳤다.

유리를 쳐다보기 위해 돌아섰을 때, 그녀는 그 속에서 어두운 회색빛 구름을 보았다. 그 구름 때문에 거울을 둘러싸고 있는 청동 손들이 희미한 녹색으로 빛났다.

이상한 일이었다. 오늘은 폭우가 없었다.

윙윙거림은 그녀의 머리를 뚫고 들어올 것처럼 강력했다. 그녀는 면사포를 떨어뜨리고 두 손으로 귀를 막았다. 소리가 이렇게 크고 이렇게 위협적으로 들린 적은 없었다.

브랜디는 뒤로 물러서려 했지만, 거울 바닥에서 스며 나오는 구름이 바닥에서 소용돌이치며 그녀를 가두었다.

장티푸스보다 더 심한 메스꺼움이 그녀의 몸을 옥죄었다.

그때 날카로운 우지직 소리가 공기를 갈랐고, 그녀는 쓰러지며 구름에 휩싸였다. 손바닥이 바닥에 닿지 않았다.

브랜디는 목 쉰 비명 소리로 가득한 암흑 속으로 떨어졌다.

2

끔찍한 비명 소리가 멈추었다. 브랜디는 자신이 죽었다고 생각했다.

그녀는 켜켜이 쌓인 고요한 어둠을 뚫고 일어섰다. 몸속에서 메스꺼움이 솟구쳐 올랐다. 천국으로 가고 있는 것일까? 이것보다는 즐거운 경험일 거라고 생각했는데.

그녀의 몸이 느리게 빙글빙글 돌다가 갑자기 멈추었다. 이제 도착한 것일까?

아니었다. 웨딩 면사포의 레이스가 얼굴 주변에 엉클어져 있었다. 브랜디는 그것을 걷어내면서 구역질을 했다.

왜 면사포까지 하늘로 올라온 거지? 어쩌면 천사의 가운일지도.

아니면 그녀는 단지 기절한 것인지도 몰랐다. 나머지는 전부 그녀의 상상일지도.

시야가 흐려 정확히 알아볼 수는 없었지만, 분명 그녀는 빨간색과 핑크색 그림이 있는 쿠션 같은 것 위에 엎어져 있었다.

브랜디는 손으로 바닥을 밀며 몸을 일으켰다. 근처 쿠션 위에 기다랗고 쭈글쭈글한 형체가 누워 있었다. 그녀는 눈을 깜빡이며 늙은 여자의 쭈글쭈글한 얼굴에 초점을 맞추었다……
그 여자의 눈은 초점 없이 어딘가를 응시하고 있었다…… 마
치 죽은 사람처럼.

브랜디는 휘청거리며 바닥으로 다시 엎어졌다. 다시 빙빙
도는 어지러움이 시작됐다.

'여긴 천국이 아니라 꿈속이야. 여기서 벗어나려면 깨어나
야 해.'

그녀는 메스꺼움과 숨 막히는 쿠션의 감촉을 물리치며 돌아
누웠다.

웨딩거울이 흐릿하게 보였으나 전보다는 거대해 보였다.

'꿈이라서 그래. 깨어나, 브랜디 맥케이브. 어서.'

"번개를 맞은 걸까?"

멀리서 누군가의 목소리가 들렸다.

"샤이?"

남자의 목소리가 더 가까이 들렸다.

브랜디는 머리를 일으켜 하얀 문틀을 바라보았다. 분주한
움직임. 어떤 여자와 남자가 서로 어깨를 부딪치며 들어왔다.

"샤이?"

남자가 브랜디의 옆에서 무릎을 꿇었다.

"어떻게 된 거니?"

"엄마? 하나님 맙소사!"

동시에 여자가 늙은 여자 옆에 풀썩 주저앉았다.

"난 브랜디……."

메스꺼움은 여전했다. 바싹 마른 입으로 브랜디는 간신히
그 남자에게 설명했다. 그의 머리는 덥수룩했고, 귀 절반을 가

릴 정도로 길었다.

"그건 좀…… 알았다. 가만히 누워 있어, 우리 아가. 내가 가져오마."

그가 급히 방을 빠져나갔다.

브랜디는 눈꺼풀 안쪽에서 형형색색의 빛이 번쩍거릴 때까지 눈을 꼭 감았다. 그러나 그녀가 눈을 떴을 때, 그 꿈은 아직도 계속되고 있었다.

"그게 뭐였니? 지진?"

여자가 브랜디에게 물었다.

"그것 때문에 엄마가 심장마비를 일으킨 것 같아."

그녀는 일그러진 얼굴로 죽은 여인을 가슴에 안고 백발머리에 눈물을 뚝뚝 떨어뜨리며 몸을 앞뒤로 흔들었다.

이 사람들은 너무 빨리 말했다. 브랜디는 그들의 말을 문장으로 알아들을 수 없었다. 하지만 적어도 그들은 영어로 말했다.

남자가 돌아와 유리잔을 브랜디의 입술에 대주었다. 그녀는 자신의 머리가 풀어헤쳐져 있음을 깨달았다. 하지만 언제, 어떻게 그렇게 됐는지 궁금해 할 겨를도 없이, 그녀는 유리잔 속의 액체를 삼켰다. 물이 아니었다. 혀와 목이 타들어가는 듯 화끈거렸다. 그녀는 일어나 앉아 숨을 헐떡였다. 눈물 때문에 방이 흐릿해 보였다.

"이건 브랜디잖아요!"

"그래. 네가 달라고 했잖니. 어디, 일어설 수 있는지 보자."

남자가 다정하게 말했다.

"레이첼, 그만하고, 이리 와서 좀 도와줘."

그가 일으켜 세우자, 브랜디는 어지러움 때문에 그에게 꼭

달라붙었다.

"어떻게 된 일인지 말해줄 수 있니, 샤이?"

브랜디는 아무 말도 못하고 그저 자신의 맨 다리와 발을 내려다보았다. 발도 다리도 너무 길고 가늘었다. 그녀는 얇은 천으로 된 옷을 입고 있었다. 옷 길이는 겨우…….

'맙소사, 벌거벗은 것과 다름없잖아.'

그녀는 놀라서 그 남자를 올려다보았지만, 그는 그녀가 느끼는 창피함도 그녀의 벗은 상태도 의식하지 못하는 것 같았다.

그때 그녀는 웨딩거울을 통해 자신이 아닌, 은발에 까무잡잡한 피부를 가진 젊은 여자를 보았다. 진저브레드 하우스에서 거울을 통해 봤던 바로 그 여자였다. 남자가 그 여자의 팔을 잡는 모습이 거울에 비쳤다. 그때 브랜디는 자신의 팔에서도 그 손의 열기를 느낄 수 있었다.

전에 없이 거울 꼭대기에 비스듬한 금이 가 있었다. 그래서 그 이상한 얼굴이 두 부분으로 갈라져 보였다.

브랜디가 휘청거리자, 거울 속 여자도 휘청거렸다.

"샤이? 맙소사…… 레이첼, 이리 와서 좀 도와주겠어?"

그러나 레이첼은 흐느끼며 더 이상 살아 있지 않은 여인을 껴안은 채 몸을 앞뒤로 흔들 뿐이었다.

그는 브랜디를 부축해 어질러진 침대로 데려갔다. 그는 그녀를 가장자리에 앉힌 다음 반질반질하고 하얀 물건을 집어 들었다.

그리고 그것을 뒤집어서 네모난 버튼을 꾹꾹 누르더니 한쪽 끝을 귀에 댔다. 그는 옆에 앉아 아주 익숙하게 그녀의 손을 잡았다.

"괜찮다, 아가. 쌍둥이 삼촌들을 부를게."

브랜디는 너무 놀라 손을 빼지도 못하고, 반쯤 벌거벗은 상태로 낯선 남자에게 손이 잡힌 채 침대에 앉아 있었다.

"여보세요. 레미 형님이세요? 제리예요. 나쁜 소식이 있어요. 장모님이 돌아가셨어요…… 방금 전에요. 갑자기 이렇게 돼서 안타까워요…… 샤이 방에서요…… 모르겠어요. 그런데 혹시 그쪽에 지진 같은 거 일어나지 않았나요? 없었다고요? 그럼 음속폭음 같은 것일 수도 있겠군요. 번개가 원인인 것 같지는 않고, 화재도 없었어요. 어쨌거나 뭔가가 이곳을 뒤흔들어서 물건 몇 개가 깨졌어요. 그래서 뇌졸중을 일으키신 것 같아요…… 그래요, 알 수 없는 일이죠. 그런데요, 지금 댄 형님하고 급히 오실 수 있어요? 처남댁들과 함께요. 지금 이성을 잃은 두 여자 때문에 제가 쩔쩔매고 있거든요. 도움이 필요해요."

"그건…… 전화기로군요!"

그가 송화구와 수화구가 일체형으로 된 물건을 내려놓자마자 그녀가 외쳤다.

"그…… 그래. 이제 여기서 나가는 게 좋겠다, 그렇지?"

그는 연인을 대하듯 그녀의 머리카락 한 가닥을 어깨 뒤로 넘겨주었다.

그 머리카락은 옅은 금색이었다. 브랜디는 그가 머리카락을 넘겨줄 때 두피가 당기는 느낌을 받았다.

'난 다른 사람 몸에 들어와 있는 거야. 그래서 내가 모르는 사람들이 나를 알고 있는 거야.'

그녀는 손가락에 있는 반지를 자세히 살펴보았다. 단순하게 세팅된 다이아몬드가 손가락 위에서 반짝였다. 그것이 불빛을 반사해 천장 곳곳에 눈부신 점들을 만들어냈다.

"미쳤어."

"오, 이제 다 괜찮아질 거야. 이 늙은 아빠가 다 처리할 수 있어."

그는 다 자란 딸의 아버지라고 할 만큼 나이 들어 보이지 않았다.

"떨고 있구나. 충격을 받은 모양이다. 할머니가 돌아가셨으니 정말 끔찍하지."

그는 침대에서 일어서면서 그녀의 맨 다리를 톡톡 건드렸다.

이 방은 자신의 방과 비슷했지만, 조금 더 작고 조금 더 빽빽했다. 옷장은 그녀의 옷장과 같은 위치에 있었다.

"자, 이걸 입으면 따뜻해질 거야."

그 길고 헐거운 담청색 누비옷은 보풀로 덮인 슬리퍼와 한 쌍인 것 같았다. 브랜디는 몸을 좀 더 가려줄 수 있는 그 옷이 반가웠다.

사람들은 이 몸을 샤이라고 불렀다. 그들은 샤이의 부모들이었고, 죽은 여인은 샤이의 할머니였다. 그녀는 이 혼란스러운 상황 속에서 현기증을 느꼈다.

'그럼 내 몸은 어디 있는 거지?'

"레이첼?"

그가 샤이 어머니를 뒤에서 일으켜 세웠다.

그녀는 그의 품속에 얼굴을 묻었다.

"오, 제리."

"곧 이럴 날이 올 줄 알았잖아."

제리가 레이첼의 머리를 쓰다듬었다.

"장모님은 아흔여덟 살이셨어. 이제 내려가서 커피를 좀 마시는 게 좋겠어. 샤이, 이리 와서 엄마 좀 도와다오."

샤이의 머리가 욱신거렸다. 브랜디는 낯선 다리로 서 있는 게 불안했다. 그러나 이 방에서 더 머물고 싶지는 않았다.

브랜디가 레이첼의 팔을 잡았다. 그러자 그녀가 브랜디에게 몸을 기대왔다. 방에서 나가기 전 브랜디는 다시 한 번 고개를 돌려 안을 둘러보았다. 그때 샤이의 아버지는 그 이상한 전화기를 다시 집어 들었다. 그녀가 쿠션이라고 생각했던 것은 사실 굽돌이 널에 깔린 양탄자였다. 그것은 복도까지 이어져 있었다.

레이첼은 계단 꼭대기에 멈춰 서서 바닥에 떨어져 있는 사진틀을 집어 들었다.

"적어도 이건 깨지지 않았어."

그녀가 멍하니 말했다.

"틀림없이 지진이었을 거야. 아니면 벽에서 물건들이 떨어질 리 없잖아."

그녀는 사진을 들어올렸다. 눈물이 얼굴을 타고 흘러내렸다.

"오, 샤이. 할머니는 이제 영원히 가셨단다."

브랜디는 사진을 뚫어지게 응시했다. 그것은 자신의 사진이었다. 브랜디 맥케이브와 한 번도 본 적 없는 남자. 그리고 그녀가 찍은 적 없는 사진.

그녀는 점점 더 자신의 꿈에 매혹 당했다. 깨어난 후에도 이 꿈을 기억할 수 있을까? 마치…… 마치 웨딩거울 속의 재미있는 연극을 구경하는 게 아니라, 연극의 일부로 등장해서……

직접 공연하고 있는 기분이었다. 거울의 마술이 이렇게까지 대단한 것일까?

뒤에서 제리가 나타났다.

"이봐요, 숙녀 분들. 내가 부엌에 가 있으라고 말한 것 같은데."

머리는 혼란스러웠지만 감각은 고통스러울 만큼 예민해져 있었다. 그녀는 집에 있는 것과 똑같은 곡선 계단을 내려갔다. 그러나 이곳 계단에는 무늬 있는 양탄자가 깔려 있었고, 벽도 같은 무늬 벽지로 도배되어 있었다. 빨간색과 분홍색의 작은 꽃들이 모여 꽃다발을 이루고 있었고, 공기는 좀 더 답답했다.

브랜디는 계단 밑에서 멈춰 섰다. 그곳에 놓인 찬장은 낯설었지만, 현관 복도와 기둥형 외투걸이는······.

그녀는 난간 너머로 손을 뻗었다. 할아버지가 집을 지을 때 주문한 것과 똑같은, 검은 호두나무에 자단을 상감한 가구.

"여기가······ 신서브레드 하우스예요?"

두 사람이 고개를 돌려 그녀를 쳐다보았다. 그러나 그들은 너무 생생했다.

'이건 꿈이에요. 당신들은 현실 속의 사람들이 아니에요.'

"오, 우리 아기."

레이첼이 말했다.

"너무 정신이 없어서 네가 거기 있었다는 걸 몰랐구나. 제리, 걱정이에요. 샤이의 눈 좀 보세요."

"아까부터 내가 당신한테 하려고 했던 말이 그거야. 브랜디는 효과가 없었어. 이제 커피로 시도해보자고."

"커피가 효과가 있나요?"

레이첼이 계단을 돌아 브랜디를 부엌으로 끌고 갔다.

"제길, 나도 모르겠어."

부엌은 원래 있던 자리에 있었다. 창문과 문도 제 위치에 있었다. 찬장의 수는 좀 더 늘어났다. 하지만 이상하게 번쩍이는 물건들…… 작은 벽돌들로 뒤덮인 바닥…… 사실 그것은 벽돌 무늬가 새겨진 리놀륨 장판이었다. 하얀 벽…… 붉은 빛과 구릿빛 색조…… 그리고 천장에 매달려 있는 뭔가에 감싸인 강렬한 불빛.

'이곳이 미래의 진저브레드 하우스군.'

브랜디는 점점 더 흥분하기 시작했다. 웨딩거울이 전에 없이 대단한 마술을 부린 것이다.

그녀와 레이첼은 칸막이가 쳐진 식탁에 앉았다. 제리라는 남자가 커피를 끓였다. 그의 바지와 셔츠는 깜짝 놀랄 만큼 타이트했다.

레이첼의 가운은 그녀의 호리호리한 몸에 착 달라붙어 있었다. 군살의 흔적은 없었다. 속눈썹이 까맸다. 입술에 립스틱의 흔적이 남아 있었다.

그녀는 소피 맥케이브와 비슷했다. 소피처럼 붉은색이 감도는 숱진 머리카락. 하지만 흰 머리는 없었다. 혹시 이 여자는 엘튼의 후손일까? 부모님이 세상을 뜨면 진저브레드 하우스는 그녀의 남동생에게 상속될 예정이었다.

금세 커피가 만들어졌다. 그러나 풍부한 맛과 향이 없이 그냥 쓰기만 했다.

"깜빡했다. 넌 우유를 넣어 마시지."

브랜디가 인상을 찌푸렸다.

"난 우유를 싫어해요."

"우유를 싫어한다고? 그럼 왜 매달 아빠 지갑에서 우유 값이 빠져나가는지 설명해볼래?"

"돈을 잃어버리셨나 보죠."

"정말이지 오늘은 내가 겪은 중에 최고로 이상한 밤이야."

레이첼이 이마를 문질렀다.

"다음에는 네가 치킨을 싫어한다고 말하겠구나."

"그렇게 좋아하지는 않아요."

레이첼은 가운 주머니에서 종이갑을 찾아 미리 말아진 담배를 꺼냈다. 브랜디가 지금까지 본 것 중 가장 긴 담배였다.

'남자가 커피를 끓이고, 아내가 담배를 피우다니!'

"제리, 문제가 생긴 것 같아요."

레이첼이 자욱한 담배 연기 사이로 말했다.

"의사를 불러야 하지 않을까요?"

"어떤 의사가 집까지 오겠어. 우리가 응급실로 데려가야지. 하지만 이건 신체적인 질병이 아니니까, 이 커피를 다 마신 뒤에도 샤이가 딴 사람처럼 굴면 내일 아침에 내가 게일에게 얘기하지."

"아침이면…… 결혼식은 어쩌죠?"

브랜디는 하마터면 커피를 뿜을 뻔했다. 그녀는 가늘고 긴 손가락에 끼워진 다이아몬드 반지를 다시 한 번 쳐다보았다. 그러니까 샤이도 다음날 아침에 결혼식을 올릴 예정이었던 것이다.

"오, 맙소사. 마렉에게 전화해야겠군. 마렉 일행이 지금 어디 있지?"

"다크호스예요. 독신자 전용 술집이죠. 거기에선 호출기가 안 될 걸요. 난 괜찮아졌으니, 당신이 나가보는 게 좋겠어요."

이들보다 나이가 많아 보이는 두 쌍의 남녀가 도착했다. 남자들은 쌍둥이였다. 죽은 여자의 아들이자 레이첼의 오빠들인 것 같았다. 한 남자는 조금 뚱뚱했다. 두 사람 다, 머리 뒤쪽과 양옆 가장자리에 흰머리만 조금 있을 뿐, 이마에서부터 정수리까지 모두 벗어져 있었다.

그런데 그들의 아내로 보이는 반백의 여인들은 남자처럼 바지를 입고 있었다!

또 다른 사람들이 도착했다. 그들이 할머니의 시신을 현관문 밖으로 싣고 나갔다.

누군가가 브랜디의 손에 샌드위치를 쥐어주었다. 날 것과 다름없는 고기 패티와 파이 같은 질감의 빵으로 만든 샌드위치였는데, 씹을 때마다 이에 쩍쩍 달라붙었다.

레이첼은 한숨을 쉬더니 또다시 울음을 터뜨렸다.

"아가씨, 이건 축복이에요. 알잖아요."

숙모 중 한 명이 말했다.

"이제 어머님은 반송장 상태에서 해방되신 거예요."

"알아요. 그냥 충격 때문에 그래요. 이제 결혼식을 연기해야겠어요."

그러면서 레이첼은 아주 가는 목소리로 이렇게 덧붙였다.

"그게 오늘 밤에 얻은 유일한 희소식이죠."

'이 꿈은 너무 길어. 흥미진진하긴 하지만, 제때에 깨어나서 덴버로 가야할 텐데.'

너무 늦게 깨어나서 스트로크 씨와의 결혼을 피하지 못하면 어떻게 할 것인가?

제리가 샤이의 신랑감 마렉을 데리고 돌아왔다. 그는 다른 남자들보다도 더 몸에 딱 달라붙는 옷을 입고 있었다. 그는 칸막이 안으로 들어와서 사람들로 가득한 방 앞에서 샤이의 코에 키스했다. 미처 피할 겨를이 없었다.

햇볕에 그을린 구리빛 얼굴. 이마를 비스듬히 덮은 검은색 머리. 귀는 머리카락에 가려 보이지 않았다. 그에게서 향신료와 알코올 냄새가 났다.

"괜찮아, 샤이?"

그가 속삭였다.

브랜디는 깜짝 놀라 입을 벌렸다. 테이블보 밑에서 그가 샤이의 다리 사이에 따뜻한 손을 집어넣었기 때문이다. 그는 그녀의 허벅지를 끌어다 자기 허벅지에 밀착시켰다.

3

브랜디 맥케이브는 샤이의 방에서 샤이의 몸을 한 채 웨딩 거울 앞에 섰다.

그녀는 문을 닫고 블라인드를 내리고 옷을 벗었다. 호기심이 창피함을 압도했다.

키 크고 호리호리한 일자 몸매, 가냘프고 볼품없고 영양실조에 걸린 듯한. 위로 뾰족하게 올라붙은 작은 가슴. 고르게 나 있는 치아. 아이처럼 털 없는 겨드랑이.

샤이의 젖꼭지 주변과 아래쪽의 은밀한 부분이 눈에 띄게 창백했다. 그리고 그 주위에 얇은 띠 모양이 둘러져 있었다.

브랜디는 거울 속에서 눈을 크게 뜨고 자신을 바라보고 있는 금빛 반점의 눈을 응시했다.

'이 여자의 몸이 어떻게 된 거지? 혹시 햇빛? 맙소사, 그럼 이 여자는 이렇게 얇은 띠만 두르고 백주대낮에 거리를 활보했단 말인가?'

그녀는 팔뚝을 꼬집어보았다. 아픔이 느껴졌다. 그녀는 벌거벗은 피부에서 닭살이 돋는 것을 지켜보다가 몸을 부르르 떨었다.

브랜디는 어쩐지 음탕한 짓을 하고 있는 것 같아 얼굴이 새빨개졌다. 그녀는 다시 두 개로 이루어진 노란 속옷을 얼른 입은 뒤, 그 위로 긴 옷을 뒤집어썼다.

이 모든 게 웨딩거울이 만들어낸 꿈이라는 그녀의 확신은 마렉을 만남으로써 무너졌다. 허벅지 사이를 더듬던 그 손의 감촉보다 더 현실적인 것은 없으리라. 그 다리가 그녀의 것이 아닐지라도.

그녀는 이 방에 있는 물건들을 살펴보고 싶은 마음과 어서 자신의 세계로 돌아가 해리엇 오일러 이모에게 달려가고 싶은 마음 사이에서 갈등했다.

'논리적인 해결책을 찾아내야 해. 그런데 불가능한 것에 논리를 적용하는 게 가능할까?'

이 상태로 잠이 든다면 다시 그녀의 세계에서 깨어나게 될까? 혹시 결혼식 직전에 깨어나 그렇게 피하려고 했던 일을 감당해야 하는 건 아닐까? 아니면 여전히 이곳에서 깨어나게 될까?

'난 이 세계에 오래 머물 수 없어. 아는 게 아무것도 없으니까. 이 세계 사람들의 뻔뻔함도 무서워.'

그녀는 곧 결론을 내렸다. 하지만 그래서 어떻게 한단 말인가?

그때 어디선가 바지직거리는 소리가 들렸다. 마치 모닥불이 잔가지를 집어삼키는 소리 같았다. 브랜디는 그 소리를 따라 창문 아래쪽 벽에 놓여 있는 금속 굽도리 널 쪽으로 갔다. 거기에서…… 그건 굽도리 널이 아니었다. 일종의 라디에이터였다. 좁은 틈새에서 열기가 뿜어져 나오고 있었다. 왜 여름에 불을 지피는 거지?

그런데 지금이 여름 맞나? 브랜디는 블라인드를 올리고 창문을 열었다. 덧문이 밖으로 열려 있었다.

최근에 내린 듯한 축축한 비 냄새. 이 세계에서 발생한 뇌우 때문에 웨딩거울이 마술을 부려 그녀를 데려온 것일까? 송진을 연상시키는 아리고 불쾌한 냄새. 거대한 나무들은 여름 잎사귀들을 달고 있었다.

그녀가 기억하는 초원은 사라지고 없었다. 그 대신 산세를 가리는 커다란 건물만이 희미하게 서 있었다. 건물 꼭대기에서 오렌지색 글자가 반짝반짝 빛났다. 그 글자의 철자는 MOTEL이었다. 하지만 L과 E의 방향을 왜 뒤집어서 써놓았을까?

그녀를 해리엇 이모에게 데려다줄 말은 없었다. 이제는 해리엇 이모도 없었다.

그녀는 거울의 차가운 틀 양쪽을 붙잡았다. 에나멜 칠이 벗겨진 흔적.

"나를 이만큼 가지고 놀았으면 충분하지? 네가 무슨 짓을 했건, 어서 되돌려 놔."

그러나 웨딩거울은 그녀 앞에 버티고 서서, 샤이의 몸과 두 부분으로 갈라진 눈과 코, 왜곡된 얼굴만을 보여줄 뿐이었다.

결혼식 전날 도망칠 계획을 꾸몄다고 천벌을 받은 것일까?

브랜디는 샤이의 침대 옆에 무릎을 꿇고 용서와 도움의 기도를 올렸다.

자신의 알량한 아이디어들은 이미 바닥났기 때문에, 그녀는 침대에 앉아 하나님이나 거울이 도와주기를 기다리며 생각을 분산시키려 했다.

전화기 옆에 하얀 상자가 있었다. 방에 있는 물건들은 모두 흰색이거나, 분홍색이거나, 빨간색이었다. 상자에 숫자들이 표시된 원반형태의 물체가 달려 있었고, 그 밑에도 버튼이 하나 있었다. 버튼을 눌렀지만 원반은 움직이지 않았고 앞으로 나오지도 않았다. 대신 돌아가기 시작했다. 그녀는 더 이상 돌아가지 않을 때까지 그것을 눌렀다.

"셰이크, 셰이크, 셰이크!"

그 상자가 귀청이 떨어져라 소리쳤고, 브랜디는 깜짝 놀라 일어서다가 침대 위 비스듬한 천장에 샤이의 머리를 부딪쳤다.

"셰이크, 셰이크, 셰이크, 셰이크 유어 부디즈."

시끄러운 연주소리와 몇 명의 젊은 남자들이 목청 높여 부르는 노랫소리.

브랜디가 여전히 그 상자를 노려보고 있는데, 레이첼이 방으로 들어와 딸깍 소리가 날 때까지 버튼을 눌렀고, 상자는 곧 다시 조용해졌다. 그녀는 한쪽 손을 가슴께로 올렸다.

"들어봐, 우리 아기."

그녀가 숨 가쁘게 간청했다.

"네가 충격 받은 건 알아, 하지만 제발, 우리도 마찬가지야."

"그런데⋯⋯ 부디즈가 뭐죠?"

"부디즈? 글쎄 난 부티(booty — 전리품)를 말하는 거라고 생각했는데. 난 그렇게 오랫동안 들었는데도 아직도 가사를 못 알아듣겠더구나. 넌 다 알아듣는 줄 알았는데."

화장을 지운 상태라 눈가에 잔주름이 도드라졌다. 하지만 브랜디는 그 모습이 오히려 자연스럽고 아름답다고 생각했다.

"뭐가 문제인지 알아. 오늘 밤 아빠가 네 목구멍에 부어준 커피가 문제야. 나한테 해결책이 있지."

그녀는 손을 벌려 작은 병을 보여주었다.

"이리 와봐, 내 새끼."

아기? 내 새끼? 이 부모들은 자기 딸을 무척 아끼는 게 분명했다. 브랜디는 이 사람들이 자기 딸의 몸에 다른 여자가 들어 있는 걸 알면 어떻게 할 것인지 생각하며, 샤이의 어머니를 따라 린넨 보관실로 갔다.

그러나 그곳은 린넨 보관실이 아니었다. 반짝반짝한 수세식 변기가 의자 위에 놓여 있고, 커다란 자기로 된 세면대가 있었다. 세면대 꼭지는 하나지만, 손잡이는 두 개 달려 있었다.

레이첼은 벽에 걸린 선반에서 작은 컵을 꺼내 물을 채웠다. 그런 다음 약병 뚜껑을 손바닥으로 누르면서 뚜껑이 열릴 때까지 돌렸다. 그녀는 알약 하나를 꺼내 샤이의 혀 위에 올려놓고 입에 컵을 대주었다. 동작이 워낙 빨라서 저지할 틈도 없이 약이 목구멍으로 꿀꺽 넘어갔다.

브랜디가 기침을 했다.

"콜록콜록…… 그게…… 뭐죠?"

"수면제."

그녀는 물도 없이 한 알을 꿀꺽 삼켰다.

"수면…… 안 되는데……."

"엄마 말 좀 들어봐. 네가 싫어하는 거 알아. 하지만 오늘은 우리 모두 도움이 필요해."

레이첼은 브랜디를 다시 방으로 데려간 뒤, 옷을 벗기고 침대 속으로 밀어 넣었다.

"가만히 있어봐. 이 약은 정말 강력하니까."

그녀는 문 옆에 있는 버튼을 눌러서 불을 껐다.

"꿈도 꾸지 않을 걸. 믿어보렴."

샤이의 어머니가 방을 나갔다.

"자면 안 돼."

수면제는 오늘 밤 가장 달갑지 않은 물건이었다.

'난 덴버로 가야 해.'

그러나 샤이의 몸은 지쳐 있었고, 벌써 잠이 오기 시작했다.

침대 쿠션은 깃털이불처럼 푹신했고, 시트는 실크처럼 부드러웠다.

'해리엇 이모에게 가야 되는데……'

브랜디는 아침 햇살과 새소리에 눈을 떴다. 머리는 무겁고 혀는 부어 있었다.

'결혼식을 놓치겠군.'

기울은 이 모든 게 자신과는 무관하다는 듯 방 중앙에 고요히 서 있었다. 햇살 속에서 청동 손가락의 굴곡과 손톱의 그림자가 길게 늘어졌다. 그녀를 얼마나 오랫동안 붙잡아 둘 셈일까? 샤이 행세를 얼마나 더 오래할 수 있을까? 앞으로 무슨 일이 일어난다 해도 그녀는 어떻게 할 방법이 없었다.

그녀는 화장실에 갔다가 돌아오는 길에 아침 쟁반을 들고 오는 제리를 만났다.

"안녕, 공주님. 오늘은 기분이 좀 어떠니?"

"이상해요."

"그게 다 수면제 때문이야."

그는 그녀를 베개에 기대어 앉게 한 뒤, 무릎 위에 쟁반을 놓았다.

"우리 공주님 침대로 아침을 날라다 준 게 얼마만인지. 아빠도 이제 늙었나보다."

그가 너무나 보기 좋은 미소를 짓는 바람에 브랜디는 자신도 모르게 따라 웃었다.

"웃으니까 좀 낫구나. 얼굴이 완전히 굳어버린 게 아닌가 생각했지."

그는 몸에 딱 붙는 양복을 입고, 폭이 넓은 장식적인 넥타이를 매고 있었다.

"어제 연락이 안 된 손님들에게 다시 연락을 했단다. 그리고 내일 장례식을 치를 거야. 그러고 나면 너랑 마렉의 결혼식 날짜를 다시 잡을 수 있겠지. 난 장례식장으로 갔다가 사무실에서 일을 좀 하다 오마."

그가 이마에 키스할 때 그녀는 움찔거리지 않으려고 안간힘을 썼다. 그가 문가에서 돌아보며 말했다.

"서두를 것 없다. 알지? 네 결혼식 말이야."

그가 나간 후 그녀는 바싹 마른 입을 축이기 위해 과일 주스와 끔찍하게 맛없는 커피를 마시며, 자신의 아버지와 샤이의 아버지가 딸의 결혼에 대해 얼마나 다른 관점을 지니고 있는지 생각했다. 잘 구워진 토스트는 이상하게 맛이 없었고, 설탕을 뿌린 후레이크는 아무 맛도 나지 않았다. 그녀는 그것에 우유를 부어서 무미건조하게 떠먹었다.

'이 집 사람들이 그렇게 마른 것도 당연해.'

전화기가 울렸다. 그녀는 벨 소리가 울렸다가 또다시 울릴 때까지 전화기를 바라만 봤다. 전화를 받지 않으면 의심을 살

것이다.

"여보세요?"

아무 소리도 없었다. 브랜디는 그 물건의 방향을 거꾸로 돌려 잡은 다음 다시 말했다.

"샤이? 마렉이야."

그의 목소리는 수화기를 통해서도 육감적으로 들렸다.

"샤워하다가 받은 건가?"

"샤워?"

'소나기는 오지 않았는데.'

"전화받는 데 한참 걸려서. 기분은 좀 나아졌어? 너 어제 정말 쿨하더라."

"쿨?"

그녀는 오히려 집이 좀 덥다고 생각했다.

"어, 이 아가씨 정체가 뭘까? 오늘은 앵무샌가?"

"…… 아직 잠이 덜 깼어요."

"결혼식이 연기됐다고 들러리한테는 말했어. 그렇게 이머님께 전해줄래? 그리고 오늘 아침 컴퓨터에 문제가 생겨서 두 시간 동안 진땀 뺐어. 혹시 내가 필요하지 않으면, 오늘은 일하러 가야 될 것 같아. 밤에 만날까?"

"그래요. 그게 좋겠어요."

'그땐 내가 여기 없을 테니까.'

레이첼이 바지 차림으로 문가에 나타났다. 브랜디는 마렉의 말을 전했다.

"그런데 딸아, 오늘 아침에도 기분이 이상하다고 했다며?"

그녀가 침대에 앉아서 아침식사 쟁반을 자기 무릎으로 옮졌다.

"할머니는 충분히 그리고 행복하게 오래 사셨어."

그러나 그 말을 하는 레이첼의 눈에 또 눈물이 고였다.

"어젯밤에는 할머니만큼이나 나도 널 놀라게 했던 것 같구나. 게다가 폭발인지 지진인지 모를 충격도 있었고—그런데 오늘 아침 뉴스에 그런 얘기는 보도되지 않았는데—하지만 넌 이제 스무 살이고 곧 결혼할 몸이야. 더 이상 널 따라다니며 보호해줄 수 없단다. 이제 샤워를 하고 머리를 만지도록 해. 엄마를 좀 도와줘야겠구나. 할머니 일 때문에 사람들이 계속 전화하고 있어. 오늘 준비를 철저히 해서 내일 장례식을 잘 치러야지, 그렇지?"

"현명한 생각인 것 같아요."

"그럼…… 오늘은 청바지를 입을래, 아님 반바지? 네 옷 몇 벌이 아직 세탁실에 있어."

"제 대신 골라주시겠어요?"

"넌 두 살 때부터 스스로 옷을 골랐어. 하지만 알았다. 내가 욕실로 가져갈게. 목욕은 너 혼자서 할 수 있지? 그런데 정말 기분이 이상한 거니, 아니면 그냥 기운이 없는 거니?"

브랜디 맥케이브는 욕실을 둘러보았다. 세면대와 변기, 뒤쪽 벽에 뿌연 유리로 만들어진 문. 그 안쪽은 또 하나의 작은 방이었다. 미끌미끌한 바닥과 벽. 이 문을 닫으면, 좌욕 욕조와 비슷할까? 그녀는 시험 삼아 벽에 달린 손잡이를 돌려봤지만 이내 비명을 내지르고 말았다. 갑자기 머리 위의 노즐에서 차가운 물이 폭포수처럼 떨어진 것이다.

'아. 이게 바로 샤워군.'

유리문이 열렸다. 레이첼의 창백한 얼굴이 불쑥 들어왔다. 그녀는 손으로 샤워기를 잠갔다.

"샤워하기 전에 옷을 벗어야 할 것 같지 않니?"

레이첼의 눈에 떠오른 의심의 빛이 브랜디를 두렵게 했다.

브랜디는 샤이의 손으로 청동 손을 문질렀다.

'나 좀 살려줘!'

그녀는 맛이나 여러 가지 감각에 무딘 편이었다. 대신 변화에는 개방적이었다. 그래서 자신이 이 새로운 상황에 비교적 잘 적응하고 있다고 생각했다. 하지만 '청바지' 속에 허깨비 같은 조그만 속바지만 입고 밖으로 나가는 건 참을 수 없었다. 게다가 청바지의 안쪽 솔기가 여자의 은밀한 부분을 꽉 조이는 바람에 야릇한 감각이 느껴졌다.

코르셋도 코르셋 커버도 없었다. 레이첼이 브래지어라고 부르는, 가느다란 줄과 싸개가 달린 옷이 전부였다. 딱 붙는 셔츠를 입자 브래지어의 윤곽이 겉으로 뚜렷이 드러났다.

남자들의 천박한 본능을 자극하는 옷차림이었다.

'제발 나를 데리고 가줘. 이제 호기심 따윈 버릴 거야. 약속할게.'

브랜디가 웨딩거울을 흔들었다. 발톱 모양 밑동 위에서 유리가 흔들렸다.

'난 이 세계를 이해할 수 없어.'

청동 손이 불현듯 뜨거워졌다. 동시에 브랜디는 곧장 방 저쪽으로 내동댕이쳐졌다. 그녀가 샤이의 입을 벌려 비명을 질렀다.

그녀와 거울 사이의 공간이 투명하고 희미해지더니, 외출복과 모자를 차려입고 식당 테이블 옆에 서 있는 자신과 구슬 핸드백을 들고 다가오는 소피 맥케이브의 모습이 환영처럼 나타났다.

"어머니!"

그녀는 앞으로 몸을 숙였다.

영상이 일그러지고 흔들리더니…… 사라졌다. 샤이의 몸이 땀으로 뒤덮였다. 숨이 자꾸만 막혔다.

그녀는 응접실에서 가구 몇 점을 알아봤다. 오일러 할머니가 독일에서 가져온 양치기여인의 작은 입상도 발견했다. 그것은 벽난로 선반에 깨진 채 놓여 있었다.

시선을 내리깐 새침한 얼굴과 달콤해 보이는 분홍빛 입술. 그녀는 그 여인의 입상을 만지작거리다가 피린색 지낫사락을 들어올렸다. 그녀는 자신도 그 양치기여인처럼 산산조각 난 기분이었다.

눈물을 삼키며 그녀는 등을 쫙 펴고 똑바로 섰다. 자기연민은 도움이 되지 않는다.

그녀는 진짜 자신으로 돌아가기 전까지 의심을 사지 않기 위해, 익숙하지 않은 복장과 익숙하지 않은 시간을 아무렇지도 않은 표정으로 견디기로 했다. 그녀는 강인한 근성과 목적의식만 있으면 이루지 못할 것이 없다고 배웠었다.

레이첼은 브랜디에게 점심에 먹을 삶은 달걀껍질을 까게

하고 자신은 얇은 고무 선반이 달린 이상한 찬장을 끌어내 속을 비워냈다.

레이첼이 굽 달린 잔을 쟁반에 담아 식당으로 옮기고 있을 때, 전화가 울렸다.

"전화 좀 받아줄래, 샤이?"

브랜디는 후크에서 나무 수화기를 집어 들었다. 걸려 있는 위치는 달랐지만, 아버지가 집에서 사용하던 것과 똑같았다. 그 익숙한 감촉이 집에 대한 그리움을 불러일으켰다.

"여보세요?"

그녀가 철제 송화구에 대고 말했다.

그러나 아무도 대답하지 않았고, 전화벨만 계속 울렸다.

"여보세요……."

그녀는 후크를 가볍게 흔들면서 문가에 서 있는 샤이의 어머니를 쳐다보았다.

"작동이 안 되는 것 같아요."

또다시 레이첼이 의심스러운 눈빛으로 그녀를 바라보더니, 수화기를 빼앗아 다시 후크에 올려놓고 전화 상자 앞면을 열었다. 그곳에 샤이의 방에 있는 것처럼 송화구와 수화구가 일체형으로 된 직사각형의 물건이 들어 있었다.

브랜디는 온종일 들리는 시끄러운 소음의 정체를 밝혀내기 위해, 그리고 레이첼로부터 도망치기 위해, 뒷문으로 살짝 빠져나갔다.

그녀는 샤이의 볼품없는 캔버스화를 신고 두 발짝 정도 걷다가 깜짝 놀라 멈춰 섰다.

옥외변소와 닭장이 없었다. 초원도 없었다. 커다란 나무와 건물들이 진저브레드 하우스를 에워싸고 있었다. 거울 속에서 본 것 같은 유선형의 금속 물체들이 요란한 소리를 내며 딱딱한 지면 위를 지나쳤다. 공기가 탁했다.

진저브레드 하우스와 일정한 거리를 유지하며, 앞쪽으로 돌아갔더니, 길 건너편에 '코노코'라는 간판을 단 특이한 건물과 매끈하게 포장된 마당이 보였다.

철제 울타리 밖에 있던 관개수로도 이젠 움푹 꺼진 풀밭에 지나지 않았다.

샤이와 비슷한 차림새의 소녀가 딸각거리는 조그만 자전거를 타고 다가왔다. 소녀는 멈추거나 브랜디를 쳐다보는 대신, 자루에서 뭔가를 꺼내 던졌다. 그 물건이 샤이의 가슴에 맞고 울타리 안쪽 풀밭 위로 떨어졌다.

브랜디는 몸을 숙여 그 물건을 집어 들었다. 그러자 그 물건이 넓게 펼쳐졌다. 그것은 「보운더 일인 기메라」라는 신문이었다. 1978년 6월 16일이라고 적혀 있었다.

모든 게 너무 많이 변해서, 브랜디는 최소한 자신이 2000년으로 왔을 거라고 생각했었다.

레이첼 가렛은 부엌 창문으로 딸을 지켜보았다.

샤이는 이 동네에 처음 와보는 사람처럼 두리번거리며, 혼이 나간 듯 집 주변을 걸어 다니고 있었다. 샤이는 그 사랑스러운 머리카락을 우스꽝스럽게 말아 올린 채 별다를 것 없는 석간신문을 뚫어져라 쳐다보고 있었다.

레이첼은 더 이상 참을 수가 없었다. 그녀는 베란다로 나가 샤이를 불러들였다. 그녀가 뻣뻣하고 느린 걸음으로, 다른 세상에서 온 듯한 눈빛을 한 채 다가왔다.

레이첼의 뱃속에서 가슴께까지 짜증스럽고도 낯선 감정이 치밀어 올랐다.

그들은 커피와 신문을 들고 자리에 앉았다.

"할머니의 사망기사가 제대로 났는지 보자. 여기 있네. 내가 읽어줄게. '브랜디 매든.' 이게 헤드라인이구나. 샤이, 왜 그러니?"

"브랜디요?"

"브랜 할머니 이름이 브랜디잖아. 이런, 당연히 알아야지. 평소에 가족사를 귀담아 듣지 않아서 그래. '브랜디 매든'."

레이첼이 다시 읽기 시작했다.

브랜디 해리엇(맥케이브) 매든이 어제, 딸 제롤드 가렛 부인의 소유인 진저브레드 하우스에서 별세했다. 매든 부인은 오래 전부터 이곳 보울더에 있는 이터널 케어 요양원에서 지내다가, 딸의 집을 방문한 날 사망했다. 부인은 향년 98세였다.

부인은 1880년 8월 7일에 존 맥케이브와 소피 맥케이브 사이에서 태어났다. 그녀의 조부는 1867년 진저브레드 하우스를 지은 저명한 보울더의 개척자 제임스 엘튼 맥케이브다. 그녀는 1898년 보울더 고등학교를 졸업하고 1902년 네덜란드에서 허치 매든과 결혼했다.

매든 가족은 이후 40년간 네덜란드와 그 주변에서 살았는데, 대부분의 시간을 바 더블 M 목장에서 지냈다. 1944년 매든 씨가 별세한 뒤, 매든 부인은 세계 여행을 다녔으며 '세계를 여행하는 기막힌 할머니'라는 제목으로 《타임》지에 실리기도 했다.

매든 부인은 최근 보울더로 이주한 두 아들 레미와 댄, 보울더에 사는 레이첼 가렛, 네 명의 손자와 여섯 명의 증손자를 남겼다.

장례식은 로웨 장례식장에서 있을 예정이며, 장지는 콜롬비아 공동묘지가 될 것이다.

"글이 너무 짧아, 그렇지 않니?"

레이첼이 물기 어린 눈으로 딸을 올려다봤다.

"하지만……. 내가 브랜디 해리엇 맥케이브인데."

그녀의 딸이 대답했다.

4

"브랜디······ 해리엇······ 맥케이브······ 매든."

레이첼이 천천히 속삭였다.

브랜디는 노인의 시신을 담은 관 옆에 샤이의 부모님과 함께 서 있었다. 제리가 한쪽 팔을 그녀의 허리에 둘러 부축했다.

"넌 샤이 캐서린 가렛이야. 어서 그렇게 말해봐."

"난 샤이 캐서린 가렛이에요."

브랜디가 순순히 대답했다. 그런데 사망기사에 왜 스트로크 씨에 대한 말은 없었을까.

그러니까 그녀의 옆에 서 있는 여자는 그녀의 딸이었다. 그리고 그 옆에 서 있는 나이든 쌍둥이는 그녀의 두 아들이었다. 그런데 자신과 결혼했다는 허치 매든은 누구인가. 분명한 건 자신이 지금 손녀딸의 몸속에 있다는 것이었다.

'자신의 사망기사를 보게 되다니!'

브랜디는 자신이 겪고 있는 이상 현상을 설명해줄 성경구절을 떠올려보려고 했다. 하지만 아무것도 생각나지 않았다. 성경을 읽을 때마다 그녀의 마음은 늘 딴 곳에 있었으니까.

"그렇게 불경하게 굴다간 벌 받을 거야."

소피 맥케이브는 그렇게 말했었다.

관은 왜소한 브랜디에 비해 너무 컸다. 노부인의 눈은 감겨 있었다.

'내가 인생의 마지막 20년을 어디서 보냈다고? 요양원? 그게 뭐지?'

20년…… 지금까지 그녀가 살아온 시간과 똑같은 세월이었다.

그녀는 죽은 브랜디 매든과 자신을 연결 지을 수가 없었다. 저 가늘고 흰머리. 고요하고 공허한 얼굴. 조용히 포개어져 있는 검버섯 핀 손. 공단 위에 누워 있는 78년 뒤의 자신의 모습을 본다는 건 있을 수 없는 일이었다.

그때 그녀는 불현듯 시신 위에 어떤 환영이 겹쳐지는 것을 보았다. 외출복 차림으로 나무판자로 된 바닥에 누워 있는 자신의 모습을. 그녀의 곁에는 상투처럼 머리를 꼬아 올린 한 여인이 무릎을 꿇고 있었고…… 고빈 스드로크가 있었다.

"샤이를 데리고 나갑시다. 쓰러질 것 같아."

샤이의 아버지가 말했다.

그녀는 그의 부축을 받으며 문과 로비를 비틀비틀 통과했다.

제리 가렛은 마렉 와이어가 샤이를 차에 태워 가는 모습을 지켜본 뒤 다시 커튼을 내렸다.

'신이시여, 부디 지금 우리가 한 일이 옳은 일이기를.'

"샤이가 마렉과 함께 나가도록 놔두지 말았어야 했어요."

"놔둔다고? 놔두는 게 아니라 등을 떠밀어서라도 나가게 했어야 해. 오늘 밤 디스코텍에서 시간을 보내면 샤이가 공황상

419

태에서 빠져나올지 모르잖아."

"이번에도 또 옷을 골라줘야 했어요. 그애가 좋아하고 당신이 싫어하는 분홍색 티셔츠 알죠? 그런데 샤이가 그 속에 브래지어를 입으려고 했어요."

레이첼이 떨리는 손으로 벽에 비스듬히 걸려 있는 그림을 바로잡았다.

"브래지어를 입고 디스코텍에 가는 샤이를 상상할 수 있어요? 그런데 게일과는 얘기해봤나요?"

"일주일 동안 다른 데 가 있을 거래."

"다른 의사들도 있잖아요."

"내 외동딸을 믿고 맡길 수 있는 의사는 게일뿐이야."

그는 샤이가 정신과 의사를 만나는 것은 생각하기도 싫었다.

"하지만 오늘은 그 외동딸을 마렉에게 믿고 맡겼잖아요. 그애가 반쯤 미쳐 있는 상태에서 말이에요."

"레이첼, 그 친구는 샤이와 결혼할 남자야. 만일……."

"마렉은 걸어 다니는 정자들 중 하나예요. 당신도 알잖아요."

"샤이는 이제 스무 살이고 인정하고 싶지 않지만 처녀는 아닐 거야."

'그리고 우리가 누굴 탓하겠어?'

마렉 와이어는 좋은 직장에 전도유망한 미래를 가졌다. 그동안 샤이가 집으로 데려왔던 조무래기들보다 훨씬 더 나은 남자였다. 샤이에게 그만한 상대는 없을 것이다.

"마렉은 샤이보다 나이도 한참 많고…… 무엇보다도 샤이는 그에 대해 아는 게 별로 없어요."

'그리고 마렉이 샤이를 데려가면, 우리가 함께 있어야 할 마

420

지막 구실도 없어지겠지. 당신한테는 집도 있고 책도 있지만, 내게는 아무것도 남지 않을 거야.'

"우리 딸도 자기 앞가림은 할 수 있겠지."

"그럴까요? 오늘 저녁 그애가 식탁에서 칼과 포크로 아티초크를 자르려 하던 거 봤죠? 모범생처럼 갑자기 허리를 꼿꼿이 펴고 앉고, 우유를 싫어한다고 말하고, 노인네처럼 머리카락을 말아 올리고, 나를 엄마가 아니라 어머니라고 부르고, 전화를 받으라고 했더니 부엌에서 골동품 전화기의 송화구에 대고 말을 했어요."

레이첼은 담배를 끼고 안락의자에 털썩 주저앉았다.

"그애는 자기가 브랜디 맥케이브라고 말해요. 그런데 당신은 그애가 제 앞가림을 할 수 있다고 말하고 있죠."

"레이첼, 그애는 미친 게 아니야. 그냥 충격을 받아서 잠시 멍해진 것뿐이라고. 사람들이 평생 정상적으로 행동하는 건 아니잖아. 갑자기 흥분해서 이상한 짓을 하기도 하지. 오늘 아침에 옷을 입은 채 샤워기를 틀었을 때도, 너무 생각에 골몰해 있어서 그랬는지도 모르고……."

"오늘 오후에 샤이한테 점심 설거지를 해달라고 했어요. 그런데 개수대에서 설거지를 하더군요. 두 발짝만 가면 식기세척기가 있는데도 말이에요."

"물을 절약하려고 했을지도 모르지."

"지금 현실을 회피하고 있는 사람이 누구죠? 제리, 그애는 손 씻는 비누를 칼로 얇게 깎아서 개수대에 놓고 녹이려 했어요. 게다가 그릇을 닦아 말리더니, 세상에, 그걸 식기세척기에 집어넣는 거예요."

제리는 아내가 극도로 예민해져 있다는 것을 알았다. 갑작스런 어머니의 죽음과 딸의 걱정스러운 행동. 누가 그녀를 탓할 수 있겠는가? 문제는 제리가 더 이상 그녀에게 도움을 줄 수 없다는 것이었다. 어쩌다 이렇게까지 된 것일까.

"그럼 하펜바흐에게 데려갑시다."

"그 사람은 정신과 의사가 아니라 의학 박사잖아요."

"어쩌면 신체적인 문제 때문일 수도 있잖아. 최소한 그 사람의 의견을 들어볼 수는 있겠지. 몇 년 동안 샤이를 진료해왔으니까."

제리는 넥타이 매듭을 조이고 재킷을 입었다.

"내일 장지에 가려면 오늘 사무실에서 몇 가지 해둘 일이 있어."

"그러실 테죠."

레이첼이 벽난로에다 재떨이를 비웠다.

"애들이 돌아올 때까지는 집에 올 거야."

갑자기 방 안에 숨 막히는 침묵이 흘렀다. 제리는 말없이 문쪽으로 걸어갔다. 그때 레이첼이 입을 열었다.

"당신이 나를 떠날 거란 거 알아요."

감정을 애써 억제하는 듯한, 부자연스러운 목소리였다.

"무슨 소리야. 난 그냥 사무실에 가는 건데."

"내 말은…… 샤이가 떠나면 말이에요."

레이첼이 그의 뒤로 걸어왔다.

"그리고 네덜란드에 있는 오두막에서 무슨 일이 일어나고 있는지도 알아요."

그는 복도에 있는 도라 K의 오래된 찬장에 손을 얹었다.

"제리, 당신은 내가 현실을 직면하기 싫어서 모든 걸 잊어 버린다고 생각하지만, 난 당신이 했던 일들을 모두 지워버린 게 아니에요. 그건 그냥…… 어떻게 말해야 할지 몰랐던 것뿐 이에요."

익숙한 통증이 가슴을 파고들었다.

"레이첼……."

"내 얘기 마저 할게요. 난 당신한테 심술궂게 굴지도 않을 거고, 당신을… 붙잡으려고 하지도 않을 거예요. 내가 부탁하 는 건 샤이가 괜찮다는 확신이 들 때까지 곁에 있어달라는 것 뿐이에요."

그녀가 뒤에 있었음에도 불구하고, 그는 그녀의 숨죽인 울 음소리를 느낄 수 있었다. 그리고 그 찡그린 표정과 여전히 날 씬한 몸을 그려볼 수 있었다.

"지금 난 당신이 필요해요."

그의 어머니가 죽은 뒤 누구도 제리를 필요로 하지 않았다. 한동안 그의 딸이 그를 필요로 했지만…… 그 시간은 너무도 빨리 지나가 버렸다.

그러나 레이첼에게는 의지할 수 있는 닻과 부표가 있었다. 그녀가 늘 집착하는 가족의 유물들, 사람들보다도 더 사랑하 고 믿는 것처럼 보이는 친밀한 물건들과 그것으로 가득 찬 망 할 놈의 집. 상상의 세계로 도피하기 위한 글쓰기라는 안전장 치. 그는 그 중 어느 것 하나도 공유할 수 없었다. 그렇다. 레이 첼은 그가 없어도 괜찮을 것이다. 폐경조차도 그녀를 의기소 침하게 만들지 못했으니까.

제리가 가진 것은 은퇴 후의 희미한 전망뿐이었다. 그가 자신처럼 궁핍한 존재들에게 끌리는 게 정말로 이상한 것일까? 레이첼의 선조가 아닌, 자신이 직접 설계하고 지은 오두막집으로 도피하는 것이? 물론 샤이가 떠날 때까지는 머물 것이다. 하지만 그리고 나면…….

제리는 그 모든 것들을 말하고 싶었지만, 대체로 그러하듯, 그것들을 적절한 단어와 문장으로 조리 있게 설명할 자신이 없었다. 그래서 그는 이렇게 중얼거렸다.

"샤이는 내 딸이기도 해."

그리고 쫓기는 사람처럼 급히 진저브레드 하우스를 떠났다.

브랜디 맥케이브는 칸막이 좌석에 혼자 앉아 있었다. 난생 처음 자동차를 탄 그녀는 온몸이 흥분으로 짜릿해지는 것을 느꼈다. '가족'과 함께 자신의 시신을 보러 갔을 때도 그녀는 그냥 도보를 이용했었다. 그만큼 장례식장은 가까웠다.

그녀가 팔다리를 내놓고 밖에 나간 것도 이번이 처음이었다. 샤이의 치마는 겨우 무릎에 닿을락말락했다. 그 안에 입은 것이라곤 조그만 실크 속바지가 전부였다. 소피 맥케이브가 이것을 알았다면, 입에 거품을 물고 쓰러졌을 것이다.

그런데 딸을 애지중지하는 샤이의 아버지는 그녀가 그곳으로 가야 한다고 주장했다. 와서 보니 그곳은 살롱이나 다름없었다. 브랜디는 한 번도 살롱 내부를 본 적이 없었다. 애초에 이곳으로 그녀를 데려온 위험한 호기심은 이제 정점으로 치닫고 있었다.

그녀는 나뭇잎에 둘러싸여 있었다. 마치 밀림처럼 꾸며 놓은 곳이었다. 거칠거칠한 점토 재질의 화분이 서까래에 매달려 있었고, 그물 모양의 밧줄들이 그 화분을 감싸고 있었다.

화분에서 늘어진 무성한 덩굴이 좌석 3면을 커튼처럼 가리고 있었다. 갓이 씌워진 전구만이 그 방의 유일한 조명이었는데, 그것마저도 식물들에 가려져 거의 보이지 않았다.

식물들 사이사이로, 모서리를 깎아 놓은 직사각형의 납유리가 사슬에 매달려 있었다.

그녀는 치렁치렁한 나뭇잎 사이로, 바에 몸을 기대고 있는 와이어를 지켜봤다.

브랜디는 진짜 자신이 누구인지 잊고 싶은 충동, 그래서 자신의 세계로 돌아갈 때까지 손녀딸의 사악하지만 흥미로운 세계를 배우고 경험하고 싶은 충동과 싸웠다.

건너편 좌석에서, 한 쌍의 젊은 남녀가 남들의 시선은 상관없다는 듯 끈끈한 키스를 주고받으며 서로의 몸을 더듬고 있었다. 남자는 긴 머리를 가죽 끈으로 묶고 있었고, 여자는 딱 달라붙는 짧고 곱슬곱슬한 머리 모양을 하고 있었다.

브랜디는 갑작스럽게 몰려오는 새로운 감각들과 장면들에 질식할 것 같았다. 기절이라도 할까 두려워, 다급하게 공기를 들이마셨다. 공기에서 퀴퀴한 냄새가 났다.

마렉 와이어가 초록색 거품이 이는 굽 달린 잔을 들고 나타났다. 그는 엘튼만큼 키가 크고 호리호리했다.

"당신이 좋아하는 거야."

그는 그녀 앞에 잔을 놓고 엘튼과는 전혀 다른 편안한 자세로 그녀의 옆에 앉았다.

"간밤에 당신 할머니가 돌아가시지 않았다면, 우리는 지금쯤 아스펜으로 신혼여행을 떠나 있을 텐데."

그는 위험할 정도로 샤이의 몸에 자신의 몸을 밀착시켰다. 두 사람의 팔과 허벅지가 닿았다.

"당신은 마렉 와이어 부인이 되어 있을 거고."

그에게서 멀리 떨어지려 했다가는 의자에서도 떨어질 것만 같았다. 그래서 브랜디는 몸을 앞으로 쭉 내밀어서 샤이가 좋아한다는 음료를 홀짝였다. 최소한 맨팔이 그에게 닿지 않게 하기 위해.

액체는 라임과 설탕 맛이 나는 아이스크림 같았다. 음료를 마실 때마다 잔의 테두리에 발라져 있는 설탕이 액체에 섞여 들었다. 맛이 꽤 좋았다.

"이게…… 여자들의 음료인가요?"

"뭐, 마티니는 아니지."

그녀가 농담을 하고 있다고 생각한 그가 유쾌하게 웃었다.

천장 쪽에서 귀에 거슬리는 소리가 나더니, 이어서 샤이의 방에서 들었던 그 이상한 음악이 흘러나왔다.

셰이크, 셰이크, 셰이크!
셰이크, 셰이크, 셰이크.
셰이크, 유어 부디즈.

그녀가 마렉을 보며 물었다.

"그런데 부디즈가 뭐예요?"

"부디즈?"

그가 가사를 듣기 위해 귀를 쫑긋 세웠다.

"난 부비즈(boobies — 젖가슴)라고 생각했는데."

426

웃음을 머금은 자줏빛 눈동자가 유혹적으로 그녀의 눈을 들여다보았다.

"본능이 어디에 모이는지 보여주는 거 아닐까?"

브랜디는 새콤달콤한 맛의 혼합음료를 꿀꺽꿀꺽 들이켰다. 의사소통이 잘되지 않았다.

그의 팔이 그녀를 감싸 안더니 뒤로 깊이 끌어당겼다.

브랜디는 헉하고 숨을 들이마셨다.

그의 반소매 셔츠는 앞섶에서부터 중간까지 풀어헤쳐져 있었다. 검은 털이 부숭부숭하게 나 있는 팔과 셔츠 앞섶 사이로 보이는 더 많은 털들. 소매 아래쪽에서 단단한 근육이 꿈틀거렸다.

샤이의 피부에 닭살이 돋았다.

"솔직히 당신의 갑작스러운 변화를 이해 못하겠어, 샤이."

그의 숨결이 그녀의 목을 간질였다.

"당신이 할머니와 그렇게 가깝다고 생각하지 않았는데. 그분은 사실상 식물인간이나 다름없었잖아."

음악이 쿵쿵 울리는 소음으로 바뀌면서, 샤이의 혈관이 그 리듬을 따라 규칙적으로 박동하기 시작했다.

"할머니가 돌아가시는 걸 보는 게 혼란스러웠어요."

"틀림없이 그랬겠지. 그 일이 있고부터 당신이 딴 사람처럼 보이는 걸 보면."

브랜디는 지금 악마 옆에 앉아 있다고 생각했다. 이곳은 그의 소굴이다. 그녀는 그동안 이런 것들에서 철저히 차단되어 있었고, 그래서 아는 것이 없었다. 그녀는 살면서 죄에 대해 많은 이야기를 들었었다. 하지만……

그녀는 호색적인 남녀와 그들의 해괴한 행위를 애써 무시하려 했다. 그리고 샤이의 몸에 바짝 달라붙어 있는 따뜻한 몸도 무시하려 했다. 자연스럽게 샤이의 몸을 감싸 안은 근육질의 팔. 브랜디가 음료를 마시려고 몸을 빼내자, 마렉은 그녀가 움직일 수 있도록 팔을 내리더니 손을 그녀의…… 허벅지 위에 얹어놓았다.

브랜디는 잔을 비워버렸다. 이제 덩굴들조차도 자극적으로 보였다. 마렉은 잘생겼다. 그녀가 그를 보고 있지 않을 때에도. 그녀는 그에게 자신이 샤이가 아니라고 말해야 했다.

"당신 춥군. 추우면 젖꼭지가 부풀어 오르잖아."

"젖꼭……."

뻔뻔스럽게 그런 말을 입에 담다니…… 그녀는 아래를 내려다보고 그의 지적이 옳았음을 확인했다. 레이첼은 브래지어를 입으면 끈이 보일 거라고 애써 걸쳤던 속옷을 다시 벗게 했다.

"춤추사. 몸이 따뜻해실 서야."

그의 허벅지가 샤이의 허벅지에 닿았다. 그의 다리를 피하려면 일어서거나 바닥에 앉아야 했다.

그녀는 싫다고 했지만 그는 그녀를 끌고 푹 꺼진 마룻바닥이 있는 곳으로 데려갔다. 최면을 거는 듯한 음악이 그녀의 감각들을 헤집었다.

마렉 와이어가 몸을 뒤틀기 시작했다. 육감적이고도 괴상한 몸놀림이었다.

브랜디는 눈을 돌리려 했지만, 그럴 수 없었다.

원시적인 음악과 마렉의 시선에 반응하듯이 샤이의 몸이 흔들리기 시작했다.

몸이 가벼워졌다. 머리는 더 가벼워졌다.

키스하던 남녀가 그들의 무리에 합류하여 몸을 뒤틀었다.

그리고 또 다른 한 쌍. 두 사람 다 남자였다.

브랜디 맥케이브의 충격은 이루 말할 수 없었다.

윙윙거리는 음악이 점점 빨라지자 쿵쿵거림도 커졌다. 아프리카에서 온 선교사가 교회에서 얘기했던 원주민의 음탕한 춤이 떠올랐다. 감각적인 음악과 동작, 반 벌거숭이 몸뚱이들.

브랜디는 달아나고 싶었지만, 샤이의 몸은 더 흔들어대고 싶다고 얘기하고 있었다.

"긴장 풀어, 샤이."

마렉이 말했다. 그는 검은 머리와 그을린 피부를 가진 악마의 화신처럼 보였다.

"당신에게 도움이 될 거야."

샤이의 은밀한 부분이 축축해졌다.

'하나님, 부디 저를 용서하소서.'

브랜디는 춤 속으로 서시히 빠져들었다.

하나님은 이럴 때 도와주셔야 하는 게 아닐까? 그분은 지금 어디 계실까? 그녀를 시험하는 것일까? 정말로 천국의 군단을 마음대로 할 수 있다면, 지금이야말로 천사를 보내서 브랜디를 도와줘야 했다. 하지만 아프리카에서 온 선교사의 아내는 원주민에게 살해 당했고, 선교사는 그 모습을 지켜보기만 할 뿐 아무것도 할 수 없었다. 그는 그것에서 교훈만을 얻었을 뿐이다.

마렉 와이어는 사탄일지 모른다. 그러나 댄스 플로어는 다른 사탄들과 그들을 전혀 개의치 않는 흐느적거리는 여자들로 가득했다. 사탄 와이어는 샤이의 몸에 한 번도 손을 대지 않았다. 그는 그저 움직였고, 샤이도 그랬다.

"춤까지 다르게 추는군."

소음이 잠시 멈추었을 때 마렉이 말했다.

"거의 움직이질 않잖아."

그는 그녀를 다시 자리로 데려다놓고 바를 향해 걸어갔다.

그는 마실 것 두 잔을 더 가지고 돌아왔다.

"이게 마지막 잔이야."

그가 다른 잔을 그녀 앞에 놓으며 말했다.

"내가 간식을 주문했어. 당신은 이상할 뿐만 아니라 달라졌어. 전에는 술이 약했잖아."

"여기 알코올이 들어 있나요?"

"물론 이게 조금 더 타락한 술인 건 인정하지만, 당신은 나를 만나기 전부터 마가리타를 마셨잖아."

이제 그는 그녀에게서 떨어져 앉아 그녀를 관찰하기 시작했다.

"가족 장례식 전날 약혼자를 이런 곳에 데려오는 건 좀 아니지. 하지만 이건 내 생각이 아니라 당신 아버지 생각이었어. 당신 가족들은 당신을 걱정하고 있어. 그리고 나도 그래. 혹시 당신을 이렇게 변하게 한 게 할머님의 죽음 말고 또 다른 게 있는 거야?"

한 여자가 쟁반에 가벼운 음식을 담아 가져왔다. 음식은 하나같이 짰다. 브랜디는 음식 때문에 갈증이 일었다. 마실 것이 간절해졌다. 물론 그녀도 소피 맥케이브가 금주 모임에 참석하기 전에 가끔 셰리주 마시는 것을 보았다.

자신도 마신 적이 있었다. 그러나 아주 약간만 홀짝거렸을 뿌이다.

"내가 다시 말해보지."

마렉이 말했다.

"난 서른 살이고, 내가 원하는 삶을 찾았어. 난 그동안 깊은 관계를 피해왔어."

그가 몸을 뒤로 젖혀 머리를 칸막이에 대고 서까래를 응시했다.

"그러다 아름다운 은발의, 약간은 멍하지만 흥미로운 아가씨를 만났지. 그리고 생각했어. 이 여자와 인생을 함께하면 어떨까?"

그는 이번엔 유리잔 속에서 빙글빙글 돌고 있는 레몬껍질을 응시했다.

"그리고 내가 무슨 짓을 하고 있는지 미처 깨닫기도 전에, 그녀에게 청혼했지. 그런 후 난 그녀와 나 자신을 의심하기 시작했어. 내 말은…… 이제 결혼은 평생 지속되는 게 아니잖아."

마렉은 그녀의 턱을 손으로 치켜든 채 샤이의 몸속에 숨겨져 있는 브랜디의 흔적을 찾으려는 듯 두 눈을 뚫어지게 들여다봤다.

"그런데 내 신부감은 갑자기 더 멍하고 순수하고 동그란 눈으로 나를 보기 시작했지. 그러자 난 내 의심을 다시 의심하기 시작했고, 나도 모르게 촌스럽고 보수적인 마초처럼 행동하고 있어. 내가 지금 무슨 말을 하려는지 알겠어, 샤이?"

"아니요."

브랜디가 말했다. 그녀는 그가 다가와 샤이의 입술에 키스

할 때도 최면에 걸린 듯 꼼짝할 수 없었다.

마렉 와이어가 다시 뒤로 물러앉아 눈을 가늘게 떴다.

"대체 당신은 누구지?"

그가 속삭였다.

그러나 브랜디는 입을 열지 않았다.

5

브랜디 맥케이브는 자신의 관이 구멍 속으로 내려가는 것을 지켜보았다.

옆에서 레이첼이 손수건으로 얼굴을 가리고 울고 있었다. 제리의 걱정스러운 시선은 레이첼의 머리 너머 브랜디를 향해 있었다.

그녀는 뒤에 있는 마렉 와이어의 존재를 느꼈다. 쌍둥이 형제와 그 아내들이 경건한 얼굴로 구멍 주위에 서 있었다.

모자도 없고, 장갑도 없고, 교회 예배도 없고, 검은 옷을 입은 사람도 없었다. 사람들도 많지 않았다.

'결국 내가 이렇게……'

귓가에 메뚜기 울음소리가 윙윙거렸다. 그리 멀지 않은 곳에서 들리는 자동차 소리. 그녀가 타고 온 검은 영구차와 뒤에서 줄서서 기다리고 있는 조문객들의 자동차가 햇빛에 번쩍거렸다.

그녀가 콜롬비아 공동묘지의 가족 묘역을 마지막으로 찾았을 때, 이 커다란 나무들은 묘목에 불과했고, 마차들은 진입로에 나란히 서 있었다. 그들은 오래 전에 죽은, 사무치게 그리운 어린 남동생 조수아를 묻었다. 그리고 이제 그 묘역은 묘지들로 꽉 차 있었다.

엘튼이 조수아의 옆에 잠들어 있었다. 그의 삶도 안타깝게 짧았다.

그의 옆에는 거울이 브랜디를 데려간 바로 그해 여름, 사망한 그녀의 아버지가 누워 있었다. 그녀는 존 맥케이브의 죽음을 보느니 차라리 스트로크와 결혼하는 게 낫다고 생각했다.

가장 최근에 묘역으로 들어온 그녀의 어머니는 브랜디를 제외한 그 누구보다 더 오래 살았다.

다음은 허치 매든의 분홍색 묘석이 있었다. 그는 어떤 사람이었을까?

거울은 그녀에게 미래 세계를 보여주었다. 그것은 잔인한 장난이었다.

'난 정말이지 알고 싶지 않았어.'

무덤들 위로 로키 산맥이 어른거렸다. 브랜디는 눈물 사이로 그 산들을 바라보았다.

"스트로크 씨한테는 무슨 일이 생겼나요?"

돌아가면서 그녀가 레이첼에게 물었다.

"스트로크 씨?"

레이첼이 멍하게 되뇌었다.

"도라 K 할머니의 아들 말이니? 네가 그 사람을 알고 있는지 몰랐는데. 그 분은 도라 K 할머니와 함께 묻혔어. 어머니가 아버지와 결혼하기 전에 그분과 결혼했었지……. 하지만 어머니는 일 년 후쯤 미망인이 되었어."

레이첼이 오빠들과 조용히 이야기를 나눌 때 마렉이 브랜디를 한쪽으로 데려갔다.

"이거 봤어? ≪카메라≫의 지역 역사란에서 읽은 기억이
나는군."

그가 허치 매든의 묘지에서 풀길을 건너면 바로 찾을 수 있
는 또 하나의 분홍색 묘석을 가리켰다.

톰 혼을 추억하며
1861-1903

톰 혼. 브랜디가 알고 있는 또 하나의 이름이었다.

"무법자들을 죽인다는 사람?"

"이제 더 이상은 아니지."

브랜디는 웨딩거울 앞에 섰다. 샤이의 눈은 브랜디가 사랑
하는 사람들의 묘지 앞에서 흘린 눈물로 인해 퉁퉁 부어 있었
다. 엘튼은 자신의 성을 이어갈 만큼도 살지 못했다. 그녀는 콜
롬비아 공동묘지에서 자랑스러운 맥케이브 가문의 최후를 목
격했다.

"이만하면 충분하지 않아?"

그녀가 거울에게 말했다.

"난 이미 교훈을 얻었어."

그녀는 돌아가서 스트로크 씨와 결혼할 것이다. 그가 오래
살지 못한다는 것을 알고 있다 해도.

"더 이상은 보여주지 마."

하지만 이 모든 것을 알고 어떻게 그녀가 돌아갈 수 있을까?

그것은 그녀의 낮과 밤을 쫓아다니며 괴롭힐 것이다.

'하지만 어떻게 여기에 머물 수 있겠어? 여기에 살기에 난한없이 약한 존재야. 그 모든 유혹과 맞설 수 없어.'

브랜디는 거의 잠을 이루지 못했다. 그녀의 머릿속은 어느 틈에 마렉 와이어로 가득 찼다.

마렉은 키 작은 사람들에게나 맞을 듯한 긴 골동품 의자에 앉아 불편하게 몸을 뒤틀었다.

"두 분께 뭔가를 숨길 생각은 없습니다. 어젯밤 샤이의 입을 열려고 해봤는데, 통 말을 않더군요."

레이첼이 방 안을 서성거렸다.

"마렉, 우리는 이 문제를 계속 얘기해봤어요. 그런데 아무런 결론이 나지 않았어요. 우리는 당신이 우리보다는 좀 더 참신한 의견을 내놓을 수 있을 거라고 생각했어요."

"사실 말도 안 되는 생각이 머리를 스치긴 합니다. 지독히도 참신한 생각이죠. 하지만 저만큼이나 두 분도 그걸 믿지 않을 것 같아요."

"한번 말해보게."

제리가 한 방울도 줄어들지 않은 스카치를 들여다보며 말했다.

"이상하게 들리시겠지만 샤이는 완전히 다른 사람처럼 보입니다. 제가 보기에는 다른 사람과 육신이 완전히 뒤바뀐 게 확실해요."

"지금 샤이는 어디 있지?"

제리가 어깨너머로 아치형 통로를 바라보며 말했다.

"마지막으로 봤을 땐 2층에서 거울에게 얘기하고 있었어요."

"그건 그렇게 미친 짓이 아니야, 레이첼. 나도 거울에게 얘기한 적이 있다고."

제리가 날카롭게 말했다.

"당신도 그러잖아."

"말을 연습할 때만 그렇죠. 그리고 마렉, 그 생각은 그렇게 참신하지 않군요."

"아직 드릴 말씀이 남았습니다. 이중인격이나 다중인격에 대해 들어보셨죠? 같은 몸에 한 사람 이상이 살면서 교대로 나타나는 겁니다. 저는 샤이의 눈 속에서 낯선 사람을 느꼈습니다."

제리가 유리잔 너머로 마렉을 쳐다보았고, 레이첼은 서성임을 멈추었다. 그들도 똑같은 것을 느꼈던 것이다.

"그런데 이 이론에서 한 가지 석연치 않은 점은, 적어도 제가 아는 바로는, 그런 증상이 정서불안의 이력이 있는 사람에게 나타난다는 겁니다. 그러니까 문자 그대로 하룻밤 사이에 정상인에게 나타나는 건……."

"샤이는 수두도 앓았고, 연쇄상 구균도 앓았고, 감기에, 독감에, 팔도 부러지고, 치아를 교정하기도 했어요."

레이첼이 말했다.

"하지만 미운 네 살 때랑 반항적인 사춘기 때를 제외하곤 정신적으로 이상한 점은 전혀 없었어요. 난 아동교육에 관한 책은 다 읽었고, 늘 딸을 지켜봤죠."

"귀신이 보인다고는 했었지."

제리가 눈을 굴리며 말했다.

"내 말은 멀쩡한 사람도 그럴 수 있다는 얘기야. 어쩌면 샤이는 귀신 들린 건지도 모르지."

"그리고 게일은 일주일 동안 돌아오지 않죠."

레이첼이 유리문이 달린 캐비닛을 열어 파란 유리병을 꺼냈다가 다시 넣었다.

"일단 샤이를 진정시킨 다음 게일이 돌아오는 대로 전화합시다. 샤이는 늘 게일을 좋아했으니까."

제리가 말했다.

"그럼, 우리 세 사람은 그애를 주시하는 게 좋겠어요."

레이첼이 마렉에게 의미심장한 눈길을 건넸다.

그는 그들이 3자 계획에 자신을 포함시킨 게 의외라고 생각했다. 그는 그들이 딸의 결혼을 달가워하지 않는다는 걸 알았다. 그들은 샤이에게 집착하면서도, 그것을 인정하지 않으려 했다. 마치 세상에 어떤 남자도 자신들이 창조한 보물을 가질 자격이 없다는 듯.

그의 병든 어머니는 막내아들이 마침내 정착을 한다는 소식에 기뻐했다. 루이스 와이어는 어떤 남자도 아내 없이 살 수 없다고 믿는 여자였다. 마렉의 맏형은 지금 세 번째 부인과 살고 있었고, 둘째 형은 첫 번째 결혼을 끝내기 직전이었다. 그러나 루이스는 그 사실을 몰랐다. 그녀가 바라는 것은 죽기 전에 막내아들이 안전하게 정착하는 모습을 보는 것뿐이었다.

마렉은 고작 3개월 만난 샤이에게 청혼한 것이 무의식 중에 어머니를 의식한 행동은 아닐까 의심했다.

그는 샤이를 포르셰 옆자리에 태우고 달리면서 그 생각을 곱씹어 보았다.

"NCAR에 잠깐 들러야 할 것 같아. 그러고 나서 영화 한 편보는 것도 괜찮을 것 같은데. 요새 보고 싶어 했던 거 있었잖아."

"그래요, 그게 좋겠어요."

그녀는 커브 길을 돌 때마다 손마디가 새하얘지도록 시트를 쥐었다 놓고, 다른 차 뒤에서 브레이크를 밟을 때마다 마치 날아오는 주먹을 피하려는 듯 두 손을 번쩍 올려서 얼굴을 막았다. 그리고 그가 액셀러레이터를 밟을 때마다 날카롭게 숨을 들이마셨다.

마렉은 그 이상한 표정들의 향연을 보느라 하마터면 빨간 신호등을 보고도 계속 달릴 뻔했다. 즐거움, 신기함, 당황스러움. 그녀는 마치 이국적인 휴양지를 관광하는 사람처럼 이리저리 두리번거렸다. 그녀가 평생 살아온 이곳에서.

그는 그녀의 얼굴에서 의혹과 두려움과 유혹적인 표정을 동시에 읽어냈다. 표정의 변화는 계속됐다. 샤이의 얼굴을 읽을 수 있게 된 것은 새로운 경험이었다. 전에 그녀는 자신의 감정을 드러내지 않았고, 세련된 따분함이나 방어적인 무표정함으로 일관했다. 사실 그런 표정은 이 도시의 어디에서나 볼 수 있었고, 마렉 자신도 비슷한 표정을 짓고 있다는 걸 알았다.

이제 그녀의 표정은 거의 아이 같았다. 그러나 동시에 성숙한 여자가 그 커다란 호박색 눈 속에 있었다. 그 여자는 샤이가렛이 아니었다.

마렉은 샤이의 모습을 한 다른 여자 때문에 흔들렸고 묘한 호기심을 느꼈다. 그녀는 한순간 깜짝 놀란 표정을 지었다가 더없이 순결한 표정으로 그를 바라보다가, 다음 순간 맹목적인 열정과 비슷해 보이는 무언가를 내비쳤다.

이 모든 현상을 도저히 이해할 수는 없었지만, 그럴수록 이

중인격 이론은 더욱 그럴싸해졌다. 귀신 들렸다는 주장보다는 그쪽이 더 믿기 편했다.

"국립대기연구센터."

그녀는 수십 번이나 봤던 간판의 문구를 어리둥절한 표정으로 읽었다.

나란히 늘어선 건물들을 지나 NCAR로 이어지는 커브 길을 올라갈 때, 그는 그린벨트 지역에서 풀을 뜯고 있는 어미 사슴과 새끼 사슴을 손가락으로 가리켰다.

하지만 샤이는 그저 한 번 쳐다볼 뿐이었다. 처음에 샤이는 그런 광경을 볼 때마다 차를 세우게 하고는 한 시간이나 그 모습을 지켜보곤 했었다. 하지만 이제 그녀는 아주 익숙한 것들을 바라보듯 그 모습에서 고개를 돌렸다.

'이건 네 분야가 아니야, 와이어. 컴퓨터에 입력해서 계산할 수 있는 게 아니란 말이야. 그냥 정신과 의사에게 맡겨.'

그는 메사(주변은 급사면을 이루고 꼭대기는 평평한 탁상형 대지 — 옮긴이) 꼭대기 주차장에 차를 댔다. 샤이는 입을 벌리고 콘크리트 고층 건물들을 멍하니 바라보았다.

"전에 이 건물 본 적 없지?"

그는 목이 칼칼해졌다.

"네, 없어요."

그녀는 건물에서 눈을 떼지 못했다.

그녀는 겨우 나흘 전에 그를 만나러 이곳에 왔었다.

마렉은 차에서 내려 그녀의 차문을 열어주었다.

"나랑 같이 들어가는 게 좋겠어."

그가 보도로 이끌자 그녀가 머뭇거렸다. 그가 그녀의 팔을 잡자 그녀의 몸이 가늘게 떨렸다. 그는 초현대적인 건물을 올려다보았다. 소나무의 푸른색, 불그레한 분홍빛 바위와 조화를 이루는 분홍색 입방체의 고층 건물들. 마치 네모진 눈처럼 보이는 청록색 창문들과 중간에 코처럼 끼어 있는 작은 발코니들. 물론 인상적이었지만, 놀랄 정도는 아니었다.

샤이는 유리문 앞에서 주저했지만, 곧 마렉을 따라 로비로 들어갔다. 약혼자의 변화 때문에, 마렉은 갑자기 그곳의 무미건조한 분위기를 새삼 의식하게 되었다. 인조대리석 바닥 위를 울리는 그들의 발자국 소리만이 정적을 깨고 있었다.

"와이어 박사님."

허리 높이의 칸막이 뒤에서 수위가 인사했다.

샤이는 텔레비전 모니터를 뚫어져라 쳐다보았다.

"안녕하세요, 해리."

마렉은 출입대장에 서명하고 그녀를 데리고 엘리베이터로 갔다.

"샤이, 당신은 이곳뿐 아니라 나도 잘 몰라, 그렇지?"

엘리베이터 문이 닫힐 때 그가 물었다.

엘리베이터가 지하로 내려가자 그녀는 바닥과 벽을 쳐다보며 그의 팔을 꼭 잡았다.

"당신은 악마가 틀림없어요."

엘리베이터가 섰을 때, 그녀는 너무도 놀란 나머지 그의 몸에 달라붙었다.

"그렇다면 왜 오늘 저녁 나와 함께 나왔지?"

"당신의 신기한 자동차가 날 유혹했어요."

그러고는 자신의 자세를 갑자기 의식한 듯 얼굴을 붉히며 몸을 뒤로 뺐다.

"필요한 것 이상으로 많은 것을 알고 싶어 하는 바보 같은 호기심 때문이기도 해요. 난 호기심 때문에 죽을 거예요."

과장되게 느린 말투, 옛날식 어법……

'자동차와 엘리베이터 타는 법도 잊어버린 것 같군.'

마렉은 기억상실증일까 생각하다 곧 그 생각을 접었다. 그녀의 행동에는 일관성이 있었다. 미친 사람은 그렇지 않다.

"이곳은 냄새가 없네요. 모든 장소에는 냄새가 있기 마련인데."

복도를 걸어가면서 그녀가 속삭였다.

"무슨 냄새를 기대한 거야? 유황냄새?"

그가 그녀의 겁먹은 듯한 눈을 들여다보았다.

"샤이, 당신한테 무슨 일이 일어나고 있는 건지 모르겠지만, 겁주려는 건 아니었어. 이곳은 그냥 내가 일하는 곳이야. 이곳은 지옥이 아니고, 난 악마가 아니야."

그는 프로그램 상태를 확인하기 위해 컴퓨터실 밖에 있는 모니터를 점검했다.

"긴장 풀어, 제발. 두려워할 건 아무것도 없으니까."

그러나 컴퓨터실 안의 다양한 기기들과 그것들이 내는 다양한 속도와 높낮이의 소리들, 냉방장치의 지속적인 소음은 그의 말을 무색하게 만들었다. 그는 카드 뭉치와 출력기 선반에 나와 있는 인쇄물을 들고, 샤이를 그곳에서 데리고 나왔다.

엘리베이터 안에서 그는 자신이 개발하고 있는 폭우 수치 모델을 훑어보다가 자신이 여기서도 갈피를 못 잡고 있음을 깨달았다.

"잠깐 내 자리에 갖다 와야겠어."

그러고 나서 자기도 모르게 혼잣말을 했다.

"프로그래머가 멍청한 짓을 했거나, 아니면……"

마렉은 시스템의 오류에 너무 신경을 쓴 나머지, 복도에서 걸어오고 있는 마틴과 부딪쳤다.

"샤이, 마틴 블랙 기억하지?"

마렉은 몸을 숙여 마틴의 손에서 떨어진 책을 집으면서 말했다.

'아니, 기억 못해요.'

"안녕하세요."

샤이가 격식을 갖추어 대답했다.

"할머님 일은 참 안 됐어요, 샤이. 결혼식 연기도요. 너무 오래 기다리지 마세요. 이 방황하는 청춘을 꽉 붙들고 나면 세상은 훨씬 안전해질 겁니다."

마틴이 웃으며 그녀의 어깨를 톡톡 치고는 엘리베이터 속으로 사라졌다.

마렉이 복도 끝에서 문을 열었을 때, 샤이는 밖으로 나가는 것을 주저했다.

"당신을 난간 너머로 집어 던지지 않겠다고 약속하지."

"여긴 이상한 성 같아요."

그녀가 그의 방 안으로 통하는 좁은 야외 통로를 걸어가면서 말했다.

"음, 벌써 지하감옥을 구경했으니, 더 이상 나쁠 게 없잖아?"

마렉은 컴퓨터 카드와 인쇄용지를 책상에 내려놓았다. 샤이가 창가로 걸어갔다.

이제 겨우 땅거미가 지기 시작했지만, 저녁에 자동으로 켜지는 조명 때문에 거리들은 휘황찬란했다.

"불이 참 많아요……."

"에너지 위기라는 것도 다 과장인가 봐. 그렇지?"

"이 도시가 이렇게 크게 성장할 줄 몰랐어요."

"그래…… 어…… 샤이, 이거 한번만 빨리 훑어볼게."

책상에 앉아서 그는 인쇄된 종이를 꼼꼼히 검토했다. 그녀가 방 안을 돌아다니다가 칠판에 뭔가를 쓰는 소리가 들릴 때까지.

마렉이 눈을 들었을 때 그녀는 책장에서 책 제목들을 살펴보고 있었다. 그는 다시 암호화된 수치들로 돌아갔지만, 곧 다시 고개를 들었다.

"당신은 악마가 분명해요."

샤이가 벽에 걸린 뇌운과 번개의 사진을 가리켰다.

"당신이 폭우를 만들어서, 그래서 거울이…… 아니에요. 바보 같은 생각이죠."

그녀는 두 손으로 얼굴을 가렸다. 은발 한 가닥이 청교도적으로 틀어 올린 머리뭉치에서 흘러내렸다.

"내가 악마라면 폭우나 거울을 만들어낼 수 있겠지. 하지만 난 아니야. 난 그런 것들을 만드는 게 아니라, 그냥 연구하는 거라고."

마렉의 머리는 샤이가 정서불안이며, 정신이상 증세를 보인다고 속삭였지만 그의 마음은 그것을 인정하고 싶지 않았다.

"샤이, 나는 낮에는 대기연구원이고, 밤에는 방황하는 독신남이야. 당신 부모님들 눈에 난 딸을 빼앗아가려는 괴물이지."

그는 일어서서 그녀를 잡으려 했지만, 그녀가 몸을 피했다.

"당신에게 나는 결혼상대자라고 생각했는데, 갑자기 악마가 되어버렸어. 지금 나는 내가 누군지 잘 모르겠어."

'그리고 당신이 누군지도.'

그때 그는 칠판의 낮은 쪽 한 귀퉁이에 분필로 갈겨쓴 문장을 발견했다.

'나는 브랜디예요.'

그것은 샤이의 글씨체가 아니었다.

"브랜디가 누구……."

"우리가 오늘 아침에 묻은 사람이요."

그의 약혼녀가 대답했다.

그 목소리에 담겨 있는 무언가가 그를 전율케 했다.

마렉은 영화가 끝날 때까지 스크린에서 눈을 한시도 떼지 않고 뻣뻣한 자세로 앉아 있는 샤이를 지켜보았다.

'마치 영화를 처음 보는 사람 같군.'

"영화 어땠어?"

차로 걸어가면서 그가 물었다.

"그건……무척 흥미로운 연극이었어요. 하지만 너무 차가워요. 그 불쌍한 사람들에게 그런 끔찍한 일들이 일어나다니!"

그녀가 그를 올려다봤다. 가로등이 그녀의 젖은 뺨을 비추었다.

"그들에게는 연민도 없고…… 희망도 없어요."

마렉은 영화를 볼 때 현란한 기술과 순간적인 느낌들 외에 아무것도 기대하지 않았다. 그는 그런 방식을 즐겼다. 그러나 만약 이것이 그의 생애 첫 영화라면, 그는 과연 어떤 말을 할 것인가.

"그 소녀 말인데요."

샤이가 조심스럽게 말했다.

"정말로 자기 뱃속에 있는 아기를 죽인 건가요?"

"그래. 하지만 그런 일이 실제로 일어난 건 아니야, 샤이. 연극에서 그런 일이 일어나지 않는 것과 마찬가지야. 그건 그냥 이야기일 뿐⋯⋯."

마렉이 말을 멈추었다. 과연 다 자란 성인에게 이런 것까지 설명할 필요가 있는지 의아해 하면서.

"낙태는 오히려 현실에서 행해지고 있지."

"그렇군요."

마렉은 샤이가 좋아하는 맥도날드로 그녀를 데려갔다. 그들은 영화를 본 후에, 패스트푸드를 좋아하는 샤이의 취향에 대해 농담하며 그곳에 가곤 했었다.

그러나 오늘 밤 그녀는 고기 패티가 덜 익었고, 빵은 설구워졌고, 감자튀김은 너무 짜다고 말했다. 그리고 자기 콜라에 알코올이 들었는지 물었다.

마렉은 과연 그녀와 결혼식을 올리는 게 가능한지 의아해졌다. 샤이에게 일어난 변화는 너무도 심각해 보였다. 그녀의 부모가 전문적인 도움을 구하지 않고 게일 박사가 돌아올 때까지 기다리는 게 과연 현명할까?

그는 예전의 샤이에게 그랬던 것처럼 그녀를 자신의 집으로 데려가고 싶은 강렬한 충동을 느꼈다. 하지만 그녀의 혼란을 이용할 수는 없었다.

그녀는 절반 정도 남은 음식을 옆으로 밀쳐둔 채 그의 눈을
똑바로 쳐다보았다. 그 눈빛은 마렉 안에 있는 무언가를 자극
했다. 마렉이 지금까지 자신에게 있다고 깨닫지 못했던 무언
가를.

6

브랜디는 샤이의 부모와 아침 식탁에 앉아 있었다. 식료품 저장실에서 옷을 빠는 놀라운 기계가 윙윙 소리를 내며 돌아 갔다. 조리대에서는 전기 커피메이커가 부글거리는 소리를 냈다. 그리고 간밤에 거울과 씨름을 벌인 브랜디의 머릿속에서는 북소리가 울렸다.

그때 브랜디 맥케이브는 교회 종소리를 들었다.

"여긴…… 일요일이에요?"

"여기뿐 아니라 어디든 일요일이지, 샤이."

제리가 신문을 보다가 눈을 들었다.

"교회에 가고 싶어요."

브랜디가 중얼거렸다.

"교회?"

레이첼이 입으로 가져가던 숟가락을 조심스럽게 내려놓았다.

"무슨 교회 말이니?"

"장로교회죠, 물론."

"물론?"

레이첼이 남편과 눈빛을 교환했다.

"제가…… 그러니까 할머니가 교회에 다니지 않으셨나요?"

"장모님이? 아무 교회에도 안 나가셨지 않아, 레이첼?"

"안 다니셨죠. 소피 할머니는 나를 장로교회에 데려가시곤 했어요. 네덜란드에 살 땐 도라 K 할머니를 따라 주일학교에 가곤 했고요. 하지만 엄마와 함께 간 적은 없어요."

"그럼 저도 소피 할머니의 교회에 다니고 싶어요."

어머니의 이름을 부르는 것만으로도 남에게서 빌린 눈에 눈물이 핑 돌았다.

"그래도 되죠?"

"그래, 내 새끼, 울지 마라. 제리, 신문을 찾아봐줄래요? 예배 시간이 나와 있을 거예요."

"당신이 데려가야겠어. 난 당신 오빠들이랑 골프 약속이 있거든."

그는 방에서 나갔다가 다른 신문을 들고 들어왔다.

"루터 교회는 어때? 네가 열세 살 때 잠깐 동안 우리를 끌고 다녔던 곳이잖아."

그들은 서둘러 아침 식사를 마쳤다. 그녀의 정신상태를 의심하고 있음에도 불구하고 그들은 딸을 기쁘게 해주기 위해 너무도 애를 쓰고 있었다. 레이첼은 아무 말 없이 옷 고르는 것을 도와주었고, 서둘러 그녀를 차고로 데려갔다. 그런데 브랜디가 마차 차고로 알고 있었던 그곳엔 이제 시멘트 바닥과 큰 자동차 한 대가 간신히 들어갈 공간밖에 남아 있지 않았다.

그녀는 보울더 개천에 이르러서야 그들이 달리는 큰 대로가 자신이 알고 있던 워터 스트리트라는 것을 깨달았다. 이제 철로와 판자촌과 창녀촌, 도박장은 없어졌다. 그렇게 아름다운 일요일 아침에 그런 혐오스러운 것들이 사라진 것을 보면서, 브랜디는 하나님이 결국 보울더를 저버리지 않았는지도 모른다고 생각했다. 그녀는 마음속에서 샘솟는 구원을 느꼈고 사악한 와이어를 마음에서 몰아내기로 결심했다.

그녀가 알고 있던 보울더의 모습 중 아직까지 남아 있는 것은 진저브레드 하우스뿐인 듯했다. 그리고 장례식장.

튼튼하게 지어진 건물들이 불과 1세기도 못 되어 그렇게 사라지다니 참으로 이상했다.

이제 제일장로교회는 예전보다 훨씬 더 큰 건물의 한 귀퉁이를 차지하고 있었다. 건물 입구의 오른쪽에 본당으로 통하는 문이 있었고, 브랜디는 그 안이 그녀가 기억하는 모습과 비슷하다는 것에 안도했다. 하지만 일요일 아침인데도 그곳은 텅 비어 있었다. 그녀는 깜짝 놀라 레이첼을 쳐다보았다.

"교회에 오신 모양이로군요."

그들처럼 다리를 드러낸 늙수그레한 여인이 다가왔다.

"이곳은 이제 부속예배당이랍니다. 참, 아름답죠? 새 교회는 이쪽이에요. 서두르는 게 좋겠어요. 곧 예배가 시작될 거예요."

그녀는 그들을 대형 강당으로 이끌었다. 그곳은 사람들로 가득했다. 그들은 앞좌석에 앉아야 했다.

친구들의 소곤거림은 없었다. 아기들의 울음소리도 없었다. 기침이나 헛기침 소리도 거의 들리지 않았다. 그저 한 남자가 부드럽게 피아노를 치는 소리만 들렸다. 브랜디는 샤이의 어깨 너머로 그렇게 많은 사람들이 그렇게 조용히 모여 있는 것을 보고 감탄했다. 그들은 그녀에게뿐 아니라 서로에게도 낯선 이들인 것처럼 보였다. 그녀가 본 젊은이는 두 명뿐이었다.

단순하고 꾸밈없는 대형 나무 십자가가 앞 벽에 붙어 있었다. 그 아래쪽에 조금 높이 솟은 연단이 있고, 그 옆에 성단소가 있었다. 그녀는 제단을 발견하고 당혹감을 느꼈다. 거기에는 길고 좁은 테이블 하나와 의자 몇 개, 그리고 성서대만 있을 뿐이었다.

성가대는 멍하니 무표정하게 앉아 있었다.

차가운 흰색 벽과 우아하지 못한 날카로운 모서리들이 그녀가 악마의 성이라고 부르는 마렉의 NCAR을 생각나게 했다.

한 남자가 성서대에 올라 새 오르간을 구입하기 위해 돈을 모아야 한다고 말했다. 그러나 모금할 액수는 어마어마했다.

성가대가 노래했다. 목사는 정해진 순서에 따라 노래하고, 말하고, 대답하도록 신도들을 이끌었고, 그녀는 그 빠른 속도에 도저히 맞출 수가 없었다. 그의 긴 설교는 더더욱 이해하기 힘들었지만, 그녀는 목사가 성경에서 잘 알려지지 않은 부분을 상세하게 설명하고 있으며, 인류는 오직 성서에 숨겨진 진리를 풀기 위한 열쇠를 찾음으로써 생존할 수 있다는 얘기일 것이라고 추측했다. 그는 아직 하나님이 존재한다고 역설했다.

만일 하나님이 이곳에 존재한다 해도, 그분은 브랜디에게 말을 걸지 않았다. 그러나 신도들은 넋을 잃고 목사의 말을 들었다. 옆 자리에 앉아 있는 젊은 남자는 열심히 필기를 했다. 브랜디는 그가 얼마나 열렬한 신도인지 느낄 수 있었다. 샤이의 세계에는 어디에도 느긋함이란 없는 걸까?

그녀는 윌슨 목사님의 감동적인 말씀과 소피와 엘튼이 함께 했던 그 따스했던 교회가 몹시 그리웠다. 존 맥케이브는 상당히 많은 재산을 교회에 헌납했지만, 예배에는 별로 참석하지 않았다.

그녀의 옆에서 레이첼 가렛이 어색해하며 하품을 참느라 애쓰고 있었다.

예배가 끝나자, 사람들은 목사의 지시에 따라 옆 자리의 사람들과 악수를 했다. 그 열성적인 젊은이가 축축한 손으로 그녀의 손을 덥석 잡으며 그녀를 말똥말똥 쳐다보았다.

월요일 아침 레이첼은 '마감'이라는 것 때문에 일을 해야 한다고 선언하며, 샤이에게 서재 근처에서 시간을 보내라고 일러주었다.

그녀는 브랜디를 지하실로 데려갔다. 그곳에는 석탄 깡통, 과일과 야채, 커다란 화로 대신 작은 방들이 있었다. 그녀는 그 중에서 푹신푹신한 양탄자, 깊은 소파와 의자, 벽을 따라 늘어선 책장들이 있는 방으로 브랜디를 데려갔다. 한쪽 끝에는 마렉의 악마의 성에서 본 것과 비슷한, 앞면이 유리로 된 반들반들한 상자 같은 게 놓여 있었다. 회색 유리 옆의 길쭉한 판에는 'Zenith Solid State Chromacolor II'(1970년대 미국에서 인기 있었던 컬러텔레비전 브랜드 — 옮긴이)라고 인쇄되어 있었고, 이 의미 없는 단어들 밑에는 두 개의 직사각형 버튼이 있었다. 하나는 '화면 조정'이라는 표시가, 다른 하나에는 '전원'이라는 표시가 붙어 있었다.

'전원'이 켜지지 않아서, 그녀는 버튼을 주먹으로 쳤다. 그러자 그 상자가 말을 하기 시작했다. 그녀는 깜짝 놀라 뒷걸음질 쳤다. 그리고 곧 그녀는 그것이 말뿐 아니라 다른 것도 한다는 것을 알게 되었다. 유리 위에 색깔 있는 점들이 번득이는가 싶

었는데 순식간에 길 위를 달리고 있는 날씬한 여자의 모습이
나타났다.

"다이얼 비누, 써보실래요?"

상자가 물었다.

브랜디는 소파로 돌아가 털썩 주저앉았다.

달리던 여자가 사라지더니 음악이 흘러나왔고, 많은 여자들
이 열을 이루어 높은 의자 위에 앉아 있는 큰 방의 모습이 나타
났다. 한 여자가 그들 앞에 있는 연단 위에 앉아 있었다.

머리가 하얗게 센 젊은 남자 한 명이 의자들 사이를 걷다가
한쪽 끝에 까만 줄이 달린 막대기 같은 것을 꺼냈다. 한 여자가
일어서서 막대기에 입을 가까이 대고, 연단 위의 여자에게 질
문했다.

그들의 이야기는 사랑과 섹스, 자극, 간통, 전희, 절정, 자위,
성관계, 오르가슴, 그리고 사랑을 나누는 동안 남자들이 얼마
나 우둔한지에 대한 주제를 넘나들었다. 이야기를 하는 내내
사람들은 계속 '아시다시피'를 연발했다.

그녀는 자신이 '결합'에 대한 공개적인 논의를 목격하고 있
는 게 아닌가 하는 죄의식 어린 의혹을 품으며 소파 쿠션 속으
로 깊숙이 파고들었다. 샤이의 얼굴이 뜨거워졌다. 브랜디의
호기심은 이미 그녀를 곤경 속으로 빠뜨리고 있었다.

그러나 여자들이 '아시다시피'라고 말할 때마다, 브랜디는
소리치고 싶었다.

"아니, 난 모른다구!"

그녀는 선반에 꽂힌 책들의 책등을 꼼꼼히 살펴서 사전 한
권을 찾아냈다. 정확한 철자를 몰랐기 때문에 '자위'라는 단어

453

를 찾기 위해 시간이 좀 걸렸다. 그리고 그것은 '성기'라는 단어로 이어졌다. 그녀는 그것이 언젠가 건강 관련 책에서 읽은 적 있는 자학 행위를 뜻한다고 결론 내렸다. 그 책은 그러한 행위가 정신이상과 알 수 없는 여성 질환을 초래한다고 경고했었다.

그 다음에는 게임 쇼들이 이어졌다. 사람들이 깡충깡충 뛰어다니며 비명을 지르고 볼이 화끈거릴 정도로 바보같이 행동했다.

그리고 그 영상들은 물건들을 광고하는 짧은 연극에 의해 자꾸만 중단됐다. 그 짧은 연극 속 여자들은 샤이처럼 호리호리했고, 바닥과 오븐, 창문 닦기를 무척 강조했다. 마치 변기와 유리의 얼룩을 닦아내고 윤내는 것에 목숨이라도 건 것처럼.

그러나 브랜디는 그때까지도 레이첼이 먼지 쌓인 양탄자를 털어내는 것을 거의 보지 못했다.

어쨌든 덕분에 그녀는 그날 저녁을 먹고 난 후 식기세척기를 사용하고 세탁기에 가루비누를 넣을 수 있었다.

그리고 그녀는 다시 지하실로 내려와 그림 상자를 보았다.

다시 계단을 올라갈 때쯤엔, 눈이 욱신거렸고 몸이 축 늘어졌다. 그리고 거울에게 사정하느라 진이 다 빠져서, 그녀는 쓰러지듯 침대에 누웠지만 악몽 때문에 자꾸만 잠을 깼다.

그러나 레이첼이 일하는 일주일 내내, 그 그림 상자는 그녀의 관심을 독차지했다.

"최소한 샤이가 방황하며 나돌아다니지는 않게 됐군."

그녀는 제리가 아내에게 말하는 소리를 우연히 엿들었다.

어느 날 아침, 진저브레드 하우스의 청결을 유지해줄 한 쌍의 젊은 남녀가 찾아왔다. 그들은 웃고, 다투고, 욕설을 하며, 위층과 아래층을 청소했다. 집 안에 온통 먼지가 날아다녔다. 시끄러운 금속 기계가 양탄자에서 먼지를 빨아냈다.

사라라는 이름의 여자는 한쪽 귓불에 귀걸이를 세 개나 달고 있었다. 크리스라는 남자는 두꺼운 안경에 흐리멍덩해 보이는 눈을 가졌지만 움직임만큼은 민첩했다. 떠나기 전에 그는 레이첼에게 종이 뭉치를 건넸다.

"크리스, 난 시에 대해서는 전혀 모른다고 말했잖아요. 조그만 잡지사들 말고는 어디서 판로를 찾아야 할지 모르겠어요. 요즘은 너도 나도 글을 쓰지만, 그걸 사는 사람은 없으니."

"작은 잡지사들은 거저먹으려는 족속들이에요. 그냥 지금처럼 평생 집 청소나 하며 사는 게 낫겠네요."

"그럼 사람들이 읽고 싶어 하는 걸 써 봐요."

"사람들이 왜 당신이 쓴 쓰레기를 읽고 싶어 하는지 모르겠어요."

"읽어본 적 있어요?"

"그건 아동용이고 시적이지도 않아요. 그런 게 누구한테 필요하겠어요?"

그는 종이 뭉치와 그녀가 내민 돈을 움켜쥐고 문을 쾅 닫고 나갔다.

"신경 쓰지 마세요."

사라가 눈을 굴리며 말했다. 그녀의 덥수룩한 머리 끝부분이 부스스하게 풀려 있었다.

"크리스는 시집도 사보지 않아요."

레이첼은 게일 샘슨의 진찰실 책상 앞에 앉아 있었다.

"어때요?"

"글쎄, 할 말이 없군요. 샤이가 얘기를 안 하려고 해요."

게일이 다시 파이프에 불을 붙였다.

"샤이는 아주 정중했지만, 내가 그애의 대답을 유도할 때마다, 주제넘다는 듯 쳐다보며 입을 꾹 닫아버렸어요."

"샤이는 당신을 오랫동안 알아왔잖아요?"

"그런데 나를 처음 보는 것처럼 행동하더군요."

"기억상실인가요?"

"기억상실은 샤워하는 법이나 제모법 같은 걸 잊어버리는 게 아니에요, 레이첼. 모든 것을 처음부터 다시 시작하는 게 좋겠어요."

그녀는 자기 어머니가 죽던 날 밤부터 지금까지 목격했던 샤이의 모든 이상한 행동이나 반응, 말들을 기억하려 했다. 한두 가지가 아니었다.

"……그리고 친구들이 전화를 걸어도, 샤이는 피하려고만 해요. 원래 운전하는 걸 좋아했는데, 이젠 그것도 하지 않으려해요. 전에는 TV를 좋아하지 않았는데, 요즘은 온종일 켜놓고 있어서 돌아버릴 지경이에요. 이제 더 이상 스테레오는 사용하지도 않아요. 자기 약혼자에 대한 태도도 변했어요. 설명할 순 없지만…… 뭐랄까, 사춘기 소녀의 설렘처럼. 그나마 이제는 자기가 할머니라는 얘기는 하지 않죠. 하지만 게일, 성격이 완전히 변해버렸어요. 마치 모든 일상을 처음 경험하는 것처럼. 그애는 TV 광고를 보고 제대로 머리감는 법과 다리털 깎는 법을 배웠다고 자랑했어요."

게일은 꺼진 파이프를 빼고는 메모장에 뭔가를 끼적거렸다.

마침내 그는 인상을 찌푸리며 눈을 들었다.

"그런데 왜 내 머릿속에 계속 '문화쇼크'라는 용어가 떠오르는지 모르겠군요."

"하지만 그애가 태어나면서부터 경험한 문화인데요."

"압니다. 샤이에게는 온갖 증상들이 나타나고 있지만, 인식할 수 있는 패턴이 없어요. 연구 논문을 쓰고 싶군요. 지금 샤이가 누구한테 진찰 받고 있나요?"

"제프 하펜바흐요. 이런…… 이런 일이 시작된 후부터 내내 샤이를 검사했지만, 아무것도 발견하지 못했어요. 하지만 시간이 없어서 전체 신체검사 일정을 잡을 수가 없었어요."

"다음 주에 다시 한 번 샤이를 보고 싶군요. 나한테 계속 상황을 알려주고, 계속 샤이를 주시하도록 해요. 이게 뭔지 말할 순 없지만……."

그가 책상에서 손을 뻗어 레이첼과 악수했다.

"하나는 말할 수 있어요. 이건 정상과는 거리가 멀어요."

7

TV라고 불리는 상자가 브랜디의 삶을 지배하게 되었다. 그녀는 그것을 통해 끔찍한 향수를 잊어버리려고 애썼다.

제리는 산책이나 드라이브를 나가자고 그녀를 구슬렸다. 그녀는 자신을 내버려두라고 부탁했지만, 그의 얼굴에 떠오르는 고통의 흔적을 보고 곧 양심의 가책을 느꼈다.

마렉은 어머니가 위독하여 와이오밍으로 떠났다.

레이첼과 그녀의 남편은 다투기 시작했고, 브랜디는 더욱더 움츠러들었다.

웨딩거울은 샤이 가렛의 모습 외에 아무것도 보여주지 않았다. 이따금 샘슨 박사를 만나러 가는 것 말고는 아무런 사건 없이 그렇게 몇 주가 흘렀다. 그녀는 자신에게 의사가 필요 없으며 그 남자는 짜증만 나게 할 뿐이라고 샤이의 부모에게 말하고 싶었지만 공연히 불쾌감을 일으키느니 차라리 가만히 앉아서 침묵하는 편이 낫겠다는 결론에 도달했다. TV는 그녀에게 그 의사가 몸을 치료하는 의사가 아니라 정신을 치료하는 의사라는 것을 가르쳐주었다. 그녀는 그가 자신의 개인적인 생각을 좌지우지하려 한다고 생각했고, 그것에 무척 분개했다.

마렉은 어머니의 죽음 때문에 우울한 모습으로 돌아왔고, 곧 그로버에 있는 관측소라는 곳으로 떠났다.

어느 날, 브랜디는 오후 내내 TV를 보다가 깜빡 잠이 들었다. 그리고 그날 밤 밤새 뒤척이며 가족과 자신이 떠나온 조용하고 안온한 세상을 그리워하며 흐느꼈다.

TV에 나오는 이야기들은 항상 똑같았다. 사람들만 바뀔 뿐 그들은 매번 똑같은 짓을 했고, 늘 똑같이 끝을 맺었다.

브랜디는 샤이의 침대에서 긴 낮잠을 잤다. 한번은 천둥소리에 깨어, 혹시 거울이 마술을 부려 집으로 돌려보내주지 않을까 기대하며 서둘러 그곳으로 달려갔다. 그러나 폭풍은 제대로 시작하기도 전에 사라졌고, 거울은 아무 반응이 없었다.

무기력한 권태가 계속되는 가운데 여러 날들이 흘렀다. 레이첼의 눈은 언제나 충혈돼 있었고, 제리는 갈수록 조용해지고 생각이 많아졌다. 브랜디는 어떻게 그들을 안심시켜야 할지 몰랐다. 마렉은 그로버에서 종종 그녀에게 전화를 걸었다. 그녀는 할 말이 별로 없었지만, 그의 목소리는 듣고 싶었다.

레이첼은 그녀를 태우고 또다시 하펜바흐 박사에게 갔다. 그는 몸에 관심이 많았다. 지나치게 많았다. 브랜디가 그 끔찍한 검사에 협조하지 않으면, 기골이 장대한 간호사가 힘으로 위협했다.

잔뜩 골이 난 브랜디는 돌아오는 길에 레이첼과 아무 말도 나누지 않았다. 어떻게 사랑하는 사람이 그런 수치스러운 일을 겪게 그냥 놔둘 수 있단 말인가? 아프지도 않은데 말이다. 브랜디는 자신의 딸이 될 그 여인에게 더 이상의 연민을 느낄 수 없었다.

다음날 저녁을 먹은 뒤, 브랜디는 자기 손녀의 침대에 누워 마렉 마이어를 생각했다. 그녀는 자신이 이 세계에 너무 오래 머문 나머지 결국 샤이의 약혼자를 사랑하게 되는 건 아닌지 걱정스러웠다. 혹시 그것도 거울이 꾸며놓은 계략이 아닐까? 정말 그렇다면 그보다 더한 짓이 또 있을까?

마치 대답이라도 하듯, 복도에서 은밀한 발소리가 났다. 그녀는 앞이 보일 정도로만 가늘게 눈을 떴다.

레이첼이 몇 초 동안 문가에 서 있더니, 조용히 문을 닫았다. 브랜디는 만일 그 문에 열쇠구멍이 있었다면 레이첼이 그곳을 통해 자신을 지켜봤을 거라고 생각했다.

불안해진 브랜디는 침대에서 빠져나와 복도로 나갔다. 레이첼이 계단을 끝까지 내려갈 때까지, 그녀는 자신과 오래 전에 죽은 허치 매든의 결혼사진 옆에 서 있었다. 그리고 현관 복도가 비었음을 확인할 수 있을 만큼만 계단을 내려갔다.

"괜찮아요, 지고 있어요. 그게 요새 샤이가 하는 유일한 일이죠. 자는 거요."

레이첼이 응접실에서 말했다.

"걱정돼요, 게일. 아무래도 상태가 점점 나빠지는 것 같아요. 하지만 제리는 내 말을 들으려 하지 않죠."

"제기랄, 도대체 내가 뭘 하길 원해? 하나뿐인 딸을 정신병원에 넣어야겠어?"

"이봐, 샤이를 도우려면 자네가 먼저 진정해야 해."

샘슨 박사의 목소리였다.

브랜디는 벽에 몸을 바짝 붙였다. 엿듣는 건 치사한 짓이었지만, 샤이의 몸에 관한 것이라면 자신의 문제이기도 했다.

"더 복잡한 상황이 있네."

샘슨 박사가 말했다.

"내가 이 문제를 하펜바흐 박사와 의논해봤는데……."

"신체적으로도 문제가 있나요?"

"레이첼, 당신 딸은 아주 건강해요. 그런데 임신을 했어요. 2개월쯤 됐다는군요."

브랜디는 비명이 터져 나오는 것을 간신히 억눌렀다.

'세상에 맙소사!'

"와이어! 그 자식을 죽여버리겠어. 이런 상태를 이용해서 그 애에게……."

"제리, 샤이는 이런 변화가 일어나기 전에 임신한 걸세. 만일 결혼식이 예정대로 진행되었다면……."

"확실해요?"

레이첼은 충격으로 인해 목이 멘 듯했다.

"절대로요?"

"틀림없어요. 미안해요."

"하지만 샤이는 피임약을 써요. 며칠 전에 담요를 꺼낼 때 옷장 선반에서 봤는걸요."

"피임약을 복용해도 임신한 여자들이 많아요. 대부분 규칙적으로 복용하는 걸 잊어서 그렇게 되는 거죠. 이제 문제는 샤이가 아기를 낳을 것인가 하는 겁니다."

"이런…… 변화가 일시적이라고 생각하세요?"

레이첼이 물었다.

"아니요. 그러기에는 너무 전면적인 변화예요."

"하지만 샤이가 이렇게…… 불안한 상태로 아이를 낳을 수 있을까요? 결혼도 마찬가지고요."

"그 자식하고 결혼하게 놔두지 않겠어. 만일……."

제리는 말을 잇지 못했다.

"오, 맙소사. 어떻게 해야 하지?"

"샤이의 정신 상태는 좀처럼 좋아지지 않고 있네."

샘슨 박사가 말했다.

"날마다 움츠러들고 있어. 솔직히 난 24시간 전문적인 치료를 권하고 싶네."

"시설 말인가? 정신병원 말이야? 그런 곳이 어떤 곳인지 알고 하는 소리야? 자네는 내 딸이 죄수처럼 취급받고 변태 잡역부에게 강간 당하는 꼴을 보고 싶나?"

"제리, 자네 너무 흥분하는군. 정신질환자들을 위한 좋은 전문병원들이 많이 있어. 자네도 알잖아. 자네와 레이첼은 샤이를 위해 가장 좋은 환경을 제공할 여력이 있어. 자네가 그런 시시한 얘기들을 믿다니 좀 놀랐네. 자네 그런 병원에 가본 적이……."

"있네. 그런 곳에서 퇴원한 의뢰인이 한 명 있었지. 정말 끔찍했네."

"그럼 아기는 어떻게 하죠?"

레이첼이 끈질기게 물었다.

"내가 볼 때 두 가지 대안이 있어요. 하나는 아이를 낳아서 입양시키는 것이고, 또 하나는…… 아직 초기니까…… 어떤 상황에서는 의료적 낙태가 적절할 수 있어요."

샤이의 등이 벽을 타고 미끄러져 내렸다. 정신병원, 낙태, 강간…… 이 세계의 사악함은 끝이 없었다. 그녀는 샤이의 배를 바라보았다.

"난 낙태를 찬성한 적이 없어요."

레이첼이 말했다.

"하지만 이런 상황에서 샤이가 임신을 하고 아기를 낳아야 한다면… 제리, 그애에게 아이를 낳게 할 수는 없어요."

레이첼이 아주 작은 목소리로 속삭였다.

초인종 소리가 들렸다. 브랜디가 기억하고 있던 소리와 비슷했지만 좀 더 가늘었다. 이제 그 소리는 경고음처럼 들렸다.

브랜디는 찬장 옆에 바짝 몸을 붙였다. 한쪽 눈으로는 레이첼이 문을 여는 것을 주시하면서.

마렉 와이어가 들어왔다. 브랜디는 이런 상황에서도 샤이의 몸이 그의 편안한 미소에 반응하는 것을 느꼈다. 응접실에서 어떤 대화가 벌어지고 있었는지 전혀 모르는 미소.

존 맥케이브라면 이 끔찍한 밤에 그를 쏴 죽였을 것이다.

"음…… 마렉, 지금은 때가 좋지 않아서……."

레이첼이 작게 속삭였다.

그때 제리가 벼락같이 복도로 뛰어나갔다.

"이 개자식! 우리 딸을 임신시키다니."

"제리, 제발."

레이첼이 그들 사이에 끼어들었다.

"좀 도와주세요!"

그 말에 정신과 의사가 거실에서 달려 나왔다.

제리가 야만스럽게 레이첼을 밀치는 바람에, 그녀가 바닥으로 쓰러졌다. 그는 주먹으로 마렉의 얼굴을 갈겼다. 그때 샤이의 머릿속에서도 같은 소리가 울렸고, 이상한 오싹함이 피부를 훑었다. 브랜디는 숨을 길게 들이쉬었다.

마렉은 외투걸이에 부딪치며 쓰러졌고, 외투걸이가 그의 위로 넘어졌다. 샘슨 박사는 뒤에서 샤이의 아버지를 붙들었다. 샤이의 어머니는 팔꿈치로 일어나 몸을 지탱하고 있었다. 샤이의 약혼자는 외투 더미에 깔린 채 누워 있었다.

누구도 그녀의 존재를 알아차리지 못했고, 누구도 그녀를 보고 있지 않았다. 브랜디는 샤이의 몸을 일으켜 세워서, 계단을 돌아 부엌으로 들어갔다가 뒷문으로 나갔다.

'어디로 가야 하지? 해리엇 고모도 없는데.'

하지만 샤이의 몸은 이미 차고 옆 대문을 통과하고 있었다. 마치 그것이 자신의 의지인 양. 그 몸은 그림자를 찾아 이 골목 저 골목을 질주했다.

'난 브랜디예요, 하나님 도와주세요! 난 남자와 함께 누워본 적도 없어요.'

낮은 으르렁 소리. 잠시 뒤 들리는 소름끼치는 개짓는 소리. 그녀의 옆에 있는 단단한 판자 울타리 너머에서 어떤 묵직한 것이 울타리를 쿵쿵 박기 시작했다. 브랜디는 포장길을 미친 듯이 질주했다.

개들은 상상할 수 있는 모든 소리로 짖으며 그녀에게 경고를 보냈다. 집 안에서. 울타리 뒤에서. 그녀가 맞은편 골목을 향해 질주하며 가로등 켜진 거리를 건널 때, 앞에서 또 다른 경고의 소리가 그녀를 기다리고 있었다. 그녀는 어두운 그림자 웅덩이 속으로 샤이의 발목을 집어넣었다.

땀에서 공포의 냄새가 올라오기 시작했다. 축축한 그것이 그녀의 옷으로 스며들었다. 골목은 컴컴한 터널과 같았다. 가로등만이 그녀의 발길을 인도했다. 그러나 갑자기 터널과 불빛이 흔들리기 시작하더니, 한쪽 끝으로 기울어졌다가 다른 쪽으로 기울어졌다. 마치 바다에 떠 있는 커다란 배 위에서 달리고 있는 것처럼.

샤이의 몸은 군더더기 없이 유연했지만 강하지 못했다. 지칠 대로 지치자 다리가 저리고, 허파가 타들어가고, 귀에서 망치 소리가 났다. 그때 근처에서 또다시 개짖는 소리가 들렸다.

귀를 빳빳하게 세운 육중한 짐승이 울타리를 뛰어넘어 달려들었다. 그 녀석이 으르렁거리며 앞길을 막았지만, 그녀가 멈추지 않자 충돌을 피해 그녀의 옆에서 뛰다가 방향을 돌려 다시 돌진했다. 브랜디는 어떤 건물 모서리에 몸을 살짝 부딪쳤고 다시 동물과 충돌했다. 놈은 난폭하게 허공을 물어뜯으며 침을 질질 흘렸지만, 그녀를 해치지는 않았다.

브랜디는 놈이 무서웠지만, 샤이의 몸을 통제할 수가 없었다. 그녀는 옆에서 달리는 개와 함께 정처 없이 광란의 질주를 계속했다.

어딘가에서 자동차 소음이 들렸지만 자동차는 한 대도 보이지 않았다. 그녀는 보도에서 자신을 향해 걸어오는 남자를 봤지만, 그가 자신을 봤는지는 알 수 없었다. 사람들은 전부 어디로 간 거지?

그 개는 그녀가 쓰러지기를 기다리는 것일까? 놈은 마음만 먹으면 말도 끌 수 있을 만큼 컸다.

몸이 고통스럽고 걸음이 느려졌지만, 샤이의 몸은 질주를 멈추지 않았다.

불이 환히 켜진 구역. 샤이의 헐떡거리는 숨소리 너머로 들리는 자동차 소리. 희미하게 차도가 보였다. 개는 빵빵 소리와 끽끽 소리에 겁을 먹고 주춤했다.

그녀가 차도 중앙의 불쑥 솟은 부분에 도달했을 때, 쿵 소리와 그 짐승의 날카로운 깽깽 소리가 울려 퍼졌다. 그러나 손녀딸의 몸은 그녀를 계속 끌고 갔다. 자동차 바퀴들이 날카로운 소리를 내며, 개의 절규 소리를 묻어버렸다.

'왜 멈추지 않는 거지? 이러다가는 우리 둘 다 죽을 거야.'

그녀는 차와 충돌하기 전에 건너편의 안전한 곳에 도달했다.

위협하는 짐승이 없어졌는데도 그들—브랜디와 샤이—은 계속 달렸다. 이제는 거의 터벅터벅 걷는 수준에 가까웠지만. 어두워진 거리와 상점들. 울타리가 앞길을 막아섰다. 그들은 기운이 빠진 나머지 기어오르기를 포기했다. 그들은 발길을 돌려 북쪽으로 향했다.

'이제 난 정말 미친 게 분명해.'

그들은 도시 변두리에 있는 자갈이 깔린 도로에 도달했다. 느린 걸음이 보통 걸음으로 바뀌었다.

"우리가 지금 네 아기한테 무슨 짓을 하고 있는 거지, 샤이?"

그러나 뱃속의 아기와 그 몸을 기다리고 있는 운명은 그들의 발걸음을 계속 재촉했다.

자동차 불빛이 그들을 사정없이 공격하자, 샤이와 브랜디는 도로 옆의 야적장에 쭈그리고 앉았다. 그러다 지친 나머지 그만 잠들어버렸지만, 몸이 뻐근하고 쑤셔서 곧 다시 깨어났다. 밤이 더욱 깊어져 있었다.

그들이 대로를 건너자 또다시 울타리가 앞길을 막아섰다. 그들은 외진 곳의 야적장을 따라 걷다가, 어떤 자동차가 다가 올 때 그만 풀밭 위로 쓰러져버렸다.

머릿속이 어질어질하고 속이 뒤집혔다. 그러나 브랜디는 그들이 아주 멀리까지 왔으며 아직 잡히지 않았다는 것을 깨달았다.

'무슨 방법이 있을 거야, 샤이. 함께 생각해내면 돼. 어쩌면 결국 신은 우리 편일지도.'

그녀의 앞에 조금 전까지 없던 구름이 갑자기 나타났다. 처음에는 키가 큰 풀밭에서 날아오른 각다귀 떼들이라고 생각했다. 그러나 그것은 곧 그들을 에워쌌고, 바닥이 없는 심연 속으로 그들을 끌어내렸다.

추락이 멈추었다. 브랜디는 현기증과 메스꺼움을 느끼며 몸을 일으켰다.

천둥이 아우성쳤고, 땅이 진동했다.

그녀가 눈을 떴을 때 빗물로 얼룩진 창유리 너머에서 번개가 번쩍였다. 그리고 다시 암흑이 찾아왔다. 바닥을 더듬거리자 딱딱한 나무판자들이 만져졌다. 판자 사이에 갈라진 틈들이 있고, 조금 더 손을 뻗으니 곡선형의 차가운 금속이 만져졌다. 그것은 마치… 웨딩거울!

진저브레드 하우스였다. 푹신한 양탄자 대신 단단한 나무 마룻바닥이 있는.

집에 돌아왔다! 그녀는 혀로 이 틈새를 훑었다. 어금니가 있어야 할 부분이 텅 비어 있었다.

'난 브랜디야. 하나님, 감사합니다. 저는 스트로크 씨와 결혼하겠습니다. 아니, 무슨 짓이라도 하겠습니다. 그리고 저는 그

세계의 모든 것을 잊겠습니다. 마렉 마이어도……'

외투걸이에 부딪쳤을 때 그가 크게 다치지 않았을까? 아니면 혹시 죽은 것은 아닐까?

깜빡거리는 불빛이 어둠을 몰아냈다.

"브랜디. 촛불을 가져왔다. 불이…… 맙소사. 또 기절했던 거니?"

촛불 그림자가 사랑하는 그 얼굴을 은은하게 밝혀주었다.

"어머니, 어머니를 다시 보고 다시 목소리를 듣게 되어 기뻐요…… 너무 오랜만이에요."

소피가 무릎을 꿇고 그녀의 이마에 손을 댔다.

"저녁 식사 때도 봤는데 뭘 그래. 이리와, 옷 벗겨 줄게. 너 또 코르셋을 벗었구나."

그녀의 목소리는 레이첼의 그것보다 훨씬 온화했다.

브랜디는 손으로 입을 가린 채 간신히 속삭였다.

"어머니, 아무래도 양동이가 필요할 것 같아요."

"얼른 가져오마."

그녀의 어머니는 촛불을 들고 나갔다가, 간신히 때를 맞추어 돌아왔다.

소피는 브랜디가 양동이 안쪽에 얼굴을 처박고 있을 동안 계속해서 그녀를 붙잡아주었다. 그리고 브랜디가 잠옷 입는 것을 도와준 뒤 그녀를 침대 속으로 밀어 넣었다.

"머리는 나중에 땋아줄게. 지금은 쉬어라. 내가 양동이를 비워 올 테니까, 그때까지 구역질을 좀 참아봐."

소피 맥케이브는 그녀를 보고도 별로 기쁜 기색이 없었다.

저녁 식사 때도 봤다고? 그녀가 가버린 뒤 시간이 정지한 것일까?

자신의 침대는 샤이의 것보다 딱딱했다. 브랜디는 뜨거운
물로 샤워하고 싶었고, 샤이의 세계에 있던 향긋한 물비누로
머리를 감고 싶었고, 민트 향 치약으로 이 끔찍한 냄새를 닦아
내고 싶었다.

그녀는 방의 익숙한 물건들을 하나하나 살펴보았다. 브랜디
는 어머니가 책상에 두고 간 양초의 희미한 불빛으로도, 웨딩거
울 꼭대기에서부터 들쭉날쭉 나 있던 금이 없어진 것을 볼 수
있었다.

소피가 양동이를 가지고 돌아와 침대 옆에 내려놨다.

"어머니, 집에 오니까 너무 좋아요."

"그…… 그래."

소피의 눈에 냉혹한 의심이 서렸다. 브랜디는 레이첼 가렛
을 떠올렸다.

"브랜디, 아무래도 잭슨 박사님을 불러야겠다. 아버지 장례
식 이후로 네가 너무 지친 것 같아. 그리고 오늘 밤도 그렇고."

"장례식이요?"

그러나 그녀의 어머니는 그 말을 끝으로 나가버렸다. 그때
브랜디에게 콜롬비아 공동묘지에 있던 존 맥케이브의 비석이
보였다. 옆에 있는 엘튼의 비석도. 시간이 정지한 게 아니었다.

아버지는 벌써 세상을 떠났고, 몇 년 후면 오빠도……

미래를 알고 있다는 건 너무 끔찍했다.

빗물이 거세게 창문을 때렸다. 촛불이 웨딩거울 속에서 춤
추고 있었다. 이 폭우가 그녀를 자신의 세계로 돌아오게 한 것
일까? 아니면 그저 우연에 불과한 것일까? 운명의 장난과 날

씨의 변덕이 그녀의 운명을 지배하고 있는 것일까? 어떤 이성적인 힘도 그녀의 운명을 어쩌지 못하는 것일까? 심지어 신조차도?

촛불 옆에 금박 글씨가 인쇄된 초록색 책이 놓여 있었다. 그녀가 떠났을 때는 없던 책이었다.

그녀는 침대에서 빠져나와 책상 의자에 앉았다. 그때 현기증이 그녀를 덮쳤다.

겉장에 '일기'라고 적혀 있었다. 친구들과 달리 그녀는 일기를 쓴 적이 없었다. 그녀가 떠나 있는 동안 누군가 이 방을 사용한 것일까?

그러면 안 된다는 것을 알았지만, 그녀는 일기장을 열었다. 그 속에 있는 글씨는 악필인데다 낯설었다.

친애하는 브랜디, 내가 떠난 후 곧바로 당신이 돌아오면 좋겠어요. 어디 있는지 모르겠지만 당신이 없는 동안 무슨 일이 일어났는지 당신이 알아야 할 것 같아요.

브랜디가 눈을 들었다.

'샤이였어. 내가 샤이로 사는 동안, 내 손녀가 나로 살았던 거야.'

소피가 그녀의 출현에 놀라지 않은 것도 당연했다.

일기를 계속 읽으면서, 브랜디는 그녀가 이미 코빈 스트로크의 부인이 되어 있음을 알게 되었다. 그리고 그와 딱 한 번 '섹스'를 했으며, 그래서 아마 임신은 하지 않았으리라는 것. 도라 K는 정말로 '괜찮은 여자'이며, 브랜디가 그녀에게 잘해주면 좋겠다는 당부. 그녀가 지금 진저브레드 하우스에 있는 이유는 존 맥케이브의 장례식 때문인 것으로 보였다.

그분은 나를 당신으로 알고 제 품에 안겨 돌아가셨어요. 그리고 제가 당신 대신 그분을 용서했어요. 제가 잘한 것이기를 바라요. 그분은 우리를 코빈과 결혼하게 한 걸 무척 미안해하셨어요. 그분의 마지막 말은 '조수아'였어요.

일기는 거기에서 끝났다. 브랜디의 눈에 눈물이 차올랐다.
'아버지…… 저도 당신을 용서해요.'
브랜디는 침대로 돌아갔지만, 곧 양동이를 혼자서 사용해야만 했다. 가엾은 샤이. 그녀는 자신이 야적장에 쓰러져 있는 것을 발견할 것이다. 아마 자신이 마렉의 아이를 가졌다는 것도 모를 것이다. 그녀의 부모가 그 아기를 죽이고 그녀를 미친 사람들이 가득한 수용소에 가두려 한다는 것도.
브랜디는 졸면서 웨딩거울에 대한 꿈을 꾸었다. 그녀는 그것을 파괴해야겠다고 결심했다. 거울은 사람들을 불행하게 만들었다. 브랜디는 증오에 찬 눈으로 거울을 응시했다.
창밖에서 번개가 번쩍하자 촛불이 희미해졌다. 그 뒤로 천둥이 따라왔고, 거울이 윙윙거렸다. 유리 안쪽에서 안개구름이 스멀스멀 피어올랐다.
브랜디는 담요를 뒤집어썼지만, 안개는 담요를 통과해 그녀를 끌어내렸다.

8

안개 사이로 목소리가 들렸다.

"셰이크. 셰이크. 셰이크. 셰이크 유어 부디즈."

"안 돼. 제발……."

"그만. 다 잘될 거야. 여기 그릇이 있어."

가까이에서 남자의 목소리가 들렸다.

차가운 뭔가가 그녀의 턱 밑으로 미끄러졌고, 때마침 그녀가 눈을 떠 둥그런 그릇에 대고 위장 속의 모든 것을 개워냈다.

브랜디는 부엌 한구석에 놓인 침대 위에 누워 있었다. 노신사는 개수대에서 움푹한 그릇을 헹구었다.

테이블 위에서 라디오 상자가 노래하고 있었다.

침대 발치에서 고양이 한 마리가 새끼들을 돌보고 있었다.

브랜디는 샤이의 얼굴을 벽 쪽으로 돌리고 눈물이 고인 눈을 꼭 감았다.

'엘튼과 얘기도 못했는데.'

그녀는 이 몸이 야적장에서 어떻게 여기로 오게 되었는지 알고 싶지 않았다. 오직 진짜 집에서 다시 멀어졌다는 사실만이 중요했다.

"오늘 저녁 스무 살의 샤이 가렛이 펄 스트리트 7번가에 있는 자택에서 실종됐습니다."

라디오 상자가 말했다.

"이 젊은 여성은 현재 의료적, 정신적 치료가 시급한 상황입니다. 그녀는 신장 167센티미터에 체중은 약 54킬로그램으로, 갈색 눈과 은발을 하고 있으며 노란 셔츠와 청바지, 테니스화를 착용하고 있을 것으로 추정됩니다. 그녀가 마지막으로 목격된 것은 메이플톤 28번가를 건너면서 연쇄 추돌 사고를 일으켰을 때입니다. 이 사고에서 큰 부상자는 보고 되지 않았습니다. 가렛 양을 목격하신 분은 보울더 경찰서 또는 444-1008로 전화주시기 바랍니다. 가렛 양의 실종에 어떤 범죄가 개입되었을 거라는 의혹은 없습니다."

노신사는 라디오 상자를 끄고 침대 옆에 섰다.

"우리가 아는 사람 얘기인 것 같군, 그렇지?"

"난 상관없어요. 그들이 아기를 죽인다 해도… 이제는 아무 것도 상관없어요."

눈물이 넘쳐서 그녀의 뺨을 타고 흘러내렸다.

"난 이 세상이 싫어요."

"그런데 아기라니…… 이 아기들 말인가?"

그가 새끼 고양이 두 마리를 들어올렸고, 그러자 어미 고양이가 경고의 울음소리를 냈다.

"아니요, 이 아기요."

브랜디가 한 손을 손녀딸의 배에 갖다 댔다.

"그들은 나를 정신병원에 집어넣을 거예요."

"괜찮아, 스티나."

그가 어른 고양이를 쓰다듬더니 새끼 고양이들을 제자리에 놓았다.

"그들이 죽일 거라는 아기는 그럼 아직 태어나지 않았겠구면?"

"7개월 동안은 그럴 거예요."

"아기가 태어나면 누군가가 그 아기를 죽인다는 얘긴가?"

"아니요. 지금 죽이려고 해요. 내가 미쳤다고 생각하기 때문에요. 사람들은 그걸 낙태라고 부르더군요."

"미쳤다. 음. 우리도 가끔 그런 말을 듣지, 안 그래 스티나?"

그는 침대 가장자리에 앉았다. 그는 툭 튀어나온 두 눈으로 천장과 벽을 두리번거리며, 입술을 오므렸다.

"어젯밤 스티나가 쥐를 잡으려고 새끼들을 헛간에 두고 나갔지. 그 후에 무슨 일이 일어났는지 아나?"

그는 광기어린 눈으로 주변을 훑어보았다. 브랜디는 누운 채 뒤로 물러나며 베개에 머리를 밀착시켰다.

그가 그녀를 향해 몸을 기울였다.

"커다란……."

그가 팔을 양쪽으로 펼쳤다

"털이 덥수룩한 늙은 수고양이가……."

그 대목에서 그가 손뼉을 쳤다. 브랜디는 놀라서 몸을 움찔했다.

"살금살금 들어와서……."

그는 덥수룩한 하얀 눈썹을 치켜올렸다

"스티나의 새끼들을 다 먹어치운 거야."

그와 동시에 노신사가 벌떡 일어섰고, 그 바람에 침대가 출렁거렸다.

"오늘 아침 절반쯤 남은 고양이 시체를 발견했지."

그녀는 자신도 모르게 절망으로 동요했다.

"하지만 새끼들은 여기 있어…… 이렇게 스티나와 함께."

그가 팔을 다시 한 번 들어올려 휘저었다. 소매가 흐물흐물해진 근육을 타고 미끄러져 내려갔다. 그의 손은 갈색이었지만, 팔은 하얬다.

"스티나는 온종일 울었지. 헛간에서, 집에서, 마당에서. 녀석의 비참함을 느낄 수 있었어."

그는 손을 가슴으로 가져갔다.

"샤이 가렛, 난 스티나의 깊은 슬픔을 느꼈고, 그래서 스티나와 함께 울었어."

브랜디가 일어나 앉았다. 그 노인과 고양이가 함께 우는 모습이 보이는 듯했다.

"하지만 이것 봐, 새끼 고양이들이 여기 있어. 그리고!"

그 소리에 스티나조차 벌떡 일어섰고, 고양이들이 항의하듯 야옹거렸다.

"한 은빛 머리의 아름다운 아가씨가 이것들과 함께 앞마당에 쓰러져 있었지."

그는 더러운 자루 하나를 내보이며 그녀의 얼굴 앞에 대고 흔들었다.

"이 안에 뭐가 있었는지 아나?"

브랜디는 몸을 움츠렸다. 그가 혹시 그 자루로 그녀의 목을 조르려는 게 아닌지 두려워하면서.

"새끼 고양이였어. 다섯 마리의 새끼 고양이!"

그가 스티나를 새끼들 옆에 눌러 앉힌 뒤, 다시 침대에 주저 앉았다.

"아가씨는 이걸 어떻게 생각하나?"

"어어…… 그게…….."

브랜디가 눈을 깜박거렸다.

"그 아름다운 아가씨와 그 기쁨의 보따리가 온 이후로 스티 나는 울지 않았어. 하지만 이제 보니 그 아가씨가 눈물을 흘리 고 있구먼."

"제가 그 아가씨인가요?"

"그리고 그때 난 라디오에서 경찰과 가족들이 그 아가씨를 찾고 있다는 걸 들었지. 이제 내가 어떻게 해야 하지?"

"아마 저를 그 사람들에게 데려가시겠죠. 그러면 저는…….."

"내 생각에 아가씨는 스티나를 위해 보내진 사람 같아."

그는 계속 질문했지만, 그녀의 대답에는 관심이 없는 것 같 았다.

"그래서, 난 사람들이 아가씨를 찾게 놔둘 수 없어. 아무튼 스티나는 스웨덴 고양이야."

브랜디는 그의 논리를 이해할 수 없었지만 자신도 모르게 고 개를 끄덕였다.

"우선 다시 토하지 않을 만한 걸 뱃속에 집어 넣어야지. 뭐 가 있을까?"

"차?"

"세븐업!"

그는 레이첼의 집에 있는 것처럼 네모반듯한 것이 아니라 모서리가 둥그스름한 아이스박스에서 초록색 병을 꺼내 투명한 거품이 이는 액체를 잔에 부었다.

"이걸 마셔. 난 우리 손녀딸이 입던 옷 중 아가씨가 입고 잘 만한 게 있나 찾아볼 테니."

그 거품이 마른입을 적셔주고 혀에 남아 있는 구토 잔여물을 씻어냈다. 브랜디는 그 노신사가 정말로 자신을 도와줄 생각인지, 자신이 이 몸을 떠나고 샤이가 돌아왔을 때도 안전하게 그녀를 보살펴줄 수 있을지 궁금했다.

"누더기 같지만 그래도 깨끗해 보이는 게 있더군."

그 노인이 헐렁한 면 옷을 가져와서 말했다.

"감사합니다. 그런데 뭐라고 불러야 할지……."

"세인트 존이야."

"세인트 존이요?"

브랜디가 신문 더미와 더러운 그릇들, 푹 꺼진 소파들로 정신없이 어질러진 방을 둘러보았다. 이곳은 은신처일지는 모르지만 확실히 천국은 아니었다.

"안셀 세인트 존."

그가 고양이를 쓰다듬었다.

"그리고 이 녀석은 스티나 마르크. 알다시피, 스웨덴 종자들은 모성이 대단해."

스티나 마르크는 몸을 동그랗게 말아서 잠자는 새끼들을 감싼 채 만족스러운 소리로 가르랑거렸다.

마렉 와이어는 플라스틱 주머니에서 물을 따라내고 얼음 조각을 더 넣었다. 그는 멍든 얼굴에 얼음주머니를 대고 소파에 누워 있었다. 하지만 의사가 머리 뒤쪽을 두 바늘 정도 꿰매놓은 터라 그 자세를 오래 유지할 수 없었다.

"이런, 제길."

마렉은 벽난로 옆 바에서 마티니를 만들고 담배 파이프를 채웠다. 의사가 겁을 줘서 담배를 끊었지만 마음이 몹시 심란할 때는 또다시 피워 물었다. 성냥을 켤 때 머리가 욱신거렸다.

그는 자신이 좋아하는 의자에 앉아 얼음주머니를 부어오른 눈에 댔다. 나머지 한쪽 눈으로 문밖 테라스를 응시했지만, 보이는 것은 창에 비친 어리둥절한 금갈색 눈동자뿐이었다.

왜 그녀를 찾을 수 없는 것일까? 그가 진저브레드 하우스로 들어갔을 때, 계단 발치의 찬장 옆에 누군가가 숨어 있는 듯한 인상을 어렴풋이 받았었다. 무릎이나 머리 같은 게 보였는지는 기억나지 않았다. 그러나 그가 그 존재를 제대로 의식할 겨를도 없이, 격노한 제리의 주먹이 얼굴로 날아들었다. 그가 올라갔을 때 샤이는 사라지고 없었다.

혼자서 달아난 것이다. 자신의 아기를 임신한 채. 그 아기가 자신의 아기가 아니라고 의심할 이유는 없었다. 새로운 샤이의 절박한 모습을 생각하니 가슴이 찢어지는 듯했다.

경찰은 샤이가 28번가를 뛰어서 건너는 것을 목격했다고 했다. 마렉의 집은 30번 도로에 있었다. 그는 주변을 찾아보다가 포기했다.

그녀가 이곳에 오려고 마음 먹었다면 얼마든지 올 수 있었을 것이다. 그는 테라스 커튼과 문을 열어놓았다. 그녀를 유인하기 위해, 그리고 그녀를 환영하기 위해.

샤이는 피임약을 사용하고 있다고 그를 안심시켰었다. 그런데 어떻게 임신이 된 거지? 만일 아기가 태어나면 어떤 모습일까?

돌아와, 샤이. 이곳은 안전해. 내가 당신을 샘슨 의사의 손
아귀에서 벗어나게 해줄게. 필요하면 당신 부모나 경찰과 싸
워서라도.

안셀 세인트 존은 오트밀 죽을 먹으며 테이블에 앉아 있었
다. 그의 틀니가 라디오 상자와 찻주전자 사이에 놓여 있었다.
브랜디는 샤이의 미친 세계에서 미치지 않은 사람은 자신뿐이
라고 결론 내렸다.

그녀는 부엌 옆에 있는 욕실에서 샤이의 몸을 씻은 뒤, 아릿
한 차와 토스트 한 조각을 간신히 목구멍으로 넘겼다.

샤이의 온몸 구석구석에서 통증과 함께 열이 났다. 브랜디
는 그것이 아기 때문인지, 아니면 간밤에 벌인 소모적인 탈출
때문인지, 아니면 거울이 몸을 바꿔치기 할 때 몸이 끔찍하게
뒤틀린 탓인지 알 수 없었다. 그녀는 그 거울이 그들을 다시,
그리고 곧 바꿔치기하기만 바랄 뿐이었다.

그녀는 어머니를 한 번 더 보고 싶었고, 죽기 전에 엘튼을
보고 싶었다. 자신이 이해할 수 있는 세계의 평화로움 속으로
되돌아갈 수만 있다면, 그녀는 스트로크 씨에게 자신의 의무
를 다할 것이다.

점심시간이 되었을 때, 세인트 존은 라디오에서 샤이 가렛
을 찾는 데 실패했다는 소식을 들었다. 그는 숟가락으로 수란
을 떠서 그녀에게 먹였다. 스티나 마르크와 입양된 새끼들은
바닥에 헝겊을 깐 종이 상자 안에 있었다.

브랜디는 시간이 어떻게 흘러가는지 알 수 없었다.

존 맥케이브가 펄 스트리트로 마차를 몰고 있었고, 그녀가 아버지를 부르며 그 뒤를 따라 달리고 있었다. 그가 고개를 돌려 그녀를 쳐다보았지만, 그녀를 알아보지는 못했다.

"아버지?"

"난 아버지가 아니야."

안셀 세인트 존이 그녀를 침대에서 일으켜 앉히고 숟가락을 그녀의 입에 갖다 댔다.

"여기 맛좋은 수프를 좀 먹어봐. 웬만하면 다 먹도록 해."

그녀의 어머니와 엘튼이 셔토쿠어 공원 앞에서 소풍 도시락을 들고 노면 전차에서 내렸다.

브랜디가 그들을 따라갔다.

"어머니, 엘튼, 나 집에 왔어."

"저게 누구지? 조수아는 어디 있는 거냐?"

"누군지 몰라요, 어머니. 하지만 조수아는 장티푸스로 죽었잖아요. 아마 저 여자도 그 병에 걸린 것 같아요."

"장티푸스라고? 하지만 난 장티푸스가……."

"아니, 장티푸스가 아니야."

안셀 세인트 존이 다시 그녀 앞에 나타났다.

"아마 그날 밤 하루 종일 뛰어다녀서 병이 난 걸 거야. 아가씨는 젊어. 이겨낼 거야. 자, 이거 마시지."

안개구름이 거울 유리 안쪽에서 넘실거리고, 천둥이 바닥을 뒤흔들고, 번개가 번쩍하며 청동 거울 틀의 손가락들을 비추고. 서로 엉킨 손들이 꿈틀거리다가 팔을 벌리고 그녀에게 다가왔다. 뿌연 안개 속에서 마렉 와이어의 얼굴이 나타났다. 짙은 곱슬머리와 그림자로 반쯤 가려진 뚜렷한 이목구비가.

9

브랜디는 수탉의 울음소리에 눈을 떴다. 그리고 왜 그 평범한 소리가 자신을 그토록 행복하게 만드는지 생각했다. 그것은 일어나야 할 시간임을 뜻했다. 그리고 노라를 도와 아침 식사를 준비하고, 화덕에 불을 지필 석탄을 가져오고 암탉들을 풀어놓고…….

날카로운 발톱을 가진 털이 복슬복슬한 것이 그녀의 목을 따라 움직이며, 그녀의 뺨을 살짝살짝 건드렸다. 눈을 뜨고 있었음에도 불구하고, 브랜디는 깜짝 놀라 헐떡거리며 일어나 앉았다.

침대 위에 꿈틀거리는 새끼고양이들이 우글거렸다. 한 놈은 그녀의 무릎 위에 누워 있다가 그녀가 일어날 때 무릎에서 떨어져나갔다. 또 한 놈은 앞발로 그녀의 발을 감싸고 깨물려고 하고 있었다. 또다른 한 놈은 웅크리고 앉아 침대보를 적시고 있었다. 모두 다섯 마리였다.

'오, 그래. 스티나 마르크.'

눈물이 핑 돌아 코와 눈이 따끔거렸다. 왜 꿈은 현실이 될 수 없는 걸까?

세인트 존이 코를 골며 소파 위에서 뒤척이고 있었다.

고양이 냄새와 구토 냄새가 방 전체에 배어 있었다.

샤이의 몸은 기운이 없었고, 배가 고팠고, 지저분했다.

브랜디는 침대에서 굴러 떨어지려는 고양이 한 마리를 붙잡아서 그 녀석과 형제들을 상자에 넣어 바닥에 내려놓았다.

그녀는 욕조에 뜨거운 물을 틀어놓고 샤이의 몸을 박박 씻었다.

"샤이 가렛, 일어났구먼. 기분이 좀 나아졌나?"

안셀 세인트 존이 문 밖에서 소리쳤다.

"네, 제 옷 좀 찾아주시겠어요?"

아침 식탁에서 브랜디는 달걀 세 개와 토스트와 차를 먹어 치웠다.

"정말 친절하시군요, 세인트 존 씨. 어떻게 감사를 드려야 할지."

"어떻게 할지 내가 일러주지. 그 우유를 다 마셔."

"전 우유를 안 마시는데……."

"아가씨를 위해서가 아니야. 어린 것을 위해서지. 내가 말한 대로 해. 이건 보통 우유가 아냐. 염소젖이라고."

그는 식사를 마치고 틀니를 다시 끼웠다.

브랜디는 염소젖 절반을 간신히 목구멍으로 넘기고, 세인트 존이 침대보를 벗기는 동안 소파에 누워 있었다.

"시내에 가서 세탁소에도 들르고 먹을 걸 좀 사올게. 아가씨는 이제 쉬어. 해피가 앞문에 묶여 있으니까, 아무도 문으로 들어오지 못할 거야."

브랜디가 건강을 조금 과시한 게 샤이의 몸을 지치게 했다.

'그들'은 깨끗하게 씻고 배가 부른 채로 조용히 졸았다.

스티나 마르크는 집 옆쪽으로 나 있는 고양이문을 통해 들어와 새끼들을 부르며 상자 속으로 기어들어갔다. 새끼고양이들은 아침 식사를 하려고 부엌 구석구석에서 튀어나왔다. 새끼들이 젖을 먹는 동안 스티나가 가르랑거렸다. 노란 웅덩이같은 바탕에 까맣고 길쭉한 틈처럼 생긴 눈동자.

샤이는 새끼고양이들을 어디서 찾은 걸까? 그리고 어떻게 이 집으로 데려온 것일까? 샤이는 지금 브랜디의 몸속에서 무엇을 하고 있을까?

스티나의 만족스러운 가르랑거림에 맞추어 전기 아이스박스가 윙윙 소리를 냈다.

"일어나, 뭔가를 먹어야 할 시간이야. 벌써 오후 네 시라구."

브랜디는 안셀이 돌아오는 소리도 듣지 못했다. 테이블에는 이미 음식이 차려져 있었다. 옥수수와 저민 토마토, 콩, 완두콩, 당근.

"방금 밭에서 뽑아내서 찐 거야. 어때?"

"꼭 잔칫상 같아요."

'염소젖만 빼고요.'

안셀은 옥수수 알들을 떼어내 자기 접시 위에 놓고 다른 곡식들과 함께 포크로 으깼다.

브랜디는 예의바르게 그의 유리잔 옆에 놓여 있는 틀니를 못본 척하며 더 이상 참기 힘들어질 때까지 묵묵히 음식을 먹었다.

"아가씨 칫솔을 사왔어. 세탁소에 가서 찾지 않은 옛날 물건들을 찾고, 구세군 상점에 가서 다른 것들을 좀 샀지. 조만간 집밖에 나가고 싶어질 텐데, 그 옷차림으로는 나갈 수 없잖아. 게다가 그 머리는 햇빛을 받으면 등댓불처럼 반짝거려서, 동네 경찰이란 경찰은 다 불러 모을 거야. 머리에 스카프를 두르면, 사람들이 아마 로티가 돌아온 걸로 생각할 거야."

"세인트 존 씨, 왜 저를 위해 애쓰시는 거죠?"

"말했잖아. 스티나 마르크 때문이야. 그리고……."

그는 일어서서 포크와 셔츠 소맷자락을 흔들며 연설하듯 말했다

"아가씨가 나보다는 더 정상이라고 생각하기 때문이지."

그는 의자에 주저앉아 마지막 음식을 씹었다.

"내가 허드렛일을 하는 동안, 할 수 있으면 설거지를 좀 해줘. 내가 빨랫줄에서 침대보를 걷어올 테니까."

식기세척기는 없었지만, 그래도 따뜻한 물이 수도관을 통해 흘러나왔다. 이곳에 있는 그릇들은 죄다 더러워 보였고, 여기저기에 너절하게 쌓여 있었다. 노라가 봤으면 기절초풍했을 것이다. 찬장은 거의 비어 있었다. 브랜디는 우선 그릇들을 씻어 깨끗한 그릇들과 함께 찬장에 넣었다. 그 일을 마치고 나니 피곤이 몰려왔지만, 어지러운 집 안은 한결 깨끗해졌다.

그녀는 깨끗이 빨아서 보송보송하게 말린 시트 속으로 기어들어갔고, 다음 날 좀 더 건강해진 상태로 깨어났다.

그녀는 안셀에게 신문 더미를 치우게 했고, 자신은 부엌과 욕실 바닥을 쓸고 닦았다. 그리고 오후 내내 잠을 잤다.

다음날 그는 그녀에게 무늬 있는 긴치마와 헐렁한 블라우스, 머리를 가릴 만한 스카프를 가져다주었다.

"이제 나가서 다른 식구들을 만나고 신선한 공기를 좀 쏘일 때야."

그가 말했다.

"여기 다른 사람들도 사나요?"

"이리와, 내가 보여줄 테니."

그는 그녀를 데리고 쾌쾌한 냄새가 나는 방들을 지나 뒷문으로 나가서, 야채밭과 녹슬어가는 금속 기계들 옆으로 난 길을 따라 넓은 울타리와 허름한 가축우리들이 늘어서 있는 곳으로 갔다.

"이 놈은 올리나야."

암 염소 한 마리가 그에게 뛰어오를 때, 안셀이 큰 소리로 말했다. 그리고 곧 올리나의 짝인 오스카와 까불거리며 장난치는 두 마리 새끼염소 아르비드와 루비사가 합류했다.

브랜디는 자기도 모르게 웃었다. 그리고 그것이 얼마나 새로운 감각인지 깨닫고 놀랐다.

"아가씨 웃는 모습은 정말 예술이야. 그 차림을 하고 있어도 말이야. 아가씨가 회복하는 걸 보는 게 내 낙이야."

'낙'이라는 말을 할 때, 그는 하늘을 향해 팔을 들어올렸다. 종교적인 것에 가까운 뭔가가 그 몸짓에 들어 있었다.

"세인트 존 씨, 제가 스티나 마르크를 위해 보내졌다고 하셨죠? 혹시 하늘이 저를 보냈다고 생각하세요?"

"하늘은 젊은이와 부자들의 편이지. 우리 같은 늙은이들과 동물들은 스스로 돌봐야 해."

염소 우리 한쪽에 나무껍질이 하얀 키 큰 나무들이 늘어서 있었다. 말라비틀어진 나뭇가지들이 마치 죽은 자의 손가락처럼 보였다. 그것이 푸른 하늘 깊은 곳을 가리키고 있었다.

"저 나무들은 어떻게 된 건가요?"

"한때는 여기에 관개수로가 흘렀었지. 그런데 도시와 가뭄 때문에 말라버렸어. 나무들은 그걸 견디지 못했지. 하늘은 나무들도 나 몰라라 했던 거야."

"여기서 시내는 가깝나요? 정말로 경찰에게 들키지 않고 저를 숨겨줄 수 있다고 생각하세요?"

"경찰들은 성가시게 하지 않아. 나를 걱정시키는 건 상공회의소야. 이곳은 아직도 시골이지만, 전에는 죄다 평화로운 농지였지."

"그리고 그 전에는, 소들이 여기저기서 풀을 뜯던 초원이었죠."

브랜디가 그리움에 젖어 읊조렸다.

"그리고 그 전에는 아라파호 족과 버팔로들의 땅이었지."

안셀은 눈앞에 염소가 아니라 버팔로가 있는 것처럼 버팔로의 '로' 발음을 길게 끌었다. 안셀 세인트 존은 거울 만큼이나 신비한 사람이었다.

"따라와. 아직 식구들을 다 만나지 못했다고."

그는 그녀를 이끌고 아무런 칠이 되어 있지 않은, 서풍 때문에 한쪽으로 기울어진 헛간으로 데려갔다. 말과 소가 있어야 할 곳에서 닭들이 소란을 피우고 있었고, 다른 고양이들이 더 있었다. 조금 더 걸어가니, 염소들이 또 있었다.

"얘들은 훌리간과 그 짝인 스티나 마르크야. 훌리간을 조심해야 해. 아주 사나운 놈이거든. 하지만 스티나가 잘 다룰 수 있지. 스웨덴 종자들은 정말 좋은 아내감이야."

"하지만 스티나 마르크는 까만 고양이잖아요?"

"이것도 스티나야."

그 염소는 부드러운 갈색 눈을 지녔다. 그리고 옆구리에 줄무늬가 나 있었다. 그 암염소는 뭉뚝한 꼬리를 연신 살랑거리며 뿔로 안셀의 손을 가볍게 받았다.

안셀은 브랜디를 이끌고 집 앞을 한바퀴 돌았다. 버려진 차들이 잡초들 사이에 앉아 있었다. 문을 닫으면 저절로 절반쯤 다시 열리는, 부엌으로 통하는 넓은 유리 미닫이문 앞에 개 한 마리가 사슬로 묶여 있었다.

"해피, 손님을 소개하마."

그녀가 개의 이름이 왜 해피인지 물었을 때, 그는 이렇게 대답했다.

"이 녀석은 행복하니까."

"그렇게 보이지 않는데요."

"그건 자네가 엉뚱한 곳을 보고 있기 때문이야. 저 꼬리가 안 보이나?"

정말 해피는 꼬리를 살랑살랑 흔들고 있었다. 해피는 그녀의 손과 치마에 코를 대고 킁킁거리기 시작했다. 브랜디는 보울더의 골목과 도로를 질주할 때 옆에서 뛰던 개가 떠올라 몸을 떨었다.

그녀가 집으로 들어가자 해피가 낮게 그르렁거렸다.

레이첼 가렛은 소피 할머니가 어머니를 출산했고 맥케이브 할아버지가 숨을 거두었던 바로 그 침대에 누워 있었다. 그녀와 제리가 샤이를 잉태하고, 나중에 아기와 함께 뒹굴며, 마침내 자신들에게 찾아온 행운에 감사하며 기쁨을 함께 나누던 곳이기도 했다.

그녀는 남편이 옷 입는 것을 지켜보았다. 그는 실내화 한 짝을 신고 다른 한 짝은 손에 쥔 채, 그녀에게 등을 보이고서 침대 가장자리에 앉아 있었다. 그는 레이첼과 같은 추억에 빠져 있는지도 몰랐다. 하지만 전처럼 그녀와 함께 그것을 나눌 마음은 없어 보였다.

그는 헛기침을 하더니 신을 마저 신고 벽을 응시했다.

또 하루가 흘렀다. 허위제보가 들어오거나, 아예 제보가 없는 날들. 레이첼은 더 이상 자신이 쓰고 있는 책에 관심을 기울이지 않았다. 그녀는 일을 하는 것보다 전화벨 소리를 듣는 데 더 많은 시간을 보냈다. 그것이 제 정신으로 돌아온 샤이의 전화이거나, 아니면 최소한 그녀가 무사히 잘 있다는 소식이기를 바라며. 아니면 혹시 그녀의 시체를 찾았다는 소식일까봐 마음을 졸이면서. 샤이가 죽었건 살았건, 어디에 있건, 전 같지 않을 확률이 높았다.

제리는 사설탐정을 고용하고 딸에 대한 제보에 포상금을 걸겠다는 내용을 방송으로 발표했다. 사람들은 전화를 걸었다. 일부는 도움이 되기를 바라는 마음으로. 일부는 잔인한 마음으로.

레이첼의 인생에서 중요한 사건들이 모두 그랬던 것처럼, 이번에도 그녀의 어머니가 사건의 요인이었다. 샤이의 문제는 브랜디 매튼이 죽던 날 밤부터 시작되었다. 레이첼의 인생에 대한 브랜디의 장악력은 그녀가 죽는 그 순간까지도 계속됐던 것이다.

"기억나?"

제리가 그날 처음으로 입을 뗐다.

"우리가 독립기념일 야영지로 소풍 나갔을 때, 샤이가 시냇물에 빠졌던 거. 샤이가 계속해서 소리쳤지. '아빠, 아빠'."

"당신이 샤이를 건져서 끌어안은 뒤에도 계속 그랬죠. 그래서 지나가던 낚시꾼들이 당신이 남의 애를 안고 달아나는 걸로 오해했고요."

제리가 얼굴을 돌려 감상어린 눈으로 레이첼을 바라보았다.

"아직 다섯 살도 되지 않았을 때였지."

그는 눈을 깜빡여 감상을 털어냈다.

"이번엔 진짜로 누군가가 그애를 데리고 달아난 건지도 몰라."

"…… 우리 최소한 아침은 함께 먹어요. 제가 곧 만들게요."

"아니, 시내에 가서 먹을게."

그는 일어나서 문으로 걸어갔다.

"기다려요. 그럼 같이 나가서 먹어요."

"레이첼, 실은 난 아침 생각이……."

"난 먹어야겠어요. 제길, 당신을 필요로 하는 건 샤이뿐이 아니에요. 그애는 내 딸이기도 했어요. 당신이 원하건 원하지 않건, 우리는 공동의 슬픔을 공유하고 있다고요!"

"당신 딸이기도 '했다'고? 과거형으로 말하지 마."

근심이 그의 눈에 깊이를 더했다. 희끗한 머리가 그의 부드러운 얼굴선을 따라 흘러내렸다.

"당신에게는 유서 깊은 집과 경력이 있지. 당신은 나를 필요로 한 적이 없어. 새 가구를 들여놓을 때 말고는……."

"제리, 아직 나를 사랑하잖아요. 난 알아요."

그러나 그녀의 남편은 가버렸다. 레이첼은 문이 닫히는 소리가 날 때까지 기다렸다가, 쓰러지며 울음을 터뜨렸다.

제리 가렛은 그날 밤 돌아오지 않았다. 레이첼은 그가 네덜란드의 오두막에 갔다는 것을 알았다. 어쩌면 혼자가 아닐지도 몰랐다. 그가 다음날 아침까지 돌아오지 않자, 그녀는 경찰에게 전화를 걸어 앞으로는 샤이에 대한 모든 제보를 마렉 와이어에게 전달해달라고 부탁했다.

그런 다음 가방을 싸서 진저브레드 하우스를 걸어 나갔다.

마렉 와이어는 그날 아침에 평소보다 두 배는 더 달렸다. 부질없는 짓인 줄 알면서도 또다시 은발을 찾아 헤메며. 아파트 문에 손을 뻗을 때 따가운 땀방울이 눈 속으로 들어갔다. 그는 고통스러울 만큼 가쁜 호흡과 터질 듯한 심장 박동과 싸우며, 운동복을 벗고 샤워실로 들어갔다.

마렉은 혼자 아침을 먹으며, 별 기대 없이 아침 뉴스를 들었다. 샤이의 어머니는 상황이 어떻게 돌아가고 있는지 그에게 알려줄 의무가 있었다. 아무리 자기 남편이 그를 끔찍이 미워하더라도.

커피를 한 잔 더 마시고 운동을 두 배로 해도 전날 밤 악몽이 남기고 간 무력감을 몰아내지는 못했다. 한때 킹사이즈 물침대에서 느꼈었던 따스한 감촉에 대한 그리움도.

그는 전날 밤 훑어봤어야 했을 서류를 쥐고 아파트를 떠났다. 문을 잠그고 있을 때, 옆집에 사는 아가씨들이 복도에 서 있었다. 한 명은 괜찮았고, 한 명은 별로였다. 두 여자 모두 눈빛으로 그를 초대하고 있었다.

"빌어먹을 세상,"

그는 자신도 모르게 욕설을 중얼거렸다. 두 사람이 작게 킬킬거렸다. 그는 웃고 있는 여자들을 뒤로 한 채 복도를 성큼성큼 걸어갔다.

지독한 러시아워였다. 그는 도로 속에 갇힌 채 손가락으로 초조하게 운전대를 두드렸다. 샤이의 아버지가 그의 얼굴에 남긴 노란 멍 자국은 이제 사라졌다. 머리 뒤를 꿰매고 있던 실도 사라졌고, 수술 때문에 깎아냈던 부분의 머리털도 많이 자랐다.

그러나 마음속 상처는 오히려 더 깊어졌다. 그의 어머니가 꿈에 나타나서 물었다.

"아들아, 네 아내는 어디 있니? 그리고 네 아이는?"

이 망할 놈의 딜레마에서 가장 이상한 부분은 그가 미친 샤이를 더 좋아한다는 것이었다. 그는 이 터무니없는 감정의 동요를 설명할 수 없었다.

"감정이라고? 맙소사!"

그는 NCAR로 통하는 메사 길을 오르며, 혼잣말을 했다. 감정을 통제하는 법쯤은 알고 있어야 할 나이라고 생각하며.

마렉은 샤이가 성이라고 불렀던 건물로 향하면서 신선한 공기를 깊이 들이마셨다. 마틴 블랙이 토요일에 등산을 가자고 초대했고, 마렉은 그 초대에 응하기로 했다. 그는 늦은 밤까지 샤이를 찾아 속절없이 도로와 시골길을 헤매고 다니는 상태에서 벗어나고 싶었다.

"제길, 지금쯤 죽었거나, 알래스카에 있을지도 모르지."

그는 중얼거리며 엘리베이터 버튼을 있는 힘껏 눌렀다.

샤이가 옳았다. 이곳에는 냄새가 없었다.

그가 등장하면 갑자기 중단되곤 하던, 동료들의 소곤거림도 더 이상은 없었다. 이 바쁜 세상에서 그런 뒷공론은 오래가지 않았다.

독신생활을 접고 정착하기로 한 그를 행복한 바보라고 놀리던 사람들도 없어졌다.

그는 몇몇 사람에게 고개를 까딱했다. 여전히 남아 있는 동정의 눈초리가 싫었다.

알고 지냈던 여자들이 다시 전화하기 시작했다. 그는 파티에 초대 받았지만, 가지 않았다. 좋은 시절은 사라져버렸다.

책상에 노트를 던지면서, 그는 사무실 창문으로 도시를 응시했다.

그리고 고개를 돌려 칠판에 갈겨쓴 글씨를 보았다.

'니는 브랜디예요.'

10

브랜디 맥케이브는 폐물들로 가득한 마당의 한쪽 가장자리, 일렬로 늘어서 있는 무덤들을 바라보고 있었다.

깨끗하게 손질된 작은 무덤 다섯 개와 큰 무덤 네 개. 무덤들의 꼭대기마다 금색으로 칠을 한 하얀 나무 십자가가 꽂혀 있었다.

아홉 개의 십자가에 모든 같은 글자가 써 있었다. 스티나 마르크.

바람 때문에 그녀의 긴 치마가 물결쳤다. 집 뒤편에 있는 녹슨 기계들이 쨍그랑 소리를 냈다.

'이곳에는 왜 이렇게나 스티나 마르크들이 많은 걸까?'

자동차 한 대가 길 위에서 느릿느릿 움직였다. 브랜디는 창문 없는 차체 뒤에 웅크리고 앉아, 한때 유리가 있었을 입구를 통해 밖을 볼 수 있을 만큼 고개를 들었다. 찢어진 좌석에서 곰팡이 비슷한 냄새가 진하게 풍겼다.

익숙한 연두색 차량이 진입로로 접어들었다.

해피가 짖으면서 사슬이 허락하는 곳까지 달려나왔다.

마렉 와이어가 차에서 나와 주위를 두리번거렸다.

그를 보자 브랜디의 마음속에서 온갖 감정들이 교차했다. 그가 다치지 않았다는 데서 오는 안도감. 그리고 결국 자신을 찾아냈다는 공포. 자신의 세계로 돌아가기 전에 한 번만 그의 키스를 받고 싶다는 욕망. 이런 이율배반적인 생각들에 대한 부끄러움. 그가 그녀를 진저브레드 하우스로 데려가기 전에 달아나야 한다는 충동.

그러나 그녀는 풀밭에 주저앉아 샤이의 얼굴을 가렸다. 다이아몬드 반지가 피부에 차갑게 닿았다. 그녀는 간곡히 기도하다가 해피를 향해 소리지르는 세인트 존의 목소리에 기도를 멈췄다. 개 짖는 소리는 잠잠해졌다.

브랜디는 다시 고개를 살짝 들어 마당을 엿보았다. 안셀이 헝겊으로 손을 닦으며 마렉을 향해 걸어가고 있었다. 안셀은 고개를 끄덕이더니, 어깨를 으쓱했다. 마렉은 날씬한 골반에 손을 얹고 노인의 얼굴을 마주보기 위해 고개를 수그린 채 서 있었다.

마침내 그들은 악수를 했다. 마렉은 자동차로 돌아가 차를 몰고 떠났다.

브랜디는 안셀이 아무 일도 없었다는 듯 작업하던 기계를 향해 천천히 걸어가는 것을 지켜보았다.

그녀는 집 뒤쪽으로 갔다.

"세인트 존 씨, 무슨 일이에요? 그 남자가 뭐라고 하던가요?"

"자기 이름이 마렉 머시기라고 하더군."

안셀은 긴 금속 손잡이에 체중을 실으며 툴툴거렸다.

"아가씨를 찾고 있대."

"그럼 제가 여기 있는 걸 모른다는 건가요?"

"저기 있는 망치 좀 집어줘."

그가 손잡이를 망치로 때리며 큰 소리로 말했다.

"그 남자한테 자네를 본 적이 없다고 말했지. 나처럼 거짓말을 잘하는 사람은 없을 거야. 이리 와서 여기 좀 눌러봐. 같이 해보자고."

브랜디가 그를 돕기 위해 움직였다. 두 사람이 손잡이에 힘을 주고 있을 때 그의 관절에서 삐그덕거리는 소리가 들렸다.

"이런…… 지독한. 이걸 뽑아내려면, 제트 엔진이 필요하겠어. 신경 꺼. 그 작은 건 건드리지 말자고."

그는 다시 일어서서 소매로 이마를 닦았다.

"그 젊은이가 준 건가?"

그가 샤이의 약혼반지를 만졌다.

"그리고 자네가 임신한 아기도?"

브랜디는 샤이의 뺨이 달아오르는 것을 느꼈다.

"네."

'그런가 봐.'

"그렇다면 아기를 낳아야지. 왜 그 젊은이가 아기를 죽이길 바라는지 모르겠군."

"그 사람이 그러는 게 아니에요. 그건 샤이의…… 아니, 내 부모님……. 그들이 나를 찾으면 안 돼요."

"찾지 못할 거야. 점심에 먹을 옥수수는 뽑아놨지? 그럼 옥수수랑 함께 먹을 달걀을 좀 찾아와."

아무리 둘러봐도 닭장 같은 건 찾을 수 없었다.

"닭이 어디서 알을 낳죠?"

"사방에서. 그래서 자네가 달걀을 '찾아야' 하는 거야."

495

안셀 세인트 존은 고기를 좋아하지 않았다. 브랜디는 고기가 그리웠지만, 레이첼이 요리한 양념 진한 요리보다는 소금과 버터를 조금만 넣어 요리한 신선한 달걀과 야채가 더 만족스러웠다.

그들은 자리에 앉아 음식을 먹었다. 브랜디는 의무적으로 샤이를 먹었고, 그녀의 아기에게 염소젖도 먹였다.

"그 마렉이라는 친구, 무척 가슴 아파하는 것 같더군."

그가 수염에 묻은 음식 잔여물들을 털어냈다.

"그 젊은이 목소리에서 '눈물'을 느낄 수 있었지."

"결혼하기도 전에 약혼녀를 임신시키는 남자는 어떤 사람이죠?"

"어떤 남자라도 그럴 수 있지. 난 두 사람을 판단하려는 게 아니야. 하지만 그 젊은이는 깊이 아파하고 있어."

"그 사람 얘기는 하고 싶지 않아요."

"자네가 아팠을 때 그 친구 얘기를 했어. 계속해서 그 이름을 부르고 또 불렀지."

"그런 일 없어요."

"그랬어."

그가 갈색 빵 한 조각을 찻잔에 담가 부드럽게 만들었다.

"자넨 한동안 심하게 앓았어. 자기가 브랜디 맥케이브라고 하면서 거울을 들여다봤지. 그런데 알고 보니 자네 이름은 샤이 가렛이었어."

브랜디가 옥수수를 내려놓고 응시했다.

"제가 또 무슨 얘기를 했나요?"

그가 입술을 잠깐 동안 앞으로 오므렸다.

"내가 어렸을 때 알던 사람들에 대해 말하더군. 소피와 엘튼 맥케이브, 노라 랩샙. 당시에 맥케이브 사람들은 유명인사들이었지. 우리 아버지는 진저브레드 하우스에 석탄을 배달했지. 물론 존 맥케이브는 본 적이 없어. 내가 태어나기 전에 죽었으니까. 하지만 그 사람에 대한 얘기는 죽은 후에도 한참 동안 계속되었지. 한창 때 존 맥케이브는 열 사람을 합친 것보다 돈을 많이 벌었다고 했어. 또 워터 스트리트 절반이 그 사람 소유였지."

"그렇지 않아요!"

"그랬어. 당시 제일 우스운 사건은 존이 죽은 뒤 소피 여사가 워터 스트리트를 폐쇄하려는 운동을 주도했다는 거야. 하지만 그 이후로 가문의 수입은 자꾸 줄어들었지. 정말로 종교적인 여자였어. 매춘부와 도박과 술을 몰아냈고, 평생 그런 것들은 가까이 하지도 않았지."

브랜디는 의자에서 벌떡 일어났다. 안셀이 연설을 준비할 때 그러는 것처럼.

"거짓말이에요."

"앉아."

놀란 스티나 마르크가 새끼고양이 상자에서 튀어나왔다.

"세인트 존 씨도 내가 미쳤다고 생각하는 거죠?"

안셀은 포크로 그녀를 가리켰다.

"난 마음만 먹으면 정치가들 뺨치게 거짓말을 할 수 있어. 하지만 지금은 아니야. 내가 얘기할 테니까, 자넨 아기를 위해 음식을 먹어. 안 그러면 한마디도 하지 않겠어. 자네가 떠난 뒤에 무슨 일이 있었는지 조금도 궁금하지 않나?"

브랜디는 달걀을 한입 물었다.

"노라는 어떻게 되었나요? 다른 사람들에 대해서는 대충 알아요."

"노라 랩샙? 월리스 살롱 바텐더와 결혼했지. 자네 어머니와 그 친구들이 그 남자를 실직자로 만들었지만. 그래서 샤이엔으로 이사했지. 그 후로 어떻게 되었는지 몰라. 자네 남동생 엘튼은 지독한 독감으로 죽었어. 꼭 흑사병 같았지. 결혼은 하지 않았어."

'이 사람 말 듣지 마, 브랜디. 이 사람이 너의 구세주일지는 모르지만, 어딘가 이상한 구석이 있어.'

"결코 할 수가 없었지. 요즘은 그런 사람을 게이라고 하더군. 그때는 더 심하게 표현했었는데. 한때 약혼했었지만, 자신의 관심 분야가 다른 방향에 있음을 깨달은 거야. 소피 여사는 그 사실을 은폐하기 위해 최선을 다했지."

"게이? 엘튼은 매우 경건한 청년이에요. 엘튼은……."

"정말 웃긴 건 소피가 돈을 날린 뒤 사위의 돈으로 집을 유지했다는 거야. 그 남자는 매든이었어. 브랜디를 만나기 전까지 존 맥케이브 못지않은 난봉꾼이었지. 네덜란드에 목장을 소유하고 있었어. 그 사람 형은 금주법 기간 동안 술을 밀거래했지. 두 사람은 쌍둥이었어. 그런데 브랜디가 그 쌍둥이를 길들였어. 대단한 여자였지. 그 작은 체구로, 모두를 놀라게 했어. 브랜디도 미쳤다는 소문이 돌았지. 하지만 설사 그 여자가 정말 미쳤었더라도, 그걸 이용하는 방법을 알았던 게 분명해."

"하지만 제가 브랜디인데요."

"아니, 자넨 샤이 가렛이야. 거기에 익숙해지는 게 좋아. 쉽진 않겠지만 자넨 투지가 강한 사람이야. 자네가 아팠을 때 난 살기 위해 그렇게 필사적으로 싸우는 사람을 본 적이 없어."

그가 눈썹을 치켜올렸다.

"매든 쌍둥이의 아버지는 살인죄로 교수형을 당했고 어머니는 매춘부였지."

브랜디는 샤이의 귀를 막았지만, 그래봐야 소용없었다.

"그 남자는 전설이었어. 그 형도 마찬가지였지. 두 매든 쌍둥이는 욕도 잘하고 말도 잘 타고, 나쁜 짓도 많이 하고……."

"세인트 존 씨!"

"미안. 다른 시간대에서 왔다는 걸 내가 자꾸 깜빡하는군."

"그럼…… 저를 믿는 건가요? 제가 혼수상태에서 한 말을요? 제가……."

"거울이 그런 마법을 부릴 수 있다는 얘기는 들은 적이 없어. 하지만 이 세상에는 미친 얘기들이 얼마든지 있으니까. 이 늙은이 안셀은 얘기를 들으면서 진실을 걸러내는 법을 배웠지. 자네 나이의 젊은이 중 그렇게 깍듯하게 남을 대하는 사람은 없어. 자넨 나를 세인트 존 씨라고 불렀지. 그건 요즘 젊은이들 말투가 아니야. 그리고 난 자네처럼 바닥을 그렇게 박박 문지르는 사람은 본 적이 없어."

그는 그녀의 어깨를 다독였다.

"후식으로 아이스크림이 필요할 것 같군. 로티는 설탕이 해롭다고 했지만, 그 강아지가 가버린 뒤로는……."

그가 아이스박스를 열고 색깔이 입혀진 종이 상자를 꺼내서 숟가락으로 아이스크림을 퍼냈다.

"자네 전보다 더 엉망이 됐구먼. 커피를 다시 사야겠어."

"저도 커피가 그리워요."

"자네도? 로티는 커피와 설탕을 끊으라고 했지. 그애는 많은 것들에 집착했어. 한때는 이 집에도 TV가 있었어. 늙은이에게는 좋은 동무였지. 그런데 로티가 삽으로 화면을 뚫어버렸어. 물론 그애 말처럼 TV가 멍청한 말을 하는 건 사실이야. 하지만 난 그 정도는 구분할 만큼 나이가 들었다고. 그애는 이 집이 불도저에 헐리는 걸 막기 위해 세금을 대려고 돈을 모금했지. 그애 친구들에게 기부를 청했어. 그런데 그들에게 홀랑 털려버리고 말았지."

"로티는 지금 어디 있나요?"

"암탉들과 똑같아. 온 천지를 돌아다니고 있지. 마지막 들은 소식에 따르면, 프레리도그들을 구하기 위한 돈을 모금하고 있었다지. 그리고 판잣집에서 세 남자와 함께 살고 있었지. 걘 취향도 다양해."

"누구랑…… 산다고요? 그게 무슨 뜻인지…….."

"그 남자들하고 잔다는 얘기야. 자네 같은 숙녀에센 낯 뜨거운 얘기지. 나도 알아. 하지만 로티가 옛날에 태어났으면 워터스트리트에서 큰 돈을 벌었을 거야. 물론 자네 아버지한테 사례금을 줘야 했겠지만. 요즘 여자들은 돈 한 푼 안 받고 똑같은 짓을 하면서, 그걸 성해방이라고 말하지. 하지만 로티는 그럭저럭 잘 지내. 그애는 바보가 아니거든."

"어떻게 그렇게 살도록 묵인할 수 있는 거죠? 로티의 부모님은 돌아가셨나요?"

"걔 어미는 동부 어딘가에서 사회사업가로 일하고 있지. 애비는 한 번도 만나 본 적이 없어. 베스는 결혼과 이혼을 하도

반복해서 헷갈릴 지경이야. 로티도 그랬지."

"사회사업가는 무슨 일을 하나요?"

"자기 자신을 위한 일은 하나도 하지 않아. 하지만 마렉은 지금……."

"그 사람 얘기는 하고 싶지 않아요."

"마렉은 결코 포기할 남자 같지 않았어. 임신한 아기가 마렉의 아이라면, 자넨 샤이 가렛이 되고 마렉의 아내가 되기로 마음을 정하는 편이 좋을 거야. 그 젊은이에 대한 문제는 계속 반복될 테니까."

다음날 늦게, 안셀이 덜컹거리는 트럭을 몰고 시내로 나갔을 때, 브랜디는 그 집에서 방치된 곳들을 살펴보았다. 식당과 응접실, 2층에 있는 세 개의 침실. 하나같이 먼지와 거미줄로 덮여 있었고, 의자커버와 커튼은 썩어가고 있었다. 그러나 비교적 최근에 사용한 흔적이 남아 있는 침실도 있었다. 아마도 로티의 침실이었으리라. 책과 신발과 라디오 상자와 벽에 걸린 그림들. 그리고 사진틀에 끼워 놓지 않은 벌거벗은 남자들의 커다란 사진들…….

브랜디는 그런 사진을 보면 안 된다는 걸 알았다. 하지만 보고 말았다.

이 죄 많은 세계에 대한 호기심을 능가하는 것은 집으로 돌아가고 싶은 열망뿐이었다.

그녀는 자신이 기억하는 모습을 간직한 하늘과 땅과 산들이 있는 바깥으로 도망치듯 뛰어나왔다.

뒤쪽 울타리에서 올리나와 오스카, 루비사, 아르비드가 그녀를 반겼다.

브랜디는 샤이의 손톱으로 올리나의 단단한 목을 긁었다. 갑자기 현기증이 느껴졌지만, 그녀는 그것이 임신 때문일 것이라고 생각했다. 그런데 환영…… 영상…… 작은 오두막 문에 기대어 있는 자신의 몸. 스트로크 씨와 처음 보는 남자가 웨딩거울을 마차에서 내렸다. 갑자기 힘이 빠지며 샤이의 몸이 잡초 위로 쓰러졌다. 아르비드와 루비사가 울타리 사이로 그녀를 내다보았다.

'샤이가 거울과 함께 있어. 이제 거울이 마술을 부릴 수 있게 됐는데, 나는 거울 가까이에 있을 수도 없으니.'

물론 그녀는 진저브레드 하우스가 아니라 네덜란드와 스트로크 씨에게 돌아가게 될 것이다. 그럼에도 불구하고, 안셀 세인트 존의 말이 사실이라면, 그래서 그녀가 매든 쌍둥이를 길들일 운명이라면, 그녀는 코빈 스트로크를 설득할 힘도 지니고 있을 것이다.

그렇다면 지금처럼 가족들과 완전하게 차단되어 있는 것보다는 나을 것이다.

브랜디는 실제 샤이 가렛을 만날 수 있길 바랐지만, 사는 동안에 결코 만나지 못할 것을 알고 있었다.

'서둘러, 나의 손녀. 마렉 와이어는 악마야. 그리고 난 그에게 저항할 힘이 없어.'

11

제이 가렛은 진저브레드 하우스의 문이 잠겨 있는 것을 보고 깜짝 놀랐다. 그는 주머니에서 열쇠를 꺼내 문을 따고 들어가서 술 진열장으로 향했다. 스카치를 따른 뒤, 그는 잔을 들고 부엌으로 나왔다.

집 안이 텅 빈 듯했다.

보통은 이 시간쯤이면 레이첼이 한창 저녁 식사를 준비하고 있어서, 집 안에 음식 냄새가 가득하곤 했다. 혹시 메시지를 남겨놓았나 싶어, 냉장고 옆 메모판을 확인했지만 식료품 목록만 발견했을 뿐이다.

'대체 뭐가 문제야, 제리. 들어오건 나가건 그건 레이첼 마음이지.'

문제는 레이첼이 좀처럼 일상의 습관을 바꾸지 않는 사람이라는 점이었다.

그는 술을 홀짝이며 찬장이 있는 현관 복도로 갔다. 그에게 온 우편물이 찬장에 놓여 있었다.

희미한 윙윙거림이 그의 의식을 뚫고 들어왔다. 제리는 유리잔 너머로 계단을 응시했다.

그의 딸이 달아난 날부터 그는 그 계단을 올라갈 수 없었다.

조용한 집에서 울려 퍼지는 그 소리에는 그를 오싹하게 만드는 무언가가 있었다. 그 소리는 2층에서 들려왔다. 샤이가 돌아온 것일까? 그애가 스테레오를 틀어놓은 걸까?

제리는 계단을 뛰어 올라갔다. 스카치가 유리잔 너머로 넘치며 그의 손가락을 적셨다.

"샤이?"

방은 비어 있었다. 그러나 소음은 더 크게 들렸다. 혹시 라디오가 누전을 일으킨 것일까?

그는 라디오에 손을 얹었다. 하지만 몸체는 차가웠다. 윙윙거림은 이제 그의 등 뒤에서 들렸다. 목의 잔털이 쭈뼛쭈뼛 서기 시작했다.

제리는 뒤를 돌아봤다. 레이첼이 샤이의 결혼 선물로 준비해두었던 오래된 거울. 그 속에서 절반쯤 덮개를 씌운 똑같은 거울을 운반하고 있는 두 명의 남자가 보였다. 옛날식 복장을 한 아가씨가 기절할 것 같은 모습으로 누추한 오두막 문을 붙잡고 있었다. 그리고 집시처럼 옷을 입은 다른 여자가 나타났다. 그녀는 울타리 너머로 염소를 쓰다듬다가 갑자기 땅으로 쓰러졌다. 그녀가 얼굴에서 손을 떼어냈다. 샤이였다.

제리는 황급히 술을 들이키다가 그만 재킷에 쏟고 말았다. 그가 눈을 깜빡이자 영상은 사라졌다. 윙윙거림도 멈추었다.

그는 땀을 흘리며 침대에 앉았다.

'거울이 한 짓이 아니야. 마음이 장난을 친 거야.'

그는 그 거울을 노려보았다. 그것은 이제 방의 일부와 그의 무릎을 비추고 있었다. 늘 그렇듯 이 거울은 광부의 시체와 그

504

것을 발견했던 동굴을 생각나게 했다. 그때 그는 거울에서 본 오두막이 낯익다는 것을 깨달았다. 어머니와 네덜란드에 살던 시절, 그가 봤던 풍경과 많이 비슷했다.

제리는 거울 앞에 서서, 자신의 모습을 바라보았다. 그리고 거울 뒤로 돌아갔다. 그것은 그냥 흉물스러운 옛날 거울일 뿐이었다.

그는 복도로 나가 계단 꼭대기에 서서 결혼사진을 쳐다보았다. 거울 속에서 오두막 문을 붙들고 있었던 여자는 젊은 시절 레이첼의 어머니였다.

'정신이 흐려진 탓이야.'

그는 괴로움 때문에 자꾸 환영이 보이는 거라고 결론 내렸다. 게일 샘슨은 그것을 표현할 만한 단어를 알고 있을 것이다.

아래층에서 그는 스카치 한 잔을 더 따르다가, 다른 생각을 떠올렸다. 그는 먹다 남은 구운 고기 조각을 찾아서, 2층에서 본 샤이의 모습을 잊으려고 애쓰면서 샌드위치를 만들었다.

레이첼은 집에 있어야 마땅했다. 그래야 샤이에 대한 어떤 제보라도 받을 것 아닌가.

혹시 전화를 받고 부랴부랴 나간 건 아닐까.

제리는 경찰서에 전화를 걸었다. 그러자 경찰이 이제 샤이에 대한 모든 것은 마렉 와이어에게 전달해달라고 아내가 부탁했다고 전했다. 게다가 아무 제보도 없었다.

그는 레이첼의 옷장을 확인했다. 옷 위 선반에 놓아두는 여행 가방이 사라졌다. 그는 손위 처남인 레미 매든에게 전화했다. 그는 3일 동안 레이첼에게서 연락이 없었다고 말했다.

제리는 욕설을 하며 올즈모빌을 몰고 30번 도로를 향해 달렸다. 그런 후 아파트 단지로 방향을 꺾어 포르셰 바로 옆에 차를 세웠다.

제리가 문을 두드리자 옆집에서 금발머리 여자가 나왔다.

"마렉을 찾으시는 거면 아마 수영장에 있을 거예요."

'아마 여자들과 함께 있겠지.'

제리는 건물을 돌아 안뜰로 걸어가면서 생각했다.

그러나 마렉은 혼자 수영하고 있었고, 데크와 의자에는 수건과 물방울 말고는 아무것도 없었다.

마렉은 굉장한 기세로 물살을 가르고 더 이상 움직일 수 없을 때까지 격렬하게 수영을 했다. 그 과정을 몇 차례나 반복했다. 태양빛을 받은 물보라가 비늘처럼 반짝거렸다.

팽팽한 구릿빛 피부가 군살 없는 근육을 덮고 있었다.

검은 머리에서 물방울이 뚝뚝 떨어졌다. 마렉은 숨을 헐떡이며 수영장 밖으로 몸을 끌어올렸다.

"따님은…… 여기…… 없습니다."

마렉이 숨을 몰아쉬면서 말했다.

"난 아내를 찾고 있네."

"그분도 안 계시는데요."

"레이첼이 없어졌어. 혹시 자네한테는 얘기했는지 궁금해서 왔네."

제리는 마렉을 따라 테라스로 걸음을 옮겼다.

"부인이 외출할 때마다 제게 보고할 거라고 생각하십니까?"

마렉은 제리를 위해 미닫이 유리문을 잡아주었다.

"레이첼이 경찰에게 샤이에 대한 정보가 들어오면 자네에게 전화하라고 말을 남겼더군. 왜 그랬을까?"

"경찰이 우리 집 전화번호와 사무실 전화번호를 가지고 있으니까, 나한테 연락할 수 있겠다고 생각하신 거겠죠. 가렛 씨는 외출이 잦으시잖아요. 바에 스카치가 있어요. 알아서 만들어 드세요."

마렉은 수건을 질질 끌고 침실로 들어가서 문을 닫았다.

푹신푹신한 양탄자, 석재 벽난로, 값비싼 자동차, 최고급 스카치…… 요즘 애들은 더 이상 밑바닥에서부터 일을 시작하지 않는 것일까? 그는 위스키를 더블로 따르고, 작은 부엌에서 얼음을 찾았다. 오븐에서 맛있는 냄새가 풍겼다. 집에 두고 온 먹다 남은 샌드위치가 생각났다. 방 안에서 샤워기 트는 소리가 들렸다.

소파 위에 걸려 있던 그림 두 점은 이제 벽에 기대 세워져 있었다. 대신 보울더와 인근 지역 지도가 압정으로 고정되어 있었고, 지도 위에는 빨간 줄과 화살표, X 표시가 가득했다.

마렉이 옷을 입고 나왔다. 젖은 머리가 두피에 딱 달리 붙어 있었다. 제리가 지도를 들여다보는 동안, 그는 마실 것을 만들었다.

"제가 가본 곳을 표시해놨어요. 큰 X는 사람들과 얘기를 나눠본 곳이고, 작은 X는 동네에 집이 한 채도 없는 곳입니다."

"경찰도 못 찾는데 자네가 찾을 수 있다고 생각하나? 그애가 아직 이 지역에 있다고 생각해?"

제리가 소파에 주저 앉아 그 몹쓸 놈을 쳐다보았다.

"아니면 살아 있다고 생각해?"

"살아 있어야죠."

"들어 봐. 난 탐정을 고용했어. 직접 차를 몰고 찾아다니기도 했지. 샤이는 내 아이야⋯⋯."

"그리고 내 아이를 임신중이죠."

마렉이 징글징글한 마티니를 들었다.

"제가 샤이를 찾을 거예요. 그동안 그냥 물러나 계시죠. 낙태는 사양이에요. 샘슨 박사도, 병원도 사양이에요."

"만일 아직도 샤이가 이 지도 상에 있다면, 경찰이나 다른 누군가가 찾았을 거야. 난 현상금까지 걸었다고⋯⋯."

"그리고 오두막으로 달아나버렸죠. 당신 아내에게 전화를 기다리게 하고 말이에요."

제리가 벌떡 일어섰다.

"자넨 빠져⋯⋯."

"이번에도 당신 뜻대로 될 거라고 착각하지 마세요."

마렉이 술잔을 내려놓았다.

"한 번은 가만히 서서 맞아드렸죠. 그땐 제가 놀란 틈을 탔기 때문에 가능했던 겁니다."

방 저쪽에 있는 딸의 약혼자를 노려보며 제리는 자신이 바보처럼 느껴졌다. 자기 영역을 지키기 위해 안간힘을 쓰는 늙은 개가 된 기분이었다. 그는 눈 주위를 문질렀다.

"레이첼은 나를 떠날 수 있을지언정, 그 집은 떠나지 못하는 사람이야. 샤이가⋯⋯ 혹시 그애에게 무슨 일이 생기지 않았다면⋯⋯ 레이첼은 전에 이런 짓을 한 적이 없어."

"사람은 변하죠."

마렉은 전화를 받기 위해 방으로 들어갔다.

"경찰이야?"

그가 돌아오자, 제리가 물었다.

"샤이에 관한 전화가?"

"부인이세요. 혹시 새로운 소식이 있는지 물어보셨어요."

"내가 여기 있다고 말했나? 지금 어디서 거는 거야?"

"어디든 될 수 있죠. 직통 다이얼 전화로 거셨더군요. 저녁 드실래요? 이틀 밤은 충분히 먹을 만한 양이에요. 우리 같은 독신남들은……."

"제기랄, 와이어, 레이첼이 뭐라고 했어?"

"당신한테 전해달라더군요. 공과금 내는 날은 매월 1일이고, 집 청소를 할 사람은 목요일 아침에 올 거고, 혹시 에이전트에서 전화가 오면……."

"대체 나를 뭐라고 생각하는 거야? 내가 자기 비서야?"

제리는 단숨에 잔을 비우고 문으로 향했다. 그러다가 문가에 잠시 멈춰 서서 복도를 쳐다보았다.

"레이첼의 상태는 어떤 것 같나? 나하고 말하고 싶어 하지 않던가?"

"특히 당신하고는 말하고 싶어 하지 않더군요."

브랜디 맥케이브는 한 번 더 스티나 마르크의 무덤가에 서서 안셀 세인트 존을 생각했다. 그녀는 그에게 여러 차례 이 무덤에 대해 물었지만, 그는 그 질문을 못들은 척했다.

가을이 깊어지면서, 산자락이 갈색으로 물들고 폐물 차량 더미 주변의 풀들이 마르기 시작했다. 그리고 샤이의 배는 점점 더 부풀어올랐다.

가끔은 이곳에서 그녀는 집에 돌아온 듯한 느낌을 받기도 했다. 저녁을 먹고 그가 신문을 읽고 있으면, 그녀는 그의 옷을 수선했다. 저녁에 아버지와 엘튼이 장기를 두거나 책을 읽는 동안 어머니와 거실에 앉아 바느질을 했을 때처럼.

안셀의 거실에서 그녀는 그 불쌍한 남자의 셔츠며 바지를 수선하기 위해 필요한 모든 게 들어 있는 반짇고리를 찾아냈다. 반짇고리에는 '스티나 마르크'라는 이름이 새겨진 골무가 있었다.

그녀의 터무니없는 얘기를 쉽게 믿어주는 사람이야말로 정신 이상이 아닐까? 이곳은 정말로 안전할까?

한번은 거울 속에서 네덜란드에 있는 자신의 모습을 봤다며 곧 자신의 시대로 돌아갈 것이라고 말했을 때, 그는 읽고 있던 신문을 내리고 그녀를 빤히 쳐다봤다.

"말하기엔 흥미롭지만, 그 시대를 살아본 사람은 누구도 다시 돌아가고 싶지 않을 걸."

브랜디는 몸을 숙여 치맛단에서 깔쭉깔쭉한 것들을 뜯어냈다. 무덤들 중에 적어도 두 개는 사람이 묻혀 있을 만큼 커 보였다.

'아니야.'

그녀는 그 생각을 지워버렸다.

아기를 낳을 때 여전히 이곳에 있을 경우를 대비해서, 브랜디는 그 노인에게 주변에 믿을 만한 산파나 의사가 있는지 물었다.

"그런 건 필요 없어. 올리나가 새끼를 뱄을 때 내가 아르비드와 루비사를 다 받아냈지. 한창 때는 송아지랑 양도 몇 마리 받아봤어. 가끔은 난산인 고양이 새끼도 말이야. 사람의 아이도 받을 수 있을 거야."

브랜디는 맥케이브의 맏딸이었다. 엘튼은 브랜디가 태어난 이듬해에, 조수아는 그 다음해에 태어났다. 소피는 세 번 유산했다. 그리고 막내는 몇 년 뒤에 병으로 세상을 떠났다.

고등학교에 다닐 때 브랜디와 가장 친했던 바이올렛은 열일곱 살에 결혼하여 열여덟 살에 아기를 낳다가 죽었다.

목사는 그녀를 찬양했다.

"바이올렛은 하나님의 가장 고귀한 목적을 위해 생명을 바쳤습니다."

그 목사는 에덴동산에서 이브가 금지된 과일을 먹음으로써 하나님을 거역했기 때문에, 인간은 고통 속에서 태어난다고 설교했었다. 그리고 그때부터 모든 여성들은 그 고통스러운 의무를 져야 할 저주를 받았다고. 불쌍하게도.

'어쩌면 이브는 호기심 때문에 그런 일을 저질렀을 거야, 나처럼.'

12

달빛 아래서 진저브레드 하우스는 고요했다. 그때 뒤 계단 옆 라일락 덤불 깊숙한 곳에서 연회색의 뭔가가 번쩍였다. 나뭇가지들이 툭 끊어지고, 지난 봄 꽃송이에 맺힌 마른 씨앗들이 땅으로 투두둑 떨어졌다.

그 곁에서 철자가 거꾸로 쓰여진 오렌지색 모텔 간판이 깜빡였다. 불 켜진 창문마다 커튼이 드리워져 있었다.

골목실 어딘가에서 개 한 마리가 짖어댔고, 차고 뒤에서 어떤 그림자가 움직이더니 철제 울타리를 뛰어넘어 부스럭거리는 낙엽 소리와 함께 착지했다.

"데이븐포트?"

라일락 관목 속에서 목소리가 들렸다.

반백의 남자가 관목에서 걸어 나와 뒷문 옆에 무릎을 꿇었다. 크리스 데이븐포트가 전속력으로 마당을 질주했다.

"그 남자는 아직 네덜란드에 있소?"

"밤에는 만물이 다 제자리를 찾기 마련이죠. 트럭은 어디 있죠?"

크리스가 물었다.

"다음 순찰차가 길 건너편 건물들을 확인하고 나면, 곧 나타날 거요."

남자가 자물쇠 구멍에 열쇠를 밀어 넣고 이리저리 움직이자 열쇠꾸러미가 짤랑거렸다. 남자는 묵직한 열쇠꾸러미에서 다른 열쇠를 찾아내 구멍에 밀어 넣었다.

"아하, 됐어!"

그는 크리스를 이끌고 퀴퀴한 어둠 속으로 들어갔다.

"안주인이 언제 돌아올지 정말 모르는 거요?"

"그 여자가 떠날 계획인 것도 몰랐다고 말했잖아요. 사라와 내가 목요일마다 청소하러 왔는데, 그때마다 문이 잠겨 있었어요. 그런데 내 친구들 몇 명이 제리 가렛을 네덜란드에서 봤다고 말해서……."

"알겠소. 이 집 구조를 알려주쇼."

"이게 부엌이에요. 여기에는 물건이 많지 많아요."

크리스가 바닥에 손전등을 비추며, 앞장서서 식당으로 갔다. 남자는 부엌의 샹들리에와 가구들을 가져가기로 했다.

그는 복도의 찬장을 보고 탄성을 질렀고, 크리스에게 자신이 서랍을 열 때마다 서랍 속에 불을 비추게 했다. 제일 아래칸에는 갈색 종이에 싸인 꾸러미가 있었다. 남자는 주머니칼로 포장을 벗기고 초록색 가죽으로 된 책을 크리스의 불빛에 비춰보았다. 겉장에는 금박으로 '일기'라고 적혀 있었다.

"이런."

일기가 식탁보 더미 위로 떨어졌다.

"우린 서랍을 비우고, 찬장을 가져갈 거요."

크리스는 길에서 불빛이 보이지 않도록 한 손을 오므려 손전등 불빛을 가린 채 남자를 이끌고 거실로 갔다.

"누구에게도 들키지 않고, 이 물건을 전부 트럭에 실을 수 있을 거라고 생각해요?"

"요령만 터득하면 아주 쉬운 일이지. 음…… 이건 티파니 정품이군. 이곳의 상점들은 대부분 밤에 문을 닫지. 정말 이상적이고 말고. 우리에게 남은 최악의 문제는 조깅하는 사람들과 개들뿐이요. 그런데 혈기왕성한 건강한 것들은 지금쯤 침대에 있겠지. 이 캐비닛은 프랑스제군. 이 파란 유리용기 세트는 버리고 이 캐비닛을 가져가야겠어."

그들은 집 안을 샅샅이 훑었고, 남자는 신속하게 선택했다. 그는 샤이 가렛의 방에는 값나가는 물건이 없다고 생각했지만, 손 달린 흉측한 거울 앞에서 잠시 멈추었다.

"분명 동양 물건이야. 지금 동양 물건은 바닥이 났는데… 여기를 더 비춰봐. 화려한 물건이군. 그렇지? 청동을 쓴 걸 보면 인도가 떠오르는데, 디자인은 중국 것에 가깝단 말이야. 아니면 그 중간 어디쯤…… 티벳? 아니야……."

"누가 이런 걸 사가겠어요?"

크리스가 진땀을 흘리고 있었다. 그의 번질번질한 콧등 위로 무거운 안경이 계속 미끄러졌다. 그는 온몸이 찌릿찌릿해졌지만, 그런 스릴이 불쾌한 것만은 아니었다.

"아무도 안 사갈지 모르지. 어디서 가져왔는지 들은 적 없소?"

"물어보지 않았어요."

"그 손전등 나한테 줘보쇼."

그 남자는 거울 뒤쪽을 살펴보았다.

"아무래도…… 여기 청동에 조그만 판화가 새겨져 있는 것 같은데. 일종의 사원 표식일 수 있겠어."

그가 웃었다.

"아니면 서양에서 통하는 저주 같은 것일 수도…… 아니면 둘 다이던가. 여기 에나멜처럼 보이는 파편이 있어. 한때 거울 틀 꼭대기 손가락에 보석이 박혀 있었는지도 몰라."

"나라면 그걸 사는 건 고사하고, 그걸 보러 길도 건너지 않 겠어요."

남자가 다시 웃었다.

"크리스, 신비감과 낭만은 어디로 간 거요? 게다가 댁은 시 인이잖소. 기이한 예술작품을 수집하는 사람들은 이걸 좋아할 지도 모른다고. 가져갑시다."

그들은 서둘러 뒷문으로 내려갔다. 낮은 휘파람 소리에 또 다른 남자 두 명이 울타리를 넘어 뛰어왔다.

최소한의 빛을 사용해, 네 남자는 골라놓은 물건들을 부엌 에 조용히 차곡차곡 가져다 놓기 시작했다.

크리스와 반백의 남자가 점점 늘어가는 물건들 옆에 안락의 자를 놓자마자, 다른 두 남자가 샤이 가렛의 촌스러운 침대보 로 오래된 거울을 감싼 채 들고 내려왔다. 침대보 밑으로 짐승 의 발톱 같은 게 달린 손이 보였다.

"이 침대보는 별로야. 트럭에 보호용 덮개가 있잖아."

"거울을 들 때 이상한 기분이 들었어요. 그래서 침대보로 덮 은 거예요. 찌릿찌릿하다고 해야 하나? 아니면 전기 오르는 느 낌이랄까."

"이 사람들아. 이 물건은 전기가 발명되기 한참 전에 만들어 진 거란 말이야."

515

"그런데 어떻게 이 물건들을 들고 마당을 건너고 울타리를 넘죠?"

크리스가 물었다.

"그럴 필요 없소. 우리가 트럭을 문 앞에 댈 테니까."

"하지만 울타리가……."

"오늘 오후에 손을 좀 봐놨지. 어서 서두르쇼."

크리스는 밖에서 엔진소리를 들었다. 그리고 그들이 물건들로 통로를 채웠을 때, 트럭 적재함의 문이 열렸다. 그는 이러다가 들키겠다고 생각했다.

그들은 트럭의 적재함 발판을 내리고 가구와 다른 물건들을 올렸다. 지나가는 행인들이 보지 못하도록 트럭 문을 열어놓아 시야를 가렸다.

짐을 모두 다 싣고 발판을 도로 올리자, 다른 두 남자가 트럭을 몰고 골목길로 빠져나갔다. 그리고 조금 뒤 주 도로에 접어들자마자 라이트를 켠 채 유유히 사라졌다. 이 모든 과정이 불과 한 시간 만에 끝났다.

반백의 남자는 크리스를 밖으로 몰아낸 뒤 뒤돌아서 문을 잠갔다.

"서둘러요. 울타리를 원상복구하는 걸 좀 도와주쇼."

집 모퉁이와 동네 골목 사이의 철제 말뚝들이 콘크리트 바닥에서 뽑혀 있었다. 그리고 그 사이 구간의 울타리가 땅바닥에 납작하게 넘어져 있었다.

"오늘 오후에 수리공이 이렇게 작업을 해뒀지. 솜씨 한 번 저질이네, 안 그렇소? 그 친구는 나를 닮았어."

크리스는 그 작자와 함께 울타리를 들어올려서 말뚝을 원래의 구멍에 다시 박았다. 달빛 아래에서도 말뚝을 뽑을 수 있도록 깨뜨려놓은 바닥 주위로 콘크리트 부스러기들을 볼 수 있었다. 협조를 하지 않은 것으로 보이는 기둥 몇 개는 밑동에 아예 톱질이 되어 있었다. 그 구간의 양쪽 끝에 있는 위아래 가로장도 마찬가지였다.

"백주대낮에 아무도 눈치 채지 못했을까요?"

"옷을 제대로 입었지. 마치 이곳에 사는 사람처럼 말이요. 다가와서 물어보는 사람조차 없었다니까."

그가 울타리를 천연덕스럽게 매만졌다.

"이제 멀쩡하게 서 있을 거요. 적어도 누군가가 몸을 기대거나 문을 열려고 할 때까지는. 자, 갑시다."

그 남자는 크리스를 차로 데려가 돈을 건넸다.

"이 일로 나한테 연락하는 사람이 없게 해주세요."

크리스가 부탁했다.

"경찰이 댁한테 질문할 거요. 하지만 우린 장갑을 끼고 일했으니까 괜찮을 거요. 이 돈을 천천히 쓰는 것만 기억하면 말이요. 대단한 건 없을 테니, 걱정 마쇼. 나를 다시 볼 일은 없을 거요. 난 같은 지역에서 한 번 이상 일을 안 하거든. 이 세상에는 멍청이들이 얼마든지 있으니까."

그가 웃고는 주머니에 손을 넣고 보도를 걸어 내려갔다.

크리스는 그가 왜 애초에 자신에게 접근했는지 이상하게 생각하면서 차를 몰았다. 누군가가 자신을 지목한 게 분명했다. 대체 누굴까?

진저브레드 하우스의 꼴을 보고 그 잘나가는 늙은 작가가 어떤 표정을 지을까? 어떤 사람들은 만사가 자기 뜻대로 된다.

그들에게는 조금 맛을 보여줄 필요가 있다.

나중에 가치 있는 뭔가를 갖게 되면, 경보기를 설치하거나 경비견을 한 마리 사야겠다고 그는 생각했다.

한 가지 마음에 걸리는 게 있다면 그가 오늘 저녁을 상당히 즐겼다는 것뿐이었다.

커피를 홀짝거리면서 레이첼은 맞은편 테이블에서 한 쌍의 남녀가 서로에게 몸을 기댄 채 소곤소곤 대화하는 것을 지켜보았다.

그녀는 진저브레드 하우스가 그리웠다.

'왜 이렇게 그 집에 집착하는 걸까?'

그녀는 자신이 직접 준비할 필요가 없는 훌륭한 저녁 식사를 즐길 수 있었다. 아침에 일어나서 정리를 하지 않아도 되는 호텔 침대에서 잘 수도 있었다. 레이첼은 원한다면 뭐든 할 수 있었다.

'난 변화를 두려워할 만큼 늙지 않았어.'

웨이터가 그녀의 잔을 채우고 계산서가 담긴 쟁반을 코밑에 들이밀었다.

레이첼은 마감이 닥친 책을 포기하고 새로운 책을 쓰기 시작했다. 이혼 직전의 부모가 사는 집에서 도망쳐 나온 임신한 십대에 관한 내용이었다. 샤이는 혼란스럽고 두려웠을까? 레이첼이 필요하지만 연락할 수 없는 걸까?

아니면…… 죽었을까?

레이첼은 덴버의 브라운 팰리스 호텔의 우아하지만 축 처진 분위기의 식당을 빠져나가서, 화려한 색채로 장식된 고풍스러운 로비를 통과해 그녀의 외로운 객실로 향했다.

아침나절에 웨딩거울은 뉴멕시코를 절반쯤 건너고 있었고, 여전히 트럭의 캄캄한 내부에서 남쪽으로 향하고 있었다.

그것은 스트로크의 어머니 도라 K가 백 년 전에 콘월에서 이 땅으로 가져온 찬장 옆에 서 있었다.

브랜디 맥케이브는 그날 오후 손녀딸의 배 위에 책을 올려놓고 로티의 침대에서 쉬고 있었다.

그녀는 얼마 전 벽에서 외설적인 사진들을 모두 떼어냈다.

브랜디는 그녀의 손녀가 웨딩거울의 마법을 불러일으킬 때까지 밭에서 야채를 키우고 집 안을 구석구석 청소했다.

마렉 와이어의 아이는 뱃속에서 파도 위를 떠다니는 배처럼 움직였고, 그 바람에 배 위의 책이 오르락내리락했다. 배 주위의 피부가 팽팽하게 당겨지는 듯한 느낌, 따끔거리는 통증이 점점 더 넓게 퍼졌다.

브랜디는 샤이 가렛의 몸속에서 자라고 있는 가엾은 생명에 대한 애착과 싸웠다. 그 아기는 그 아버지만큼이나 그녀와 무관한 존재였다. 그러나 1900년대로 돌아간 후에도(그리고 당연히 돌아갈 것이라고 생각했다), 그녀는 늘 이 아기를 궁금해할 것이다.

소설 한 페이지를 넘기며, 그녀는 다시 책에 집중하려고 애썼다. 로티의 책들은 벽에 걸려 있었던 벌거벗은 남자들의 사진만큼이나 외설적이었다. 브랜디는 그 소설을 읽지 말아야 한다는 것을 알았다.

그러나 그녀는 그 책들에서 오랫동안 의심해왔지만 믿고 싶지 않았던 사실을 발견했다. 바로 사람들이 꼭 동물처럼 짝짓기를 한다는 것이다. 게다가 사람들은 그 짓을 하는 데 엄청난 시간과 에너지를 쏟아 부었다. 물론 그들 대부분은 결혼한 사이가 아니었다.

작가들은 그 과정을 아주 상세하게 묘사했다. 브랜디는 혼란스러웠다. 그 이야기들 속에서 여자들은 그 불결한 짓을 정말로 즐기는 것처럼 보였다.

계단이 삐걱거렸다. 브랜디가 베개 밑에 소설을 숨기는 순간, 세인트 존이 노크도 없이 문을 벌컥 열었다.

그는 마치 먼 거리를 달려온 사람처럼 숨을 헐떡이며, 떨리는 손가락으로 그녀를 가리키며 서 있었다.

"뒷문으로 나가, 헛간으로."

"하지만 세인트 존 씨, 대체 무슨……."

"서둘리! 로티가 오고 있어. 히치하이크를 해서 왔나봐."

밖에서 해피가 경고하듯 짖었다.

웨딩거울이 실린 트럭이 동쪽으로 꺾어지기 시작했을 때, 어떤 차가 그 뒤로 따라붙었다. 크리스 데이븐포트에게 말을 걸었던, 머리가 하얗게 센 이름 모를 그 남자가 운전석에 앉아 있었다. 하지만 그의 머리카락은 이제 짙은 밤나무 색이었다.

그 차와 트럭은 대열을 이루어 텍사스로 넘어가는 경계를 건넜다.

13

홀리건은 머리로 브랜디 옆에 있는 칸막이를 들이받았다. 그녀는 뒷걸음질치다가 발로 지푸라기들 틈에 있는 달걀 한 알을 뭉개버렸다.

염소가 울타리 앞에서 앞발을 치켜들었다. 암탉들은 헛간 구석구석을 달리면서 꼬꼬댁거렸다. 다락으로 올라가는 사다리에서 고양이 한 마리가 쉭쉭 소리를 냈다.

"쉬잇, 모두들 조용히 해."

그녀가 속삭였다.

두려움 때문에 목줄기가 뻣뻣해졌다. 지금 들킨다면 그녀는 또다시 도망쳐야 될 것이다.

그러지 않으려고 아무리 애써보아도, 브랜디는 뱃속의 어린 것에게 점점 집착하고 있었다. 따지고 보면, 이 아이는 그녀의 증손자가 아니던가.

그녀가 벽에 기대어진 쇠스랑을 향해 걸어가고 있을 때, 밖에서 말소리가 들렸다.

홀리건이 헛간을 지탱하고 있는 수직 기둥을 발로 찼다. 그 바람에 판자 틈새에서 먼지가 새어 나왔다. 얌전한 염소 스티나 마르크까지도 브랜디가 문 뒤에 자리를 잡을 때 의심스러운 눈초리로 그녀를 쳐다봤다.

헛간 벽 틈새 사이로 차가운 가을바람이 스며들었다.

"이런, 못 말리는 노인네."

여자의 목소리였다.

"또 거짓말이네."

그녀가 킬킬거렸다.

"아니다."

"그럼 내가 할아버지가 이 집을 이렇게 치워놨다고 믿길 바라? 어딘가 여자 친구를 숨겨놨겠지. 내가 찾고 말 거야, 참 그 나이에도."

"로티, 내가 말했잖아……."

"그러지마, 할아버지. 난 신경 안 써. 그냥 그 할머니를 만나고 싶을 뿐이야. 나 말고 여자를 또 들였다는 게 믿기지 않을 뿐이고. 그 할머니는 어디 있지? 할아비지기 소개해줄 때끼지 여기 있을 거야. 그리고 절대 웃지 않겠다고 약속할게."

하지만 로티는 웃었다.

"아니면 낮에는 일을 나가나?"

"대체 어째서 그런 생각을 하는지 모르겠구나."

"헛간에 있는 거야?"

"아냐."

문이 열렸다. 브랜디는 문 뒤에 납작하게 숨었다.

"음…… 여자친구가 아니라면, 누가 집을 청소했단 말이야? 할아버지 세대의 남자들이 갑자기 부지런을 떨게 되지는 않잖아."

"사회사업가가 사람을 보냈어."

"복지 기관에서 사람이 나오면 해피를 시켜 쫓아내잖아. 난 할아버지를 알아. 틀림없이 여자친구가 생긴 거야. 나한테 말 안 해주면, 난 단단히 삐질 거……."

문짝에 매달려 끌려가다가, 브랜디는 마침내 어떤 젊은 여자와 마주했다. 그녀의 얼굴에서 즐거운 웃음기가 사라졌다.

그녀는 긴 치마를 입고 커다란 남자 구두를 신고 있었다. 숄처럼 생긴 뜨개질한 옷―목 부분에만 구멍이 뚫려 있는, 예전에 본 양치기 여자 입상이 입고 있는 것과 비슷한―이 나머지 몸의 대부분을 덮고 있었다. 로티의 짙은 색 머리칼은 레이첼을 위해 청소해주던 사라의 머리처럼 곱슬곱슬 엉켜 있었다.

로티는 놀란 나머지 입을 헤 벌린 채 서 있었다.

"하지만…… 당신은 너무 젊잖아요. 당신은……."

그녀가 어깨를 으쓱했다.

"미안해요, 난 그냥……."

"나가주세요."

브랜디가 갈고리를 로티의 가슴에 겨눴다.

로티가 뒷걸음치다가 안셀과 부딪쳤다.

"샤이 가렛, 그거 내려놔."

"샤이 가…… 이런, 할아버지. 저 여자는……."

로티가 얼굴이 하얘져서 안셀을 돌아보았다.

"진저브레드 하우스에서 찾고 있는 여자잖아! 어서 아니라고 말해 봐, 할아버지. 게다가 저 여잔 임신했잖아."

"로티, 내 얘기 들어봐……."

"그리고 당신."

그녀가 브랜디에게 몸을 돌렸다. 그녀의 치마와 머리카락이 출렁이며 휘돌았다.

"그동안 이 미친 노인네를 이용했군? 믿을 수 없는 일이야. 정말 믿을 수가 없어."

로티가 쇠스랑을 옆으로 밀치고 앞으로 걸어 나갔다. 브랜디와 안셀은 서로를 쳐다보았다.

그들이 따라가려는데, 로티가 거의 환자 같은 모습으로 다시 나타났다.

"할아버지. 설마…… 저 여자를 임신 시킨 건 아니겠지?"

"물론 아니야. 이제 그만 말하고 설명할 틈을 좀 다오. 샤이는 몸이 아파서 찾아왔단다. 사람들이 샤이의 아기를 낙태시키고 샤이를 정신병원에 가두려고 해서 도망친 거야."

"그럼 저 여자도 미친 거네. 이제야 알겠군."

"너라면 어떻게 하겠니? 매정하게 돌려보내?"

"나라면 집에 들이겠어."

로티의 예쁜 얼굴이 흉하게 일그러졌다.

"그리고 대가를 요구하겠지."

웨딩거울을 실은 트럭과 자동차가 지붕이 낮은 건물 근처의 벌판으로 들어섰다. 그 외 다른 차들이 바깥쪽 풀밭 위에 즐비하게 늘어서 있었고, 사람들은 차가운 그림자들 사이로 바삐 걸어다녔다.

벌판 여기저기, 주차장의 콘크리트 초입, 건물 측면에까지 11월의 바람에 흩날린 흙먼지와 음식 포장지가 너절하게 흩어져 있었다. 길가의 페인트칠된 간판이 바람에 획획 돌아갔다.

간판에는 '골동품 경매'라고 적혀 있었다.

머리색을 흰색에서 밤색으로 바꾼 남자가 차에서 내려 트럭 속 남자들에게 어디에 주차를 해야 하는지 신호를 보냈다. 그는 목을 빼고 양쪽을 살피며 어깨를 휘휘 돌렸다. 참으로 먼 길을 왔다. 그들은 끼니를 때울 때와 합법적으로 대가를 치르고 구입한 물건을 실을 때를 제외하곤 한시도 멈추지 않았다.

동행이 다가왔다. 그들의 부츠 밑에서 죽은 풀들이 부서지며 바스락 소리를 냈다.

"모텔은 어디 있죠? 아침에 이걸 풀어놓으려면 잠을 좀 자야겠어요."

"아직은 안 돼. 오늘 밤 거래할 일이 많이 있단 말씀이야."

"하지만 경매는 내일 오후에 시작하잖아요."

"괜찮은 물건들은 오늘 밤 번개처럼 팔려나갈 거야."

콜로라도 보울더의 집에서 훔친 물건들의 상당량은 24시간 이내에, 어쩌면 물건들이 사라진 것을 발견하기도 전에 사방으로 흩어질 것이다.

근처에 서 있는 캠핑용 차량 뒤쪽 문이 열렸다. 불빛과 담배 연기, 커피향이 쏟아져 나왔다.

"프레데릭, 당신 목소리 맞아요?"

"그렇소."

웨딩거울을 훔친 남자가 혼잡한 캠핑 차량 속으로 들어갔다.

"내가 이번에 가져온 물건들을 보여줄 테니 기다려요. 당신들 손전등과 수표책에 이상이 없길 바랍니다."

브랜디 해리엇 맥케이브는 우두커니 천장을 바라보고 있었다. 그녀는 자신의 인생이 왜 이렇게 이상하게 꼬여버렸는지 생각했다. 만약 6개월 전에 누군가가 그녀에게 침대를 같이 써야 한다고 말했다면, 브랜디는 격분했을 것이다.

로티는 반으로 접은 베개로 머리를 받치고 책장을 넘겼다. 그녀의 작고 날씬한 몸은 배만 불룩한 기다랗고 마른 샤이의 몸을 상대적으로 어색하고 흉하게 보이게 했다.

책이 바닥에 떨어졌고, 로티도 바닥으로 내려왔다.

"집중할 수가 없어요. 이게 다…….."

그녀는 자기 할아버지를 암시하는 몸짓으로 천장을 향해 두 손을 들어올렸다.

"그러니까…… 난 우리 할아버지가 당신을 숨겨준 것 때문에 곤란해지지 않는다면, 당신을…… 당신 식구들에게 그냥 돌려보낼 거예요."

그녀는 천으로 된 조잡한 손가방을 뒤져서 담배 종이와 부스러진 마른 풀 같은 게 담긴 투명한 봉지를 꺼냈다.

"보울더의 수천 명 주민들 중에서, 하필 왜 저 미친 노인네를 택한 거죠?"

"당신은 세인트 존 씨를 잘못 생각하고 있는 거 같아요. 이 세상은 미친 사람들로 가득하지만, 당신 할아버지는 다른 사람들보다 분별 있는 사람으로 보여요… 가끔은요."

브랜디는 로티가 다시 걸어놓은 사진들에서 눈을 돌리려고 애썼다. 로티는 그것들을 '포스터'라고 불렀지만, 그것이 무엇이건, 아무튼 성인 남자들이 카메라 앞에서 나체로 포즈를 취한 사진이라는 건 분명했다.

"저들이 어떻게 아무렇지도 않게 저런 행동을 할 수 있는지,

나의 좁은 상식으로는 이해할 수가 없군요."

"당신 정말 웃기게 말하네요."

로티가 침대발치에 앉아 담배 한 모금을 빨아들인 뒤 연기를 머금고 있다가 천천히 콧구멍으로 내뿜었다. 달콤한 냄새가 이불을 넘어 브랜디를 향해 넘실넘실 다가왔다. 그녀가 전에 맡았던 어떤 담배 향보다 강렬했다.

"당신은 이곳 사람이 아닌 것 같아요. 혹시 외국에서 학교를 다녔어요?"

"난 외국인이 아니에요."

브랜디의 세계에서 외국인들은 수상하거나, 하나같이 어리석었다.

로티는 잠옷을 끌어올려 맨 다리를 드러내고는, 한쪽 발을 높이 올려 반대쪽 다리 허벅지에 얹고—위를 향한 발바닥이 새까맸다—, 나머지 한쪽 발을 그 발과 엇갈리도록 다른 허벅지 위에 얹었다. 그런 다음 굽혀진 양쪽 무릎을 아래로 눌렀다. 틀림없이 골반 관절이 빠졌을 것이다.

브랜디는 그 민망한 광경을 피하려 눈을 돌리다가, 그 대신 사진 속에 누워 있는 남자의 몸과 마주쳤다. 가슴과 팔과 다른 곳에 까만 털이 나 있는…… 그 털들은 마렉 와이어를 생각나게 했다. 그녀는 두 손을 모아 툭 튀어나온 배 위에 얹었다.

"저 남자가 마음에 드나 봐요. 그렇죠? 그래서 포스터들을 떼어놓은 건가요? 저 남자도 나쁘지 않지만, 난 더 괜찮은 바지씨들을 많이 봤어요."

"바지씨?"

"그래요. 이봐요, 그냥 집으로 돌아가서 그동안 어디 있었는지 말하지 않으면 어때요? 당신은 이제 낙태를 하기에는 늦었어요."

"날 정신병원에 갇히게 할 셈인가요, 로티?"

"낙태를 할 수 있는데 하지 않은 사람은 미친 거예요."

로티가 담배를 머리핀에 끼우더니, 다시 그 핀을 잡고 담배를 피웠다. 브랜디는 로티가 입술을 댈까봐 두려웠다. 역겨운 냄새 때문에 머리가 지끈거렸다.

"당신이 발견되지 않는다 해도, 결국 아이를 낳으러 병원에 가면 어차피 발견될 수밖에 없어요. 그리고 할아버지가 병원비를 댈 능력이 있다고 생각한다면, 다시 한 번 생각해보는 게 좋을 거예요."

"병원이요? 병이 난 게 아니라 아기를 낳는 거잖아요."

로티가 다리를 풀고 일어섰다. 그녀는 잠깐 동안 휘청거리는 몸을 침대 기둥에 대고 서 있었다.

"참, 누군지 몰라도 성격 좋은 남자였을 게 분명해. 이 남자는 어때요?"

그녀가 어떤 사진을 가리켰다.

"로티, 그 역겨운 것들을 꼭 여기에 둬야 하나요?"

"역겹다고?"

로티가 사진들을 한눈에 다 보려는 듯 뒤로 물러섰다.

"좀, 초감각적이긴 하군요. 어쩌면 게이일지도. 하지만 전체적으로 보면 괜찮은데."

"하지만 옷을 입지 않고 있잖아요."

브랜디가 창문 쪽으로 얼굴을 돌렸다.

"실은 옷을 안 입은 것 이상이에요. 엉덩이도 내놓고 있잖아요."

로티가 침대를 돌아 나와 커튼을 응시하고 있는 브랜디의 시선을 가로막았다.

"그게 뭐가 문제죠?"

"정숙한 여자들은 침실이나…… 어디에서도 벌거벗은 남자의 사진을 보지 않아요."

브랜디는 애써 눈물을 참으려 했지만, 이내 샤이의 뺨과 베개가 축축해졌다. 그녀는 이 세계를 감당할 수 없었다.

"정숙이라고요? 당신은 임신한 몸이에요. 그저 동쪽에 있는 큰 별을 쳐다봐서 그렇게 된 건 아니잖아요? 설마 어떤 남자가 옷을 입은 채로 당신을 덮쳤다고 말하려는 건 아니겠죠? 이봐요, 울지 말아요…… 내 말은……."

로티는 브랜디의 옆에 앉아 팔을 어깨에 두르고 위로하려 했다.

"샤이, 임신한 게 잘못이라는 말이 아니에요. 하지만 돌볼 수 없는 아기를 낳는 건 아이에게 몹쓸 짓을 하는 거예요. 옳지 않은 것 같아요. 알죠?"

"아니요, 난 모르겠어요."

브랜디는 고개를 돌리고 남자들의 사진을 피해 눈을 감았다.

"난 남자하고 같이 누워본 적도 없어요."

"그럼 서서 했나 보군요. 뭐, 자유 시대니까."

로티가 경멸 어린 코웃음을 쳤다.

진저브레드 하우스에서 훔쳐온 물건들 중 다음날 아침 경매장으로 옮겨진 것은 웨딩거울과 나무 안락의자뿐이었다.

다른 물건들은 전국 각지에서 온 골동품 상인들이 동 트기
도 전에 싹쓸이해갔다. 도라 K의 찬장만이 조심스럽게 포장되
어 캘리포니아 번호판이 붙은 캄캄한 트럭 적재함 속으로 옮
겨졌다.

경매는 아직 시작되지 않았지만, 경매장은 분주했다. 예비
구매자들이 기이한 상품들 사이를 누비고 다니며, 입찰할 만
한 품목을 결정하고 있었다.

신디 윌슨은 열 지어 놓여 있는 철제 체리씨 분리기에 붙은
표찰에서 번호를 확인했다. 그러고는 몸을 숙여 고풍스러운
장식장의 서랍을 억지로 밀어 넣었다.

"실례합니다. 좀 지나갈 수 있을까요?"

작업복을 입은 남자가 팔에 전깃줄을 친친 감고 뒤에 서 있
었다.

남자가 지나가도록 뒤로 물러났을 때, 그녀는 블라우스 너
머로 척추를 찌르는 차갑고 날카로운 것을 느꼈다. 뒤돌아보
니 그것은 서로 얽혀 있는 청동 손들이었다. 살짝 튀어나온 작
은 손가락에 지나치게 긴 손톱이 달려 있었다.

손들은 꼭대기에서부터 비스듬히 금이 가 있는 아주 오래된
전신거울의 틀이기도 했다. 신디는 수프레이로 바싹 붙인 머
리를 톡톡 치다가 고개를 흔들었다.

그녀와 네드는 5년 동안 이 사업을 꾸려왔지만, 이렇게 기괴
한 물건은 처음이었다. 네드가 그녀의 뒤에 서자, 그의 휘어진
모습이 거울에 나타났다.

"당신, 이거 봤어?"

그가 형식적으로 살펴본 뒤 인상을 찌푸렸다.

"오싹하군."

"알아. 너무 오싹해서 흥미로울 정도야. 쇼 윈도우에 놓으면 호기심 많은 사람들을 끌어들일 수 있을 거야."

"아니면 사람들을 겁줘서 쫓아버리거나."

네드가 건조하게 말하고 어디론가 사라졌다.

"또 지나가야겠는데요."

작업복을 입은 남자가 팔에 감았던 전깃줄을 풀면서 다가왔다.

신디는 전깃줄을 넘어간 뒤, 필기판을 집어 들고 계속해서 상점에서 가져온 나머지 잡동사니 골동품들의 표찰에 적힌 번호를 확인했다.

전기기사가 경매장 연단으로 다가가자 팽팽하게 당겨진 전선이 웨딩거울 하단의 날카로운 발톱 위를 훑으면서 넘어갔다. 그러면서 피복이 군데군데 벗겨졌고 누가 봐도 위험하다 싶을 정도로 도체가 노출됐다. 그렇게 노출된 한 부분이 거울의 무게를 지탱하는 굽어진 집게손가락에 닿았다.

"하나…… 둘…… 셋……."

연단에서 흘러나오는 단조로운 목소리가 그 휑뎅그렁한 건물 구석구석까지 닿았고 흥분한 골동품 광들의 웅성거림 위로 쩌렁쩌렁 울렸다.

"마이크 테스트…… 하나……."

신디는 연필을 귀 뒤에 꽂은 채 등 뒤에서 들리는 윙윙 소리에 몸을 돌렸다. 얽혀 있는 청동 손이 희미하게 반짝이는 것 같았다. 그녀는 눈을 깜빡이고 유리를 들여다보았다.

신디 윌슨은 또 한 번 눈을 깜빡이며 필기판을 떨어뜨렸다.

브랜디 맥케이브는 빵 반죽을 넣은 뒤 오븐 문을 닫고, 비틀비틀 소파로 걸어갔다. 익숙한 느낌이 그녀를 덮쳤다.

그녀의 손녀가 마침내 거울의 비밀을 발견한 게 분명했다.

'오, 샤이, 서둘러!'

브랜디는 몸을 뒤로 기댄 채 긴장을 풀고 눈앞에서 올라오는 안개에 몸을 맡기려 했다. 그러나 안개는 너무 옅었다. 그녀는 아직도 안개 사이로 부엌과, 욕실에서 걸어 나오는 로티를 볼 수 있었다.

"샤이? 오, 맙소사. 설마 여기서 유산하려는 건 아니겠죠?"

로티의 목소리가 아득하게 들렸다.

브랜디는 추락하며 돌기 시작했다. 숲길과 소나무, 그녀의 앞에서 뒤집어진 양동이. 그러나 여전히 그녀는 그런 영상들 뒤로 로티가 서 있는 것을 볼 수 있었다. 이제 로티의 입은 소리 없이 움직이고 있었다.

……땅 냄새…… 머리 위에서 층을 이룬 솔방울들 사이로 살랑거리는 바람 소리…… 메스꺼움…… 진땀…….

브랜디는 더 깊이 가라앉으려고 애썼다. 하지만 당기는 힘은 약해졌다. 숲길과 양동이가 점차 희미해졌다.

그녀의 위로 희미하게 떠오르던 로티의 모습이 점점 또렷해지고 이제는 목소리까지 들렸다.

그 흉측한 거울이 연단으로 옮겨질 때 네드 윌슨은 불안하게 아내를 지켜보았다. 그는 그렇게 창백한 아내의 모습을 본적이 없었다.

"그래, 좋아. 당신이 정말로 저 망할 물건을 원한다면. 하지만 100달러 이상 부르면 가만 두지 않을 거야."

거울 전면을 본 군중들은 숨을 죽였다. 깜짝 놀란 경매인이 다시 거울을 쳐다보고, 앞에 있는 종이들을 확인했다.

청중들 중에 한 여자가 키득거렸다.

"내가 말할게. 저건 마술이야."

신디가 속삭였다.

"당신이 내가 본 걸 본다면……."

"그런 건 애들이나 믿는 거지. 여보, 무슨 생각을 하는 거야?"

"하지만 나는 영상을 봤어…… 사람들이랑 물건들의 모습. 그리고 연기구름. 내가 보인 게 아니야. 내가 바로 그 앞에 서 있었는데 말이야."

"경매는 50달러부터 시작합니다."

경매인이 민망한 듯 웃으며 말하자, 군중들이 소리 내어 웃었다.

그러나 신디 윌슨은 손을 들었다.

14

로티는 접시들을 개수대에 던지듯 집어넣었다. 결국 접시 하나가 깨졌다.

"할아버지, 꼭 발작 같았어. 눈알이 뒤로 넘어갔다니까. 아마 간질환자인가 봐."

"안 그럴 걸."

안셀이 신문을 멀찍이 들고 고개를 뒤로 살짝 젖힌 채, 마치 인쇄된 글씨 한 줄 한 줄에 코끝으로 밑줄을 긋고 있는 것처럼 신문을 읽었다.

"집중하고 내 말 좀 들을래? 지금 샤이는 저 위에서 죽어가고 있을 수도 있어. 유산이나 뭐 그런 거 때문에 말이야."

"방금 들여다봤는데, 별 탈 없이 평화롭게 자고 있더라. 내일 아침이면 괜찮아질 거야. 샤이는 충분히 건강해."

로티는 안셀이 읽고 있던 신문을 테이블 위로 내리눌렀다.

"샤이는 임신했고, 의사에게 가본 적도 없어. 그러다 죽기라도 하면 어쩔 건데?"

안셀은 수염에서 으깬 콩을 떼어냈다.

"사람이 죽으면 묻어야지."

"어디에? 밖에 있는 묘지에? 또 '스티나 마르크'라고 십자가를 세우게? 할아버지. 자칫하면 살인자나 유괴범으로 몰릴 수도 있어. 샤이가 죽으면, 자기가 원해서 이곳에 있었다는 말을 할 수 없잖아."

"샤이는 원하면 언제든 갈 수 있어."

안셀은 신문 한 장을 넘겼다.

"이것 좀 봐라. 마렉 와이어구나."

"그게 누군데?"

"여기 국립대기연구센터 과학자라고 써 있구나."

그가 세 장의 작은 사진을 가리켰다.

"지역 과학자들이 파괴적인 뇌운의 비밀을 찾고 있다."

그가 소리 내어 읽었다.

"그래서 뭐? 우리는 지금 문제를 떠안고 있고, 그건 과학자나 뇌운하고는 아무 관계도 없어."

"관계가 있다. 이 사람이 아기의 아버지거든."

네드 윌슨은 이미 물건들이 꽉 들어찬 밴에 거울을 실었다.

그의 아내는 가족 사업의 리더였다. 그녀는 무엇을 사야 할지, 누구를 고용해야 할지, 임금이나 상품에 대해 얼마를 지불해야 할지, 어떻게 값을 깎아야 할지 알았다.

그러나 신디도 가끔 실수를 했다. 이 거울도 그중 하나였다. 입찰은 100달러까지 올라갔다. 네드는 다른 입찰자들을 값을 올리기 위해 심어놓은 사람이라고 확신했다.

둘의 관계에서 네드는 섬세한 쪽이었다. 그는 갈등하는 고객을 유인하는 역할을 했으며, 빈틈없는 아내를 이해하고 설득할 수 있는 유일한 인물이라고 스스로 자부했다.

그는 거울에 덮개를 두르고 움직이지 않도록 줄로 묶은 뒤 찌릿찌릿한 손에서 먼지를 털어냈다. 고혈압인가? 그는 돌아가서 건강검진을 받는 게 좋겠다고 생각했다.

"나를 걱정시키는 건 네가 아니야."

그가 앞에 있는 물체에게 말했다.

"내가 걱정하는 건 아내야. 왜 너한테 홀려가지고, 자기가 볼 수 없는 걸 봤다고 생각하는지."

아무리 살펴봐도, 신디가 봤다는 것을 설명할 만한 장치는 없었다. 그녀는 공상 따위를 하는 사람이 아니었다. 그리고 돈과 성공 말고 다른 것은 안중에도 없었다.

"출발할 준비 됐어?"

신디가 밴의 문 앞에 서 있었다. 지극히 정상처럼 보였다.

"그래, 당신이 이걸 몰아. 내가 트럭을 몰게."

"방금 머틀 씨랑 통화했는데, 어젯밤 콜로라도에 눈이 왔대. 우리가 덴버로 곧장 갈 수 있을까?"

"중간에 하룻밤 묵지 뭐. 아무래도 당신…… 아니, 우리가 좀 천천히 가는 게 좋을 거 같아."

그가 차에서 내려 미닫이문을 닫았다.

"왜? 네드, 가게는 어쩌고."

그녀가 바람에 흩날리는 붉은 곱슬머리를 누르며 말했다.

"왜냐하면 우리가 모텔에서 뒹굴어본 지 너무 오래됐으니까. 그리고 모텔에 가면 당신이 흥분하잖아."

그가 아내에게 애교 있게 한숨을 지어 보였다.

"대체 언제 철들래?"

그의 아내가 미소 지었다. 다른 여자라면 킬킬댔을 것이다.

"그래, 좋아. 모텔에서 하룻밤. 하지만 샴페인 정도는 기대할 거야, 최소한."

그는 운전석으로 들어갔다.

콜로라도 번호판이 붙은 그 트럭과 밴은 대열을 이루어 바퀴자국이 나 있는 벌판을 빠져나갔다.

제리 가렛은 올스모빌을 몰고 진저브레드 하우스 뒷골목으로 들어갔다. 셔츠가 좀 더 필요했다.

그는 차에서 내려 잎이 진 앙상한 나뭇가지들 사이로 집을 쳐다보았다. 셔츠만 필요한 게 아니었다. 그는 이곳에 대한 그의 원망에서 빠져나올 필요가 있었다. 더 이상 누구도 그를 붙잡지 않았다. 누구를 탓할 수도 없었다.

제리는 자신이 잃어버린 것들, 그리고 이제 그의 일부가 되어버린 외로움과 씨름할 필요가 있었다.

몇 시간 전 그는 레미와 엘리노어의 아파트에서 처갓집 식구들과 추수감사절 만찬을 가졌다. 댄과 루스는 자신들의 아파트에서 건너왔고, 여자들이 힘을 합쳐서 그가 오랜만에 먹어보는 가정식 요리를 만들었고 쌍둥이들에게 이것저것 심부름을 시켰다. 제리는 그들의 동정을 받으며, 그리고 결혼생활을 잘 꾸려가는 사람들의 겉으로 드러난 자만심을 시샘하며 불편한 마음으로 음식을 먹었다.

그때 레미가 모든 사람들이 생각하고 있는 것을 말했다.

"레이첼이 혼자 밥을 먹고 있지 않으면 좋을 텐데. 우리가 마렉을 통해 초대했지만, 레이첼은 오려고 하지 않았다네."

"내가 걱정되는 건 샤이야, 불쌍한 것."

댄이 말했다.

"그애는 죽었어요."

소리 내어 얘기하는 편이 차라리 나았다.

여자들은 주의를 딴 데로 돌리기 위해 접시를 달그락거리며 테이블을 치우는 척했다.

"그애를 찾을 때까지 난 믿지 않을 걸세. 자네도 그래야 해, 제리. 망할 놈의 세상. 모두들 너무 쉽게 희망을 포기하지. 우리가 불황 때 사업을 시작한 거 기억나, 레미? 우린 포기하지 않았기 때문에 성공할 수 있었던 거라고."

언제나 언쟁을 시작하는 사람은 댄이었다.

제리는 파이와 커피를 마신 뒤 양해를 구하고 자리를 떴다.

이제 레이첼의 차는 길옆에 주차되어 있지 않았다. 그는 그녀가 진저브레드 하우스에 영영 돌아오지 않는 게 아닌지, 너무 멀리 가버린 게 아닌지 걱정했다.

허공에서 눈발이 날리더니 땅에 닿자마자 녹아버렸다.

제리는 대문 빗장을 잡고 옆으로 밀었다. 철제 울타리가 집 쪽으로 기울어져 있었다.

"무슨 일이지?"

대문은 철사로 감겨져 있었다. 제리는 창 모양으로 된 말뚝에 어깨를 기대고 쭈그리고 앉아 대문을 자세히 살펴보았다.

그때 출입문과 모퉁이 사이의 울타리 전체가 뒤뜰 안으로 무너졌다.

브랜디는 소파에 기대어 있었다. 낮잠을 잔 뒤 상태가 좀 나아졌지만, 다른 세계를 희미하게 엿본 뒤 남은 메스꺼움 때문에 여전히 기운이 없었다.

그녀의 손녀가 거울을 제대로 작동시켜야 했다. 그것도 곧. 여기서 또 실패하면 더 이상 견딜 수 없을 것이다.

로티가 골반에 손을 얹고 다리를 벌린 채 마치 셰익스피어의 연극에 나오는 말괄량이 같은 표정으로 그녀의 앞에 섰다.

"당신이 이 마렉이라는 남자의 아기를 가졌다면, 왜 그 남자가 당신을 도울 수 없는 거죠? 당신한테 다이아몬드를 준 남자 아닌가요?"

"그 사람한테는 더더욱 갈 수 없어요, 로티."

"왜죠? 아직 버젓이 반지를 끼고 있으면서."

"손이 부어서 반지를 뺄 수 없는 것뿐이에요."

"예전엔 안 그랬지. 처음 이곳에 왔을 때는 부어 있지 않았는데도, 자넨 반지를 빼지 않았어."

로티 가까이에서 세인트 존이 어슬렁거렸다.

'그 반지는 내 것이 아니에요. 이 손가락도 마찬가지죠.'

"지금 나를 내치지 말아줘요, 로티. 이렇게 부탁해요."

"당신은 낙태하기에는 너무 늦었어요. 당신은······."

그녀는 자기 머리를 때리는 시늉을 했다.

"대체 이 두 사람을 어쩌지? 난 지금 네덜란드에 있어야 한다고요. 하지만 여기 상황이 이런데, 내가 어떻게 떠날 수 있겠어요?"

"남자친구 셋이 너한테 싫증을 냈니?"

"새 남자친구와 살 곳이 생겼어. 하지만 할아버지가 이렇게 곤란한 문제에 빠져 있는데 떠날 순 없잖아."

"내가 보기에 문제는 네가 온 다음부터 시작된 것 같구나. 우리는 잘 지내고 있었어. 네딜란드로 다시 가. 원한다면 트럭으로 태워다주마."

"어떻게 날마다 여기 걱정을 하면서 거기서 재미를 볼 수 있겠어? 할아버지는 아이만도 못해. 잠시라도 눈을 떼면 꼭 문제를 일으킨다니까."

로티는 스티나 마르크의 새끼고양이 한 마리를 맨발로 차서 의자에서 떨어뜨렸다. 그녀는 주저앉아 팔을 테이블에 올려놓고 간청하는 제스처를 취했다.

"제발, 할아버지는 점점 더 내 또래 사람이 감당하기 힘든 사람이 되고 있어."

안셀 세인트 존은 상처 입은 듯한 표정을 짓더니, 하루가 다르게 커가고 있는 새끼고양이를 집어 들었다.

"더 이상 못 참겠군!"

그는 고양이를 브랜디에게 넘겨주고 의자 등빌이에서 코트를 낚아챘다.

"시내에 나가서 커피를 살 거야, 잔뜩. 샤이하고 내가 마실 거다. 너한텐 한 방울도 없을 줄 알아."

그가 똑바로 끼워넣지 않은 틀니 위로 입을 삐죽거렸다.

"이봐, 칼로타 랠스톤. 이곳을 네 맘대로 휘저을 수 있다는 생각은 버려."

그가 투덜거리며 유리문을 닫았다.

로티는 울음을 터뜨리려는 듯 얼굴을 찌푸렸다.

"저 늙은이를 대체 어떻게 해야 되지? 난…… 난 그냥 할아버지의 식단을 바로잡으려 한 것뿐인데."

"로티, 할아버지를 어린아이 취급하면 안 돼요."

브랜디가 기분이 상한 고양이를 쓰다듬었다.

"그분은 오랜 세월을 겪었고, 당신보다 인생에 대해 더 많은 것을 알고 있어요."

그는 이 두 사람의 관계를 이해할 수 없었다. 둘 사이에 애정이 있는 것은 분명하지만, 손녀는 할아버지를 아이처럼 다루었고, 할아버지는 손녀딸을 천박하고 건방지게 만들었다.

"할아버지는 당신이 결혼도 하지 않은 채 남자들과 함께 살고, 담배를 피우고, 망측한 언어를 사용하는 걸 걱정하세요. 그리고 당신은 할아버지에게 존경심이 없어 보여요."

"존경심? 할아버지는 늙었고, 미쳤어요. 요즘은 마지막 남은 분별력까지 없어지고 있는데, 도저히 할아버지를 말릴 수가 없어요. 그리고 난 그게 당신 때문이라는 느낌이 들어요. 요즘 사람들은 너무 오래 살아요. 그게 문제라고요."

"얼마나 오래 살 것인지는 사람들 맘대로 되는 게 아니에요. 그건 하나님의 손에 달려 있죠."

"하나님? 오, 맙소사. 우리 중에 예수쟁이가 있었네. 샤이 가렛, 난 할아버지가 또 무슨 짓을 할지 모르겠어요. 당신도 모를 걸요. 할아버지는 점점 더 무서워지고 있어요. 내가 당신이라면, 이 집에서 당장 나가겠어요. 할아버지는 예측할 수 없는 사람이에요."

"로티, 스티나 마르크가 누구죠? 고양이나 염소 말고?"

"우리 할머니예요. 할아버지의 아내죠. 마르크는 시집오기 전 성이죠."

"그분이 울타리 옆에 있는 무덤들 중 하나에 묻혀 계신가요?"

"모르겠어요."

로티는 두 팔로 자기 몸을 감싸 안고 속삭였다.

"알고 싶지도 않고요."

샤이의 아기가 방광을 찼고, 브랜디가 몸을 움츠렸다.

'나의 손녀야, 제발 돌아와서 어떻게 좀 해보렴, 빨리 말이야.'

15

그날 저녁 레이첼이 마렉에게 전화했을 때, 그는 진저브레드 하우스에 도둑이 든 사실을 이야기했다. 그녀는 부랴부랴 짐을 꾸려 작은 차를 몰고 자책이 어른거리는 눈으로 보울더로 돌아왔다.

그녀는 이기적이었다. 그녀는 자신과 몇 대에 걸친 가족들에게 보금자리가 되어주고 그들을 보호해준 집을 내팽개쳤다. 그리고 그녀가 떠나 있는 사이 누군가가 그 집에 상처를 냈다.

처음에는 그녀의 어머니가, 다음에는 딸이, 그리고 남편이. 그들은 모두 그녀 곁을 떠났다.

그리고 이제 진저브레드 하우스가 침입 당했고…… 얼마나 더 감당할 수 있을까? 운명이 그녀에게 또 어떤 충격을 던질까?

창문마다 불이 켜져 있었다. 그날 밤이 생각났다. 집에 돌아왔을 때, 집에 불이 환하게 켜져 있고, 아버지가 거실 바닥에 쓰러져 있고, 어머니가 그 위에서 몸을 숙이고 아버지의 가슴팍을 누르며 정지한 심장으로 생명을 불어넣으려 했던…….

그때 어머니가 시도했던 것은 인공호흡과 심장마사지였다는 생각이 처음으로 들었다. 그런 기술은 레이첼조차 최근에야 알게 됐다.

그녀는 사죄하는 마음으로 집을 올려다보았다.

부엌으로 들어섰을 때, 그녀는 주방 걸상에 딸의 분홍색 주름장식 침대보가 걸쳐져 있는 것을 발견했다. 부엌은 엉망진창이었지만, 사라진 물건은 없는 듯했다.

그녀는 복도로 통하는 문을 열었다. 그녀의 남편과 그녀가 모르는 남자 한 명이 도라 K의 찬장이 있던 자리에서 이야기를 하고 있었다. 제리는 한 손에 초록색 책을 들고 있었다.

레이첼은 자신의 영혼이 몸에서 빠져나와 그들과 자신 위에 떠 있는 것 같은 느낌을 받았다. 폐경기 증상인 일과성 열감의 시작을 알리는 따끔거림이 전신을 덮쳤다. 조용히 부엌으로 돌아가려는 순간, 제리가 뒤돌아보았다.

그의 얼굴에 나타난 안도감, 동정심, 그리고 소극적인 관심.

"레이첼, 이분은 경찰서에서 나온 그랜트 형사님이야. 당신 상태가 좋아 보이지 않는군. 앉겠어?"

"아니. 난 괜찮아요."

그녀의 목소리가 그의 목소리만큼이나 멀게 들렸다. 그녀는 손에 쥔 침대보를 놓지 않았다. 바닥에 테이블보가 엉망으로 쌓여 있고 찬장에서 비워낸 잡동사니들이 놓여 있었다.

"집 안과 마당을 조사했습니다, 가렛 부인."

형사가 말했다.

"남편분과 가족분들과도 얘기를 나눴고요."

레이첼은 부축하는 제리의 팔을 벗어나 침대보를 질질 끌고 거실로 들어갔다.

"사라진 물건들을 확인받기 위해 기다리고 있었습니다."

그는 종이 한 장을 펄럭였다.

"전문적인 솜씨입니다. 트럭을 뒷문에 대고 물건을 실었더군요. 밤에 일어난 것으로 추정되며, 목격자는 없었습니다."

"네."

레이첼이 맥없이 말했다. 2인용 소파, 의자, 테이블, 티파니 전등갓, 샹들리에. 모두 다 사라졌다.

"값나가는 골동품만 가져간 것 같습니다. TV나 스테레오, 은, 보석처럼 취급이 쉬운 평범한 물건들은 손대지 않았어요."

"네."

증조할머니가 프랑스에서 가져온 캐비닛도 없었다. 레이첼의 파란 유리용기 세트는 양탄자 위에 놓여 있었다.

"어떤 골동품이 있었는지 아는 자의 소행인 것 같습니다. 혹시 짐작 가는 사람이라도……."

"없어요."

레이첼은 식당으로 들어갔다. 발이 바닥 위에 둥둥 떠 있는 기분이었다. 찬장 서랍의 내용물과 도자기장에서 나온 부스러기들 외엔 아무것도 없었다.

해리엇 오일러 이모할머니가 소피 맥케이브에게 결혼 선물로 준 하빌랜드 도자기도 사라졌다.

옷가지와 침구, 보석, 개인 물품들이 침실 바닥에 어질러져 있었다. 침대며 옷장, 화장대, 의자가 사라졌다.

남자들이 그녀를 따라 들어왔다. 제리가 그녀에게 초록색 책을 건넸다.

"장모님 일기 기억나? 복도에서 발견했어. 찬장에 들어 있었나봐."

"이런 일이 벌어질 때 당신은 어디 있었죠?"

"네덜란드에…… 난…… 당신이 없는 동안 이 집에서 지내지 않았어."

"이 물건들을 가져간 곳은 골동품 가게와 경매장입니다."

그랜트 형사가 말했다.

"부인께서 기재 사항을 작성하고 목록을 확인해주시면, 저희가 내일 수색계원들을 보내겠습니다."

"네덜란드라…… 그렇군요."

레이첼이 딸의 침대보를 잡지 않은 손으로 어머니의 일기장을 꼭 부여잡았다.

로티는 아기가 태어나기 전에 돌아오겠다는 약속과 함께 샤이가 그때까지 여기 있다면 마렉 와이어와 진저브레드 하우스, 경찰에 전화하겠다고 으름장을 놓고 네덜란드로 떠났다.

안셀 세인트 존은 그런 위협에 개의치 않았다.

"한참동안 오지 않을 거야. 마음이야 있겠지만, 그애는 그 위에서 일어나는 일들에 정신이 팔려 내려오는 걸 자꾸 미룰 게야. 자기 재미를 보느라고 말이야. 로티는 성병에 걸릴지언정, 나를 걱정하느라 위궤양에 걸리지는 않을 애야."

그는 씽긋 웃으며 두 손을 비볐다.

"커피 한 잔씩 마실까?"

"하지만 정말 전화라도 하면 어쩌죠?"

"걱정 말래두."

그는 숟가락으로 커피를 떠서 포트에 넣었다.

"게다가 로티에게는 아기가 3월에 태어날 거라고 말했어.

자네 모습으로 봤을 때 크리스마스를 넘기면 다행일 테지만
말이야."

브랜디는 예정일이 2월일 것이라고 생각했지만, 샤이의 몸
은 놀라운 속도로 부풀고 있었다.

"……보울더의 유서 깊은 집 진저브레드 하우스에 절도범
이 들어서……."

라디오 상자가 말했다.

"KBOL(콜로라도 보울더의 지역 라디오방송국 — 옮긴이)은
지난 며칠 사이에 값진 골동품과 가구들이 제롤드 가렛 부부
의 집에서 도난 당했다는 것을 알게 되었습니다."

난로 위 커피포트에서 거품이 일었다. 안셀은 튀어나온 눈
으로 브랜디를 보았다.

"그 거울도 훔쳐갔을까?"

브랜디는 어깨를 으쓱했다. 그녀는 그 거울이 값진 골동품
이라고 상상할 수 없었다. 게다가 시간의 이쪽 편에서 거울이
도난 당했다 해도, 크게 달라질 것은 없었다. 샤이가 그쪽에서
거울을 가지고 있을 것이다. 그리고 샤이가 거기서 조치를 취
할 것이다.

"그 물건이 사방으로 돌아다닌다는 걸 생각만 해도 끔찍하
구먼."

브랜디는 밤마다 신에게, 웨딩거울에게, 그리고 손녀에게
빨리 그녀를 집으로 보내달라고 기도했다. 브랜디는 샤이의
아기를 낳고 싶지 않았고, 안셀이 아기를 직접 받을 것인지, 아
니면 자신이 뭔가 도울 수 있을 것인지 전혀 짐작할 수 없었다.

가족이 없는 크리스마스를 생각하는 건 견디기 힘들었다.

크리스마스를 일주일 남겨놓은 어느 날, 안셀은 그녀가 홀리건이 피우는 소란과 소음에도 아랑곳없이 헛간에서 울고 있는 것을 발견했다.

"울 필요 없어. 아기를 낳는 건 먹고 숨쉬는 것만큼이나 자연스러운 거야."

"그게 아니라…… 전 그냥 크리스마스에 집에 있고 싶어서……."

"마렉이라는 젊은 친구가 그리운 게로군."

"아니요. 우리 집이요. 우리 가족과 시대 말이에요."

"홀리건, 조용 못하겠니? 쉬이 가렛, 눈물을 닦고 어서 안으로 들어가자고. 가서 따뜻하고 맛있는 커피를 마시는 거야."

"제 이름은 브랜디 맥케이브예요."

"그건 다 자네 머리에서 나온 거지."

그는 사이가 군데군데 얼어붙은 빙판을 피하도록 노왔다.

"자넨 곧 엄마가 돼. 그리고 그 어린 것을 위해 이 세상에 적응하는 법을 배워야 해."

겨울바람에 죽은 미루나무 가지가 삐걱거리고, 마른 풀 조각들이 얇게 다져진 눈밭 위에서 춤을 추었다.

"난 언제까지고 여기에 머물 수는 없어요, 세인트 존 씨."

그녀가 절망적으로 말했다.

"외로울 거야. 알아. 늙은 안셀과 동물들하고만 있는 게 말이야. 하지만 아기가 나오면 달라질 거야."

그는 온기 없는 추운 방들을 지나 기름난로의 따스함이 있는 부엌으로 그녀를 데려갔다.

"내 말 들어봐, 샤이 가렛."

그가 저녁 식탁에서 말했다.

"내가 자네를 위해 깜짝 선물을 계획하고 있어. 자네에게도 뭔가 기대할 걸 줘야지."

기름진 비프스테이크를 기대해야 할까? 생각만 해도 입안에 침이 고였다. 브랜디는 포크로 맛없는 감자를 찔렀다.

나중에 로티의 차가운 방으로 올라가다가, 브랜디는 응접실 거실 창문 앞에 서서 달빛 속의 밤풍경을 응시했다.

기계 불빛이 하늘에서 깜빡였다. 녹슨 잔해들 틈에 숨어 있던 토끼 한 마리가 튀어나와서 스티나 마르크의 무덤을 가로질러 몸을 이리저리 움직여서 울타리를 통과하더니 저 멀리 들판 속으로 사라져버렸다.

레이첼 가렛은 메아리가 울리는 방들을 돌아다녔다. 도둑들은 진저브레드 하우스의 심장을 훔쳐갔다.

그녀는 다시 혼자가 되었다. 제리는 그녀가 괜찮아질 때까지 며칠 동안 서재 소파에서 잠을 자며 집에 머물렀다.

그나마 지하실은 멀쩡했다. 그녀는 책을 마무리하기 위해 오랜 시간 동안 일했다. 그렇게 하지 않으면 견딜 수가 없었다.

편안할 때는, 모든 걸 다시 시작할 수 있을 것처럼 느껴졌다. 그녀의 보물들이 하나도 돌아오지 않는다 해도, 부지런히 물건들을 사들여 이곳의 슬픈 빈 공간을 채울 수 있을 것 같았다.

그러나 모든 언어와 에너지가 고갈되고 혼자 있는 것에 지친 밤에는, 빈 공간이 그녀를 괴롭혔고, 자신에게 과연 글을 계속 쓸 힘이 남아 있는지 의심스러워졌다.

그녀는 샤이의 방으로 들어갔다가 도로 나왔다. 그곳에는 고통뿐이었다. 쓰라리고 절망적인 고통.

서랍 속의 물건들이 이제는 상자에 담겨진 채 도처에 널려 있었다. 샤이의 방 건너편 손님방에서, 레이첼은 무릎을 꿇고 오래된 사진들을 펄럭펄럭 넘겼다. 엘튼 맥케이브가 철제 울타리에 어색하게 기대어 있었고, 레이첼의 어머니가 소피와 존 맥케이브 앞쪽 풀밭에 앉아 있었다. 사진은 까맣게 변색되어 형체가 불분명했고, 표정도 알아볼 수 없었다.

증조할머니가 증조할아버지와 함께 베란다에 앉아 있는 아주 오래된 사진. 두 사람 모두 늙어서 허리가 구부정했고, 얼굴에 수염이 있는 할아버지는 몸을 앞으로 숙이고 두 손을 지팡이에 얹고 있었다.

한때 레이첼은 늘 진저브레드 하우스에 살고 있는 이 친숙한 영혼들에게서 위안을 구했고, 그들의 어렴풋한 추억에 의해서 안도감과 든든함을 느꼈다.

그러나 이제 그들은 밤마다 조용한 분노의 속삭임으로 그녀를 고문했다.

레이첼은 불을 끄고 계단을 내려갔다.

"내가 콘월에서 갖고 온 찬장은 어딨다니?"

도라 K가 다그쳤다.

레이첼은 몸서리를 치며 식당으로 가서 불을 켰다.

"정말로 하빌랜드를 다른 물건으로 대신할 수 있다고 생각하니?"

소피 맥케이브가 조소했다.

"우린 너를 믿었다, 레이첼."

한번 그들에게 대답하기 시작하면 스스로를 주체할 수 없을 것을 알기에, 레이첼은 허둥지둥 거실로 갔다.

그녀는 샤이의 방에서 가져온 매트리스에 누워, 어머니의 초록색 가죽 일기장에 손을 뻗었다. 그녀는 어머니의 친밀함이 필요했다.

티파니 갓을 잃어버린 전등 불빛 밑에서, 레이첼은 일기장을 펴고 읽기 시작했다.

글씨는 희미했다. 서툴고 삐뚤삐뚤한 필체는 해독하기 힘들었지만…… 비슷했다…… 샤이의 필체와 너무도 비슷했다. 전에는 자신의 어머니와 딸의 글씨 쓰는 방식이 이토록 비슷한지 느끼지 못했었다.

첫 페이지는 전혀 말이 되지 않았고, 그래서 몇 번을 되읽어야 했다.

두 번째 페이지부터 레이첼은 소리 내어 읽기 시작했다. 마치 빈방에서 울리는 그녀의 목소리가 이 일기장 속의 얘기들을 진짜로 만들어줄 것처럼.

세 번째 페이지부터 그녀는 일어나 앉아 일기 위로 몸을 구부리고 읽었다. 목소리가 떨렸고, 눈물 때문에 글씨들이 흐릿해 보였다. 그러나 그 일기는 새벽 두 시까지 그녀를 붙들고 놓아주지 않았다. 그녀가 마지막 장을 넘기고 일기를 옆으로 치워놓았을 때, 굳어진 뼈마디와 경직된 근육에 통증이 밀려왔다.

"이건 불가능해, 믿을 수 없어."

그녀는 욕실 거울에 비친 자기 자신에게 맥없이 말했다.

다음날 아침을 먹은 뒤, 레이첼은 일기장을 밝고 편안한 부억으로 가져와서, 커피 한 잔을 따라놓고 처음부터 다시 읽기 시작했다.

그리고 일기장의 주인이 경고의 말을 남긴 곳에 이르자 속절없이 키득거렸다.

"'레이첼에게 필요한 것 이상으로 말하지 않았으면 좋겠어요. 레이첼은 그렇지 않아도 이 일 때문에 충분히 혼란스러운 인생을 살았으니까.'"

바람이 진저브레드 하우스로 거세게 밀고 들어왔다. 찬장 속의 컵들이 덜거덕거렸고, 창밖에서는 눈발이 소용돌이쳤다. 그녀는 밖을 볼 수 없었다. 그녀는 희미해진 방에서 일기와 과거 속에 갇혀 있었다.

브랜디(그렇게 오랫동안 이 이름으로 불린 내가 당신을 이렇게 부르려니 이상하군요). 나는 홍콩에서 그 거울의 작은 복제품을 발견했습니다. 그것은 영국인 부부의 집 테이블 위에 있었어요. 그들은 그 물건의 기원에 대해 알지 못한다고 말했어요. 여자가 골동품 상점에서 구입했는데, 그 상점은 그 후로 문을 닫았다고 했어요. 손가락이 커다란 유리를 받치고 있고, 붉은색과 검은색으로 옻칠이 되어 있는 청동 팔이 둘러져 있었어요. 그것만 빼면 똑같았죠(물론 아까 말한 것처럼, 더 작고 거울 유리가 더 새것이고 더 상태가 좋다는 것만 빼고요). 이것이 어떤 의미가 있을지 모르겠습니다. 난 우리의 거울을 파괴하기가 두려워요. 혹시 그랬다가 어떤 식으로든 우리가 해를 입을지도 모르니까요. 하지만 당신이 제리와 이 문제를 상의해서 제리의 의견을 물어봐야 한다고 생각합니다. 어쩌면 절대 찾을 수 없는 곳에 묻어버릴 수도 있겠죠. 그리고……

끝 부분으로 갈수록 글씨가 빽빽했고, 마지막 문장은 갈겨 쓴 탓에 해독이 불가능했다.

그리고 별도의 편지지가 일기장 뒷장 안쪽에 테이프로 붙여 져 있었다. 일기장 주인이 추가하고 싶거나 깜빡하고 미처 쓰지 못한 것들을 잡다하게 메모해놓은 것이었다. 그 중에서 마지막 내용은 불길한 사건을 예고하는 것 같았다.

처음 1~2년 동안 나는 가끔 당신을 봤습니다. 내 몸속에 있는 당신의 꿈을 꾸며 깨어나거나 환영을 보았어요. 조심하세요. 마지막에 나는 비명을 지르는 당신을 향해 피 묻은 손이 다가가는 것을 보았어요. 당신이 걱정할 것 같아, 이 말을 쓸 것인지 한참을 망설였습니다. 하지만 아무래도 경고를 해줘야 할 것 같아서요.

초인종이 울렸을 때 레이첼은 웃고 있었다. 진저브레드 하우스 주위에도 바람이 아우성쳤고, 날은 어둑했다.

레미가 바람을 피하려 애쓰며 문 앞에 서 있었다. 공기가 생각보다 따뜻하게 느껴졌다.

"몇 달간 본 중에서 최고로 행복해 보이는 표정을 짓고 있구나."

그가 커다란 바구니를 들고 힘겹게 안으로 들어와 그녀가 문을 닫도록 도와주었다.

"뭐가 그렇게 재미있니?"

"오, 레미 오빠. 오빤 믿지 않을 거야. 말도 안 되고, 믿을 수 없고……."

그녀가 레미를 포옹하고 주방으로 이끌었다.

"네가 저녁 먹으러 오지 않으니까, 루스와 엘리노어가 나한 테 이걸 들려 보냈어. 너랑 함께 먹으라고 말이야."

그가 와인 한 병을 꺼냈다.

"메리 크리스마스, 야옹아!"

"어머, 오늘이 크리스마스 이브인 것도 깜빡했네. 이보다 더 좋을 순 없을 거야."

"스테이크를 구워야 해. 그리고 샐러드를 냉장고에 넣어두 고 요리를 오븐에 데우라는 분부를 받았어."

레미가 불안하게 주위를 둘러보았다.

"제리는…… 없어? 중국군도 먹일 만큼 충분한 음식이 있 는데."

"없어. 하지만 오늘 그가 온다면, 나처럼 깜짝 놀라게 해줘 야지. 오빠는 음식을 정리해줘. 내가 전화를 걸 테니까."

응답이 없었다.

"아직 사무실에 있나?"

번호를 누를 때 그녀의 손가락이 떨렸다.

"제리? 오늘 저녁 나한테 잠깐 시간 좀 내줄래요? 당신한테 줄 크리스마스 선물이 있어요."

레미가 그녀를 말똥말똥 쳐다보았다.

전화 저쪽에서 잠시 침묵이 흘렀다.

"레이첼…… 술 마셨어? 목소리가 당신 같지 않군."

"아니에요, 들어봐요. 여기 레미가 있어요. 당신 사무실 건 물 앞에서 만나요. 우리가 태우러 갈 테니까."

"어딜 가려고?"

"깜짝 선물이에요. 무슨 일이 일어났는지 당신은 상상도 못할 걸요."

레이첼이 웃었다. 그리고 웃음을 멈출 수 있게 되자 마침내
그녀가 말했다.

"샤이를 찾았어요."

16

　브랜디 맥케이브는 머리를 두 팔 사이에 묻고 안셀 세인트
존의 부엌에 앉아 있었다. 스티나 마르크가 그녀의 발목에 몸
을 비볐다. 돌풍이 집을 흔들었다. 라디오 상자가 크리스마스
캐롤을 노래하고 있었다.

　지금쯤 집에서는 노라가 내일의 만찬을 준비하고 있을 것이
다. 소시지와 속을 채운 옥수수 빵 냄새가 진동할 것이다. 꼬챙
이에 꽂아 깨끗이 씻은 오리와 거위. 어쩌면 창문 밖에서 캐롤
을 부르고 있을 사람들. 그리고 응접실에서 웃고 있을 친구들.
세공유리 주발에 담긴 '절주' 펀치. 아내들이 안 보는 사이 자
기 잔에 몰래 위스키를 타는 남자들.

　지난 해에 브랜디와 엘튼은 교회의 젊은이들과 캐롤을 부르
며 돌아다녔었다. 멍청한 테렌스 두글이 마이라 트레버스의 손
을 잡으려고 해서 마이라가 자기 토시로 그를 찰싹 때렸었다.

　삶은 달걀과 빵과 집에서 만든 콩 통조림을 저녁으로 먹은
뒤, 안셀은 트럭을 몰고 외출했다.

　지난 해, 그러니까 지금으로부터 70여 년 전에, 그녀의 아버
지는 살아 있었고, 해리엇 이모와 함께 크리스마스를 보냈었

다. 크리스마스 예배를 마치고 스물다섯 명이 진저브레드 하우스에 모여 즐겁게 식사를 한 후, 썰매를 빌리고 건초마차와 경주마를 문 앞에 댔다.

그녀의 아버지는 얼큰하게 취해서 선두 썰매를 자기가 끌겠다고 우겼다. 그리고 대열을 이끌고 거리를 달리자 사람들이 나와서 합류했다.

썰매를 탄 사람들이 많아지고 다른 마차 썰매들이 모여들기 시작할 때, 그들은 광활한 방목장을 가로질러 북쪽으로, 동쪽으로 달렸다.

브랜디는 코를 훌쩍이며 스티나 마르크를 무릎 위에 앉혔다.

"야옹아, 우리는 바로 이 집이 서 있는 곳까지 달려왔단다. 그게 겨우 작년 일이야."

그들은 딱 한 번 멈춰 서서 아이들을 뛰게 했고, 해리엇 이모는 썰매에서 내리다가 치마가 돌돌 말리는 바람에 넘어져서 발목을 삐었다.

"해리엇 이모는 꽤 살집이 좋았어."

브랜디가 고양이에게 말했다.

"그래서 이모를 일으켜 세우느라 한바탕 소동이 있었지. 아버지는 도와주기는커녕 눈을 뭉쳐서 이모 등에 던졌지…… 그렇게 안 좋은 때에."

브랜디는 간신히 킬킬거림을 멈추고 딸꾹질을 했다.

"사실은 우스운 상황이 아니었는데, 난 입을 가리고 웃지 않을 수 없었지. 그 일로 어머니는 하루 종일 아버지를 나무랐고, 그래서 좋은 분위기를 망칠 뻔했지. 집에 돌아와서, 달콤한 사과주스와 옥수수콘을 먹었어."

유리문 밖에서 해피가 짖었고, 깜짝 놀란 스티나 마르크가 바닥으로 뛰어내려 침대 밑에 숨었다.

"쉬잇, 그만해, 해피."

바람 소리 위로 안셀의 목소리가 높아졌다. 그는 문을 열고 안으로 들어왔다.

"코트 입어, 샤이 가렛. 오늘은 크리스마스 이브니까."

"코트요? 어디……."

"아무 말도 말고 그냥 서둘러. 내가 크리스마스 선물을 주겠다고 약속했었지?"

"호랑가시나무로 집안을 장식하세……."

라디오 박스가 노래했다.

제리 가렛은 레미의 차 뒷좌석에 타면서, 레이첼이 운전하지 않는 것을 보고 안도했다.

"이게 어떻게 된……."

"편하게 생각해, 제리."

레이첼의 오빠가 말했다. 그러나 다분히 긴장돼 있는 목소리였다.

"이제 어디로 갈까, 야옹아?"

"콜롬비아 공동묘지."

"공동묘지."

레미가 동생의 말을 되풀이했다. 한편으로는 이해하려 애쓰며, 한편으로는 여동생의 비위를 맞춰주려는 듯.

'공동묘지.'

제리가 속으로 말했다. 아내의 전화를 받고 불타올랐던 희망이 꺼져버렸다.

"레이첼, 무슨 일인지 말해……."

"날 믿어봐요."

레이첼이 그의 말을 자르고 앞 유리를 향해 얼굴을 돌렸다. 그때 합판으로 보이는 두꺼운 조각이 자동차 보닛 위를 날아 어떤 집 베란다에 부딪쳤다.

"이런 바람 속에서 차를 몰다니. 뭔가에 부딪칠 뻔했다고."

공동묘지 입구에 차를 주차할 때 제리가 경고했다.

"조금만 있으면 돼요."

레이첼이 밖으로 나왔을 때, 바람에 문이 쿵 하고 닫혔다.

"형님, 우리도 모르게 샤이가 여기 묻혀 있을 수는 없잖아요. 안 그래요?"

"글쎄, 모르겠네. 레이첼을 따라가서 이 사태를 파악할 때까지 좀 진정할 필요가 있어. 솔직히, 난 걱정되네."

"샤이가요?"

"내 여동생 말이야."

그들은 차량 진입을 막아놓은 사슬을 넘어갔다. 바람 때문에 레이첼의 머리가 흩날려 얼굴을 가렸고, 제리의 눈에 따끔따끔한 먼지들이 날아들었다.

"두 사람은 믿지 못할 거야."

레이첼이 소리치며 앞으로 달렸다.

하늘에서 나뭇가지들이 떨어졌다. 곳곳에서 무언가가 뚝뚝 부러지는 위협적인 소리가 났다.

"계속 그 말만 하고 있잖아요. 믿다니, 뭘 말이죠?"

"자네와 마찬가지로 나도 들은 게 없다네."

레미가 옷깃을 올리고 몸을 비스듬히 틀어 바람을 어깨로 밀치며 나아갔다.

레이첼은 어머니 무덤 앞에 멈춰 섰다. 멀찌감치 서 있는 가로등 불빛이 어둠을 비집고 들어와 절반쯤 그림자로 가려진 그녀의 얼굴을 비추었다. 그녀는 웃고 있는 것처럼 보였다.

"여기 있어요."

그녀가 브랜디 매든의 무덤을 가리켰다.

"이게…… 샤이예요."

갑자기 험악한 돌풍이 불어 먼지구름이 그들을 덮쳤다. 제리가 오버코트 자락을 펴서 그녀를 보호했다. 그가 코트 자락으로 그녀를 감싸서 안으로 끌어들일 때, 그녀의 얼굴이 그의 가슴에 닿았다.

레이첼의 몸이 경련을 일으킨 듯 떨렸다. 그녀는 조용히 웃고 있거나, 아니면 흐느끼고 있었다.

브랜디는 딸꾹질이 멈추지 않았다. 이제는 고통스럽게 느껴질 지경이었다.

트럭 밖에서 아우성치는 바람이 안으로 비집고 들어오려 몸부림치며 모래와 눈발을 사정없이 날렸다.

"진저브레드 하우스에 데려가는 건가요?"

"아니."

그가 차를 운전하는 장치 위로 몸을 빼고는 길을 보기 위해 실눈을 떴다.

그녀는 안셀 세인트 존 같은 괴짜 노인을 믿지 말았어야 했다.

"그렇게 오래 겪었는데도, 바람에는 통 익숙해지지가 않아. 점점 더 심해지는 것 같아. 자네의 시대에도 그랬나?"

바로 지난 겨울, 아르넷 씨의 닭장이 날아가서 닭들이 사방으로 흩어졌었다.

"도시도 많아졌고, 바람이 날려 보낼 부스러기들도 많아졌겠죠."

브랜디는 그가 자신을 속여 집으로 데려가고 있다고 확신하며 딱딱하게 대답했다.

도로들이 서로 교차하는 곳에서, 빨간색, 노란색, 초록색 불이 있는 전기 랜턴이 깜빡이고 있었다. 랜턴은 무척 무거워 보여서, 브랜디는 그것들이 전선 밑의 차량 위로 떨어지지 않을까 걱정했다.

안셀이 불 꺼진 건물의 그림자 속에 트럭을 주차했다.

"여기서 기다리고 있어. 뭘 좀 확인해야 해. 금방 올게."

수염을 휘날리며, 그는 도로를 건너 사라졌다가, 몇 분 후에 돌아와서 그녀에게 따라오라고 했다.

안셀이 그녀의 손목을 잡고 끌고 갈 때, 바람이 그녀의 올린 머리를 휘감았다. 머리카락들이 뭉치에서 흘러내렸다. 그는 높은 담 위에서 판자 하나를 옆으로 치우며 그 틈으로 그녀를 밀어 넣고 뭐라고 중얼거렸다. 그러나 그 말소리는 바람에 날아가 버렸고 그 판자 역시 날아가 버렸다.

안셀은 거친 사암 지역을 건너 유리 미닫이문을 통과해 사방이 막힌 지붕 없는 구조물 출입구로 그녀를 이끌었다.

브랜디는 그가 불을 켜고 문에 달린 두꺼운 커튼을 칠 때까지 기다렸다.

두툼한 붉은 양탄자와 석재 벽난로, 커다란 소파…….

"여기가 어디죠?"

"곧 알게 될 거야."

그가 무척 기분이 좋은 듯 팔을 들어올려 휘저었다.

"이게 크리스마스 깜짝 선물이야."

"제가 이곳에서 살게 되나요?"

"자네한테 달렸지. 이렇게 좋은 집이라니. 게다가 테라스 문은 잠겨 있지 않고. 궁금하지?"

그가 소파 위 벽에 걸린, 손으로 그린 지도 같은 것을 유심히 살펴보았다.

"누군가 무척 바빴던 것 같군."

"세인트 존 씨, 전 무슨 영문인지……."

"따라오게. 내가 보여줄 테니까."

옆방에는 침대보를 나무 프레임 속으로 끼워 넣은 커다란 침대가 있었다. 안셀이 침대를 아래로 누르자, 침구 밑에서 파도처럼 출렁이는 물결이 일었다.

"자, 어떻게 생각해?"

"이게 다 무슨 영문인지 모르겠고, 어떻게 된 건지 정확히 알고 싶어……."

"자네 손녀는 틀림없이 이곳을 좋아했을 거야."

그가 한차례 더 물결을 일으키고는 그녀의 모습을 살펴보았다.

"하지만 어떻게 좀 해야 되겠어."

그는 침실 장롱에서 빗을 꺼내어 샤이의 머리를 빗겼다.

"밤에는 머리를 땋지 말아야지. 머리가 엉망으로 엉키잖아."

그는 그녀의 코트를 벗기고 마치 검사하듯 그녀를 살펴보았다.

"색깔을 좀 이용하면 좋겠어. 립스틱 가진 거 있나?"

"전 얼굴에 화장을 하지 않아요. 그런 건 타락한…… 세인트 존 씨, 제가 여기서 뭘 하고 있는 건가요?"

"자네가 기억해야 할 게 있네, 샤이 가렛. 난 저기 벽장에 있을 거야. 나를 쳐다보지 말고 내 이름이나 우리가 한 짓을 실수로라도 말하면 안 돼."

마렉 와이어는 떨어지는 전선을 피하기 위해 포르셰의 방향을 틀었다. 끊어진 쪽에서 불꽃이 타다닥 터져 나오며 폭죽처럼 도로에 우수수 떨어졌다.

방금 전 그는 강풍에 쓰러진 거대한 나무줄기가 도로를 막고 있어서, 두 블록을 돌아와야 했다. 그리고 이제 모든 혼란에서 빠져나왔다고 생각한 순간, 전력회사의 작업 크레인 앞에서 어떤 남자가 깃발로 그를 제지했다.

"우리가 이걸 치울 때까지 몇 분 기다려야 할 것 같습니다. 아마 지금 다른 길로 가는 것보다는 더 안전할 겁니다."

마렉이 창문을 내렸을 때 그 남자가 귀에 대고 소리쳤다.

"경찰과 순찰대가 사람들에게 오늘 밤 바람이 잠잠해질 때까지 집 안에 있으라고 부탁하고 있습니다."

그는 다소 지루한 듯한 어조로 덧붙였다. 그래봐야 별로 소용없다는 것을 알기 때문인 듯했다.

보울더 사람들은 이런 폭풍 속에서도 볼 일을 다 보고 다니는 경향이 있어서, 당국을 곤혹스럽게 했다.

마렉은 엔진을 끄고 전력회사가 길을 치워줄 때까지 기다렸다.

"매사에 좋은 점을 봐라."

루이스 와이어는 아들들에게 늘 그렇게 가르쳤다.

"나쁜 일은 어차피 일어나게 되어 있어."

폭풍의 유일한 좋은 점은 맥도날드 주변에 쌓인 포장지와 컵들을 네브래스카로 날려 보내는 것뿐이었다.

와이오밍 목장에서 우박 때문에 건초 수확물이 못쓰게 되거나, 폭설 때문에 송아지들이 죽어나갈 때, 루이스는 '그것이 인생'이라며 대수롭지 않게 넘겼다.

어느 크리스마스 이브, 가족들이 시내에 나가 있는 사이, 뒤 베란다에서 빌 와이어의 심장이 영원히 멈추었다.

밤늦게 그들이 크리스마스 선물 꾸러미를 가득 안고 집으로 돌아왔을 때, 이미 뻣뻣해진 아버지의 몸을 발견했다. 마렉의 맏형은 울음을 터뜨렸다. 그는 거의 다 자란 어른이었다.

"아버지는 혼자 돌아가셨어."

"우리는 모두 그렇게 죽는 거야, 아놀드."

루이스가 냉정하게 말했다.

"혼자서. 살아 있을 때 혼자가 아니란 게 중요한 거야."

루이스 와이어가 죽었을 때, 아들 세 명 모두 그녀의 임종을 지켰다. 그러나 그녀는 혼자 죽었다. 그녀는 혼수상태에 빠져 그들이 옆에 있다는 것조차 몰랐다. 샤이는 혼자 죽은 걸까?

"세상은 너에게 고통밖에 줄 게 없다."

그의 어머니가 말했었다.

"네가 그 이상을 원하면, 밖으로 나가서 직접 쟁취해야 해.

그리고 그건 생각보다 쉽단다. 아들아, 하늘을 보렴. 저토록 아름다운 것을 본 적이 있니?"

마렉은 구름이 그토록 아름다운 것이라고 생각해본 적 없었다. 지금도 마찬가지였다. 그러나 한때는 그랬었고, 또다시 그런 날이 올 것이다.

뒤에서 자동차 한 대가 빵빵거리더니, 그의 차를 추월했다. 마렉은 작업 크레인과 일하는 사람들이 가버린 것을 깨닫고 깜짝 놀랐다. 그는 집을 향해 포르셰를 몰았다.

샤이를 찾는 것은 소득 없이 바쁜 일이었다. 그것은 그가 인생의 작은 변화에 적응해야 한다는 사실을 망각하게 만들었다.

마렉은 그의 전용 주차 공간에 차를 댔다. 그가 얼굴을 가리고 문으로 달릴 때, 바람이 그를 향해 몰아닥쳤다. 그는 오늘 밤 몇몇 파티에 초대를 받았다. 독신들은 휴가 때 뭉치는 경향이 있었다. 그렇게 함께 모여 혼자인 것이 아무렇지 않은 척했다. 그는 복도 불빛 아래에서 더듬더듬 열쇠를 찾으며, 파티에 가야겠다고 생각했다.

마렉은 곧 테라스 문에 커튼이 쳐져 있고, 불이 켜져 있는 것을 발견했다. 그리고 침실 쪽에서 덜컥하는 소음.

그는 살며시 재킷을 벗고, 혹시 샤이가 올까 테라스 문을 잠가놓지 않은 자신을 질책했다.

그는 강도를 당해도 싸다고 생각했다. 그는 조용히 두툼한 양탄자를 밟으며 침실 문 쪽으로 움직였다. 비장한 마음으로 자신은 어떤 일이 생겨도 대처할 준비가 되어 있다고 생각하며.

그러나 그렇지 않았다.

굽슬굽슬하게 물결치며 흘러내린 은발…… 그가 기억하는

565

것보다 길어진 듯한.

마렉은 숨을 훅 들이쉬었다. 그 소리에 샤이가 뒤를 돌아보더니, 아마 놀라서인지 손을 뻗어 경대 한 귀퉁이를 잡으려 했다.

이런 순간을 그렇게 자주 상상하고 연습해왔건만, 막상 그것이 실현되었을 때 그가 보인 첫 번째 반응은 분노였다.

"그렇게 오랫동안…… 맙소사…… 살아 있으면서, 날 그렇게 걱정시킨 거야?"

그는 자신이 기대어 서 있는 문틀이 떨리는 것을 느꼈다. 마렉은 그녀를 잡고 사정없이 흔들어대고 싶은 충동을 억누르려, 한 손으로 다른 손을 꼭 붙잡았다.

그녀의 손이 빨개진 뺨을 감싸쥐었다. 왼쪽 약지에는 여전히 그의 다이아몬드 반지가 끼워져 있었고, 마치 잠옷처럼 어깨에서부터 바닥까지 늘어진 헐렁한 옷을 입고 있었다. 옷 속에 감춰진 그녀의 몸은 한껏 부풀어 있었다.

아기. 그는 아기를 잊고 있었다.

샤이는 몸을 일으키고는 마치 모욕 당한 도서관 사서 같은 표정으로 고개를 치켜들었다.

"와이어 씨, 저는 예상하지 못했어요. 이렇게……."

"그럼 대체 뭘 예상한 거지?"

마렉이 방으로 성큼성큼 들어왔다.

그의 얼굴에 어린 표정이 그녀를 무기력하게 만들었다. 그녀는 풀이 죽었다.

"오, 그 분이 어떻게 이럴 수가 있지? 이건 너무해."

그녀가 뒤로 물러섰다.

"누가 뭘 어떻게 했다는 거야? 그동안 어디 있었어?"

그가 그녀에게 손을 뻗었다.

그녀는 재빨리 피했다.

"어떻게…… 당신은 약혼녀를 임신시키고, 나한테 책임을 지울 수 있죠? 샤이는 틀림없이…….."

"샤이? 그건 당신이잖아. 그리고 샤이는…… 그러니까 당신이 바로 저기서 그렇게 했잖아!"

그가 그녀 뒤에 있는 침대를 가리켰다. 그녀는 뒤로 물러서다가 침대 위로 넘어졌다.

그녀의 밑에서 물침대가 출렁거렸다. 그녀는 나무 프레임을 손으로 꼭 잡았다.

"존 맥케이브는 당신을 죽였을 거예요."

"누구?"

"당신이 날 내버려두면 좋겠어요. 이해해요?"

"그렇다면 여긴 왜 온 거지?"

"몰라요. 아니, 알아요."

그녀는 침대에서 벗어나려 버둥거렸다.

"내가 온 이유는…… 그게…….."

그녀는 입술을 깨물었다. 그 모습은 어느 모로 보나 마렉 만큼이나 격분한 것처럼 보였다.

"당신이 더 이상 나를 찾지 않기를 원하기 때문이에요."

"난 벌써 그러기로 결심했어."

"그래요? 그거…… 잘됐군요."

하지만 그녀는 실망한 것 같았다.

"샤이, 돈을 요구하는 자라도 있는 거야? 이건 다 설정인가?

당신 의지와 관계없이 어딘가에 억류되어 있는 거야? 욕실 안에 누군가가 총을 들고 숨어서 시키는 대로 말하도록 감시하는 거야?"

"아니에요. 난 더없이 안전해요. 그리고…… 내가 맹꽁이처럼 보이는 건 알지만……."

"맹꽁이?"

그는 할머니가 죽은 뒤로 그런 표현을 들어본 적이 없었다.

"난 행복해요. 보살핌도 받고 있어요. 그리고 이대로 조용히 살고 싶어요."

"다른 남자의 보살핌을 받는 건가?"

대체 어떤 남자가 나라의 절반이 찾아 헤메고 있는 임산부를 떠안으려 하겠는가? 그녀는 숨을 들이쉬고 눈을 깜빡였다.

"다른 남자…… 그래, 맞아요. 그러니까 나에 대한 모든 걸 잊으세요."

그녀는 다시 도도하게 얼굴을 들고 그를 지나쳐서 걷기 시작했다.

그가 강렬한 충동과 싸우며, 그녀의 어깨를 붙잡았다.

"아기. 내 아들에 대해서도 잊으란 말인가?"

"아마 딸이 될 거예요. 그리고 당신한테는 큰 타격이 되지 않겠죠. 내 힘이 닿는 한 그애를 정성껏 잘 키우겠다고 약속해요."

"당신 부모님은? 당신의 멍청한 행동 때문에 그분들의 인생은 완전히 망가졌어."

이상한 냄새가 방으로 스며들어 왔다.

"내가 그분들께 뭐라고 말해야 하지?"

그가 그녀를 잡은 손아귀에 힘을 주자, 그녀가 조그맣게 비

568

명을 지르며 그의 어깨 뒤를 힐끔거렸다.

그가 그 시선을 눈치 챈 순간, 시커먼 뭔가가 달려와서 그의 몸을 잽싸게 옭아맸다. 마렉은 그것이 풍기는 냄새에 압도되어, 결국 해서는 안 될 짓을 했다.

즉 그날 저녁에 당한 모욕들 중 가장 충격적인 모욕에 대해 분노하며 숨을 깊이 들이마셔버린 것이다.

그러나 고함은 나오지 않았다. 그는 억눌린 채 헉헉 댔다. 누군가가 그를 살며시 양탄자에 눕혔다.

"이 사람을 해치면 안 돼요."

아득히 들리는 샤이의 걱정스러운 목소리.

"……그냥 한동안 잠을 잘 거야. 아까는 좀 흥분했을 뿐이야."

목 쉰 속삭임.

"자네한테 내 도움이 필요하다고 생각했어."

마렉이 다시 정신을 차렸을 때, 그를 압박하는 것은 없었다.

지독한 숙취 같은 게 느껴졌다.

그는 무릎으로 섰다. 머리와 뱃속이 흔들렸고, 시야가 흐릿했다.

"샤이?"

마렉은 경대를 붙들고 간신히 일어서서 휘청거리며 문으로 다가갔다.

"샤이."

붉은 커튼이 바람에 흩날리며 그를 비웃었다.

커튼에 붙어 있는 하얀 것. 그는 비틀거리며 걸어가서 그것을 응시했다.

친애하는 와이어 씨

당신에게 불편함과 곤란함을 끼쳐드려 정말로 죄송하게 생각합니다. 원래는 약혼반지를 돌려줘야 하지만 손가락이 부어서 빠지지 않습니다. 나를 용서하시고 부디 나를 찾지 말아주세요. 그래봐야 아무 소용이 없을 거예요.

거기에는 서명도 되어 있지 않았고, 샤이의 글씨체도 아니었다. 그것은 칠판에서 보았던 것과 똑같이 화려한 필체였다.

그는 평소 벽장 선반에 두는 담요가 테라스에 떨어져 있는 것을 발견했다. 거기에서 에테르 냄새가 났다.

문이 열려 있었다.

그녀는 사라졌다. 또다시.

마렉은 그 메모를 구겨버리고 얼굴을 벽돌 벽에 기댔다.

17

바람은 처음과 마찬가지로 갑자기 멈추었다. 눈을 동반한 따스한 치누크 바람이 한겨울 밤 기온을 6도까지 올려놓았다.

그 바람은 사람들의 심신을 지치게 했고 많은 흔적을 남겼다. 창틀 안쪽에 쌓인 고운 흙가루…… 지붕과 보도에 널려 있는 부러진 나뭇가지들…… 번화가 가로등에서 떨어진 크리스마스 장식…… 벌어지고 떨어진 지붕널들…… 납작하게 무너진 공사현장들…… 트레일러 하나가 가스 연결부에서 떨어져나가면서 발생한 이동식 주택 단지에서의 화재,

모든 것이 지나간 뒤, 도시는 활기 없고, 기괴할 만큼 조용해졌다. 곳에 따라 전화가 불통이었고, 진저브레드 하우스에는 전기가 들어오지 않았다. 다행히 스토브는 가스레인지여서, 레이첼은 음식을 데우고 스테이크를 구웠다.

저녁 식탁에 크리스마스 양초를 밝혀놓고, 제리는 아내와 처남 사이에 앉았다. 그러나 이것은 축제의 만찬이 아니었다. 바깥의 고요함이 부엌까지 침투해 들어왔다. 고기를 자를 때 칼이 접시 표면에 부딪쳤다. 그 소리가 신경을 긁었다.

레이첼은 자신의 깜짝 선언, 그러니까 콜롬비아 공동묘지를

방문한 이유를 밝히기 전에 먼저 먹어야 한다고 주장했다.

레미는 걱정의 빛이 역력한 표정으로 그녀를 지켜보았다.

그녀는 내내 접시에서 눈을 떼지 않았다. 촛불이 그녀의 얼굴에 창백함을 더했다. 그녀는 음식을 썰어 입에 가져가는 일에 지나치게 집중하는 것 같았다.

"장모님이 이 음식들을 보셨으면 또 콜레스테롤에 대해 걱정하셨을 텐데."

제리가 분위기를 가볍게 하기 위해 실없는 소리를 했다.

레이첼이 히스테리 환자를 연상시키는 커다란 눈으로 브로콜리를 집던 포크를 접시 위에 내려놓았다.

"엄마가 당신이 아침으로 즐겨먹던 베이컨과 달걀에 대해 야단법석을 떨었던 거 기억해요, 제리?"

"그래, '콜레스테롤'이라는 단어가 사용되기도 한참 전이었지."

"그리고 오빠, 목욕에 실 때 엄마가 우리한테 실을 이 사이에 넣고 위아래로 잡아당기라고 했던 거 기억나?"

"그런데 그게 자꾸 끊어지거나 해어지거나, 이 사이에 끼었지. 나중에 치실이 생겨서 무척 좋아했어."

"그때 그런 걸 가르쳐주는 다른 엄마를 본 적 있어?"

"아니. 내 기억으론 없어."

레미가 와인글라스를 다시 채웠다.

"하지만 엄마는 늘 시대를 앞서갔어. 어떤 면에서는 오싹할 정도로……."

"내가 커피를 끓일게."

레이첼이 먹다 남은 음식을 개수대로 가져갈 때 은식기가 딸그락거렸다.

테이블을 치우고 커피를 따른 뒤, 그녀는 레미에게 어머니의 일기장을 건네주고 다른 양초에도 불을 붙였다.

"소리 내서 읽어줘, 오빠. 오빠도 읽어보면 이해하겠지만 난 거기에 적힌 한마디도 믿을 수 없어. 하지만……."

"우리가 그래야 할까? 이건 개인적인 건데."

"엄마가 일기를 쓴 의도가 그거였어…… 누군가가 읽게 하려고."

"레이첼, 당신 마음이 어지러운 거 알아. 그냥 얘기로 하면 안 될까?"

제리가 물었다.

"장모님의 일기를 듣느라 밤을 새울 수는 없잖아."

"조금 들어보면 마음이 바뀔 거예요."

레이첼이 너무도 차분하게 말했다.

"'친애하는 브랜디.'"

레미가 그 이상한 글을 읽기 시작했다. 브랜디는 자기 자신에게 일어난 일을 마치 그녀가 그곳에 없었던 것처럼 적어놓았다. 게다가 사용하는 어휘도 1900년도―처음 일기를 쓴 날짜―의 숙녀들이 사용할 법한 게 아니었다. 그 일기는 그녀의 첫 번째 결혼과 아버지의 죽음에 관한 것이었다.

"'그 분은 나를 당신으로 알고 제 품에 안겨 돌아가셨어요.'"

레미가 눈을 들었다.

"이건 말이 안 되잖아."

"다음번 일기를 계속 읽어봐."

레이첼이 제리를 쳐다보았다.

"그건 1946년, 우리 아버지가 돌아가신 후에 쓴 거야."

레미는 안경을 올리고 눈을 비빈 다음, 다시 읽기 시작했다.

지금쯤이면 벌써 알아차렸겠지만, 거울은 우리를 되돌려놓지 않아요. 그리고 난 내가 대신 살아온 당신의 인생에 대해 얘기를 해야 할 것 같아요. 당신은 내 인생을 살 것이고, 그 인생을 감당하기 위해 알아야 할 것과 당신이 알고 있는 것 사이의 간극을 메울 수 없겠지요. 하지만 가족과 당신이 놓쳐버린 시간들에 대해서는 설명할 수 있어요. 당신이 샤이 가렛으로 살아가는 것을 어떻게 감당할 수 있을지 상상할 수 없지만.

"샤이 가렛은 1946년에 존재하지도 않았잖아."

제리가 중간에 끼어들었다.

일기는 결국 레이첼이 일곱 살 때 제리 가렛이라는 소년을 집에 데려왔던 사건과 브랜디가 20년 동안 자신의 아버지였던 남자의 이름을 들어보고―얼굴은 알아볼 수 없었지만―감자를 떨어뜨렸던 이야기로 이어졌다.

"레이첼, 이건 당신이 일기장이나 그 비슷한 걸로 구성한 얘기 아니야? 거울이 샤이와 장모님을 바꿔치기 한다는 건 말도 안……."

순간 거울 속에서 보았던 집시처럼 옷을 입은 샤이의 모습과 마차에서 거울을 내리는 모습을 지켜보던 젊은 시절 브랜디의 모습이 생각났다.

"아니. 그래도 난 못 믿겠어."

"물론 그렇겠죠. 이건 분명 불가능한 일이니까요."

레이첼이 웃었다.

"그런데 정말 웃기는 건 그것이 샤이의 갑작스런 변화를 얼마나 잘 설명해주느냐는 거예요."

"그리고 어머니는 자신이 결코 알 수 없는 것들을 모두 알고 있었어."

레미가 찬장을 응시했다.

"이를테면 우리가 어떤 직업을 갖게 될지 같은 거."

"그리고 난 제리와 결혼했지. 그리고 작가가 되었어. 엄마는 내가 쓰기도 전에 내 첫 소설 제목까지 말해줬어."

"레이첼, 이건 어떤 장난 같은 걸 거야."

제리는 속이 불편해졌다.

"이제 자네가 좀 읽게."

레미가 일기를 그에게 건넸다. 그의 얼굴은 이제 자기 여동생만큼이나 창백해졌다.

제리는 일기의 필체가 샤이의 것과 매우 닮아 있다는 사실을 애써 무시했다. 그가 10분쯤 읽었을 때, 전화벨이 울렸다.

레이첼이 유달리 긴 코드가 달린 수화기를 복도로 끌고 갔다. 제리는 전화를 건 사람이 혹시 남자인지 궁금했다.

그녀가 돌아와서, 촛불로 담배를 붙이고 형식적으로 미소 지었다.

"마렉이예요. 곧 이리로 올 거래요."

제리가 투덜댔다.

"우리가 왜 그런……."

"샤이가 오늘 밤 마렉의 아파트에 갔었대요. 아니면 엄마가. 누가 됐건, 아무튼 살아 있어요."

새벽 네 시까지 그들은 서로의 경험을 주고받으며, 어떻게 그 일기가 샤이와 브랜디의 이상한 점들을 설명해주는지, 그리고 마렉의 아파트에 남겨진 메모가 얼마나 익숙하지 않은 필체였는지에 관한 셀 수 없이 많은 세부적인 사항들을 비교했다. 그러다가 때때로 그건 말도 안 되는 황당한 얘기라고 입을 모았다.

"우리가 너무 피곤해서 이런 말도 안 되는 걸 억지로 믿고 있는 거야."

제리가 말했다.

"댄에게는 아무 말도 하지 않는 게 좋겠어. 최소한 아직은."

레미가 말했다.

"댄은 다혈질이라……."

"어차피 댄 오빠는 믿지도 않을 거야."

레이첼이 말했다.

"자기를 낳아주고 키워준 엄마가 자기 조카라는 거 말이야."

"거울이 그런 일을 할 수 있다는 것을 설명하는 과학적 근거나…… 다른 어떤 근거도 없습니다."

마렉은 더 이상 말하기를 포기하고 머리를 저었다.

"내 생각엔 우리가 게일과 경찰을 이 문제에서 빠지게 해야 할 것 같아."

"그래요, 안 그러면 우리 모두 정신병원에 갇히게 될 테니까."

이제 대화는 밤새 마신 커피와 피곤, 충격으로 인한 불안한 몸짓과 멍한 응시로 바뀌었다.

"혹시 몸에서 영혼이 빠져나와 자기 자신을 바라보고 있는 듯한 경험을 겪은 사람 있나요?"

레이첼은 초록색 가죽 책에서 눈을 뗐다. 그녀의 표정이 멍했다.

"그런 일이 누구에게나 일어나는 건가?"

"네가 너무 피곤해서 그래. 그리고 그동안 너무 많은 일을 겪었고."

레미가 말했다.

"레이첼, 정말로 이걸 믿는 거야?"

제리가 일기를 집어 올렸다.

"물론 아니에요. 불가능한 일이잖아요. 하지만…… 아무튼 불가능한 일이 실제로 일어나면…… 뭘 해야 하고…… 어떻게 대처해야 하죠?"

그녀의 얼굴은 평온해 보였지만 전신은 부들부들 떨리고 있었다.

남자들은 그녀를 지켜보았다. 마침내 제리가 속삭였다.

"내가 여기 있을 테니, 두 사람은 집으로 돌아가세요."

웨딩거울이 검은 커피 분쇄기와 그 밑에 있는 참나무 받침대의 일부를 비추었다.

윌슨 골동품 상사는 캄캄했다.

미세한 먼지 분진이 공기 중을 떠돌다가, 골동품 의자와 장식장에 내려앉았다. 그러나 웨딩거울까지 날아온 먼지들은 유리 표면에서 미끄러졌다. 거울 바닥 둘레에 먼지들이 쌓였다.

1월의 갑작스러운 한파가 콜로라도를 덮쳐서 기온이 영하로 내려갔다. 날씨는 눈이 올 만큼 따뜻했다가, 다시 몹시 추워지곤 했다.

샤이를 찾는 일은 지루하고 힘들었다. 레미 매든은 보울더 카운티의 지도를 보며, 지역을 둘로 나눠 마렉과 맡았다. 다시 원점으로 돌아가 아기가 태어나기 전에 그녀를 찾기 위해 서둘렀다.

제리는 돕겠다고 나서지 않았다. 그는 딸에 대한 마음이 복잡했다. 물론 일기를 믿는 것은 아니었다. 그러나 그는 레이첼 때문에 너무 바빴다.

그는 다시 진저브레드 하우스로 들어가서, 약탈 당한 안방에 트윈 베드를 들여놓고 은퇴한 간호사를 고용해서 자신이 사무실에 있는 동안 집에 있게 했다. 지금은 아내를 떠날 수 없었다. 아내가 충격 상태에 빠져 있는데 그럴 수는 없었다.

레이첼은 온종일 앉아서 벽만 쳐다보았고, 밤에는 수면제를 먹고 잠들었다가 깨어나서 멍하니 천장을 응시했다. 그녀는 묻는 말에만 대답했고, 무엇에도 흥미를 보이지 않았다. 그녀는 체중이 불기 시작했다. 전에는 결코 용납하지 않았던 일이었다.

하루는 욕실에서 면도기를 손목에 대고 있는 레이첼을 간호사가 발견했다.

제리는 결국 그녀를 게일 샘슨에게 데려갔다. 그녀가 일기의 황당한 내용을 누설할까 두려웠지만, 달리 어떻게 해야 할지 알 수 없었다. 그녀가 웨딩거울 얘기를 하면, 게일은 그것을 언급하지 않고, 그녀에게 항우울제를 처방해주었다.

이제 레이첼은 더 이상 고통을 느끼지 않았다. 그녀는 아무것도 느끼지 않았다. 최소한 간호사는 안심했다.

웨딩거울은 팔리지 않은 채 윌슨 골동품 상사에 서 있었다. 상점은 브라운 팰리스 호텔에서 한 블록 떨어진 거리에 위치해 있었다.

2월 초, 날씨가 따뜻해졌다. 눈이 녹았다. 그리고 어느 날 밤 그 바람이 돌아왔다⋯⋯.

브랜디가 샤이의 배 너머로 행주를 쥐어짜고 있을 때, 산맥에서 서쪽으로 몰아치는 첫 번째 돌풍 소리가 들렸고, 돌풍이 쾅쾅거리며 집에 거세게 부딪쳤다. 배와 맞닿아 있는 개수대의 가장자리가 진동했다. 아기가 천천히 움직였다.

안셀이 신문에서 눈을 들고 귀를 기울였다.

고요함.

마치 바람이 숨을 들이쉬는 것처럼.

그때 멀리서 작은 중얼거림처럼 들리던 소리가 점점 요란한 으르렁거림으로 변했다. 돌풍은 커다란 포효와 함께 휙 지나갔다. 지붕 장선들이 고통스럽게 삐걱거렸다. 공기에서 먼지 맛이 느껴졌다.

또다시 모든 소리를 묻어버리는 정적.

안셀은 기침을 했다.

"건조한 바람이야. 동물들을 살펴보는 게 좋겠어."

그가 나가자 브랜디는 샤이의 등을 문질렀다. 서 있으면 불편하고 앉아 있자니 아팠고, 누워 있는 것도 마땅치가 않았다.

정적이 지속되었다. 어쩌면 태풍이 아니라 몇 차례 지나가는 돌풍일지도 몰랐다.

해피가 길고 구슬피 울부짖었다. 진저리가 쳐졌다.

브랜디는 해피의 몸이 사슬에 엉켜 있는지 보려고 유리문을 열었다.

해피는 이를 드러내고 날카롭게 짖으며 그녀에게 돌진했다.

"해피, 왜 그래?"

그녀가 균형을 잃고, 엉덩방아를 찧었다.

샤이의 은밀한 부분에서 쑤시는 듯한 통증이 느껴졌다. 엉덩이에서 느껴지는 것보다 더 강한 고통이었다.

해피는 짖고 으르렁거리며 사슬에 묶인 채 문지방 위로 앞발을 들고 섰다.

"그만해! 물론 우리가 좋은 친구는 아니었지만, 그래도 잘 지내왔잖아. 내가 네 밥까지 내다줬는데."

스티나 마르크가 고양이문을 밀고 나와, 해피에게 으르렁거리고는 등을 둥글게 만 채 분노와 공포에 휩싸여 발끝으로 날뛰었다.

그때 브랜디가 미처 알아차리지 못했던 놀풍이 집을 덮쳤고, 해피가 그녀의 해어진 캔버스화 앞부리를 덥석 물었다.

"너 미쳤구나. 어서 나가."

그녀는 의자를 밀면서 무릎으로 미닫이문을 닫았다. 문이 닫히면서 해피의 코끝이 끼일 뻔했다.

방은 고양이들로 가득했다. 스티나의 자식들뿐 아니라 헛간에서 온 것들도 몇 마리 있었다. 그들은 야옹거리고 킁킁거리며 부엌을 어슬렁거렸다.

브랜디는 의자와 테이블을 이용해 몸을 간신히 일으켰다. 바닥에 액체가 고여 있었다. 치마와 다리도 축축했다.

만일 오줌을 싼 것이라면 그녀가 몰랐을 리 없었다.

샤이의 허리가 몸서리치게 아팠다.

헛간 고양이 한 마리가 액체에 코를 대고 킁킁거렸다.

밖에서는 바람이 날카롭게 비명을 질렀고, 해피가 울부짖었다.

복부를 옥죄어오는 통증에 그녀는 테이블 위로 몸을 굽혔다. 테이블 가장자리에 있던 토스트기가 바닥으로 떨어졌다.

"엄마!"

브랜디는 고통이 완화될 때까지 숨을 참았다. 그러나 곧이어 갑자기 너무 많은 공기를 들이마신 바람에 현기증이 일었다. 샤이의 다리에서 힘이 빠졌다.

그녀는 로티의 방에서 가져온 베개를 허리에 받치고 소파에 반쯤 앉고 반쯤 기댄 자세를 취했다.

브랜디는 출산에 대해 아는 바가 없었지만, 본능적으로 곧 자신이 아기를 낳게 될 것임을 알았다.

"주님, 제발 이 일이 일어나기 전에 샤이를 돌려보내주세요."

그러나 시간이 지남에 따라, 그녀는 그것을 받아들이기로 결심했다.

그녀가 보울더에서 어두운 골목들을 누비며 질주했던 그날 밤 이후 처음으로, 브랜디는 이 몸이 자기 의지대로 되지 않을 것 같은 느낌에 휩싸였다. 샤이의 몸이 바짝 긴장했다. 그 몸이 잔뜩 움츠러들며 원래 주인의 명령을 기다리고 있었다.

이번에는 아기마저도 움직이지 않았다.

벽들과 서까래들이 삐걱거렸다. 창문들은 창틀 속에서 달그락거렸다.

뚝 끊어지는 소리와 함께 바닥이 진동했다. 바람에 날려 온 뭔가가 농가에 부딪쳐 부러졌다.

"아기를 낳는 건 먹고 숨쉬는 것만큼이나 자연스러운 일이야."

안셀 세인트 존이 말했었다.

그녀의 세계에서는 누구도 여자가 아기를 가진 사실을, 특히 아이들과는 나누지 않았다. 드레스가 갈수록 펑퍼짐해지고, 몸 전체에 살이 붙다가…… 샤이처럼 배만 뽈록 나오는 게 아니라……, 아기가 갑자기 태어나 친지들이 기뻐하고, 산모는 침대에서 서서히 기력을 되찾았다.

소피 맥케이브가 마지막 아기를 유산했을 때는 브랜디도 충분히 알 만한 나이였다. 하지만 그녀는 아기가 나올 예정인 것을 몰랐다. 그러나 어머니가 침대로 가기 전에 많은 양의 물을 끓인다는 것은 눈치 챘다. 그것을 보고 그녀는 출산이 더러운 일이라고 짐작했다.

브랜디는 가장 큰 냄비 두 개에 물을 채우고 가스 불을 켰다.

바람이 잠잠해진 가운데, 그녀는 염소들의 울음소리를 들었다. 그녀는 노인이 가축들을 단속하는 데 어려움을 겪고 있는 게 아닌지 걱정됐다.

그녀는 안셀을 불러들일 생각으로 조심스럽게 뒷문으로 갔다. 그녀가 바람 때문에 열리지 않는 문을 간신히 열었을 때, 미친 듯 날뛰는 닭 한 마리와 마주쳤다. 닭은 그녀가 미처 잡을 틈도 없이 꼬꼬댁거리며 안으로 들어갔다.

밖은 캄캄했다. 하지만 오래된 가축우리들 중 안셀이 헛간이라고 부르는 가장 큰 우리가 사라진 것을 보지 못할 만큼은 아니었다.

"세인트 존 씨?"

바람이 그녀의 말소리를 다시 집 안으로 끌고 들어가며, 그녀의 얼굴을 향해 몰아닥쳤다.

그는 너무 멀리 간 건지도 모른다. 어쩌면 다쳤을지도 혹시 헛간이 무너질 때 그 안에 있었다면……

그의 도움 없이 아기를 낳아야 한다면 어떻게 해야 할까? 늘 그렇게 호기심이 많더니, 왜 이 문제에 대해서는 더 많은 질문을 하지 않았던 것일까? 대부분의 여성들이 아기를 출산하는데, 왜 성장하면서 그런 교육을 자세히 받지 못했을까?

소피와 노라는 민감한 문제가 나왔을 때, 묘한 표정을 지어 브랜디의 의욕을 꺾어버렸다.

그녀는 안셀을 찾으러 밖으로 나갔다. 물론 어리석은 짓이었다. 하지만 그렇게 하지 않는다면 인간적 도리를 저버리는 것이리라. 그는 지금 그녀가 그를 필요로 하는 것만큼이나 그녀를 필요로 할지도 모른다. 이런 위기 상황에 의지할 사람이 딱 한 명뿐이라는 게 믿기지 않았다.

브랜디는 바람 속에서 노인의 기적을 찾아 헤맸다.

그러나 다리가 천근같이 무거웠고, 등에 지독한 통증이 덮쳐왔다. 속이 매스껍고 피부가 축축해졌다.

"세인트 존 씨!"

그녀의 머리칼이 바람에 흩날리며 얼굴을 때렸다. 그녀는 녹슨 금속 차체의 잔해를 부여잡고 몸을 지탱했다. 그 아래에서 놀란 닭들이 서로 밀치락달치락했다.

아르비드와 루비사는 무너진 지붕 근처에서 뛰어다니고 있었다.

안셀이 무너진 지붕 밑에 깔려 죽지 않았기를 기도하며, 브랜디는 그곳을 향해 걸어갔다. 흙바람과 싸우며. 그리고 점점 더 말을 듣지 않는 샤이의 몸과 싸우며.

그녀는 무너진 지붕에 너무 집중한 나머지, 그를 보지 못하고 그의 몸에 걸려 넘어질 뻔하다가 간신히 울타리 말뚝을 붙잡았다.

안셀은 한 손을 뻗은 채로 엎드려 있었다. 그의 몸을 뒤집자, 몸에서 온기가 느껴졌다. 피를 흘린 흔적은 없었다. 그녀는 눈을 감았다. 흔들리는 잡초들과 헛간 잔해들의 어른어른한 그림자들 때문에 그의 얼굴은 창백해 보였다가 다시 시커멓게 보였다.

브랜디는 다시 진통이 오는 것을 느꼈다. 그녀는 몸을 웅크리고 고통과 공포와 싸웠다. 진통은 처음보다 오래 갔고, 통증은 더 심해졌다.

진통이 지나긴 뒤에도 안셀은 여전히 움식이지 않았다. 하지만 그녀는 그의 심장 고동을 느낄 수 있었다. 그녀는 이런 폭풍 속에서 오랫동안 밖에 있을 수 없었고, 그도 마찬가지였다.

"토끼들이나 두려움에 굴복하는 거다."

존 맥케이브는 그렇게 말했었다.

그녀는 몸을 웅크려 노인의 머리 위쪽에서 무릎을 꿇은 다음, 손을 그의 겨드랑이에 넣고 상체를 일으켜 세운 뒤 힘겹게 몸을 돌려 그와 등을 맞댔다. 그리고 그와 양쪽에 팔짱을 긴 채로 뒤로 기댔다가 반동을 이용하여 다리로 힘껏 몸을 밀어 올려 똑바로 섰다.

그녀는 그를 집으로 끌고 갔다. 그의 흐느적거리는 몸이 움직이며, 샤이의 등의 통증을 완화해주었다. 그녀는 서툴렀고 그의 몸은 축 늘어져 있었다. 일은 더디게 진행되었다. 머리칼이 얼굴을 가렸지만, 그것을 쓸어 넘길 손이 없었다.

샤이는 또 한번 진통이 닥쳐와서 그를 놓쳐버리게 되지 않기를 기도했다. 그리고 이러다 두 사람 모두 다시는 일어나지 못하게 될까봐 두려웠다.

돌풍이 잠시 멎었을 때 딸각거리는 발굽소리가 들렸다. 염소 한 마리가 뛰어오다가 집 모퉁이에서 멈춰 섰다. 경계를 풀지 않은 짐승의 그림자…….

홀리건이었다. 헛간이 무너진 틈을 타 자유를 만끽하고 있었다.

홀리건에 대한 두려움 때문에 갑자기 힘이 생겼다. 그녀는 놈이 돌진해오기 전에 문에 도착하기를 간절히 바라며, 그녀가 지고 가야 할 짐을 더 힘껏 끌었다.

목적지까지 다섯 발자국쯤 남았을 때, 집 앞에서 해피의 소름끼치는 울부짖음이 들려왔고, 서쪽에서 불어오는 바람이 마치 잠깐의 소강기를 보충이라도 하려는 듯 날카롭게 비명을 질러댔다.

홀리건은 앞발을 들었다가 머리를 숙이고 작은 뿔로 허공을 찌르며 달려왔다.

브랜디는 안셀을 놓고 비틀비틀 집으로 걸어갔다. 문을 향해 손을 뻗었지만, 그것을 제대로 열 시간이 없었다. 그녀가 풍성한 몸을 납작하게 눌러 조금 열린 틈새로 들어가려 할 때, 홀리건의 뿔이 그녀의 치마를 스치고 지나가는 게 느껴졌다.

놈이 또 한 번 돌진하려고 돌아서는 순간, 그녀는 간신히 문

틈에서 빠져나가 안으로 튕기듯 들어갔다. 염소의 두 번째 돌격 탓에 문이 쾅 하고 닫혔다.

브랜디는 바닥에 앉아 밖에서 들리는 훌리건의 소리와 바람 소리에 귀 기울였다. 모퉁이에서 들려오는 불안한 암탉울음 소리, 부엌에서 물 끓는 소리, 그리고 샤이의 목구멍에서 울컥하고 신물이 올라오는 소리.

격렬한 통증이 덮쳐와 그녀는 또 몸을 웅크렸다.

18

브랜디 맥케이브는 진통이 얼마나 지속되었는지 기억할 수 없었다. 진통에서 해방되었을 때, 뺨에 흐르는 눈물을 의식하며, 그리고 이제 고통이 없다는 것에 안도하며, 깊이 심호흡을 했다.

그녀는 언제까지라도 누워 있고 싶었지만, 잠잠해진 바람 사이로 또 다른 신음소리가 들렸다. 안셀이었다.

그녀는 손잡이를 잡고 일어나 앉아 문을 열었다.

안셀도 머리를 붙잡고 앉아 있었다. 염소는 보이지 않았다.

"세인트 존 씨, 아기가……."

"도와줘, 샤이 가렛."

그는 힘없는 목소리로 간신히 말했다. 그 뒤로 바람이 또 한 번의 돌풍을 준비하고 있었다.

"저를 도와주셔야 해요. 아기가…… 손하고 무릎을 이용해서 기어오실 수 있겠어요? 아니면, 최소한 제게 어떻게 하라고 일러주기라도 하세요."

그러나 바람이 울부짖는 소리와 함께 문을 쿵 하고 닫아버렸다.

"오, 하나님, 제발……."

브랜디는 문틀을 긁으며 간신히 일어섰다. 샤이의 피부는 진땀으로 범벅이 되어 있었다. 다리 사이로 무언가가 퍼지는 느낌.

브랜디가 문을 열려고 손을 뻗었을 때, 갑자기 문이 열리며 안셀이 들어왔다. 그가 문틀의 다른 쪽에 기댔다. 두 사람의 호흡소리가 합쳐지니 바람 소리도 묻힐 정도였다.

"세인트 존 씨, 끓는 물은…… 어디에 쓰나요?"

그는 멍하니 쳐다보더니 약간 주춤하며 머리를 문질렀다.

"끓는 물?"

"아기가 나오려 하면, 꼭 물을 끓이잖아요."

그는 얼굴 측면을 벽에 기대고 눈을 감았다. 그는 꼭 유령처럼 보였다.

"손 씻는 데 쓰는 거야."

그 많은 물로 손을 씻는다고? 또 한 번의 진통이 그녀를 덮쳤다. 브랜디는 신음 끝에 작게 비명을 내질렀다.

"아기가 나오려는 것 같아요."

"걱정 마."

그가 그녀의 팔을 잡고 부엌으로 갔다. 그는 비틀거리며, 그녀는 뒤뚱거리며.

"아무것도 아니라고."

부엌 가득 수증기가 차올라 유리문이 뿌옇게 변했다. 냄비 물은 반으로 줄어들어 있었다.

브랜디는 수도꼭지를 틀어 냄비에 찬물을 보탠 다음 샤이의 손을 씻었지만, 마음은 여전히 불안했다.

"이제 제가 뭘 하죠?"

"여기 피가 나나 봐."

그가 머리 뒤에 부어오른 부분을 보여주었다. 그녀는 그곳에서 이제 막 엉겨 붙기 시작한 핏덩이들을 떼어냈다.

안셀은 손을 씻은 다음 소파에 앉았다. 다시는 일어날 수 없을 것처럼 보였다.

"욕실 선반에 있는 깨끗한 시트. 그걸 저기 있는 침대에 깔고, 옷을 벗어."

브랜디는 침대에서 고양이들을 쫓아내고 자리를 마련했다. 일을 마치기 전에 통증이 또다시 몰려왔다.

몸을 옥죄며 끈끈하게 달라붙어 있던 옷을 벗고 나니 기분이 한결 편안해졌다. 그녀는 벌거벗은 채로 차가운 시트 위에 누워서 나머지 시트로 몸을 덮었다. 몸이 고통으로 몸부림치고 있는데, 예의범절 따위에 신경 쓸 여력이 없었다.

"나…… 어질어질해요."

"그럼 숨을 깊이 들이마시지 마. 자넨 지금 과호흡 상태야."

진통의 주기가 더욱 빨라졌다. 중간에 쉴 수 있는 시간은 거의 없어졌다.

"이게…… 그렇게…… 많이 아픈 건가요?"

"쉿!"

그는 다시 손을 씻었다.

"긴장 풀고."

"샤이의 몸이…… 말을 듣지 않아요. 사람 살려!"

샤이의 손이 청동 침대의 기둥을 움켜쥐었다.

"사람들보다는 동물들이 더 참을성이 있군."

그가 시트를 들췄다.

"아무튼 머지않아 아기가 나올 것 같아."

그가 사라지자, 그녀는 불안감에 휩싸여 그를 찾았다.

"나 여기 있어. 그냥 바닥에 앉아 있다고. 알다시피 나도 몸이 좋지 않잖아."

스티나 마르크의 노란 눈이 그녀를 보고 있었다. 고양이는 그녀가 울 때마다 쉭쉭거리는 소리를 냈다. 안셀이 다시 침대 발치에 섰다.

"이제 무릎을 올리고 힘을 줘봐, 샤이 가렛."

샤이 가렛의 몸은 알아서 힘을 주기 시작했다. 반면 브랜디의 의식은 점점 더 희미해졌다. 자신의 몸이 의자에서 바닥으로 굴러 떨어지는 환영이 눈앞에 보였다. 그녀는 검은 드레스를 입고 있었다.

경박한 차림새의 여자가 움직이지 않는 브랜디 맥케이브 옆에 무릎을 꿇고 앉아 그녀의 얼굴을 잘싹잘싹 때리기 시작했다.

바람이 새된 소리를 냈고, 여자의 높은 목소리가 그 속에 섞여들었다. 그것은 다른 세계, 다른 시간에서 날아 온 소리였다.

신디 윌슨은 보울더를 강타한 폭풍에 대한 소식을 듣고 있었다. 라디오 뉴스 해설자가 그 도시를 언급했을 때 그녀는 눈을 들었다. 그녀의 손에 보울더의 한 저택에서 도난 당한 물품 목록이 들려 있었기 때문이었다. 경찰이 돌린 인쇄 목록. 그 목록에는 청동 손이 유리를 받치고 있는 전신거울도 들어 있었다.

"같은 물건일 리 없어. 난 그걸 텍사스에서 샀는데."

신디는 물건의 특징들을 설명하는 전단을 들고 작은 사무실을 빠져나갔다. 네드는 물품 구매를 위해 출장을 떠났고, 그녀는 밀린 서류작업을 마치기 위해 늦게까지 일해야 했다. 상점은 열지 않았다.

아직 거울은 팔리지 않았다. 누구도 거울 속에서 자신의 모습 말고 뭔가를 봤다고는 하지 않았다. 신디는 경매장에서의 사건이 자신의 상상물이었다고 생각하기 시작했다.

그녀는 거울 앞에 서서, 전단과 대조해보았다. 분명 같은 거울이었다.

만일 그것을 돌려주면, 그녀와 네드가 다른 골동품들도 훔쳤다고 의심 받을까? 골동품 거래상보다 더 큰 용의자가 어디 있겠는가?

신디 윌슨은 도둑이 아니었다. 그러나 그녀는 장사꾼이었다.

그녀는 전단을 조각조각 찢어 스웨터 주머니에 집어 넣었다. 그리고 네드에게는 말하지 않기로 작정했다. 그녀는 무거운 거울을 살짝 들어 거울 받침대 양쪽에 번갈아 무게를 실어가며 조금씩 옮기기 시작했다. 그러다가 창고에서 1미터쯤 떨어진 곳에서 잠시 쉬기 위해 멈췄다. 어디, 이 복잡한 곳에서 찾을 수 있으면 찾아보라지.

거울을 잡은 손이 따뜻해지는 것처럼 느껴졌다. 그 이상하지만 익숙한 윙윙거림이 시작되었을 때, 그녀는 거울을 놓고 뒤로 물러났다. 유리에서 회색 구름이 스멀스멀 새어 나오기 시작했다.

신디 윌슨은 양탄자 위에 앉아 멍하니 그것을 지켜보았다.

"일을 하려면 끝까지 똑바로 해야 해, 그렇지?"

안셀이 말했다.

"여기, 이거 받아."

시트가 샤이의 몸에서 미끄러져 떨어졌다. 그가 그녀의 가슴 위에 뭔가 끈적끈적한 것을 올려놓았다.

"이게…… 뭐죠?"

브랜디가 신음하며 간신히 물었다.

"아기야. 그 녀석 다음에 다른 녀석이 또 나오는구먼. 어떻게 생각해?"

두 번째 아기가 나왔을 때 그가 말했다.

"봤지? 내가 말했잖아. 아무것도 아니라고."

"아무것도 아니라고요……."

브랜디는 땀과 눈물이 뒤범벅된 눈으로 그를 쳐다보았다. 그리고 정신을 잃었다.

로티는 새 남자친구 로저가 모는 오토바이 뒤에 앉아 할아버지의 집을 손가락으로 가리켰다.

로저가 진입로로 들어섰을 때, 그녀는 입을 그의 귀에 갖다 대고 속삭였다.

"뒤쪽으로 돌아가."

그렇지 않으면 해피가 로저의 다리를 물어뜯을 것이다.

3월의 어느 따스한 날이었다. 빨랫줄에 살랑살랑 펄럭이는 천들이 가득 걸려 있었다.

로티가 그것을 한참 쳐다보았다. 로저는 엔진을 끄고 그녀가 내릴 때까지 기다렸다.

"돌아버리겠네!"

로티가 말했다.

"여기서 나가자."

"할아버지 보고 싶다고 하지 않았어?"

"저 빨랫줄을 봐. 기저귀야. 기저귀가 한가득이라구. 저 망할 늙은이…… 내가 자기를 못 믿는다는 걸 알았어야지. 어서 가자. 또 들를 때가 있어."

제리 가렛은 레이첼과 간호사와 함께 점심을 먹고 진저브레드 하우스를 나와 사무실로 갔다. 사무실 앞 도로에 오토바이한 대가 서더니, 운전자가 받침대를 내리기도 전에 뒷자리에탄 여자가 내려서 출입구 쪽으로 달려왔다.

"가렛 씨? 저는 로티 랠스톤이에요. 당신 딸 문제로 잠깐 얘기하고 싶은데요."

그녀의 차림새를 보고, 제리는 그녀가 그 지역에 수두룩한, 스스로 가난을 선택한 젊고 나태한 부류라고 판단했다.

"당신 딸은 아기를 낳았고, 우리 할아버지와 살고 있어요. 할아버지가 곤란해지는 걸 원치 않아요. 현상금도 원하지 않구요. 단지……."

"그럼 뭘 원하죠, 로티 랠스톤?"

제리가 미심쩍은 목소리로 물었다.

"당신이 그 여자하고 아기를 그곳에서 데리고 나오길 원해요. 할아버지는 그 사람들을 돌볼 여력이 없고, 당신은 있죠. 그만큼 할아버지 등골을 빼먹었으면 충분해요."

제리는 올스모빌을 몰고 진입로로 들어가 황폐한 집을 쳐다보았다. 폐차된 자동차와 오래된 농기구들. 어떻게 이렇게 시내 가까운 곳에 살면서 발견되지 않을 수 있었을까?

뚱뚱한 개가 사슬에 묶인 채 울부짖었다.

제리는 위장에서 올라오는 신물을 꿀꺽 삼켰다.

그는 집 안에서 일어나고 있는 일과 직면하고 싶지 않았다. 만일 일기가 사실이라면…… 그녀가 샤이가 아니라면…… 그는 그녀를 데려가고 싶지 않았다.

"이기적인 놈."

그가 스스로를 향해 욕설을 내뱉은 후 차에서 나왔다.

개의 반응을 보니 정문 근처에는 접근하지도 못할 게 분명했다. 그는 집을 한 바퀴 돌아 뒤쪽으로 갔다. 그곳에는 더 많은 쓰레기들이 있었고, 빨랫줄에 걸린 기저귀들이 펄럭이고 있었다.

노란 눈의 까만 고양이가 구겨진 자동차 보닛 위에 앉아 햇볕을 쐬고 있었다.

그리고 그의 딸이 가난한 히피 같은 복장으로 플라스틱 세탁물 바구니를 들고 뒷문에서 튀어나왔다.

"샤이?"

목이 메어 목소리가 제대로 나오지 않았다.

그녀는 고개를 돌려 놀란 눈으로 그를 보고, 달아나기 시작했다.

그가 그녀를 쫓아가다가 멈추었다.

"브랜디?"

그녀는 판자 울타리 출입문 앞에서 멈춰 서서 그를 빤히 쳐다보았다.

"브랜디 맥케이브?"

그는 목소리에서 분노의 흔적을 지우려 노력했다. 그가 다가가자, 그녀가 출입문을 통과해 울타리 안으로 들어갔다.

"웨딩거울에 대해 알게 됐어, 브랜디 맥케이브."

딸의 몸에 들어가 있는 그 침입자가 경계의 눈초리로 그를 보았다. 익숙한 얼굴에 낯선 표정이 나타났다.

"우리 모두 알고 있어. 그러니 이제 더 이상 달아날 필요 없어. 우린……."

갑자기 피곤이 몰려왔다.

"난 널 돕고 싶다."

눈가에 까맣게 드리워진 그림자. 바구니를 너무 꽉 쥐어서 빨개진 손. 그는 이 낯선 이에게 동정심을 보이려고 애썼다. 하지만 스스로의 상실감이 너무 컸다.

"당신이 애들을 해치려 하면, 내가 먼저 당신을 죽일 거예요."

그녀가 속삭였다. 그가 놀라게 하면 여전히 달아날 듯한 자세였다.

"애들?"

그가 노란 테두리 너머로 바구니 안을 들여다보려 했지만, 그녀가 물러섰다.

"한 명이 아닌가?"

"당신은 일란성 쌍둥이의 할아버지가 되었어요, 가렛 씨."

그녀는 그에게 바구니 안을 보여주었다. 조그만 머리 두 개와 그 위에 복슬복슬 나 있는 검은 머리털, 눈부신 햇빛 때문에 잔뜩 찌푸려진 눈, 그리고 목적 없이 허공을 휘젓고 있는 조그만 네 개의 주먹이 보였다.

"당신의 딸은 예쁜 아들 두 명을 갖게 되었어요."

아기들을 내려다보며 한결 누그러진 목소리로 그녀가 말했다.

"그리고 샤이가 돌아올 때까지 내가 아기들을 안전하게 보호할 거예요."

"샤이는 돌아오지 않아, 브랜디."

"물론 돌아와요. 꼭 돌아와야 해요."

"아니. 네가 아이들을 돌봐야 할 것 같아. 그애들은 이제 너와…… 마렉의 아이야."

갑자기 로티와 남자친구가 들이닥치는 바람에 사태가 더욱 혼란스러워졌다. 그리고 몇 분 뒤, 안셀 세인트 존이 고물 트럭을 타고 나타났다.

제리는 그들에게 자신은 산모와 쌍둥이를 해치려는 것이 아니며, 그동안 오해가 있었고, 그들을 돕고 싶을 뿐이라는 것을 설득하느라 애를 먹었다.

"샤이는 법적으로 자신이 원하는 것을 할 수 있는 나이요."

안셀이 선언했다. 하지만 그 역시 늙은이가 세 사람을 감당하기에는 벅차다는 걸 인정했다.

마침내 안셀은 로티와 로저를 부엌에서 몰아내고, 제리에게 딸을 시설에 보내지 않겠다는 각서를 쓰게 했다.

제리는 법적 효력이 없다는 것을 알면서도 안셀을 달래기 위해 각서에 서명했다.

"우리는 모르고 그런 겁니다. 그녀가……."

"브랜디 맥케이브라는 거?"

안셀 세인트 존은 사정을 다 알고 있는 듯했고, 눈 하나 깜짝하지 않고 그 얘기를 받아들인 모양이었다.

그 남자는 미친 게 분명했다. 그래서 제리는 더욱 손자들을 그곳에서 데리고 나가야겠다는 결심을 굳혔다…… 손자들…… 그는 세탁물 바구니 안을 들여다보았다. 쌍둥이는 자고 있었다.

그는 안셀에게 네덜란드에 있는 오두막에 그들을 데려갈 것이라고 말했다.

"그곳에서 산모와 아기는 필요한 모든 것을 누릴 수 있습니다. 꼭 그렇게 되도록 제가 준비하죠."

"좋습니다. 옛날 아가씨가 벌인 보울더의 작은 소동이 이제 마무리되는군요."

안셀은 사이의 몸 속에 들어 있는 여인을 향해 몸을 돌렸다.

"내가 잘 지내나 보러 가지. 이 자가 수작을 부리면, 이 각서를 들고 당장 경찰서로 직행할 거야."

브랜디는 여전히 거처를 옮기는 게 불안한 눈치였다. 그러나 제리는 그 노인에게 그동안의 수고를 보상해줄 만한 수표를 넉넉하게 끊어주고, 그녀와 쌍둥이, 서둘러 개킨 기저귀들을 싣고 떠났다.

"내가 널 진저브레드 하우스로 데려가지 않는 건 네 어머니 때문…… 아니 네 딸 때문이야. 레이첼은 이 모든 사건들 때문에 심한 타격을 받았어. 우리는 레이첼을 걱정하고 있어. 레이첼은 널 서서히 받아들이는 게 좋을 것 같아."

그는 진저브레드 하우스에 잠깐 차를 세우고 그들을 차에 남겨둔 채 들어가서 일기장을 챙기고 간호사에게 늦게까지 있어달라고 부탁했다.

"마렉 문제는 어쩔 생각이지?"

협곡을 올라가기 시작할 때 그가 물었다.

"그건 샤이가 돌아와서 결정할 문제죠."

브랜디가 다이아몬드 반지를 만지작거렸다.

"내가 결정할 문제가……"

"샤이는 돌아오지 않아!"

제리가 커브를 너무 세게 튼 나머지, 하마터면 올스모빌이 길에서 벗어날 뻔했다.

"제발 더 이상 나를 힘들게 하지 마. 그 몸속에 샤이가 아니라 네가 있는 걸 알면서 너를 보는 건……"

"난 집에 가야 해요, 가렛 씨. 그럼 당신은 진짜 샤이를 되찾을 수 있어요. 어쩌면 내가 거울을 가질 수 있다면……"

"없어졌어. 도난당했지. 다른 물건들도 거의 다. 이 일기를 읽고 나면 이해가 좀 될 거야."

브랜디는 협곡에 얼마나 넓은 도로가 생겼는지, 그리고 그 도로를 따라 네덜란드까지 얼마나 빨리 갈 수 있는지에 깜짝 놀랐다. 그리고 마을 아래에 세워진 댐을 보고 또 한 번 놀랐다. 그 뒤에서부터 그녀가 광활한 고산 초원으로 알고 있던 곳까지 얼음에 덮인 수면이 펼쳐졌다.

네덜란드는 원래의 장소에 있었지만, 그녀에게 익숙한 것은 아무것도 없었다. 소나무들이 주변 비탈길을 뒤덮고 있었고, 그 사이사이 굴뚝에서마다 연기가 납빛 하늘을 향해 피어올랐다. 도로 가장자리를 따라 더러워진 눈이 쌓여 있었다.

샤이의 아버지는 시내를 통과해 어떤 다리를 건너 들판에 홀로 서 있는 기차 한 칸을 지나쳤다.

"그럼 마침내 네덜란드에 철도를 놓은 건가요?"

브랜디가 그리운 눈빛으로 뒤를 돌아보았다. 마침내 익숙한 것이 나타난 것이다.

"기차는 카리부 근처 어딘가를 통과했지. 저건 그냥 예쁘게 꾸며놓은 골동품 가게야. 저렇게 오래된 승무원차를 어디서 구했는지 모르겠어."

"골동품…… 그렇군요."

자기 자신이 골동품이라는 것은 끔찍한 일이었다.

"카리부. 기억이 나요. 거긴……."

"거긴 유령도시라는 말도 과분할 정도야. 공동묘지 외에는 아무것도 남아 있지 않아. 이젠 묘지조차 별로 없지만."

"유령밖에 남지 않은 것처럼 보이는군요."

'그리고 나도 그들 중 하나죠.'

브랜디는 자신이 이곳에 갇혀 살아야 한다는 게 믿기지 않았다.

제리는 숲 속에 있는 이상하게 생긴 건물 앞에 차를 세웠다. 그 건물은 A자 형태에 앞면이 유리였고, 집의 틀과 베란다는 초콜릿색으로 칠해져 있었다.

그는 그녀 너머 창밖을 바라보았다.

"한때 스트로크 오두막이 서 있던 장소야. 내가 소년이었을 때 이곳에 살았었지."

"제가 돌아가면 살 곳이군요. 하지만 틀림없이 이렇게 큰 건물은 아니었을 거예요."

코빈 스트로크는 아주 먼 곳에 있는 유령처럼 느껴졌다.

제리는 오두막 옆 가파른 비탈로 올라가서, 그 뒤에 차를 세웠다. 깨진 콘크리트 받침대 위에 녹슨 펌프가 서 있었다. 그것을 보고 브랜디는 집의 여물통 옆에 있던 펌프를 떠올렸다.

"자, 이곳이 네가 살 집이다. 적어도 당분간은."

그는 기저귀를, 그녀는 쌍둥이를 안고 집 안으로 들어갔다.

산중턱이라 공기가 쌀쌀했고 오두막 안은 으스스했다.

"내가 벽난로에 불을 지피고 자동온도장치를 가동시키지. 이곳에는 물건이 별로 없으니까 상점까지 내려갔다오는 게 좋겠어."

브랜디는 불 앞에 앉아 서둘러 갓난쟁이들에게 젖을 물렸다. 샤이의 가슴에서 젖이 빠져나갈 때마다 안도감이 느껴졌다. 바닥에 깔린 양탄자는 진저브레드 하우스의 것보다 더 두꺼웠다. 주방과 응접실을 겸한 큰 방 하나. 한쪽 끝에는 계단으로 이어진 발코니가 있었고 거기에 침대 하나가 놓여 있었다. 제리 가렛이 그들을 위해 편안한 분위기를 만들어놓은 게 분명했다. 안전하고 아늑한 느낌.

제리는 몇 번을 왕복하며 식료품이 가득한 종이봉투를 날랐다. 그리고 고기도. 종이 접시 크기에 맞게 잘려진 고기가 투명하고 얇은 물질에 싸여 있었다.

"설마 티본 스테이크 고기를 튀기려는 건가?"

그녀가 저녁을 준비하기 시작했을 때, 제리가 말했다.

"샤이 말마따나 정말 깨는군."

그는 자기가 한 말에 정신이 번쩍 드는 듯, 일어서서 주머니 속 동전을 짤랑거리며 오랫동안 허공을 응시했다. 마침내 그는 고개를 흔들고 유리잔에 스카치 위스키를 따랐다. 저녁 식사가 준비되자 그는 고기와 기름에 튀긴 감자를 원 없이 먹었다.

"세인트 존 씨는 육식을 좋아하지 않아요. 동물들을 사랑하거든요. 고기 맛을 본 게 얼마만인지 몰라요."

"혹시 뼈도 뜯어먹고 싶다면 내가 딴 곳을 보고 있지."

그가 살짝 미소를 지어 보였다.

"마을 상점에 전화해서 필요한 건 뭐든 주문하고, 내 앞으로 달아놓도록 해. 타일러 부인이 배달해줄 학생을 구했다고 하니까. 내일 내가 샤이의 옷을 가져오지."

그는 그녀에게 지하실에 있는 다른 침실과 세탁기와 건조기를 보여주었다.

그가 까르륵까르륵 소리와 꼴깍꼴깍 소리가 새어 나오는 바구니 위로 몸을 굽혔다.

"이름은 지었나?"

"물론 이 애들의 진짜 엄마가 이름을 짓고 싶겠지만, 당장은 내 동생들 이름을 따서 조수아와 엘튼이라고 부르고 있어요."

"일기를 읽어."

이것이 그의 대답이었다.

브랜디는 통유리로 된 거실 창을 통해 그의 차가 멀어져가는 것을 지켜보았다. 자동차 랜턴 불빛 위로 눈발이 떨어졌다.

그녀는 설거지를 하고 샤이의 아기들을 주방 개수대에서 씻긴 뒤, 주방 옆 욕실에서 뜨거운 물로 샤워를 했다.

벽난로에 불을 보충한 후에 브랜디는 그녀가 잠깐 동안 집으로 돌아갔던 날 보았던 초록색 가죽 표지의 책에 손을 뻗었다.

바람이 겨울의 쓸쓸함을 한숨처럼 토해냈다. 그 덕분에 그 집에 있는 모든 것들이 안락해 보였다.

엘튼은 편안하게 입을 실룩거렸고, 조수아는 쌔근쌔근 코를 골았다.

브랜디는 일기장을 도로 덮어 놓고 깊숙한 소파 위에서 다음 젖 물릴 시간까지 새우잠을 잤다.

19

"애들이 매든의 눈을 가졌어. 그건 확실해."

레미가 세탁물 바구니 옆에 뻣뻣하게 앉아, 조수아를 향해 손을 뻗었다. 아기가 그의 손가락을 쥐었다.

"그래요, 그리고 마렉의 머리카락을 지녔어요."

엘리노어 매든은 몸을 숙여 엘튼의 뺨을 만졌다.

"네 삼촌 댄은 네가 죽지 않은 걸 알았다, 샤이."

댄은 벽 옆에 커다랗고 납작한 상자를 내려놓았다.

"이 나라에는 쉽게 포기하는 사람들이 가득해. 그게 바로 우리 단점이지."

그가 못마땅한 눈으로 제리를 쳐다보고는 레미의 옆에 서서 샤이의 아기들을 보며 감탄했다.

"마렉과의 일을 빨리 해결하도록 해라. 애들은 성이 필요하니까."

댄 매든이 말을 계속했다.

"난 한 부모 가정이 영 마땅치 않다."

댄의 아내인 루스가 팔꿈치로 그의 옆구리를 찔렀다.

댄은 그녀의 제지에도 아랑곳하지 않았다.

"이 애들은 두 쌍의 매든 형제들 만큼이나 말썽을 피울 거다. 이 애들을 제압해서 싸움을 말려줄 아버지가 필요해."

제리가 또 다른 납작한 상자들을 들여왔고, 남자들은 벽난로 옆에서 아기침대를 조립하기 시작했다. 숙모들은 발코니에 있는 벽장에 사이의 옷을 걸어놓고는, 남편들이 유아용 침대에 동봉된 사용설명서를 읽으며 언쟁하는 동안, 테이블에 앉아 커피를 마셨다.

"모유를 먹여?"

브랜디가 왜 우윳병을 더 살 필요가 없는지 설명할 때 엘리노어 매든이 눈을 휘둥그렇게 떴다.

"설마 마취도 없이 출산했니? 맙소사! 루스, 방금 내가 한 말 들었어?"

"요즘엔 자연으로 돌아가려는 관심이 너무 과도해지는 것 같아."

루스 매든은 노라가 그랬던 것처럼 혀를 찼다.

"오랜 시간을 들여 고통 없는 안전한 방법을 개발했는데, 그런 것들을 다 무용지물로 만들다니. 샤이, 의사가 아기를 받은 얘기를 해보렴."

"의사는 없었어요."

브랜디가 말했다. 제리는 그녀에게 거울의 장난에 대해 아는 사람은 레미뿐이라고 경고했었다.

"하지만 세인트 존 씨가 아기들을 돌볼 여유가 생길 때까지 일단 아기를 내…… 가슴에 올려놓았어요."

두 동서들이 마치 같은 줄에 연결된 꼭두각시 인형처럼 서로를 쳐다보더니 경악하는 표정으로 브랜디를 쳐다봤다.

"의사가 없었다고?"

루스가 되풀이해서 말했다.

"세인트 존 씨라면… 너와 함께 살았다던 노인?"

엘리노어는 몸을 지탱하기 위해 그러는 것처럼 의자 깊숙이 허리를 묻었다.

"그 노인이 쌍둥이를 받았단 말이야?"

"네. 그리고 보시다시피 아기들은 다…….."

"제리."

엘리노어가 과장되게 걱정하며 커피 잔을 내려놓았다.

"그거 알았어요? 아기들이 그…… 농가에서 태어난 거요?"

그러나 제리와 삼촌들은 그때 이미 논쟁을 멈추고 입을 딱 벌린 채 브랜디를 보고 있었다.

그리고 출산 자격증과 안약과 예방접종과 '소아과 의사'에 대한 열띤 토론이 이어졌다.

"샤이, 너한테 깜짝 놀랐다."

루스가 말했다.

"마렉과 네 엄마를 그렇게 걱정시키더니 엄청난 일을 벌였구나."

매든 네가 떠나자 그녀는 안도했다.

"아직 마렉에게는 전화하지 않았다."

제리가 곤란한 듯 말했다.

"마렉은 알아…… 네가 샤이가 아니라는 걸. 하지만 마렉도 어느 정도 권리가 있다고 생각한다."

그는 아기 침대 속을 들여다보았다. 그의 손자들이 유죄의 증거라는 듯이.

그는 의사와 약속을 잡아 쌍둥이와 딸의 몸을 검사해야 한다고 주장했다.

그가 가고 나서 브랜디는 아기들을 돌보고 텔레비전 상자를 보며, 다른 생각은 하지 않으려 애썼다.

소파 앞에 있는 낮은 테이블 위에 초록색 일기장이 놓여 있었다.

각자의 침대에 누워 있는 쌍둥이는 너무도 작아 보였다. 가끔씩 그녀는 아기들이 안겨준 고통과 밤낮 할 것 없이 칭얼대며 요구하는 모든 것들 때문에 원망스러운 기분에 사로잡혔다.

그녀는 하나님에게 용서를 구했다. 그러다가 결국 하나님도 원망하기 시작했다. 그러고 나면 기분은 더욱 나빠졌다. 브랜디는 저녁으로 폭찹을 준비하고 난로에 불을 보충한 뒤 일기장을 열었다.

그녀는 흐르는 눈물을 닦을 때와 쌍둥이에게 젖을 물릴 때를 제외하고는 일기상에서 눈을 뗄 수 없었다.

일기를 모두 읽었을 때, 난로의 불은 이미 꺼져 있었다.

브랜디는 소파에 쪼그리고 앉아 잿불을 응시하며 기억을 더듬었다.

플랫아이언즈에서의 소풍. 지금 마렉의 성이 서 있는 메사 꼭대기에서 까르르 소리치며 뛰어다니던 조수아와 그 뒤를 쫓아가던 아버지. 조수아가 잡혔다. 아버지는 그 작고 포동포동한 몸을 어깨에 올려놓은 뒤 간지럼을 태운다.

진저브레드 하우스의 그늘진 베란다에 앉아 떨리는 목소리로 지나간 날들을 이야기하는 할아버지 맥케이브와 할머니 오일러. 그들 사이에 앉아 대화를 해석─할머니는 영어를 못하셨다—하는 해리엇 이모.

어머니와 함께 뒷계단에 앉아, 앞치마에 깍지 콩을 가득 담아 놓고 껍질을 벗기거나 복숭아와 사과를 닦으며 즐겁게 수다를 떨었던 기억.

엘튼과 함께 와이센혼 호수에서 카누를 탔던 일. 일요일에 야생화를 따러 기차를 타고 알토 산으로 떠났던 일. 고등학교 의류보관실에서 바이올렛, 베시와 라틴어로 된 외설스러운 말들을 주고받으며 킬킬거렸던 기억. 노라의 잔소리까지도 그리웠다.

브랜디는 아기침대를 들여다보았다. 조수아, 엘튼, 몇 개의 묘비들만이 그녀의 진짜 인생과 유일하게 연결되어 있는 것 같았다.

그녀는 반짝이는 다이아몬드를 손녀의 손가락에서 빼내 일기장 위에 올려놓았다.

다음날 아침, 입맛이 없어서 아침을 꾸역꾸역 넘기고 있는데, 익숙한 소리가 들렸다.

그녀가 뒷문을 열었을 때 안셀 세인트 존의 트럭이 펌프 옆에 멈춰 섰다. 그는 염소젖 병이 가득한 상자를 들고 내렸다.

"엄마가 된 사람이 먹기에는 소젖보다 이게 나아."

그는 인사 대신 그렇게 말하며 양탄자 위를 저벅저벅 걸어 아기 침대로 다가갔다.

"이곳은 아주 편안해 보이는군. 가렛 씨가 약속을 잘 지키고 있는 것 같아. 자네를 보살핀 대가로 가렛 씨가 준 돈으로 세금을 내고 새 헛간을 지었지."

브랜디는 그에게 일기장에서 읽었던 것을 이야기해주었다.

"샤이는 자네 인생을 살았어. 이제 자넨 샤이의 인생을 살아야 해. 일은 이미 벌어졌어. 자네가 할 수 있는 건 아무것도 없어. 적어도 자네는 샤이처럼 모든 걸 미리 알아야 하는 저주는 없었잖나."

"하지만 모르시겠어요? 그건 다 내 잘못이에요. 이 인생들이 이렇게 뒤죽박죽 된 건 내가 그 거울을……."

"자네가 지금 할 수 있는 일은 그 거울이 다른 사람들에게 이런 짓을 못하도록 없애버리는 것뿐이야. 자네 손녀의 의심이 맞다면, 그 물건은 살인까지도 저질렀어."

"하지만 그 물건은 도난 당했어요."

"그렇다면 그저 이 작은 가족을 잘 보살피는 것 외에는 도리가 없구먼. 그리고 그 피 묻은 손 얘기는 걱정 말게. 아마 내가 쌍둥이를 받았던 장면 같으니까."

그는 점심을 먹고 가라는 청을 한사코 사양하고, 자신은 그저 잠깐 들렀을 뿐이며 시내에 있는 동안 로티를 만나야 한다고 말했다.

"마렉이라는 친구가 아직 들이닥치지 않은 게 놀랍군."

그가 떠난 뒤 한동안 희미한 가축 냄새가 집 안을 떠돌았다.

브랜디는 두꺼운 커튼으로 창을 가렸다. 그러나 그날 오후 샤이의 부모들이 찾아오면서 오두막은 다시 한 번 시끄러워졌다.

브랜디는 레이첼 가렛의 심각한 변화에 깜짝 놀랐다. 그녀의 몸은 비대해졌고, 살은 물렁물렁해 보였다. 그녀의 얼굴은 누리끼리했다. 숱진 머리칼은 생기를 잃었고 뿌리부분이 희끗희끗했다.

멍한 눈이 딸의 얼굴을 찾았으나 그녀가 발견한 것은 브랜디뿐이었다. 그녀는 얼굴을 손자들에게 돌렸다.

"계집애들이 아니라 다행이구나."

그녀가 맥없이 말했다.

"딸들은 너무…… 너무…… 애물단지야."

레이첼은 떨리는 손으로 쌍둥이 한 명을 안았다가 곧 다른 쌍둥이를 안았다. 제리는 레이첼이 혹시 아기를 떨어뜨리지 않을까 노심초사하며 그녀의 주변을 맴돌았다.

"어쩌면 당신이 쌍둥이에 대한 책을 다시 시작할 수도 있겠군."

그가 희망에 찬 말을 했다.

그녀는 품안에 있는 아기를 보다가 눈을 들었다. 그녀의 뺨이 젖어 있었다. 그러나 잠시 후 그녀가 눈을 빛내며 말했다.

"제리, 우리가 거울을 찾아야 해요."

"이제 와서 그게 무슨 소용이야? 샤이는 가버렸어. 또 어디서 찾는단 말이야?"

"우린 그 거울을 샤이와 조수아와 엘튼에게 빚지고 있어요."

"그럼 주말에 지역 골동품 가게를 훑어봅시다. 최소한 물어는 볼 수 있겠지."

그의 갑작스러운 관심은 거울을 찾을 수 있다는 희망 때문이라기보다는 그의 아내 눈에 비친 생기 때문인 것 같다고 브랜디는 생각했다.

"그러면서 진저브레드 하우스에 들여놓을 가구들도 좀 찾아보지 뭐. 어떻게 생각해?"

브랜디는 샤이가 신던, 안에 털이 달린 미끌미끌한 방수 부츠를 신었다. 그녀는 그들이 손자들과 함께 계획을 세우도록 조용히 밖으로 나왔다. 그녀를 보는 게 그들에게는 고통임을 알기에.

그녀는 펌프가 설치된 콘크리트 바닥에 서서 A자형 오두막을 바라보며 지금으로부터 약 80년 전에 있었을 또 다른 오두막과 그곳에서 살았을 자신의 손녀를 그려보려 했다.

그러나 그 이상한 각도의 지붕 때문에 옛날 모습을 연상하기가 쉽지 않았다.

그녀는 눈을 돌려 공터에 있는 나무들을 바라보았다. 소나무 냄새는 변함 없었다.

샤이가 브랜디의 다리를 놀려 걸어갔을 저 숲속의 오솔길. 이제 그 길은 어린 소나무들에 의해 반쯤 덮여 있었다.

그녀는 그 길을 따라 걷다가 오랜 풍상을 겪어 회색으로 변한 판지들의 더미 앞에서 멈추었다. 그녀는 발로 눈을 차내다가 커다란 구멍이 있는 썩어가는 널빤지를 발견했다. 널빤지가 그녀의 발길질에 의해 쩍 하고 갈라졌다. 옥외 변소가 있던 자리였다.

바람이 그녀의 치마를 만지작거렸다. 눈 때문에 부츠 속으로 냉기가 스며들었다.

여기서 돌아갈 수 없는 과거의 흔적들을 찾는 게 무슨 소용일까? 그러나 브랜디는 언덕 사면 동굴까지 계속 걸었다.

눈과 노간주나무 관목이 입구의 아래쪽 절반을 덮고 있었다. 샤이가 일기에 적어놓았던 문은 사라졌지만, 그 문틀의 한 조각이 하얀 눈 옆에서 칠흑처럼 까맣게 보이는 커다란 구멍을 가로질러 매달려 있었다.

쌍둥이가 태어난 후로 진짜 샤이의 영상이 나타나는 일은 없었다. 가렛 가족이 거울을 찾아서 파괴했다는 뜻일까? 아니면 아주 먼 곳으로 보내버렸기 때문에 더 이상 자신의 삶에 영향력을 행사할 수 없는 것일까?

그녀가 공터로 돌아왔을 때, 가렛의 자동차는 사라지고 없었다. 그 대신 그 자리에 익숙한 연두색 자동차가 서 있었다.

마렉 와이어였다. 그는 마치 어린 아들에게 손 대기가 두려운 것처럼 뒷짐을 쥔 채 조수아의 침대를 들여다보고 있었다.

그는 그녀가 다가오는 소리를 들었지만 돌아보지 않았다.

"엄마의 턱을 빼닮았군."

그녀가 옆에 섰을 때 그가 방어적으로 말했다. 그의 목소리와 표정은 더 이상 친밀하지 않았다.

"당신 약혼녀에게 일어난 일은 정말 미안하게 생각해요."

"난 당신이 샤이의 할머니라는 얘기를 믿을 수 없어. 그건 불가능해."

"나도 알아요. 하지만……."

"하지만 정말로 그렇다면, 당신이 잠자리도 하지 않은 남자의 쌍둥이를 낳았을 때 기분이 정말로 묘했을 거야. 지독하게 이상했겠지."

브랜디는 그의 강렬한 눈빛에 눈을 감았다. 부끄러움에 몸이 달아올랐다. 이상하게 마음 깊은 곳이 떨렸다.

"커피 좀 드시겠어요, 와이어 씨?"

"네, 부탁해요. 맥케이브 양."

그러나 그는 곧바로 머리를 흔들었다.

"이런, 젠장. 난 믿을 수 없어. 아니야…… 못 믿겠어……세상에 이런 일은 있을 수가……."

그는 신음소리를 내더니 의자에 주저앉았다.

그녀가 커피를 계량하여 끓이는 동안 샤이의 가슴에서 젖이 흘러나와 브래지어를 적셨다.

브랜디는 양해를 구하고 조수아와 엘튼을 발코니로 데리고 올라갔다. 밑에서 서성이며 푸념을 내뱉고 있는 남자의 절망 어린 분노에서 달아날 수 있기를 바라면서.

"당신이 샤이가 아니라면…… 설마 그렇다면, 애들을 어떻게 하면 좋지?"

그녀가 쌍둥이에게 파자마 입히는 모습을 쳐다보며 마렉이 말했다. 그는 아직도 쌍둥이를 안거나 만지지 않았다. 마치 그렇게 하면 아이들을 떠맡게 될까 두려운 것처럼.

쌍둥이들은 잠들 기미가 없어 보였다.

"내 말은…… 만일 당신이 브랜디 맥케이브라면, 어떻게 저 애들을 키우겠냐는 말이요. 이 세계에 적응하는 방법을 배우는 것만으로도 벅찰 텐데."

그때 엘튼이 즐거운 듯 옹알이했다. 조수아는 칭얼거리기 시작했다. 브랜디가 조수아를 팔에 안고 달랬다. 그러자 엘튼이 울기 시작했다.

"왜 대답이 없는 거야?"

"여기요."

브랜디가 조수아를 그에게 떠맡기고 엘튼을 들어올렸다.

마렉과 그의 아들은 한동안 놀란 것처럼 서로를 쳐다보았다. 곧 그의 아들이 얼굴을 찌푸리며 울기 시작했다.

두 아기가 모두 잠들었을 때, 마렉은 화낼 기운조차 없었다. 커피는 너무 오래 끓인 나머지 약처럼 썼다.

"애들이 늘 저런가?"

브랜디가 옥수수 빵 반죽을 휘저을 때 마렉이 중얼거렸다.

"최소한 하루에 몇 번은요. 한 명이 그러면 다른 한 명이 따라서 칭얼거려요."

"그래서 아기를 낳기 전에 결혼을 해야 해."

"너무 늦게 깨달은 것 같네요."

그들은 소시지와 옥수수 빵, 토마토 스튜를 먹었다.

그녀가 신선한 커피를 가져다주었을 때, 그는 허락도 구하지 않고 담배에 불을 붙였다. 담배 냄새 때문에 그녀는 할아버지 제임스 맥케이브를 떠올렸다. 할아버지의 파이프에서 불똥이 튀어 수염에 불이 붙었던 순간이. 그녀는 마렉에게 그 얘기를 하려 했지만, 그의 의심스러운 눈빛을 보고 입을 닫았다.

"난 그 일기 안 믿어."

그는 머리를 기울인 채 그녀를 응시했지만, 사실은 그 자신의 마음속을 들여다보고 있는 것 같았다.

"그런데 그 일기는 너무 많은 것을 설명해주지."

테이블 밑에서 그의 무릎이 그녀의 무릎에 닿았다.

브랜디는 허둥지둥 접시들을 모아 개수대로 가져갔다. 그러나 그는 옆에 서서, 그녀가 접시를 헹구면 그것을 식기세척기 선반에 얹었다.

"이 착하고 구식이고…… 새침하고…… 억지웃음을 짓는…… 빅토리아식 여자를 어떻게 해야 할지 모르겠군."

"빅토리아식이라는 게 무슨 뜻인지 모르겠지만, 난 억지웃음을 짓지 않아요, 와이어 씨."

"빅토리아 말이야. 빅토리아 여왕. 그 여자가 도덕적인 기준을 세웠지. 그 여자는……."

"그 여자는 외국인이잖아요. 게다가 영국 여자예요. 영국 여왕이 나랑 무슨 상관이 있다는 건지……."

브랜디는 그의 입술이 다가오는 것을 보았고, 눈빛 하나로 자신을 꼼짝 못하게 만드는 마렉의 힘에 또다시 사로잡혔다.

그녀는 마렉의 손길이 닿을 때마다 걷잡을 수 없이 요동치는 몸의 감각을 더 이상 샤이 탓으로 돌릴 수 없었다. 그녀는 그에게서 떨어져야 한다는 것을 알았다. 하지만 그러지 않았다.

먼저 몸을 뗀 것은 마렉이었다.

그가 너무나 갑자기 그녀를 놓아버렸기 때문에, 브랜디는 휘청거리는 몸을 지탱하기 위해 개수대 가장자리를 꼭 붙들어야 했다.

그는 식기세처기와 헹궈진 접시 신만 주위를 얼쩡거렸다.

"당신은 샤이가 아니야. 샤이는 절대……."

그는 그의 피부만큼이나 창백해진 눈을 가늘게 떴다.

"내가 여자하고 해본 게 얼마나 오래 됐는지 알아?"

"해보다니요?"

마렉 와이어는 문을 향해 걸어갔다.

"제발…… 가지 마세요. 샤이로 산다는 건 너무 외로워요."

"일단 나가서 생각 좀 하고…… 술도 한잔 하고…… 달려야겠어. 돌아올게. 하지만……."

그의 포르셰 자동차 불빛이 창문과 개수대 위를 스쳐 지나갔다. 샤이가 아닌 것을 알고도 마렉이 그녀를 사랑할 거라고 생각하다니.

쌍둥이 중 하나가 뒤에서 법석을 떨었다. 브랜디 맥케이브는 몸을 돌리다가, 일기장 위에 놓아두었던 샤이의 반지가 사라진 것을 깨달았다.

신디 윌슨은 윌슨 골동품 상사 창고에서 남편의 팔에 매달렸다.

"하지만, 네드. 거울 틀을 한 번만 더 만져보게 해줘. 어쩌면……."

"그 망할 놈의 거울에 대해서는 더 듣고 싶지 않아. 그리고 그걸 집으로 가져가지 않을 거야. 그게 진짜 마술을 부린다면, 나도 마술을 부려보지."

"그렇다면 거울에 왜 먼지가 쌓이지 않지? 왜 절대 더러워지지 않느냐고? 게다가 영상이 나타날 때 소리가 나."

"무슨 소리?"

"윙윙거리는 소린데…… 음…… 가끔 전선에서 나는 소리랑 비슷해. 전기로 작동하는 것 같아…… 아니면 그것을 움직이거나 문지를 때 발생하는 정전기로 작동하는 것 같기도 하고. 아무튼 거울을 소켓에 꽂을 수 있는 방법이 있으면 좋겠는데."

"머틀도 그 영상을 봤대?"

"아니. 머틀은 지금도 충분히 괴짜야. 혹시 무서워서 그만둘까봐 얘기하지 않았어. 하지만 처음엔 계속 은발의 여자가 나왔어. 그 여자가 아기를 낳는 것까지 봤다니까. 그랬는데 이제는 구름이나 가스 같은 것만 보여."

"이봐, 자기. 난 당신을 사랑해. 하지만 이제 한계에 도달했어. 이 물건에 대해서는 얘기도 하고 싶지 않아. 머틀이 안다는 정신분석학자와 다시 한 번 약속을 잡아. 이번에는 꼭 약속을 지키고."

"네드, 내가 상상해낸 게 아니야. 난 진짜로 그런 것들을 본단 말이야."

그러나 그는 그녀를 창고에서 끌어냈다. 그리고 웨딩거울을 남겨두고 문을 닫았다.

20

마렉이 돌아왔다. 그러나 그는 책 한 무더기를 건네주고 쌍둥이 침대 옆에 서서 브랜디를 의심스러운 눈으로 쳐다보다가 떠났다.

책들은 20세기 역사에 관한 것들이었고, 어린 학생들을 위해 쓴 것들이었다. 브랜디는 사건에 대한 설명이 너무 극적이라는 것을 깨달았다. 독일과 미국이 외국 전쟁에 개입한다는 등의 설명은 어느 모로 보나 웨딩거울만큼 말이 되지 않았다.

역사 속 사건들은 시저가 갈리아를 정복한 것만큼이나 먼 세상 이야기로 들렸다. 그보다 그녀의 세상은 세 시간마다 먹을 것을 요구하는 두 아기들로 채워져 있었다.

레이첼과 제리는 자주 그녀를 찾았다. 재미있게도 제리는 날씬하고 능력 있고 아름다웠던 레이첼보다 망가지고 나른해진 레이첼을 더 좋아하는 눈치였다. 역사책들이 수많은 진보를 그토록 부르짖고 텔레비전 상자가 '해방된 여성'을 그토록 찬양함에도 불구하고, 브랜디가 볼 때 남자들은 그렇게 많이 변한 것 같지 않았다.

그 지역의 의사는 조수아와 엘튼, 샤이의 몸이 모두 양호하다는 진단을 내렸고, 쌍둥이에게 일련의 예방주사를 놓기 시작했다. 그는 그것이 브랜디가 알고 있는 거의 모든 질병과 그녀가 들어보지 못한 몇 가지 질병으로부터 아기들을 안전하게 지켜줄 것이라고 주장했다.

나무와 풀들이 몽땅 사라진 서쪽 비탈에서는, 온종일 검은 점 같은 것들이 미끄러져 내려왔다. 마렉은 그것들을 보고 스키를 타는 사람들이라고 했다. 브랜디는 예전에 딱 한 번 노르웨이 광부들이 나무 스키를 타고 경주하는 모습을 본 적이 있었다.

마렉은 저녁 식사를 위해 둥그렇고 납작한 파이를 사왔다. 그는 그것을 피자라고 불렀다. 브랜디에게는 지나치게 자극적인 음식이었다. 그와 함께 있는 시간은 어딘지 모르게 불편했다. 그는 일찍 돌아갔다.

그리고 4월이 왔다.

샤이의 삶은 지루했다.

레미 매든은 그녀가 기저귀를 널 수 있도록 오두막 모퉁이에서 나무까지 긴 빨랫줄을 매달아주었다. 레미 역시 그녀와 함께 있는 게 편하지 않았다. 그의 방문이 점차 뜸해졌다. 안셀 세인트 존도 마찬가지였다.

브랜디는 외로웠다.

그리고 5월이 되었다. 브랜디는 부활절 풍경이 궁금했다.

마렉이 또 찾아왔다. 그는 그녀를 전보다 친근하게 대했고 쌍둥이와 브랜디에게 더 관심을 보였다. 가렛 부부가 갑자기 찾아올 때까지는.

마렉은 그 자리에서 이제부터 브랜디와 아기들을 자신이 부양하겠다고 선언했다.

제리는 발끈했다.

"부양이라고? 포르셰에 호화로운 아파트에, 자네처럼 생활하다가는 자네 귀까지 저당 잡힐 걸. NCAR이 그 정도로 봉급이 세진 않잖나."

"제 몫의 유산도 좀 있고, 투자를 해서 번 돈도 있습니다. 사실 제 유일한 부채는 이 애들과…… 브랜디에게 진 빚뿐이지요."

브랜디는 샤이의 코트를 입고 논쟁을 뒤로 한 채 밖으로 나왔다.

그녀는 누구의 '부채'도 되고 싶지 않았다.

하늘은 암울했지만 바람은 의외로 따스했다. 곧 비가 올 것임을 암시하는 축축한 냄새가 났다.

진흙, 더러운 눈, 누런 풀밭. 길을 따라 걸어가면서 본 세상은 누추했다. 그러나 오두막에서 멀어질수록 해방감이 찾아들었고 점점 기분이 좋아졌다.

그녀는 '열차 골동품'이라는 상호가 붙은 상점으로 들어갔다. 그곳엔 T자 형태로 배치되어 있는 진짜 열차 두 칸이 놓여 있었다.

한 여자가 책상에 한가로이 앉아서 색깔이 화려한 잡지를 넘기고 있었다. 브랜디는 익숙한 물건들을 만져보고 추억을 떠올리며 통로를 따라 걸었다. 그녀는 자신과 어머니와 노라가 사용하던 것과 똑같은 화덕을 발견했다.

마침내 그녀는 감자 으깨는 주걱을 집어들고는 계산대 앞으로 갔다.

"어, 참 귀엽죠."

여자가 미소 지었다.

"우리 엄마는 이걸 벽에다 걸어두고, 그 속에 작은 아이비 화분을 넣어두었죠."

"전 이걸로 감자를 으깰 생각인데요."

"감자를요?"

브랜디는 제리 가렛이 준 지폐들을 꺼내서 감자 으깨는 기구를 샀다.

그녀는 미들보울더 개천에서 걸음을 멈추고 상류 쪽에 버려진 분쇄 공장을 응시했다. 회색 금속 지붕의 꼭대기가 똑같이 음울한 하늘을 향해 튀어나와 있었고, 지붕의 가장자리가 아래 개울가 바위를 향해 늘어져 있었다.

다리 건너 상점 건물 뒤에서 말 한 마리가 마른 풀을 열심히 뜯고 있었다. 브랜디는 울타리 앞에 서서 말의 냄새를 맡으려 했다.

콘크리트 보도에 이어 닳아서 반들반들해진 옛날식 판자 보도가 펼쳐졌다. 브랜디는 판자의 삐그덕거리는 소리를 들으며 그 위를 왔다 갔다 했다.

도로 건너편 조잡한 목조 건물 안에서 남자들이 귀에 거슬리는 코맹맹이 소리 같은 음악을 들으며 웃고 있었다. 문은 열려 있었고, 맥주 냄새며 온갖 퀴퀴한 냄새가 밖으로 풍겨나왔다. 월리스 살롱이 떠올랐다. 한 남자가 밖으로 나왔다. 은단추가 주렁주렁 달린 까만 조끼만 입은 채 앞섶을 풀어헤친 모습이 저급해 보였다.

그는 길 건너에 있는 브랜디를 쳐다보고는 육중한 팔을 흔들었다. 팔에는 볼썽사납게 이상한 얼룩덜룩한 표식들이 새겨져 있었다. 그가 팔을 내렸을 때, 뒤쪽에서 안셀의 손녀가 걸어나왔다. 그 손이 그녀를 감싸 안았다. 그녀는 몸을 비틀어 그 짐승 같은 손아귀에서 빠져나와 그를 밀쳤다.

"에이, 이리 와, 로티."

"꺼져, 이 뚱땡아."

로티는 길을 건너다가 브랜디를 보고 걸음을 멈추었다.

"혹시, 구식 아가씨 아니신지."

"안녕, 로티."

브랜디는 오던 길로 돌아가기 시작했다.

"이봐요, 기다려요."

로티가 그녀의 옆에 섰다.

"당신 아버지가 준 돈 고마웠어요. 덕분에 올해는 세금을 구걸할 필요가 없어졌어요."

브랜디는 고개를 돌려 검은 조끼의 남자가 반대편으로 걸어가는 것을 보고 안도했다.

"당신을 밀고해서 미안해요. 하지만 어쩔 수 없었어요. 혹시 무슨 일이라도 일어나면…… 나는 사람들이 할아버지 정원을 두고 입방정 떠는 게 싫었어요."

"그 묘지 말인가요?"

"그래요. 난 할머니가 거기 묻혀 있을 거라고 생각하거든요. 보통은 공동묘지에 묻게 되어 있잖아요. 할아버진 당신한테 잘해줬어요. 아무한테도 말하지 않을 거죠?"

"로티, 혹시 당신 할아버지가 할머니를 죽였다고 설득하려는 거라면……."

"설마요. 할머니는 아팠어요. 하지만 할머니의 죽음에 영향을 끼치지 않았다고는 말 못해요. 아픈 할머니를 병원에 데려가지도 않고 꽁지가 빠지도록 집안일을 시켰으니까요."

"정말 그가 그랬나요?"

"네, 그래요. 할아버지는 많이 변했어요. 할아버지는 할머니가 그토록 아팠을 때 할머니가 죽어간다는 사실도 몰랐죠. 할아버지는…… 변했어요. 할머니가 거동도 못하게 되자 부엌 벽 일부를 헐어내고 유리 미닫이문을 세운 뒤, 할머니 침대를 그 앞으로 가져와 할머니가 밖을 내다볼 수 있게 해줬죠. 할아버지가 할머니를 위해 해준 유일하게 좋은 일이었어요……. 나는 이혼한 엄마를 만나러 동부에 갔었죠. 그런데 돌아와 보니 부엌이 비어 있었어요. 할머니도, 죽음의 흔적도, 장례식도 없었어요."

"물어보지 않았나요?"

"물론 물어봤죠. 하지만 할아버지는 그저 할머니가 죽어서 묻었다고만 했어요. 그게 할아버지가 할머니에 대해 언급한 마지막 말이었어요. 그리고 곧 집 안의 모든 동물들에게 스티나 마르크라는 이름을 지어주기 시작했죠."

그들이 다리에 도착했을 때, 로티는 몸을 돌렸다.

브랜디는 멀어져가는 그녀를 오랫동안 바라봤다.

포장된 도로가 서쪽으로 급격히 구부러졌다. 그 길 꼭대기에 일부러 찾지 않으면 알아보기 힘든, 땅이 움푹 패인 곳이 있었다.

그녀는 센트럴 시티와 덴버로 이어지는, 그리고 한때 브랜디 와인으로 이어졌던 그 오래된 산간도로를 따라 그 이상한 곳을 향해 걸어갔다. 자동차 몇 대가 그녀를 지나쳤다.

낮은 하늘이 산봉우리를 감추었다. 이런 날씨에 하늘을 나는 기계들은 뭘 하는 걸까?

브랜디는 그 오래된 길을 따라 바위투성이의 광맥과 사라져 가는 눈밭과 찰진 진흙을 넘었다. 존 맥케이브는 그녀를 '소중한 말괄량이'라고 부르며 어깨 위에 올려놓고, 그녀의 이름을 따서 광산의 이름을 지었다. 브랜디는 그 광산 개장식 때 무슨 일이 있었는지, 그때 어른들이 무슨 얘기를 주고받았는지 잘 기억나지 않았다. 하지만 자신이 사람들의 관심에 즐거워했다는 것과 아버지의 어깨 위에서 환호하는 얼굴들을 내려다보았던 것은 기억하고 있었다.

그녀는 재를 넘어 지그재그 형 포장도로를 건넌 뒤 울타리를 넘어, 분쇄공장 밑에 있는 미들보울더 개천의 바위들만큼이나 녹슬고 오래된, 광산에서 내버린 돌무더기에 도착했다. 그녀는 돌무더기를 올랐다.

돌무더기의 꼭대기에 광산 입구가 있었고 그곳을 무거운 나무판자들이 막고 있었다. 안개구름이 이슬비로 변해서 그녀의 머리칼과 옷을 적시고 뺨 위로 흘러내렸다. 그녀는 판자 위에 붙은 안내문을 읽었다. '개인 재산. 접근 금지. 침입 금지. 위반 시 고발 조치하겠음.'

브랜디가 오두막으로 돌아왔을 때 마렉은 가고 없었다. 가렛 부부도 떠나고 싶어 안달했다.

"거울을 더 찾아봐야 해."

레이첼이 막연하게 말했다.

그녀를 부양하는 문제에 대해서는 입을 열지 않았다. 브랜디 역시 묻지 않았다.

다음날에는 비가 내렸다. 하지만 이른 오후에 해가 비치자 그녀는 기저귀 바구니를 빨랫줄 앞으로 가져왔다.

밤사이 작은 야생화들이 피어났다.

브랜디는 봄의 냄새를 맡을 수 있었다.

빈 바구니를 집으려고 몸을 돌렸을 때, 옥외 변소가 있던 길에서 그녀를 향해 걸어오는 한 형체가 있었다. 코빈 스트로크였다.

그의 머리 위로 솔방울이 보였고 거기에 매달린 빗방울이 태양빛에 반짝였다.

그의 눈은 그녀를 향해 있었지만, 그녀를 보고 있는 것 같지는 않았다. 그는 충격적인 소식을 급히 전하러 온 사람의 표정을 짓고 있었다.

코빈은 이런 소나무를 관통해 걷다가 사라졌다.

"그 여자는 더 이상 여기 없어요, 코빈."

그녀가 아무도 없는 공터에 대고 소리쳤다. 자신이 바보처럼 느껴지기도 하고 무섭기도 했다.

"당신이 브랜디로 알던 여자는 지금 무덤에 있다고요."

그녀는 그 말을 외치고 바구니를 버려둔 채 후다닥 집 안으로 들어왔다.

"……무덤에 있다고요."

그녀는 공포로 축축해진 손을 청바지에 문지르며 개수대 위의 창문에 대고 되뇌었다. 그녀의 목소리가 젖어들었다.

다시 한 번 그 길을 쳐다봤을 때 그곳엔 아무도 없었다. 브랜디는 방금 본 게 자신의 상상물이었다고 스스로를 설득했다. 하지만 모자 밑으로 흘러내린 머리카락과 셔츠의 주름이 아직도 눈에 선했다.

기저귀는 그날 저녁까지도 빨랫줄에 걸려 있었다. 상자처럼 보이는 자동차 한 대가 공터로 들어섰다.

차에서 마렉이 걸어 나오는 것을 확인하고서야, 브랜디는 부랴부랴 바구니를 들고 나가 기저귀에서 빨래집게를 뽑았다.

"새 차를 샀네요."

"스테이션 왜건이야."

그가 마치 자신에 대해 농담을 하듯 미소 지었다.

"그리고 여기 당신을 위한 열쇠도 있어."

"하지만 난 운전할 줄……."

"배우면 되지."

브랜디는 그 기계를 빤히 쳐다보았다.

"네…… 배울 수 있을 거예요."

"조만간 세상으로 나가야지. 영원히 숨어 살 수는 없잖아."

"그래요."

'자동차를 운전하는 건 어떤 기분일까?'

"NCAR에서의 프로젝트가 2년간 연장됐어."

그가 그녀를 따라 주방으로 들어섰다.

"그러니까 앞으로 3년 동안은 이 지역에서 일할 수 있어."

브랜디는 주방 테이블에 앉아 기저귀를 개켰다. 그녀는 그가 자신을 샤이라고 생각했을 때가 더 좋았다. 그때는 이렇게 뻣뻣하지 않았다.

"당신에게 적응할 시간을 주고 싶지만……."

"저, 내가 하늘을 나는 기계도 운전할 수 있을 거라고 생각하세요?"

"비행기 말이야? 일단 한번 타봐야지. 하지만 내가 말하고 싶은 건 그게 아니라…… 내가 보울더에 집을 한 채 샀어."

"그래요…… 그런데 여기에 유령이 있어요."

브랜디는 창문으로 밖을 내다보았다. 어둑해지고 있었다.

"내가 어딜 가든 유령들이 날 따라다닐 거예요."

"이봐. 옛날에는 남자들이 이걸 어떻게 시작했는지 모르지만……."

"그땐 그때고 지금은 지금이에요."

브랜디가 샤이의 머리에서 핀을 뽑았다. 그리고 손가락으로 머리를 빗어 내렸다.

"이 세계는 한없이 이상하지만, 불가능해 보이는 것들을 가능하게 만들어요. 무엇보다도 내 손녀를 만들어냈어요. 그리고 샤이는 틀림없이 아주 용감한 사람이었을 거예요."

그는 손을 바지 주머니에 넣은 채 그녀를 곁눈질하더니, 잠시 후 주머니에서 손을 뺐다.

"대체 우리가 무슨 얘길 하는 거지?"

그녀는 다시 기저귀 더미를 개키기 시작했다.

"아무 얘기도…… 아닌 것 같네요."

"브랜디?"

그의 숨결이 그녀의 머리 위에서 흩어졌다. 한 손이 그녀의 어깨를 따스하게 감싸 안았다.

"내가 지금 잘하고 있는 건지 모르겠어."

그도 로티의 포스터에 나오는 남자들처럼 온몸에 털이 나 있을까? 그녀의 손가락이 가늘게 떨렸다. 기저귀를 개키는 손이 제대로 움직이지 않았다. 몇 번을 시도한 끝에 브랜디는 그만 기저귀를 내던지고 말았다.

"이봐. 난 노력하고 있어. 그냥…… 당신이 너무 달라져서…… 내가 어떻게 해야 할지……."

"당신이 나를 볼 때마다 샤이를 찾기 때문이죠."

왜 여자의 눈물은 항상 나오지 말아야 할 순간에 터지는 걸까?

"아니, 당신을 무섭게 하고 싶지 않아서야."

그가 그녀의 얼굴을 손으로 감싸안아 들어올렸다. 그러고는 그녀의 표정을 살펴며 싱긋 웃었다. 예전처럼. 은밀한 농담을 할 때처럼.

"그리고 가끔은 당신이 나를 무섭게 만들어."

마렉은 그녀를 벽난로 옆 아기침대로 이끌었다.

"이 작은 악마들이 또 시작할 때까지, 얼마나 시간이 남았을까?"

"당신이 오기 직전에 이유식을 먹었어요."

그는 그녀를 발코니 침실로 데려갔다.

"한 잔 할래?"

"왜요?"

"그럼 긴장이 좀 풀릴지도 몰라."

그의 표정이 호색적인 염소 홀리건을 생각나게 했다.

"하지만 어쩌면 술이 필요 없을지도 모르지."

브랜디는 부끄러움 때문에 살갗이 뜨거워졌다.

"날 비웃고 있죠?"

"아니."

"이걸로 뭘 하는 건지 모르겠어요."

그녀가 침대 옆 테이블 위에 있는 조그만 상자를 만졌다.

"음악이 나오지도 않고 불도 켜지지 않아요."

"그건 전기담요를 조절하는 장치야. 침대를 따뜻하게 데워 주지."

마렉은 그녀의 셔츠와 청바지를 벗기고 그녀에게 키스했다.

"하지만 지금 당신에게는 필요할 것 같지 않아."

그가 알몸으로 그녀의 옆에 누웠다. 브랜디는 그를 쳐다볼 수조차 없었다.

"이…… 이 세계에서는 모든 게 다 전기로 작동되나요?"

"어떤 건 아직도 그대로지."

따뜻한 그의 손길이 온몸 구석구석을 훑었다.

그리고 곧 몸 아래쪽에서 둔한 통증이 느껴졌다. 그러나 잠시 후 그것은 팽팽한 짜릿함으로 바뀌었다.

"이건…… 생각만큼 쉽지가 않네요……"

그러자 마렉이 작게 킬킬거렸다.

"내가 생각했던 것보다는 쉬운데, 브랜디 맥케이브."

이야기가 계속되다

신디 윌슨이 죽자 윌슨 골동품 상점은 2주간 문을 닫았다.

상점이 다시 문을 열었을 때, 네드는 아내의 자살(어느 날 밤 그녀는 창고 서까래에 목을 맸다)로 인한 충격에서 벗어나기 위해 마을을 떠났고, 직원인 머틀 티곱만이 최선을 다해 가게를 운영하고 있었다.

어느 날 빨간 원피스를 입은 중년 여인이 상점으로 들어와 물건들을 훑어보았다.

그녀는 동부로 이사 가는 딸을 도와주러 이곳에 왔으며, 상점 물건들이 자신이 사는 지역에서보다 훨씬 더 비싸다고 투덜거렸다. 그리고 산 경치는 예쁘지만 공기가 너무 건조하다고 불평했다. 그러더니 '직원 전용'이라는 표지판을 무시한 채 창고 안으로 들어갔다. 머틀이 따라가며 항의했지만, 여자는 쉴 새 없이 중얼거리며 먼지 쌓인 창고를 쑤시고 다녔다.

그리고 마침내 덮개를 뒤집어 쓴 청동 거울을 발견해냈다. 그녀는 덮개를 벗겨낸 후 그 거울을 한참 동안 쳐다보았다. 몇 달 동안 윌슨 부인이 팔지 않겠다고 우겼고, 윌슨 씨가 없애버리겠다고 위협했던 그 물건이었다.

그 중년 여인은 집에 딸이 한 명 더 있는데, 곧 결혼할 예정인 그 딸이 '괴상한 물건'이라면 사족을 못 쓴다며 그 거울이 신혼 부부의 새집을 장식하기 위한 완벽한 선물이 될 거라고 말했다. 머틀 티곱은 그의 사장이 그 거울을 없애버리고 싶어 했던 만큼 이 막무가내 침입자를 몰아내고 싶었고, 그래서 거울을 단 돈 20달러에 팔아넘겼다.

이틀 후 웨딩거울은 스테이션 왜건 뒤 트레일러의 한구석에 세 워졌다. 나머지 짐들을 덮고 있는 방수천이 거울 틀의 3/4을 덮었 고, 낡은 비치타월이 맨 위의 1/4을 덮고 있었다. 스테이션 왜건 은 덴버를 출발해 76번 고속도로를 통해 큰 길로 나갔다. 차는 점점 더 속력을 높이기 시작했다.

"우리가 드디어 뉴욕에 왔구나."

운전대를 잡은 남자가 너스레를 떨며, 전날 출발한 이삿짐 트 럭이 지금쯤 어디까지 갔을지 궁금하다고 말했다.

가족들은 방수천이 거울 손에 마찰을 일으키고 있는 것도, 그 래서 유리에 까만 머리의 아기 두 명을 각각 팔에 안은 호리호 리한 은발의 여자 모습이 떠오르는 것도 전혀 몰랐다. 그녀는 마치 기도하듯이 고개를 숙이고 있었다.

그러나 거울은 곧 다시 잠잠해졌다. 습기와 사람들로 꽉 찬 지역에 다다를 때까지. 수증기를 머금은 바람이 너덜너덜한 비 치타월을 헤집자 짐승의 발톱 같은 청동 손톱이 천조각을 뚫고 나왔다.

그리고 타월이 찢어져버린 어느 날, 드디어 흐릿한 유리표면이 모습을 드러냈다. 그것은 어지럽게 얽힌 전선들과 여름 뇌운이 가득한 하늘을 비추었다.

거울은 그렇게 여행을 계속했다.

더 미러

초판 1쇄 발행 2010년 3월 29일
초판 2쇄 발행 2010년 4월 30일
개정판 1쇄 발행 2011년 7월 22일

지은이 말리스 밀하이저
옮긴이 정해영
펴낸이 김선식
펴낸곳 (주)다산북스
출판등록 2005년12월23일제313-2005-00277호

2nd Creative Story Team 김현정, 정성원, 이하정, 최선혜, 한보라, 유희성, 백상웅
Creative Design Dept. 최부돈, 황정민, 박효영, 김태수, 손은숙, 이명애
Creative Marketing Dept. 모계영, 이주화, 김하늘, 정태준, 신문수
Communication Team 서선행, 박혜원, 김선준, 전아름
Contents Rights Team 이정순, 김미영
New Business Team 우재오, 윤문영
Creative Management Team 김성자, 김미현, 김유미, 서여주, 정연주, 권송이
Outsourcing 디자인 정인호

주소 서울시 마포구 서교동 395-27
전화 02-702-1724(기획편집)02-703-1725(마케팅)02-704-1724(경영지원)
팩스 02-703-2219
이메일 dasanbooks@hanmail.net
홈페이지 www.dasanbooks.com

필름 출력 (주)스크린
종이 신승지류유통(주)
인쇄·제본 영신사

ISBN 978-89-6370-607-8   03840